U0608570

中国2022
生态文学年选

李青松　主编

中国生态文学

天津出版传媒集团
百花文艺出版社

图书在版编目（CIP）数据

中国 2022 生态文学年选 / 李青松主编. -- 天津：百花文艺出版社, 2023.2
ISBN 978-7-5306-8485-6

Ⅰ.①中… Ⅱ.①李… Ⅲ.①随笔-作品集-中国-当代 Ⅳ.①I267.1

中国国家版本馆 CIP 数据核字(2023)第 014912 号

中国 2022 生态文学年选

ZHONGGUO 2022 SHENGTAI WENXUE NIANXUAN

李青松　主编

出 版 人：薛印胜
责任编辑：王　燕　徐　姗　装帧设计：彭　泽
出版发行：百花文艺出版社
地址：天津市和平区西康路 35 号　邮编：300051
电话传真：+86-22-23332651（发行部）
　　　　　+86-22-23332656（总编室）
　　　　　+86-22-23332478（邮购部）
网址：http://www.baihuawenyi.com
印刷：山东临沂新华印刷物流集团有限责任公司
开本：787 毫米×1092 毫米　1/16
字数：300 千字
印张：27
版次：2023 年 2 月第 1 版
印次：2023 年 2 月第 1 次印刷
定价：58.00元

如有印装质量问题,请与山东临沂新华印刷物流集团有限
责任公司联系调换
地址:山东省临沂市高新技术产业开发区新华路 1 号
电话:(0539)2925886　邮编:276017

版权所有　侵权必究

生态文学的边界和多样性

◎ 李青松

2022 年的中国生态文学，气象万千，如何打捞、挖掘、选择，属实是一项艰巨的任务。

在海量的披拣之中，编者发现有一些文章并不能很清晰地界定它的归属，在把自然和生态作为表述对象上来说，它们具有一致性，不同在于，它们的结构、语言和形式等方面存在着众多的差异。这些文章独到的审美视域，辽阔的美学观念，令人惊异的书写角度，或复杂或丰盈的写作姿态，都创新了生态文学的写作范式，使 2022 年的生态文学写作显现出一种缤纷的格局和气象。

在选编过程中，编者不断厘清着生态文学边界的问题，如何才能更全面、更有效地呈现出 2022 年中国生态文学的整体风貌，既不会有所遗漏，也不会失之偏颇。

事实上，文学界对生态文学的边界一直都有争论，众说纷纭。

编者一向秉持的生态文学立场，就是敬畏自然，尊重自然，主张大地的完整性和生态的整体性，主张自然是生命的共同体，人也在其中。这当然是一个宽泛的立场。但是，不能仅仅从概念上去单一界定某种文体，好的生态文学，首先得是好的文学。文学是一个极其广阔的世界，生态文学也是如此，生态文学不是为了生态而生态，以生态说生态，而是在生态的视角下，如何能够更全面更系统更有效地传递一种声音，构建起一个人与自然共同的言说空间，这才是最根本的。这个言说空间里，重要的并不是作者采取什么形式的问题,而是要基于作者对生态、对自然、对天地万物的不同理解让写作形式自然生成。这就应当打开关于生态文学固有的思维模式,突破狭隘观念的限制,开辟更多关于生态文学的言说方向和抵达路径,提供更多不同理解上的、概念上的、言说上的思考,构建一个更加多元、更加丰富的文学空间,让中国生态文学的发展更富有生机,天地更加广阔。

生态文学边界的扩大和拓展,并不意味着没有边界,作为一种写作方式,生态文学有其自身的伦理和逻辑,无论是广阔的自然视野,还是深入的环境关切,包括个体的瞬间感悟,它的宏观和细微,它的赞美和批判,它的探查和洞见,背后无不显现着时代赋予写作者的生命重量、科技认知和社会责任等等要素,这些都让生态文学呈现出自身独特的态度和角度。

中国生态文学年选的作用之一,就是努力去寻找、挖掘、扩展和呈现中国生态文学审美的新边界。所以,2022 年选本相对于 2021 年的选本,在题材选择、表达方式、语言质感、结构设计等方面,尽力突破单一性和相似性,容纳了更多不同样式、不同言说、不同维度的文章,以期全面呈现出2022 年生态文学更丰富更多元的面目,带来更崭新和更活跃的生态文学观念。

生态是一个持续的存在,生态文学也会是一个持续的写作现场。

在未来的生态文学写作中,我们需要努力寻找生态文学更多的更大的可能性和多样性,或者说,我们需要建构起更为广大的、更为多元的、更为丰富的也可能会是充满矛盾的生态文学书写方式。这就需要写作者要以不同的复杂的乃至庞杂的角度去观看、去想象和去书写,进一步更新面对自然的态度、行为和语言,甚至更新写作者的思想和灵魂,只有这样,中国生态文学写作的本质和语境才会不断清晰和扩大,生态文学的内涵与外延会向着更完善、更丰饶、更深刻和更广阔的方向前行。

目录

人与自然　人民与生态

◎ 李敬泽

这两年来，自然和生态书写蔚为潮流，《十月》《诗刊》《人民文学》《草原》各立名号，大力倡导。有的叫自然诗歌，有的叫自然写作，也有像《十月》这样，叫生态文学。如果我们大家投个票，选一个名号，我比较倾向于"生态文学"。

这件事要从"自然"说起。"自然"是个老词，老到老子那里，老子"道法自然"，这是中国精神的根基。"圣人任名教，老庄明自然"，晋人论孔孟老庄之异同，结论是模棱两可的"将无同"，名教和自然一体两面。"自然"派生出的文学和美学传统根深蒂固、至大至远。

但也正因为这个传统之深远，它对我们来说已经是自然而然，身在此山中，我们容易忽略这个传统本身具体的社会历史条件。最近在学术界，谈山论水成了显学，巫鸿从图像史、美术史的角度去讲，哲学家们以山水为中心，梳理远古自然崇拜以降的观念演进。我对此没什么研究，内行看门道，外行看热闹，远远地看去，感觉他们都不大谈图像和观念据以展开的社会历史条件。比如东晋之后，山水诗大兴，对后世影响甚巨，"石横水分流，林密蹊绝踪""鸟鸣识夜栖，木落知风发"。诗很美，但是，大家别忘了，写诗的是谢灵运，那是王谢世家啊，王谢堂前的燕子都知道这世上有阶级，谢灵运的诗怎么可能是人与自然浑然为一。表面上是人和自然的问题，稍微推敲一下，这里边还有人和人的关系问题。当年衣冠南渡、门阀政治，世家大族一路跑到江南，一边掠夺一边改造，建立起一套压迫性的生产方式和等级森严的社会结构。一小撮人鄙视、欺负绝大多数人,然后谢灵运他老人家站在社会顶端,穿着木屐徜徉山水、澄怀味象。历史的镜头也是势利眼,只追着他,他后面跟着一大群人伺候着,在史书中都自动屏蔽。物我两忘,物我之间那一大群人也忘得干干净净。《宋书》本传里说,谢灵运"尝自始宁南山伐木开径,直至临海"。从原始森林里开一条观景小道,把"林密蹊绝踪"的问题解决掉,这活儿肯定不是他拎一把大斧自己干,谁干的?还不是一群农奴。所以他后边有一大套生产关系、上层建筑的支持,他的审美精神是具体的社会结构的分泌物。这种情况在古代大致如此,王维写那么多山水诗,很美,很静,但他是有辋川别业的,他是一个贵族抒情者,所以"人闲桂花落,夜静春山空"。陶渊明的情况有所不同,但陶渊明在他的时代本来就是特例,直到宋代经过苏轼等人的阐发,他才获得经典地位。

人与自然的关系,在审美意义上、抒情意义上,一定是复杂的社会系统、经济系统、政治系统、文化系统运作出来的结果,这个关系我们看在眼里的是"人闲""夜静",后边一定有广大的不闲不静。

当然,时移世易,这些诗已经脱离了它所产生的社会历史土壤,它不再是长在地上的花,它成了天上的星星,成为飘浮的能指。现在读它的时候,除了我这般煞风景的粗人,都不会看它背后的东西。谢灵运、王维是伟大的,一千多年后他们的诗依然运行在我们的心里、我们的口头,支配着我们的感受和表达。对于一般读者,这就足够了。但作为写作者、研究者,我们恐怕还是应该想得更多一些。处理人与自然这个主题的时候,我们背负着强大的传统,这个传统,它的观念、情感、修辞,都已经脱离了本来的语境,已经成为自动的抒情装置,预装在我们脑子里,它的功能就是让我们写不出所见,甚至根本无所见,眼前有景道不得,一大堆古人的话在我们心里等着。

我当编辑的时候,很怕诗人或散文家写自然、写山水、写乡土。有些人一提起笔来就"乡绅"附体，看山看水、看土地看村庄，都像个古人，而且是有闲的、其实也是有钱有势的古人。他要是穿越到东晋，肯定一头扎到谢灵运身上，到唐代，就是王维，扎到陶渊明身上也是个小乡绅啊，要不然他就拐个弯，飞过太平洋，扑到梭罗身上去了，反正他不会扑到千年前一个普通农夫身上。乡绅气是我们文学里一个老病根，时不时发作，也不限于和自然、乡土的关系。

日本的柄谷行人早就提醒我们，自然风景并非纯然客观之物，是通过主体的认知装置生产出来的。说白了大概就是，存在决定意识，你在什么社会位置上，决定了你看见什么景，风景是你的镜子。古人讲"景语"即"情语"，放大一些看，也是这个意思。"我见青山多妩媚，料青山见我应如是。"辛弃疾揽镜自照，英雄妩媚，跌宕自喜，但写这词时，他毕竟也是一方豪强。

中国现代以来，处理人与自然的关系，一个是周作人等人花鸟虫鱼的路径，上接古人特别是晚明，终不免像周作人那样，"绅士鬼"附体。还有一个是从西方浪漫主义、梭罗等等接过来的路径。这两个路径有冲突，互相还瞧不起，但其实，作为现代主体，他们至少也是表兄弟或堂兄弟。我们文学中讲人与自然，其实主要讲的是"我"与自然，吾与天地独往来，做排除法，把中间一大摊事全删掉。在这一点上，现代传统和古典传统接得特别顺畅。周作人他们接晚明，接谢灵运、王维，接梭罗一脉是洋皮土骨，其实是接陶渊明。但接得这么顺畅也有问题，这可能说明那个面对自然的现代主体还没有充分发育起来，更没有为自己发明一套新的认知装置。或者说，在我们的现代文学中，人与自然、"我"与自然的书写还没有经过现代语境的充分考验，不是从现代以来的社会历史条件中分泌出来的，基本上是从古代穿越过来，从西方空降过来。在人与自然之间，还有社会的、经济的、政治的、文化的种种中介，还有一个广大的生活世界，我们对此并没有充分地领会，这一切都没有收入主体之中。休看他在大地上、村子里转来转去,俯仰感叹,实际上,大地上的事不在他心里,他的心里是一大堆文本,他的写作是案头写作。"我"不在捕鲸船上,当然就不会遇见"白鲸"。这个问题一直悬置在那里,直到二十世纪八十年代,特别是二十世纪九十年代,猝然面对超大规模的工业化、城镇化,人和自然的关系一下子高度紧张,而我们毫无准备,没有一套有效的认知装置。

　　——但是这话也不准确,我们其实曾经发明了一套非常独特的认知装置,不是从古典中来,也不是从西方浪漫主义那里来的,主要来自新中国社会主义革命和建设的实践,主要体现在十七年的文学艺术里面。一些年轻的学者对此做过研究,比如上海的朱羽,他写了一本《社会主义与"自然"——1950—1960年代中国美学论争与文艺实践研究》,就是讲新中国成立后的工业建设、农业集体化对自然观念的重塑,所谓"改天换地",与此相应的是文学艺术中新的认知和表现模式。确实是这样,我们看长安画派刘文西、石鲁等人的画,极具革命性,从古典绘画看下来,到这里忽然别开天地,有了全新的气象和语法,山水和自然不再是被静观玩味,它被置入一个庞大的行动和实践的视野里,由此带来了艺术上一系列革命性变化。这就是新的认知装置,后面是一个新的现代主体的生成,这是属于"我们"的"我",是现代人民国家的主体性的确立。在文学中,你读周立波的《山乡巨变》,也有很多山水乡土的描写,但是完全没有乡绅气、士大夫气,生产方式的巨变、社会政治实践与自然景物深刻地相互映照,在这里,人和自然是另一种相亲,不是静观的,在心与物之间有了政治和劳动。

　　——这是革命性的,是非常超前的现代。与古典传统不同,也与西方传统不同,这是中国独特现代性的产物,出自人民主体,构成了我们自己的一个新传统。非常可惜的是,这个传统后来被悬置起来,很长的时间里被遗忘了。很多画家二十世纪八九十年代又退回去了,还是笔墨意趣那一套,加了一些装神弄鬼的现代技法。在文学中也一样。

　　这个新中国新传统的革命性意义应该重新认识。人与自然的关系不能等同于"我"与自然的关系,从"我"出发回到"我",不管在古典视野里,还是在西方个人主义视野里,自然都被收进了自我的"内面",自然作为"大他者"、作为人类生活的条件、作为人类实践的对象的浩瀚意义由此就被屏蔽、就失落掉了。西方面对自然时那个"我"与殖民经验、与资本主义侵犯"荒野"的经验密切相关,这个我们是没有的,然后我们又把自己二十世纪五六十年代的那个革命性传统悬置起来,剩下什么呢?恐怕就只剩下单薄的趣味与心情,现成的抒情装置空转起来,复制和输出成熟的、没有难度的修辞。

所以,我赞成"生态"。"生态"是个新词、新概念,当然不是说概念越新越好,重要的是这个新概念带着新的问题意识,打开了新的认知空间。"生态"包含着总体性,是人与世界关系的总和,你可以说"我与自然",你说"我与生态"就很怪,生态所对应的一定是广大的人群乃至人类。这个关系不仅是审美的、哲思的,更是实践的和社会性的。英文的"生态"这个词是"ecology","eco"据说源自希腊文,是"家"的意思,这个家是人的家,人既为自己建设一个家,又被这个家所限定和塑造,而且,我再推论一下,既然是个家,它就不仅仅是一个场所、一个海德格尔式的栖居的地方,它还包括着生活世界,包括着切实的生产生计。在古典视野中,人和自然的关系是不怎么讲生计的,能想到这儿的人都没什么生计问题,它被很自然地屏蔽掉了,只剩下哲思和审美。但在生态视野中,你绕不开具体的人的生活,它把社会政治经济结构收了进来。这也是"生态"这个概念的力量所在,它表征着某种总体性"危机",自然不再仅仅是抽象、绝对之物,它作为现代性的后果、巨大的人类活动的对象和后果显现出来,现在的问题是,这个"家"陷入了危机,气候变暖、生物多样性等等,而且这种危机必须通过全球规模的人类行动、通过对现代性的反思、通过社会和生活的革命性变革来解决。所以"生态"既是批判性的,又是建构性的,它认识和想象一种总体性危机,然后把"我""我们"和全人类都放到这个危机中,去展开总体性的行动。它当然追求人与自然的和谐共生，但这个人不仅是审美的、内面的"我"，它同时必须是"大我"，必须建构起更为自觉、更为主动的社会主体。

英国前首相约翰逊在 2021 年的联合国气候变化大会上有一个讲演，呼吁停止砍伐森林。森林当然很重要，但这位首相忽然要表现一下他的诗人气质，他说，那些自然界的"大教堂"是我们星球的肺。我想，我们的很多诗人也会这么表述，森林是人类的圣殿等等。这很有修辞效果、很抒情，据说源于十九世纪浪漫主义，夏多布里昂说"森林是奉纳神性的原初神殿"。但是，我在"法国理论"的公众号上看到，法国人把英国首相大人狠狠挖苦了一通，大概是说，生活在森林里的亚马孙人可没想到那是教堂或神殿，砍伐森林关系到他们的生计，而他们的生计又深刻地被嵌入全球生产流通体系里。也就是说，置身亚马孙木材做成的家具之中，然后吟唱圣殿，按那个法国人的说法，这就是一种美学诈骗。在生态视野里，最应该警惕的，恰恰是绕过人类生活的根基飘在天上抒情的"我"。首相大人忽然飞起来扮演诗人，那是揣着明白装糊涂，而在我们的作家或诗人那里，可能是真糊涂，或者是懒惰和迟钝。抒情是重要的，但问题是这个情从哪儿来，我们需要一个新的更大的认知装置，或者说，我们要建构起更为广大的、很可能充满矛盾的主体，把自然和人，把人的生产方式、生活方式、感受方式都放进去，把人的世界的过去、现在和未来放进去，以强健、复杂乃至庞杂的主体去观看、想象和书写。我的总的感觉是，在这里，纯文学的小说家们最为迟钝，这也难怪，他们已经被训练出了某种洁癖，不愿让稍大一点的、不那么"文学"的事物打扰自己，无法把"我"与绝对、抽象的自然之间横亘着的巨大世界收纳进来，所以一点也不奇怪，这几年能够有效、有力地处理这个主题的是比较边缘的科幻小说。在诗歌中，我看得少，不敢乱说，但欧阳江河的《凤凰》有这个气象。

话说到这儿，必须重提刚才谈到的新中国的传统。我们要在一个更广阔的视野里看待我们的历史和现实、经验和创造。中国走出了现代化新道路、开辟了现代文明新形态，其中很重要的一个维度，就在于人和自然的关系，在这个关系中确立了人民主体。党的十八大以来提出"五位一体"总体布局，其中包括生态文明建设，生态文明建设与经济建设、政治建设、文化建设、社会建设是一体的，是整个经济社会发展的一个有机组成部分。十九届六中全会决议指出："生态文明建设是关乎中华民族永续发展的根本大计，保护生态环境就是保护生产力，改善生态环境就是发展生产力，决不以牺牲环境为代价换取一时的经济增长。必须坚持绿水青山就是金山银山的发展理念，坚持山水林田湖草沙一体化保护和系统治理，像保护眼睛一样保护生态环境，像对待生命一样对待生态环境，更加自觉地推进绿色发展、循环发展、低碳发展，坚持走生产发展、生活富裕、生态良好的文明发展道路。"——之所以要完整地引述这一段，是因为它集中体现了习近平生态文明思想，生态被放在五位一体的总体性里，放在文明发展道路的总体性里，在这里，贯穿着一个巨大的、落实到每一个人身上的主体，就是人民。

这就是我赞成"生态文学"的原因。因为由这个"生态"可以通向新中国的经验、新时代的创造。这是以人民为中心的总体性的生态，在"人民"的主体性中，新的视野在我们眼前打开，新的认知装置必定会被发明出来。我们看电视剧《山海情》，你也可以说它是生态文学——这个时代的电视剧差不多就等于十九世纪的长篇小说——它就是在中国人民的生产生计中，在中国人民的生活、发展和创造中去重新认识和观看自然，重新界定人和自然的关系。

所以，选择"生态"不是词的问题，不是概念问题，是世界观和方法论问题，是主体的位置和构成问题。生态文学当然包括自然书写、博物学书写等等，但就文学整体来说，一种人民主体乃至人类主体的生态视野可以脱去乡绅气、士大夫气，在人和自然之间把广大的经济、政治、社会、文化收纳进来,在这样一个总体性上去重新想象,人是不是一定要这样,人的新的可能性在哪里,"我们"是不是一定要这样,我们中国人如何为人类创造和展开新的可能性。在这个意义上,生态文学面对着新的广大空间,它不仅仅是想象和决断人如何与自然相处,它也在想象人如何与自己相处、人和人如何相处,甚至想象如何成为一种新的人。这种新人不是回到千万年前,不是回到小农经济,而是说我们就在二十一世纪,我们面向未来,我们回不了头,继续向前走,但我们要重新设定人的条件。在这个意义上,"生态"是我们这个时代的一个核心命题,如何回应这个命题,一定程度上关系到文学的未来。

风沙行

◎ 梁　衡

1968 年 12 月将近年底时,中央决定分配因"文革"而滞留在大学里的三届学生。那方法不是如现在这样单位招聘,签约上岗,而是政治动员,号召到最艰苦的、祖国最需要的地方去。这样一来,天真、热血一点的人就纷纷写决心书表态。我学的是档案学,为稀缺专业,最早是苏联专家要帮中国建一座档案学院,后中苏关系破裂,就在人民大学开设了一个档案系,每年只收二十人左右,我的上一年级只有十九人,以往的学生分配全部留在中央机关。这次号召到基层去、到边疆去,我们全班十二个党员纷纷带头表态,结果鞭打快牛,十二个人就全被分到北部边疆,东起黑龙江西到新疆,一路撒开了去。大家毫无怨言,限三天报到,打起背包就出发。

一

我被宣布分往内蒙古巴彦淖尔盟(今巴彦淖尔市),查了一下地图,在乌兰布和沙漠的边缘,心想,此生要和风沙打交道了。临行时行李中只带了一套《毛泽东选集》和一本焦裕禄治沙的小册子。

几经辗转,多日后我来到一个叫巴彦高勒的地方。安顿好住处,就与几个先到的待分配同学到街上去转转。谁知一出院门不远便是沙漠。正是午后,风停日暖,天净如洗。沙地气候,早穿皮袄午穿纱,虽是深冬,并不十分寒冷。我们见惯了大都市里的高楼大厦、车水马龙,忽看到电影里的沙漠,十分新奇。沙丘相拥而去,一个连着一个;连绵的弧线,一环套着一环,如凝固的波涛。才知"沙海"这个词确不是随意杜撰的。我忽然想起《吊古战场文》里说的"浩浩乎平沙无垠",还有唐诗里的名句"大漠孤烟直,长河落日圆",不远处就是黄河。大漠长河,天高地阔,黄沙滚滚。我们几个萍水相逢的天涯学子,来做这沙海中的伴侣,一扇新生活的大门即将打开。大家兴奋不已,打滚扬沙,尽兴而归。

谁知还没有两天,沙漠就露出了真容。因为我们还要继续下派到县里去,就借了人力排子车拉上行李到火车站去办托运。走到半路狂风大作,飞沙走石,瞬间黄尘蔽日。前日里美丽温柔的沙海早不知躲到何处。街上的行人,男士一律帽檐朝后,女士以纱巾裹脸,艰难地躬身前行,好像正跟前面的一个人角力较劲。我们几个前拉后推护着车子,不让风吹翻行李,大口地喘气,可一张口,好像旁边正等着一个人,立即就给你嘴里塞进一把沙子。成语说,逆水行舟,不进则退。我没有行过船,却体验到了逆风拉车,不进则退。这是我到西北后经历的第一场风沙洗礼。回到招待所后,脱光了衣服也扫不净身上的沙子,那时候的招待里所还没有浴室。

我被下派到了临河县(今临河区),这是守着黄河边的一个小县,只有四万人口。过了二十多天,才在县招待所里逐渐聚集了七八个大学生和十来个中专生。当时正是"文革"高潮,县机关几近瘫痪,只有几个人在维持局面。组织干事名李志忠,三十多岁,清瘦老练,说一口当地话。他是我出校门后碰到的第一个工作联系人。他找到我说:"县里决定把你们编成了一个劳动锻炼队。俺给你们找了一个条件最好的生产大队,小召公社光明大队,靠近公路,离县城四十里。大队长还是全国党代表哩。你们就在那里劳动落户。你看现在县里这个样子,也抽不出什么人去带队了。这二十多个学生中,就你一个党员,特任命你为队长,也算是帮我们一个忙。为了便于工作,再给你一个公社党委委员,可参加公社的有关会议。"就这样给我戴了一顶高帽子,却是个金箍,套住了一个给他们白干活儿的人。

第二天他即叫上县里唯一的一辆嘎斯吉普,带上我去看将要安家的地方。那时的乡间公路全部是土路。冬季里的塞外，几乎无日不风，空中悬浮着似落不落的沙尘，天地一片昏黄。出城北行一个多小时后，车子停下，他说到了。我说："在哪里？"他用手指了指公路西侧，我仍是一头雾水。在我的印象里，所谓村子者，总得有房、有树、有人家。就算没有江南的粉墙黛瓦、中原的青砖大院，也总得有几间房子，或一点鸡犬之声吧？而这里唯闻北风呼啸，只见黄尘滚滚，向四处望去，收割过的田野是黄的，一条土路是黄的，远处的沙丘是黄的，依稀有几间平顶土房，也是黄的，整整一个黄土、黄沙、黄风搅动的混沌世界。我们要住的就是那几间瞪大眼才能辨认出来的土房。这就是塞外，我将要安家的地方。京城亲友若相问，一袭黄尘在风中。

安顿下来后，我们四个男生睡在一条土炕上，开始了沙里滚土里爬的锻炼生活。河套平原冬天的一大农活就是担土平地。背风铲土，顺风扬沙，口、耳、鼻，乃至你的贴身内衣及任何隐私处，无不灌进沙子。到收工吃饭，碗里也休想没有沙粒。这就是我们正常的劳作和生活。有一次我和一位女同学进城为锻炼队采买生活用品。骑自行车，来回八十里。下午返回时又风沙骤起，两人蹬车艰难地逆风而行。那同学本就瘦小，又是城里长大，哪受过这等折磨，渐渐体力不支，我们只好骑行一阵又推行一阵，勉力而行。眼看天色昏暗下来，风愈紧沙愈急，前面还要路过一片坟地。我急了，从车上解下一根绳子，拴在她的车把上，翻身上车，在前面使劲蹬车，她也拿出吃奶的力气在后面跟骑，天黑前无论如何要赶回去，两人都汗水湿透了棉衣。我们到临近村口时，早已看见几只手电筒的灯光，家里的同学不放心，正出来找人。我们进屋后一屁股坐在炕沿上几近瘫软。战友们赶快拧一把热毛巾，又在锅里舀一碗米汤来让我们压压惊。要不是我还顶着个"队长"头衔，当时真想哭几声，喘过来气后，自嘲地说了一句："没想到今天当了一回拖拉机。"大家哄然一笑，就算了事。

多少年后我在国家新闻出版署工作，各省的出版局局长大都是我们这批"老五届"的学生。物以类聚,每年开会在饭桌上说着说着,就谈起往事。那天,我不知怎么谈到这次风沙夜归人。在座的四川出版局的局长陈涣仁与我同是六八届。他即讲了一个更惨的故事。当时他们几个大学生被下放到四川阿坝劳动,就是当年红军过草地的地方。草地有风无沙,多雨雾。一天他们几个人出去捡柴火,突然一阵雾起,伸手不见五指,几个人走散,天黑回来时少了一人。大家也是打着手电筒四处呼喊。第二天,在不远处发现一堆狼吃剩的人骨头。顿时,满座无声,沉默良久,半天有谁以拳击桌,说了一声:"喝酒!喝酒!"才又拉回到现实。那时的口号是知识分子到基层去锻炼。"锻炼"这个词借自铁工,就是把一块铁扔在炉子里烧炼,再拿出来反复锻打。我们这批人就像是一个刚出炉的毛坯铸件,除了锻打,还被放到一个风洞实验室里来反复地吹沙洗磨。

一年后我先在县委工作,后当省报的驻地方记者,仍少不了经常下乡,吃风浴沙。一次额外受优待,搭乘盟委书记的车下乡。出城时还天清气朗,车行到北山脚下,山后渐渐升起一片腾腾的烟雾,先是深红暗黄,后渐成灰黑一团,滚滚而来。一会儿就感到了飓风的力量,像有一个无形的巨人,横档于路的中央,用双手推住我们的车子不准前行。车子大喘着粗气,颤抖着左右摇晃。霎时风助沙威,沙借风力,一团沙、土、风搅成的旋涡将车子团团裹定。只见挡风玻璃上唰唰地卷过流沙的怒涛,车子如掉到了黄河深处,上下左右浊流滚滚,一片昏黄,人如在水下不辨东西。那时的北京吉普还是帆布棚,何谈密封。沙子寻着袖口领口、衣襟裤脚等一切可乘之隙,急急往身子里钻。赶紧停车,静待其变,大家都不敢说话,因为一张口就有一把土直塞咽喉。这样等了半个小时,渐渐挡风玻璃上才出现路的影子,司机启动雨刷,边刷土边小心前行。这是我印象最深的一次风沙与车子的较量。如果当时人在车外又当如何?同行的盟委书记名蒋毅,是一位慈爱可亲的老者,后来他也调回北京,曾任全国总工会副主席。一次开会我们碰到一起,说起那段往事犹惊魂未定,如在昨天。

二

　　虽风沙肆虐,但人们居于斯,长于斯,也有了对付的办法。最有效的法子就是造林栽树。天不绝人,有沙就有抗沙的植物。在牧区有沙打旺、花棒、柠条等能固沙且可兼做牧草的灌木。农区则有一种名叫沙枣的树,我对它印象极深。现摘取一段当年的日记如下:

1973 年 6 月 10 日

　　我们住的房子旁长着两排很密的灌木丛,也不知道叫什么名字。第二年春天,柳树开始透出了绿色,接着杨树也长出了新叶,但这灌木却没有一点儿表示。我想大概早已干死了,也不去管它。

　　后来不知不觉中灌木发绿了,叶很小,灰绿色,较厚,有刺,并不显眼,我也并不十分注意。只是每天上井台担水时,小心别让它的刺钩着自己的身子。

　　6 月初,我们劳动回来,天气很热,大家就在门前空场上吃饭,隐隐约约飘来一种花香,我一下就想起香山脚下夹道的丁香,一种清香醉人的感觉。但我知道这里是没有丁香树的。

　　第二天傍晚我又去担水,照旧注意别让枣刺挂了胳膊。啊,原来香味是从沙枣这里发出的。真想不到这么不起眼的树丛竟有这种醉人的香味。我开始注意沙枣。

　　去年 4 月下旬我到杭锦后旗参加了一期盟里举办的党校学习班。党校院里有很大的一片沙枣林。学习到 6 月 9 日结束。这段时间正是沙枣发芽抽叶、开花吐香的时期。当时曾写了一首小词记录自己的感受:

　　干枝有刺,

　　叶小花开迟。

沙埋根,风打枝,

却将暗香袭人急。

　　秋天,我到杭锦后旗太阳庙公社的太荣大队去采访,又一次看到了沙枣的壮观。

　　这个大队紧靠乌兰布和大沙漠,十几年来,他们沿着沙漠的边缘造起了一条二十多里长的沙枣林带,沙枣后面又是柳、杨、榆等其他树,再后才是果木和农田。这长长的林带锁住了咆哮的黄沙。那浩浩的沙海波浪翻滚,但到沙枣林带前却停滞不前了。沙浪先是凶猛地打在树干上,但立即被撞个粉碎,又被气流带回几尺远,这样,在树带下就形成了一条无沙通道,像被一个无形的磁场阻隔,黄沙总是不能越过,并且还逐年树进沙退。高大的沙枣树带着一种威慑力量巍然屹立在沙海边上,迎着风发出豪壮的呼叫。

　　沙枣有顽强的生命力。一是抗旱。无论怎样干旱,只要插下秧苗,就会苗壮生长,虽不水嫩可爱,但顽强不死,直到长大。二是它能自卫。枝条上长着尖尖的刺,动物不能伤它,人也不能随便攀折它。沙枣林常被用来在房前屋后当墙围,栽在院子外护院,在地边护田。三是它能抗碱。它的根扎在白色的碱土上,在严酷的环境里照样苗壮生长。

　　在这里我见到了林业队队长。他是一个近六十岁的老人。二十多年来一直在栽树。花白的头发,脸上深而密的皱纹,古铜色的脸膛儿,粗大的双手,我一下就想到,他多么像一株成年的沙枣,年年月月在这里和风沙搏斗。他那质朴、顽强、吃苦耐劳的品质在育苗时通过满是老茧的手注入沙枣秧里,在护林时通过期盼的眼神注入古铜色的树干上。不是人像沙枣,是沙枣像人。

　　今年,又是初夏,而我在去冬已移居到临河县中学来住。这个校园其实就是一个沙枣园。一进大门,大道两旁便是密密的沙枣林。每天上下班,特别是晚饭后,黄昏时,或皓月初升的时候,那沁人的香味便四处蒸腾,八方袭来,飘飘漫漫,流溢不绝。初夏的一切景色便都融化在这股清香中,充盈于人的心怀。

宋人咏梅有一名句:"暗香浮动月黄昏"。其实,这句移来写沙枣何尝不可?

沙地的可咏可叹之物还有许多。有一种红柳,生长很慢,极耐旱,枝通红。细枝可用来编筐子。我刚住下时房东送来一个新的红柳箩筐,横纹竖线,细编密织,就像是一个大红灯笼,红艳照人。放于墙角顿觉陋室生辉,寒窑生暖。较粗一些的红柳枝可编成篱笆,不是做篱笆墙而是糊上黄泥盖房顶,以枝代瓦。我们住的就是这种房子。它的嫩枝还有一个妙用,当小孩子因疹子将出未出正发热难受,煎汤喝之,立马疹出病除。又有一种芨芨草,叶嫩时可供牛羊啃食,最有趣的是,它多年生的草秆子有一人多高,洁白似雪,柔韧如藤,大约如织毛衣针那样的粗细。仲秋时节,你老远就能看见谁家土屋前后翠绿一蓬,这时的风景真不亚于江南平原上翠竹深处有人家。收割后可穿成帘子,雪白细密,透风遮阴。而最多的用途是绑成扫院子的大扫帚,一人多高,坚韧且有弹性。无论农家小院还是学校、机关都会靠墙杵上几把,不威自重,亮丽照人,一进门就感到这院子不扫也净。当然还有其他沙地特产,名声最响的就是河套蜜瓜了,我曾专有一篇《吃瓜》说其中的味道。祸福相依,这都是得了沙子的好处。

就是沙子本身也有许多特别的用途。沙与土,性相近,习相远。沙为圆粒,性流动;土为粉状,性黏滞。沙间有空隙,吸水透气;土质紧密,无水板结,见水成泥。这一比就见出沙子的可爱,也有了许多专门的用处。小者,可洗油瓶,弥砖缝。老油瓶子是最难清洗的,在没有发明洗涤灵的时代,乡间有一个最简单的办法,抓一把沙子,加半瓶水,来回晃荡几次,便洗得光亮剔透。新铺的砖地,缝隙纵横,这时倒上一簸箕沙子,再扫上两遍,天衣无缝。而沙子还用来铺在瓜地里,造成小气候,午热晚凉,便于瓜积累糖分,这样的瓜特别好吃。沙吸水存水,当地就总结出一种植树经验,简直是一门特技,一个专利。拿一空酒瓶装满水,放入扦插树苗,连瓶埋入沙土中,小苗靠这一瓶水就可熬到长出须根,翻出瓶外,接上地气。在泥土中则不行。大者,沙子可用来筑城修路。我在乡下的时候,公路边每隔百米就备有一堆沙子,防雨天泥泞。沙子因圆、松、软、滑的特性还被用来减震,学校体育课上跳高、跳远的沙坑就是一例,而这几天看俄乌战争的报道,其所修的工事就是钢筋水泥板中间夹以厚层的沙子。沙子的流动性更被用来做自动密封剂。我的家乡山西洪洞县有一座明代的监狱,就是京剧《苏三起解》里唱的"苏三离了洪洞县"的那个监狱。狱墙先用砖砌成内外夹层,里面再灌满沙子。当越狱者正高兴自己已盗开了一个墙洞时,沙子却喷涌而出,拥塞洞口。犯人费尽心机,到头来却被一粒沙子戏弄,沮丧不已,又被锁回牢房。我们不能不惊叹古人的聪明,也不能不承认沙子的全能。

三

人久生情,地久生恋。常年生活于沙地,对这里也有了一种特别的情感。别看风沙脾气大,平歇下来也温柔可人。仲夏的夜晚,你一觉醒来正凉风过野,细沙打在窗纸上,簌簌唰唰,如春雨入梦,窗外月明在天,地白如霜,沙枣花暗香浮动。这时忆亲人,怀远方,心也温暖,情也安宁。

想来命运把我们扔到这沙地里来也是有一定的道理。古人不是说要给你一点儿重任,先得饿其体肤,苦其心志吗?学生刚出校门正该这样。在大自然所设的各种苦境中,风沙够得上上等之苦了。但它像一杯苦茶,喝过之后又有一点回甜。一年后这支锻炼队解散了,散伙那天,我们再登沙丘,再看那浩浩平沙无垠,大漠孤烟、长河落日,别有一番滋味在心头。人生旅途漫长,但只要你曾经穿越过风涛沙浪,就儒者勇,弱者强,男女即可为壮士。大风起兮尘飞扬，壮士归去兮守四方！大家挥沙分手，各赴前程。但不管走出多远，我们身上都有一个印记：从风沙中走出来的人！

这种风沙刻在心里的烙印将一直伴我终身。后来我在全国各地采访，朱熹下轿问志，我却下车伊始先问人家的降水量、无霜期、树木覆盖率等等，好来与西北做对比。不知道的人还以为我是学农林水专业的。1983年我到新疆采访中国科学院新疆沙漠研究所，与他们谈沙说沙，如话乡音，格外亲切。后来去河南，在兰考捧起一把焦裕禄治过的沙子，倍感亲切。到山东看黄河入海口，滚滚而来的沙子竟在海边形成一片新的陆地。我在心中轻轻地喊道，这其中一定有几粒是从我当年的衣缝中抖落或者口鼻中吐出来的啊。退休后，单位每年夏天都组织我们到北戴河休假。我意外地发现海边沙地里竟然还有一棵沙枣树，在海风的常年揉搓下扭出了好几道弯，如虬龙欲飞，屹然挺立。它叶小、皮红、有刺，被淹没在郁郁葱葱的松林里，实在不显眼。游客们穿着艳丽的泳衣、打着遮阳伞、嘴里叼着小吃，熙熙攘攘地从它身边擦过，没有人多看它一眼，也没有人问一句这是什么树。老沙枣树沉默不语，有几分独在异乡为异客的凄凉。而我每年去时总要找到它，看了又看，摸了又摸，再合影一张。

生理学研究说小孩子断奶后吃的第一口菜是什么味道，就决定了他一生对美味的记忆。一个人的一生有两个童年。一个是生理人的童年，大约是六岁之前吧。一个是社会人的童年，大约是他从学校毕业之后走向社会的第一个六年。除了极少数人含着金钥匙落地，谁也不知道社会将给他准备什么样的头道菜。塞外风沙就是我进入社会后吃到的第一道菜、尝到的第一口社会味，它已永久地刻写在我生命的基因里。从此，西北的风沙成了我观察环境、透视社会、研究人生的一面镜子。那一年在云南，主人陪我逛街，为了扩宽街道砍去许多树木，城市只剩下裸露的水泥板。主人还在得意地说："我们这里四季如春，山好水好。"我脱口而出："就是人不好！你知道吗？在西北几代人才能栽活一片林，你们这里插根扁担都能活。怎么就是不栽树！"一时弄得人家很尴尬。回来后仍意犹未尽，在报上发了一篇短评《好山好水更要好官》。一次正赶上北方有沙尘暴，我们恰好到海南去开会，一落地，蕉叶如诗，椰林如画，上下天光，一碧万顷。别人都庆幸这几天逃离了北方的沙尘，我却心里有一丝在关键时刻逃离战场，不能与父老共艰克难的耻辱感。到晚年回头一看，我才发现自己的作品无论是文学还是新闻，凡影响较大的都与风沙有关。我曾有一篇写栽树老人的新闻稿入选小学课本，已有三十年，现还未"下课"，还与孩子们一同栽树。就是写西部的历史人物竟也不脱风沙的背景，如左宗棠和他的左公柳，林则徐被发配新疆兴修水利，王洛宾在青海追求遥远的美丽，等等。上天赐我以风沙，我报风沙以文学，报风沙以人生。我在接受西北文学奖的答词中说：

> 从一参加工作我就与西北结下了不解之缘。中国地形西高东低，是西部的冰雪化水，输送东南，滋润国土，繁衍子民。而它却把高寒、荒漠、风沙留给自己。生长在西北国土上的生命，无论是树木、灌草还是人，都有一种顽强、坚忍的牺牲精神。它们都是中华大地上生命的极点。我由衷地感恩西北，敬畏那些顽强的至高无上的生命。

国家对环境保护的内容已经调整为"山水林田湖草沙"的七字方针。这个"沙"字已经堂堂正正地升为国策的一部分了。我伴沙而行五十年，也倍感光荣。

两棵树

◎ 刘汉俊

一个难言之隐，压在我的心底，多年了。

从千里迢迢的北京，回到故乡赤壁的莲花塘刘家，总在寻觅什么。

是家乡的亲人？二叔三叔家的，大姑家的，一直排到七姑、幺姑家的，这些年的联络没有断线儿，大抵知道各家的状况。会面少了，微信却多了，还建了一个群叫"老刘家"，众多兄弟姐妹挤在一个页面，有时候叽叽喳喳热闹得不行，有时候沉寂一阵子没有动静，偶尔冒出来三两个，聊上个三两句，或者发三两个表情。逢年过节，亲情满满。疫情一重，群里热度陡升，像体温计的汞柱。惦念叮嘱关心提醒祝福，都是真真切切、暖暖和和的。寻不寻，觅不觅，亲人们都在手机里待着，好像不急。

是儿时的伙伴、同学，"村里的小芳""同桌的你"？从万古堂小学①到赤壁一中，从本村到邻村，老屋任家、新屋任家、月亮湾任家、大塘坝任家、老屋邹家、鸭棚梁家、架桥郑家、好吃丁家②、洞里涧刘家、茅山张家、古井陈家、高井畈刘家、畈里杜家、坡里童家、牌里间卢家、羊角湾卢家、塘屋湾宋家、程家湾、费家庄、黄家嘴，山旮旯儿里，水凼凼边，都有我儿时的伙伴。

---

① 万古堂小学：莲花塘刘家、老屋任家、角塘湾李家之间的山垄里，有一个庙叫万古堂，在此基础上建成万古堂小学、大田中学。

② 好吃丁家：丁家因为习俗上提前一天吃年饭，被当地戏称"好吃丁家"。

一块打过架、相过骂①、操过打②、偷过桃儿的，一道放过牛、砍过柴、抽过笋、游过水的，一同捉过兔、捞过鱼、打过蛇、逮过野物的，还有一起讲过鬼怪故事、交换过小人书、躺在夏夜的竹床上数过星星、一起读过《十万个为什么》、收听过中央人民广播电台节目《今晚八点半》的。寻不寻、觅不觅，彼此记着、打听着、大概知道，不急于热乎。山路间田埂上马路边，或者某个小酒馆里碰着，一顿亲热之后，东一句西一句长一句短一句地寒暄，到后来便是尬聊了。偶遇心心念念的"小芳"或者"同桌的你"，却是三分羞涩情似在、时过境迁心已无了。

　　是满桌的酒菜馋人、灶堂屋的煨汤诱人？乡下人家好像不缺吃的。山上长的、树上结的、地里栽的，都能入锅上桌。秋有莲藕冬有笋，春有包菜夏有瓜。肩扛手提给菜园子浇几桶水，第二天早起便是丝瓜苦瓜黄瓜茄子豆角满挂，菜花豆花黄花红的紫的白的满眼。地头的韭菜永远割不完，一刀子掠去，一篮子装满，一回头又是一地青。无论哪个山涧地沟里，准有一片片带着露珠儿的黄花葱蒜，在朝阳下灿灿灼灼地等你；随便哪个塘堰池坝里，总有一簇簇的荷叶莲花，在烈日下举着伞等你。冬瓜南瓜圆的长的瓜熟蒂落，土豆红薯萝卜芋头满地乱拱，红辣椒青辣椒线辣椒甜辣椒朝天椒灯笼椒在万绿丛中闪闪烁烁。百吃不厌的红菜薹白菜薹家家都有，各家口味不同，哪家味道都好，农家的锅灶才炒得出农家的味道。塘里的鲫鱼鲤鱼河里的刁子鱼，沟里的细虾螃蟹田里的小泥鳅，还有遛弯儿的黄鳝晒太阳的鳖，一不留神儿就美滋滋地成了农家的桌上宾盘中君。灶膛上挂烤的腊肉腊鱼腊香肠、蹄髈元宝熏野味，醇醇地散发着年味儿，火炉里一罐罐湖藕排骨汤、黄豆猪肚汤、胡萝卜牛肉汤、苕粉炖鸡汤，嘟嘟地冒着香气

----

① 相过骂：即相互吵架。
② 操过打：老家对练武术，尤其是学拳术的，俗称"操打"，一些男孩子稍大一点儿就被送去拜师学武术。

儿。家乡的味道,是乡愁的主角。但现在城里好像也不太稀缺,京城的湖北餐馆多起来了,发达的物流使北京的超市经常上架水灵灵的红菜薹,老家赤壁的"龚嫂鱼糕"、干豆角、咸鸭蛋等还可以网上订购送货到家,家乡同学发条短信:"给你寄了两瓶我妈做的金椒粉子①,注意收啊。",第二第三天晚餐就吃上了。吃的似乎也不十分惦记。

那一年,走在回莲花塘刘家的大田畈,我竟然迷路了。好不容易摸索到一片社区村落,一问是角塘湾李家。我猛然记起什么,问道,李家岭上的两棵柏树在哪里?

村里人答曰:早就斫②了!

斫了。要建一个企业。

啊！我不是怅然若失,而是"真失"了。

从懂事起,岭上的两棵柏树就印在了我的心底。山岭的平地,一对古朴的苍柏直挺挺地生长,一棵稍高,另一棵略密,每一棵树都需几个孩子合抱。树势如双雄并峙立地冲天,如戟如柱,又像情侣比肩握手交臂,相勾相连,站定三千年,相依二千年,等你三千年。柏树叫什么名字,不知道;候鸟飞播的还是随风落地的种子长成,不知道;树龄多大,不知道,爷爷的爷爷就见过。莲花塘刘家祖上出过翰林学士,刘翰林过年回乡省亲,走过大田畈,打李家的树下走过就到了莲花塘,然后把马系在塘上的桅杆丘③。大年初四,刘翰林就起身回朝,所以莲花塘刘家的年只有四天,"破五"就踏雪破冰干活儿了。从莲花塘去城里,这里是必经之地。

粗硕的根茎似钢筋铁骨,浓密的枝叶能傲霜斗雪,素朴庄严肃穆,威

---

① 金椒粉子:老家也称辣椒为金椒,辣椒切碎略晒,与糯米粉搅拌腌制,味道醇美。当地也称"辣椒榨"。
② 斫:音 zhuó,即砍。
③ 桅杆丘:莲花塘刘家村前的一块地,中间曾立一根竿,形似船上的桅杆,供翰林或官员系马专用。这块地目前仍在。

风凛凛如阵。与房前屋后池边田塍的桃树李树梨树桂花树棠棣树们相比，无色彩之绚丽，少花果之芬芳，无虬枝之峥嵘，少舞蹈之气象，唯有躯干笔直昂然向上，华盖厚实沉稳内敛。纵然风雨来洗脸、春色来美颜，星月上银光、夕阳镀金辉，却有一种"日月每从肩上过，山河长在掌中看"的低调淡定从容。树梢高耸入云端，枝干相拥在云中，留得住雾霭，歇得下飞鸟，树冠的窝是鸟雀们温暖的家。树上趴着蝉，蝉在蝉衣包里歌唱；树下拴着牛，牛在牛草堆中犯困。水牛黄牛们蜷着卧着，等待下午或者黎明的出耕，树干的一圈早已被牛绳磨得光溜圆滑。石碌石碾、风车磨盘，三三两两地趴着歇着，千转百转总有自己的半径，千圈百圈不离自己的轴心，动或者不动，它都在那儿，岁月静好。

两棵树迎风而立、随风而动，是村里人的风向标、风速仪。十里八乡出远门的、回娘家的，进县城的、下田垄的，弯弯绕绕曲曲折折来来回回，两棵树是方位参照物。大雪封山，银装素裹，在齐膝深的雪地里深一脚浅一脚地跋涉，风雪中隐隐约约的两棵树是定向标。树下是家，树在家在，两棵树是远程的出发点、归程的落脚地，是人生的原点、生活的圆心，是游子的精神皈依。

两棵树居高望远、通天接地，枝干上架设过大喇叭。中央的声音、国内外大事、村里的通知，农用知识、天气预报，以及准点报时的军号声，每天从这里传遍山脚下的李家、任家、刘家和万古堂小学，老远都能听到。树下的一块平地，是村里大人细伢子们的活动中心。白日里柏树底下晒太阳、晒衣被、鱼罾、丝网，晒萝卜干、豆腐渣、腌豆豉，各晒各的；星夜里背靠大树好乘凉，藤椅一搁竹床一铺，驱蚊虫的烟包①熏起来，抽烟的讲古的吵架的搓麻绳的，各玩各的。还放电影，幕布的一头被褶褶皱皱地拉扯在树干

---

① 烟包：用干稻草编织而成，可长可短，可松可紧，点燃后散发浓烟，晚上置于室内或者屋场用来熏蚊子。

上,电影胶片机咔咔嗒嗒自顾自地转悠,柴油发电机哼哼嘟嘟地使着劲儿冒着气儿。一屋场人围着幕布正反两面看电影,总有人在大声地充当解说员,有一搭没一搭地做着剧透。

腊月里的赛鼓从冬月农闲就开棒了,两棵树底下是最好的赛场。各家搬出自家的脚盆鼓①,摆开擂鼓比赛的场面,你家我家比,这村那村赛,一棒两棒,三声五声,你响我更响,我快他更快,赛声响、比速度、拼耐力,此起彼伏你追我赶,乱鼓像热锅炒豆子噼里啪啦,排鼓似雷电战鼓阵势威风,由此拉开山村过年的序幕。一年的收成喜庆,来年的愿望期盼,全在这起劲儿的鼓点里了。

两棵树是山上的景,也是村里的主。常有长者在树下观天象、识风雨,祈求风调雨顺,拜请神佑苍生。正月初一到十五,花灯、鼓阵、舞龙队、狮子、蚌壳、采莲船在树下集结进村拜年。在这里,总有妇人在黑夜里叫着乳儿的名字,为恙中的孩子或者受惊吓的幼童"收吓""喊魂"②;在这里,偶尔有漆黑的棺材停放一夜,等到第二天一早,麻衣素缟的亲人们哭着念着唱着,簇拥着八抬师傅③们庄重地托起一个已歇息的生命,向着某个山垄里沉重地走去。

苍老的柏树是岁月的刻度、历史的留影,目睹过白云苍狗沧海桑田而依然保持一颗青翠圣心,经历了风霜雨雪雷电交加却仍然挺直一尊铮铮傲骨,是鄂南山乡一隅的文化标识、精神标杆和历史记忆。

---

① 脚盆鼓:赤壁农村流行的鼓,形似大脚盆,用牛皮蒙成。
② 收吓、喊魂:山区农家一种带有迷信色彩的习俗,家里有小孩生病,家长认为有鬼魂缠身,摄走了孩子的精魂,一般是母亲或者奶奶在黑夜里到野外,呼唤孩子的名字,乞求鬼魂宽容放过,音调往往凄凉哀婉。
③ 八抬师傅:老家农村的棺材往往由八位男壮劳力抬起送上山,承担抬送任务的人被尊称为"八抬师傅",他们的动作持重、缓慢,在通往墓地的路上,隔一段还要停下,齐声吆喝。事前事毕享受烟酒等财礼厚待。

在读万古堂小学的时候,我听过一位少年英雄的故事。1931年冬,在国民党85师①反动势力的怂恿下,当地反共组织"铲共团"疯狂捕杀共产党员和进步群众。有一位红色赤卫队儿童团团员,叫李海林,不到十六岁,家住柏树底下的角塘湾李家。那天凌晨,他在树下放哨,没想到一队"铲共团"武装趁着曙色和浓雾摸上了山包,李海林不幸被捕。小小年纪受尽酷刑,但他宁死不屈、决不投降,厉声正告敌人"革命不怕死,怕死不革命"!残暴的敌人砍下他的头颅,抛进了北门河,悬尸示众。依稀记得,讲故事的,是老屋任家的炳贤爹,他是李家的世亲。每年清明节,学校都要组织我们去李家对面的山坳为烈士扫墓。青山饰浮雕,苍柏为丰碑,烈士的英灵长存、英名不朽。不知道李海林的故事,是不是载入了赤壁烈士谱,我没有查到。抗日战争期间,侵华日军多次对赤壁县城、铁路桥、医院、驻军、居民区、村庄进行轰炸,经常到莲花塘刘家扫荡,把村里的猪牛鸡鸭米菜洗劫一空,这一带成为抗战军民打击敌人的游击阵地,因而也成了日军打击的重点目标。为了让这两棵柏树免遭日军炮火伤害,乡亲们把自家的铁锅、铁罐、铁盆、铜壶砸碎砸扁成片,贴在两棵树身上。苍痕铁树,嶙峋铁甲,宛如凛凛铁骨挺立。大树不倒,精神犹在。

两棵树是迎宾树,也是送客处。迎来送往,迎娶送嫁,这里是必停之地。好事成双,如双柏相伴;情谊千古,像古树苍翠。送君送到大树下,心里几多知心话,拱一拱手揖别经年的老友同庚②,挥一挥袖作别远山的云彩

---

① 国民党85师:原为贵州铜仁地方部队,师长谢彬于1929年在其贵州家乡征募子弟近一万人,后调驻鄂南蒲圻、崇阳整训近三年。1935年8月3日,该师前往湖北恩施市宣恩县参与对湘鄂川黔苏区红军的"围剿",被我红二、六军团在板栗园全歼,师长谢彬被击毙。
② 同庚:年纪相同的人,赤壁民间有结拜同庚的习俗,经过酒席等一定的仪式结为兄弟或姐妹,互称"老庚",誓言有福同享、有难同当,视双方亲人为自己亲人,逢年过节来往密切。

流霞,此去长风浩荡归雁无期,一路高山水长千万珍重。依树放眼,大田畈里一马平川几无屏障,田方地平大路朝天,但放学时分,老师总会护送学生到树下,目送孩子们打打闹闹嬉嬉笑笑地下坡,过了流水港便四通八达,各回各村、各找各妈。孩子们回到自家村口了,一回头,老师还远远地站在树下。

这两棵树也深深地植进了我的心田。儿时的我无数次地站在树下,眺望满畈的金色稻浪、碧绿秧丛,以及无垠的油菜花、紫云英;无数次地站在树下,遥望远处的京广铁路、远处的赤壁县城,幻想未来的生活、未来的模样;无数次地带着妹妹弟弟和自家的大黑狗站在树下,眼巴巴地翘盼从县城里买肉买布买小人书回来的妈妈,等候一年几次从更遥远的武汉回家、大包小包驮弯了腰的爸爸,等候徒步穿越县城、穿越大田畈来看我们的舅舅。

大学毕业后久居京城,那年春节突然想回阔别多年的山村看看。从赤壁县城的西南角出来,影影绰绰地望见了那久违的树影,顿时就流泪了。那是故乡的位置、童年的时段、初心的摇篮、家的方向。我以一颗虔诚的心,向着树的方向一直走一直走,尽管峰回路转阡陌交错,却总能走通,一直走到两棵树跟前,走进我的莲花塘。那两行风干的清泪,是我献给故乡最隆重的见面礼。

千千心结家乡树,一枝一叶总关情。可是,这两棵树怎么就没了呢?是树大招风抢了光,还是煞了风景挡了道?

二十多年过去,不知道这两尊金枝铁干般的躯体,当初是怎么被放倒的,那一刀一斧、一锯一凿是怎么开膛破肚的,那永远不改其色的墨绿枝叶是怎么折断枯萎化为尘埃的。有没有人看过它们的年轮、知道它们的年纪?我不敢想象,它们訇然倒地的景象,那汩汩流淌的汁液,想必是它们告别人世的泪水。

山有神,水有灵,树有魂。天生万物,道法自然,人类对自然当心存感念和敬畏。当我们陶醉在山河改道、天地易容的巨变，畅想在沧海变桑田、旧貌换新颜的愿景时，不要忘却"天地与我并生，万物与我为一"的境界。竹山林木如海，葱茏茂密如被，的确不缺一两棵树，但尊重每一个哪怕是纤弱细小的生命，譬如一两棵树，是需要哲思、情怀和格局的，这是一种文化自觉。如何不刨千年根、不废万古流，辟其地而留其脉，开新颜而守住魂，是需要反思与拷问的，这是一种文化自警。新兴的城市为一棵百年榕树让道，这事发生在福建厦门；新建的高速为一棵红豆杉改道，这事发生在京珠高速广东段；为了留下一棵国槐树，车流如潮的主路一分为二，道分两路，车行两边，这事发生在北京西二环的天宁寺桥。国内外像这样的故事很多，这是人文关怀和人类情怀的经典定格，是一道自然景观，更是文明的风景。武装到牙齿的我们如何对待生我育我的环境，是一道良知的作业题、道德的考试题。

不是选择题，是必答题。

倒下去的是两棵树，升起来的是我深深的失望。这个埋藏在心底二十多年的痛，幻作一缕淡淡的忧伤，爬进了我的乡愁。

我难过地发现，竟然连一张它们的照片都没有留下，只能在记忆深处寻觅它们了。

马王溪光景

◎ 彭学明

"一水护田将绿绕，两山排闼送青来。"

"双飞燕子几时回，夹岸桃花蘸水开。"

"一折青山一扇屏，一湾碧水一条琴。"

"等闲识得东风面，无边光景一时新。"

当我一次次地踏进湖南湘西泸溪县的马王溪时，古人留下的诗句，也一次次跟着踏了进来。那古诗里的无数意象，那意象里的无数画意，那画意里的无限光景，都仿佛是专为有着"湘西第一村"美誉的马王溪颂吟。

一折折青山，的确像一扇扇折叠的屏风，次第打开，峰峰岭岭，起伏错落，蜿蜒迤逦。清晨云雾缭绕，傍晚霞光晕染，一望无际的墨绿和青翠，一望无际的刚劲和妩媚。一弯溪水，从山涧里奔涌而来。水薄处，清亮、透明，有如蝉衣在卵石上滑过，亦如丝绸于沙砾上飘过。水厚处，则一层一层地生出了颜色，绿莹莹的颜色，碧蓝蓝的颜色，像光洁的翡翠和碧玉。那水，无论多浅多深，都是清悠悠的、亮晶晶的，看得见清山、望得见树木、摸得到所有清晰的倒影。那永远鲜活的山，那永远鲜嫩的水，就这样山水一色地融为一体，让马王溪村的祖先留了下来，升起了第一缕炊烟，开出了第一片田园，繁衍出了如今的几个家族1700多口人。

此时的马王溪，正是果木飘香的时候。山与山的交界处，山和山都相互客气地让出一大片空旷来，平展展的，若一张宣纸，任马王溪人挥毫泼墨。点一片桃红，黄桃和蜜桃就碗碗花一样一朵一朵绽放起来，硕果满枝。

滴一片梨白,秋梨和香梨就小灯笼一样一盏一盏倒挂起来,硕果满枝。再抹一抹紫金、添一笔绿釉,一架架、一坝坝的红提、青提和阳光玫瑰,就一束束、一串串地挂起来、吊起来。而另一片地里的草莓,则在一片郁郁葱葱的青翠里冒出一星星火焰,仿若一地的红烛,等待点燃一段旷世奇缘。

果园的马路两边停满了车辆。果园里、阡陌上,全是慕名前来的游人。那游人真多啊,把一个村庄、满山田野都填满了,仿佛比山里的树木还多,比树上的果实还多。他们全是来采摘果实、体验农庄生活的。每一个下车的人,都禁不住这美景里果实的诱惑、果实里美景的诱惑,都一边惊叹着一边迫不及待地扑进果园。仿佛那些水果不要钱,仿佛迟一步那些水果就没了。进了果园,你就可以随便吃,有多大的胃口,你就吃多大的水果;有多大的肚皮,你就装多大的水果。马王溪的人,是不会心疼的。他知道你不会白吃,知道你吃了就会买,你一定会吃了还想吃,一定会买回去继续享用,买回去与亲朋共享。因为这些水果真是太好吃了。你也尽管放心地吃,他们没有打农药,没有上色素,更没有注什么催熟剂,都是天然的、无公害的,你尽可以放下斯文,把水果用手或袖抹一下就吃。每一种水果都是一包甜蜜蜜的汁液,咬一口,就满嘴流汁,透心甜蜜。

其实,你吃得了多少?撑死你吃个一两斤。可你买时,可不止一两斤,而是三五斤,甚至十多斤、几十斤、几大箱。假如市面上一斤2元,马王溪一斤就是10元。你还不觉得贵,你还觉得值。因为,前面说了,这特别好吃,是原生态、无公害,是健康。钱不但要买美味,更要买健康。更重要的是,这是你劳动所得,是你劳动的收获,你买了美味,买了健康,还买了劳动的快乐,买了美好的心情。怎么不值?

所以,马王溪人就是看准了游客的心态和需求,才念准了乡村振兴的致富经。这可真是一本值得我们好好细读的乡村振兴致富经。

先说这水果致富经。马王溪的带头人、村党支部书记石泽林当时发动村里种水果时,谁都不敢种,谁都不肯种,在这鸟都不肯拉屎的地方,种的水果，谁要？谁吃？不烂在土里才怪。的确，论地理条件，马王溪的确不占一点儿优势，离县城那么远，离乡镇也那么远，种那么多，谁吃谁要，往哪里销？但石泽林看到了乡村的未来，把住了乡村的未来。他说，以前是乡村的人往城里跑，现在是城里的人往乡村跑，当然城里人往乡村跑不是来吃苦、来定居，而是来享受、来回归的。他们要脱离城市的喧嚣来乡村寻找宁静，要逃离城市的污染来享受乡村的空气，要走出城市的藩篱来乡村释放自己的天性，更多的是腰包鼓了生活好了，要来乡村享受城里享受不到的田园风光、乡村美味和重温儿时的乡愁、体验乡村的滋味。石泽林找到村里早已致富的能人周望喜说，你带头种吧，先种100亩葡萄，赚钱了，是你的，我不要你一分，亏本了，是我的，我给你补。心有犹豫的周望喜一下子吃了定心丸，率先种了100亩葡萄。葡萄挂果后，石泽林又对周望喜说，你不要拿到市场上去卖，坐等游客来买。人们不解，不卖怎么赚钱？游客怎么坐等？石泽林说，我们卖的观光农业，是农业体验，是生活的品质，而不是单纯的产品。游客需要的也不但是产品，而是观光、是体验、是生活的品质。你不但不能把葡萄拿到市场上去卖，还不能你自己定价格，由村里统一定价格，不然，你一个价格，他一个价格，价格乱了，村里的秩序就乱了，村里的秩序乱了，人心也慢慢跟着乱了。因为各自乱定价格的话，就会为了吸引顾客打价格战，你把价格降低，我把价格再降低，他把价格更降低，这个乱的就不是价格，而是秩序，是价格之战中人的矛盾、人的交恶，人心就自然而然乱了，马王溪的形象也就毁了。所以，马王溪的所有农产品都不能自己定价格，由村支部统一定。

　　石泽林的水果致富经果真很灵。周望喜的瓜果当年就赚了二十多万元，是游客上门的坐收渔利的二十多万元。这第一个吃螃蟹的人，一吃就吃到了肥肥的大闸蟹，马王溪所有大户的种植欲望就一下子激发起来了，都争着种植各种水果。石泽林又把大户们找来，告诉他们一户一品，不能雷同，雷同就是自相残杀、自寻绝路。一户一品，唯我独有，唯吾独尊，各有千秋，各自发财。这样，那些种植大户，都按照村里的统一规划，按季节、按区域种植水果，张三种黄桃，李四种蓝莓，王五种桑葚，向六种草莓，彭七种柑橘，刘八种猕猴桃，田九还种上了杧果，这样，马王溪一年四季都鲜花盛开，一年四季都有瓜果飘香，马王溪1500亩的集约化水果产业就这样形成了，马王溪的观光农业也就这样开启了。

马王溪的这些水果，也正如石泽林所言，没有一种是拿到市场上去卖的，都是在蓬勃兴起的乡村旅游中守株待兔销售一空的。水果是甜的，乡亲们的心情是甜的，游客的心情也是甜的，石泽林称这是马王溪甜蜜的事业。石泽林如愿以偿。村民们如愿以偿。想想看，当一个村里1500亩果木的鲜花浩荡开放、1500亩果木的瓜果成熟时，那是一种怎样喜人的景象？石泽林和那些种植大户一定做梦都在他们的果园里逡巡、徘徊、大笑。

石泽林并不满足于此，他认为乡村振兴，不是光几个大户富起来了就是振兴了。乡村振兴，是全村村民要富起来，是整个乡村要富起来，而且还要美起来。于是，他又成立了马王溪七彩旅游公司，全体村民都是股东。为了防止财富集中在大户手里，他规定所有大户入股不能超过20万元，要保证每个想入股的村民都能够入股分红。七彩旅游公司开发第一项旅游，就是大面积栽种植各种花卉，把马王溪打造成一个人人向往的四季大花园。我问石泽林，为什么想到种植花卉？他说，花是人间最美的，人人都爱，每一个人的心里都有一种花，所以，我要做花的事业，要把花种植到我马王溪的土地上，开放在所有游客的心坎里，我要把马王溪打造成泸溪县的后花园。

于是，春光明媚时，桃花一片粉红、油菜一片金黄；夏日烈烈时，玫瑰满园怒放、紫薇遍地妖娆；秋风徐徐的时刻，各种菊花斑斓多姿；寒冬腊月之际，格桑花儿欣欣向荣。那些一年四季不同的果木，也一年四季赶着趟儿开花，一茬比一茬美，一茬比一茬旺。马王溪，不但成了泸溪县的后花园，也成了湘西自治州、张家界、怀化和常德等周边地区的后花园。

你看，那些孩子在花海里兴奋地大呼大叫，又闻又摸，孩子是花开的年纪，花就是孩子的代名词；那些女人更是摆着各种姿势，卖弄着各种风情，女人就是花做的，花做的女人，与花有着天然的感情；男人，当然不是冷血动物，他们也禁不住花的诱惑，也会情不自禁地牵起女人和孩子的手，奔向这遍地花海，做老婆和孩子一生的护花使者。

最耀眼的，还是那从山尖蜿蜒逶迤而来、划过花海上空的七彩滑道。那是天空飘下的一道彩虹，却比彩虹明媚艳丽；是天使挥舞的一段彩绸，却比彩绸刚直柔美。一群群无忧无虑的孩子和一对对幸福甜蜜的恋人，从滑道上滑下来、飘下来，滑过蓝天、滑过白云，飘过欢乐、飘过笑声，身前身后，都是斑斓的七彩、绚丽的人生。他们还平地建起了一条长120米、高40米的玻璃桥，取名步步惊心，让游客来一个玩的就是心跳。

石泽林说，看得见山，望得见水，还得留得住人。头脑精明的石泽林，又组织大家入股，开起了一个可以同时容纳300人就餐的生态农业美食餐厅。地里的白菜、萝卜、辣椒、茄子等土菜，山里的松菇、竹笋、地米、蕨菜等野菜，山上放养的土鸡、土鹅、土猪，水里的鱼虾、田螺和鸭子，还有火炕上烟熏的腊肉香肠、坛子里腌制的各种酸菜、太阳下翻晒的各种干菜，都是地地道道的农家美食、实实在在的乡野滋味，让人吃一回想三年，吃一天想一生。不少游客，本身就是奔着这乡野美食来的，他们吃遍了天下，吃来吃去，还是这里的美味独此一家！

那些迷恋这方山水的人，就想住下来，再静静地、美美地走走看看，再美美地、好好地享受享受。那么，住下来。石泽林已经给你安排好了民宿。一栋栋小巧玲珑的民宿都坐落在果园里、花海中，坐落在青山滴翠间、晨光雾岚里。早晨，当一只只的鸟落在窗台，为你唱歌时，你就在黎明中醒来。一丝丝甘洌的空气，夹着果香、花香和泥土的气息，逼进肺腑，不由得你抿了嘴、紧了鼻，一抽一抽地贪婪呼吸。一团团一层层的雾岚，在村庄和山尖升腾、飘逸，与炊烟攀谈，向朝霞问好，湿漉漉的，拧得出朦胧的诗意。

太阳升起时，千万道霞光射降而下，大地一片温暖和金黄，当霞光散尽只剩金光时，村庄就只剩下水洗似的蓝天、白云，只剩下光吻遍山水田野和村庄的那种浩荡、金灿、乱花迷眼的阳光黄了。夜幕下的马王溪，蛙声翻过窗子落进来，月光攀过窗子泻进来，果香和花香也争先恐后越过窗子扑进来，让马王溪诗一样的朦胧、梦一样的迷幻。马王溪的夜晚，会给你怎样一个难忘的安宁和惬意？

昔日的马王溪，可没有这般迷人。

昔日的马王溪，又是怎样的一个马王溪？

昔日的马王溪不叫马王溪，叫蚂蝗溪。田里土里都蚂蝗成灾，人畜备受其害，只得请了法师做法，用一口大铁锅和一把大钉耙把蚂蝗精扣死在村里的一口水井里。几百个世纪过去了，那口井早已干涸，那口大铁锅和那把大钉耙却还锈迹斑斑地扣在那里。当年太平天国的石达开率十万大军攻打湘西，走到马王溪时，山高路远，又冷又饿，还逢大雨滂沱，泥泞的马王溪，一步一个趔趄，一步一个跟头，还没到达目的地，全军就人仰马翻，人困马乏，气得石达开对着马王溪骂朝天娘，由此，很长时间，马王溪又叫骂娘溪。可见马王溪，当年是多么地不受待见。

可是，马王溪，如今为什么如此旧貌换新颜，如此美丽迷人、让人艳羡呢？这就不得不给你说说前面多次提到的石泽林，这个如今把马王溪村支部书记和村主任一肩挑的带头人。

马王溪土生土长的石泽林，读完小学五年级就跟着亲戚到临近的沅陵县建筑工地打工去了，做了一个没有工钱、只管饭吃的学徒工。背沙、挑砖、砌墙，什么苦活儿累活儿脏活儿都干过，一天下来，常常是肩胛、手掌都磨破了皮、磨出了血。年深月久，小小年纪的他，肩上、掌上、脚上，全是厚厚的血痂老茧。问他苦吗，他说当然苦，这苦是他自讨的，再苦他都得吃。他说，他当时年少不懂事，不知道知识的重要，不好好读书，不爱读书，所以，是自讨苦吃，再苦再累都得把牙齿咬紧、硬挺过去。他始终记得父亲教他的那句吃得苦中苦方为人上人的话。

在沅陵做了一两年学徒工后，他回到湘西，到一个县水泥厂当搬运工，每天跟一群青壮年一起，搬运水泥，一天2块钱，一个月可得到60块钱，那相当于当时一个国家干部一个月的工资！这让他开心得像个孩子。可他觉得不可能一辈子扛水泥，就跟着老乡去了广东，到更广阔的世界去见世面、闯天下。

这时的他已经二十来岁了，已经长得高大英俊，是个美男子了。同村的一个美丽姑娘爱上了他的勤劳善良和英武帅气，鼓励他去前线安心闯广东，她在后方照顾双方父母。在广东打工的八年里，他一直都在陶都佛山，一直没有离开过佛山陶都的陶瓷厂。从淘泥、摞泥、做坯、修坯、印坯、利坯、晒坯，到画坯、施釉、彩绘、烧窑、成瓷，制陶的所有的工序工种，他都学完做完，并烂熟于心。他说烂笔头不如心里头，心里头不如手上头。他说当他看到那么不起眼的、天天脚踩手练的泥土，经过人们神奇的创造变成神奇的艺术品时，他就觉得这个世界太神奇了，他就爱上了陶瓷，就暗下决心学深学透，期待有自己的一个陶瓷厂。当他觉得可以自己创业时，他离开了广东，回到了湘西，回到了这块生他养他的马王溪。

这时是2001年，正是他三十而立的时候。

他用几年攒下的血汗钱，租用村里废弃的村办企业厂房，白手起家，土法上马，自己设计图纸，自己制造机器，自己安装设备，建起了自己的陶瓷厂。最开始，从泥土选取到陶罐捏塑和烧制所有工序，他都亲力亲为，后来做大做强了，才请了各类专业人才。一个村的人都拖家带口到他的陶瓷厂干活儿，老的六七十岁，小的十来岁，能干什么活儿就干什么活儿，想干什么活儿就干什么活儿，多的，一个月能拿到一千五六，少的一个月能拿到六七百。在那样一个落后的年代，又是那样一个落后偏僻的小山村，一个月有这么多收入，真是天方夜谭了！一个陶瓷厂，养活了一个村的人，十里八乡的亲朋得知后，也纷纷投奔石泽林，来陶瓷厂打工赚钱、养家糊口。

那个时候,马王溪,就因这个陶瓷厂,成了远近羡慕的富裕村。

开始几年,石泽林除了给厂里的员工开足工资、给国家交足税收外,还每年能赚上几十万。可是,即便每年能赚几十万,他也没有改变勤俭节约的农民本色,在外跑业务,从来都是睡几块钱一晚的大通铺,烟都是一块钱一包的,一分钱掰成几块钱用,一碗饭当作几餐饭吃,风餐露宿、披星戴月,那是常事。为了打开销路,他拿着一张全国地图和酒罐样品,哪里有酒厂,就往哪里跑,每年都是大年三十才回到家里过一个三十夜。麻雀都有三十夜,他不能不回来。

但是,土法烧制的陶瓷并不是那么好烧的,常常是这窑是好的,那窑是坏的,或者看起来都是好的,却实际上不少是坏的。有一次,一个酒厂定制了几十万个酒瓶,结果,酒全漏掉了,石泽林听后,二话没说,不但赔了人家几十万瓶的酒钱,还把人家的陶罐钱都退给了人家,这下,刚有了起色的陶瓷厂,一下子陷入了绝境。

看着陷入绝境的石泽林,乡亲们没有选择放弃和抛弃,而是依然每天都来打工上班,他们不要工钱和工资,只要陶瓷厂尽快起死回生,他们知道,有陶瓷厂的生才有他们的生,陶瓷厂死,他们的日子也是死,陶瓷厂已经不是石泽林一个人的陶瓷厂了,而是与他们休戚相关、命运与共的陶瓷厂了。所以,他们不要工钱,只要石泽林和他的陶瓷厂早日走出绝境。石泽林赔钱退钱的那个老板得知石泽林困境后,深为石泽林的诚信所感动,他毫不犹豫地打过来上百万元的预付款,继续他们的真诚合作,帮助石泽林渡过难关。这样的人不帮,还帮什么样的人?诚信、诚实、诚心,是他做人做事的基本原则。他因此赢得了合作商的信任,赢得了企业的生机、希望和蒸蒸日上。

现在的马王溪陶瓷厂,是一条非常整洁的半自动化生产线,二百多个就地就业的员工在这里忙碌生产,产品远销东北、安徽、湖南、湖北,年产值三千多万元。我再次到达马王溪时,另一条半自动化生产线正加紧在建,年后投产。

在与石泽林的交谈中,他一再谈到一花不是春、独木不成林,多次讲到中央强调的共同富裕。他说一个村里,如果就你一个人富得流油,其他人都穷得叮当响,也没有意思。为什么?钱再多也买不来乡里乡亲和亲情友情,米再多,你也只吃得了小小一碗,乡里乡亲,都是砸烂骨头连着筋,你哪好意思看到大家都在暗处你一个人在亮处?一个人在亮处,也怕啊?这就是老人讲的大家吃大家香、一个人打标枪(湘西方言:拉稀)。他说他是共产党员,是一个村的党支部书记,更不能只想着自己发财富裕,不管乡亲们死活!的确,很多事情,他完全可以自己做的,完全可以自己一个人发更多财的,他为什么没有做,为什么要赚了是大家的、亏了是他的,就是为了鼓励共同奋斗、共同致富。他在农业合作社里限制大户入股额,鼓励所有人入股,就是为了鼓励共同奋斗、共同富裕。他之所以在农业合作社的股份里,规定盈利了所有人分红,亏本了大股东承担风险、小股民无忧无虑,也是为了让先富起来的人为那些尚未完全富起来的人遮风挡雨,拉着那些尚未完全富起来的一起致富。七彩旅游公司、休闲观光农业、生态农业餐厅、乡风民宿、陶艺体验馆、陶瓷景观文化街,都是共同奋斗、共同富裕的产物。

在陶艺体验馆,琳琅满目的陶瓷熠熠生辉。各种各样的陶品,各种各样的美丽。在饱览马王溪风光、品尝完马王溪美食后,你尽可以在此自己捏泥塑,做陶坯,然后刻上你的尊姓大名和年月日留在这里,陶瓷厂员工帮你烧制好后,会快递给你,你劳动的快乐、劳动的价值和劳动的美,都会在这里得到美好体现。

正在建设中的陶瓷景观文化街,更是体现了一个乡村先贤超群的智慧、情怀和高度。这条青山绿水中的陶瓷景观文化街,将集产、研、学、游为一体,不但将景德镇、宜兴、醴陵、佛山等几大陶都的产品和自己的产品集中成列、销售,还将研学作坊、陶艺食堂、艺术家工作室集合在一起,让你久久沉醉在陶的文化与旅游、陶的诗意与远方中。

现在的马王溪，是家家小洋楼、户户小轿车、人人有存款，是名副其实的湘西第一村。

看着石泽林，我不禁肃然起敬。这就是那些不声不响推动时代前进的人。

俗话说，火车跑得快，全靠车头带。马王溪就是这个时代开进深山的一列动车和高铁，是这个时代共同富裕、开向未来的复兴号。石泽林就是驾驶这列乡村振兴复兴号的开车人。石泽林和马王溪，是乡村振兴复兴号的时代符号与光景。

海淀的公园

◎ 彭　程

一

　　住在北京海淀区的一大好处，是可以充分享受山水林园之胜。

　　这一点渊源有自。海淀区所在的京城西边和西北一带，位于西山山脉和永定河冲积扇的接合部，擅山水之胜，林木茂盛，泉水丰沛，河渠纵横，海淀地名的由来，就是因为拥有众多的"浅湖水淀"。早在辽金时期，就开始建造皇家园林，到了清代达到鼎盛，颐和园、圆明园等众多行宫别苑，被山林水泽环拘着，逶迤绵亘，长达二十多里，蔚为大观。

　　这样一种邻近乡野的区位特点，不用说在年代久远的古代，即使是在城市体量尚未急速扩张的几十年前，也能突出地感受到。今天京城交通主干道的西三环路外侧，当时还是农田、林地、河道与湖塘的混合地带，村庄寥落，人烟稀少。二十世纪八十年代初，已经来北京读了一年书的我，去中国人民大学看望一位刚刚考来的同乡，在他的宿舍坐了一会儿后，两人一同步行走到学校西门外。这一个如今商厦林立、高架桥穿越的繁华区域，当时还是一片空旷的菜地，刚下过一场大雨，满地烂泥，无处下脚，到处都是蠕动的蚂蟥。

　　其后数十年间，随着经济高速发展，这一片区域的面貌也发生了极大变化，与当年相比可谓有霄壤之别。但毕竟大自然的格局并没有根本的改变，因此，随着近年来人们环境生态意识的增强，对生活品质的看重，这一带的山水地利之便就得到了充分利用，新建扩建了很多公园，让生活在广阔空间里的人们，有了更多休憩游览的去处。

我住在西三环紫竹桥外面不远，周边走路即可到达的公园就有两个，多年来留下了不少履迹。

第一个是紫竹院公园。出了家门向东走，经过天桥穿过三环路，前行不远就到了公园西南门，全程不到二十分钟。它在海淀区的地面上，却是一座年代悠久的著名市立公园，设施完善，维护精良。公园中有十分广阔的湖面，水光潋滟，碧波荡漾，环湖台丘迤逦接续，到处林木荫翳，曲径通幽，亭台掩映。公园的特色是竹林遍布，据说种植了一百多种竹子，总数多达上百万棵。这些我无须过多介绍，各种资料诗文已经极为丰富。我最喜欢的去处，是公园的东北区域，这一带竹林最为茂盛，遮天蔽地，即使在阳光明亮炽热的日子，走在下面也会觉得凉意袭人。行经此处，每每仿佛走入了《红楼梦》中潇湘馆"凤尾森森、龙吟细细"那般的意境。

这是我来到北京后走进的第一个公园。大学里的第一次班集体活动，就是来这里游览。一帮正对新生活充满热望的少男少女，无不迷醉于它的动人景致，欢喜雀跃。四十年后的今天，我并未因为十分熟悉而疏远它，虽然对不少别的曾经的兴趣都已经感到淡然了。这固然可以归结于风景之美，但或许更应该说亲近山水林泉是人性的需要，是造物主在人的情感心理中设置的指令。

很长时间里，紫竹院公园是周边居民们唯一的休闲去处。但随着园林设施建设步伐的加快，近年来有了更多的选择。与它隔着西三环相望的南长河公园，就建成于七八年前，成为另一处我留下众多脚印的地方。

这个地方在住处正北，穿越一条东西方向的紫竹院路，再走过居民小区之间的道路，就到了公园。它的名字来自一条流经此地的南长河。河水自西边的昆玉河向东蜿蜒流淌，一直到西三环，长度为一千五百米左右。

这条水面宽五十多米的河流，曾经是皇家御河。河两边各有一排高大苗壮的柳树，印证着明清以来"天坛看松，长河看柳"的说法。沿南北两岸，依水修建了一个狭长形的带状公园。景观分成几个层次,紧挨着河堤的行道树下,是一条塑胶步行绿道,再向里面,是树木错杂的绿化带,多条小径蜿蜒交织,间或有一些休憩和健身设施,多是用山石、原木、树皮等自然原材料建造,有一种朴拙的风格。附近几个小区的高楼,掩映在后面更远处的绿树之中。

人烟稠密的居住区旁有这样一个水清木华的地方,实属难得。慢跑的中年人,相聚弈棋的老人,带着孩子的年轻父母,身穿校服的旁边中小学的学生……或行或止,公园里总是有不少的人。那些点缀在公园各处的景点,名字都很有诗意,像水林间、知雨轩、柳岸春荫、曲苑听香等等。走过北岸边的"春堤信步",每次都能看到一群不再年轻的女子,身着民族服装跳舞,而隔着河,南岸斜对过的"别院笙歌"处,也总有一群岁数相仿的人,正在吹拉弹唱。他们都将晚年岁月交付给了自己的爱好。这里没有公园通常都会有的围墙栅栏,风景和街衢完全融为一体,因此那种城市山林之感,能够体验得更为强烈。

我喜欢迈下台阶,走到河边砖砌的甬道上,这里人更少一些。甬道外侧是斜坡,密密麻麻地缀满了地锦和藜草,内侧是青白色的石栏,下面就是清澈碧绿的河水。往来于颐和园和紫竹院之间的游船驶过时,会激起一波波的浪涌。时常有几只绿头鸭悠然游弋,有几次还看到过一对鸳鸯,该是从紫竹院公园里游出来的?总有一些人坐在小凳子上垂钓,但我几乎没看到过有什么收获。看他们神闲气定的样子,或许,这不过是一种享受安宁的方式?

这两个公园之外,城区范围内,我常去的还有海淀公园。

这个地方要远一些,我每次都开车过去。沿着昆玉河一直向北,到北四环后向东沿着辅路前行不远,左转穿过桥下,不久就看到了公园的西门。

海淀公园建在畅春园和西花园这两座清代皇家园林的旧址上,相比紫竹院公园,形态更为自然雅淡、开阔疏朗。进入正门不远,是一个甚为开阔的草坪,据说在京城公园中面积最大,可以容纳上万人,宽敞的空间给许多活动提供了便利。一顶顶露营帐篷散落在各处,像是草地上长出的蘑菇。踢足球的、打羽毛球的、掷飞盘的,各得其所。天空有各种造型的风筝,高高低低地飘飞。时常有风筝挂在高大的白杨树树梢上,仰头望去,会看到树杈间有不少鸟巢。公园西边部分则以水景取胜。发源于玉泉山的万泉河水被引入园区,水流清碧,汇聚成一个长方形湖泊,湖畔垂柳飘拂,水边蒲苇摇曳,水中荷花绽放,一派浓郁的江南风光。

城中的这几处公园,展现了日常生活中安闲恬适的一面,是世俗烟火中的一缕清凉。虽然墙外或旁侧就是疾驰的车辆,过路的人们行色匆匆,神情中显露出生存的压力和倦怠,但这里提供了一次短暂的休憩调整,让身心获得片刻的喘息和放松,然后重新投入紧张的竞逐。

位于城市和郊野的交界处,置身海淀公园,尤其能够感受到大自然的召唤。站在高处向西边望去,目光从一大片蒙络绵延的树冠上掠过,便望见了颐和园里的万寿山和倚身其间的佛香阁,矗立在碧蓝的天穹下,背景是远处层层叠叠的西山峰峦。

二

于是有一天,我的脚步向更远处走去,一直走到了万寿山佛香阁的背后。

车子依然是沿昆玉河边一直开到北四环上,不过方向改为向西,行驶一段距离后又拐入北坞村路。这条路边自南向北几座相连的公园,轮流着成为我的出行目的地。

如果说前面谈到的几个公园,是红尘喧嚣的都市生活中的一种补偿,某种程度上是大自然的摹本,那么这几个位于郊野的公园就是大自然本身。它们呈现出的,是真切完整的山野之美。

因为临近颐和园西门停车场,旁边的中坞公园我去的次数最多。它的前身是一个名为中坞的村子及所属的田地。坞,是舟船停泊之处。过去这一带泉眼密布,泉水涌流,与自玉泉山淌下的溪水汇聚,形成了一大片湖泊。与中坞公园紧邻,南边的船营公园,在明清时代就是造船的地方。其后漫长岁月中,随着水源逐渐减少,湖面也缩减蜕变为湿地。前些年,地方政府启动了郊野公园群建造工程,中坞公园即是其中之一。隔着一条马路,北面的北坞公园也是如此。它们都是依凭原本的地形地貌加以适当改造,自然天成,鲜见雕琢的痕迹。

这两个相邻的公园,具有十分相近的景观形态。前者更为开阔疏朗,后者略显错落迂回。中坞公园东边的小山丘,有着北方公园里罕见的梯田,初夏油菜花绽放出耀眼的金黄,在阳光下仿佛铺展开来的一地云锦。站在山顶最高处的亭阁上俯瞰,不仅整个园区尽收眼底,远处西山绵延的山脉也都历历在目。北坞公园的标志性景观则是湖光山影。进入公园不久,一个颇为宽阔的湖泊就映入眼帘。站在东岸望去,明镜般的水面被芦苇和树木环绕,视野的正前方,在一片葱茏茂密的林带后面,浮现出玉泉山圆润柔和的山形、玉峰塔挺拔秀丽的身姿。它们都在湖面投下了深黛色的倒影,晕染出无边的沉静。

从北坞公园北门出去,走过一道跨在小河上的拱形石桥,就进入两山公园的领地了。

两山公园的得名,源自它夹在西边的玉泉山和东边的万寿山之间。拥有两山之间的广阔区域,它比前两个公园面积更大,占地近两千亩。离山最近,因而它的借景效果也最好,从公园里任何角度望去,玉泉山和玉峰塔都仿佛近在咫尺,由天空、林木、山体这几种要素产生的任意一种组合,都是一幅绝美的图画。

因为开放得更晚,两山公园原初的乡野形态保存得更为完整和丰富。园内的道路繁复迂曲,伸延于田亩、树林和湖塘之间,在数不清的转角处被树木遮断了视线。我是走过很多次之后,才大致弄清楚了几条主要路径。广阔园区内,间隔置放着一些景点标志,"绿野风至""苇岸桑林""林疏峰遥""御道斜阳"等等名称,分别对应和提示着周边的相关景致。与前面的公园一样,这些人工的建造都很简单朴素,毫不张扬,和谐地嵌入了自然环境中,仿佛一个低调谦逊的人,知道如何守着自己的本分。

说到水系的丰富,此地又要远胜过前面两个公园。走在园区,前后左右时常会有水体相伴。多个湖泊,以一种天然野逸的姿态,分布在不同的区域,又通过沟渠相互连接。溪边湖畔,芦苇茂盛,禽鸟起落。由玉泉山泉水汇流而成的北长河,自公园北边穿过,一直流入颐和园中的昆明湖。公园的最东边,就是颐和园高大厚重的围墙。从不远处公园西门走进去,就看到了那一条自西北向东南逶迤的西堤,躺卧在昆明湖的万顷碧波之上。

这几个公园里,都种植了大片的水稻。这一带水源丰富、水质优良、土地肥沃,适合水稻生长,历史上是皇家御用稻田,收获专供皇室享用。据说所种植的水稻品种,是由一向重视稼穑的康熙皇帝南巡时带回,又加以亲手培育,命名为"京西稻",所产稻米颗粒圆润晶莹,蒸出的米饭细嫩爽滑,民间有"一家煮饭半街香"的说法,乾隆皇帝也写下过这样的诗句:"绿杨十里蝉声沸,飒爽风中馈粥香。"

迄今我尚无口福品尝此稻米,但却完整见识了这一稻种生长的全过程。初夏时分新插下的禾苗鲜嫩纤细,到了仲夏,苗壮恣肆的稻秧绿意深浓,仿佛具有重量。深秋稻穗成熟时,空气中弥漫着沁人心脾的清香,然后是冬天,收割后剩下的一簇簇稻茬儿长久地守护着裸露的地面。在中坞公园和北坞公园的稻田中,一组以宫廷《耕织图》为素材制作的铁锈雕塑,矗立在田埂地垄之间,展现了水稻生产和收获的各个环节,让游客能够近距离地感知和想象一番已经日渐遥远生疏的农耕文化。

一年多的时间,我充分欣赏了这里的四季风光。

我的目光将这些画面悉数收藏:春天花开遍野,夏天浓荫匝地,秋天黄叶灼灼,冬天白雪皑皑。再缩小一下范围,仅仅以植物的花期为例,我记下了它们的各种消息：立春后不久，蜡梅和迎春花最先宣告季节的到来，3月连翘和榆叶梅缀满枝头，4月樱花和桃花笼罩树冠，5月鸢尾和月季成为最鲜亮的颜色，而进入6月份后，湖塘水面上碧绿的荷叶向远处伸延，各色荷花开放在漫长的时日中……花朵是大自然表情中最精微灵动的部分。

这几座郊野公园所在的地方，正是"三山五园"的核心区域。

所谓"三山五园"，指的是香山、万寿山、玉泉山和颐和园、静宜园、静明园、畅春园、圆明园，是清代皇家园林中最精华的部分。近年来，依托得天独厚的山水资源，在颐和园外围，北京市建造了被称为"园外园"的一系列公园，总计十三个之多，成为一个郊野公园群，上述这几个公园就包括在里面。

这些公园，又被一条长达近四十公里的绿道连接贯通，供人们走路、慢跑或骑行。我走过其中的几段，想象不出有比它更好的步道了。朱砂红颜色的沥青路两旁，长满了许多品种的树木植物，葳蕤繁茂。绿色也是分层级的，乔木、灌木和地被植物，在属于自己的空间里生长得蓬勃恣肆。头顶上方高处树冠浓密，手平伸出去会触到交错的枝柯藤蔓，野草杂花仿佛一张没有尽头的毯子，遮住了步道外缘的地面，没有露出一点儿缝隙。行走于绿道间，对这一带"山水林田湖草"的完整自然格局便有了充分的感知。

这一个被统称为"一道十三园"的生态建设工程，堪称大手笔，是"人诗意地栖居在大地上"的理念的生动践行。气魄宏大的背后，有不断增长的经济和财富作为推力，但更应该归结于近年来人们环境生态意识的增强，对生活和幸福的理解更趋完整全面。是观念引向了行动。居住在这里的人们有福了。

穿行在这些公园里，我心中多次涌出一个想法，想写一点儿东西，借以稍稍存留住它们的美好。这也许是出自一个文字崇拜者难以根除的、多少有点可笑的癖好，不足为外人道。但等到想动笔了，又觉得很困难。它们体量巨大、形态丰富、蕴涵丰厚，该如何落笔呢？自哪里开头，在何处结尾，怎样设置铺垫和转折，段落之间如何呼应和过渡？它的题旨应该包括哪些，又是怎样分布和落实在众多的局部中？

三

不过这件事并不着急。眼下更重要的，是好好地体验和享受它们的给予。

郊野的这几个公园，除了周末和节日，游客寥寥，安宁寂静，置身其间，四顾宽旷，感觉十分奢侈，不由得生出一种类似无功受禄般的情绪，感激中混合了惭愧。

起坐之际，行止之间，内心仿佛被彻底放空了。

虽然几公里之外就是都市的热闹喧嚣，但在这里，它们被遗忘至少是被忽略了。一些欲望和逐求，变得遥远和陌生。我比较过心中的感受，如果说在城内公园里的徜徉，就像一趟长路中途的歇脚，还惦记着继续前行，目标始终是闪现在脑海中的，那么在这里，催迫感稀薄到似有似无。不是推迟去做某些事情，而是觉得不需要去做了，与之相关的牵挂和顾虑都不复存在。目的不在别处，目的就在眼前脚下。

走久了，坐下来歇息一会儿，可以在树下的一把椅子上，也可以在田埂边的一块石头上。树影落在肩膀上，风吹在脸上，晒干了的花蕊从脚底下滑过，窸窸窣窣。这时候该有一本书读。是什么呢？想来想去，一册陶渊明诗文集最合适。静念园林好，人间良可辞。久在樊笼里，复得返自然。纵浪大化中，不喜亦不惧。在这样的地方，对作者那种无往不适的洒落、委运任化的达观，一定能够理解得更为深透。

在这些地方，我开始关注植物。

在这里的天空和大地之间，树木花草才是真实的主人，它们品类繁盛，千姿百态，构成了一个完整自足的世界，你无法漠视，也不忍心忽略。那种心理,类似去人家做客,看到热情的主人精心准备出一桌丰盛的佳肴。

想到以往很多年里,作文遇到写植物时,每每感到词穷,总是用"一些不知名的树木花草"之类的句子藏拙。如今,拜技术进步所赐,借助下载到手机里的植物识别软件,了解它们变得容易了。在不长的时间里,我认识了很多树种,在过去知道的杨柳、松柏、银杏、黄栌、紫叶李等有数的几种之外,名单上又新添了这些名字:鹅掌枫、七叶树、紫叶矮樱、大叶女贞、水榆花楸……

目光沿着乔木高大的树干滑向下面,是一丛丛枝叶扶疏的灌木:鸡树条、锦带花、黄刺玫、平枝栒子、华北珍珠梅……藤本植物忍冬同时开出黄色和白色的花,我因此明白了它何以有着另外一个名字——金银木。

然后就要弯下腰或者蹲下来,为了辨认低处的杂花野草。马兰、玉簪、鸢尾花、鼠尾草、附地菜……密密麻麻地罩住了地面。如果是在春末夏初,路边田头会铺满一层细密的榆钱,指甲盖大小,阳光烘干了水分,风再把它们搬运到各处。我还发现,春末夏初紫色的花朵尤其多,高低大小深浅浓淡的一片,在微风中闪烁摇曳。

广阔的湿地区域,让水生植物同样滋生漫长。芦苇、香蒲和水葱的茎秆修长通直,黄菖蒲叶形如剑,花色黄艳,花姿秀美。靠近岸边的一片接近凝滞的水面上,平铺了一层细小的浮萍,被同样微小的浮游生物搅动,荡起微微的涟漪。而稍远处一圈更大的波纹,应该来自鱼类的喋喋。

这样的辨识,还可以不断地进行下去,一步步缩小和细分,抵达无数的局部和细节。譬如,此刻我脚下是一丛蓬松的沿阶草,根系深扎在一个略略凹陷的土坑里,松软的土壤中,该会有多少的昆虫、虫卵和微生物?

这样推想下去,一片树林,一个水塘,一方草地,就仿佛是一个浩瀚的宇宙了,它们各自容纳了多少奥秘? 看上去单调平凡的景物中,却涌动着大自然的蓬勃生机。宁静平和的表象之下,藏着合作和争斗、蜕变和进化,有着自己的新生和衰亡的宏大叙事。

这些内容,这些秘密,谁有资格知道得更多呢? 此刻我正走在两山公园里,树林中不时飞起一群喜鹊,湖水边有几只野鸭游弋,它们是这里的住户,会了解得更多一些吗? 中坞公园的樱桃园里那几条撒欢乱跑的狗,北坞公园湖北岸树下草丛中那一窝慵懒的流浪猫,会了解得更多一些吗?

我知道的是,相比植物,了解这里的动物显然要困难得多。它们来去倏忽,不给我仔细观看辨别的时间。麻雀像雨点一样落在灌木丛里,松鼠沿着松树树干蹿上蹿下, 从头顶上钻天杨浓密的枝叶深处发出的粗哑叫声,来自哪一种鸟儿? 一只土拨鼠忽然从一片侧柏林里冲出来,看到我后惊吓得直立起来,转身又逃了回去。

在这种地方待久了,你对于那些动物和植物,都会生出一种类似亲情的感觉。一些原本抽象的概念,譬如万物共生、生物多样性、生命共同体,也获得了生动形象的理解。你认识到,这一切原本就是天经地义。天地造物为万物安排好了秩序,共同生活,和谐相处,是再自然不过的事情。

思想的诞生和展开,往往依托于具体的环境。这种时刻,你会明白,梭罗何以在荒僻的瓦尔登湖畔,探究人在自然中的位置,利奥波德何以在威斯康星州的农场里,思考大地伦理。在这样的地方,一道被蒲草遮掩的溪流,一堆被小风归拢在一起的落叶,一颗松果落地的细微声响,一只苍鹭伫立在浅滩上的孤独身影,都仿佛一条道路,一个入口,通向那些深刻宏大的观念和范畴。

行走在这里,最常见到的是园林工人。他们修剪、除草、浇水、治虫、施肥,按照自然节令做着相关的工作。他们中的大多数都朴实沉默。在大自然中的长期劳作,让人不知不觉地浸润了土地的气息。

对于这些公园的建造者和管理者来说,致力于生态良好,实现人与自然的高度和谐,正是他们始终念兹在兹的宗旨。"强化生物多样性保护,打造生命共同体格局""建设万物和谐的美丽家园",诸如此类的表述,来自相关部门的工作资料,让我的评价获得了确认,而一句"世间万物就是我们的兄弟姐妹"，更显现了认识的深入和诚笃。不能不说，眼前的美好环境，与这样的理念被大力秉持和弘扬密不可分。

不知不觉中，又走到两山公园的西边了。京密引水渠流经这里的一段，水质清澈，流速缓慢，隔开了公园与外面。它的后面，是一条林草杂生的隔离过渡带，再后面就是北坞村路，车辆在树木的缝隙之间飞速掠过，悄无声息。玉泉山就在马路的后面，厚重的山体被浓密葱茏的树木簇拥，堆青叠翠，峰顶之上的玉峰塔，望上去格外清晰，玲珑且灵秀。

南北次第相接的这几个公园，都位于北坞村路的东边，尽管已经让我觉得广阔无际了，仍然只是海淀公园群中的一部分。北坞村路的西边，一直到西山，还有石渠公园、妙云寺公园、功德寺公园，以及"一道十三园"之外的北京植物园等。和此处一样，它们都是树木蓊郁，草长莺飞，大自然恣肆无羁地展露着自身的美和力。但因为它们大都离山脉更近，甚至就位于山间，因此风景中也应该被赋予了某种山的风格气质。层峦叠嶂之间，峰与谷的跌宕、石与泉的交响、霞与雾的变奏，会形成属于自己的个性。

我将目光望向那一片烟云弥漫之地。我想象将来的一天，脚步走进里面的感觉。

又见天鹅

◎ 李一鸣

五年前,我曾在这个园子里度过四个多月的静美时光,从金箔样的银杏叶落满校园的秋天,到洁白的大雪覆盖高高低低的亭台楼榭,大多时间,我都埋首书案,手不释卷,常常在安静的阅读和写作中,不知不觉度过一个又一个宁静的夜晚,在鸟儿叽叽喳喳啄破黎明的欢快叫声中,迎迓霞光临窗。

偶尔,我也会去园子里散步,燕园、楚园、掠燕湖、千萃山,只感觉林子连着林子,水接着水,刚过长桥,又逢短桥,亭子参差错落、遥相顾盼,满眼是湖光山色、草木葳蕤。这园子确然是一个蓬勃而幽静的读书的好去处。

在园子西边树林中一条不算宽阔的河边,我第一次见到黑天鹅。

这传说中的生灵,果然高贵优雅,长颈高昂,体态丰满,双翅略展,色如黑缎。在人群的注视下,两只天鹅一前一后在河中悠然而行,仿佛两架徐徐移动的凤首箜篌,它们行过处漾起的层层涟漪,明明暗暗泛着微光,就如一阕不绝如缕的美妙旋律。

此后几年,我去过不少地方参观,却总忘不了这个园子。那些园子,有的规划布局太局促,没有这里的大气疏阔;有的景色粗野,不如这里精致;有的未免做作,比不上这里的自然;有的看上去美丽娇艳,唯独缺乏这里的自信内敛。尤其是,这里的天鹅,常常让我不由自主地忆念——那脱离俗尘的高格、不惊不惧的风雅、融入日常的气质。

而今,我又来到这里度过一段学习修炼的时光,从 3 月春季,到 7 月炎夏。

每天中午和黄昏，我都去园子里散步。园子中的天鹅多了起来，掠燕湖、方舟湖、水木园湖、停留湖，静静流淌的河水中，到处可见它们的身影。当年的那两只黑天鹅，是否还在其间，又是哪两只？已分辨不清了。

从我居住的 20 号楼出发，穿过濯涟池，拐过木质的赏雨茅屋，但见一条河在翁翁郁郁的林木间不疾不徐流过。远远便看到一座铁艺镂空雕刻的小桥，卧在河上。那桥体每边由十组图案组成，图案上花枝柔长，花梗柔婉，寥寥几笔素描绘成柔美的花冠，铁的硬质与线条的柔软相逢，更强化了花瓣的柔和；两相对称的桥体上同样的图案在视觉里交错叠合成繁花锦簇，令人眼花缭乱。桥下小河中，有一个棕黄色圆球状草墩。连续几天了，一只黑天鹅一动不动卧在上面。一天中午，太阳朗照，柳絮如雪，飞扬在空中、林间，散落在路边、水面。我看到黑天鹅从草墩上站起来，它的翅膀微微张开，蹼边隐隐可见墨绿色椭圆的鸟蛋，一个、两个、三个……整整六个，静静团在微凹下去的草甸中央。

原来，黑天鹅在孵蛋呢！

从此，每次散步，便多了一桩心事，我都特意从那条河边经过。每次都驻足一会儿，看那草墩上的天鹅。天鹅安静地卧在那里，丝毫不为外在的风、雨、落叶和人的凝视、议论所动，只是微闭双眼，完全沉浸在用自己的体温全身心孵化子女的生活中，那就是它的全世界。它看似慵懒、邋遢和谦卑，却透着一股子孕育生命的傲然，不管不顾的决然，安详面对一切的泰然。黄昏的光轻轻抚摩着它，夕阳在河水中撒下无数银针，草墩的倒影在波光里晃动着，黑天鹅的剪影更加分明。当夜色的天幕缓缓地不为觉察地降落下来，虎皮松、白杉、银杏和玉兰渐渐融入夜色，天鹅也化为暗暗的一团，夜风里，唯有深沉的河水流着。

另一只黑天鹅，应该是丈夫吧，大多时候时远时近地绕着草墩活动。一天中午，它在离草墩一百多米的方介眉宅院旧址边，自顾自地吃着什么,长长的脖子向上伸直,嫩黄如蜡的长喙闭紧,光润细腻的脖子里一个鼓出的圆状物一点点滑下去。向晚时分,它围着草墩一边游动,一边把嘴扎进河水中搜寻着什么,显得着急不安。第二天中午,我从那里路过,没有见到它,沿着河道向西向北瞭望,都没有看到它的踪影。于是,我的心里产生了一丝烦躁和愤怒。它的妻子在这里尽职尽责孵化孩子,它干什么去了?不会去找别的母天鹅了吧?当天散步有些晚,来到河边时,在暗影里听到草墩方向传来的叫声,仔细看去,两只天鹅罕见地面对面立于草墩之上,一会儿交颈在一起,一会儿一头高一头低,似乎诉说着什么。它们终于又相爱在一起了!我的心中充盈着温馨和满足。

西行穿过燕园,便会看到园子的西南角有亭翼然,上悬"听雨亭"匾额,字体潇洒劲健,为周慧珺先生所书。亭子对面与之隔湖呼应的,是一座城门楼式的古建筑"罔极楼"。城楼坐北朝南,雄踞于山石之上,穹顶暗灰门洞之上,楼分两层,重檐叠脊,镂空架阁,黄瓦绿边,煞是凝重庄严,在响晴的天空下,经了透明的阳光照射,屋顶仿佛被镀上金光,璀璨耀眼。此时,鲜绿的蔷薇已铺满城楼,透过城楼门洞,可见假山跌宕,牡丹、芍药正开得艳。

听雨亭下,高低错落、通灵剔透的太湖石假山之中,一泓清波自在荡漾。在假山低处一个平台上,一只黑天鹅默默卧在一个乱枝杂草围成的草窝上。莫非它也在孵蛋?另有两只天鹅在湖中自在游玩。它们是什么关系?是父母和一个孩子组成的和谐之家吧?果然,一天中午路过时,一堆人聚集在那里,一齐向着草窝的方向,指指点点,议论纷纷。草甸之上,竟有两大一小三只鹅蛋!假山下,三只黑天鹅正匆匆围着假山转圈。从草甸到湖水本有一个搭板,天鹅每次经搭板下水、上岸,也算方便。"上不去了,让人急死了!"人群中一位女士嘟囔着。细看湖水在湖堤上的印痕,大约是天气热起来的缘故吧,湖面下降了五六厘米,别小看这几厘米,对于体大腿短的天鹅来说,便成了它们上岸不可逾越的障碍。三只天鹅继续围着假山快速游着,它们尝试着在几个地方上岸,伞状的蹼在水中用劲儿扑腾,仍然不能成功。天鹅的眼睛内陷,那无助无奈的样子让人揪心。"傻大爷们儿!真没本事!"有人对公天鹅骂起来,还有人要打110求助。因下午有课,我不得不离开。课堂上听课,心神却是不稳。一下课,我便径直向那里跑去。欣慰的是,搭板已经被人降落并用铁丝固定下来,但令人不解的是,草垫在,鹅蛋在,那只黑天鹅并没归巢。

"如果天鹅放弃孵化,就太可惜了。"一位五十多岁模样的人说。

"那是怎么回事?"我大吃一惊。

"有些鸟孵化期间,如果受到惊吓,往往会弃蛋。"那人回答道。

"还有这样的事!"我的心猛地一沉。

好在当我散步回到这里时,天鹅妈妈已经卧在草甸之上。

蓝天、白云、假山,天鹅与它们在湖水中的倒影连接在一起,好一幅美妙的画面!

前天傍晚,我赶到那里,发现一个奇怪现象,天鹅换了姿势,头朝假山而卧,不知为何。昨天中午,我去观察,草窝里空空如也,三只天鹅在湖里结伴同游,从它们表情看并无异样。鹅蛋哪里去了?是孵化出小天鹅了?我攀上旁边一块巨石四处观察,又沿着湖岸跑了一圈,始终未见鹅蛋,更未见到小天鹅……

而方舟湖畔,彩虹桥边,居住着另一户和美的天鹅家庭。那是一个六口之家。去教学楼的路上,或是散步期间,我常常看到两只大天鹅带着四只小天鹅在岸上晃晃荡荡地走,在湖里自由自在地游。四只小天鹅何时出生,我们来之前还是之后?仿佛突然间,就遇见它们一家。一天上午下课后,正看到大天鹅率领孩子们过马路,大家停止了说笑,围拢过去。天鹅爸爸妈妈率先晃过马路,健步越上路牙石,进到湖旁的林子中,四只小天鹅圆鼓鼓得像长着嘴的小皮球,紧紧跟着爸爸妈妈,低着头,看着脚趾,跟跟跄跄挪到马路边,意欲爬上台阶,试了几次,却跌落下来。它们泛黄的细细小腿,似乎是透明的,隐隐露出细小的血管,仿佛承受不住身体的重量。一只勇敢的小天鹅,一次又一次发起冲击,都没越上去。最后,它把上身压到路牙石上,两条小腿蹬呀蹬,一次又一次,却始终不能成功,有一次还摔了个"仰马扎",费了好大劲儿,才站起来。它的另外三个弟弟妹妹急得唧唧啾啾虚弱地叫着,低着头打转打圈,不敢再去攀登。我实在看不过,蹲下身去,双手轻轻捧起小天鹅,一只一只送到林地里。蓦地,一只黑天鹅,不知是天鹅爸爸还是妈妈,匆匆抻着颈,几乎贴着地皮冲过来。我担心它没领会我的好意,或是对孩子们的表现不满意,啄我或是啄咬小天鹅,幸而它只是低吼了几声,圆圆的眼睛向着小天鹅剜了几眼,一家六口便划入湖中……

从听雨亭北去,穿越南山,沿河而行,竹林小道旁,小住为佳亭畔,是个别样的存在。是处乃掠燕湖水流经留筠馆去往停留湖做客的途中,大概流连留筠馆的清奇,而成就的一湾碧水。黑瓦白墙、一袭绿竹、半方红花、映照着这一爿水田。湖里几十条锦鲤,白的、黄的、橙的、红的、黑的,浑圆丰盈,茁壮可喜,成群结队,游来游去,见得人来,迅疾聚拢,喋喋有声。两只黑天鹅常驻于此,它们与这一池锦鲤和平相处。我路过此处时,不止一次看到天鹅一口一口给锦鲤喂食,天鹅的样子十分认真,态度近乎慈祥,成群的鱼儿在它嘴边张着大口,涌动着、翻滚着、扭动着,像撒娇的孩子、调皮的顽童……

园子中还有两只白天鹅,它们主要在孔子和老子"问道"塑像旁边的小河里活动。但在校园的银杏林、雪松林里,或是综合楼西侧的绿地上,常常看到它俩。有几次发现它们大摇大摆行走在马路上,几十个学员小心翼翼跟在它们身后,唯恐惊扰了它们。然而,它们并不以为意,自顾昂首挺胸,踱着方步,相互咿呀对话,偶尔还摆个亲密的姿势。我怀疑它们有出淤泥而不染的傲慢、放逸和自信,是魏晋风度的传人。

沿着竹林继续北上,转过五步桥,便是掠燕湖了。远远的,首先扑入眼帘的,是湖北岸矗立的一座高大牌楼。牌楼背倚千萃山,面对一湖水,四根浑圆的紫红色木柱,撑起"品"字形庑殿式门楼,巍巍然,灿灿然,散发着大气厚重的气象,那门楣汉白玉匾额上铭刻的"弘佑天民"四个金色大字分外醒目。据说这座牌楼是北京现存的最古老的牌楼,是建校时从大高元殿迁移而来的文物。

掠燕湖西北有桥,曰"蟠龙桥",是一座拱形三孔汉白玉石桥,拾级而上,则见桥面顶端刻有一条盘曲环绕的龙,是为蟠龙。传说中的蟠龙是东海龙王第十五子,曾施法降雨,驱逐怪兽,造福人间,颇受人们喜爱。只见这石雕,龙首昂立,长须飘浮,躯体遒劲,五爪暗藏,这本是腾云驾雾、见首不见尾的神灵,却蛰伏于一座小桥,内敛低调如此,其中寄寓了设计者几多情志?此时,突然听到桥左有溪流盈耳,定睛看时,但见高处密集竹林中乱石嶙峋,中有水流哗然跌落,汇成三叠瀑布,在下方山石上激起众多硕大的雪莲和碎玉万千。

行至静观亭,放眼西望,夕照中的掠燕湖波光潋滟,远处山林下的平湖秋月亭、二味书屋、有恒亭影影绰绰。一叶小舟,仿自嘉兴南湖上的那座红船,穿越百年历史苍茫,在丹霞映照下仿佛随时待发,恍惚间英姿勃发的执灯人还在其中开会,窗棂里透出的红光把湖水照彻。

湖中游弋着的十二只黑天鹅,在逆光里追逐、缱绻,如梦、如幻。

想起二味书屋正门上的对联:"为学深知书有味,观心澄觉湖生光。"说的是"为学"和"观心"的滋味。而我欲斗胆将其改为"为学深知书有味,观湖澄觉心生光"。读书滋味,人皆知之,而观湖之于心灵的养育,味道尤长。当然,这湖,不拘于眼前的掠燕,不止于脚下的一园,它联通江海,通往大地,是浩浩茫茫的世界。

鄱阳看水

◎ 徐　可

到鄱阳湖看水,真是开了眼了。

这是中国最大的淡水湖啊。据说,丰水季节波浪汹涌,浩瀚万顷,水天相连,非常壮观。我来时是初春,正是鄱阳湖的枯水期,可也是浩浩汤汤,茫无际涯。

不只是鄱阳湖,在鄱阳湖流域的十多个县市,大小河流、湖泊、沟汊星罗棋布,它们与鄱阳湖筋脉相连,星月相伴,各美其美,美美与共。仅鄱阳县,就有上千个湖泊荡漾在每个角落,滋润着这块土地,养育着这块土地上的人们。几千年来,鄱阳人在与水和谐相处中繁衍生息,孕育了悠久灿烂的水文化。

每一个湖泊、每一条河流,都是一道独特的风景。

饶河上游河面狭窄,水流湍急;进入平坦的鄱阳湖区,河面开阔,水流缓慢,雍容大度。珠湖自然清新,湖水碧绿,宛如镶嵌在鄱阳湖畔的一颗明珠。东湖是鄱阳县域众多水泊中最古老也是最大的湖,曾经的"东湖十景"虽已成纸上风景,然而余韵绵绵,令人怀想。

初春,鄱阳的水是安静的、柔美的,像梦中的睡美人刚刚睁开惺忪的媚眼。然而,鄱阳的水并不总是这样安静、这样温柔。它也有暴跳如雷的时候,也有桀骜不驯的时候,也有肆意妄为的时候。鄱阳人尽得水之利、尽享水之乐,但也曾备受水之害、备尝水之苦。历史上鄱阳水灾频仍,给当地百姓带来巨大损害。"明永乐四年(1406),洪水暴涨,城墙被冲坏,房屋受淹,淹死人畜甚多。""明宣德六年(1431)六月,大雷雨,洪水猛涨,饥荒遍地。""明宣德八年(1433)六月,大雷雨,江湖水涨,农田受淹,民房漂没甚多,淹死的人无数。"翻开《鄱阳县水利志》,这样的记载比比皆是。正是因为看到了水的利害两重性,人类从古至今都高度重视治水,"大禹治水"就是一个典型的例子。今天的鄱阳,人与水和谐相处,是几千年摸索、努力的结果,所以万物生长,百鸟翔集,草木葱茏,人民安居。

水是生命之源,污染的水则是生命之敌。经过多年坚持不懈的严格治理,鄱阳湖捧出的是一湖清水。有了这一湖清水,才有了鄱阳湖区良好的生态环境。不说田地里丰收的庄稼了,仅是鄱阳湖中就有丰富的水生维管束植物、浮游生物、鱼类、贝类等等。濒危的江豚,在鄱阳湖中的数量就有两三百头。这么好的生态环境,造就了一个候鸟的天堂。每年秋末冬初,有成千上万只候鸟,从俄罗斯西伯利亚、蒙古国、日本、朝鲜以及中国东北、西北等地来此越冬。如今,保护区内鸟类有三百多种、近百万只,占世界总数 98% 以上的白鹤都来这里越冬。鄱阳湖区成为亚洲最大的越冬候鸟栖息地、世界最大的鸟类保护区,被称为"白鹤世界""珍禽王国"。

大量候鸟的到来,让冬日冷清的鄱阳湖有了生趣。

在鄱阳湖国家湿地公园,我与高贵的白鹤和天鹅相遇。这是我第一次见到白鹤,它和丹顶鹤实在太像了。长长的颈项,通体白色,优雅高贵。白鹤一点也不怯生,大大方方地在游人手中啄食,让游人照相。鹤被视为吉祥长寿的象征,受到人们的喜爱。白鹤对环境条件的要求非常高,是环境状况的重要指示物种。它们近乎悉数选择到鄱阳湖越冬,这是对鄱阳湖生态环境的最好肯定。

天鹅湖里,白天鹅、黑天鹅在水中悠闲地游来游去。天鹅们成双成对,卿卿我我,大秀恩爱。人们认为鸳鸯是坚贞爱情的象征,其实真正忠于爱情的,是天鹅。天鹅是绝对忠诚于"爱人"的,终生厮守;如果配偶去世,另一个会一边哀婉地鸣叫,一边使尽全身力气飞到高空,直到精疲力竭从空中直摔落地而亡。

我们平时看到的大雁，是在天空中飞行着的，它们那"一"字形或"人"字形的雁阵，每次都会引得我们驻足抬头仰望。在这里，我们第一次近距离看到了停留在陆地上的大雁，看清了它们白色的颈部和腹部、黑色的头部、灰色的背部和双翼。它们在一片开阔的滩涂上轻松、悠闲地散步，也有的在芦苇丛中觅食，完全没有"独在异乡为异客"的拘谨和紧张。

在鄱阳大地行走，随时、随处可以看到各种鸟类。它们在沟渠，在水田，在水边，在一切有水的地方。鄱阳湖两岸的草滩上，茂盛的青草像梳理过一样密集整齐，无边无际。湖边的草滩上成群结队的大雁静静地耳鬓厮磨；湖中的天鹅在尽情嬉戏；偏僻的湖汊，白鹤、灰鹤在自由地觅食。显然，这里是候鸟们的第二故乡，它们在这里无拘无束地享受生活。

为了给这些远道而来的客人提供最佳的越冬环境，鄱阳湖保护区采取了最严格也最周全的保护措施，连续多年对白鹤等珍稀候鸟的主要食物苦草进行调查，监测其生长状况，还通过科学调控水位，营造适宜的觅食环境。沿湖各保护站都有人员在湖区监测和巡护，严防盗猎，营造安全的栖息环境，让这些客人"住得安心，吃得舒心"。

其实，把鸟儿们当成"客人"，那是见外了。俗话说："花木管时令，鸟鸣报农时。"花草树木、鸟兽飞禽均按照季节活动，它们规律性的行动，被看作区分时令节气的重要标志。所以，候鸟是原始的气象专家。在传统的农耕社会，人们根据它们南来北往的节奏，正确地顺天应人，治人事天，恪守大道和天地的度、数、信，让自己的生活更加幸福与安宁。即使在现代社会，它们依然用自己的选择对我们的行为做出无声的评价。所以，与其说它们是人类的朋友，不如说它们是人类的老师。

我去鄱阳看水，看到的岂止是水啊！

长江之水天上来

◎ 叶兆言

或许住在长江边的缘故，我的书房正对着滔滔而来的江水，触景会生情，常冒出一些莫名其妙的想法。七月长江万里晴，日暮江花红胜火。在搬到江边的高楼居住之前，长江更多的只是流淌在书面上，漂移在唐诗宋词之中。山随平野尽，江入大荒流。这是诗仙李白的诗。星垂平野阔，月涌大江流。这是诗圣杜甫的诗。叠嶂千重叫恨猿，长江万里洗离魂。黄河之水天上来，奔流到海不复回。长江和黄河，代表着我们的祖国，在大家刻板的文化记忆中，这两条巨龙，更多的只是图腾和象征意义。

"子在川上曰：逝者如斯夫，不舍昼夜。""滚滚长江东逝水，浪花淘尽英雄，是非成败转头空。"长江源头究竟在哪儿，我对它的最初认识，源于北魏郦道元的《水经注·江水》，其中最著名最为大家熟悉的一段，编入了中学课本，绝对是记叙文的经典之作：

自三峡七百里中，两岸连山，略无阙处；重岩叠嶂，隐天蔽日，自非亭午夜分，不见曦月。至于夏水襄陵，沿溯阻绝。或王命急宣，有时朝发白帝，暮到江陵，其间千二百里，虽乘奔御风，不以疾也。春冬之时，则素湍绿潭，回清倒影。绝巘多生怪柏，悬泉瀑布，飞漱其间。清荣峻茂，良多趣味。每至晴初霜旦，林寒涧肃，常有高猿长啸，属引凄异，空谷传响，哀转久绝。故渔者歌曰："巴东三峡巫峡长，猿鸣三声泪沾裳！"

这段精彩的文字，不仅告诉我们应该怎样写景，顺带还交代了一个远古时期的地理知识，这就是长江出自三峡，源于岷江。读万卷书容易，有人这么写了，就会有很多人很当真。如果没有明朝的《徐霞客游记》，中国古代的读书人，关于长江的知识，对于长江源头的想象，大约也就是到此为止。徐霞客通过亲身考察，以无可辩驳的史实材料，把宋儒认定的南龙之脉，也就是长江源头，从岷江推移到了金沙江。

搬到江边居住之前，说老实话，我对南龙之脉的长江源头，兴趣并不是很大。反正是三峡往上走，岷江也好，金沙江也好，在一个长江下游的人眼里，对于一个下江人来说，长江就是从上游那边流过来的。长江的源头应该就在四川，二十多年前，我们去九寨沟旅游，顺便在阿坝州的若尔盖草原转了转。

当时同行者都小心翼翼地骑在马上，都不太会骑马。也还是在那次旅游中，留下一个可笑的错误印象，因为去了"九曲黄河第一弯"，便先入为主地认定，长江和黄河的源头都差不多，都在一起，因此一直误把长江源头，定位在我们曾经骑马走过的那一带。人生中总难免有很多错误，居住在长江岸边之后，每日面对滚滚而来的江水，追根溯源的兴趣开始大增，常常会想起自己骑马走过的地方，想起自认为是长江源头的那个"第一弯"，这印象显然是不正确的，比起《水经注》和《徐霞客游记》，虽然进了一大步，但是，它始终还停留在一个想当然的错误记忆中。

直到有机会参加在青海举办的国际诗酒文化大会，我才第一次意识到，或者说第一次弄明白，长江的源头并不在四川，而是在更遥远的青海境内。我不是诗人，也不擅饮酒，冒昧参加，真正目的就是想借这个机会，纠正自己的认识错误，去寻访三江源，见识一下真正的长江源头。还是那句话，一个读书人能读万卷书并不难。古人说读万卷书，行万里路，实际上都是虚指，意思只不过在强调，不但要读书，还要脚踏实地身体力行。

青海省很大,作为一个人口不太多的省份,它的面积竟然有七个江苏省那么大。出发去青海之前,经过阅读,临时查对资料,我已经清楚地知道,长江的源头在青海,不止长江,中国的三江之源都在青海。所谓三江,是长江、黄河、澜沧江。长江黄河不用解释,流经中国太多省份,几乎就成了国家的代言。澜沧江不妨多说几句,它在中国境内叫澜沧江,从青海的玉树发源,流经西藏和云南,出国后叫湄公河,经过缅甸,穿越老挝、泰国、柬埔寨,最后从越南注入南海,是东南亚最大的国际河流。

长江和黄河自西向东,澜沧江由北向南,三大水系从涓涓细流到汹涌澎湃地奔向大海,竟然都是从玉树这个地方发源。想一想都壮观,想一想都神往,三江源地区被誉为"中华水塔",它是高海拔生物多样性最集中的区域之一。路漫漫其修远兮,我们从西宁出发,驱车去玉树,一路高速公路,导航显示的时间是十个小时。加上中途休息用餐,早晨七点十五分发车,到玉树已经是晚上七点五十分。沿路景色非常优美,风云变幻,一天之内,经历了春夏秋冬,中途要下车,尽管是在夏季,不得不穿一会儿羽绒袄。翻过了雪山,经过了草原,我们看到了野驴,看到了野牦牛,看到了特别好看的野鸭,看到了蓝天上翱翔的苍鹰和秃鹫。没有看见藏羚羊,司机说现在藏羚羊很多,很容易看见,我们只不过是运气不够好而已。

驱车去玉树是件很艰苦的事,不要说司机开车辛苦,就是我们坐车的,也很难忍受。偏偏我属于敏感性体质,很容易自己吓唬自己,高原反应尤其强烈。开弓没有回头箭,既然上了路,既然是在半道上,人再难受,也只能义无反顾地往前走。好在车上应有尽有,配备了小氧气罐,还有灌了医用氧气的枕头。虽然谈不上彻底解决问题,起码心理上能有安慰。高原反应是头痛欲裂,最难受时天旋地转,喘不过气来,而对付这种痛苦的唯一办法,只有一个字,忍。玉树的平均海拔为4493.4米,从低海拔地区来的游客,多半会有高原反应。

然而还是很值得去,真的很值得。到玉树,到三江的源头,云也开了,雾也散了，阳光特别的灿烂。

说实话，我最初知道"玉树"这两个字，并不是因为什么长江源头，而是发生在2010年的里氏7.1级大地震，它的级别仅次于汶川地震。玉树地震属于强烈的浅源性地震，有两千多人遇难，在人口稀少地区，灾难造成的损害如此巨大，委实令人心痛。从此以后，游客到了玉树，必定会先去"玉树地震遗址纪念馆"凭吊，我们也没有例外，很心酸，很难过。

玉树是藏文的音译，意为"遗址"，地处青藏高原东部。我们下榻的地方叫结古镇，州府市府所在地，玉树的经济文化中心。它是唐蕃古道上的重镇，与四川和西藏民间贸易的集散中心，小说《西游记》中的许多故事相传就发生在这里。

到了玉树，通天河的晒经台必须要去"打卡"，通天河全长八百多公里，穿行于唐古拉山脉和昆仑山脉的宽谷之中，是金沙江的上游。《西游记》中，唐僧去西天取经，波涛汹涌的通天河挡住去路，千年老鼋驮渡唐僧师徒，托唐僧向如来佛祖询问自己几时能脱本壳，修成人身。到了西天佛国，专心取经的唐僧忘了老鼋所托。取经归来，老鼋再次驮渡，到河心问起所托之事，唐僧无言以答。老鼋一怒之下，将唐僧师徒抛入河中，经卷全被泡湿，不得不在岸边石头上晾晒经文，结果把《佛本行经》的一部分沾破了，于是浩如烟海的佛经中，只有《佛本行经》至今残缺不全。

玉树有太多的寺庙可看，有文成公主庙，又名"沙加公主庙"，又名"贝大日如来佛石窟寺"。去文成公主庙，可以顺道看看禅古寺。当然，位于城区的结古寺更应该去，结古寺位置非常高，高高在上，可以鸟瞰玉树全城。

蓝天白云是玉树的标配，个人建议和感受，玉树最值得去看看的，还是嘉那嘛呢石经城。我已经没办法用文字来描述自己的震撼。大约二百多年前，此地发现了第一块自然显现的六字真经嘛呢石，也就是刻有经文的石块，从此人们开始有意识地一块又一块累积垒加，僧俗民众一起刻凿堆放的嘛呢石数量，达到了几十亿块。大家不妨想一想，算一算，几十亿块刻有经文的嘛呢石堆在一起，会是怎么样的一个壮观景象。据统计，现存的嘛呢石堆东西长近三百米，南北宽八十米，高四米，占地面积是二万余平方米，体积近九万立方米。在嘛呢石堆周围，有两座佛堂，有十四座佛塔，有十个超大的转经筒，还有四百八十个小转经筒，朝拜的藏民络绎不绝。

或许高原反应的缘故，真正到了玉树，很少再去思考长江之源这个问题。水流千里归大海，我似乎忘了此行的目的，在玉树，具体的长江源头究竟在哪儿，已经变得不重要。很显然，这里见到的每一处流水，都有可能流到我的家乡，都可能从我所居住的高楼下淌过。

只是在游览通天河时，导游说起千年乌龟驮唐僧过河的故事，看着眼前的河水翻滚而下，我突然又想到了长江之源，想到徐霞客所说的"惟南龙磅礴于半宇内"。南龙者，长江也，眼前这条通天河，它究竟是南龙的龙头，还是南龙的龙尾。如果是高昂的龙头，意味着长江这条巨龙，在玉树腾云驾雾，直冲霄汉。如果它是龙尾，那么那低垂的龙头，已在遥远的东方，一头扎进了茫茫的大海。

追根穷源，无论是长江之源，还是南龙之脉，毫无疑问，都和青海的玉树分割不开。

水往低处流。真正的长江源头，今天已有了定论的那个源头，终归是青藏高原雪山上的积雪。高原雪山上的积雪，又来自何处？答案是来自天上，天上的水来自哪里，答案是来自大海的蒸发。

原因和结果就这么纠缠在一起，始和终其实是一回事，开始为了结束，结束了又会重新开始。白天的尽头是黑夜，黑夜的尽头是白天。生意味着死，死又代表着生，春夏秋冬无限循环。

如果是这样，假如是这样，或者说因为是这样，那么远离玉树的大海，既是长江源源不断的真正起点，也是奔腾不息的长江终点——百川归海，海泽百川。

合欢树记

◎ 肖复兴

      合欢是我国一种古老的树。它夏季开花,花期很长,花纤细似羽,绯红如云,很轻柔缠绵的感觉,远远望去,像一片薄云彩,只待微风一吹,飘飘欲仙欲飞。花的颜色是绯红,不是大红,也不是猩红,更不是粉红。大红太艳,猩红太媚,粉红太小家子气。绯红则恰到好处,云生岭上,月到波心,让夏天的炎热化为了清浅与清凉。

      合欢不仅花特别,叶子也很奇特,细长如纤纤手指,昼开夜合,敏感犹如含羞草。夜晚,在月光或路灯的辉映下,绿叶如穗,颔首低垂,朦胧一片,风吹叶动花摇,浓郁如沉沉湖水轻轻荡起的涟漪。间或,摇曳的叶隙露出夜空一角的几颗星星,如萤火虫一闪一闪,梦一般引人遐思。

      我看到书中记载,北京最老的合欢树,应是在崇效寺里。这株合欢为清初吏部尚书宋牧仲手植,五十年后,已有合抱之粗,清代有诗专门写它:“五十年来重俯仰,当檐一树马缨花。”马缨花,就是合欢花。崇效寺的这棵合欢树那时已经长了五十余年。只可惜,如此老的合欢,后来被盛名一时的绿牡丹所替代,很多人的心理,多少还是有些喜新厌旧,追崇新潮。

      后来,有人对我说故宫御花园、宋庆龄故居里的合欢,年头都挺长,起码也是清代的老树,长得都不错,花开的时候很好看。这是当然了,那里的树,会有人专门打理,自然比别处的过得滋润了。

      在北京的四合院里,种石榴、枣树、榆叶梅、西府海棠的居多,种合欢的极少。这是因为合欢需要精心打理,不像西府海棠等树给点儿阳光就灿烂。在北京四合院里，种合欢最有名的，当数离宣武门不远的校场口头条47号院。那是我们汇文中学的老学长、学者吴晓铃先生的双楮书屋。他家的小院里，有两株老合欢树。双楮，指的就是这两株合欢树。以树名屋，足见吴先生对这两株合欢颇有感情。他曾经学《红楼梦》中贾宝玉的做法，用合欢花泡酒，将合欢花洗净、晾干，泡在二锅头里。据说，合欢酒呈绛红色，有暗香。花入馔泡酒的，有很多；合欢花泡酒，自贾宝玉后，吴先生大概是第一人。

一年夏天，我特意去那里，不是为拜访吴先生，其时吴先生已经仙逝，而是为看那两株合欢树。合欢树长得很高，探出墙外，毛茸茸的绯红色的花影，斑斑点点地正辉映大门上一副金文体的门联："宏文世无匹，大器善为师。"门联是当年吴先生请商务印书馆的老馆长、前清进士孙仕题写。那花和这字，才如剑鞘相配，相得益彰，如诗如画，世上无匹。

不过，在我的潜意识里，总觉得在北京，合欢树还是应该走出小院和宫廷王府，作为街道的街树，更漂亮，更传统，更与老北京城相匹配。

清诗有言："正阳门外最堪夸，王道平平不少斜。点缀两边好风景，绿杨垂柳马缨花。"说明种合欢为街树，早在清代就有了，前门大街两旁，当年种的就有这种合欢树。

后来，读到芥川龙之介写的《中国游记》，在这本书里，他两次提到了合欢树。一次是从辜鸿铭家出来，朝着他住的东单牌楼附近旅店的路上走，说是"微风吹拂着街边的合欢树"。另一次是他说："合欢与槐树的大森林紧紧环绕着黄色琉璃瓦的紫禁城。"前者说明东单大街两旁当时是种有合欢树的，后者说明当时长安街的合欢树很茂盛。

邓云乡先生也有文章，说景山前街曾经的街树是合欢树。

前几天，看到北京出版社新出版的《北京味儿》，瞿宣颖20世纪30年代所撰写的《故都闻见录》里写道："民国三四年间，东西长安街一带，广植德国槐和马缨花。此二木皆易长，至今长夏垂荫，与黄瓦丹垣，映带成至美之色彩。"

这样就可以佐证,合欢作为街道的行道树,在北京是有传统的、有历史的,曾经一度辉煌。起码,当初在长安街、前门大街、东单大街、景山前街,种的都是合欢树。

清诗所言是清时之事,芥川龙之介是 1921 年从日本来北京所见,瞿宣颖说的是二十世纪三十年代之前的事,邓云乡写的是二十世纪五十年代的事。这说明,合欢树作为街树,曾经从清末民初一直到北京和平解放之后,绵延未曾中断,拥有过至少半个世纪乃至近一个世纪的历史,以独特绰约的风姿,盛放在北京的夏季。

合欢树作为街树的街道,我有幸见过一条,便是台基厂。从童年一直到 1968 年去北大荒,我在这条老街上走了近二十年。那时,我家住西打磨厂,上学后常去王府井的新华书店看书或买书,必要穿护城河和明城墙,经过这条台基厂街道。暑假的时候,街道两旁,合欢树开满一树树绯红色的绒花,走在这样开满轻柔的绒花的树下,斑驳的花影洒在身上,如小精灵一般跳跃,人就像踩在绯红的云彩和迷离的光影上,有一种梦幻童话般的感觉。毫不夸张地说,在我的眼里,有这样两排合欢树的台基厂大街,是全北京城最漂亮的一条街道。

一别北京六年,1974 年,我从北大荒重返北京,重住老院,重去王府井,重走台基厂老街,才忽然发现一街的合欢树竟荡然无存。一下子,心里感到是那样的失落,打听才知道,前几年这一街的合欢树就被砍光了,说它们开这么缠绵悱恻的花,是资产阶级的树。这让我分外吃惊。想起景山的那棵崇祯皇帝上吊的古槐,顺治皇帝看着它不顺眼,说它是"罪树"的陈年往事。台基厂的合欢和景山的古槐,真是一对难兄难弟,遥望并沉没在三百年的历史长河里。

如今的北京街树,漂亮的有很多,有名的是夏天南池子的槐荫夹道,秋天钓鱼台的银杏铺地,春天亦庄万源街紫色花朵的泡桐满街。只是,我再也没有见过有哪一条街道两旁种有合欢树的了。想起瞿宣颖说它："长夏垂荫，与黄瓦丹垣，映带成至美之色彩。"这样的认知，这样的情感，不知是不是有人不再相信了。我信。我一直渴望着，北京城能有一条街，两旁种植这样至美色彩的合欢树。

寂静统治着山林

◎ 鲍尔吉·原野

寂静统治着山林。早上,曦光而非太阳本身从东山洒过来,被山腰的一缕雾隔离,如罩金纱。金光到来之前,长满樟子松的山峰被横绕的雾截成两段深绿,中间是不移动也不消散的白雾。没有汽车,水泥公路显出宽阔笔直,越来越窄地消失在高处。

寂静啊,黑黝黝的樟子松一群一群地站在浅绿的、带一些明黄的草地上,有几头牛吃草,穿雨衣的牧牛人身子一动不动,转动脖子看我跑步。我挥挥手,他立刻低下头,羞涩。

四周没有声音,万物好像都在用形态和色彩对话。山丘浑圆深绿长满松树,草原平坦带有娇嫩绿色,林场的红砖房顶砌着灰色的高烟囱,公路的路基两侧堆着青色的碎石。蓝天全体瓦蓝,没有灰云尘霾。

在这里,万物互相注视,它们彼此打量了好多年。而电线杆子始终站在公路的北侧,始终是这样。脚下的水泥路面清晰地印着一排动物足迹,有婴儿拳头那么大。那是水泥未干的某个夜里某个动物留下的,它不知什么叫水泥,更想不到它的行踪可以永远放在这里展览。

我觉得公路就应该这样,水泥刚浇筑的时候,让猫狗、母鸡、猴子和驴在上面走一走,显出生气,证明这地方不光有人,还有其他动物。土地不光属于人,还属于所有生物,再凶残的动物也不会出卖土地。地是卖的吗?地不是人和动物刚学习走路时走的地方和他(它)们死后掩埋的地方吗?怎么能像黑奴一样被卖来卖去呢?这些话,说给动物听,动物也听不懂。

山腰那条轻纱的白雾，已经降落到山脚下，更薄了，好像一条棉胎被灌木丛刮烂了。太阳升达山巅，大地现出庄严。白桦树干染上金红色。它们刚刚还像拥来挤去的少女，现在像一队谛听唱诗的男童，面对上帝，神色虔诚。

阳光如万条金蛇从草叶下面爬向远方，这种金里透红的绿，如上天把珍贵的颜料不小心泼在这里，纯而鲜艳，让人不敢上去踩一脚。上帝就这么慷慨，每天都把万丈金光洒下来，第二天还洒，毫无吝惜。在森林和草地才能看到这样的金光，对浑浊的城市，太阳只给了一些光，而没有金光，因为那里没有森林和草地。

人喜欢讲条件，其实万物都讲条件。人让地倒霉，地让天倒霉，天让人倒霉，反之亦然。人损地，或地损人是一个循环。这些年，人不明白老天爷为什么常常发脾气，降暴雨乃至造出冰冻灾害。

这正像老天爷不明白人为什么在大地建造太多的水坝、水库，开矿和砍伐森林。两方面都不明白，没建立对话机制，人过分了天就过分。"人法地，地法天，天法道，道法自然"，这并不是谁管谁，法是顺从尊崇，是循环。顺天则昌，逆天则亡。那些柔软的小草、清澈的小溪和可怜的动物的背后都有一个大力量为它们撑腰，它叫道。

来阿荣旗林地草原，最深的印象是静，正如最多的色彩是绿。草太深了，一尺多高，把小河汊子都藏了起来，听不到什么机器车辆的轰鸣，也没有大到高音喇叭小到 MP3 的噪音。草站在那里，树站在那里，山不曾移动，让人觉得这是一幅静态的画。

然而，大自然发生过一切事，生生息息，却像什么都没发生。太阳出来之后，露水消失了，草在风里前仰后合，弄出有深有浅的旋涡。水泥路上，一只大甲虫自负地向前爬。我看它，它停下来，好像要跟我比一比。

我比不过它，我背上没有孔雀绿的荧光壳，没有精致的六足。小鸟低飞下来，钻进草里不见了踪影。林中突然飞出一群鸟，在空中打旋儿尖锐啼鸣。桦树叶还在风里抖动,像女人在风中扯紧领口。大自然从来没停止过脚步,它的语言不是声音是生命。

沉香早年的痛

在海南,我见到了沉香树。外观上,沉香树并不比其他热带树木更奇特,像一个内心丰富的人在人堆里并不扎眼一样。结缔沉香的树不会高耸入云如椰子树,也不会开花热烈如木棉树,它厚朴,或者说此生厚朴,沉香之香是它酝酿中的来生,如果没有发现树木伤口的结痂,如果没人去烧这块木片似的结痂,世上就没人知道沉香。

是什么人会想到烧一下沉香树伤口的结痂?为什么是烧呢?他可能把热带植物的根茎叶花果都烧过,嗅一嗅哪个香。即便被毒树熏至昏厥仍在烧,直至找到沉香。开始,这个李时珍式的奇人并未以烧树为己任,他先把所有草木的根茎叶尝一遍,对治他身上的奇疴,无效有忿。他愤怒地把它们一样一样扔进火里,烧到沉香树时,上帝在天边露出笑容,香来了。

今天的生活正是由一些不安分的人的奇怪发现构成的。沉香不算怪,怪的还有砖、青霉素、烟、裤子、假牙、眼镜、文胸、电视机、大烟等好几万种东西。其中任何一种东西刚出现时都不为正派的人所接受。而那些奇怪的发现者总对上帝的安排不满意,去寻找物体背后的东西,没去想他们的发现影响了人类与自然的秩序。如绳子、弓箭、灌溉,更不必说水库、煤和转基因了。

物不在乎被发现,它们有自己的灵魂,附着于大自然之中。芳香、甜蜜、坚实、笔直是植物们现世的荣耀,只有沉香木有来生,而它的来生被人窥破,竟在伤痂里。沉香树朴素。树干显得圆拙一些,看不到香樟树的富贵气派。它的叶子普通,四五月份开出的花朵微红带紫,也没什么香气。它就这样长着,像集市上的海南农夫一样普通。谁也没想到沉香生在这样的树上。树,遭雷劈蛇咬之后,疗伤的分泌物在伤口凝聚,又在真菌的干预下结成沉香，被人类誉为"聚日月之精华"的珍品。

点燃沉香，开始没察觉它汇聚了怎样的日月精华，香烧尽了，也没觉出来精华在哪里。我燃香喜欢观烟。这支细细的沉香斜插在白米粒上，它的躯体（或许包括灵魂）在烟的舞蹈中消失。沉香不是香水，无须像狗一样用鼻子探究它。沉香的神秘首先在烟雾的形态里。

沉香的烟似比其他香更细腻，人的视网膜观烟雾实在很粗陋，只见到烟的线条而见不到烟的颗粒。如用超微摄像机拍下来慢放，其图像应该是一颗颗圆珠排列而出，色彩不灰，由红变为白，在热力中滚滚上升。但我们只长了人的眼睛，就用人眼睛对付看烟吧（鸟类学家说鹰的眼睛可看到鸟类在空中扇动翅膀的频率）。

人眼看烟雾，可看出其艺术性，由此想到怀素张旭。烟雾在上升中转折，人却说不出线条从哪个地方转折，正琢磨，转折的线条又转折了，与草书笔势相同。沉香的烟势挺拔。我拿出另一种香点燃对比，后者雾气疲软，爱分叉，跟营养不良头发分叉的意思差不多。

我把沉香放在主卧室如布达拉宫那种铁红色的墙壁前观赏。香的烟气像一枝马蹄莲，笔直地拔上去，在高高的地方分开。它上升的样子十分沉静，烟柱保持同样的精细，仿佛上方有一个东西吸着它们。烟气散开时淡了，如一朵花的影子。

烟的花朵开放后，依然不忍离开，有流连，似回头观望。看烟气动摇，人却感觉非常静。或言之，你不觉得它动，它却在动，幡不动风动。如站柱所说"静极生动"。观其他事物的动——鸽群飞翔，溪水湍流，均生不出静态感。唯观香，愈看其动愈觉其静。

动和静真是不好言说的东西，它们会在一些地方重合。地球据说是动的，但我们觉不出来。白云显然在的——我小时候见过的那朵白云早不见了——但我们抬头看云，云并不动。人低头系鞋带的工夫，云没了，投入另一朵云的怀抱，曰"改嫁"。远看大河未流，如一面镜子，进河方知旋涡奔涌,我在黑龙江差点溺毙即被旋涡拖住了腿。人好在只有两条腿,若有四条腿早被它们拖进淤泥里了。人看了一辈子东西,看到的多是假相。人所乐所悲者,也因为把假象当成了真相。

练功的人,如京剧之盖叫天、书法之怀素、战将如曾国藩都爱观香静坐。香之烟雾,似聚又散,如升却降。如果其中有道的话,道就是散了,都散了,归于虚空。

观香实为观沉香木早年的痛。这世上,谁的伤疤被人燃烧?谁的痛苦散发香气?谁的血泪价值不菲?谁的回忆化为青烟?唯有沉香。所有名贵香水都有沉香的成分,它保持着香气的沉稳。沉稳是向下的力量,正如沉静也是一股大力量。

我把燃烧的沉香挪到镜子前,两缕香烟竞相上升,如双胞胎,而我又节省了一支香。我观香很小心,这是一些伤口,伤口又莫名其妙变成了香雾。我一点点嗅这些香气,树木当年的痛苦和血泪变成了这样一种香味,似有若无,些许药性,像一个人憋了十年的痛苦经历突然不想说了。有些经历大痛的人会变得空灵,沉香之香即空灵。人类常常诉说自己的痛苦,忍不住。人说出苦痛相当于把伤口又豁深了,永远结不成一个痂。沉香沉默,它用分泌液里的芳香安慰自己。它懂得怎么爱自己。

香燃尽了,我看四壁,竟发现有几朵烟雾独立存在,小烟团在很高的地方慢慢舒展翻身。香都灭了,烟还能这样吗?我不明白的事情越来越多了。我盯着余下的小烟团看,它们在打太极拳,云手、倒卷肱、野马分鬃……

我心里想:它们怎么会没散呢?烟的动作暗含一种节奏,好像应该有乐声伴奏。怪不得李坚说她弹古琴时才焚沉香。沉香是她送我的,我问贵不贵,她说有一点点贵。她说"一点点"就很贵了。但沉香的价格和价值永远对不上。就像我们永远不知道别人的痛有多痛,动物的痛是怎样的痛,凡是他人用心感知的,我们的心均不能及。所及者只有沉香沉潜的一点点香。

灌木之美小小的

你看那灌木,在雪里捧着大大小小的雪团。

我第一次看到灌木胳膊这么长,比北加里曼丹猿猴的胳膊还长,怨不得它把金黄的迎春花开得那么簇密。春天,桑园里面的这棵迎春花树成了金花的铁丝网,或者说用带瓣的黄丝带一圈圈捆扎起来的包裹。要寄到什么地方去呢?不寄到哪里,那就先放在这里吧。

雪后的植物,无论杨树、柳树,谁都没有像灌木这样兴高采烈。它们如同演杂技的,让雪从左臂顺肩膀爬到右臂。你是担雪者吗,灌木夫人?我问它们。而它们指着自己身上的雪说:你看,你看⋯⋯

是要看一看。这些小心堆在灌木肩上、颈上的雪,好像会掉下来。孩子们每做一个惊险的动作之后——比如上凳子——都要大喜而叫:你看⋯⋯灌木也如此。

灌木在雪后的可喜,不只在于枝杈间白雪堆积,还在于雪斑驳错落地映出枝条的黧黑、坚韧、修长。如果敝二外甥阿斯汗看到此景,一定大呼:"哎呀!那些树长棉花啦!"那些细枝上较小的雪团,已在阳光下融化,变成孱弱的小冰凌,立着一条腿瑟瑟。而大朵的雪则毛茸茸的,缩着脖子睡觉,早上睁眼看一看,然后再睡。

我在北方长大,却刚刚发现雪后的灌木有这么好看。假如生命是由目睹许多奇观组成的话,那么我不知错过了多少这样的机会,属于无知者。如果自然之美对人来说只是一种感动的话,那么成群结队去黄山等地旅游已显出有一些虚妄了。生命(不只是我们的生命)每时每刻都在悄悄地展示美丽,哪里都有美。而上帝呢,多么有耐心,把曾经熟视无睹的雪中灌木之美再次推入我的眼帘。上帝对任何人都没有失去信心。

而灌木之美只是小小的、微不足道的美景。那么,我把看到它的这一刻称为今天的良辰。

北方之北

◎ 冯秋子

身处内蒙古高山草原,经风历雪的时候多些。就说雨水,渴求不来,快要忘记了,雨水不期而至。小雨,印象不深,过于温柔,渗进衣衫不久即干。大雨说话工夫铺天盖地下来,遍野漫灌,遗留下一排排、一簇簇细碎沙石,够小孩们捧着、灌着、漏着、揣着浑耍几天。有时阴黑了半边天,雷电轰隆炸响,没雨什么事,小孩们盯住天,距我们只有一个操场远的地方黑柱斜倾,大雨瓢泼。这些真实、残酷的自然景象,空阔的高山草原,高平原、中低山丘陵地区的察哈尔草原,人们习以为常。

我生长的察哈尔右翼中旗,平均海拔 1700 米,地处内蒙古中部、偏西、偏北;位于乌兰察布盟(后改制为市)西北部,北接壤四子王旗,西南与卓资县交界,东邻察哈尔右翼后旗,中旗就处于这三个旗县的包围中;而整个东部挨着我们的察右后旗,它的东、北两面毗邻着商都县。我小时候,常经察右后旗乌兰哈达苏木或者土牧尔台镇,去商都县姥姥家。姥姥、姥爷想念我们的时候,赶一辆马车慢腾腾走十来天到察右中旗看望我们。来之前无声无息,他们到达当日的清晨,我妈妈讲,今天姥姥、姥爷来,她做梦梦见了。久经验证,母亲的梦正确无误。

从察右中旗所在地科布尔镇,到商都县东井子村姥姥家,我走过三条线路,均须经过察右后旗。

第一条路线,乘坐当年高山草原长途旅行的主要交通工具解放牌敞篷大卡车,由中旗汽车运输站单日始发,天黑黢黢上路,午时到达乌兰哈达汽车站,大卡车稍事休整,司机匆匆吃饭喝水打点拉杂事项,迷迷糊糊睡半个多小时,满载去往中旗方向的长短途旅客返程。我们随后改乘赶来接站的马车,赶车的人我们叫二哥,是我姥爷的二侄孙子,姥爷、姥姥从他两岁起拉扯长大。伴随二哥扬鞭、"嘚驾"声和他哼鸣的歌声,我们颠簸在平均海拔1500米的高山草原、丘陵、沟壑间,五十几里车马土路,直至认灯以后,进得姥姥家门。

第二条线路,天蒙蒙亮即乘解放牌大卡车,至乌兰察布盟所在地集宁市(今乐宁区)汽车运输站下车,我妹妹紧随母亲快速赶往集宁南站,改乘集宁至二连浩特的列车。老式的绿皮火车,逢小站即停,每一站停车,上下旅客拉大扯小,背担的东西却少之又少,除了孩子,那时节人们缺东少西没其他可带。检修工人喊喊喝喝、敲敲打打,滞留五至十分钟不等,汽笛轰鸣,火车在铁轨上有规模地嘎嘎啦啦,继续前行。到达察右后旗1971年前的旗府所在地土牧尔台镇车站,还是那位人高马大、露着白板牙齿、眯缝着笑眼的二哥,等候在简陋的火车站月台上。他安顿母亲、妹妹和我坐上马车,车厢板铺着一层又一层棉被、羊皮毛褥子,我们母女三人严严实实裹紧羊毛被子,衔接的地方用皮大衣捂住。一路上,听他跟我母亲拉家常,我和妹妹醒一会儿睡一会儿。不知过了多久,我们被二哥哼唱的长调歌子唤醒,又在他喊喝两匹并驾的马或者是一前两后三匹马的声息里睡去……四五个小时,天黑前到姥姥家。

第三条线路,走过两三回,从察右中旗汽车站乘解放牌大卡车直线北上,穿越遥远、纵深的旗县和乡级公路,路过宏盘(乡)、铁沙盖(镇)、乌素图(镇)、巴音乡、库伦(苏木)等,越过中旗东北边界,换车,重启,搭上不是解放牌大卡车的一种小型运输车,进入察右后旗地片,此后缓缓地横穿后旗,由东北部出界,再换车,重启,搭乘的交通工具与后旗的差不多,便是商都地界了。商都地貌多样,平均海拔1400米,从西北向东南倾斜低落,分布盐碱、草甸、沼泽、灰褐等土壤类型。这个曾经的古老牧场,历经匈奴、鲜卑、契丹、女真、蒙古等民族入主称雄。近代因地理位置优势和大量移民加入，农、牧、商、学及民族工业和手工制造业发展尤胜。在我记忆里，曾经的辉煌残留下来不少痕迹，但六七十年前自然生态退化导致干旱歉收的现实亦是时日难掩的苦楚。商都这条乡间公路，沿途多是荒漠草地、半裸沙地，村庄边缘和外围，相对平坦的丘陵山坡延展着一块块开垦的农田，间有几棵稀疏的树木。土葬故人的坟墓旁，一棵单薄的杨树摇晃着。从天蒙蒙亮走到天黑下来，到达一个离姥姥家十几里的停靠点，二哥的马车把我们母女三人接回姥姥家。

一进姥姥家，被抱上炕头，听姥姥叫着"亲格格……"炕沿边，高高的煤油灯铜台上坐了一只煤油铜壶，煤油灯捻儿吱吱地吸着火苗，照亮整个屋子。

察右后旗平均海拔 1500 米，西南部最高点 2053.4 米，西北相对低缓，最低点 1322 米。其中辉腾梁山区，与察右中旗的辉腾锡勒草甸草原相接。

最神秘和穿越时空的，是上天赐予北方之北的乌兰哈达火山群。怎样敬穆和虔诚，怎样饱读和装备，怎样探寻和求索，才能识得它的真面目呢？多少人踏遍遗址，多少人溶解于此……它的神圣与坚不可摧，渗漏于经年累月的西北风，传递出一丝讯息吗？老乡们抿着嘴笑，不告诉。你想知道，你知道怎么知道。他们是这样的表情。

察右后旗乌兰哈达火山群，处于内蒙古地轴北缘的大断裂附近，受大断裂控制，它的活动产物玄武岩呈中心式喷发型。火山群的二十几座火山，海拔均在 2000 米以上，分布范围 400 平方公里。火山群的活动起始于约三万年前的晚更新世晚期，休眠于全新世，是蒙古高原南缘发现的唯一在全新世喷发的火山群。多年前地质考察队员的脚步就踏遍荒原的褐色火山石间。而对当地以及周边的人们来说，由衷的骄傲和深远的慨叹，镶嵌在他们黄褐色或大或圆或细或长的眼睛里。他们的祖辈、祖辈往上的祖辈，若要垒砌一个羊圈、牛棚、马厩、猪圈，即便是堆放柴草的闲房，再或是汉族人家为年尊岁长者置办一间低矮的小南房专贡一具也许两具备用的棺材压岁祈寿,也多采用散落遍野的棕褐色火山石围墙造就。连远隔几百里外的察右中旗,境内的高山草原、草甸草原上,也散布着大小不一的火山石,虽然没有乌兰哈达火山石分布的密度大,但人们口口相传亿万年前海底火山喷发形成的今日荒原的故事一直延续着。

我捡拾过几块察右中旗高山上和察右后旗乌兰哈达的火山石,放在家里的角落,可是下次回来,不见了踪影。家里的人,听过我说起火山石,也知道我从哪里捡拾的它们,但他们一如既往地把火山石放归出去。他们不认为把野外的石头搬到家里合适。就像多年前,我从野外一两里、两三里或者四五里的戈壁草原捡回玛瑙石,他们也会放归出去。自然的东西,本该在自然地方,他们就这样认为的。料到我从集宁古遗址捡回的元代碎瓷片,我母亲也有可能会放归出去,我带了一些回北京,另一些保存在宽宽敞敞的内蒙古家里。我告诉母亲:"我喜欢陶瓷,想做陶瓷,想画陶瓷,也想哪天有时间了粘黏出一个元瓷瓶,您理解吧?"转年回去,发现它们被放在室外窗台下面,西北风吹来刮去,它们被黄土半掩着,裸露部分暴晒着高原那颗清越的太阳,经历着日夜十几、二十几摄氏度上下跳跃的温差,不慌不忙伴随时间消逝。有一年,我回到集宁,问我哥哥,城外野地里还有玛瑙石吗?他说前两年还看到戈壁荒地里的玛瑙。你捡过吗?没有。我说,我们去捡几颗?他有一辆底盘比较高的车,可以开进荒原。他说,草地里的,为什么捡走,留在草地里才好。

是这样。自然的地盘里,上苍赐予的质量和颜色,是它们千百年轮转构成的形制,不够好的,自然一直在做淘汰,即便好的,也有自然寿命的限数存续流离,仍在居留中的世界万物,于根本处,呈现着相互依存互为选择的关系,在安逸和圆满中,风雨霜雪参与其间,能够在北方高原待下来的,全是些硬东西,不是吗?人和自然之间,敬重与默守,悄然的铁血秩序,也在风雪中穿越了无尽的年岁检验。无论中旗、后旗、商都……乌兰察布察哈尔草原上，如我们童年常见散落草地的羊咀嚼草地里牧羊人撒下的不可或缺的晶盐，小孩子们又何尝不把晶盐当作精贵的小食物，在寡淡饥饿的时候，含进嘴里一粒晶盐，让它发挥一颗想念中糖豆的神奇效能，陪伴我们度过寂寥、孤独的童年。苦寒、饥劳的岁月，记录下我们拼命地无数次地追赶天空中浮游的云朵——独有的那种幻境，恰似能够驮载小孩们渡向彼岸，进入天堂的美好方舟"黑莫里"……它们，和我们随处捡到的含金量甚高的金石块、五彩玛瑙，是高山草原重要的组成部分。

我着迷于探究历史尘埃，着迷于自然天成的创造，倾听地下埋藏的声息，寻找历史规律和现实成因，皆因察哈尔草原的蓄养和启蒙。

去商都姥姥家，是我们的向往。我两个哥哥，有一回从姥姥家去乌兰哈达，准备乘车回察右中旗，仍是姥姥家的二哥赶着马车护送他们从东井子到乌兰哈达。天不亮出发，逆风，风沙越刮越强劲，马车抵达乌兰哈达汽车站时，那趟当天返回中旗的解放牌大卡车早已出发。二哥只好就地安顿我的两个哥哥，他们三人在汽车站旁的车马大店住下，等待两天以后的单日，从中旗驶来的那趟车，载他们返回几百里外的家。

我经历过一个人去姥姥家，妈妈把我送上中旗的公共大卡车，几番叮嘱，要我记住上回她带我走的路，找到集宁火车站，买张半票进站上车，在土牧尔台站下，叫妈妈"姑姑"的姥姥家的二哥，会在车站等着我，然后坐二哥的马车，再有半天时间回到姥姥家。

我一路默念着每一个衔接点的注意事项，可是竟然睡着了，坐过去三站。被停站后的噪声吵醒，发现不是土牧尔台，我没忍住哭出来。列车员高声问："谁的小娃娃？"我说，自己。他看过我的车票。"唉，姑娘，回去，往回坐。"他把我交给列车长。列车长领我跨过一条铁轨，到停站的一列反向货车那里说了几句话，货车押车员同意了，列车长把我抱起放进高高的车门，说："到站他们会喊你，往回坐三站，记着，土牧尔台下。"我和我的小书包,靠紧一个箱子席地落座。哪里顾上被颠疼的屁股,第一次坐货车,没有窗户,没有其他人,黑暗得时间长了,能数见每一个货箱。心里紧张,生怕糊里糊涂数错数字,分辨不清哪一站是土牧尔台。

可怜姥姥家浓眉大眼的二哥,姥姥、姥爷眼里无所不能的"二小",母亲从小呵护的隔辈亲人,在土牧尔台火车站等惨了,吓死了,不知这个小东西哪里去了,不在从南边的集宁向北开往土牧尔台的集二线上差不离定点停靠的这趟绿皮火车上。他跟姥姥、姥爷讲述那一段"事故":他一看满火车没有小东西,恨不能身体自燃着火,变成一缕烟,追上火车把它搜个遍。后来,他硬等下去,见不着人,不回东井子见爷爷、奶奶,即我的姥爷、姥姥……

曾经好些年,我从北京回察右中旗,火车到集宁南站下来,乘大巴出集宁后,很快进入察右后旗地片,直到最后五分之一路程,方才进入察右中旗的元山子公社(乡)地境。元山子公社至察右中旗科布尔镇这一截路,十二三公里,路两侧有了齐刷刷的杨树,有过一回,细数一侧的树,回程时数另一侧的树。树对于这片草原,是多么金贵,草原上人皆悉知。

在我心里,中旗、后旗、商都,都是我的家乡。

我跟踪采访数年写的长篇随笔《草原上的农民》中的主角郭四清,是商都人。他停下北进草原搂地毛(发菜)的营生以后,先在察右后旗的白音察干做活,后转至察右中旗下力。他和他周围十来个村庄的二三百、三四百个伙伴,曾历时十七八年,北上乌兰察布盟的四子王旗北部,或锡林郭勒盟西乌珠穆沁旗、东乌珠穆沁旗的草原深处,搂耙地毛,每年十七八次,每次尽量不超过十天的身体承受极限。每年初春启程,初冬歇脚,储备下一年再行出发。每一次进草原搂地毛,一个人至少搂干一百余亩草地,才能攒出这一趟最少五斤净毛的收益;一年十七八次,一个人搂死的草地是多少亩?一支二三百、三四百人的队伍,一趟搂死的草地又是多少?……郭四清和他的同伴,仅是北上草原搂地毛的其中一支队伍。那些年月,每年进到北方之北草原深处搂地毛的农民有二十万人左右。附近省区,每年又过来十几万人,加入搂耙地毛的大军。察哈尔草原那片生长这种混生、浮生植物的草地,经受了怎样的磨难和挑战……而这仅是草原沙化长期为人忽略不计的其中一个原因。贫穷和草原沙漠化的关系,严峻地存储在察哈尔草原的历史上。草地是有记忆的,郭四清他们的悲怆过去,深刻在他们自己的身心里,也镂刻在翻开底线的一片片荒滩中。这些曾经深陷贫困的旗和县,终得脱离出来,自我扶助、修复,全员起身,重又掌握到尚好生活的方式、方法。草地和人,重新建立起比较和谐一致的生长趋向。

察哈尔草原的今生,托在这里每个人的手上,重又堆聚起的相对结实的生命之光,真实地感召着过去、衍生着现实。那束光,与地心相接,从高高的草原之巅,俯照大地。这里的人深谙人性力量的安在和荣耀,敬重磨砺过的悟性和劳动者的本分。光荣和梦想,历久弥新地鼓励着每一个人。

这片高山草原,我们出生前,在北方,我们消失以后,还会在北方。

乌兰哈达：观看自然的方式

◎ 兴 安

雪中的草原如同冬眠一般寂静，太阳像隔着无数层的玻璃，远远地泛着清冷的光晕，让人感觉不到一丝暖意。我喜欢冬季的草原，高寒和冰雪让天和地沉静下来，恢复了荒野的原始和威严。

乌兰察布草原的乌兰哈达火山群之行让我体验到大自然的另一种奇观。一万年前喷发过的火山口，周围散落着的暗红色和黑色的火山石，仿佛是昨天刚刚喷发出来，捡起一块，抓在手上，似乎还能感受一万年前留存下来的余温。它们曾经是从地心喷发出的高温的岩浆，在急骤冷却后，而形成的岩石。我到过长白山的火山口，那里已成了天池，还去过阿尔山上的火山边缘，它已经被茂密的树林遮掩，而真正站在火山喷发出口的圆心，想象一万年前山崩地裂、浴火重生的景象，还是第一次。据说乌兰哈达火山群是活火山，只不过它已沉睡了万年，以致被人们遗忘。此时，我站在山顶，说话也变得低声下气，生怕吵醒了它们，内心也有一种说不出的畏惧。美国地球物理学家露西·琼斯在《大灾变：自然灾害下我们如何生存》中谈到活火山时说："板块构造或许注定了下一次喷发，但到底哪一代人会经受这种极端事件，完全是由概率决定的。"从人类历史的角度看，火山喷发应该是地球给人类造成的最大的灾害，它可以毁灭一座城市，令无数人丧失生命。但是从地球历史的角度考察，火山喷发是地球内部能量的转换和发散，比如地球内部温度和密度的不均衡，还有不同板块之间的相互摩擦和碰撞，这些都使得地球内部温度上升，能量聚集，需要一个发泄的出口,从而形成了火山的爆发。试想一想,如果没有这些出口,没有岩浆喷发缓解地球内部的温度和矛盾,地球会不会整体爆炸而崩溃解体呢?这大概就是宇宙和自然界的神秘性及物质能量平衡的规律,它甚至已经超越了我们所认知的"生态"的概念。我们只知道火山喷发给人类带来的灾难,却不一定知道,或许正是这些灾难保持了地球的相对稳定和有序的运转,保证了人类以及所有生物的存在和繁衍。由此我想到自然灾害与人类的关系,从我们这个星球上滋养生命的各种系统来说,灾害是自然不可缺少的一部分。比如海洋风暴(台风)形成的过程可以将水分从大洋中分离,化成雨落到地面上,成就和养育了生命,而地震形成的高山低谷拦住浮云和水汽,同时地球内部的断层也保存住了地下水,并将其推到地表形成泉水甚至河流。这个道理两千年前的老子就已经有了解答:"祸兮福所倚,福兮祸所伏。孰知其极?其无正也。"

美国"深层生态学诗人"加里·斯奈德说:"这个世界,除了人类一点很少的干涉外,本质上还是一个野性的天地。"就是说在地球上,我们人类占据的地方其实很有限,总体上说依然是荒野。比如覆盖地球表面积71%的海洋,比如眼前这望不到边际的内蒙古草原,还有神奇的乌兰哈达火山群。我们对它们的了解究竟有多少呢?如果我们不亲身来到这里,用我们的双脚攀上这一座座火山,用手抚摸,甚至用身体亲近这片土地,我们恐怕永远也无法认识它们。此时,无人机摄像头在上空盘旋,它延伸着我们的视角和视域,使我们能够以全新的目光俯瞰我们自身,以及我们在大自然中的位置。这让我想起小时候,在草原上,我经常羡慕高空中翱翔的鹰,它的眼睛比无人机的视角更开阔更精准,它能看清草丛里躲藏的土拨鼠、野兔和石鸡。有一天,我真的做了一个梦,我梦见我变成了一只飞翔的鹰,俯视着大地,我竟然在土拨鼠、野兔和石鸡这些鹰的猎物中间,看到了我自己。在鹰的眼里,我与它们是同类。之后,我做了很多次类似的梦,直到我离开故乡,久居都市,梦被钢筋水泥和琐事俗务所替代。

加里·斯奈德还说过:"通过自己的身体,我们获得一种观看世界的方式。"而英国自然文学作家娜恩·谢泼德则说过更为极端的话:"人应当使用整个身体去指导精神,这是我们早已失去的天真。"这句话听着拗口,但是,就如同在乌兰哈达,我在寒冷的风雪中,一步一步地爬上火山顶,在疲劳和流汗之后,肉体瞬间获得了一种从未有过的通透。那一刻,似乎地心的引力也好像减弱了,我感觉是站在另一个星球上反观我们的地球。身体让我们将世界与大自然具象化了,也使我们与自然融为一体。

老人与猴

◎ 傅　菲

　　泊水河是有颜色的，浅天蓝、宝石蓝、东风蓝、紫罗蓝，颜色四季交替。

　　河水发碧，蓝出重金属的光泽。大茅山山脉的余脉自东向西斜缓，山越延越矮小，山巅变圆，山梁缓缓而下如老树根须，在河边呈怀抱形收拢。怀抱形的山坳有了很小的村庄，多则几十户，少则七八户。河是敞开的，收集山脉的雨水和流泉。董家村是河边村庄，有十余户人烟，且散得很开，一条山边石板路把村户串了起来。泊水河流着流着就宽阔了，木桥有八节桥板，铁链锁着松木桥墩，木桥守着河水，河水自顾而去。

　　蓝春站在桥头，望着对面的矮山冈。矮山冈上，葬着她的老头儿大钟。望了一会儿，她拽一下手中的花绳，猴子从石礅上跳下来，翘着红屁股，龇牙，翻一个跟斗，往一栋石头房走。花绳套在猴子脖子上，挂着一对铜铃铛，铃铛一路当啷当啷响。她跟着猴子往回走。

　　猴子是老头儿留给她的。老头儿说："蓝春妈，我走了以后，你有什么话，可以给猴子说说，心事烂肠，有事别埋在心底。"

　　老头儿说走就走了。哪有不走的人呢？老头儿无病无痛，功能衰竭而死。老头儿说这番话的时候，还在喝酒，和蓝春面对面坐着，对盅喝。蓝春说："好好的人怎么说起终老的话。"喝着喝着，小半斤高粱烧就空了。老头儿说："蓝春妈，把我那件白棉袍找出来，我要洗个澡睡觉。"

　　"天这么热，穿什么棉袍。"蓝春说。这是一件新做的棉袍，棉白如雪，是为入冬后当睡衣穿的。蓝春嘴里说着嗔话，还是去翻开衣柜，把叠起的棉袍抱了出来。老头儿坐在圆木桶里泡澡，隔着门帘和蓝春说话。猴子蹲在桂花树下，翻竹架玩耍。老头儿刮了胡须，穿了棉袍，牵猴子进杂物间，抱着猴头，抚摸它体毛，对它说："我以后不在了，你也得守着这个屋子，守着我的蓝春妈。"

凌晨，天还没发亮，窗外微光如水。"吱、吱、吱"猴子叫得慌。猴子的吱叫声，惊醒了蓝春。在夜里，猴子很少叫。吱吱吱，叫声哀哀，夹着惊恐。蓝春推推老头儿，老头儿没有动静。她拉亮灯，摇老头儿身子，身子死沉沉的。蓝春探了探，老头儿鼻息没了，但脸肉、胸口还有余温。

她翻老头儿眼皮，眼皮闭得死紧。她颓坐在床头，抱着老头儿的头，泪水渗了出来。泪珠一颗滚一颗，抚平她皲皱的脸颊。一个相守一生的男人，最终以泪珠的形式填满她眼眶。

天亮了，蓝春给儿子平良打电话："你爸在今天凌晨一点走了，走得很安详。"

平良在福州工作，平日很少回来。蓝春给亲友报了丧讯，用大白布盖了自己的男人。她在床前的脸盆里烧纸。猴子蹲在床上，吱吱吱地叫着。蓝春没有哭，平静地招呼客人，安排后事。她的嗓音耗哑了，喉咙被一只手掐住了似的。

男人就这样上了山。平良劝慰妈，说："爸走了，你随我去福州吧。"

"你爸在的时候，我和你爸都没去。你爸走了，我去了福州，谁守你爸呀？他在山上，没人守，会住得很冷很凄凉。你爸留了猴子给我，我有伴。"蓝春说。

料理了后事，平良回了福州。猴子天天守在桂花树下。桂花树下有一个多边形竹架，猴子翻上翻下，吊在竹竿上翻身子。蓝春吃了早饭，牵着猴子，去木桥张望。矮山冈呈馒头状，乔木灌木纷披，墨绿墨绿。猴子乖顺，默默地跟着她。

猴子是她老头儿买来的。两年前，老头儿大钟去镇里走亲戚，见镇广场上有马戏团演出,他也去看。说是马戏团,不如说是猴戏团。因为都是猴子在表演。猴子都穿着或红或绿或黄的衣服,穿红衣服的骑自行车,穿绿衣服的钻火圈,穿黄衣服的荡秋千。红红绿绿黄黄的猴子玩篮球、放风筝。

猴子都是猕猴,老老少少有十六只,给观众磕头作揖,抱着铁碗讨赏钱。观众抛香蕉、苹果过去,猴子跳下自行车抢香蕉吃,吱吱吱叫,逗得孩子哈哈大笑。驯猴人甩一根猴鞭,甩得啪啪作响,猴子边吃边躲,又逗得孩子哈哈大笑。

抢吃的头猴,被驯猴人吊在车拦板上,用猴鞭狠狠地抽,抽了手抽了脚(前肢后肢),又抽嘴巴。头猴缩着头,眨着眼皮,惊恐地看着精瘦的驯猴人。它挨一下鞭子,头耷拉一下,腿踓一下。头猴瘦弱,手臂长长,腿长长,体毛黄白。它的右手臂有一块长长的疤,无毛。疤黑如炭。

马戏表演结束了,老头儿大钟还站在广场上,看马戏团的人收拾道具,把猴子关进铁笼子似的车厢。驯猴人见老头儿舍不得走,问:"马戏好看吗?"

"好看是好看,但残忍。"老头儿大钟说。

"猴子嘛,打一打,伤皮不伤肉,打一次长一次记性。"

"那些猴子都没吃饱,吃饱了的猴子不抢吃。"

驯猴人停下手中活儿,看着眼前这个头发虚白、脸膛峻峭的老头儿,说:"你也养过猴子?"

"没养过。饿了的动物才会吃东西。老虎吃饱了,就会睡觉晒太阳。"

"喂饱它们,要好多钱。钱不好赚。"

"你靠它们谋生,又不给它们吃饱,这个理说不通。被你抽打的猴子,手臂上有一块大黑疤。"

"它小时候顽皮,被我用火钳烫了。"

"你小时候被火钳烫过吗?何况它是猴子。"

驯猴人把猴鞭卷在腰上,很不悦地说:"我们不争嘴皮。我干我的,你看你的。你也可以不看。"

"我想买那只黑疤猴子。"

"买猴子干啥？"

"不干啥。就养着。"

"那是一只老猴，十六岁了，表演的体力都不够。你养不了几年。要不，卖一只小猴给你，可以多养十几年。"

"就买黑疤猴。别的猴不买。你出个价钱。"

"一千二百块，老公猴不卖贵。"

"八百块就买。"

"一千块。不能再低了。你看看我的脸,瘦得像猴。在外讨生活不容易。"

"就八百块。"

"你是个有趣的犟老哥。依你的话了。"

老头儿大钟掏口袋,掏了一把票子,数了数,只有四百三十块钱,面哀哀(方言:难堪、狼狈)地说:"我凑凑钱就来。"

猴买来了,被拴在杂物间里。蓝春见了猴子,说:"这只猴子也太瘦了,下巴尖突,眼睛也没神。瘦猴难养。"

"不是瘦猴,是猴瘦,天天吃不饱,哪有不瘦的道理。"老头儿说。

"毛楂楂(方言:翻毛,体毛不顺),得了病一样。"

"都是被马戏团糟蹋出来的。"

老头儿大钟去摘无花果。8月,正是无花果成熟期,紫红的果沉甸甸地压着枝条。他种了三亩地的无花果,自产自卖,卖了二十多年。他老了,腿脚不好,挑不了担施不了肥,由果树自生自长。摘了半篮子无花果,他抛给猴子吃。他抛过去,猴子挺直身子跳起来,接住,塞进嘴巴吃。一个无花果,两口吃完,皮屑不剩。吃完了,又眼巴巴地看着他,他又抛一个过去。半篮子无花果抛完了,猴子还眼巴巴地望着他。他倒倒空篮子,猴子攀着绳子爬上了梁，走来走去，落下一阵灰尘。

杂物间堆着许多杂物：两口土瓮、一架平板车、一口缺了锅口的大铁锅、一口酱缸、一个破了篾圈的箩筐、二十多个单瓶酒纸盒、半袋糠、一袋油菜饼、两个高桶火熜、一个木料谷仓。老头儿大钟把杂物清理了出来，可以烧的旧器物劈成了柴火，烧不了的旧器物当花钵。蓝春舍不得劈谷仓，说："我们用了几十年的谷仓，怎么舍得劈呢？留给孩子做念想吧。"

"这栋房子，孩子都不要，更不会要谷仓了。你看看，谷仓被老鼠打了好几个洞，成了老鼠仓。"老头儿大钟说。

"其他东西可以烧，谷仓留着吧。家没有谷仓，哪像个家。谷仓给猴子过夜吧。"蓝春说。

入夜了，猴绳拴在仓柱上，猴子趴在谷仓睡。猴子睡了，老头儿大钟也呼呼入睡了。乡野寂灭，夜吟虫唧唧、嘶嘶、嘀嘀，声声长也声声短。泊水河在月下发亮，幽幽暗暗。哗啦哗啦，鲤鱼跳出水面。河弯过一棵樟树、枫杨树茂密的弧形湾口，没入逼仄的峡口。夜吟虫，孤独之虫，在月亮没有西落之前，它们一直低低鸣叫。它们是蝼蛄、蟋蟀、螽斯、纺织娘、竹蛉、金钟、金蛉子、黄蛉、油蛉……银瓶乍破，星光四溅，长夜卷匹。偶尔的狗吠，瞬入长寂。

猴子给老头儿大钟带来了很多欢乐。他牵着猴，去河里洗澡。猴子在河里，浮着头，四肢扑通扑通地划动。猴子喜欢水，又怕被水呛着，头直挺挺地昂起，游到河中央又退回来。老头儿大钟往河里抛无花果，猴子又急不可耐地游去捞。来来回回游了十几趟，半篮子无花果也吃完了。

猴子爬上埠头，浑身湿漉漉，体毛淌着水，睁大了眼睛，像个活水鬼。它的眉骨又高又窄，突兀出来，淡黄的眉毛有些长，眼睑薄薄的，时不时地翻动，眼神哀怜。他教它刷牙，挤牙膏，张开嘴，牙刷上下刷。牙膏有植物油脂的气味，猴子受了刺激，口腔里的水喷了出来，喷得老头儿大钟裤脚湿了一片。

受了驯的猴子,胆子大,但乖顺。它骑在狗背上,骑在牛背上,去村里去田野游荡。村人坐在大樟树下拉天(方言:闲聊),它也坐下去,翻人的口袋或篮子,找东西吃。它吃水果、吃薯条、吃饼干。生食熟食,它都吃。

村人给它吃了,逗它:"戴帽子。"猴子蹲下地,捡一块石头,放在头上。又逗它:"敬个礼。"猴子站直身子,举手敬礼。给它吃,吃了又逗它:"翻个跟斗。"它呼啦呼啦地翻跟斗,前翻后翻。孩童抱篮球来,给它苹果、香蕉吃,逗它:"滚篮球。"它站在篮球上,滚球。球滚动,它跳上跳下,站立不稳,摇摇晃晃,像水里的浮标。

在院子里,老头儿大钟扎了竹架,有单杠、双杠,有秋千,有平衡木。竹是桂竹,五六米长,可做晾衣竿,可做船篙。他忙活去了或午睡,就把猴子拴在桂花树下,让猴子翻爬竹架。

没人陪它玩耍了,它追着鸡鸭跑,追着小狗跑。鸡鸭吓得喳喳叫,撒开翅膀撒起八字脚,飞跑。小狗兜着桂花树跑圈,猴子兜着圈追,绳子绕着桂花树,越追圈越小(绳子十二米长),追不了,蹲在树下,咧嘴笑。它露出了满口长长的白牙齿,嘴皮往两边拉开,眼睛瞪得铜铃大,眨着眼。

养了两个月,猴子强壮了,肉鼓鼓,毛顺,有了油脂的光亮。老头儿大钟午睡起床,用篦子给猴子梳毛。猴子坐在蒲团上,看着他,眼睛一眨一眨。它的气息暖烘烘的。他一只手抱着它的头,梳头,梳背部,梳腹部,梳尾巴。梳了毛,猴子跳到老头儿大钟的肩膀上,抱着他的头。它蹲在他肩膀上,串门拉天去了。

老夫妇去走亲戚,带着猴子去;去镇里玩,带着猴子去;去山里捡木耳,带着猴子去。猴子在树林里,活蹦乱跳,在树上荡来荡去。它摘野山柿吃,摘八月炸吃,摘猕猴桃吃,摘野石榴吃,摘木瓜吃。它坐在树上吃。

初冬的山林,琉璃似的,苦槠、海桐、大叶青冈栎、大叶山茶、麻栎、木荷等常绿乔木,一蓬蓬地覆盖,墨绿、油绿;白辛、含笑、阔叶天台槭、紫果槭、漆树、油桐、椿、五裂槭、山乌桕等高大落叶乔木,间杂在常绿阔叶林中,有枯瘦之美,柔韧的枝条弹着北风。

山是空的,除了鸟语、流泉、风声。流泉从山崖跳下来,从巨大的涧石跳下来,水声轰鸣,隆隆隆。树鹊拖着长长的尾巴,叽叽叽叫,在林杪飞过,如浪遏飞舟。鸟,让猴子兴奋。涧声,让猴子兴奋。山林的气息,让猴子兴奋。它吱吱吱地叫,手舞足蹈,蹦跳着走路、翻跟斗。直桶状的粉叶柿,它抱着树爬上去,吃得满嘴柿瓢。

老头儿大钟故去,蓝春一个人生活。她吃饭,猴子蹲在长条凳上看她吃饭。她对面的座位,她也摆上一个碗、一双筷子、一个酒杯。那是老头儿的座位,几十年不变。

吃着吃着,她放下了筷子,长叹一声:"老头儿啊,你喝酒吃饭怎么不说话呢?"他是她肉里的一根骨。十八岁,她逃婚出来,跟着大钟从大茅山脚下的汪家畈逃到董家。蓝春是个娇小的人,却有着一副铁打的骨架,和大钟一起开荒种地,劈石造房,在泊水河边安生。他们没有分开过,一夜都没有。

菜端上桌了,猴子给她拿碗筷。吃了晚饭,猴子给她拿脸盆、洗脸巾。猴子会做很多事,拔萝卜、提篮子、摘无花果、晒鞋子、掰玉米。这些都是老头儿教会它的。老头儿对她说:"以后,我不在了,猴子当你帮手。"当时,她听了撇嘴哈哈笑,说:"活人哪会指望猴子呢?"

平良每天早上七点,准时给他妈打电话:"妈,身体还好吧。"

"身体好,能动能吃。粥都喝过了。"蓝春说。她知道儿子记挂自己,怕自己醒不来。董家十七户人家,其中八户都是老人守家。老人们定了规矩,早起的老人挨家挨户敲门或敲窗,听到有人应答了,才离开。蓝春起得早,牵着猴子去敲门,猴子抓门,吱吱叫。听到猴子叫声,屋里的老人起床了。

有一次,蓝春敲东英的门,敲了十几下,没人应答。她拿起竹竿,捅窗门板,还没人应答。蓝春叫上年轻人,破门而入,发现东英喝毒药死了。东英的老头儿过世十余年了,两个儿子在工地做水电工,在市区安了家,很少回来。东英有头晕症,这是一种不死不疼的病,就是头晕,感觉身轻如水上浮毛,眼发花,四肢无力。

诊所相距董家四里地,想买盒药,很麻烦。大儿子接她去市区生活,她住了两天就回董家自然村了。她住不下去,儿媳给她脸色,也给她儿子脸色。她就哭她女儿:"你活着,我就有个依靠。你不在了,你爸不在了,我的指望没了。"她女儿有先天性心脏病,生孩子时死在医院里。她生闷气,生大媳妇闷气,也生二儿子闷气,她在市区两天,二儿子探都不探一下她,眼里根本没她这个娘。

熬不住了,也就不熬了,一了百了。东英的死,给村里老人很大哀痛。辛辛苦苦一辈子,一包毒鼠强了结。蓝春双眼泡肿,牵着猴子给自己老头儿上坟,提个篮子,拎着酒菜,摆在坟前,哭诉:"老头儿啊,你自在了,也不带我自在。我也没个人说话,天天和猴子说话。"

蓝春习惯了自言自语,习惯了和猴子说话。烧饭了,她问猴子:"烧一个菜还是烧两个菜呢?"

猴子蹲在灶台下,看她,吱吱叫。蓝春说:"你说烧一个就烧一个。"

一个人吃饭,很乏味,什么菜都不合口味,咸也吃,淡也吃。没口味的饭菜下嘴巴,就粗糙。她倒开水泡饭吃,或者喝半杯酒,吃几筷子菜就下桌。她不愿动了,烧碗面条吃,调点霉豆腐或剁椒,骗骗嘴。出太阳了,她坐在桂花树下给猴子梳毛。

篦子还是以前那把篦子,牛骨篦,是平良从厦门带回来的。平良送她篦子,说:"牛骨篦子顺头发,头皮不痒。"篦子用了七八年,篦齿断了两根。给猴子梳毛,她又想起了老头儿,想起了儿子。猴子蹲在她跟前,仰着头看她。她抱着猴头,梳毛,对猴子说:"你说奇怪不奇怪,老头儿走了这么久,我都还没梦见过他。这个死老头儿,也不托个梦给我,让我知道他在那边怎么样,让我放放心。"

有一次,蓝春起床,去放猴子出来。她打开杂物间的门,猴子不见了。

她握着一把竹梢，四处找猴子，骂骂咧咧："你个猴子，不给我打个招呼，你逃出去了？我就这么让你烦呢？老头儿走了，是没办法的事。你逍遥自在去了。"她站在院子里叫猴子："黑疤，黑疤。"黄土狗晃着尾巴过来。去了无花果园，去了园后的山林，去了桥头，蓝春都没找到猴子。村里人也没看见猴子。

下午酉时，蓝春提了酒菜、碗筷、水果、香纸，去矮山冈给老头儿上坟。这是老头儿的周年忌日。卤猪耳朵是老头儿爱吃的，她烧了。酱爆豆腐是老头儿爱吃的，她烧了。红烧猪尾巴是老头儿爱吃的，她烧了。青椒炒酸豆角是老头儿爱吃的，她烧了。

一条两米宽的石板路通往山冈。山茶花开得白灿灿。刺藤缠着大樟树，往树上绕，开出淡红的花。篮子提在手上沉，她埋怨老头儿："你走了倒好，让我给你提篮子，你也不给我提提酒菜。老头儿呀，你自私呀。"快到墓地了，蓝春看见猴子蹲在坟前，她眼眶一热，泪水涌了出来。她低低地叫了一声："黑疤。"猴子一直蹲着，哀着脸，眼睛半睁半闭。

猴子走在前面，蓝春走在后面，往村里走。猴子走走停停，等着她。蓝春给猴子洗脸，给猴子吃香蕉、苹果。她再也不给猴子套绳子了。一条花绳圈不了猴子。一前一后，她带着它去山林玩耍。黄土狗也去，对着山汪汪叫。

董家又死了一个老人，死在芝麻地。他收芝麻，挑着簸箕去割茬儿，割下的芝麻秆装在簸箕里。割了半担芝麻，他喘不了气了。他坐在芝麻地顺气，气顺不上来，倒了下去。他有家族性遗传哮喘。三年前，他弟弟在河边犁田，一口气喘不上来，倒在田里憋死了。谷雨开犁，他弟弟死在谷雨日。

死了的人都葬在矮山冈上。矮山冈是董家自然村坟地。

一年后，蓝春也被亲友、邻居抬上了矮山冈，享年八十三岁。2016年3月18日申时，她坐在摇椅上给猴子梳毛，从头往脊背梳，篦子从手上滑下去，她的头耷拉在猴子身上。猴子拱着她，躺在椅子上。太阳晒着她。她渐渐黄白的脸，有了阳光熟晒的红斑。猴子摇着摇椅，摇着头，铃铛当啷当嘟响。

　　猴子摇了半个时辰的头,路过的村人看见了摇椅上酣睡的人。村人摸摸蓝春的额门,冷了。村人给蓝春儿子平良打电话报丧。每户老人的大门板上,都写有子女的电话。他们的子女,在门上,仅仅是名字和一串数字。

　　平良在两个月前来过,陪了蓝春一个星期,又被蓝春催促回去了。蓝春对儿子说:"你有自己的家,有自己的工作,耽误不得。我新鲜着,无灾无难,不用陪。有个头疼脑热,邻居都照顾着。"

　　猴子天天在矮山冈上呆坐,上树,爬坟。平良在家里守七,七个七,他得守着。圈坟、上香、烧纸、拜祭,当地人称作烧七。平良把谷仓拆了,在矮山冈上建了一个亭形的小房间,把谷仓拼接进去。猴子在谷仓过夜。董家夜夜可以听到猴子的叫声:吼儿、吼儿、吼儿。

　　半年后,矮山冈多了一只母猴。母猴是大茅山下来的过山猴。

　　两年后,多了两只小猴。黑疤猴带着母猴、小猴,常到董家摘无花果,掰玉米,采枣。它们在桂花树下翻竹架,荡秋千。院子空荡荡。院子长了青葙、狗尾巴草、蛇床、藿香蓟。泡桐、白背叶野桐、牡荆,也长了出来。

　　铃铛在院子里当嘟响,在清晨,在晚上。泊水河从湾口慢慢拐过去,木桥换了新桥板,朽去的松木桥墩也换了。河水有时汹涌有时潺湲,蓝蓝的底色始终不变,时而深时而浅,浸染着天色与山色。

　　2021年深冬,我坐在董家木桥上,望着猴家族过桥,无端泪涌。

少年模样，黄河在青海

◎ 唐荣尧

一

唤醒黄河，有很多种方式，兰州城郊的黄河水是被桃花叫醒的，河套一带的黄河水会被炸药引爆后以"开凌"的方式叫醒，晋陕大峡谷一带是被开船后的信天游叫醒的，郑州一带的黄河或许是被白玉兰绽放时的声音唤醒。

在很多人的想象中，河源的水一定是被冰雪融化时的滴答声叫醒的。在我的认知中，黄河源头的水，是被一阵阵读书声叫醒的。

沿着传统的青康公路、今天从西宁到玉树的"共玉高速"公路而行，到果洛藏族自治州玛多县城东郊的黄河沿时，"黄河源"的指示牌，似乎告诉至此的你：黄河的源头地区在玛多县境内。

让我带着你，沿着"共玉高速"公路继续向南而行，到达玉树藏族自治州境内的长江边（此段叫通天河），逆江而上进入曲麻莱县境内，看到黄河源第一小学时，对黄河源头的所在地就会有新的认识。

漫长的冬天里，那些因为气候严寒、大雪封帐而无法读书的高原孩子，只能冬眠似的蛰居在各自家中的毡房里。高原上是没春天的，夏日的阳光照在巴颜喀拉山上时，冰雪开始融化，这些孩子像从冬眠状态中苏醒过来，被父母用牦牛或摩托车送到距离黄河源冰川 2 公里处的黄河源第一小学，看着孩子们走进 4 排 12 间的土木结构的教室里，再望一眼大门口的弧形铁架子上的"黄河源第一小学"的字样，才放心地离开这里，继续回到自己的牧场去放牧。按照现代中国的小学评估，这所学校实在是不能达标的，中国的教育制度规定的小学春秋两季开学与放学时间，在这里显然是失效的。年平均气温零下 3 摄氏度、最冷时达到零下 40 摄氏度的天气，虫草收获季节全民挖虫草的习俗让孩子们回到牧场去挖虫草，对现代教育的认知，等等原因，让这里的孩子春季开学晚、冬季放学早。

开学季节，黄河源一带的孩子们，像一条条涓涓细流汇聚成河，被父母从几公里到几十公里不等的地方送到黄河源第一小学。孩子们的读书声，就是唤醒黄河源冰川的一座闹钟，第一滴水从冰川中渗出，滴在地上的声音，是高原和江河一起复苏的呵欠。而高原上升起的朝阳是一名称职的翻译，把冰川即将醒来时的声音译成了水滴落在大地上的歌唱，那是黄河的初啼，是一部黄河之书的最初序章；高原上悬泻下来的月光，照着这片地球上零污染的地方，冰川仿佛一个倒立的白色大烟囱，每条从冰川里流出的溪流，就是倒着走出的一道炊烟，袅袅娜娜地贴着大地向远方走去。

黄河源第一小学距离距曲麻莱县城近三百公里，我去的那时，全校每年能保持的学生人数也就三十人左右，这里距离繁华很远，但距离河源很近，是黄河源头最先听到人类声音的地方，在 4800 米的海拔上，是中国海拔最高的寄宿学校，既是离黄河入海口最远的学校，也是离天、离太阳最近的学校。我第一次去时，从五十公里外的乡政府驻地到这里，坐着挤满乘客的"高原神车"五菱汽车，走了三天才到没有电和通信设施的这所"世外校园"。在我心里，黄河源第一小学体现着教育的高度和难度。我来到这里，除了自己选定的寻找黄河源头、考察河源的生态与教育情况等自定的作业外，还替著名诗人余光中来看黄河，替那位"黄河的奶水没饮过一滴"、血系中却"有一条黄河的支系"的诗人印证他说的"黄河断流，就等于中国断奶"。

提及黄河，我们很敬重它对中华文明的哺育之功，但这种文明视野常常是体现在中下游流域里中原文明的直径，雪域高原产生的文明辐射力和影响力的半径却是长期被忽略、遮蔽的,黄河源第一小学是最接近黄河源头的学校,是高原孩子接受现代文明的奶瓶,它的存在才是保证一条文明之河不断奶、不断流的象征。来到黄河源,我还想替余光中先生完成一件事。先生在他的《当我死时》这首诗歌中这样写道:

> 当我死时,葬我,在长江与黄河之间
>
> 枕我的头颅,白发盖着黑土
>
> 在中国,最美最母亲的国度
>
> 我便坦然睡去,睡整张大陆
>
> 听两侧,安魂曲起自长江、黄河
>
> 永生的音乐,滔滔,朝东
>
> 这是最纵容最宽阔的床

　　一个连黄河都没来过的人,却想葬在长江和黄河之间,除了诗人,这世界上谁还能有如此壮阔的念想?诗人并不知道,曲麻莱县,恰恰就是黄河源和长江源之地,这里,该是先生理想的精神之冢、诗歌之冢,也是他的灵魂长眠之床;是黄河走出源头后的第一处晾晒湿漉漉衣装的高台,是孕育黄河文化的子宫,是巴颜喀拉山抖落积雪后的第一个站姿,是走进岩画的牛羊献给黄河的第一道人文之光,是大河神话的发祥地。曲麻莱,请允许我替诗人找寻一片草地,作为诗人灵魂栖居之床;请允许我替诗人迎请一片落雪,作为诗人长眠时御寒防晒的被子,让诗人的双手,在这里弹奏起黄河与长江的滔滔音乐。诗人,请允许我替曲麻莱邀请你,作为黄河之书的第一位读者,端坐在白云之上;请允许我替曲麻莱邀请你,为她代言大河的童年时光,听那汩汩细响叙说初唱的纯音。

　　在黄河源第一小学,我看到的景象超出了自己的想象,那里没有正规的课桌和桌椅。夏日飞雪是常态却没有取暖设施;墙皮像生锈的铁皮上逐年剥落的锈片；窗户上的铁丝网因生锈而变黄，像是横竖构成的黄金线条。老师和孩子们的宿舍里，几个土墩上铺着一个木板床，我仿佛看见从江源湿地上窜出的冷气，越过床板直接浸入孩子们晚上盖着的三层被子。从一年级开始，学生数量一直呈现出金字塔状，年级越高，学生数就越少，很多孩子到二年级、三年级后，不是回家里放牧，就是进寺院当喇嘛去了。唉，孩子在教育和宗教前，都是稀缺资源。悬在大门口的铁架上的字、院子里的国旗和几个坚守的老师，是一条浩荡之河在童年时期聆听到的教育之声。

无论是文措、尕松求仲等老师，还是扎西、文姆等学生，大家都喜欢在课余时间走出校园，去河源的草地上散步、玩游戏，看不远处吃草的牦牛，看更远处的雪山，看河流像一条细铁丝那样从雪山的肚脐处缓缓钻出来。学校连院墙都没有，不远处却横着一道铁丝网，让我以为那是老师为了防止动物进入校园伤害孩子们而拉起的一道铁丝院墙，没想到，从学校老师那里得到了意外而正确的答案："那是为了防止游客走进河源，污染了源头的那道圣洁之水。"

距离校园最近也是距离黄河源最近的一户人家，是周围50公里内唯一的一户人家，女主人才仁卓玛每天早晨都会背着用黄色哈达悉心装饰的水桶，走到从自家毡房前流过的小河边，这条河叫玛曲，是黄河的童年，也是黄河的乳名。取水之前，那个自然的、向不远处的约古列宗双掌合十礼敬的动作，像露水会准时挂在黎明的枝头，像星辰在女主人早起时退出天空一样自然地出现。每次，她的丈夫去300公里外的县城给她买来新衣服，她也要拿到源头去祭一下才穿。

才仁卓玛的忧愁日益增加，从家里到玛曲要走不近的一段路，背水是一件辛苦的事情；路途远点不怕，可怕的是河水越来越少，像是从牦牛的腿变成了牦牛的毛一样了，在河源却缺水的困扰一直在这家牧人和黄河源第一小学的师生中间存在着。站在那条牦牛尾巴般的水边，我看见它将草和大地染得湿淋淋的功能正在退化,此岸和彼岸之间,仅仅剩下一个牛蹄的距离。

那道铁丝网,究竟隔的是什么呢?文措老师告诉我,在校园里,常常能看到喷有诸如"大型黄河生态考察"之类的字样的大排量越野车,像误入草场的野牦牛群一样开过来,也能看到从万里之外花上几万元钱到这里后却只拿出随车带的几本书或几件衣服捐赠的"公益事业者",更能看到在车体或衣服上写有各种环保身份的字样者,他们在各种媒体或个人社交圈内发表着自己的"善举"和到黄河源上的"环保行为",上演着人世间另一种版本的"黄河故事"。很少有人注意埋在地上的那块"国家地理标志",那是三江源头国家考察队于 2008 年就设立的。全球变暖,不仅让黄河源的冰川面积萎缩、雪线抬升、雪豹遁迹、羚羊撤离、棕熊消失,而且出水口距离那块地理标志牌逐年变远,它像一头哑声的藏獒不断发出警告,却基本没有听众。如果诗人余光中看到这种情形,不知会不会还能听得见永生的音乐在这里奏鸣。

"国家地理标志"设立后八年,三江源国家公园体制试点启动,才仁卓玛家的草场划进三江源国家公园范围内,这意味着她家的牛羊不能像它们的先辈们在这片草场吃草了,他们家秉承了千年的生活方式要彻底改变了。雪山还是那座雪山,河流却不再是那条河流;草地还是那片草地,但生活却不再是原来的样子。就像才仁卓玛的煤油灯和马被电灯和车取代一样,就像她男人喝惯了的青稞酒被啤酒代替一样。

河源的这片地方,藏语叫约古宗列,意思是"炒青稞的锅"。才仁卓玛,藏语中是长寿的仙女。草场恢复让约古宗列一带种植的青稞退走了,烧开水也用电器替代了传统的铁锅,医疗条件的改善,让人的寿命在延续的同时也注重让河源的生命得到延续。才仁卓玛家,不仅仅成了一户河源地区的人家,更是三江源国家公园黄河源园区 3042 个生态管护公益岗位中的一个,他们的牧民身份也变成了生态管护员,他们每天都会在源头的草原上巡逻、捡垃圾，再把垃圾投放到回收点，由乡镇政府定期安排垃圾转运车，送往县城进行无害化处理。垃圾是游客带来的，捡拾并拉运垃圾的成本，远比那些游客在曲麻莱加油、住宿、吃饭花的钱多得多。黄河源第一小学的一个老师悄悄问我："难道政府还不如我们这些牧民会算账吗？"我显然给不了他理想的答案。

一切都在变，雪线的海拔数字在变，黄河源第一小学的寄宿性质也发生了变化，逐渐被麻多乡政府旁的小学取代了。才仁卓玛的大女儿森吉拉姆就是在麻多乡小学完成的小学教育，然后在县城读完初中、高中。

二

黄河是有门槛的，黄河源的门槛更高，这让内地人或外国人抵达这里，也就是近百年来的事情，即便是余光中先生，身为中国人却不能目睹到他"血系支流"的黄河；即便是生活在黄河边的人，也不是谁都能抵达这里；即便是时下便利的交通条件下，高海拔与路途遥远更是将很多怀揣黄河梦的人挡在了抵达河源的路上；即便是那些闻名中外的优秀的探险家，也是如此。

时隔百年之久，我抵达河源要比普热瓦尔斯基幸运得多。尽管做了很充分的准备，进行第四次中亚考察的俄国探险家普热瓦尔斯基还是没想到，他在接近河源时，5月中旬的气温竟然这么低！令他懊恼的是，那个从西宁招募到的向导，虽然能说汉语和藏语、蒙古语，过了青海湖后，嘴巴上好像被贴上了封条，很少再说话，兀自骑着马走在前面，像一尊马背上移动着的塑像，给这个由十五名俄国军人、探险家、动物学家和植物学家构成的探险队带路。普热瓦尔斯基是受俄国皇家地理学会委派的考察队队长，他负有将沿途地名记下来的责任，踏进鄂墩塔拉草原后，普热瓦尔斯基问起其经过地方的地名，那个向导一直摇头，普热瓦尔斯基不知道向导是真的不知道，还是故意不告诉他答案。

面对大致都相似的地貌,普热瓦尔斯基失去了前几次中亚考察途中对一些地方命名的兴趣,在他的日记里,少有地出现了地名记录的空白。那一天黄昏,考察队在离鄂墩塔拉峡谷出口不远的地方支起帐篷,不远处的几条小河里,浮动着密集的鱼群,考察队员们忍不住兴奋,有的拿出随身带的渔网,有的直接跳进河里抓鱼。那些捞上来的鱼还在岸边扑棱着乱跳,队员们还没来得及收拾,普热瓦尔斯基就看到了惊奇的一幕:成群的藏鸥和鹰、秃鹫、雕从不同地方飞来,藏鸥敏捷地叼起考察队捞到岸上的鱼,得意扬扬地飞到半空,然而,大多数嘴里叼着鱼的藏鸥还没从幸福中回过味来,就被尾随而至的鹰和雕们猛地蹿过来,在半空中上演从藏鸥嘴里抢鱼的精彩片段。被抢走鱼后,藏鸥没办法,只好再次冲向地面叼鱼,却再次遭遇被抢,完全扮演了一个鱼的提供者角色。仿佛受感染似的,水边的高原秋鸭也赶过来参加抢鱼吃的游戏,远处山冈上棕熊也似乎闻着鱼味了,慢慢向这边移动,怯于考察队员而保持着一定的距离,流着口水,盯着岸边跳着的鱼。鱼成了调动高原上从空中到地上的各种力量的指挥员。

　　普热瓦尔斯基没有沉醉于观赏眼前的"群禽抢鱼"游戏,他默默离开考古队员,看见自己的身影在夕阳映照下移动在地上。他右手拿着那架沙皇太子专送给他的铝质单筒望远镜,缓慢地朝不远处的那座山丘顶部走去,他想看看远处还有什么能为下一步的行动提供线索。山顶上的视野开阔多了,透过望远镜的镜筒,普热瓦尔斯基看到了两条较大的河流,闪着银色的光,向一面大湖汇去,那两条河流的起点处,会不会就是自己这一次来要寻找的黄河源头呢?暮色渐至,远处的河流像渐渐失去光芒的银器,更远处的雪山,似乎向他发出了一份神秘的暗示或邀请。

　　第二天一大早,普热瓦尔斯基就让其他队员原地待命,自己带了两名哥萨克士兵和向导,准备了三天的食物,骑着马朝昨天看到的那面湖走去。望远镜里看着不远,但他们骑马走了一天也没赶到,一则是海拔高造成氧气稀薄,马无法快行;二则是他们中途射杀了3只藏熊,并制作了标本，耗去了不少时间。第三天早上醒来，普热瓦尔斯基发现，后半夜突然降临的一场暴雪，把帐篷几乎埋住了。使劲掀开帐篷的帘门后，普热瓦尔斯基看到帐篷外站立的马，四肢全陷在积雪中，马将头努力地朝上伸着，冻得直打哆嗦。如果他们再迟点起来，这几匹马恐怕就得冻死在雪地里了。放眼望去，哪里还能看得见前天在望远镜里看到的湖和山，它们仿佛被变了魔术般地消失了，他的眼前全是白茫茫一片。积雪让普热瓦尔斯基既看不见前面的路，也找不见昨天来时的路。长时间盯着积雪地面辨认路，让他们的眼睛很快就红肿起来且泪流不止，那位向导却很有经验地拿出马鬃做的防雪眼罩戴在眼眶上。

普热瓦尔斯基问向导，那面大湖叫什么名字。向导摇了摇头。普热瓦尔斯基不知道，自己带的这个团队一路捕杀动物做标本，让从小就受藏传佛教影响的向导开始反感。普热瓦尔斯基在后来交给俄国皇家地理学会的报告中称，那两条从远处流来的河，是黄河的源头。

事实证明，普热瓦尔斯基"发现"的那两条河，还不是真正的河源。自大的俄国探险家认为他们是第一批来到这里的河源探险者，普热瓦尔斯基并不知道，比他早604年，就有一支中国探险队来到了这里，比普热瓦尔斯基走得更远、更接近河源。那是公元1280年4月的一天，大元帝国的招讨使都实和他的随从阔阔出等人，奉元世祖忽必烈之命，从大都出发，一路行至银川，把银川视为大河探源的起点，逆黄河而上。经过4个月的跋涉，这支探险队抵达今天的星宿海，也就是普热瓦尔斯基的帐篷和马差点被雪埋住的地方，都实带领他的探险队继续向西行进，绘制了一幅河源一带的地图。站在草色渐绿的高原上，都实指着融化的雪水充实起来的一条条河源支流，告诉阔阔出："当年张骞受命出使西域，除了探寻通往西域之路、联合西域各国抵御匈奴外，还有探寻黄河源头的任务，他认为发源于昆仑山的河流经过罗布后，潜入地下然后流向中原，矫正了《尚书·禹贡》中认为黄河之源在我们这次逆河而上经过的积石山，武帝刘彻根据张骞的报告，提出'案古图书，河出昆仑'。现在看来，《尚书》的记述和张骞的说法都不对，当地人称这里为火敦淖尔，河源应该在这里。"

都实前往星宿海考察35年后，翰林学士潘昂霄据阔阔出的讲述，把都实一行的考察经过编撰进《河源志》，这是中国现存有关河源勘察的第一份报告，认定黄河的河源在都实看到的那片"有泉百余泓，或泉或潦，水沮洳散涣七八里，且泥淖溺，不胜人迹，弗可逼视，履高山下瞰，灿若星列"的地区，一面面小湖犹如天上的星宿构成的海，当地人所称的"火敦淖尔"，就是指像星宿一样的海，星宿海因此得名。

在普热瓦尔斯基进入星宿海前102年，还有一支中国的黄河源探险队来到这里，将河源探寻的脚步继续往接近河源的地方延伸。具体的时间是公元1782年的夏天，这支探险队的领队是乾隆皇帝亲自任命的阿弥达，探险队的全体队员穿越星宿海后继续逆河而上。阿弥达看到远处的坡地上，泉水潺潺涌出，沿滩地汇成宽不过两米的小溪，由西南向东北流去，沿途又接纳众多的泉水，汇成一条水清见底的大溪流，溪流两岸鲜花盛开，远处的牦牛悠闲地承袭着它们的祖先千百年来生活于斯的生活。藏族向导告诉阿弥达：藏族人把这里称为卡日曲，意思是指红铜色的河，蒙古族牧民称为阿勒坦郭勒，意为金色的河流。阿弥达带领探险队继续向河源走去，没想到，他遭遇了和普热瓦尔斯基一样的命运：突然降临的一场暴雪，让本就沼泽遍布的高原变成了一片辽阔的白色画布，天地陷入一片白色的死寂中，考察队只能望着眼前白茫茫的世界兴叹，他们再也无法前行了，阿弥达便把这里认定为黄河之源。

阿弥达带领的探险队离开了卡日曲，将探险结果留在文献中。普热瓦尔斯基带领的探险家离开了星宿海，他的报告让俄国人或知道他探险成果的西方人，笃信黄河之源是在火敦淖尔。

阿弥达抵达卡日曲170年后，1952年8月2日，黄河水利委员会组织了一个勘探队，六十多名队员在项立志、董在华的带领下向黄河源进发，他们的工作并不是探源，他们为黄河下游堤防工程的全面建设和策划实施南水北调工程，担负着规划工程线路的实质性查勘的任务。

　　阿弥达当年看到的那股从卡日曲流出的河水，穿过 100 余公里的峡谷，在巴颜喀拉山下与约古宗列曲汇合。项立志带领队员们从约古宗列曲出发，逆行勘测了河源地区和通天河支流色吾曲入口处，通过走访当地藏族群众，勘察组界定北纬 35°00′28″和东经 95°54′44″的坐标点为黄河源头，也就是海拔 4500 米的雅拉达泽山下一处草地上，三眼泉水流进三条小溪处，是中国人第一次依靠现代科技手段确定的黄河源头，由于这个结果和前人的调查不符合，改写了长期在国人心中形成的河源概念，在学术界引起争论，但这个观点很快流传并一度被写进教科书。1985 年，黄河水利委员会确认约古宗列曲（玛曲）为黄河正源，并在一处叫玛曲曲果的地方树立了黄河源标志。

　　项立志和队员的河源之行七年后的一天，在紫金山天文台工作的谈英武接到一纸调令，上面清楚地写到，让他担任黄河水利委员会勘察设计一队第一大组副组长，率队前往河源地区，勘测南水北调西线引水线路。第二年 8 月的一天，二十五岁的谈英武带了四名测量员和一个炊事员，在原成都军区某部派的一位副排长和四名战士的保护下，乘坐一辆嘎斯车从四川省石渠县出发，经过青海省玉树藏族自治州前往果洛藏族自治州的玛多县。

　　在玛多县城玛查里镇，谈英武雇了 12 匹马、5 头牦牛和 2 名藏族向导，离开县城时，他看到海拔表上清楚地显示出这里的海拔：4251 米。他在笔记本上认真地记下了出发日期：1960 年 8 月 20 日。离开县城，沿着黄河往西而行，海拔逐渐升高，空气越来越稀薄，几天艰难的行走后，他们离开玛多县进入玉树藏族自治州的曲麻莱县麻多乡境内，那是当时黄河源地区唯一的"生产队"，在那里住宿一夜后，接着继续他们的河源之行，最后抵达雅拉达泽山下那块幽静的盆地，谈英武认定他们已经到了八年前黄河水利委员会确定的河源地约古宗列曲。

1978年6月，黄河水利委员会曾再次派出南水北调西线考察队，其主要任务是考察从通天河穿越巴颜喀拉山引水到黄河的可能性，确认黄河源头是他们的"另一份作业"。时隔近三十年，当年参与考察的中国科学院地理科学与资源研究所的尤联元研究员在接受《中国国家地理》杂志的采访时如是而言："这次考察对黄河源头的确认是一个关键的任务，我们当时也想把黄河源头弄清楚，到底哪条是黄河正源，是到了弄清楚的时候了。"尤联元随考察队到鄂陵湖、扎陵湖后，测量出了两个湖的深度。在玛曲曲果，他们看到二十六年前，项立志等人立下的汉藏两种文字刻写的"黄河源"木牌依然立在那里，在那样荒野的地方，立着的不只是一块木牌，更是中国人探究大河之源的精神之碑。

测量完约古宗列曲的河宽、水量和河的长度后，尤联元带人专门前往卡日曲，进行约古宗列曲和卡日曲的对比测量，经过翔实调查后，考察队认定黄河不是一个源头，而是分南北二源，分别起源于巴颜喀拉山北麓各姿各雅山下的卡日曲河谷和约古宗列盆地，卡日曲和约古宗列曲，就像耸立在4600米至4800米之间的一对高耸的乳房，千百万年不停地挤出乳汁，开启了流程万里的黄河童年，它们也是黄河童年时期的两个家。这两条乳汁，在当年让普热瓦尔斯基却步的星宿海以西十六公里处汇合，形成了黄河源头的一条主河，藏族人称之为"玛曲"。

尤联元所在的考察队在河源进行考察时，由青海省政府出面联系青海省军区、青海省测绘局、青海省民族学院等单位，邀请国家测绘总局、中科院地理所、解放军总参测绘局、新华社等单位，组成了另一支考察队，也向河源进发进行考察，考察结果由青海省政府对外发布，确定卡日曲为黄河源头，刊发在1979年5月的《人民画报》上。这篇文章被著名的地质学家杨联康看到后，他对这个结果心生疑问，决定对黄河进行徒步考察，以民间考察的方式确定河源。1981年7月19日，杨联康抵达黄河源地区考察后,提出卡日曲支流拉郎情曲应为黄河源头,此举拉开了中国民间考察河源的序幕。1982 年 11 月,青海人民出版社出版了《黄河源头考察文集》,三个月后,新华社以该书为资料来源,对外发布黄河源在卡日曲的消息,这是中国第一次经过权威媒体发布黄河源头的确认地点,也引发了 1983 年的《光明日报》和《人民黄河》杂志为两大阵营的河源之争高潮,出现了黄河源有多源说、卡日曲之源说和约古宗列曲之源说三种声音。

1985 年 7 月,黄河水利委员会再次派出南水北调勘察队,这次考察成果结合了历史传统和各家意见并尊重当地藏民的习俗,上报水利水电部,确认卡日曲为约古宗列曲(玛曲)支流,玛曲为黄河正源。并于 7 月 4 日在约古宗列盆地西南隅的玛曲曲果竖立了河源标志,上面是当时 78 岁的黄河水利委员会原主任王化云先生题写的"黄河源"三字。1999 年,国家水利部和青海省人民政府在北纬 35°01′15″和东经 95°59′24″处的玛曲曲果共同竖立了黄河源头碑。

国际上最常用的河源确定标准是"河源唯远",2004 年,刘少创先生按照这一原则,确定北纬 34°29′37″和东经 96°20′23″交界的那扎陇查河为河源区,这是继杨联康后又一个以个人名义发布源头区者。2008 年,香港探险家黄效文在那扎陇查河上北纬 34°29′31″和东经 96°20′24″交界处,测定并宣布为河源区。

德国著名的"新传记派"著名作家埃米尔·路德维希在他的《尼罗河的传奇》一书中,谈到探寻尼罗河源头的那些探险家时如此盛赞:"发现者的不朽就是:他们的名字在地图上,但只隐蔽在某一个角落,而不是树立在某个地方。山脉、江河、湖泊和源头上没有铭刻他们辉煌的名字。"上述我所列举的、中国的黄河探源者们,没有在地图上保留名字,但我想,他们的名字已经刻在了河源的记忆里。

黄河源头之争,似乎还没到画句号的时候。

三

　　告别黄河源第一小学和才仁卓玛家后，看着白银般的积雪在群峰上沉默，看着细如藏族女孩发辫的涓涓溪水，我转过身，放弃了逆着那条细流而上的想法，放弃寻找大河的第一滴水流出之地，那是探险家们的事情，一个作家该做的，是顺着玛曲的流向，替一条大河寻找它的童年史。

　　玛曲和卡日曲汇合后，那条逐渐有了河之型的水，像一个领到出生证的孩子，地图上对它的标注已经显示为"黄河"。携带着无数细细之流的黄河流出麻多乡时，一头扎进一面湖，后者像个巨大的集纳盒，归纳、整理从远处流来的条条细流，更像是一个大会场，邀约而来的这些细流像是赴会的代表，齐聚这里。

　　这面湖水，就是扎陵湖。

　　当年，普热瓦尔斯基带领他的探险队来到这里时，滞留了十多天，测量出了扎陵湖和其东边的鄂陵湖海拔和周长，他们的行为引起了当地藏民的警觉与反感，双方发生武装冲突，探险队雇佣的哥萨克士兵打死了四十名当地藏民。普热瓦尔斯基称他们"用武器赢得科学描述这些湖泊的可能性"，从俄罗斯到中国的行程中，一路上喜欢以自己的思维命名地方的普热瓦尔斯基，将这两个湖命名为"探险队湖"和"俄罗斯人湖"。

　　在地图上，扎陵湖看起来像是一个头朝黄河源、肥胖且显得有些笨拙的小狗，这条小狗的头部在曲麻莱县境内，身子却在玛多县境内。那张开的小嘴，恰好就接住了从约古宗列方向来的两条大支流，那碧蓝阔大的肚子，就是扎陵湖的湖面。

　　从扎陵湖流出的水像是从牢房里释放出的一群犯人，一离开狱门后就迫不及待地走乱队形，沿着各自的路慌乱而去，穿过一条长约二十公里、宽三百多米的峡谷，流进了东面的一面大湖，这就是鄂陵湖。鄂陵湖像一个背对扎陵湖的、仰天观星的小狗。

　　措日尕则是位于鄂陵湖和扎陵湖之间的一片草原。一千三百多年前，松赞干布自拉萨赶至这里,随行人员搭建起来一座座牧帐,被随文成公主一路而来的汉族书记员记录为"柏海行馆"。在后人的传说中,江夏王李道宗代表唐王,在这里为松赞干布和文成公主主持了一场浪漫的婚礼,而松赞干布也以女婿身份拜谢李道宗。传说是美丽的,能透过一千三百多年的时光,让我们仿佛还能看见那时藏地最高领袖的婚礼,平日寂静的措日尕则草原,那天陷入巨大的欣喜和狂欢中,蓝天下的舞蹈和赞歌,夜晚中的酥油灯火通明,漫天星光见证了一段跨越文明、跨国度、跨种族、跨年龄的婚姻,记录了两大王朝经由一个内地女子纤纤细手的连接,数百年的厮杀和征战顿时哑声。那一幕过后,措日尕则草原像个年长的阿妈,左手鄂陵湖、右手扎陵湖,牵着一对盛满彼时记忆的孩子,长久地矗立在高原深处,措日尕则的佛塔和长达数十米刻着"唵嘛呢叭咪吽"的六字真言经墙、寺周挂满的经幡,似乎在帮着措日尕则草原补充着那些记忆中被淡化的细节。

那时,英俊威猛的吐蕃之王站在湖侧,迎娶来自大唐帝国的公主,新娘带给他的不仅是此后贯穿一生的幸福和甜蜜,更是公元七世纪大唐王朝和吐蕃王朝间蜜月般的和平时光。两面湖水是镶嵌在古老的唐蕃古道上的白银镜面,映照着那场诞生在海拔 4294 米的爱情。高原上的风吹过,在鄂陵湖和扎陵湖的湖面上泛起涟漪,蝴蝶效应般地掀起了公元七世纪时期的历史波浪,一双大唐的绣鞋和一双雪域藏靴相遇,一列大唐的车队和吐蕃的马队相遇,一个叫文成的公主和一个叫松赞的王子相遇。湖水边,一点红唇轻轻启动,命运牵领出最高处的爱情祭坛,传递去了唐朝政府的意愿;一副青稞酒香染红的笑容来到这里,然后又继续向雪域高原深入走去,点燃了一盏和平之灯,消弭战争与误解的灯光,闪耀在一片巨大云雾之中,笑容与爱情、皮袍与丝绸、茶叶与松绿石、唐卡与植物种子在这里交融,融合成了一部关于爱情与和平的盛典,主角的名字叫文成公主和松赞干布,他们在湖水边合栽下了一株恩泽雪域的树苗,闪耀着银质的光芒,从此,那棵和平之树根深叶茂,安详的经幡飘荡在鄂陵湖、扎陵湖之上，风中的颂词一直书写到现在。

扎陵湖东侧，有一个相对高度200—300米的山丘，这就是巴颜郎玛山，我掏出海拔表一看，这里的海拔是4620米，抬头望去，山头上矗立着一座碑身如牛头、碑质如犄角矗立的铜碑，上面刻着的字显示，铜碑立于1984年，前来这里的游客大多习惯称呼这座山为牛头山，称碑为牛头碑。碑身上镌刻着用汉文和藏文题写的"黄河源头"四个大字，旅行者大多将来到这里合影留念为到黄河源一游，其实，这里到黄河真正的源头还有二百多公里非常难走的路。

在地图上仔细看，我觉得鄂陵湖又像一头把屁股对着约古宗列的小象，从扎陵湖流来的九条小河，像是一张神奇的弓射出的九支箭，齐齐落进鄂陵湖里。九条小河也像一个巨大的扫帚张开后，帚梢分成九瓣。箭头也好，帚梢也好，进入鄂陵湖后，撑开了这头小象的胃和身骨，绘制出了这头小象的轮廓，让黄河源来的水，在这头小象的肠胃里穿越、蜿蜒、对话，最后将力量集聚在小象的鼻孔里，小象的鼻子抬起，朝着东北方向猛力一挥，形成了一幅完整的小象吐水画面。从地图上看，接住小象鼻孔之水的，是一匹低着头、张着嘴向西行走的马，马的头部突然长出一个角，角尖部和小象鼻尖完成了一个空中之吻。

告别鄂陵湖往东行走17公里处，我遇见一头18米高的人造"怪兽"横卧在黄河干流上，日夜发出轰鸣声。读者朋友，千万别以为那是与奥特曼交手的水上怪兽格拉斯，那是1998年4月8日破土动工、投资总额近八千万元的黄河上第一座水电站，它像一个巨大的胃，装盛了24亿立方米的黄河水。后来，我曾因写一部关于黄河的《大河远上》，选择了在黄河很多地段徒步的方式，长河孤旅后我才发现，那些拦腰斩断黄河的大坝，貌似是人类对水征服取胜的证据，就像鄂陵湖东边的这座水电站，它的出现结束了玛多县城和黑河乡、扎陵湖乡的机关及部分牧民靠着柴油机发电、家用太阳能照明及蜡烛、煤油灯构成的生活。然而，它也像一把绳索,勒住了黄河的童年,尤其是风能发电、太阳能发电设施普及后,当地百姓的用电不再依靠水电站了,拆除这座水电站的呼声越来越高,它完整地上演了人类在利用自然资源来满足自身需求上的一道轮回。当人类利用风能、太阳能、核能发电的水平足以替代水能发电时,水力发电所依靠的大坝失去功能时,想必就是大河解除束缚的时日,大坝这种人类面对大河而进行的伟大的"失败"就终结了其使命。

那匹流水勾勒出的岩画线条般的野马尾巴末梢位置上的是黄河流入果洛藏族自治州境内的第一个乡:扎陵湖乡。

我走访的上年纪牧民中,回忆起这里的草场变化时没有一个不感叹其日益恶化的环境。一直在扎陵湖边上放牧的老牧民扎西,望着碧波粼粼的湖面告诉我:25 年前,这里的牧草长得足够一尺来高,扎陵湖周围草场上放养牛羊的牧户有四五十户。而现在,牧草又少又低,牛羊根本就吃不饱,原来的牧户们多数都走了,只有他和其他 5 户牧民还在支撑着。

在扎陵湖乡,我知道了一个和内地行政单元不一样的组织:牧业社,社里的牧民大多有几百头牛几百只羊和近二百亩草场。在以前,这是一个足以让社里的牧民生活富足而悠闲的资源。然而,大批内地游客开着大排量的越野车前往湖区来参观,这些游客不知道,在海拔 4500 米以上的地区,一辆大排量的越野车碾过,车辙和废气足以让本已脆弱的高原生态遭到重创,一些车轮过后,被轧伤的青草需要一到两年的恢复,那些脆弱的植被还没恢复,另一辆车便会随着另一批游客的欢笑碾过,久而久之,昔日草场丰美的鄂陵湖区和扎陵湖区,在夏秋季节变成了外地游客的临时停车场。扎陵湖乡牧业社第四社的支部书记卡多曾经给我提供了这样的一组数字:全社三百九十万亩草场中,95%以上已严重退化、沙化,牲畜基本无草可食。望着日益裸露的草场,牧民们只好过起了"乞牧"生活,翻越布尔汗布达山和昆仑山,前往青海海西州的都兰县、格尔木市等临近市、县境内的牧区,遇上天旱少雨的年份,有的牧民甚至到青海、四川、西藏三省区的交界地带"乞牧",还常常和前往的牧区的牧民发生冲突。最严重的年景,牧业社四十六户牧民中曾有三十多户有过别离家园外出"乞牧"的经历。这些远走他乡的牧户大多数连续几年不见踪影,其中毫无音信时间最长的有六年之久!他们或许不知道,随着环境的恶化和大批内地游客开着车来到牧区,在整个藏地大牧区,又有哪片牧场不是面积缩小呢?

我常常像惦念一个远方的朋友一样惦念黄河,但又无力去看望,只好盯着他居住的地方默默祝福。距离上次去扎陵湖乡已经十多年了,在国家生态恢复政策下,不知那里的草场是否回到了当初的、应该的样貌。

我在此呼吁:山河本应敬重,高湖必须仰视,看过这本书的内地读者,别再开着大排量的越野车进入藏地牧区!

离开扎陵湖乡,继续赶路的黄河之水,像个长跑冠军不停接受来自赛道旁的祝福一样,它不停接纳从两边流入的支流,更像个长成的少年,完全具备了河流的模样,开始有了势不可当的勇气和威力,奔至214国道和从西宁到玉树的"共玉高速"公路上时,让乘车来往于这两条路上的人们,看到黄河在此长成一个英俊少年的模样。

四

任何一个沿着214国道或新修的"共玉高速"公路来往于西宁和玉树间的人,在玛多县城东郊的山冈上、桥梁上、大路边,都能欣赏到黄河至此像一瓶水被打翻,在一张宣纸上肆意漫流的景观。淌过玛多黄河公路大桥的河水,像是站在一排起跑线上的运动员,听到发令枪声后,争先恐后地向东南方向奔跑,平坦而辽阔的高原就是它们的赛道,多钦安多郎山就是这条赛道的终点,赛跑的各条支流至此被拦住,集体列队后折向东南方,陆续和黑河、热曲等支流汇合,让黄河有了在峡谷和高原上穿行的更大能量,黄河流域第一个以黄河命名的乡政府所在地就在这里。黄河流到黄河乡后,像一辆加好油的车,继续顺着东南方向,行至歇柔桑山下时,黄河不再单独穿行于玛多县境内了，而是在玛多县和达日县、甘德县三县交界处的群山间低调地流淌，流经的不少地方峡深山高，人类的足迹难以抵达。人们对黄河在这一段的认知常常是空白，在这个带着喧嚣标签的旅游时代，黄河在这里反而得到了它应该拥有的安静。

按照黄河在玛多、达日和甘德三县境内的流向，它似乎应该继续往东南方向而行，穿过久治县后作别青海。然而，大自然这个编剧却为黄河在流出久治县、进入甘肃省的玛曲县后，设置了一个逆转的剧本，安排了一个精彩的回转，让黄河这辆车像是舍不得青海似的，在甘肃的玛曲县内来了个急刹车，然后是猛打方向盘，将前行方向做了大调整，再次向西北方向逆进青海，依次流过黄南藏族自治州、海南藏族自治州和海东市境内，也让它再次产生了峡谷和大坝相遇的风景，让能抵达这里的人领略到黄河上游的大峡风范。峡谷是一种奇特的地理现象，它是由水和山两种地理单元构成，在中国的大江大河上，峡谷不仅构成了一种地理现象，而且在峡谷水利开发中逐渐添加经济现象，并成为国家局部地区的经济动脉，有的峡谷因为地势险要，成了兵家必争之地，丰富了中国军事史。

在一幅摊开的中国水坝分布图前，我清晰地看到，在东经103°以西的中国西部地区，长江、黄河、澜沧江、怒江等著名的江河上，峡谷遍地，黄河在青海境内的再回头，和这里的高山相遇，造就了龙羊峡、拉西瓦峡、李家峡、积石峡等峡谷，人类在这里修建的水利大坝，成了人类征服黄河的一种成就感展示。

公元前2953年，埃及出现了人类历史上第一座水坝，宣示着人类对河流的征服进入到一个新的时期；中国人则在公元前453年建立了第一座水坝：智伯渠。驯服烈马的似乎才是好骑手，人类对水的驯服似乎只有体现在对大江大河的拦截上，在中国，对黄河的驯服一直是个古老但从没停止过的话题，建筑水坝就是其中一个。黄河在青海境内的高海拔与复杂地质，决定了在这里建筑水坝的难度比平原地区更大，尤其是黄河上游出现的几处水坝,更是中国的"高坝"。

黄河在进入甘肃境内的玛曲县后,突然高唱起一曲《再回首》,收敛了向低海拔处奔腾的姿势,百转千回中以舒缓的身姿进入青海省海南藏族自治州共和县境内的茶纳山麓时,两岸一百五十多米高的花岗岩石壁,像一个提前约好私会的少女将家里的两扇大门半掩,留住一缕爱情的光;黄河就是那被约却迟到了的少年,迫不及待地拿自己充满活力的身子,侧身一探便挤进这道三十多米宽的石门,形成了万里黄河上的第一峡口,这是黄河第一次以穿越峡谷的样子示人, 这是黄河和深山峭壁的第一次约会的私生子:峡谷。人类没以修建水利工程的方式干预这里前,河水在这里由大缓变成了大急,仿佛一群暮色中被暴雨催着急忙归圈的羊,被赶进一条狭长的通道里,显出几分慌乱与紧张。龙羊峡水电站修建后,黄河水位的提升形成了水库,水流从大动变成了大静,昔日的奔腾喧嚣变成了一种承载和蕴集巨大能量的沉默,人类利用科技力量改变了黄河的模样和性格。

草原上的牧民驯马时得有驯马杆和技巧、智慧,大坝就是人类驯服河流的驯马杆。站在龙羊峡大坝前,看着被人类以大坝的形式驯服的河水,我的记忆里很快涌现出电影《红樱桃》来。相信看过那部影片的观众,一定记起电影里那个被外国友人亲切地称为罗小蛮的男孩来。罗小蛮的原型是中国共产党早期领导人之一罗亦农的儿子罗西北,1940 年 8 月,共产党在延安创办了第一个培养科学技术人才的自然科学院,不满十四岁的罗西北走进这所高等学府大门。三年后,罗西北和朱德的女儿朱敏、毛泽东的女儿李敏、王一飞烈士的儿子王继飞一道被送往苏联伊万诺沃国际儿童院学习,随后,罗西北考进伊万诺沃机电工程学校。1946 年回国,两年后,为了即将成立的新中国水利建设需要,罗西北再次奔赴苏联,进入莫斯科动力学院开始五年的水能利用专业学习。1953 年 10 月,罗西北回国并被分配到北京水电勘测设计院水能室任主任工程师, 参加黄河水能考察。不久,他又到水能丰富的大西南,履任成都勘测设计院总工程师之职,此后开始的十年时间里，他经历并参与了大西南二百多条大中河流的勘测工作，成了新中国名副其实的大河之子。

1964 年的一天，罗西北被时任水电部部长刘澜波召见，动员他到黄河上游、当时全国最大的水电建设工地刘家峡去负责施工，这开始了他从大西南到大西北的转变。然而，随着"文化大革命"的来临，罗西北被打成反革命，被迫离开了他的"黄河之旅"。直到 1973 年年底，在周恩来总理的亲自过问下，被关押囚禁六年之久的罗西北出任中国水利水电第四工程局党委常委和勘测设计院党委书记、院长、总工程师。

站在兰州的黄河边，罗西北常常摊开一幅黄河流域图，将眼光锁定在龙羊峡："龙羊峡不建水电站，黄河上游这片所谓的国家水电富矿最终富不起来，落后的青海地方经济永远落后！"罗西北奋笔疾书上书中央、水电部和青海省：龙羊峡水电站一旦建成，将是国内外最大的"蓄电库"。

2008 年秋天，我以《国家人文地理》杂志主笔的身份前往龙羊峡，站在离黄河源头一千六百多公里的地方，滔滔河水被人类引诱进一座大坝前，犹如一头高原上的雪豹被诱捕进牢笼后关起来一般变得温顺，这多像里尔克的《豹》中描写的："强韧的脚步迈着柔软的步容，步容在这极小的圈中旋转。"

河水在远处的咆哮与被关在大坝里的低声的沉吼，让我仿佛听见 1954 年的印度巴克拉大坝建成时，印度第一任总理尼赫鲁激动地赞叹声："这是多么壮观、多么宏伟的工程啊！只有那些具有信念和勇气的人民才能承担如此的工程！它已经成为国家意志的象征，象征着这个国家正在迈向力量、决断和勇气的时代！"这种赞叹，何尝不能出现在黄河上游的第一座大坝龙羊峡大坝甚至其他大坝呢？然而，人类的这种壮观与宏伟之举，到底能坚持多久呢？人类信念与勇气承担的国家象征，能坚持多久呢？那些被关在大坝里的水，能知道答案吗？

隔着三十三年的时光，我似乎看见 1975 年冬天的龙羊峡，罗西北带领勘测设计院的几十名工作人员,一人一个简单的行李铺盖,在冰天雪地中迎着凛冽寒风,在零下 20 多摄氏度的严寒中来到海拔 2600 多米的茶纳山下。阅读时找到的一本《共和县志》,我了解到那时的龙羊峡,除了夏天偶尔流牧至此的藏民外,没有定居人口,空气中的含氧量只有 70%。在这里流传着"三个一样":吃不吃一样(缺氧导致人缺乏胃动力,吃不吃饭都感到肚子胀乎乎的);睡不睡一样(缺氧导致睡眠质量很差,睡觉和醒来一样迷迷糊糊、头昏脑涨);干活儿不干活儿一样(人由于缺氧,在这里空手走在平地上就像负载几十斤东西一样)。罗西北身负着完成中国自主设计、自主制造、自主施工的第一座水电站建设的使命。边勘测、边设计、边施工的"三边"工作,使罗西北在刚挖出地勘洞时就赶到现场查勘地质情况,在开会、看现场、计算设计的重复中和时间赛跑,被山谷夹拢着的龙羊峡,就是他的人生跑道。当时设计过程中遇到的 18 个重点问题,有 14 个是罗西北提出解决方案或组织解决的,时任国际大坝主席谬勒站在施工的龙羊峡水电站现场上感慨地说:"中国人正在进行一项挑战性工程!"

罗西北主持完成有着"万里黄河第一坝"之称的龙羊峡水电站,它成了 178 米高的拦河巨兽,肚子里装着 247 亿立方米的水,吞吐 32 万千瓦的发电机组,这使它成为当时中国最高的拦河大坝、中国最大的库容水利工程和单机容量最大的中国大坝,是当时国内乃至亚洲建造难度最大的大坝。相信,罗西北和那些建设者,如果得知后来时任中共中央总书记胡耀邦亲临龙羊峡视察时,深情地挥笔写下"向根治黄河,造福中华民族的同志们致敬"的敬辞,一定也是心安了。

源头的雪山像一头有着很多乳头的母兽,年年向外渗出大量的雪水,诸多细流不断汇集后奔流而下,让任何大坝只能短暂挽留大河的脚步,却不能永久扣留它的身影。驻足停留,让峡谷变成了河流的客栈,六十层楼房高的龙羊峡水电站大坝,是黄河急匆匆奔流至此的第一座大客栈,歇息好了的河流,冲出大坝后会继续它的脚步,奔赴人类给它建造的下一处驿站。

1975年冬天，罗西北一行是逆着黄河前往龙羊峡的，从兰州到龙羊峡，沿途的黄河峡谷——装进了他的头脑。给黄河修建了"第一座客栈"后，罗西北将"第二座客栈"选址在李家峡。他从勘测院抽调了三十多名技术人员，徒步行进在龙羊峡到李家峡的河段。四十六年过去了，写作本书时，他那时说的话如云似雾般飘浮至我的笔下："这次查勘的重点是大的梯级电站如何布局？龙羊峡水电站之后开工哪个电站？如何布置勘测设计力量？局、院领导等着听你们的意见。"那些勘测人员带着他的叮嘱，顺着黄河的水流而下。

艰苦的交通条件，让我们在时隔四十六年后依然很难徒步复原勘测人员当初的线路。今天，我们前往李家峡，还得从青海省西宁市出发，踏上兰西高速后一路向东，路过平安区以后会看见指往阿岱方向的指示牌，沿着指示的方向，踏上向南的平(安)阿(岱)高速，到这条高速的尽头，再沿着指向尖扎县方向的指示牌指向，向南继续行驶三十六公里，就到李家峡了。

通往李家峡的路上，山色逐渐变成了红色的丹霞地貌。我几次都是秋天去的，蓝天、白云、红山、金黄的庄稼构成了一幅立体的油画。连绵的丹霞地貌跨越了青海省的尖扎县、化隆县、循化县以及甘肃的积石山县，构成了黄河流域最大的丹霞地貌区，黄河至此变成了即将出阁的新娘，丹霞是她头顶的盖头，迎娶黄河的新郎是谁？

1977年8月初的一天，水电四局党委召开常委扩大会议，专门听取了罗西北派出的查勘组的汇报，会上对李家峡能否开发兴建大坝展开了激烈的争论。这时，罗西北的声音响起："黄河上游最精华的龙李段，布置龙羊峡、拉西瓦、李家峡三座水电站。"一个月后，水电部和青海省政府收到了罗西北签署的《黄河干流龙羊峡至李家峡河段查勘报告》，至此，拉西瓦，这个黄河万里路径中根本不起眼、罕为外界知道的峡谷，走进了中国现代大坝建设的名录中。

拉西瓦峡谷距离龙羊峡只有 32.8 公里,罗西北当年指出:"龙羊峡有水库,拉西瓦有水头,我看可以把它们看成一个统一的系统,一个库容、一个统一的电网调度,经济优势很大。"拉西瓦峡谷就此也迎来了现代意义上第一支勘测设计队。2006 年 4 月,拉西瓦作为黄河上游河段梯级开发的第二座梯级水电站正式开工建设,6 台 70 千瓦混流式水轮发电机组、装机容量 420 千瓦的"装备",使拉西瓦水电站成为黄河上游规模最大的水电站,也是中国"西电东送"的骨干电源点和 750 输电网架的重要支撑点,拉西瓦大坝,这个黄河怪兽的身高是 250 米,这个黄河上的大坝高度,再次书写了青海境内大坝出大河的壮观景象,具体点说,龙羊峡大坝有六十层楼房高,拉西瓦大坝则有八十三层楼房高。

龙羊峡和李家峡大坝的修建,让罗西北萌生了以此为母体构建黄河上游水电开发有限公司的想法。黄河之水,在青海境内有了新的功能。从1986 年提出这一构想后,他一直为这些能发电的峡谷呼吁着,到 1999 年10 月,黄河上游水电开发有限公司在西安挂牌成立,黄河上游的盐锅峡、八盘峡、青铜峡水电站也相继由这个公司修建,黄河水似一根线,串起了上游的大峡谷,形成了一条黄金峡谷带。

黄河,一直被国人视为母亲河,是指她孕育了两岸的动植物尤其是粮食作物,水电站的修建,则让黄河真正变成了黄金之河。

进入茶纳山麓的黄河,犹如一个参加障碍赛的运动员,一个峡谷就是一道障碍,考验着黄河的耐力和能量,黄河流出拉西瓦峡后不久,就进入坎布拉大峡谷,大自然在这里以黄河为核心速写出了一幅红、绿、黄交织的立体画。黄色两岸,丹霞地貌给人一种山峦被燃烧起来的视觉,黄河水在十八座丹霞山峰和 1.5 万公顷的森林公园间蜿蜒而行,深山厚水间,黄色之水穿越红色山峦和绿色林草中,也成就了一处处修行善地,大批藏传佛教的高僧来到这里,一代代僧侣的努力和民众虔诚的信仰,使这里成为藏传佛教后弘期的复兴地,峡谷四周也成为青海唯一的僧、密、尼同时存在的宗教法地。黄河在这里证明了:人们追求的天堂,其实就是人间,但人间未必或者绝对不是天堂!

从坎布拉大峡谷到黄河出青海的上百公里路段中,丹霞地貌就像黄河这位出阁新娘的盖头,风吹不走,雨刮不掉,伴随着黄河向东而行,沿途的奇峰、洞穴、峭壁、寺院及山下的人工绿洲、村庄,让黄河不再像是河源地带那样呈现出一个蹒跚而行的青涩童子模样,而是奔跑出了一个热情少女的模样。

夏秋季节,穿越在坎布拉峡谷,两岸的山体在深浅不一的绿色植被和黄色的农田里,顽强地透着那份大自然赋予的褐红色,在这份红色的逼视之下,黄河之水呈现出了大气而收敛的曲线,湍急而厚重地穿过坎布拉的视线,高原上的阳光洒在水面上,碎金细银般地耀目着。

黄河在青海的赛道上继续着自己的障碍赛,流经青海省循化撒拉族自治县和化隆回族自治县交界地带,迎来了公伯峡,峡谷的地理优势也让这里迎来了黄河上游第四个大型梯级水电站,这是罗西北倡导成立黄河上游水电开发有限公司后,该公司实行滚动开发建设的第一座水电站,它创造中国水电建设上造价最低、工期最短的样板工程,也创造了两年筑造一座百米高坝的世界水电建设上的新纪录。

如果说坎布拉峡谷两岸的丹霞地貌像是上天抹给黄河两个嘴唇的浓艳口红,到了积石峡,虽然丹霞地貌依然延续在两岸巍峨的高山上,但这道口红就像是隔了夜一般淡了许多,有的地方仿佛一段行书圆润自如,有的则如刀刻般完成的版画,有的山形陡峭入水,有的山脉绵延展伸,让二十五公里长的积石峡像一个高明的魔术师,你根本就想到下一秒从他的手里会变出什么惊奇来,让到这里的人时时保持着好奇和期待。最为惊奇的一段最窄处只有四到五米。枯水季节,狐狸也能从这里的水面跳过去,当地人称这里为"野狐跳"。黄河在此亮起了一个惊人的手笔:一个在建的水利枢纽,像一个手持菜刀的村妇,朝蜿蜒而来、浩浩荡荡如一根绵长而辽远的面条般的黄河切去,让我看到黄河似乎来不及发出"嗖"的一声,便急急忙忙地钻进了两个双人床那么大的隧洞,又仿佛西方贵妇盛行束腰年代里的一根精美的腰带,使黄河在此急速瘦身,将整个身子喂进了那个隧洞里去了。

因为这里积石如云,一道细细的峡谷不仅将黄河变得身瘦骨硬,也有了"一夫当关,万夫莫开"的军事位势,引得历代王朝的决策者下令在这里筑关驻军,积石峡成就了"积石锁钥"的积石关,尤其是明清两代,这里成了河州卫所辖的二十四关中的第一关。

出了积石峡,黄河迎来了在青海跑道上障碍赛的最后一个峡谷——寺沟峡,黄河在这里向青海做着最后的回望,形成的八道湾似乎是对青海依依不舍的八次回身拥抱,一次贴得比一次紧。如果说黄河流过青海高地,和水流两边的群山"合谋"出的一个个峡谷,是镶嵌在黄河上游的一本峡谷之书中的精彩章节,寺沟峡就是这本书中的封底,它和龙羊峡首尾相望,构成这本书的前言和后记。

大坝是大河的客栈,峡谷是大河的跑道,谷地则是大河的牧场。黄河奔出寺沟峡后,进入大河家谷地。大河家,既是青海和甘肃共享的一个古渡的名称,也是两个省共有的一片河谷地的统称;既是古代从甘肃进入青藏的门户,也是甘肃境内的一个临河古镇。一块稍稍平缓的坡地上,百十户人家紧紧地聚在一起,一条街穿过古镇通到黄河边,古街连的不仅是小镇和黄河,更是古与今。大河家,不仅是连接甘、青之间的渡口,更是青藏高原和黄土高原上的纽带。以前,陕、甘、青、藏的行旅客商,都要搭乘牵缆木船过河。如今,车辆仅仅用几分钟就能从大桥上跨越过去,桥梁让大河对岸的人对此岸的人与事失去了神秘感和距离感。站在河上新建的那座桥上,我突然发现了一个奇怪的现象:从远处来的黄河,出现半河清澈半河褐红的景象,流到桥前,竟然完全变成了黄色。从源头一路而来,黄河从清澈、淡黄到半河清半河灰黄,再到一河浑黄,黄河更像是一个富家小姐,到特定的河段就换上了特定的盛装,这种变化里透着沿河地貌的变化和生态变化。

且慢,别以为黄河流出大河家,就算是和青海分手了,它仍以西靠青海,东临甘肃的"界河"角色,以谷地的地貌,和青海开始最后的缠绵。

五

山脉和河流的相遇,前者稍微谦逊地往后退一下,让河流舒缓一下脚步,河流节奏慢了起来,河床宽了起来,便造就出了谷地。黄河即将离开青藏高原,奔向黄土高原怀抱时,在青海东部的众多山脉间穿行、冲刷、冲击、扩散;两边的群山像是后退几步后列队的士兵,向黄河礼敬般,给奔腾的黄河腾出越来越宽敞的地方,在河道两岸,这些相比而言显得宽敞的滨河之地,断断续续地如一部电影中凝固的几个精彩镜头,形成了几个黄河谷地,它们常常以周围所在地方的名字后缀谷地名称。第一个精彩的镜头因为临近贵德县城,黄河改变了离开玛多县附近后一直急速奔流的状态,水流得慢了、宽了,水色自然就清澈了,出现了"天下黄河贵德清"的景观。在恐龙生活的温暖潮湿的侏罗纪,这里的大部分土地逐渐发育成红色,上亿年的岁月沧桑,红色的底层被埋在了地下。但是风和流水如盗墓者一般,又让它重新露出来。风像剥蛋壳一样,剥离了盆地上面的地层,而流水长久的侵蚀冲刷,最终让大量的红色山峰重见天日,数十里奇形怪状的火红山峰重重叠叠在湛蓝的天空下,像是仰卧的滨河地带向蓝天白云努去的红色嘴唇。在一些迎风的岩壁上,还可以清晰地见到一些圆润的小洞穴、凹坑,这就是高原上的风裹着沙粒或尘粒,不断撞击磨蚀裸露的岩石表面,形成一个个风蚀龛,小的直径不到几厘米,大的却可以达到两米左右。

谷地更合适人类以自身的行动干预河流,千百年来,这里形成了万亩梨花装扮春天的盛景，这里有被俄国探险家科兹洛夫誉为"能治病的泉水"的温泉，有来往穿梭的商旅和探险家，有唐蕃古道带来的传奇故事，有羊皮筏子向下游放飞的梦想。

如果说这些谷地是一颗颗珍珠，河水便是将这些明珠串联起来的银丝，从西到东，依次形成了贵德谷地、尖扎谷地、循化谷地和官亭谷地，这些谷地，是游牧民的冬天牧场，也是农耕文化进入青藏高原上后依赖黄河扎根的见证。和中国的著名谷地比起来，这些谷地显得小而没名气，它们在大山峡谷的拥簇中，带着几分与世隔绝的韵味，犹如养在深闺中的绝色女子。山河交错的地貌增添了她们的美姿，黄河水的浸润带来温润的气质和丰饶的物产。

和贵德谷地因贵德县得名一样，尖扎谷地以尖扎县而得名。黄河至此已经变黄了，从空中看下去，多像一位深情的少女张开两片红唇噙含一线金黄，嘴角流出的岂不是蜂蜜般的色泽与光彩？谷地就坐落在高天之兰、高云之白、黄河之黄和丹霞之红相间的四元色彩包围中。目前，从西宁去往尖扎的大路只有一条，这条大路在山中蜿蜒向前，仿佛要将走进者带到一个魔幻般的丹山碧水中，只有进到这片谷地，才能领略到坎布拉的丹霞风情，才能听得见古老的南宗寺和现代的李家峡水库之间的对话，那是黄河作为主持人精心布局的一场巧妙安排。

在几个谷地的穿越过程中，我最喜欢被美誉为"青藏高原上的西双版纳"的循化谷地。白骆驼驮来的穆斯林风情、中国最大的滨河丹霞地貌之壮观、高居云端的孟达天池之宁静，书写了黄河在此的独有篇章。

官厅谷地是其中最为平淡的一处，它像是伸出一只长长的手，从远处牵来黄河上游最大的河湟谷地，让黄河在这里扮演了两种角色，一是向青藏高原做着难舍的、最终的分别，二是向黄土高原做着投身其中的准备。黄河在这里富有诗意：所谓结束就是开始，所谓开始未必就是结束。黄河在这里已经因一河宽阔的黄色而名副其实了，两岸的庄稼地在不同季节里呈现给黄河不同的色彩,而黄河水也以自己的无私浇灌出这些庄稼,更为惊奇的是,在两岸的坡地上,油菜花盛开季节,一方方的油菜花就像一个个团队表演出的集体舞蹈,那是油菜花在一个季节的金黄,给四季浑黄的大河送去的一场观演。

走出官厅谷地,在青海省民和回族土族自治县、甘肃省积石山保安族东乡族撒拉族自治县和永靖县三县交界处的山庄岭和党家坪之间的开阔地上,黄河才算是作别青海。站在民和县的山庄岭上,看着黄河向东流去,不远处,甘肃境内的刘家峡是它进入甘肃的第一座驿站。看着那一河大水奔流而去,仿佛一个参赛的长跑运动员听到发令枪后,噌地一下,飞身而起,向着漫漫长路起跑,我仿佛听见上帝站在这里大声喊:起跑吧,黄河!

我轻轻回转身,我陪着少年般的黄河,走完了青海境内。河源处细如蜂眼,娩生自雪峰,出官厅谷地时以一河澎湃之状告别青海,这大河长卷中的童年时光,被我仔细丈量后抄写在大地上,像一位无可替代的喇嘛将真理抄写在经书里,更像一位虔敬的画师,将佛的足迹,描绘并珍藏在唐卡上!

胡王使者

◎ 那　女

一

　　胡王使者在悄悄靠近我,野丈人在荒野里开放,白头翁让人惊掉了下巴。

　　我许久不说话。

　　一朵花,开开就罢了,却美得不像样子,我想赐给它一个名字,叫"勾魂使者",因为它,我的魂丢了,得去野外找。去还得快些,没有三魂聚在头顶,谁不会来欺负我?

　　我还有些恼,生活得好好的,时间排得满满的,为了它们,还得重新安排。在深夜里,在一张木床上,在脑子里挤时间,像挤牙膏一样的,挤吧!

　　不去怎么行,不去寝食难安,不去心神错乱,再不去,我就要轻盈地飞了。比遇见爱的人还要霸道,爱人我尚要矜持,尚冷下脸晾着,它们,让我什么脸面都没有了,我的人生只向它们臣服,它们既然下了帖子,我非去不可。

　　它们给我下帖子的途径可谓曲折,稍有差池我就看不到了。

　　朋友在野外放风,荒凉的旷野上,胡王使者一寸寸地接近她,他知道,接近我的朋友就等于接近我,他知道我的冬季荒芜到厌倦,他只要把他的惊艳呈给我的朋友,朋友一定会带给我,而我一旦看到他,我的蛰伏就到了头了。

　　我不必隐居了。

旷野的风已呼呼啦啦地柔了起来,我要把自己放飞成风筝,在旷野的天空里,在逐渐涌满生机的大地上。

最主要的是,我定要去寻胡王使者,一定找到他。他的目的达到了,我对他一见倾心。

我在茫茫人海里蹉跎,我的眼睛漏掉许多东西,像个筛子一样地过滤,滤到最后,筛子里就闲闲地躺着一株花,生着熠熠的光芒。这株花在朋友的信息里立着,在天地里立着,披一身凛冽的风,顺便讥讽城市里一件件厚厚的羽绒服。

这株花,紫色的花瓣披着白色毛茸茸的斗篷外衣,黄色的多层花蕊明亮耀眼,最中心的花心里生出许多细细的紫色箭羽,支支都射向了我。

见到他的那刻,我遍身的鳞羽已经张开,仿佛看到浩浩荡荡的野花在胡王使者的带领下,正一路逶迤而来,而我也已穿戴好我旷野女神的铠甲在凛凛的风中迎接,迎接我的万物回归。

我其实二月份早已去了趟旷野,那时,胡王使者大概早已看到了我,那时的他,披着白色毛茸茸的斗篷,把头埋得深深的,不宜和我相见,那时,春风料峭的大地上,顶多能觅到婆婆纳的花。

我知道,它们都在蓄势待发,我听到它们在密谋要干一件大事,一件惊天动地的大事,它们要把整个天地都踏翻了,要把我们栖息的大地强行从枯萎带到山花遍野,它们早就厌倦冬的荒芜和冷寂了。我默许了!如果天地真的变成它们的领地,那正是我想要的样子。

现在,这一切都要来了。

我去服装店里选了件春色无边的衣服,郑重地定下了日期,要去会一会胡王使者。

二

去的路上,我在想胡王使者。

我知道我之前是见过他的，我说过我的眼睛是筛子，他过过我的眼睛。只是那时我大概被众多的野花缠绕，她们过多地绊住了我的脚步，我只是瞄过一两眼胡王使者。胡王使者在药香中，被仲景先生、被李时珍定成了男性。

白头翁、野丈人、胡王使者、老公花、白头公等。

看吧，他所有的名字都和男性有关。

我也把他当成了男性。我惯把喜欢上的事物都定义成男性，因为我是女性。

我看到胡王使者的第一眼时，觉得他霸道，他紫红色的眼神，一下子就摄人心魄，通巫似的，把人心都收拢了，我保持冷静，我这一趟只是想会会他，看他在荒芜的地方如何占领，如何在寒风料峭的荒芜里成为一方君王。

我在一个内陆盆地中，我的盆地平原到我这里已把骨头（山脉）剔净，只剩平原，我的平原如今渐已苏醒，白天我那已盛开的、为数不多的野花野草在和风中伸展身体，夜晚它们趁着星星聊天，它们在选美。

胡王使者出身大家，他的兄弟姐妹众多，家族遍布中华大地，河南的山野里也有，只是我们若见一面是需要跋山涉水的，他们像隐者，避世而生，所以我很配合，踏遍山野地寻他们。

我爬过的山已绕城数匝。

我是心甘情愿地向他们俯首称臣。

早春的山头，胡王使者的紫色王冠挺着，他的白茸毛长袍一直蔓延到大地上，大地上还一片荒芜，此刻他睥睨天下的气势像一个君王。

他的领土是二三月的荒野。

但从他的落脚点看，倒像一个侠客，侠客的足迹总在偏僻、冷寂的野外，在山谷难寻之地，它们不凑热闹，不在人多的地方露面。

我去找胡王使者，只能跋涉去野外，野外不一定有，还有山坡，不要太高的山,高山的山头太陡峭,不适合他们聚众而生。山坡最适合他们,山势缓缓的坡上全是身披白袍子、头戴紫花冠的胡王使者。如果见到他们,我要缓缓地走过每一株,记住每一株的样子。

我去的是一座没有名气的山,是一座阴阳山,这样的山是山中的极品,这样的山中才有胡王使者。它阳面林木毓秀,阴面却低矮的花草遍布。当我穿过它阳面的林木来到山顶,我当即想和山顶的植物们一起狂欢,还像蒲公英那样飞舞到半空中。

平缓的山顶上尽是半人高的野花野草,一条小路在茂密的花草中蜿蜒向前,这正是高原草甸的景色啊! 这也是植物们修仙的福地,我在小路上前行,时不时地握握它们的手,它们皆向我行注目礼,这是最高的待遇,对我而言。

走着,一段半人高的野长城出现在眼前,整齐的长方形石头散落在周围。野长城野在山脊上,野在无人问津的荒芜里,千年以前它却是一夫当关的盾牌,是屏障。但见长条石堆砌的痕迹还十分明显,一个瞭望亭的地基还在,没倒塌完的石头墙根代表着曾经的显赫。我站在亭子里,等于站在一堆倒塌的石头中间,石头都是向外倒的,中间散落着较大的几块,我不合时宜地站在石头上。

我像是立在了几千年前的遥远里,山风扬起我的衣衫。

仿佛看到烽烟四起和号角争鸣里,一片杀声震天,年轻的将士手执长矛阻敌寇于这古长城下,那样的英雄气概是何等的气吞山河!

草丛里的长条石沉默着,它们是不是那远古的英灵所化? 如今苦尽甘来,躺在这白云蓝天下,怡然自得。它们日日夜夜和花草相伴,灵魂早已得到花草的净化,已洗脱杀戮的罪孽,它们一起相约修草木经。

到达阴面山坡,却是另一种景象,多是乱石丛间或着各种花草,土地是沙石地,花草变成低矮有刺的,有的地方露出黑亮的石头,坡势较缓,不易积水,这正是胡王使者的生长环境,所以我深度怀疑这一面山坡是为胡王使者御批的府邸。

山坡上是花草们的天地。早生的野刺玫，在寒风凛冽的时候已开始打苞，如今白色的单瓣花已盛开。它从石峰里长出来，花就在灰黑色的石头上开了一丛又一丛，白色的花，明亮亮的，每一朵每一瓣，都开出了山河之力，在这片荒芜中如一道白光闪现！可惜野刺玫也是位迟暮的美人儿，花期一过，她就要一步步地奔向黄昏。她的花，美则美矣，却是不能碰，假若你抑制不住想要采一枝，手一碰到花枝，略一抖动，呼啦啦地便全散落去。

山顶的蓝星花，顶一身毛茸茸的白色毛发，星子藏在苍绿色的叶子里，仿佛一到夜晚便能一颗颗地亮起来。冬季时干枯掉的鬼针草遍地都是，还不好惹，它随身携带着诸多暗器，看一眼都发怵，碰一下，便挂满了刺，要是从鬼针草丛里过一趟，出来后，不用看，必定是一个直立行走的刺猬。所以，有鬼针草的地方，只想绕着走、躲着走，看都不敢多看一眼。

也就是一转身的时候，我看到了胡王使者，他静静地立着，仿佛之前在与我捉迷藏，故意地藏在了我的身后。

我屏住了呼吸，大概快化成这山上的一株草。

这个冷峭的春天，胡王使者硕大又明亮的紫色花朵，降服了整个野外。我来之前已看过胡王使者无数遍，看的是他的各种写真集图片，而且是裸露到每一根茸毛都无比清晰的地步。但我还是止不住地战栗，人为什么要从动物进化而来？如果从植物进化，岂不是又干净又漂亮？

他在一块布满沙砾的半坡上伫立，山风掀掉了他的白色斗篷，我离他很近，第一次仔细看他的全部。他立在光里，仿佛是有束光专门打在他的身上，充满魅惑、高贵和威严，从未见野生植物竟如此贵气，我专注起来，丝毫不敢懈怠。

他形态优雅，无数枝茎从根部发出来，细长且袅娜地往上长，每枝茎顶生一朵紫色花头，紫从浅到深渐变，他的花无繁复的花瓣，只有六枚深浅不一的紫色萼片，叶子宽卵形，裂生，近似芍药的叶片，在根部张开如护翼般保护着娇嫩的茎及顶部的花,叶片通体覆白茸毛。

怎么给你说呢! 在冬天还未完全退去,一众灰黑色与冷寂中,他与他的紫,犹如神兵天降。

大地上的毛茛科植物,总是这样会给人带来无限惊喜。

胡王使者最早是毛茛科银莲花属,后来因为他的家族实在庞大,就专门用了他的正名白头翁,立了白头翁属,有的植物是越来越凋零,白头翁是越来越荣耀,因为他的疆土已扩展到不容忽视。他是多年生丛生植物,一丛丛地生长,大片地开花,有的调皮地跑了出去,这儿一棵,那儿一棵的,但终归它们不会离得太远,找到一棵,就会有陆陆续续一大片,极少一棵孤零零地生在旷野上的。

单独一棵生活在大地上,多孤独啊! 那得多有勇气。我的那个已没有岗的李岗村里,有个哑巴,他父亲死了,母亲改嫁了,他就一个人孤独地住在村里给盖的五保户房子里。

我记事时,哑巴已是一个人,据说后来他们穷得一口吃的都没有的时候,他母亲就把自己卖了,换了粮食给他生存,她自己去给另一家做了女人。她会隔一段时间回来看他,给他洗衣做饭,带些粮食。我小时候,偷他的玉米秆,他"毒气"得很,拿着一根棍子,哇啦哇啦地追着我直撵了半个村子。后来,我上学时,总从他门口偷瞄他,他坐在开满扁豆花的围墙里,编织竹篮子,竹皮子在他的手里上下翻飞,犹如一只只青色的蝴蝶在翩翩起舞。

他一坐就是一个上午,默不作声,汨汨流逝的时间里,有着无限的神秘。

我离开家时,他病在床上,许多天没出过门。

有人专门给他送一日三餐,都在说:"这哑巴是熬不过去了。"我想:我回来时,大概只能看到他的坟堆了。

我每次回去都要问问:哑巴咋样了?

母亲回答:还是那样。

有段时间他不是要死了吗？

是啊，好多天都不出门，最后竟被他熬过来了，咋活过来的？真是奇怪。

哑巴是天地间布的一幕无声的黑白剧，是极深沉的，深到了地底他父亲的枯骨上；哑巴是冷的，冷得要把人淹没掉，他一直在深不见底的孤独裂缝中打坐。他被上帝抛弃，被佛祖怪罪，被包在黑暗里，终生不能说一句话。

胡王使者是幸福的，丛生的植物是体会不到孤独的。

我小时候似在野外见过他，在瓦砾遍布、杂乱、干旱不怎么长草的地方，有的是坟茔之地，猛地看见披着白色茸毛、开着紫色魅惑花朵的胡王使者，愣愣地不敢接近，不敢下手。

会中毒？会被刺？会被邪物附身？

这是长辈们的功劳，一怕我们出门去祸害庄稼，二怕采一些有毒的植物，就罗列了各种理由吓我们：三步倒，碰一丁点儿，走上三步就倒地不起了；断肠草，能把你肠子烂掉，肚子烂出个洞；猫眼草也不能随便碰，揉进眼睛里，眼会瞎掉；水里面有水鬼，你若走近水边玩水，水里面会伸出一只手把你拉下水，找你做替死鬼。即便如此，我也胡乱往嘴里塞过许多植物，羊奶头、棠梨子、野酸枣、香布袋、马泡等野果子。胡王使者是不常见的花，不走到一些边缘地带见不到他，但是真正见到后，太陌生了，以至于脑子里冒出的是断肠草、三步倒、猫眼草等。

我像一只猫走太空步那样，在山坡上走着，直到眼前呈现了一大片的胡王使者，他们个个精神抖擞，他们在山野中呼声震天。

我被包裹得透不过气。有一瞬间，觉得大脑空空的，时光似乎就在胡王使者的一片紫色中停顿了下来。浅紫、深紫、透明的紫、被空气冲散了的紫……

然而这种美，是山野的，是不羁的，也正是胡王使者的。

山河空自流。

风徐徐地贴着我们的脸颊过去。

我被魅惑了。不是男人和女人的。是人人乐见所成,是佛经里的皆大欢喜。

他的威严真是足够了。

探照灯般高亮度的紫,让我移不开眼。我丝毫没有要动他的念头,譬如像对待紫菀花一样,采下轻盈的花,置于木桌上的陶罐中,满室充斥着紫菀花的味道,还有流淌着的丝丝野性。譬如像对待伶俐的紫花地丁那般,把紫花地丁仔细洗净,上笼屉蒸好,再晾晒干,成为一道很好的清火气的凉茶。

我从未想过这样做,也不敢,胡王使者和商陆一样充满了男性的力量,霸道和威严,商陆也是一种男性花。

但是,商陆,我是一边看着一边后退,商陆有一种蛊惑人心的巫力,站在他的范围之内,随时有种危险的感觉充斥全身,阴恻恻的,使人心慌乱。后来证实了我的一切感觉,《本草纲目》上记载,商陆有毒,毒性颇大,但又诚如一个人,哪怕他烧杀抢掠,他亦会对一个人千般好。因而,商陆也是一种救命的药材,施恩给了许多人。

商陆如此,那我的使君大人呢?

三

我已看过许多医书,清楚他们的前世今生。胡王使者是别名,正名是白头翁,其他的野丈人、老公花、奈何草等都是他的名字。但我一贯称他胡王使者,我正是拜倒在胡王使者这个名字下。那时他穿紫色的使君袍子,立于山坡上,袍子迎风飞舞,这样的他才称得上是我的使君大人。

穿越他的一生,前半生威风凛凛,在山野严寒里像足了一方君王,后半生须发皆白,正是老翁的蹒跚。

到了此刻,我不得不更名了,我要正式地尊称他为白头翁了。我的使君大人已须发皆白,伛偻腰背,或者他已修仙得道。

我看不到胡王使者到白头翁形态上的真正转变,在开花后和种子成熟前这段时间,他自动褪去紫色的衣袍,六枚紫罗兰色花瓣陨落掉,露出它的纺锤形果实,果实上的宿存花柱,及花柱上向上斜生的白色长柔毛。

这时的山野间已无胡王使者,只有一个长发白须的老者,银光闪闪,傲然立于无人的旷野中,取名"白头翁"。

这是从形态上的命名。

杜甫也曾为他命名。

杜甫困顿京华,一天早上喝一碗剩粥后,因腹疼如搅而病倒了,他的诗没用,他的诗治不了病,挡不了饿。

他白发掩面,脸如枯槁。

他仰天长叹。

他的《登高》《春望》《北征》"三吏""三别",一起从文字中苏醒了。

他的诗将他的茅草屋围起来,唱华美的喊魂歌。

悲音凄凄时,一位白发老翁听到了,看到了,他叩门查看。他看到举国闻名的大诗人,卧躺在床上,被腹痛折磨得奄奄一息。

白发老翁反身离去,不久即回,回来时手里握一把长着白色柔毛的草,熬汤喂杜甫喝下。杜甫喝完后,腹疼当下就减轻,喝上五日后病症全消,为纪念白发老翁,故将此药命名为"白头翁"。

李时珍先生曰:"丈人、胡使、奈何、皆状老翁之意。"其他的我都赞同,唯胡王使者有所异议,使者是受命出使的人。《本草纲目》上,羌活也被誉为胡王使者。羌活,又名独活,独活有两种,内地的叫独活,雁门关外的叫羌活或胡王使者。关外的药效更强,据其药性被誉为胡王使者。

胡王使者多来自关外。

白头翁也有在关外的领土,因而又别名胡王使者。古时北方少数民族的同胞们大都在关外。

提起雁门关，我只去过一次，当车驶过雁门关时，没有什么感觉，而当置身在雁门关外的太阳底下，在旷野之中，漫身而来的那种肃杀之气，及烈烈风沙味道，如一把刀一般扑面而来。

北宋道士华阳子诗证：

羊马群中觅人道，雁门关外绝人家。

昔时闻有云中郡，今日无云空见沙。

出了关，山高路迢，亲人寡离，良辰美景似幻影，只余下铁道漫漫，黄沙满天。古来将士几人还？

山西的信天游在关内婉转流唱。白头翁，就在半山坡上听歌。

关外，陕西有开花调，甘肃有花儿。

我刚开始以为胡王使者是听着歌入关的。后来看了地域分布图，才知道，他是听着歌出关的。我怀疑，他出关以及不停地往外省走是为了听歌，不然，谁好好的，会去往东北三省极寒之地？会走大西北？

《诗经》也是民歌，采薇时唱歌，采葛藤时唱歌，遇见窈窕淑女时唱歌，想念心上人时唱歌。

在花儿的生长地，遇到赶羊的老伯，我问他，还唱花儿不？他嘿嘿一笑，唱不动了。我羡慕花儿生长起来的环境，在大地上蔓生，被孤独滋养，从一具具鲜活的肉体中喷薄而出，悠长又热情，羊儿最先听到，遍野的劲草最先听到，但最后的火辣一定是留给姑娘们的。

白头翁开始随和起来，他不但听各地的歌谣，他最主要的任务是勘探地貌，他要带领他的兄弟姐妹们乾坤大挪移。

我清楚地记得，从关内来的炎热，到了关外就散了，太阳似乎依然炙热，但皮肤上已渗起了凉意。香青兰恣意地在这片大地上，独活是，白头翁也是。

我第一次见香青兰，她信风而舞，大片大片的蓝紫色，循着我的衣裙便想一起远游，但她没有白头翁的自由，她离不开这片土地。我蹲下身跟她交谈，她不扭捏作态，没有关内那些小女子气，我握过她的手，但在最后一刻，放开了。

白头翁像信天游里的信天翁一样，他的脚步矫健，走名川，访四海。我之前不明白从宋代起一直居住河南、山东、安徽等地的白头翁为何大批外迁，此刻立在关外的土地上似有所悟。

香青兰适合在关外的烈风中生存。

四

白头翁的家族庞大。

黑龙江、吉林、辽宁、河北、山东、河南、山西、陕西、甘肃、内蒙古等省和自治区的山冈、荒坡及田野间均有分布。

他已经拥有了半壁江山。

知道这一切的时候，我是很震惊的，我似乎不经意间挖到了宝藏。我原本是想看一种植物的，结果，他不仅带我看到了他庞大的家族，还带着我穿越了，穿越到南北朝、宋朝、明朝、清朝甚至欧洲大陆等。

这不是最早，最早是中生代后期，陆地没有分裂，白头翁娇艳地绽放在欧亚大陆和北美洲的大地上。这个时期没有详情，有的只是些合理的推断，我从中窥见了胡王使者的一点点影子。

这一段时间，他已变成了我最亲密的人。我的枕头下压着白头翁的资料，我的相册里存满了他各种"艳照"，我睁开眼是白头翁，吃饭时在想胡王使者，睡觉前回想我与野丈人的交往历程。

我与他交往太密切了，我一天想他多少遍？记不清了，也许是数不过来。

我成了一个盗宝人。

跟盗墓人不同，他们盗的是古人的亡物，我盗的是一棵植物的过去，一棵植物是怎样穿越朝代，历尽世间的磨难，一路走到我的面前，并繁衍强大，拥有了半壁江山的呢？

　　首先，我要给白头翁正身。许多人看的是早春荒芜里盛开的一片紫色花朵，但白头翁的真正用途是治病救人。白头翁有清热解毒、凉血止痢、明目、燥湿杀虫的功效，这些归纳到具体的病症上就是热毒、痢疾、鼻衄、血痔、带下、阴痒、痈疮、瘰疬等症。

　　婆婆曾给我说过，孩子的大伯小时候拉肚子，拉了将近一个月，浑身软塌，生命奄奄一息，她们遍寻医生，仍然不能好转。现在来看，那并不是普通的肚子疼，应该是痢疾，痢疾若不及时救治，人便会出现电解质紊乱，脱水而亡。元代朱震亨《丹溪心法》讲述：痢疾具有流行性、传染性，指出"时疫作痢，一方一家，上下相染相似"。白头翁未出现之前，痢疾也是人类的瘟疫之一，称为"时疫"。白头翁现世之后，"白头翁汤"是至今治疗痢疾的奇药，痢疾这种瘟疫便在人类的世界里失去了威力。

　　到底，总要感谢一个人，最初发现白头翁的那个人。他是位医术高超的医者？或是民间生活经验丰富的妇人？是在怎样的情况下发现了白头翁的治病功效的？

　　我也要感激白头翁，从药理的性质上，因他能治好鼻衄。鼻衄就是流鼻血，我的小天使，总在半夜里热毒上攻，正睡着觉，鼻子突然就出血不止，然后我们冲到卫生间里，用凉水冲洗，折腾了半个小时后，血开始缓慢止住。后来，我在医书里漫游，终于找到茅草花和白头翁，用他们一起来拯救我的小天使，拯救我那一个个不得安眠的夜。

　　我初识胡王使者时，便认为他是天下女子的知己。我私下这样认为，不是没有道理的，现在已经证实：药书上说胡王使者有燥湿杀虫的功效，能治阴痒带下。他的功效如此体贴地通着妇经，为天下女子解除病症，这样，他算不算是女子们的知己？

　　还有痈疮、瘰疬等，这都是些险恶的病，都需要用胡王使者、白头翁、

131

野丈人、奈何草他们的身体来救治。这个过程有些难以启齿、残忍，需要扮演刽子手的角色。古代制法：挖出他们的根，去掉根部以上的茎叶，洗净，切成片，晾晒成干便可入药。现在，他们要粉身碎骨，碾成齑粉，人们多的是吃掉他们的方法。这里，我已有些难过，因为我刚刚得知了，撕任何一片植物的叶子，它们也会疼痛，也会嘶叫，只是它们的声波振动频率太快，不借助器材，是很难听到的。

我特意去听了，那种嘶叫的声音太过惨烈，听得我心惊胆战，听得我心情沉重。

我的使君大人，他们存在的意义是什么？他们不停歇地繁衍生息是否是一种抗议？

我越来越敬仰植物们，我每天晚上躺下来，内心深处最渴望的想法竟然是跑到大山里做一个与草木为伴的护林人，每天在森林里奔跑，每天与草木们一起修草木经，那是一部善良的经书，我没有见过它的样子，只听过只言片语。

我熟睡之后，常在梦中穿越，去的是我肉体无法到达的一些地方。

我第一个要去的是南北朝时期，《名医别录》《本草经集注》是最早记录白头翁的医书。《名医别录》并无作者，它是历代名医记录，聚集了很多医者的心血，是瑰宝，《本草经集注》是南北朝时期梁代的陶弘景所著，包括唐代的《新修本草》，这三本书都记录了白头翁的生长环境和用途，但并无明确的地名。

最该多去的是宋朝，宋朝的《开宝本草》《图经本草》《本草衍义》中，记载了白头翁的产区在河南、陕西、江苏，生于高山山谷。至此，我明白了白头翁是从深山的山谷中走出来的，然后他去了都城东京附近、洛阳等地。可是东京太过于繁华，这违背了白头翁的隐世原则，到了明代，他的家族向南扩张到浙江，清代又往北出现在山东、安徽，二十世纪九十年代全国大部分地区都有，二十世纪，主产区为华北和东北地区，侧重于东北地区。

白头翁还是检测环境污染程度的指示性植物。只要有酸雨降临，白头翁就会很快死亡。白头翁对酸雨十分敏感，酸雨就是雨中含有大量化工污染物的雨，主要危害是污染水源，伤害动植物。所以白头翁是在避祸，他一路北去，选择的都是人烟稀薄、林木茂盛、空气好、污染少的地方。他整株包括花瓣边缘都长着白色的茸毛，不仅耐旱而且还能抵抗严寒，他为逐鹿北方，已做好了万全之策。

我画了一幅白头翁的变迁图，从南北朝画起，止于现在。我在地图上标注每一个地点的白头翁形态，才发觉白头翁是会变身的，这是他修行千年的功德。他的变身大概有三十三种，他会把原本的紫色变成白色、堇色、黄色、蓝色、紫红色等，不过形态还在。

在西班牙到克罗地亚之间的小范围区域里生长着白花白头翁，那是大地上的精灵，征服荒野的精灵。

堇花白头翁变身最厉害，色彩呈堇色的植物实属不多，从颜色调和的角度讲，不是一次两次就成为堇色，他经历了刀割般的换肤经历吧！就像一个人的肤色从黑色到白色。

欧洲大陆生存着多种白头翁，白色和堇色只是其中的两种，还有欧白头翁、春白头翁、小白头翁、大白头翁等。

北美洲有部分白头翁，然而欧亚大陆与北美洲隔海相望，种子不可能飞越海洋而抵达。植物学家吴征镒院士说："中生代以后，大陆分裂，分成了古南大陆与古北大陆，这一成果解释了白头翁能在北美不同的陆地生存，是因为分裂之前已经是这样的分布和存在。"

这些愈加使我对白头翁心存敬仰，这样算来，那么他的存世时间不是千年，而是上亿年。亿年前的植物经历了多少的生死杀伐，才能冲出一条血路，依然美丽地绽放在地球上？

中国辽阔的山河大地上从来不缺白头翁的身影。

阿尔卑斯山绽放着春白头翁。

朝鲜白头翁分布在东北、朝鲜、日本,西伯利亚也有少量的。朝鲜白头翁的颜色为曙红色,花头低垂,先花后叶,花开过之后,叶子才慢慢地舒展开来。对于整个未苏醒的春的荒原来说,朝鲜白头翁如一束曙光,让整个大地亮丽起来。

她像一位美丽的新嫁娘,轿子正缓缓地行在寒冷的荒原之上。

兴安白头翁以大小兴安岭为中心向四周蔓延。黄花白头翁,只在黑龙江、内蒙古有一小部分,偶尔为白色。 细叶白头翁分布于东三省的西部,河北北部、内蒙古、宁夏以及新疆北部也有分布。肾叶白头翁在黑龙江、内蒙古和新疆有少量分布,是一个全球性广布的物种。

蒙古白头翁的颜色已呈深紫色,是土壤或气候中给他添加了什么颜料,使他在广阔的大地上醒目又美丽。于黑龙江、内蒙古、甘肃北部、宁夏、青海北部以及新疆都有分布。

白头翁的产区已几乎全部在北方地区。我在河南遇到的是执着不肯移民的钉子户,或者在等待我也未可知。

我的白头翁变迁和分布图终于完成了。它们在我书架的第二格靠右,是目所能及、抬手可触的位置。

五

有人诬陷我和一众植物谈恋爱。

不过,这个诬陷美得很。

这种诬陷让我的生命提升了一个档次。植物是仙子,它们餐风饮露,我若因此而得了仙机,那我该省去了至少几百年的修行,我大美哉!

但是,对于胡王使者这样的植物,我是俯首称臣的。向一棵上亿年的植物称臣,是我的无上荣耀。我愿意向更多的植物称臣,听它们的心声,它们在黑色的夜幕下,谈论月亮、星星,就像谈论一餐饭。对了,我还从未了解过,它们的早餐、午餐、晚餐分别都是什么?

　　不止胡王使者,白头翁、野丈人、奈何草,还有狼毒花、徐长卿、野生白芍、红蓼,等等。

惊起一滩鸥鹭

◎ 高国镜

"一行白鹭上青天"——白鹭的别名叫白鹭鸶、白翎鸶，分为大白鹭、小白鹭、中白鹭、黄嘴白鹭、雪鹭等，属于中型涉禽。黄嘴白鹭的祖先出现于 700 万年前。联想一下，那个时候是先有了白鹭的蛋，还是先有的白鹭？是白鹭的蛋从白鹭的身体里先滚出来，雏鸟从蛋壳里钻出来，还是小白鹭已经从什么地方先钻出来的？反正是白鹭就像滚雪球一般，一直滚动着，生生不息，所以才出现了如今这"白鹭飞来无处停"的精彩和壮观的画面。我国古代《毛诗·周颂》中用"振鹭于飞，于彼西雍"来形容白鹭飞翔时的气势不凡。白鹭的俗名颇多，也很有意思：白鹤、白鹭鸶、白鸟、春锄、鹭鸶、丝琴、雪客、一杯鹭……白鹭翩跹飞来去，而今落户永汶河，所以才有这"惊起一滩鸥鹭"的风景……

——题记

儿时似乎只会背这几句古诗：远看山有色，近听水无声。春去花还在，人来鸟不惊。这说的是一幅画。这样的画不新鲜，也许家家墙上都挂过？可早些年，我在石友手里买到了一块金海石，乃是稀罕物。金海石也算画面石，而这块金海石上的画面，像是一只活灵活现的苍鹭，双腿淹没在水中，正欲展开翅膀，跃跃欲试的样子。这图案就难得了。我还"触景生情"，随口说出几句诗来：一只俊鸟在水中，疑是苍鹭还是鹰？贵客来自金海湖，飞上长城栖北京。我把这金海石视若珍宝,还给其起名为:苍鹭欲飞。但在今天,我却不打算写这只奇石上的鹭,而想写写大自然里的白鹭,还有海鸥。想起一句古词来:惊起一滩鸥鹭。于是这文章的题目也便叫《惊起一滩鸥鹭》。

描写白鹭的古诗词只要翻开唐诗宋词,便会纷至沓来。"一行白鹭上青天""白鹭飞来无处停",但我对这些诗句有些"疑问":白鹭上天,是像大雁一般,排成行的吗?白鹭果然没处停吗?在我的眼前,不是这个样子。是个什么样子呢?我想起了这两句词:"争渡、争渡,惊起一滩鸥鹭。"

回到八百年前的宋朝,那位名叫李清照的少女、才女,在盛开的荷花丛中,摇荡着一叶扁舟,游兴正浓,从而让她写下了不朽的诗词《如梦令》:

> 常记溪亭日暮
> 沉醉不知归路
> 兴尽晚回舟
> 误入藕花深处
> 争渡、争渡
> 惊起一滩鸥鹭

这压轴的一句"一滩鸥鹭",指的不一定是白鹭和海鸥,泛指水鸟吧?但我又希望,这鸥鹭指的就是海鸥和白鹭。哪里的海鸥和白鹭?我所说的是那海、那河间的鸥鹭。

那一片海,是渤海的一部分。当地人称其为东海,或曰大东海。那一条河叫永汶河,河与那海相连,桥的北边是渤海,桥的南边便是永汶河。海水倒灌到河里,河水也难免流进海里。海水与河水常常掺和在一起,井水不犯河水、泾渭分明都是难的。而在这海与河之间,飞翔着、游弋着、栖息着一些鸟类,正应了那句诗"鸟宿池边树"。

"鸟宿池边树"——鸟是什么鸟？树是什么树？池边又是哪里？不用卖关子，我说的就是这一带的渤海湾和永汶河。这海水与河水之间，倒映着不少楼宇，被人称为海景房。这里就是烟台所辖的龙口。龙口兴起了一片片一幢幢的海景房。在这海景房的某个窗口，也有我家的几方窗口。在这窗口里的阳台上，放眼便可望见海里的浪花、河里的水鸟。在窗口的不远处，时常有几只白色的鸟的影子掠过、飞过，那便是海鸥或者是白鹭了。虽然海边有个家，可这两年由于疫情闹的，我却很少来龙口。但一次不来是不行的，因为我想这里的鸟。我主要是冲这些鸟来的吧？这些鸟就像我一日不见就想念的朋友。

"劝君莫打三更鸟，子在巢中盼母归。"春日里那些嗷嗷待哺的小鸟，到了秋天，已经飞出了鸟巢，长硬了翅膀。它们飞到哪里去了？都飞到永汶河这边来了吧？秋天是五谷丰收的季节，也是鸟儿"丰收"的季节。秋天的鸟是最多的。我也是奔着这些秋天的鸟，乘飞机来到龙口的。

这边的鸟，品种并不少。就连多年不见的大雁，也把排成行的影子投进河水里，冲南方飞去了。举目望去，那是多么令人神往的风景：少见的灰鹤，那天也很豪横地在河面上翻飞，叫声透着霸道；还有蓑衣鹤，也来凑热闹；至于黑松林间的红嘴蓝鹊、喜鹊，那就是常客了；戴胜也常常划过美丽的身影，与众鸟擦肩而过，混个脸熟。而说来说去，这里最多的鸟还是海鸥和白鹭。此处主要写写白鹭。

白鹭分为大白鹭、中白鹭、小白鹭，还有黄嘴白鹭等等多种，这里就统称为白鹭吧。因为在我的眼里，也只能统称为白鹭。"西塞山前白鹭飞，桃花流水鳜鱼肥。"而我们这次去看白鹭，却是在一年一度秋风劲的中秋过后。我和老伴到了龙口，小做收拾，就迫不及待地看白鹭去了。用不了几步道，下楼便到了永汶河上的一座桥，桥的两侧还有桥，桥这边和那边，那白鹭就出现在我们眼前了。白鹭翩翩起舞，像是在迎接我们。我示意老伴打开手机，准备给白鹭"拍电影"。

"三山半落青天外,二水中分白鹭洲。"这是大诗人李白写白鹭的诗句。李白是诗仙,那是诗人里的仙人。我则以为,白鹭也是仙鸟,因为白鹭总给人一种飘飘欲仙的感觉,带着仙气。再把李白的诗引出来:"白鹭拳一足,月明秋水寒。人惊远飞去,直向使君滩。""朝别朱雀门,暮栖白鹭洲。"李白写的白鹭洲在哪里?我没有去过。权且把眼前的景色说成白鹭洲吧。"我游东亭不见君,沙上行将白鹭群。"似乎是多情的白鹭,就出现在我们眼前了。当然,也许我们是自作多情,白鹭根本就不是在这里等我们,甚至说,白鹭还怕我们到来,打扰了它们。果然是"白鹭行时散飞去,又如雪点青山云"。我们即便再小心翼翼,也还是把悠闲自在的白鹭惊飞了。但它们飞走了,却飞不远,很快还会飞回来。它们像一群孩子,在与我们嬉戏、捉迷藏吗?它们给足了我们面子,甚至拿出"摆拍"的姿势,让我们把它们收入小小的手机里。我们有点目不暇接的感觉,因为我们想看清每一只白鹭的影子。这里真正是看白鹭的好去处。秋色尚不浓烈,岸边的绿柳青松,依旧郁郁葱葱。我们借着树的影子,偷偷地看着鸟的影子。就把这里当成白鹭洲吧。这里真正是白鹭的天堂。桥那边是大海,桥这边是河。两岸绿树,夹着一湾碧水,潺潺流过。清水倒映着蓝天白云,倒映着摇曳的芦苇。阳光下,那近似于金色的沙滩上,不时有一只只白鹭飞来飞去,走来走去。想起一首古诗:

　　　　白鹭亭前白鹭飞

　　　　山如屏障水如围

　　　　水中独立鸾窥镜

　　　　沙上群行雪满矶

　　　　白日不来争碧树

　　　　有时同往送斜晖

　　　　江山得此方成画

撩得游人不忆归

　　这是宋朝诗人马之纯的诗篇。如果来一个穿越、假如，马之纯也来过这永汶河，看到过永汶河的白鹭。看白鹭，是一种享受，是不愿归的。

　　白鹭飞去又归来。白鹭在有意为我们表演吗？

　　那绿树像是拉开的大幕，那碧水像是搭建的舞台，那舞台上的"演员"，就是这一只只白鹭。这白鹭或是成群的，数只、数十只，集结在一起，形成"群像"，闪亮登场。它们或飞起来，在空中翻飞一番；或落下去，在水里嬉戏一番。它们像白衣天使，翩跹起舞；它们像素裙少女，轻盈地漫步水中。那踩水的姿势，透着悠闲，如水上漂，"胜似闲庭信步"；果然像仙女下凡，那举止当然不凡。在水上的样子，绝对的超凡脱俗。有时候像是趾高气扬，有时候又款款走来；长腿长颈的少女一般，把人都迷住了。白鹭显得清秀、柔弱似的，但往往又透着霸道和"凶险"。它们的脖子有时候是不是像一条蛇？"立当青草人先见，行榜白莲鱼未知。"鱼未知，却已经让白鹭把鱼顺进了嘴里。鱼是白鹭的美食。白鹭默默地注视着、捕食着小鱼。"一足独拳寒雨里，数声相叫早秋时。"这些白鹭在捕捉鱼儿的同时，姿势也往往显得那么优雅、优美。当然，它们不仅仅是吃货，更多的时间它们是在水中游玩、游泳和沐浴。水，是它们的乐园、它们的世界。那永汶河就是它们的水上公园。那一只只白鹭，显得那么悠然自得；它们的惬意，也让人感到惬意。白鹭显得那么飘逸、潇洒，透着灵动、灵活、灵气，甚至带着几分灵异。它们或追逐，或依偎在一起，是谈情说爱吗？它们透着清高，但又于高洁、高贵、高雅中显得平和，只说那"S"形状的长颈，能伸能缩的，就显示着随意。它们有团队精神，一起跳群舞是可以的，芭蕾舞；它们跳独舞，照样给人鹤立鸡群、金鸡独立的感觉。把一只脚藏起来，另一只脚独立潮头，照样有"任凭风浪起，稳坐钓鱼台"的从容和超然的耐力。白鹭，随俗又不随俗。白鹭也算旅鸟，但到了哪里，又把哪里当成了家。它们坚守着这"领地和领海和领空"。它们在那边轻歌曼舞,低吟浅唱。人是冲它们来的,它们也是冲人来的。我与老伴,陶醉在永汶河畔,全凭那一群白鹭的魅力和吸引。

永汶河上的白鹭,是天地间的精灵,是一道亮丽的风景。在河畔看白鹭、录白鹭的人,可不仅仅是我和老伴。这里有更多的爱鸟人,在这里观鸟。有一位八十多岁的老翁,坐着轮椅,还在用照相机捕捉白鹭的每一个精彩瞬间。遇上一位曾经在报社工作过的老者,人家拿着据说是五万元买的照相机,天天在这海边和河畔,给那些他总也照不够的鸟儿照相。这是他退休生活的重要组成部分。他最大的爱好就是偷偷地给鸟拍照。他很有耐心。他匍匐在树荫或草稞子里,静静地等待着,把鸟儿捕捉到他的镜头里。我与他寒暄:我用一颗石子,投进水里,把鸟惊起来,你好照一张惊起一滩鸥鹭的照片啊。他说不能。不能把鸟轰起来,就等着它们自然飞起来吧。他像个垂钓者,不怕时间过得缓慢。为了一个精彩的瞬间,他宁可等上半天甚至几天。

爱鸟的人多了。我和一位打鱼的人开玩笑:你是等着打鸟吗?他赶忙说:可不敢打鸟,鸟是受保护的。我是在打鱼。我说,你把鱼打上来了,让白鹭吃什么?他笑了:这永汶河里,有的是小鱼,鸟儿有足够的鱼吃。

说着话,惊起了一群白色的鸟。我说:白鹭,白鹭。

那打鱼人说:这一群鸟里,可不尽是白鹭,有一半是海鸥。

是的,这海水与河水交汇在一起了,那海鸟与水鸟也混在一起了,反正海鸥和白鹭都是白色的,只不过体型和个头各异,所以就让人误以为都是白鹭。但白鹭和海鸥,又是那么好区别。因为它们的水性是不一样的,姿态也是不一样的。

白鹭就是白鹭啊。白鹭总是给人飘飘欲仙的感觉。白鹭的羽毛是名贵的羽毛。有两句诗叫:"双鹭应怜水满池,风飘不动顶丝垂。"而实际上,它们头顶上的"丝",是在秋风中充满动感的。我与老伴在为白鹭录视频的时候,不禁想起了白居易的那首诗:

人生四十未全衰

我为愁多白发垂

何故水边双白鹭

无愁头上亦垂丝

　　这诗充满伤感。四十不惑的白居易，伤感何来？而花甲已过的我，也把自己的白发权当是白鹭的羽毛。这又有何妨？白发也可以给自己插上翅膀。退休后我在龙口购买了廉价的海景房，不也就等于船到码头车到站后，又"飞"了"一站"吗？我们"飞"到海边来，在这边养老，在这边写诗作文，在这边观鸟，实在是乐在其中的事。我们不应该有一丝羽毛般的苦恼。即便是面对夕阳，知道我们也是近黄昏的夕阳了，那又何妨？人生，终归是要走到尽头的。

　　白鹭喜欢凑热闹，数十只聚在一起的画面，常见。白鹭也喜欢独居、独来独往。我就在那芦苇丛中，发现了一只"独立寒秋"的白鹭。它孑然一身，就那么形单影只地漫步着、寻觅着、寻找着。它是在寻找伴侣吗？还是在寻找已经失去的同伴？它就那么孤零零地徘徊着，有时候像是发出一声咳嗽声。它的叫声并不婉转动听，但也还是吸引着我，让我不禁循声望去，望着独自踱步的它。它到底有什么心事啊？我不得而知。我把它拍摄到手机里，它就显得很是渺小了。就那么一个白点。可这个白点却让那流水和芦花生动了起来。看鸟忘了时间，把时间都消磨在白鹭的身上了。

　　夕阳要西下了。永汶河上波光粼粼，被夕照染红了。那些白鹭却没有归去的样子，依旧在水中嬉戏。抬眼望去，一棵好大的树上，坐落着一个好大的鸟巢。这是白鹭的巢穴吗？"鸟宿池边树"，这鸟晚上会栖息在这树上的巢里吗？我示意老伴，给这倒映在水里的大树和鸟巢拍一段视频，那视频里当然有白鹭点点，或飞起或落下。那是多么美妙的一景啊。

滨海大桥那边的海里，有一叶叶小舟在"争渡争渡"。而滨海大桥这边的永汶河里，我不禁"嘿"了一声，果然是惊起了一滩鸥鹭。那扑啦啦的鸥鹭，在夕阳的余晖里翩翩飞翔着。那一瞬间被老伴抓拍到手机里了吗？没有抓拍到，也不碍事，明天我们还来看这海水与河水之上的白鹭与海鸥。

　　"渌水净素月，月明白鹭飞。"一轮明月就快要升起来了，那些白鹭还会在月色里飞来飞去吗？不，它们也累了。还是听李白的"朝别朱雀门，暮栖白鹭洲"吧。不妨把这永汶河看成是白鹭洲，因为这里有自由来往的翩翩白鹭。"东风染尽三千顷，白鹭飞来无处停。"来吧，白鹭，这里是有处停的。这是因为，那么多人都喜欢你们。

　　我和老伴回归时，又在芦荡中惊起了一滩鸥鹭。

淮河柳

◎ 李成猛

淮河分开豫皖,我家在河南。

水里鱼儿多,柳树满河坡。几乎形成林带的柳树不仅巩固着河堤,还荫庇着祖祖辈辈生于斯长于斯的沿淮人,因此,家乡人都亲切地称它为"淮河柳"。

我家住在离淮河一箭之远的高阜之地,祖上以捕鱼种地为生,对淮河自然有着一种无法言说的感情。祖父告诉我,1968 年那场大洪水直逼我家房屋,要不是有淮河柳竭力阻挡,全家人的性命及所有财产的后果将不堪设想。知恩图报,自那时起,祖父就自觉担负起这一带的护柳工作,成为一名不在编的义务护林员。看到有谁摘折柳枝,他就上前劝阻;听说有人破坏盗伐淮河柳,他会跑去制止。有一次还被人打破了头,却从未因此退缩过半步。

淮水淙淙,柳叶青青,河岸上的柳林无疑是孩子们玩耍的好去处。

待繁花似锦,淮河柳早已垂下万千丝绦,我们在树下编花环,揣着木枪玩打仗,好不快活。天气炎热,尽管大人一再叮嘱不准下河游泳,但是不知深浅的我们总是听不进去,忍不住到河里嬉水打闹,即使事后受罚也不长记性。

耍到西风起,我们就在大人的吩咐下,捡拾散落的枯柳枝,一捆捆背回家,码好堆垛作为越冬的烧柴。

天冷降雪了,小伙伴们又相约着在柳林内踏雪布网,逮野兔、山鸡、斑鸠、麻雀……现在想想，儿时懵懂的日子里，何时少了淮河柳那摇曳的身影呢？

淮河柳根系发达，须长达数米，既抗旱又耐涝。以前每至夏季淮河发大水，沿岸的水稻、花生、玉米、大豆等农作物就会被水淹掉，乡亲们只能望洋兴叹，眼巴巴地等洪水退去后补种点儿什么——至于收成如何，就看老天是否垂怜了。行洪之际，别说庄稼，就连榆树、刺槐等长时间泡在水里的树木都会被沤死——可淮河柳，总是那样倔强地站立在水中，像是什么都没有发生过。

后来，记不清何时，在淮河流域，一艘艘采砂船相继开进水面，日夜不停地挖沙"吸金"，导致污泥浊水顺流而下，沿岸植被遭到严重破坏，河岸崩塌，大块庄稼掉入水中，就连号称"百年不倒"的淮河柳也未能幸免，成片成片地消失了……

污染在水里，根子在岸上。淮河流域环境的恶化很快引起国家治淮委员会和当地政府的高度关注，迅速成立调查组和联合执法组，拿出壮士断腕、刮骨疗毒的决心和勇气，关停污染企业、驱逐涉事非法船只、处罚违法人员，并修复堤岸、植柳绿化，一条条崭新的林带开始在淮水边不断涌现。通过综合整治，淮河再现昔日清波荡漾，沿岸景观也恢复了久违的勃勃生机。

说到营造淮河柳林带，其实操作起来并不难。淮河柳插栽方便，极易成活。冬春时节，随便将一根柳枝剁成几截，插在湿润的泥土里，待气温回升时，一截截柳条下部很快就能长出白白的根须，上部则冒出嫩嫩的芽尖。即使一不注意把柳条插倒了，也不会影响它生长——一般情况下，三五年便能生成碗口粗细，八九载树干就长成一抱之围。

再后来，依托淮河柳，淮河两岸陆续发展起生态旅游业，一系列诸如物产交易、古镇观光、泛舟垂钓等特色经营活动初具雏形。如今，家乡的淮河柳已成为地域品牌，有了它，人们的生活环境更加舒适美好，生活质量也越来越高了。

　　淮边柳林绿,山河颜色新。淮河柳扎根泥土,情系大地,枝叶伸展,造福于民,既生动了淮河两岸,又映照着美好未来。

十里长街十里槐

◎ 王　莺

从我家北窗，能看见军事博物馆顶上那个五角星。五角星下是灿灿的花朵，浅黄的云霞，绿荫如盖。鸟儿飞过车水马龙，带领所有的嘈杂，消失在国槐树丛中。

那时，军博广场上停着真的飞机、真的大炮和坦克，和一些机关枪。男孩子们爬上爬下，还会给惊呆了的小姑娘们顺便撸一嘟噜槐米、槐花。

没开花的蕾叫槐米，槐花在圆锥形花序上顶生着，一串串儿，次第开放。国槐不同于洋刺槐，洋刺槐在春天开花，它是漂洋过海过来的，浑身是刺儿，侵略性很强，而且材质不如国槐。

北京长安街的十里国槐是和你并肩同行的，是你目之所及的，是你唾手可得的，是在你呼吸系统里的。

国槐，原产于中国，这是我知道的最能活的树。

树冠，巨大，烂漫温柔，羽状的复生叶从早春绿到晚秋。树枝，绰约，鲜活舒畅，各枝撑起一片云天。树干，伟岸，挺直硬朗，迸裂的树皮之下是永不改变的倔犟。树根，强劲，柢其弘深。庞大而深入的根系，伸展性极强，附着性极牢，顺着东西长安街繁衍，径直走向繁荣。

国槐是北京市树，几十年、上百年，树在十里长安街飘香。

我住在长安街南，我工作的学校在长安街北，我去东长安街买漂亮的东西，我在西长安街愉快地玩耍。

我们学校操场中间有一棵大槐树，几个孩子拉手才能围起来。课间十分钟,孩子们就在树下嬉戏,上体育课的时候,它的阴凉儿可以容下两个班。那年小暑,一连几天下大雨,天刚放晴,孩子们就围着大槐树排练节目,我就坐在凸出的大树根上打着拍子。一声铃响,孩子们四散跑回教室。安静的操场突然"砰"的一声,大槐树轰然倒塌!沉闷的声音并不很大。大家惊呆了,全校师生几乎都围了过来,惊得谁也不说话。那么粗的干,那么密的叶,那么多的花儿……怎么就倒了呢?我大着胆子走近了它。树冠像座大山,树干像叶小舟,冠幅比树身长。原来,树干早就空了,中间是一个大大的洞,瘦弱的根须,还连着湿泥。薄薄的皮,已没有了年轮。第二天一上班,我不敢往那里看。可是,我看到了又一棵槐。原来,我们的老校长冯体森,一个一天到晚笑眯眯的人,哭着脸,连夜送走了那棵,又种下了这棵。

那年秋天,我恋爱了。我和他约定从公主坟的五棵古槐那儿出发,经铁道部、铁路局、民族宫、图书大厦、西单,到王府井路口,到槐树行道的尽头,在那棵银杏树下见面。我们想去利生体育用品店买滑冰鞋。北京的金秋,在十里长街来一次沉浸式的骑行,真的是妙不可言。国槐的叶子并没有完全变黄,浓绿的叶子"飒飒"地响,偶尔有早熟的黑褐色的槐籽,不时滚落在身上。骑了一会儿,两边都是槐树围着,又骑了一会儿,还是槐树陪着,再骑一会儿,跟着的,还是槐树……都过王府井了,怎么还没见那排银杏树呢?银树旁还有几棵枫树呢?到了建国门,还是一水儿的槐树。真就把我弄蒙了,简直要怀疑人生了:他没来?他不理我了?他变心了?我在这儿,还在槐树下,等你呢!放眼望去,他就在槐树下等我。我感觉不对劲儿,明明上个周末这里就是几棵银杏树、枫树、大杨树什么的呀,怎么都变成了槐树?后来才听说园林部门发现那几棵树病了,可能是被融雪剂浸伤了,也可能光太强了,也可能今年太热了,也许是今年太旱了,总之它们病了,集体出现了颓势,只好更换了更适合在这里的国槐。

那天,我们各自买了一双白色的滑冰鞋,准备在冰封"三九"滑冰,北京的冬天,滴水成冰。我们在新种下和原来就有的国槐树下聊天儿,散步,骑行,小憩,驻足。与其他树种不同,国槐的花期在七月;与其他树种相比,国槐生长的速度较为缓慢。

槐荫所在,生气依依。这长安街上最美的风物,正值壮年,华美。美在绿树掩映红墙,美在人行道上给我们鼓励与指引,美在给我们遮护与安详。

我读过张恨水的《五月的北平》:"北平这个地方,实在适宜于绿树的点缀,而绿树能亭亭如盖的,又莫过于槐树。在东西长安街,故宫的黄瓦红墙,配上那一碧千株的槐林,简直就是一幅彩画。在宽平的马路上,如南、北池子,如南、北长街,两边槐树整齐划一,连续不断,有三四里之长,远远望去,简直是一条绿街。有人说五月的北平是碧槐的城市,那却是一点没有夸张。"

北京这个地方,四季分明,暑酷冬寒,春秋且短多风沙。国槐喜阳耐旱,抗寒耐高,极适合北京的气候,这也是一点也没有夸张。

十里长安街的十里国槐,让长安街的四季,动容生态,美丽如画,这更是一点没有夸张。

北海公园有一棵十八米的九龙槐,主干九条分杈,撑起了郁郁葱葱的树冠,与九龙壁上的九龙遥相呼应,乃应于中华国祚万年。

景山公园里有一棵"槐中槐"。"槐中槐""槐抱槐""槐里槐"三个名字叫的是一棵树。它高耸挺拔,枝干舒展,主干早已朽空,但有趣的是,不知何时其主干中又生了一株小槐,它沿着古槐内部的上下空洞,弯曲着延伸开去,蔓延到古槐的树冠处,大槐小槐合二为一,不知谁依偎于谁。

宋庆龄故居里的"凤凰国槐",它的枝干昂首向天,东面则匍匐于地,形似欲飞的凤凰。

故宫里的"紫禁十八槐",严冬时万木萧条,雪压虬枝,这是紫禁城唯一留下的生物。

国子监有一棵七百多年的"吉祥槐"。高约十五米,由两棵主干组成,似一对孪生兄弟翠叶积叠,并肩而立。据说这是元代国吉监第一任大学校长许衡所植,经明清两朝,枯而复荣。

中山公园来雨轩西侧有"槐柏合抱",是一株古槐和一株古柏相拥而立,长在了一起……

现如今,北京还有许多以槐树命名的地方,比如,槐房、槐树岭、槐柏树街、龙爪槐胡同、槐树街,槐树院等,至今仍在沿用。

说了这么多的槐,归根结底最想说明白的是:槐的品格,槐的本事,槐的生命力。

无数的槐,这神慧的生灵,几百年、上千年延伸拓展开了这十里长安街,无数的槐行走在这里,无数的人也行走在这里。

国槐树,告诉为政者要做个好官。传说百姓曾以三棵国槐立三公之位,并广泛种植,以表达对官员夙夜在公的敬意,体现着美好的政治寓意,槐官相连。槐宸,皇帝的宫殿;槐望,有声誉的公卿。

国槐树,科第吉兆的象征:唐代开始,考试的年头称槐秋,举子赴考称踏槐,考试的月份称槐黄。

国槐树,寓意招财纳福。古人敬奉槐树,相信"鬼伏木为槐",认为槐树上必定附有鬼谷神灵,家槐国槐,长治久安,是"神倚之树"。

我走在长安街上,我的十个脚趾紧紧地扣在这里。我右脚的最小指甲是两瓣儿的。你的,可能也是。"我们祖先何处来,山西洪洞大槐树;祖先故居叫什么,大槐树下老鹳窝。"这首儿歌唱遍了大半个中国,也回荡在十里长街,中华民族精神层面的寻根之旅,承载了太多太多的乡愁。明朝的大移民,是中国历史上规模最大、范围最广,有组织、有计划的一次迁徙,出发的地点就是人丁兴旺的洪洞大槐树村。传说从老槐树下迁出来的人,最小的那个脚指甲都是两瓣儿的,我们可能都是,我们都是国槐的后裔。

十里长安街,十里行道槐。形祎祎以畅条,色彩彩而鲜明。丰茂叶之幽蔼,履中夏而敷荣。

我不好定义这槐,因为它太神明。是北京长安街的记忆?见证?抑或是象征?符号?也可能是图腾。但如果没有了这国槐,定会失去太多的美,也会丢掉了一半的魂。

橘之颂

◎ 张　同

　　2000 年的冬天，我和枝江乡镇企业局的几个同志一起去秭归参加一个会议。到了新建的秭归县城，扑面而来的清新让人感受到了依山水而居的诗意。听同行的朋友告诉我，有好几个枝江籍的老乡在秭归这边做生意。会议结束后，我们乘车回枝江的时候，一个同伴说，每人在宾馆总台领一包脐橙走，是我们枝江老乡送的。面对未曾谋面的老乡送的脐橙，总感到受之有愧。一个脐橙的生长，从花开到果熟，经历了春、夏和秋甚至冬，这些置身于节气中孕育成熟的农产品，是多么珍贵的礼物。老乡送的那一包脐橙抱着竟有些吃力，心想，这老乡也太实诚了。送一小袋意思一下就行了，送这么多，还要乘车，路途中我们累着并快乐着。同伴中有一个历史爱好者，他说屈原写《橘颂》是在枝江写的。那时候大家对历史的兴趣远不像今天这样热衷，说说也就过去了。之后，看到郦学研究专家杨世灿先生经多方考证后的一个结论，他认为枝江的季家湖为楚郢都，也即丹阳城。屈原很大一部分时间在楚郢都生活，《离骚》《天问》《橘颂》《悲回风》《远游》《招魂》《大招》七篇诗文写于郢都，即今枝江。如果此考证属实，也不知屈原老先生在楚郢都写《橘颂》等篇章时，写的究竟是枝江的柑橘还是秭归的柑橘。不过，这对于我们来说，似乎并不重要。因为上网查询季家湖，今天也不属于枝江，而划到了当阳草埠湖。屈原是秭归人，这是改变不了的事实。大自然里的物质，有了历史文化做背书，价值就不一样了。

　　枝江种柑橘的历史，说起来也很悠久。早在北魏时期，枝江就有"橘柚蔽野,桑麻暗日""枝江有名柑"的记载。但规模种植柑橘却是在二十世纪六十年代之后。到 2021 年,枝江柑橘种植总面积已达 6900 万亩,也像秭归一样成了全省的水果大县。

时间的指针拨回到 1996 年的初夏。秭归县泄滩镇陈家湾的汪元芹和众多的乡亲一样,为了响应政府号召,支持三峡工程建设,他不得不和自己满园的脐橙树说再见了,移居到枝江董市镇桂花村。异地创业,汪元芹他们重新开启自己的人生。先后七上泄滩剪脐橙枝条,带回枝江嫁接,学着老家搞品改,敢为发展闯新路,还把技术传授给同村的村民,当年的星星之火如今已成为村里的主导产业。2015 年的时候,汪元芹家添了小轿车,他和儿子一起考了驾照。"现在我们组 90% 的家庭都有了小轿车。这都得感谢我们这几年受益的脐橙树!"

"上海大,北京富,比不上秭归的几棵树!"近几年秭归脐橙经过品改,不仅丰产丰收,价格一路看涨,连顺口溜也神气十足。这是汪元芹老家泄滩的新民谣。泄滩陈家湾的书记陈俊说:"汪元芹他们去了枝江,我们十分挂念,25 年了,时时在想念他们! 走的时候,铺盖行李和人,几大口箱子,像姑娘出嫁。上船的时候,大家不说话,开船了,许多人向父老乡亲跪拜,情绪一时失控。"说到这里,陈俊书记停顿了一会儿,他点燃了一支烟。

"枝江桂花村的移民回老家,采了枝条回去,试了好些年,都不成功。"陈书记接着为我介绍,"泄滩夏橙是一种反季度甜橙,色黄味香,酸甜适中,果汁率高,鲜食、加工两相宜。夏橙属于常绿性、夏天成熟的晚热甜橙品种,每年 5 月初开花,果实挂树越冬,次年 5 月成熟,具有果实成熟期与花期、幼果期同时并存的特点。它以其物美价廉在市场上占有得天独厚的竞争优势,产品远销全国各地,供不应求。我们这里的夏橙价格越卖越好,村里没有 10 万元以下收入的农户。汪元芹他们回老家剪的夏橙枝条嫁接在桂花村没有试种成功,后来他们就回来剪纽荷尔和长红的枝条。"

我问道:"剪的枝条,收不收费用?"

"那哪能收费用?！亲人回来了,剪几根枝条算什么！我们也希望他们的日子过得好啊！"

　　平湖村的支部书记宋发明,1974年从泄滩搬迁到平湖的时候,他只有十岁。这个小移民如今当上了村里的书记。他们村的脐橙也是从老家泄滩剪的枝条,带回枝江嫁接的。纽荷尔和长红这两个常规品种与枝江的土质、气候、温度等还蛮契合,只要种了这两个品种的脐橙树,到了深秋时节,农民就等着在家里收钱。和平湖村相比,离城镇较远的桂花村这几年种柑橘的规模优势表现得突出。说到村里的产业发展,桂花村的村支书黄晓玉说道:"秭归来的移民帮了我们的大忙,在技术上他们不保守,把多年来种植脐橙的经验毫不保留地传授给我们。村里的老书记种了几十亩脐橙,如果不是有这些移民的指导,就不会有这么可观的收入。"

　　秭归移民带给枝江的不仅仅是种柑橘的技术,还是一部浸透了爱国情怀的奋斗史诗。屈原是《橘颂》的书写者,而这些可亲可敬的秭归移民,则是《橘颂》的演绎者。

水木清华寻古树

◎ 剑 钧

一

说到颐和园,几乎尽人皆知;说到熙春园,知之者就少了。

倘若我再进一步说,赫赫声名的清华园就源于清朝皇家的熙春园,是不是又多几分历史沧桑感呢?当然了,想探寻个究竟,就要步入水木清华,实地看看这儿的景致和古树了。

熙春园初为康熙的行宫御园,迄今三百年有余了。既然是皇家园林,葱茏的林木自然就成一景了,以至今临其境,仍可观赏到古树的余荫。道光年间,熙春园分为了东西两园,东部为熙春园,西部为近春园。后来,清华大学老校园就立身于此,故而古树自然就多了。

初秋,我进了清华园,好好领略一番带有今风古韵的景致。来之前,我刚从北大校园出来,脑海还浸润着未名湖畔垂柳的绿色和"公主楼"前银杏路的微黄。而后,脑海中的镜头也蒙太奇般地进行着穿插式的时空转换。北大校园之美,除却有塔有湖,银杏垂柳也自成一大风景。清华校园之美,除却园林荷塘,桧柏雪松也独领风骚了。

我眼前两棵古桧柏就在那座古典优雅的"清华园"门北侧,像两个顶盔挂甲的内廷侍卫,粗壮而笔直地挺立在秋色里。古树何年何月何日生,在这个世界上,绝不会有人知晓,只能从嵌在其身上的红标牌了解到是一级古树,也就是说至少三百岁高龄了。两棵古树犹如两个孪生兄弟,有着同样郁郁葱葱的绿冠,远远看上去,有生生不息的顽强,丝毫不见老态龙

155

钟之态。走到近前,方发现那苍虬的粗干撕裂开无数条沟壑般的皱纹,干皮斑驳,也暴露了实际年龄。西侧古柏略细,东侧古柏稍粗,需两人合抱才成。

我印象中,桧柏是寺庙中常见的树种。唐代诗人方干在《赠诗僧怀静》中言:"坐夏莓苔合,行禅桧柏深。"说的就是这般场景。有专家考证,这两棵古桧柏是永恩寺大殿前的遗存,故后人称之为"永恩寺双柏"。至于永恩寺建于何时也同样是个谜,只能从康熙皇帝三子胤祉的老师陈梦雷代主子写的《拟永恩寺碑文》中窥见一斑:"……偶过其东,有旧寺题曰永恩……乃拓寺之规制,仍旧其名。"可见永恩寺是早于熙春园而建的。从两棵古桧柏的树龄来推断,很有可能建于清初年间,或许更早,也就是说,两棵古树兄弟凭借其顽强的生命力,笑傲雨雪风霜,比清华园所有的景致有更深广的阅历。古桧柏还依稀记得坐北朝南的永恩寺尊荣,寺前一对石狮,三楹寺门,还有万泉河的三孔石平桥,这一切而今都荡然无存,唯有古桧柏仰看云卷云舒,坐观时代变迁,静静地陪伴着清华大学一天天长大。她翘望过青砖白柱三拱"二校门"沐浴的晨曦,也翘望过绿草坪"清华日晷"身披的晚霞;她目睹过泰戈尔下榻工字厅的灯光,也目睹过梁启超身居古月堂的月色……

1914 年 11 月 5 日这一天,一位戴着圆形眼镜、西装革履的中年人走进了清华园最早的礼堂"同方部",一个取意为"志同道合"者聚集之地。登上讲台者就是从海外流亡十四年后王者归来的梁启超先生。他以《君子》为题,为清华学子做了场堪为清华安身立命的演讲。他借用《易经》"天行健,君子以自强不息""地势坤,君子以厚德载物"的铮铮箴言,勉励清华师生"为社会之表率""作中流之砥柱"。我恍然悟到,这个"君子"之德,竟然可以从清华的物与人中得到体现。古树有君子之德,可以千载自强不息,学子有君子之德,可以百年厚德载物。一百二十个春秋,时光穿梭于此,可谓"天行健";学子也穿梭于此,可谓"地势坤"。于是,古桧柏每天都可倾听到莘莘学子的步履铿锵。

二

　　"永恩寺双柏"旁,一东一西各有片桧柏林,几十米方圆内也不乏树龄稍逊的古树和"准古树",犹如两个老人家的儿孙满堂,都簇拥身旁,满满的幸福感。从方位看,这一带都属于永恩寺范畴。1831 年 7 月,爱新觉罗·奕詝登基,年号咸丰。不久,他将东边的熙春园赐名为清华园,现存"清华园"门匾为"晚清旗下三才子"之一的叶赫那拉·那桐所书,清华大学称谓"清华园"也由此而来。

　　"永恩寺双柏"西北的一教楼北,还静卧着一棵古白皮松,让我不禁想到前些时候在京西妙高峰下看到的一棵白皮松。那里是清朝醇亲王奕譞的"退潜别墅",也是他的陵寝之地。那是一棵苍老的古白皮松,躯干虬曲苍劲,布满了岁月皱纹。而此古白皮松虽说也同为一级古树,还真没有那棵显老。引人称奇的是,这棵白皮松其根部一出来就分了五杈,像五个孪生姐妹似的,抱着团,齐头向上,生长了三百多年而不分离。从距离上看,这棵白皮松也应在永恩寺遗址之内。这倒让我想起了"松王柏相"之说。自古以来,民间园林很少种植长青的针叶树木,而皇家园林倒是遍地可寻。熙春园有如此之多松柏林木,也不无道理的。

　　我面前的雪松是一种引进树种,应是在清末时引入内地的。有人说,最早的雪松是 1914 年"日德青岛之战"后,日本人将雪松移植青岛后才向内地移植的,但附近这几棵雪松挂的可是二级古树的绿标牌,此外,清华园还有三十余棵古雪松。这就将雪松扎根内地的时间推前了若干年,至于何时何种途径引进的,还真算一个古树未解之谜了。

　　遥想当年,熙春园沐浴着皇家的灵光,绿荫劲秀,古树参天,暮鼓晨钟,余音袅袅,该是何等的气派。殊不知何时,永恩寺悄然消逝了,熙春园的古树却顽强地活了下来。三百年转瞬而去,清王朝灰飞烟灭,当年无意栽种的古树,反倒成了至尊的风景。

带我参观的清华大学园林环卫科老师讲,现存于清华园的古树还有二百四十棵,内含一级古树十一棵。古树大多分布在工字厅、古月堂、水木清华一带,分别为桧柏、雪松、油松、白皮松、银杏、水杉、桑树、国槐、梓树等。这中间最老的当属明末的"至尊长者"国槐了。国槐挺立在六教楼与三教楼之间的绿地上,与毗邻两座现代建筑物所产生的反差,越发让古国槐显得古朴、苍劲、挺拔。远远望上去,这棵古国槐要比那两棵古桧柏粗壮得多,极具承载力,其枝杈如椽,且纷繁浑厚,形成的树冠呈墨绿色,好似一团绿色的浓云。

一松一柏都是长寿树种,如非人为毁坏,活上个几百岁也算不上稀罕。古树一旦和特定的历史和人物联系起来,就称得上传奇了。古月堂院落是绿荫满园之地,至今院里仍有两棵古雪松、两棵古桧柏;院前院后,也有若干古雪松和古桧柏环绕,构成古建筑群落的一道绿色风景。道光年间,清宣宗爱新觉罗·旻宁将东部的熙春园赐给了五皇子奕誴,建于乾隆年间的古月堂也迎来新主子,奕誴承接了先前惇亲王绵恺的书房。这个王爷虽拥有豪华书房,书读得却不尽如人意,故不受父皇待见。不过,他一大优点就是从不摆王爷派头,夏天可以只穿件粗葛布短褂,坐在古树下拿着一把大蒲扇,与不相识的平头百姓闲聊,还可以聊得很嗨。看来古今同源,书房也可用来做摆设的。

1924年,古月堂终于迎来了真正爱读书做学问的人。王国维是年秋天举家搬到古月堂。小院的古树有记忆:他在书房灯下从事《水经注》的校勘,进行蒙古史和元史的研究,以渊博的学识和笃实的学风影响着无数清华学人;他与同住于此的梁启超、朱自清等人在古树下谈古论今,忧天下兴亡;他与古树朝夕相伴,其身上既有雪松那般刚毅,也有桧柏那般高贵。古树的主干是粗糙的,古树的叶子是墨绿的,主干和叶子连缀到一起,就是一部厚重的大书。吾辈可否从中读出"树人合一"的韵味呢?

三

　　咸丰皇帝将熙春园赐名"清华园"的八十年后，利用部分"庚子赔款"设立的留美预备学校"清华学堂"诞生在这片皇家园林里。时年为 1911年，恰逢辛亥革命爆发，"清华园"也凤凰涅槃，浴火重生了。两年后，熙春园西边的近春园也并入新生的清华校园，从而奠定了清华大学的基本格局。

　　如果说"清华园"一语出自熙春园，那么"水木清华"一语就与近春园有关了。近春园紧邻圆明园，绿野园囿、林木嘉茂、湖波荡漾，理应比熙春园有更多苍翠的古树与风情，近春园志就有过记载："水木清华，为一时之繁囿胜地。"乾隆年间，熙春园还未分为东西两院，乾隆皇帝在这一带可没少题咏赋诗，对此地古树也是情有独钟，曾先后二十六次来此地游历，留下御制诗有八十五首之多。他既写观松时的气势："护径有苍松，屈盘势攫龙。"也写赏松时的情趣："落落乔松拔百寻，坐来爱听戛风吟。"从诗中可以窥见当初的皇家园林是何等壮观。

　　可惜近春园遗存的古树不多了，我寻来寻去，也不过寻到十几棵，且大都为二百年左右树龄的二级古树。这还要追溯到 1860 年英法联军火烧圆明园的那场劫难。虽说近在咫尺的近春园得以幸免，但此后慈禧太后欲大兴土木重修圆明园，亟待建筑材料就下令拆毁近春园取其材补缺口，这一带古树也被连累砍伐。结果诸多楼台亭榭和古树都毁于一旦，就连乾隆留过"夹径峙青松，松穷得书馆"诗句的"松簧馆"也未能幸免于难。后来，清朝国力日衰，重修圆明园也成了泡影，只可怜近春园鲜见古树，还留下一个杂草丛生的荒岛。古树，可谓另一种形式的时间简史。我在寻觅古树的同时，也寻觅到那段沉重的历史。

　　在近春园东南角，我意外寻到一棵古银杏树，那绿中带黄的叶子，在万绿丛中实在是惹人眼。那是一片绿地，周边遍是油松，银杏树独立其间，像撑起一张黄绿相间的华盖。初秋时节，近春园草坪还在吐绿，鲜花还在绽放，只有银杏叶独出心裁，率先改变了模样，在大自然的画板上涂抹了一层微黄。我步入树下，看银杏的躯干那般苍劲，近乎于粗糙，灰褐色的树皮深深地纵裂开来，与活力四射的银杏叶形成了强烈的反差。不远处，还有一棵古银杏夹杂在清华路的行道树林里，不时引来路人的眼光。

沿着这条行道林，还可寻到几棵古油松，躯干撕裂成灰褐色的厚厚鳞片状，深绿色的针叶簇拥着淡黄色的球果，在年轻的油松林中，愈发显得苍劲挺拔。油松为我国特有的树种，在京城也可常见。相传乾隆皇帝就对此公颇感兴趣。有年盛夏，乾隆游走在故宫西北处的团城，宫人摆案于金代的古油松下。那古树高二十多米，树冠足以遮天蔽日，徐来的清风吹得乾隆心里那叫个爽，不禁想到明太祖朱元璋将柿树封侯的逸闻，兴致之下，便将纳凉的古油松封为"遮荫侯"。我随之也不禁联想到眼前的古油松，一百多年前，这儿也为皇族休闲纳凉之地，如今却成了莘莘学子的读书之地。看到林荫下，席地而坐的少男少女捧书苦读的场景，我好羡慕他们。

许多年前，有位从这里走出去的清华学子，出校门不久就参加了河北平顺支教团，来到了白求恩与八路军战斗过的地方。他就像一棵从清华园被移植到山区的小树苗，与当地师生一道发挥着体内叶绿素的作用，释放出新鲜的氧气。许多年后，他已成为一家中央媒体旗下名刊的主编，与所在媒体的同仁一道在为中国社会乃至世界各地输送着思想与文化的氧气。最近，他和我谈起清华古树时说，在清华工字厅前，有块书有"清芬挺秀，华夏增辉"的"灵石"，就在古树和绿荫的簇拥中，"前四个字'清芬挺秀'可以用来形容清华人的素质追求，后四个字'华夏增辉'可以用来表达清华人的价值追求。一代代清华人都在努力用自己的清芬挺秀来为华夏增辉。"这话让我蓦然想起陶铸和茅盾的散文名篇《松树的风格》和《白杨礼赞》，把松树和白杨身上貌似平实朴素，实则令人惊叹的特质，用来比照用清华文化打磨出来的清华学子是多么贴切啊。古树挺秀,今树清芬,我仿佛看到,来来往往的学子,走过寒寒暑暑的四季,在水木清华绿荫的滋养与影响下,都在默默地用行动书写着无悔的人生。

四

　　谈及近春园,就不能不提及近春园的荷塘。朱自清先生一篇《荷塘月色》就将近春园核心景观之美写了个通透。那座因内忧外患而废弃的"荒岛",也幸有先生的散文而声名鹊起。小岛为一泓荷塘所环绕,有"荷塘月色亭"为证。小岛西北侧有汉白玉石拱桥与岸相接,小岛东南侧也有"莲桥"与岸相连。我每每读到:"月光如流水一般,静静地泻在这一片叶子和花上。薄薄的青雾浮起在荷塘里。叶子和花仿佛在牛乳中洗过一样;又像笼着轻纱的梦……"便会被字里行间溢出的美韵所陶醉。

　　清华园有两个荷塘,一为水木清华荷花池,一为近春园荷塘。它们与流经校园的万泉河构成了清华园水系。朱自清先生所写的近春园荷塘,却时常被人误以为是在水木清华的荷花池,想来先生在写《荷塘月色》时,绝不会想到日后会闹此乌龙的。我在读先生美文时,时常闪出一个疑问:先生写了"荷塘的四面,远远近近,高高低低都是树,而杨柳最多",却为何没一句提及古树?从文中可晓得岛上林木之密,不但将荷塘团团围住,而且在小路一旁只"漏着几段空隙,像是特为月光留下的",足见小岛之荒凉。

　　"难道这荷塘周边就没一棵古树吗?朱自清先生笔下的柳树就没一棵是古柳吗?"带着疑问,我查阅了清华大学有关古树统计的数据,反反复复看了几遍,二百四十棵古树中还真没出现过古柳的字眼。看来那场劫难对这一带古树的摧毁还确为毁灭性的,他笔下的柳树想必是日后在荒岛滋生出来的。

　　近春园里的古树少,且都在荷塘之外,也引发了我寻找的兴致。在近春路西侧的一片绿园中,我见到了几棵抱团生长的古榆,前前后后一数,竟有六棵之多，顿时有种发现新大陆的感觉。从古榆的胸围和胸径来推算，古榆树龄大都在二百岁左右，大致栽种于乾隆和嘉庆年间。那会儿，这一带还不在皇家的御园之内，甚至有可能是一片荒野，接地气的榆树也自然难入皇家王爷的法眼，那么这几棵古榆的栽种者是何方神圣呢？

说榆树接地气，我倒有几分感触。当年乡下插队时，村里随处可见又粗又壮的大榆树。每到春暖花开时，金黄的榆钱儿就缀满枝头，孩子们会攀爬上高高的树杈，用手一捋就将一串串形似古钱的榆钱儿捋到手里，然后便骑在树上，贪婪地往嘴里塞。我的个儿高，不用攀爬，踮起脚就可拽过来一个树枝捋上一把榆钱儿，吃到嘴里，又鲜又嫩。那会儿，人们的生态环保意识还不强，以为榆树成不了材，故时常砍倒榆树当柴烧，还顺带把榆树根都刨出来，称之为"榆木疙瘩"。

而今，我站在一棵古榆前，只见躯干的两个主杈上又分布了若干个分杈，且向上长得很随意，就像一个脚上沾满泥土的乡下人，在清华园守望着自己的那片蓝天。我不禁想：若把桧柏看作树中的贵族，榆树就只能算作平民了。但在水木清华中，从山乡走来的寒门学子与古榆一样，并没有感到出身的卑微，反倒有种逆势而上的自豪感。在云南曲靖的乌蒙山腹地，有一个小山村，也生长着繁茂的榆树林。一位叫林万东的乡下娃也是捋着榆钱儿长大的。他家里很穷，六口之家，爷爷身体不好，爸爸脑梗卧床，还有一个姐姐、一个弟弟，一家人全凭母亲在工地搬砖背沙子来养家糊口。2019 年高考过后，为减轻家庭负担，他也随母亲去工地大汗淋漓地打工。那天，有人气喘吁吁地跑来告诉他："你考上清华了！"他喜极而泣，为自己，也为家人。可没过几分钟，他又埋起头背起了沙袋，延续着每天两万斤沙子的工作量，就是凭借这股自强不息的韧劲，这个寒门学子才能以713 分的优异成绩被清华大学自动化专业录取。一个多月后，在清华开学典礼上，林万东被校长请上了主席台，他作为学生代表的发言感动了整个清华园。

看来乌蒙山的柳树和清华园的柳树是没有本质区别的,那种"橘生淮南则为橘,生于淮北则为枳"的说法可以休矣。古柳们能够在刀光剑影的历史烟云中活到了今天,也不知经历了多少次风风雨雨,甚至生生死死。幸运的是,古柳们而今生存在阳光灿烂的水木清华,又赶上了崇尚自然、保护生态的好年代。更幸运的是,今柳们而今成长在继往开来的水木清华,又赶上了放飞梦想、拥抱未来的新时代。

被植物疗愈

◎ 陈全忠

  有人担心收入会缩减，有人郁闷于生活节奏的变化，而有时无所事事，仅仅因为炎炎夏日空调的不给力也会烦躁。而此刻，写作中的我找不到灵光一闪，只能闷闷不乐起身去给窗前的几盆花草浇浇水。我种了薄荷、藿香、紫苏……"草木有本心，何求美人折。"这时，我看到薄荷的叶子一半在阴影中，一半在阳光里。那些浸润在阳光之下的叶片绿得发亮，像一个人伸展开了的手臂，它们茎秆弯曲的弧度，也无一例外均朝向太阳。如果人可以是一株植物，是不是有点阳光也能灿烂呢？有心理学家说，稳定的情绪，从来都不是面对一切保持波澜不惊的不悲不喜；它是内心常备一套灵活有效的调节机制，使行为不被情绪所控制，不放任它吞噬自己，亦不以其为借口绑架身边无辜的人。世事无常，我们需要学会自我疗愈。而在生活中疗愈自己，是有很多方式的。花草的陪伴，即是一种。它们像一群沉默的智者，期待光明也接纳黑暗，为喜欢的事物欢欣雀跃，也允许不喜欢的在自己的生命中流动。它们允许自己就做自己，温软且坚定。

  上海疫情期间，有个名叫暴岩的小伙子被封控在了自己居住的小区里。他之前做印度面料生意，一半时间在印度，一半时间在国内，天地很大，生活很精彩。疫情让他的生活节奏一下子慢了下来，一个人的独居生活也很郁闷，除了做做饭、整理下房间，还能干点什么呢？他有些不适应。有一天，他在小区内暴走。正是万物生长的季节，小区虽然被封禁，蓬勃的绿意却在挡不住地流淌。一块草坪长出大片红红的蛇莓，实在太诱人，他忍不住停下脚步，拿起手机狂拍。小时候的暴岩，也曾关注过植物。春天，他喜欢拨弄院子里的野草；秋天，他爱到灌木中去摘野果子。上小学后，他最常去的地方是校园后面的那个小植物园；中学时，他还幻想过要去设有植物学专业的大学院校读书。然而，并非所有的梦想都能成真，尤其是成为"打工人"之后，暴岩的时间和兴趣已经很难自由支配。现在刚刚好，有了大把的时间，他可以重拾儿时的乐趣，尽情和身边的植物亲近了。他探访了小区里的各个角落，拍下许多鲜为人知的花花草草，同时记录下品种，上网查阅资料，更多地了解它们的分布状况和生长习性。观察中暴岩慨叹，植物虽不能决定自己的种子飘向哪里，在哪里生根发芽，但没有一粒种子会辜负春天。他曾见到过有人在一个小草坪上撒了很多小麦种子，长势很好，麦粒长出来还抽了穗。可是有一天，已经成熟的麦子居然全秃了。"难道被人收割了？"这样的悬念刺激着暴岩，忍不住总是去那里察看，直到亲眼所见一群麻雀狂吃的震撼场面。那位种麦者，当然不是为了自己食用才去种植的。麦子进化到今天，早已不仅仅是供养人类，它还随着机缘去供养万物生灵，不拒不追、不竞不随，有一点点土壤就能够迸发出顽强的生命力。

探访植物世界的过程也是自我疗愈内心的过程，暴岩在自然中找到了安静、平衡，发现生活有了重心，内心有了兴奋，行为有了动力。看到小区的业主群里有人抱怨封控生活的不便和无聊，他便将收集到的八十四种草药、四十三种野菜和自己的研究成果晒出来，引起一阵不小的轰动。"哇，厉害！""竟然还有这样的人！"有邻居直接要求加他微信，请教与植物相关的问题。其中有一位俄罗斯籍的邻居，邀请他儿童节时给小区的孩子们上一堂植物课。那些治愈他的植物，开始治愈身边更多的人。有时候，我们需要一味自我疗愈的方子安顿好自己，让那些烦躁、动荡、撕裂的心，变得平缓、沉静、轻盈，就像海浪回归深海的腹中，雷电服从于云朵的绵柔温润。

再见了，卡瓦

◎ 辛　茜

卡瓦死了，他的死来得太过突然。

卡瓦是一位藏族青年，生活在青海湖南岸江西沟乡大仓村。走出家门，穿过村人简陋的房舍，沿着冬天黄草夏天绿茵的小路向北，就来到了青海湖边。这里，可以一览无余地看见湖水、大海一样宽广明亮的天空，听渔鸥、鸬鹚、斑头雁不停鸣叫。

金色的马先蒿在阳光下闪烁，夏季的傍晚如此亲切，卡瓦的心脏宛如湖水轻轻颤动。每当这个时候，他都会觉得自己已经远离了这个世界，正摆动着翅膀，在金色的光线下飞舞。他钟情于这片湖水，喜欢夏日晴空下，湖水的娇艳明朗带给他的兴奋与欢乐，也忘不了冬天银灰的、迷雾一样的湖面，让他感到的寂寞与孤独。

卡瓦原名娘吉本，毕业于西北民族大学少语系。他喜欢写诗、写散文、写童话，喜欢作家托尔斯泰、黑塞、加缪、毛姆、马尔克斯、王尔德，喜欢留言博客，渴望每一种擦肩而过的缘分，更期待爱情降临。卡瓦这个笔名是他给自己起的，藏语意为"雪"。因为，他出生的那天，山沟里下了一场大雪。

卡瓦的诗《我不是罪人》获得过第二届"岗尖梅朵杯"全国藏族大学生新创诗歌大奖。卡瓦的散文《假如我死去了》《我的憧憬》《回乡笔记》，文字优美而悲伤。2014 年，卡瓦与朋友拍摄完成了微型纪录片《雅砻江边的孩子》。同年，又出版了童话绘本《飞蛾》。他心地善良，敏感易伤悲。他笔下的文字充满了爱。他相信，爱会改变一切。

他曾梦见一个春天,黄昏的太阳刚要落山,他牵着爱人的手,在大西洋最西边的海岸奔跑。他的幸福,如海浪般拍打着海岸线。他曾梦见有一个冬天,白雪飘落,村子里的人早已沉沉入睡,他不出一丝声音地哭泣,然后静静离去。

　　可是,卡瓦真的死了。死得悄无声息。那一天,青海湖的阳光没有那么强烈,没有拍打着云朵的边襟,也没有流淌出金汁般的酥油液。那场景历历在目,叫人心碎。人们簇拥在他早已冰凉的遗体旁,惆怅、无助、悲伤……

　　土地是这样的沉重,青海湖的美艳、沉寂、荒凉,让他学会了独自承受。他留恋大地上诗意般栖居的人们,也向往那些离开家乡、四处流浪的人。为了父母的期待,他曾离家追逐远方,在离北京电影学院最近的餐馆打工。可最终,他还是回来了。伴着秋日的黎明,怀着无尽的憧憬、思虑与乡愁,与村民一起收割,一起喝青稞酒,一起唱老掉牙的牧歌。

　　除了放牧、写作、画画,卡瓦还是一位保护青海湖裸鲤的志愿者。他读过七百年前一位女作家的书,那书本里写满了青海湖,写满了女作家对青海湖的一片深情。他觉得自己是青海湖人,从小在青海湖边长大,保护青海湖是分内的事,所谓"分内"就是他应该做的。他尊重自然、敬畏自然,骨子里有着天地与我共生,万物与我为一的天性。

　　当然,他也很喜欢放牧。如果可以,他宁愿选择和父母一样的游牧生活,在草原上娶妻、生子,慢慢老去。

　　夜深了,卡瓦还在写诗。一个字一个字地写,写在漆黑的夜的脸颊上,写在寒冷的风的翅膀上。

　　　　心的翅膀伸展到天空尽头,
　　　　天边的暴风却猛烈地刮着,
　　　　在岸边形只影单地站立着,
　　　　手高高的举起示意着分别,

有一天我不再回来的时候，

在此岸边永远的沉沉睡去，

让血与肉化作天然的肥料，

献于花朵草木滋生的养分。

8 月的一个周末，我来到青海湖畔大仓村。多杰扎西帮我找到了卡瓦的家，他们是远亲，对他来说这是一件容易的事。卡瓦的父亲和母亲都在，这不免让我有些紧张，不知该如何面对这对失去儿子的老人。

落座后，多杰与卡瓦的父亲在轻声交谈，我观察着屋内的陈设。这是一个普通的藏族人家，没有过多的装饰。温柔的奶香中，阳光洒满连着灶台的大炕，灶膛里跳动着火焰。雾气蒸腾，我看见穿着红色上衣、蓝色牛仔裤的卡瓦，悄无声息地穿过长长的阳台，走进屋子，面对墙柜里擦得亮闪闪的碗盏，舒舒服服地坐在我端坐的这张沙发上，与父母交谈。

卡瓦的父亲知道我为卡瓦而来。他目光凝重，没有我想象中的悲切神情。他用藏语平静地诉说着八岁开始上学，聪慧、善良、腼腆的儿子；假期里揣着一包青稞炒面、一壶热水，把羊群赶到湖边，一边照看一边趴在草滩上写作业的儿子；长大后，成为村里唯一的大学生的儿子；以及再后来，共和县政府对他们家每年一次的探望。除此，他再无多言。

卡瓦的母亲是勤劳的女人，身着紫色藏装，体态健硕，长发浓密，黑红的圆脸饱经风霜。她为我们烧好奶茶、端上馍馍，不动声色地打量着我。我很希望她能坐下来和我聊聊，可她却一刻不停地忙碌，来来回回走动。不一会儿，她一声不响地端来了一碗饺子。先给了我，接着又端来一碗给了多杰扎西。最后，依然十分恭敬地用双手端给了卡瓦的父亲。

屋子里静悄悄的，没有人打破沉寂。我们一边安静地吃着，一边想着各自的心事。一位中等个头、皮肤黝黑的年轻人走了进来。他是卡瓦的哥哥，会说汉话，却也沉默着。我端详着他，情不自禁地对他说，卡瓦和你长得很像。不过他比你长得高,好像比你更加强壮。他听了一怔,露出一丝微笑。过了一会儿,一个眉眼十分俊俏,眼睛又黑又亮的小伙子走进来,看了看我,又出去了。他是卡瓦姐姐的儿子,身后跟着一个调皮的男孩,也是卡瓦姐姐的儿子。卡瓦有两个姐姐、一个哥哥,他是家中老四。

饭后,我提出为卡瓦的父母拍照。卡瓦的母亲颔首答应,快步走进卧室,拿出来两顶礼帽。一顶给了卡瓦的父亲,一顶端端正正地戴在自己头上。随后,我被邀请到卡瓦住过的屋子。屋子里的陈设原封不动,如卡瓦生前一样,电视柜上有他的两张照片。一张是在雪山下,一张是在青海湖边。照片上的卡瓦,凝目注视,心无旁骛。桌子上整整齐齐摆着他的毕业证书、获奖证书、诗集、童话绘本《飞蛾》。原来,在我吃饺子的时候,卡瓦的母亲和哥哥,已经为我准备好了一切。

有人说,青海湖是大地上的一滴眼泪。有人说,青海湖的水下是鱼、风上是鹰。鹰是另一个世界的居民,灵魂部落的首领;鱼是湖中精灵,主宰着环湖流域芸芸众生的命运。而卡瓦,是草原的天使、牧人的英雄、父母心头的肉、哥哥姐姐永远的遗恨和伤痛。

一群群斑头雁,掠过青海湖上空;一匹又一匹赤红色的马像流浪的歌手,在草原上徘徊,相互问候。已经没有多少人记得,青海湖唯一的水生物种,国家二级保护动物青海湖裸鲤,民间称作湟鱼的,原来竟也是有鳞的,只因青海湖流域海拔越来越高,湖水越来越咸,营养越来越少,它们有鳞的身体无法适应严酷的生存条件,才忍痛褪鳞,以增厚皮下脂肪,抵御寒冷。它们在湖水中艰难觅食,与清洁的滩地、瘦弱的芦苇、低矮密集的苔草、成千上万的候鸟,构成纯粹简单、强大又无比脆弱的生态链,维系着雄居青藏高原东北部,拥有巨大湖泊水体、岛屿的高原湿地。

二十世纪五十年代到八十年代末,捕鱼者在青海湖畔扎下的帐篷白茫茫一片。疯狂的捕捞,让裸鲤数量由 1958 年总量三十二万吨,下降到两千七百多吨,那鱼翔浅底、万鸟沸腾的景象不复重现。之后,政府虽连续四十年封湖育鱼、禁止捕捞,但因低温干燥,营养贫乏,加之裸鲤本就生长缓慢,青海湖裸鲤资源恢复困难。

2015年6月26日晚上七点半,两名鱼贩子正在大仓村湖岸偷捕青海湖裸鲤。卡瓦和村里的四个年轻人闻信迅速赶到湖边。看到他们匆匆赶来,狡猾的鱼贩子急忙把布下的渔网投入湖中,面对卡瓦的指责劝诫,拒不承认。卡瓦又气又急,为了当面取证,更为了阻止他们夜间偷捕,毫不犹豫地独自向湖中走去,准备拆卸渔网。

卡瓦下了水,岸上的其他几个人顿觉心神不安,刚要劝他赶快上来。没想到,话还没说出口,往湖里走了不到二十米的卡瓦就陷入了湖水。

同去的四个年轻人和两名鱼贩立即下水施救。可是谁都不会游泳,他们找不到他。从卡瓦下水到陷入湖中,整个过程仅一分钟,没有挣扎、没有声响,施了魔法般的湖水,就这样让一个活生生的,只有二十六岁,还来不及与心上人见面的年轻人消失了。

夜深了,6月的青海湖气温骤降,冰冷的空气无奈地咀嚼着咸涩的湖水。只有受惊的几只普氏原羚窃窃私语,忧郁的音调格外凄凉。

许多人赶来,眼里含着泪水,手里捧着松香。为卡瓦年轻的生命点燃酥油灯,祭献食品,诵经超度……

如果生命有颜色,卡瓦应该是蓝色的。他为湖水而生,又消融于湖水。像凡·高的《星空》,深邃、绚丽。如果生命是音乐,卡瓦应该是贝多芬的《英雄交响曲》,激越、灿烂,闪耀着浪漫与激情。

一年又一年过去,大仓村的村民可能已经忘记,往年这会儿,卡瓦正站在湖岸,面对湖水凝神静思,让欢悦的情绪溢满心房。相邻的莫热村是卡瓦母亲的娘家,我赶到莫热村去见卡瓦的舅舅,村里正举行仪式,祭拜藏族人的水神。山坡上桑烟袅袅,岩石上挂满了水神雕像,清泉自山间涌出,两边开满了花。

卡瓦的舅舅沉浸在神秘的气氛中,似乎淡忘了这个曾经给予家族荣誉的亲外甥,什么也说不出来,什么也想不起来。

中国人很愿意称身边去世了的人,为这个人没了。人没了,好像就什么也没了,一切都不复存在了。

午后的草原寂静无声,宽阔的原野在白云下凝固不动,卡瓦的父亲和哥哥带着我来到他遇难的地方。

湖水上涨,卡瓦下水的地方离湖岸又远了二十多米。我默默肃立、心中怅然。古老的湖水与8月的蓝天一样缥缈不定,不可逆料。湖水在风中激荡,勾起了我压抑的悲伤。我感到一种巨大的力量,莫名的恐惧,恰似心叶颤动,危立于悬崖。卡瓦是一个最接近自然的人,也是最坚强的人,无论活着还是死去。他用自己年轻的生命,融入了一场几乎没有人看见的巅峰决战,令盗猎者望而生畏。

草原静谧,静谧得令人窒息,又无所依傍。我踮起脚尖,和卡瓦的哥哥一起,把我带来的哈达举过头顶,系在石碑上。那石碑素朴简约,只镌刻着一行字:

您无畏的精神永存于我们心中

浪花层出不穷地涌现,湖水在天边曼舞,我一步一回头。卡瓦的呼吸荡漾在湖水里,面容时隐时现。微风中,蒿草弯腰俯视苍莽大地,起起伏伏。阳光不再灼热,远望中,金色的马先蒿、紫色的野葱排列成行,头戴金冠,身披如意,将一座石碑、一个草垛般的白塔高高举起,又轻轻放下,安放在看得见湖水、听得见涛声、嗅得到湖水气息的沙地上。

再见了,卡瓦。

妙手调出春滋味

◎ 劳　罕

"日啖荔枝三百颗,不辞长作岭南人。"一天吃三百颗荔枝?那还不撑坏啊!我们知道,其实,这是苏东坡在变着法儿夸荔枝好吃呢。杭州人也很逗,夸起龙井茶来,会说上这么一句:"啧!喝上一杯,鲜掉眉毛呢。"这我就搞不懂了,为什么不鲜掉头发、牙齿,或是鼻子、腮帮子,偏偏就要鲜掉眉毛呢?当然,我这也是玩笑话了。不管鲜掉什么都无妨,意在说明龙井茶的珍贵。好茶,离不开好的生长环境。譬如,土质了,气候了,向阳背阳了,等等。茶圣陆羽在他的《茶经》中不是这样说过嘛:"其地,上者生烂石,中者生栎壤,下者生黄土……野者上,园者次;阳崖阴林,紫者上,绿者次;笋者上,芽者次;叶卷上,叶舒次。阴山坡谷者,不堪采掇,性凝滞,结瘕疾。"我也曾写过一篇《龙井听茶》,专门讲了龙井茶独特茶性与其独特地理环境的关系。不过,与茶圣相比,我这篇小文,纯属是狗尾续貂了。文章发出后,好友张洋给我来电话提醒:"谈品茶,不能不说炒茶。常言说'三分看茶青,七分看炒功'。你的文章中,少了一个炒茶环节。"可不是嘛!一语点醒梦中人。我拊掌赞同。张洋仁兄,和我是忘年交。他相貌奇伟,为人敦厚,学识渊博,是尘世中少见的谦谦君子。张兄祖籍齐鲁,是南下干部的后人。二十世纪八九十年代,因为工作的关系,他走遍了西湖周边的茶村,对杭州炒茶的能工巧匠了如指掌。在他的引荐下,我拜访了数位传统炒茶高手,"长了知识"。也便有了下面这些文字。

一

　　老茶客判定龙井茶的品质,用的是"色、香、味、形"四个字。说起茶形,也用四个字概括:"扁、平、光、直"。所有这些,都和炒茶师炒制茶叶的手艺密不可分。在老茶客眼里,同样的茶地、同一时间采摘的鲜叶,经不同炒茶师炒制后,竟有云泥之别。行内说起龙井茶炒制,归纳为9道工序10大手法。一道道工序说下去,烦琐得很。咱就拣紧要的说。龙井茶炒制的第一道工序是杀青。何谓杀青?就是将鲜茶叶放置锅中炒焙,以便于揉捻。一般根据炒茶师傅手掌大小,放入三两到四两鲜叶至锅中。对茶叶分量的控制因人而异,俗称"一手把"。鲜叶,也有高低等级之分。不同等级的鲜叶,对温度的要求各不相同。炒制高中档的嫩叶,需要把温度控制在 75 摄氏度到 115 摄氏度;中低档的粗茶鲜叶,因水分更多,则需要 140 摄氏度到 180 摄氏度。杀青开始时,手法以一抓、一抖为主。随后,根据鲜叶水分多少,在抓的时候逐步加入搭、压的手法,在空中抖甩时略加大力量,将鲜叶压扁、理直成条,进行初步定型。这一阶段,手法讲究由轻而重。到底该用多大的力道,由炒茶师傅根据火候大小和鲜叶形状判定。杀青,为的是保证每一片茶叶的物质都充分被转化。经反复揉捻压按,让叶和芽包裹得更紧凑。杀青炒制的时间,约为一刻钟。此时,鲜叶基本是七八成干。杀青结束后,锅中茶叶的分量,大致剩下一两。这时,需要把茶叶倒入一面大筛子中,摊平置凉备用,接着炒下一锅鲜叶。放置约一小时后,再进入下一道工序——辉锅。辉锅时的温度,要求更严格:高中档茶,温度最高不能超过 65 摄氏度,最低不能低于 50 摄氏度。次一点的茶叶,尺度也就宽一点了,控制在 70 摄氏度到 80 摄氏度就行。辉锅时,下锅的茶叶增加到八两左右,手的力道比杀青时要加重许多,根据锅温不同而发力不同。待炒至叶尖茸毛脱落、叶形扁平光滑、捻叶轻折即断、茶香溢满四周时,即可起锅。这个过程,大约持续 25 分钟。完全炒好的茶叶,含水量应减少到 5% 到 6%。出锅的茶叶分别用大小孔的两个筛子轻轻筛动,将茶末和不达标的大叶筛出。大叶要继续回锅再辉,直至达标。

二

　　上面讲的是炒茶的粗略过程。而真的要炒好茶叶,却并没有这么简单。张洋对翁家山翁氏四兄妹的炒茶技艺推崇备至。尤其对老三,赞不绝口。认为他的手艺在四兄妹里应拔头筹。翁师傅今年周岁六十了。"炒茶,没啥好说的。你去看看村头那个宣传栏,把龙井炒茶的手法讲得'木老清'(很清楚)了,什么'抖、带、挤、甩、挺、拓、扣、抓、压、磨',没啥'花头'(不一样的)。"问起炒茶的手法,翁师傅一句话带过。泡杯茶坐在炒锅前聊家常,随着话匣子打开,翁师傅兴致来了,劲头越来越足,边说边比画。他说,自己虚岁十三,便入了行。在一家茶厂当学徒。每一个行当,都有自己的讲究。比如学戏,从初学入行、搭班唱戏、行当应工、前后台场、组班散班、开台封箱、师徒传承等,都有细致的行规。无论谁,入行后,都要严格执行,不能有丝毫偏差。自己入行后,第一堂课,是先学"烧火"。什么叫"烧火"?老辈人传下来的龙井茶制作,全凭手工。炒茶的锅是用柴火烧的。这就是土话说的"烧火"。炒茶,要根据茶叶的色泽、老嫩、大小,准确地把握火候。烧火的和炒茶的,要配合得"毛好"(很好),才能炒出一锅好茶。烧火,讲究着呢!杀青时火要旺,辉锅时火势要弱一些,柴火必须烧得均匀,不能一边旺一边悠。"火,烧得好不好,直接决定了今后当炒茶师的水平。"聊起少年时,翁师傅颇为得意,"我最多时可以烧8个锅,供8个师傅炒茶。这可不好对付啊!8个师傅每个人脾气不一样,有的性子急、手脚快,有的性子慢、手脚缓。手快的,耐高温,火可旺一点;手缓的,耐不得高温,火势就要弱一点。我不是吹牛的,8个师傅我都能照顾到,让他们个个满意。抽空,我还可到外头逛一圈呢!"烧火是基础,知晓了什么时候需要什么火候,才能进入炒茶阶段。翁师傅烧了三年火,虚岁十六,才开始学炒茶。炒茶是苦活儿。对炒茶师来说,每年都要遭一次老罪。炒茶,讲究的是手不离茶、茶不离锅。光着手在100多摄氏度的炒锅里,从早到晚比画,无论谁,刚开始,手掌都会烫起大水泡。泡挨泡,泡叠泡,钻心地疼。不过,扛个十天半月,就成老皮了,再坚持下去,就练成"铁砂掌"了。炒茶,有季节性。过了春天就不炒了。一闲下来，"铁砂掌"又变回了"绵砂掌"。来年，又得遭"二茬罪"。

所以，好的炒茶师，首先必须能吃苦。不过，光能吃苦，也不一定就能炒出好茶。炒茶，要有悟性。要想有悟性，就必须用心去炒。外人看炒茶，觉得很简单：一锅鲜叶，压下去，拉上来，再抖抖。接着又是这一套动作。好像重复来重复去，只要把茶叶里的水分炒干就行了。其实，可不是这样：想炒好茶，每一锅，甚至每一次出手，都要根据锅里的具体情况随时进行调整，要调集所有的感官去发现茶叶微妙的变化。火大了小了，手轻了重了，都会影响茶叶的形状和质量。茶叶刚下锅时，是乱的。要通过手指不断梳理，把每一片茶叶都横过来，顺顺当当握在掌心中；再根据茶叶大小、老嫩程度去决定茶坯的形状。只有这样，最后出锅的时候，才不会把茶叶弄碎。顶级的炒茶师，一锅茶炒下来，可做到茶叶片片完整，一点碎末都没有。喝龙井茶，不但要观"形"，更重要的是品"味"。所以，炒茶时，要时时把"味"刻在心里，不停地变化手势和调节手的力量。按得太轻，香味就炒不出来；按得太重，鲜叶就容易出汁，炒出来的茶就发黑、发苦。炒得好的茶叶，采回时是什么颜色，炒制后依旧是什么颜色。为什么有些炒茶师严格按工序来，仍没有炒出好茶？就是在"用心"二字上缺了火候。什么"抖、带、挤、甩、挺、拓、扣、抓、压、磨"等等手法，哪怕书本上说得清清楚楚，哪怕再背得滚瓜烂熟，如果炒茶时没有用心去体会，照样炒不出好茶。"譬如，同样是炒，杀青和辉锅，手法运用就大不一样。辉锅力道明显要加大，掌内要加抓、扣、压、磨、挺、拓这些技法。烧火，也得用心。每个炒茶师傅的手势力道不同，手掌耐温程度不同，锅内鲜叶的含水程度不同，需要适时加火、减火，才能提供最佳火温。温度过高，茶叶成形脆，容易碎，颜色也偏黄，甚至出现焦斑，喝起来一股焦味；温度过低，茶叶形不匀，颜色变深，甚至发黑，喝起来无鲜味不清爽，闻起来香气也差。"翁师傅说。现在，许多炒茶的，都用上了现代化的玩意儿。譬如，电锅。电锅炒茶是不是更易控制火候？就这个问题,我同翁师傅进行了交流。"电锅嘛,优点显而易见。对温度的控制比人工要准,不需要再安排专人烧火,还节能环保。但是……也有缺点……"翁师傅欲言又止,"电锅,最大的问题也是在温度上——受热不均匀。这样就导致茶叶在炒制过程中因为受热差异,品质受损……"不过,翁师傅是个达观的人,他说:"有些有经验的师傅电锅用得也很好,可以靠手的温感和对茶叶品相的观察,判断出一口锅的温差点在哪里。不过,这要长期使用同一口锅才能摸清楚。所以,你看,很多炒茶锅都是写了名字的。有点名气的炒茶师傅外出炒茶,基本都把专用锅随身带着。"

三

翁师傅这番炒茶心得,是不是让我们想到了《庖丁解牛》这篇课文?庖丁为文惠君解牛时,之所以"手之所触,肩之所倚,足之所履,膝之所踦,砉然向然,奏刀騞然,莫不中音",正是因为他用了心,"神遇而不以目视,官知止而神欲行",已到了"进乎技矣"的境界。劳罕在杭州认识的那些高明的炒茶师,也无不是如此。他们几十年甚至一辈子都身心浸淫在这个行当里,眼、耳、鼻、舌、身,甚至每个细胞、每个毛孔都对茶有着敏锐、精确的感知。十多年前,我在梅家坞认识了一位姓王的炒茶师。杯子往跟前一放,他闭着眼睛,只需一闻,就可以讲出茶叶产自狮峰、虎跑、翁家山,还是云栖、灵隐、梅家坞。还有一位姓周的师傅,拿出一包茶叶,他搭眼一看,就能看出茶叶存放了多久,是陈茶还是新茶,甚至能说出茶叶存放的年头和月份。每年的春天,杭城许多茶叶店的门口,都会摆上锅灶,现场炒茶给人看。说实在的,这是为了推销茶叶,远远谈不上技艺。要想看到真正的高手炒茶,建议你到西湖西面群山中那些炒茶人家里去。不过,你的态度可要谦恭一点。真正的高手炒茶,是不喜欢闲人打搅的。他们多躲在阒寂的后庭,展开心灵与茶叶的喁喁对话。在杭州工作时,我曾多次暗中看过一些炒茶高手的潜心创作:只见炒茶师庄严肃穆地站于锅前,双脚微微叉开,一手扶着锅架,一手在锅内上下翻飞。两手不时变换,如入无人之境。此时,哪怕骤然起风,哪怕鸟鸣于前,他们色不变、目不瞬,脸上的表情,犹如老僧入定一般。他们的心、神、气、意、手,已达到了高度统一——眼前只有那口锅,整个身心不但与茶叶对话,也与锅对话、与火对话。火大了,手要迅速翻腾;火绵了,手要放缓速度。或徐或疾,或不徐不疾,一切以锅的受热、火的大小而定。远远看去,身形潇洒如舞蹈;耳畔但闻,唰唰韵律如奏乐。这活脱脱就是一场美轮美奂的视听盛宴啊!如果有幸遇到飘筛这道工序,那就更妙了:高档龙井茶,无不经过数道筛选。炒茶师先用竹筛把茶叶分出大小,然后将大小相同的茶叶放一起继续筛。仅仅靠手腕的抖动,茶叶就能渐渐地一枚枚直挺挺立起来。等到最后,所有的茶叶都笔直地站立在竹筛上。然后,根据每枚间的纤毫之差,分成轻重截然不同的两堆。不过,在杭州炒茶行当里,能有这一手好功夫的,恐怕为数不多……

四

但凡到杭州来旅游的,都想顺带捎点正宗的龙井茶回去。那么,究竟什么样的龙井茶才是正宗好茶?

茶叶好坏很难硬尺度界定:不同批次的茶叶,品质都存在差异,每天生产出来的茶叶也不一样,有时候上午、下午也不一样。很难一概而论。

我不懂茶,在杭州待久了,倒是从一些老茶客那里讨到了一鳞半爪小诀窍,供大家参考吧。

如果去茶农家里买茶,你不妨问问他:"在哪里摊青?"

摊青,是炒茶前很重要的一道工序。茶叶采摘时,一般都是晴天,茶叶内部还在进行光合作用。要让茶叶的叶绿素保持在一个最佳的度,晾晒时间不能太长也不能太短。

摊青时间太短,叶片里面的叶绿素就没有处理好,这样炒出的茶,湿气太重,苦味太浓。但摊青时间过长,茶叶里面的水分会大量流失,茶叶就会萎缩,不独茶形不能保证,泡出来的味道也会大打折扣。

明前龙井上市时,一天一个价格,有些茶农为了利益(或是因为家里没有场地)不经摊青就直接下锅炒。你想想,这样炒出的茶,质量会是怎样?

摊青的过程,其实就是茶叶品质形成的过程。

如果你是在逛街时买茶,不妨先泡一杯尝尝。热水倒下去,人工炒制的茶,一分钟左右就会沉下去;机器炒出的茶,漂在水面上很久都沉不下来。

沉降率,是直观评价龙井茶品质的简单方法。

就外形看,上好的龙井茶,挺直削尖、扁平俊秀,犹如宝剑。

从味觉上论:上好的龙井茶,热水倒进杯里,马上飘来一股浓郁的兰花清香;喝进嘴里,有一股独特的栗香和豆香混合味儿。一口下去,鲜爽通顶,回味甘甜。但见汤色,杏绿如岫,清澈明亮。

这样的龙井茶,喝上一杯,大半天嘴里都是甜的。

如果品味、看色都没有把握的话,教你一个最简单的办法:顶级龙井茶,全是一芽一叶——如果是单芽,还没吸足大自然的养分,香味不够,也不耐泡。一芽二叶,也算是上品了。倘一芽三叶,恐怕就差点意思了。

有些讲究的制茶企业,收鲜叶时,一叶三芽的是要挑出去的。比重过大的,干脆拒收。

杭州有句老话:"明前茶,贵如金。"为什么明前龙井茶如此受推崇?

我个人理解:物以稀为贵耳!春乍起,茶叶初萌,产量少。一芽一叶的明前龙井,采摘五万颗芽头,才能炒制一斤茶。再就是,初春,气温低,尺蠖、小绿叶蝉这几种茶叶害虫还没有生成,茶树没有喷洒农药。

但就口感来说,按照老茶客们的说法,谷雨前后的龙井茶,更好喝!

劳罕也深有同感。

大自然已经赋予了杭州龙井茶独特的气质,只要用心制作,其实,都是好茶。

每一杯龙井茶里,都是"春意思",都有"春滋味"!

又见白鹭飞

◎ 缪菊仙

母亲回乡独居,我的周末便基本在乡下度过。大多数时间,我都在田野自由闲逛,有时奔跑,有时漫步,有时停驻。走在田塍上,我重识田边草、田边花、田边虫、田边蝶、田边鸟……呼吸着庄稼散发的温暖清馨的味道,眼眸里装上乡野的花鸟虫蝶,在记忆中搜索农人曾经给予它们的"别号",身心轻盈如乡野的风。脚踩泥地的踏实会让人有孩童一样单纯的快乐,但最快乐的莫过于遇见一群鸟,一群叫白鹭的鸟。

在我的家乡,农人对白鹭是高看一眼的,因为它天鹅般的外形和绅士一样的自如神情。白鹭长相清丽,细长的双足,长颈长尾,宽大的翅膀,白得如一团雪。白鹭是慢生活的鸟,所有的动作缓慢而从容,似乎世间压根就没有急的事,哪怕是受惊飞离,也是轻盈收足,展翅,翩然离去。在田间漫步更是一副悠闲得要命的模样。

"漠漠水田飞白鹭,阴阴夏木啭黄鹂。"遇见白鹭,是在初夏的某一天。一片秧田,青青的苗,浅浅的水,微凉的风,成群的白鹭停栖在秧田里,远远望着,秧田如同覆盖白雪的麦苗。

站在田埂上,目光追随着白鹭在初夏的田野漫游。等待播种的稻田正蓄着浅浅的水,白鹭有的金鸡独立,单足立于田间,歪头思考着什么;有的低头觅食,动作极尽缓慢;有的索性把细长的颈脖弯曲成"S"形,将头深深埋于羽翅之下假寐,没一会儿,又缓缓打开,颈项向前伸直,仿佛在凝神屏息倾听空中传来的"暗语"。也许鹭群的确是有暗语的,一旦有一只白鹭起飞,一群白鹭便相继朝同一方向有序飞离,稻田顷刻愣神,空荡荡,失了魂似的。白鹭的飞临与离去从来都是悄无声息。在江南,白鹭是稻田的魂。

收割后的田野正进行新一轮的翻耕,犁田机代替水牛,突突突的声音在水田响起,面对轰轰响的冷面"铁牛",白鹭似乎不再介意,也毫无惧色。它们低空飞翔,不断起落,犁田机开到哪儿,它们落到哪儿。泥土翻过来,水浆四溅,泥鳅、蝼蛄、蝌蚪、不知名的虫儿在泥水之间四面乱窜,白鹭上下左右跳跃、捡拾,如同儿时的我跟在打稻机身后,盯着稻田,捡拾遗落的稻穗,那是怎样的喜悦与满足。水田里倒映着斑驳的晚霞,比挂在天边的更为瑰丽。此时的白鹭,被夕阳余晖涂成金色,闪亮亮的。一片水田,因为鹭群的光临而光彩照人。

我惊讶于突然再现的大规模白鹭群。春夏,青苗白鹭图的静气;冬日,河塘浅滩白鹭群舞的喧腾。记忆之河被缓缓打开,我游走于光阴的河流里。小时候的乡野,白鹭成群,麻雀成群。但白鹭与叽叽喳喳的麻雀不同,它不讨人嫌,有安闲的气质,白鹭是诗意田野和农耕生活的象征。它是稻田的守望者,它们一群群出现,在一亩又一亩的稻田里转悠。它们与耕牛和谐相处,习惯于站立牛背,陪伴着耕牛四季劳作。有鹭群栖息在四季,农人的日子宁静祥和。

时代在变迁,不知从哪一天开始,外出打工的农人越来越多,土地被大量闲置,记得多年前父亲就唉声叹气地担忧着:"多好的地呀,就这么荒着,可惜啊!""绿遍山原白满川,子规声里雨如烟。"一年年的春天,子规还在执着劝说"布谷、布谷",但钟情于稻田的白鹭却义无反顾地和稻田一起消失。近年来,随着乡村振兴战略的实施,农村土地规模化流转,从传统农耕走向机械化、现代化耕种,再见稻禾青青、稻花飘香、稻浪翻滚、白鹭成群的江南田野风光。

又见白鹭飞,让我想起同学阮君。阮君大学毕业后,执着于奶牛事业,在外奋斗二十多年,一直寻找机会回乡。前几年,眼看着家乡致力于最优营商环境的打造,有白鹭情结的阮君毅然将牧场从浙江宁波搬至家乡。于是,荷兰的奶牛、三衢的白鹭诗意栖息在衢江一个叫划船塘的村庄,阮君给他的牧场取名"荷鹭牧场"。目前,荷鹭牧场已是一家以现代化奶牛养殖、水稻及有机果蔬种植、乳制品加工销售、饲料加工等产业为支撑,集一二三产融合为一体的现代循环农业产业综合体。

牧场外的稻田,一群白鹭优雅飞抵、收翅、站立于田塍,押长脖子视察稻禾长势,忽而抬起细长的双足,隐入稻禾的绿浪中……

阮君,又何尝不是一只回归三衢大地的"白鹭"呢。

树　语

◎　刘惠春

一

　　沙枣树的美学意义,就在于力,生之力。

　　并不是任何植物都可以在西北的荒漠和绝地之中生存下来,只有像沙枣树这样耐高寒、耐干旱、耐风沙、耐盐渍的植物,才能够坚守在这里,在荒凉贫瘠的旷野之中,形成顽强抵抗的生命能量。

　　沙枣花也无法用美来形容,因为它长得太小了,米粒一样,需要在一片灰绿色的叶子中间细心寻找,才能看得见。西北风沙之地,娇小的花朵是对环境的抗争和选择,小,才可以免遭大风吹落。花的颜色也不能过于鲜艳,沙枣花的淡黄色是保持水分最好的选择。

　　每到 5 月,密密匝匝的沙枣花开了。

　　一阵大风刮过,满树花朵细雨一般飞落。风住后,地面上一层厚厚的黄,令人不忍落脚。然而,仅仅一夜,沙枣花又开了满树。这些小小的花朵就这样在一场一场的大风里开着落着,不顾一切,前仆后继,真是让人心疼。它们自己知道,再不开,就没有机会开了,会被大风全部吹落。时间给它们的就这么多,也许只有一瞬间,但这一瞬间,它们就足以超越美,超越生命。那不是花,那是生命绝对的抗争、努力和不甘。那种去绽放、去存在,向死而生的生命意志,那种坦然无畏向着荒凉和死亡开放的生命欲望,才是荒漠植物最高的生存法则。

　　沙枣花的香气,同样有着不顾一切的劲头。幽香、清香、淡香,这些有着古中国之美的香氛意境,无法用来形容沙枣花。

荒野里,哪怕只有一棵沙枣树,它的香气也会铺天盖地,把你整个包围起来。那香气带着重量,悬浮在空气中,你呼吸还是不呼吸,你都能感受到它的存在。它还有着足够的热量,烈烈欲燃,进入你、包围你,直到把你的胸肺你的身体全部填满。不习惯这种味道的人,简直招架不住,只想着后退几尺,甚至落荒而逃。

沙枣花和沙尘暴是相宜的,都是汹涌之物,无可抵挡之物,浩浩荡荡,一路而下,不断向外扩散着生命的热能与张力,在没有遮挡的荒原上横行。这种势能如此强大,远远超过沙枣花小小形体的束缚,无边界地浸染着周围所有的事物。沙枣花香所过之处,都会变成了它的领地,其他植物的味道,完全被沙枣花的香气所压抑、所阻挠、所破坏、所覆盖。

沙枣花必须这样表达过度,这样粗暴直接。

香气是花朵的功利主义,是扩大和繁殖生命构成的必须形式。浓烈的花香刺激到昆虫的触角,它们才会顺着气味前来授粉。即使优雅如兰花,也需要利用香气这个武器。当然,兰花的表达要隐晦得多,它会模拟一种雌蜂的气味和外形,来引诱雄蜂。

盐泽、沙漠、旷野等恶劣环境,昆虫原本就非常稀少。又小,又不美丽,又没有昆虫专属性的沙枣花,怎么才能招蜂惹蝶呢?

那就没了命地香。

只有让自己的香气漫天飞舞,把生命所有的东西都亮出去,能量都释放出去,沙枣花才会被看见。有一种蛾类,能够闻到一千米以外的花香。所以,洪水一般到处冲撞的香气,是沙枣花生存意志最清晰的表现形式,是生的呐喊,我在这里,在这里。

尽管沙枣花创造了自己的气味空间,使花香的概念变得丰富多元,但调香师还是会选择兰花,没有人想要成为一朵奋不顾身的沙枣花。香气也是人类的功利主义。

气味，可以让回忆重现。

童年时候的所有春天，都散发着沙枣花的香气。

现在，周边已经很少看见它们的身影了。沙枣树的生存背景永远是荒寒大漠，它们的价值是防风抗沙护土，帮助人们建起绿洲、家园、城市。完成自己的使命后，它们就会被新的美丽的观赏树无情置换。它们只是被需要，而不是被欣赏、被爱。

每到五月，就觉得有沙枣花的味道从深不见底的记忆中隐约浮现。

没有沙枣花，整个春天都是寂寞的。

二

西鄂尔多斯山谷里长着许多山榆树。

有一棵姿形奇特的山榆，居然是从凸出的巨石上生长出来的。看那粗壮结实的树干，就知道这棵山榆长得很有些年头，算得上是一棵古老的山榆了。

老山榆弯曲多结的树干从石头中间艰难地向外伸着，将挤压它的巨大的石头一点一点向外推去，直至那块巨石像是被劈开了一般，向两边倾斜开来，老山榆从中破空而出，近乎执拗地将它的枝叶伸向四面八方。

石头无法阻挡老山榆生的意志，只好改变它的树根的走向。石头中间的缝里满是老山榆的根须，像是动物的手足，用力地顽强地到处探索着、伸展着。向着石头深处，向着黑暗深处，寻找着任何可能的生命空间。裸露在外面的根，也紧紧抓着石头，根上的树皮因为过于用力而裂了开来，露出木头粗糙的纹理。树干上有火烧过的疤痕，还有一条醒目的黑色的裂缝，不知是风暴还是闪电袭击留下的印记。

我用力推一块裂开皮的凸出来的树根，它纹丝不动，像是已经和这块巨大的石头长在了一起，成为石头的一部分。

山谷里到处是绝地而生的山榆，有的紧紧依附在崖壁上，有的独自伫立在高处的山脊上,还有的从满是石头的谷底中长出来。山榆是顽强的树种,一旦它们从地下钻出来,就没有任何事物能毁灭它们。

但是,没有一棵像我面前的老山榆这样触目,它和所有具有神性的事物一样,相遇的刹那,便会侵入人的意识和精神,让人心神震动,不自知地进入它强大的场能之中。

老山榆虬龙般的树干上挂满了白色的、蓝色的哈达,哈达被狂风被雨雪吹打得已经褪掉了大部分颜色,丝丝缕缕地垂挂下来,像老山榆长了长长的胡须一样。罕有人迹的山谷,满树的哈达让老山榆看上去不再像一棵树,更像是一个坚韧粗粝的黄褐色神像。

这些哈达是山谷周边的牧民们挂在树上的,他们把这棵老山榆视为神树。牧民们相信,老山榆的身体之内一定住着一个神灵,所以,它会打败石头、打败生存的严酷、打败时间的铁律。牧民们呈上尊贵的哈达,是觐见神灵,也是在领受福报。

我相信,老山榆有知觉,也有思想。它体内神秘的自然之力,让它知道该如何突破自身的藩篱、外在的桎梏。一颗黑暗中的种子,在没有多少生存空间的绝境之地,缓慢、安静、哲思一般地生长着,终于冲出石头,抵达光明,那一刻,万物都为它欢呼。它吸收着整个山谷的精气神,努力向上延伸,不断使自己通向更为宽广的世界,一个臻于永恒的世界。

老山榆用自己的生命尊严和自由意志,摆脱了天然的限制,创造了另一重生命空间。这种超出人类认知的无限的自然力量,让人相信奇迹的可能、神性的存在。

神性的事物,需要安静的倾听。

山谷寂静,连鸟鸣声都没有,也没有风声。我合起双手,向着老山榆俯身,光线穿过我的手掌,像穿过一片树叶。一阵微凉的战栗传来,我知道这个战栗,来自另一个生命,另一个灵魂。我进入老山榆的生命中,进入神性的气氛中。此时此刻,不同生命之间的界限被打破了,生命的维度是同一的、是共时的。

从树木中寻找宇宙,生发神性崇拜,是非常古老的感受,在东西方大多数文化中并不鲜见。

维京神话里,宇宙是一棵高大的白蜡树。古日耳曼人则认为树木是灵魂的居所,有的树是人死后灵魂的归一,有的则是尚未投胎的灵魂的寄居之所。

佛陀也说过,树是一种奇妙的东西,它庇护、喂养和保护所有的生物,它甚至为砍树的樵夫提供阴凉。

人并不比一棵树更懂得生命的本质,懂得自然的运转,懂得万物的相连相牵,懂得在充满索取和消耗的世界上,如何安放一颗无处居住的心灵。

隔绝在世外的老山榆,缄默的孤独神灵,在远离人烟的地方,固守着树叶上云朵的气味、枝干上月光的柔情、根脉里岩石的养分,以一种缓慢却坚定的力量,站在广袤的宇宙之中。

三

窗外,有一棵洋槐。

病中的母亲总是趴在窗户边,凝视这棵洋槐,看它什么时候冒出第一片叶子,看它什么时候落下第一片叶子。

洋槐的绿是一夜之间来的,看着满树的新绿,母亲脸上有了笑意,她说,又熬过一年呢。

清早,阳光掠过那些新鲜的叶片,从敞开的窗子探进母亲的房间,母亲的脸上顿时布满了阳光的斑点和树叶的影子。母亲微微闭着眼睛,沉醉在那些暖意之中。午后,太阳向西边落了下去,光线慢慢地滑过母亲的脸庞,滑过窗外的洋槐,消失于远处。一天就这样过去了。

我白天上班,陪伴母亲的只有这棵洋槐。在家的时候,偶尔会听到母亲在房间中自言自语,现在想来,她是在对洋槐说话。洋槐是母亲的忠实听众。春天里，洋槐新抽出的枝叶，听到过母亲激动的哽咽。冬天，落尽叶片的枝枝杈杈，光秃秃一片，只好用沉默，来回应母亲越来越深的沉默。

母亲的心情，树比我知道得多。

春天的一个周日，外面刮起了大风，声音一阵紧似一阵。我正在书房里看书，听见母亲焦躁地喊我，她紧张地指着窗外的洋槐，说，你看，你看。我趴到窗前，原来是一只白色的塑料袋子挂在树杈上，正在风里哗啦啦地飘。

妈，就是一个塑料袋，一会儿风就把它吹走了。我安慰着母亲，不明白母亲为什么这么紧张。

母亲的手指哆嗦着，你赶紧把它弄走，弄走，它在向我招手呢，它在喊我呢。母亲满脸惊恐的表情吓着了我。我急匆匆地下楼，跑到洋槐跟前。

站在树下，我才发现这棵洋槐竟然长得这样高，即使搬个梯子爬上去，我也够不着那个塑料袋子。只能想办法折断一根树枝，向着挂塑料袋的地方用力乱打。大风吹着我的头发，吹着满树的叶子，叶子一片一片飞落下来，落在我的脸上、身上。树叶唰唰落地的声音，像是叶子在尖叫。

我停了下来，无助地绕着树祈祷。我知道母亲在窗户边看着我，我希望母亲相信，我没有放弃，我在找办法。也许是树不忍心让母亲着急，那个塑料袋子，刺啦一声，扯开一个大口子，挣扎着被风卷走了。

我顶着乱蓬蓬的头发回到屋子里，还没顾得上开口，母亲就大声地说，我看见了，它走了，它走了。母亲转过头来看着我，眼眶里含着泪，一副如释重负的样子。昏暗的日光下，母亲的周围仿佛飘着一圈绿色的树影，她的脸上也覆了一层淡淡的绿影。我离母亲如此之近，却感觉她就像一个孤单的孩子，站在一个无人能靠近的荒野里。

母亲没有挺过那个冬天。

来年春天，洋槐突然开花了，花朵的味道浓郁、新鲜，一片明亮。细长的枝条上，一朵一朵的白花聚合成穗，每穗都有几十朵，能够清晰地看到洁白的柔嫩的花瓣和蜜色的花托。满树的蝶形花朵闪烁着清澈的纯白色的光芒,一长串一长串地垂下来,都要伸进窗子里来了。

我站在窗前,用目光抚摸着这些芳香洁白的花朵,突然,脑海中出现了那个挂在树枝上的白色塑料袋子。苦涩的味道瞬间弥漫开来,那些耀目的白,顿时变成一场漫天而落的大雪。

我常常一个人站在窗边看洋槐,看吹过树叶的风,看闪烁的日光在一朵朵花上跳跃,心里那些孤单的鸟,振翅飞了出去。

没有人听见它们在大风中坠落的声音。

穿过绿雪的豹子

◎ 蒋 蓝

    在嘉绒藏语中，"达"指美丽、漂亮，"古"指深沟，"达古"一词就是美丽的深谷之意。那些遍布高地的深壑，宛如通达上苍的滑梯，当圣洁之泉奔涌而来时，我是否能凭此抵达那远古的深梦呢？在从黑水县通往四姑娘山的一个山垭口，我终于看到了四姑娘山。

    四姑娘山位于小金县和汶川县的交界之处，为横断山脉东北边缘邛崃山系的最高峰，周围林立着 101 座海拔 5000 米以上的山峰。去年 5 月一个大暴雨之后的晴朗下午，我在成都西郊看到了四姑娘山的山巅，心头一震。它没有蜀山之王木雅贡嘎山那样峭拔独秀，但它能让我心怀祥和。四姑娘山的名字与达古冰川还有些不同，藏语"山神"发音为"四姑喇"。据说在喇嘛寺的门口便能看见四座雪山的俏丽影像，因此四姑娘山的名字是由音译加形似而来。尽管地处荒寒野僻，目光犀利的古人对此山峰恰有具体记载。《大元混一方舆胜览》"成都府"载："雪山，一名雪岭，在城西，又名西山。"这也是南宋范成大、陆游所称的"雪岭"，即岷山邛崃山脉主峰。"雪岭"作为邛崃山脉的代表也记录在现存最早的巴蜀舆地图《蜀川胜概图》当中。

    天际下，几道银丝为大朵的白云镶起了一条烂银似的花边。冰山自天幕下徐徐升起。随着距离的拉近，线条变得粗犷雄阔，仿佛天地间的一面剔透的屏风。我眯缝起眼睛扫视着最高的幺姑娘雪峰，阳光从峰顶蒸腾起来的白光，与光怪陆离的云朵相交织，在宝蓝天幕下，汇聚成一片被鹰翅和经幡掀起的壮丽旗海。这就是高海拔地区偶尔出现的罕见现象：旗云！在旗云下，一切言语都显得多余和聒噪。旗云是与无边无际的空寂相生相守的。一百年前，从日隆镇到小金县城的路上，亨利·威尔逊拍过一些照片，他欣喜若狂地登上了巴朗山，可惜他没有进入四姑娘山主峰的深处，而那里有他梦寐以求的植物瑰宝。

第二天一早我从日隆镇进入长风荡涤的双桥沟，地面霜花凝冻，树梢冰凌悬垂。此地2000年我来过一次。道路大变，植被也越发茂密，不变的还是沟里的绮丽幻境。四姑娘山的双桥、长坪、海子沟里，只有双桥沟是多年林区，已经不大容易见到参天古树了，云杉、冷杉、红杉、吊尾云杉、方知柏、侧柏、连香树、红桦、银桦、杨柳等成了高耸乔木的继任者，间或有造型诡谲的粗大沙棘树，似乎才诉说着双桥沟的古老植物史，它们一律被木条紧紧绑缚着，这是防止路过的马匹啃吃树皮而采取的措施。乔木掩映飘垂袅娜的松萝，地面上遍布冰碛砂石与涓细的潜流。龙胆草举起一朵朵蓝色的喇叭花，与贴地的杜鹃花、红棘果、带刺枸骨、胡颓树、蕨类一道，构成了移步换景的妙境。威尔逊称为"梦幻之花"的蓝色高山罂粟花，在高地上静静摇曳……

我走得很累，听着碎石跟鞋底摩擦的声音，沙沙沙地怪响，莫名其妙地想到了桑蚕吐丝的方式。山坡上的雪线就如同冰川吐出的丝，已经被无数的流云带走了，尘埃落定时，冰雪依然，山峰依然。几千年一晃就过去了，几万年就像打了个盹儿，屈辱得失如丝，在沉浮里随风明灭。至于我自己吐出的丝能不能结成丝茧，根本就无须去过问了，也没那心情。喝醉了酒，人们习惯性地会重复一些励志之言：我是只问耕耘，不问收获！祖宗为后人创造了很多精神资源，只等待你去用来自行武装或者缠裹伤痛。作茧自缚符合进化的生存规则，莫非丝尽之时，才是一个人脚踏实地之始？而我又如何能使吐丝的方式更为持久？从哪里能获得这些坚韧而纯粹的资源？以真丝的光照去逼近汹涌而来的危机或感动？想到此，一股异样的血，正从我的骨髓里冲过,却立即渗漏于高地,随干燥的风飘曳而走了。

　　中午在沟里的一座客栈休息时,飘起了细雪。不是片状,不是雨雪,不是晶莹剔透,而是干燥的齑粉。细雪造型并不一致,细雪飘落在桌布上,飘落在酒杯里,飘落在我的掌心,它们并不急于融解,这是我从来没有见过的带有绿意的雪。云南玉龙雪山地理特殊,不白而绿、绿雪万仞,那是嶙峋山石的灌木、苔藓与白雪辉映形成的,历史学家李霖灿命之为"绿雪奇峰"。但双桥沟的绿雪细碎而慢飞,一步三回首。一阵长风劲吹,一会儿我看到漫天飞舞的绿雪,就像四个姑娘旋舞的绿罗裙……

　　我问当地牧民,他们无法解释这一现象。他们只是说,四姑娘山的几大冰川斜面边缘,的确生长有一些苔藓。苔藓植物不同于一般的陆地植物,它们没有维管束构造,所以输水能力不强,可以在冰雪季里以干燥的状态生存下来,等到天气回暖再谋生长。我恍然,这些绿雪不是来自天上,而是被硬风从冰川斜面刮过来的。果然,风力减弱后,空中的绿意渐渐消散。一旦从山巅回旋而下的风再起,绿雪又飘洒而至了……

　　下午继续往山里攀登。海拔 3500 米之上是独立王国,气候不受周围影响,它自给自足,不停地下雨,不息的雾凇与孤月朗照……但是,它的吐纳功夫与别的名山不同之处在于:云与雾可以造型,可以彼此转换,云雾与精灵构成了一种停云,它们并不需要躲避阳光,反而在强光下放荡,渐次妖冶。这里有孤零零的一片一片的冷杉林,因为采取紧紧相拥、密不透风的站位,看上去却是发黑、发蓝色。它们豹子一般待在坡度陡峭的山肩修身养性,吐纳湿度极大的雨雾,一团团从密林间涌出,就像志怪、传奇的母体一样,于瞬间生成,又在瞬间完美和谢幕。

　　走着走着,绿雪又飘然而至。也许距离冰川更近了,这一带的雪,颜色更加碧绿,在掌心化开,像豹子的眼泪。

　　前几年,我为了完成词典式散文《豹典》,曾采访过多位冰川山地学者、登山者和藏地村民,从卧龙保护区到四姑娘山景区内,豹不但有分布,而且数量逐年回升,这有保护区的红外视频为证。景区管理局科研处杨晗处长近年在双桥沟与吉斯沟交汇处就多次发现雪豹踪迹与粪便,那里海拔在 4800 米左右,乱石纵横,是岩羊与雪豹的分布区。萨(藏语白豹子)和贼(藏语黄豹子)无疑是那里的君王。而 1980 年之前的情况却非常让人忧心。我手头有一部中国科学院成都生物研究所主持编纂的《四川资源动物志》,这套 5 卷本的权威动物志写作于 20 世纪 70 年代末期,反映了四川野生动物的分布与当时的状况。在施白南、赵尔宓主编的该书第一卷《总论》(四川人民出版社 1982 年 7 月第二版当中),就清楚地展示了豹的处境。

华南虎、金钱豹在这本《四川资源动物志》里,列入"药用动物"。真实记录的捕杀数量是:"豹骨能追风定痛,强筋壮骨。提供豹骨的豹除金钱豹和雪豹外,尚有云豹和金猫(医药上称为杂豹),其产量仅凉山、甘孜、阿坝三州,1977 年就产 1100 余斤。虎骨能祛风、强筋骨、定痛、镇惊,最高年产量达 90 斤(1960)……"

豹骨甚轻。一头成年豹子,风干的骨头重量也就是 15 斤左右。"阿坝地区在 1975 年产豹骨 192 斤,甘孜州除了上缴虎骨之外,豹骨的产量,单是 1977 年,就为 918 斤。"物华天宝的甘孜州啊,成了无可争议的执牛耳者。本书编撰者也有忧心忡忡的表达,哀叹"豹骨、猴骨和獭肝等重要药材,近年来产量不多了"。

从这些收购记录可以发现,华南虎、豹属首先是从人口稠密的川西南一线消失的,继而在川中地区消失,再波及川东,最后的孑遗在川西、川北山区。可以肯定的是,川西、川北地区,至二十世纪七十年代末期,仍然有为数不少的野生华南虎和数量更为庞大的野生豹属生存。海子沟在 1993 年以后豹子消失殆尽。它们的皮毛,美丽着这个世界的欲望。

雪豹,注定不是这个世界的华美披肩与附庸。

如今的雪豹像是避谶一般,一闪,就融化在红外照相机的焦灼守望中。偶尔突入人们想象空间的雪豹,至多是它浮在冷空气中的嚎叫,叫声类似于嘶嚎,不同于狮、虎那样的大吼,也没有云豹那般嚣张。普宁在小说《高加索》里描绘了雪豹的叫喊:"有时在半夜里,恐怖的乌云会从崇山峻岭中蜂拥而来,刮起翻江倒海的暴风雨,闪电不时把喧闹的、像坟墓一般漆黑的树林照得像神话中的绿色深渊,高空中不断炸开古已有之的隆隆的雷电。这时林中的山鹰、雪豹和胡狼全被惊醒,发出一片啼声、吼声和嗥叫声……"胡狼被冻得不行了,竟然去求人开门,但雪豹远远地喊着,声音像鞭子令风暴加速,并使房梁发出碎裂声。这种发声术符合地缘语境,雪野总是松软的,声音一旦散开,迅速被空气胶着,在一个连岩石也陷入沉睡的领地,雪豹的叫声只是摇落了一层雪花,并设置完备雪花之下的陷阱,然后,一切均归于岑寂。

雪豹是食肉动物栖息地海拔高度最高的一种,它们在强烈的直射光线下造型,并赋予环境一种出尘的姿态,就好像它们是在等候来自空中的召唤。在四川西北,雪豹的栖息环境主要有四种,即高山裸岩、高山草甸、高山灌丛和山地针叶林缘,它从不进入森林,那显然是另外霸主的产业,尽管它在不同季节之间有沿山坡垂直迁移的习性,夏季栖息的高度大多在5000米,偶尔在高山草甸也有它的踪迹,但它始终将冰雪覆盖的峰巅视为自己的巢穴。如此大范围的上下,必须具备一种傲视的技能,尤其是速度的天赋。有一个数据可以说明一些实情,雪豹面对五米的高崖可以一纵而上,一跃可以跳过十五米宽的山涧。尽管具有异能,但它总是缺乏表演的心情和胆量。

奇怪的是雪豹的尾巴在比例上简直是一个异物,约与体长相等或为体长的四分之三。尾巴不但长,而且尾巴上的毛也长,显得特别蓬松肥大,尾梢也不呈尖细状,走起路来特别显眼。有的雪豹由于尾巴过于粗大,似乎行动不便,而养成了盘尾的习惯,久而久之形成卷曲的圆圈。这种造型对猛兽来讲并不是一件好事,这容易让我们联想到维多利亚时代的鲸骨长裙。但造物主赋予雪豹的尾巴必定含有启示和功用,最直接的效果是,每当它急速地在雪地奔驰,下陷的重力总可以被宽大垂长的尾巴分担,并在身后铺开,使得它不至于下陷过深,并迅速从雪面获得再次上跃的作用力。这样看来,雪豹就像一艘从冰川滑行而过的快艇,以最浅的吃水,获得最大的速度。

雪豹平时独栖,仅在发情期才成对居住,一般各自有固定的巢穴,设在岩石洞或乱石凹处,大多在阳坡上,往往好几年都不离开一个巢穴,这显示了它们恋旧的品行,这种德行与高地的时间具有同构性质,均是在一种胶着、凝聚的氛围中展开回顾和观察的一角。

雪豹是四姑娘山的一个图腾,仿佛神明的作品横空出世,它耀眼的环纹是神明的大手印。在《密勒日巴大师歌集》里,尊者就以绝对的自信和无畏的定力,心住正见,唱了下面这首歌:

> 雄住雪山之雪豹,
> 其爪不为冰雪冻。
> 雪豹之爪如冻损,
> 三力圆满有何用?

"三力"是指雪豹或虎具有三种威力,皮之不存,毛将焉附?豹子的爪通达内心,既是力量的终结点,也是被大手印抚摸剩下的火焰。后来传言尊者已坐化,徒众们准备到拉息雪山去挖掘尊者的遗骸。他们快要抵达尊者住穴时,忽然看见对面一个大磐石上,有一头雪豹爬上盘石,并在石上张嘴弯腰地打了一个哈欠,他们注视神兽良久,最后它才离去。

尊者说道:"我在崖石顶上曾看见你们在对山休息,所以知道你们来了。"

释迦古那说:"我们当时只看见崖石上有一头雪豹,并未看见尊者,那时您究竟在哪里啊?"

尊者微笑道："我就是那头雪豹啊！得到心气自在的瑜伽行者，于四大有随意转变的能力，可以发现任何形状物体，变化万端，无有障碍，这一次我也是特别对你们这些根基深厚的徒众显示了这点儿神通，你们应对此事守密，莫对人言。"

雪豹在高原上具有一切造型也是不过分的，它甚至成为一些民族的图腾。除了它据守着距离天庭最近的神山，它的生活就等于展开了一幅得道地图，它现身时，虔敬者总是惊悸：莫非是密勒日巴大师在考验自己的定力？

四姑娘山的海子沟与卧龙保护区相通，海子沟面积达 126.48 平方公里，因有花海子、犀牛海、双海子等星罗棋布的海子而得名，被誉为"徒步人的迷宫"，真正属于探险家。这一带也是雪豹的栖息之地，它以三四百平方公里的游猎地缘，勾勒出它的领地。

我曾经看到过一位学者的寻豹文章，他说，高地上凡是有寺院的地方，就有雪豹。这未必是严谨的学术观点，更可能是一种心性的使然，如同彼此取暖。我没有在海子沟里发现寺院，只看到了几个冰雪覆盖的玛尼堆。豹子会从玛尼堆边走过，比经幡飘得还快，以至于从不留下痕迹。

下山的路上，我突然想到了那些玛尼堆，想到了那些像脚印一样的小块玛尼石。大自然毫不费力地证实了冰川、雪豹与神灵的三位一体。结果呢，就像一头豹子成功突入我们的灵台。深爱自然的人，真正懂得敬畏。唯一担心的事情只是在于：唯恐豹子埋藏得不够深入！自己留不住它！于是，他们开始祷告。豹子埋在他们的上翘的尾音里，埋在他们的脊背，毛贴着皮肤，能够闻到河流、森林、篝火的气息，能够听到很久以前，豹子喷着热气将冰川的早晨渐渐融化的声音，能够摸到水的颜色和山的身体，能够看到豹子带动着冰川的神韵而去。那豹子一遍又一遍掠过大地，如同象牙梳子一般翻开灵与血，占领又放弃，在毁坏之后又垦殖，是雪域的凉风一遍又一遍吹过，通达根性的透彻与敞开。人太渺小了，人在豹子身下辗转翻腾,像一个鞭子下的陀螺,把每一次鞭子的闪电,铭记成忧伤的花纹以及驯服的圣火,我记住了豹子忘却尘世的柔和线条——像一根修长的钉子,钉尖还凝聚着一点儿白霜……

我转过身来回望,开始想象那些匿于雪峰深处的豹。绿雪飞舞,盘结在四姑娘山山峰的旗云,在迅疾消散,如同一个庞大的军团开始一股股地奔腾而去。我听不到那些拥挤的蹄声和大纛的劈风声响,在群峰之间,突兀的石头与冰雪已经模糊,我看见雪峰下的石头像刀锋一般内敛,淡淡地一闪即逝。

猛 禽

◎ 王 族

胡兀鹫

因喙下长有一小簇黑毛,看上去像胡子一样,故得名胡兀鹫。

胡兀鹫的别名很多,被人们常叫的有大胡子雕、萨哈勒图-失勒、胡子雕、髭兀鹫、髭鹰、胡秃鹫、胡子鹰等,除了萨哈勒图-失勒一名外,其他的别名都与它们的胡须有关,而萨哈勒图-失勒一名,念起来叽里咕噜,也许是少数民族语言。

十余年前听到人们议论胡兀鹫的胡子,便想,既然胡兀鹫的胡子有文章可做,那么一定是非同一般的胡子。后来见到胡兀鹫,习惯性地往它们嘴下面看,便看到了那一小簇黑毛。倒也不阴森,但是和它们从嘴巴向上延伸,一直到额头的那两绺黑毛搭配在一起,便将两只眼睛淹在里面,就显得阴森多了。更让人恐惧的是,它们张开嘴去叼食物时,那一小簇黑毛便垂直竖立,似乎那不是一小簇黑毛,而是一把刀子。

帕米尔高原有一位柯尔克孜族驯鹰人,有一日见到一只胡兀鹫,总觉得它哪里不对劲,看来看去才发现它嘴下面没有那一小簇黑毛,看上去像是被硬生生扯掉了,还残留有隐隐伤痕。没有那一小簇黑毛的胡兀鹫真是可怜,它从来不往众多胡兀鹫中去,一直孤独地站在岩石上,有鸟儿从附近飞过便扭头去看,直至那鸟儿在天空中变成小黑点才转过头来,一副蔫不拉叽的样子。

初见胡兀鹫,便看出它们是很能飞的禽类。一只胡兀鹫从林中飞出,几乎垂直上升,到了一定的高度后便用翱翔方式飞行,看上去既节省能量又保持体力。胡兀鹫最长能在一天内翱翔十个小时,而且中间从不停歇。有一位牧民在山中放羊,第一天见一只鸟儿在天上飞翔,他想看清它是什么鸟,但它倏忽一闪便已飞远。第二天又见那只鸟儿,但因为它飞得太快,还是没有看清楚。他想该不会是碰到了一只胡兀鹫吧,除了胡兀鹫,还能有什么鸟儿能飞得那么快呢?他隐约记得猎人们说过一句谚语:最厉害的猛禽,总是藏着爪子。只有胡兀鹫才会飞得那样高又那样快,别的鸟儿纵然使出浑身力气也不可同其相比。第三天那只鸟儿又出现了,那牧民已断定它就是一只胡兀鹫,便仰头高喊一声:胡兀鹫!他话音刚落,那只鸟儿在空中一闪便不见了。那牧民嘀咕一声,胡兀鹫真是怪鸟,听不得人叫它们的名字。

那几天的运气好,先是看到了胡兀鹫垂直向上飞翔,很快就消失在了云层中。它们能飞多高,牧民给出的答案让人一惊:胡兀鹫是飞得最高的禽类,有飞行高度达到八千米的本领。八千米高空中的云朵,远看如同移动的蘑菇,临近后便可发现是气流。胡兀鹫飞入气流后随之升高,翱翔到更高更远的地方。它们飞得那么高并无企图,只是有能飞高的本事,如不到达便似乎是浪费。但它们飞得太高亦有弊端,常常在肚子饥饿时,因为看不清地面的动物,又不得不往下飞。熟知胡兀鹫的驯鹰人说,飞得高是一种本事,能吃到地上的食物是另一种本事。如果只知道往高处飞,最后把自己饿死了,那是傻子;如果只知道吃地上的食物,胖得飞不高,那是笨蛋。

第二天在一个草滩中,又看到了贴地而飞的胡兀鹫,它们从高空落下后并不直接落地,而是微微转动尾羽,在离地面很近的高度快速飞行。在这时候才能看清胡兀鹫体形巨大,体长在一米以上,而像扫帚一样的尾羽展开后,则长达三米。它们不论贴地而飞多久都不会停住,而是一定要进入有遮掩的地方,譬如树林、石堆、草丛等,落入或进去时不发出任何动静,让人发现不了一只胡兀鹫已落了下来。有一天,我们在林中走动,惊动树上栖息的一只胡兀鹫，它立即起身飞走。我觉得一团阴影倏然闪了过来，便本能地一躲，待定了神去看，胡兀鹫已倏然飞高，地上没有了阴影。

与牧民说起胡兀鹫，他们说，唯一可与胡兀鹫相近的飞禽是秃鹫，但胡兀鹫比秃鹫大出很多，曾有人见一只胡兀鹫和秃鹫在一起，秃鹫的头仅到胡兀鹫的腹部。胡兀鹫一动，秃鹫便惊慌离开，像是害怕被胡兀鹫的爪子踩倒。有一只秃鹫抓到一只兔子，没吃几口便被胡兀鹫发现，当秃鹫发现头顶上有一团阴影覆下，甚至没有抬头看一下便飞离而去。秃鹫知道，有那么大阴影者必是胡兀鹫，它争斗不过，干脆放弃。

胡兀鹫的翅膀在平时显得颇为巨大，让人觉得它们正是因为有那样的翅膀，才会在浩渺辽远的天空中完成无与伦比的飞翔。但到了发情期，它们的翅膀却会发出酷似笛哨的声音，无论发出声音者是雄鹫或雌鹫，一旦被异性鹫听到都会追去缠绵。胡兀鹫的交配亦与众不同，常常会有两只雄鸟与一只雌鸟轮流交配。到了秋天，怀孕的雌鹫便归入巢穴产卵。雌鹫孵卵期间，两只雄鹫在周围轮流照顾，如侵犯者接近必会受到猛烈攻击。一般情况下，雌鹫会产下两枚卵，孵出的两只雏鹫会相距一周出壳，而且第二只明显比第一只小很多。胡兀鹫会像母狼对待狼崽的优胜劣汰一样，如果食物紧缺，第二只会成为第一只的充饥食物，而造成这一惨剧的原因，仅仅是第二只比第一只小，没有抵御能力。两雄一雌三只胡兀鹫对巢穴中的残杀毫无反应，也许保证日后在高空飞翔的前提，就是在出生后进行一次优胜劣汰，强者从那一刻起便心硬如铁，视畏途为无有，而弱者则干脆被吃掉，免得在日后力不从心，有辱灵魂。

有一人曾见过胡兀鹫的巢穴，是一个用细枝堆成的平台，铺有枯草、毛发、毛皮等。胡兀鹫对巢穴极为讲究，会在相距不远的悬崖、岩洞和壁缝中，构筑出四到五个巢穴，在未来的几年时间里间隔使用。可见胡兀鹫是很会计划，且从容不迫实施计划的禽类。

有时候，胡兀鹫与秃鹫结群活动，但胡兀鹫比秃鹫机警，一旦发现病残体弱的旱獭、牛、羊等动物,就会从高空直接扑向目标。对于鼠、鼠兔和小鸟等小型动物,胡兀鹫往往一扑便可获得,然后直接吞食。遇有无法下口的较大动物时,胡兀鹫会俯冲过去将其抓起来,飞到百多米高空,将其投下在岩石上摔死,然后落下吞食。如果连摔多次都不能摔死,便只好放弃。胡兀鹫出没的地方,常见山岩上有动物骨头暴晒,那是胡兀鹫吃完肉后留下的。

在牧场的那几天,我们遇上了得瘟疫的黄羊,牧民把我们挡在霍斯(毡房)里不让迈出一步,后来黄羊群亦感觉到了瘟疫的可怕,成群迁移到了一条河对面的草场上去了。牧民说黄羊知道瘟疫蔓延不过河,所以它们在河的另一边放心吃草。而得瘟疫的黄羊却一只只倒下,并很快传来一股难闻的味道。一天早上,一位牧民突然大叫一声来了,说着往天上一指。大家便都往天上看,就见从云层中落下了几只胡兀鹫,它们喜食腐肉,发现黄羊尸体后,先翱翔观察,然后便落了下来。但它们并不直接落到黄羊身上,而是先落于一处窥视,确认没有险情后便近前吞吃。一具庞大的黄羊尸体,很快被它们吃得只剩下骨头。牧民说,胡兀鹫如果碰不上尸肉,就会取食腐尸的骨头,将小块的完整吞下,而对不能弄碎的大骨头,亦带至百米高空,向地面坚硬的石头上扔下,将其摔碎后再吃。这种习性与鬣狗食碎骨的习惯很相似,所以胡兀鹫亦被称为"鸟中鬣狗"。胡兀鹫之所以嗜食腐肉,得益于它们格外有力的嘴。很少有动物与胡兀鹫打斗,它们都怕胡兀鹫尖利的喙,无论与胡兀鹫打斗或争食,如果被它一喙啄下便会被撕出一块肉。

一般情况下,它们不和其他猛禽争抢食物,而是等在一边,等它们吃完后才去捡吃剩下的残肉、内脏和骨头,吃完后会将血迹打扫干净。如果饥饿难忍,它们便利用乌鸦、鸢、豺、鬣狗等动物,等它们发现腐尸或捕得猎物后,便飞去夺食。

那几只胡兀鹫吃饱后飞走了,牧民望着它们说,胡兀鹫虽然是猛禽,但也有不力之时。有一只胡兀鹫，在裸露的山顶上潜伏许久，发现山坡上有几只野兔。它已特别饥饿，便盘旋俯冲向其中的一只野兔，但一只大约半岁的小狼突然蹿出，惊扰得那只野兔逃窜而去。胡兀鹫怒了，飞过去用铁钩一般的爪子抓住小狼，飞向高处准备将小狼摔死。小狼性猛，死死咬住胡兀鹫的爪子不放，胡兀鹫疼得在空中忽上忽下，最后因失去平衡，一头从空中栽下。但胡兀鹫并未松开爪子，紧抓着小狼一起掉了下去。

两声惨叫过后，山谷中复归平静。

秃鹫

写了胡兀鹫，不可不写秃鹫。

牧民常说一句话，胡兀鹫猛，秃鹫狠。他们所说是指它们对待猎物时的习性，对人，它们倒构不成威胁。

秃鹫和胡兀鹫不是同类，但常常被人们混淆。区分它们的办法是，胡兀鹫的羽毛又粗又长，一动便抖出一片波纹。而秃鹫的羽毛又细又短，像是紧紧贴在身上似的，即使有风吹到它们身上，也只是微微波动几下。所以要看清秃鹫和胡兀鹫，从它们的羽毛上就能得到答案。驯鹰人为此还总结出一句话：羽毛长，飞得高，谁也比不了的胡兀鹫；羽毛短，飞得低，除了秃鹫还有谁？

有一年在阿勒泰的那仁牧场，一位牧民说那几天附近出现了秃鹫，大家便一起去看，刚爬到牧场后面的山冈上，便看见一只秃鹫在吃一只病死的黄羊。黄羊在牧民眼里是一身毛病的动物，每年开春青草刚冒出芽，它们便冲进牧场啃吃一番，让牧草的长势受到严重影响。黄羊的毛病还不仅于此，它们吃饱后还会在牧场上蹦跳和奔跑，把刚刚啃食过的青草踩倒，甚至踢出土中，让草场再次遭受践踏。黄羊如此作恶多端，似乎是它们生命中最后的疯狂，一旦春天气温升高，它们马上会面临危险，常常被猝不及防的瘟疫袭击，成批倒在牧场上。那天出现在我们面前的那只病死的黄羊,就是得瘟疫而亡后引来了一只秃鹫,正被吃得欢快呢!

我们躲在石头后面悄悄观察了一阵子,发现秃鹫在吃食方面和胡兀鹫极为相似,秃鹫也吃动物尸体,尤其偏好腐烂的动物。那只黄羊太大,那只秃鹫吃不完,便鸣叫着驱赶走盘旋欲落的乌鸦,并唤来周围的秃鹫,落到黄羊身上饱餐了一顿。吃完,它们把碎骨和地上的血迹清理干净,然后才振翅飞离而去。牧民说,秃鹫在这方面是有功劳的,人们都称它们是"草原上的清洁工"。

那几天,接连有几只黄羊得瘟疫倒在了那仁牧场上,牧民怕羊群被传染,便死死把它们关在圈中。一只秃鹫把一只黄羊尸体饱食了一顿,很快便引来一群秃鹫,它们用了一天一夜,将那几只黄羊腐尸吃得干干净净。牧民在事后总结出一句谚语:只要有腐肉,秃鹫不会走。每当有羊染瘟疫而死,牧民便将其扔在山坡上,自有秃鹫会把它们吃掉。

有时候,动物之间有着惊人的相似性。譬如吃掉腐尸,防止瘟疫传播,狼在这方面像秃鹫一样亦是功臣,它们会把得瘟疫而死的黄羊、野猪、鹿和兔子等吃得干干净净,可避免瘟疫在草原上传播。动物得瘟疫而死一般都在春天,此时的狼在牧民心目中是神,他们甚至认为狼是上天派来平衡草原生态的,他们为此总结出的说法是:如果没有狼,瘟疫会将草原毁掉,甚至人也难逃厄运。所以说,狼并非是牧民的天敌,他们对狼是既恨又爱,与狼之间的复杂感情久已有之。

后来的一天,我们又看到了秃鹫吃牦牛腐尸。以前没有想过它们的喙会派上什么用场,直到看到它们从容撕扯和啄食尸肉,才知道它们尖利如钩的喙有多么厉害。此前有一人见到这头牦牛毙命后,一只雪豹在跟前忙活半天,也撕不开牛皮,气得甩了几下尾巴便离去。一只秃鹫落到牦牛尸体上,一口咬下去,便像刀子一样划开了牛皮。它不吃牛皮,而是把喙伸进尸体的腹腔内,拖出里面的内脏食之。那人发现,那只秃鹫的脖子上长着一圈长毛,它食牦牛尸肉时,那圈羽毛便像人类使用的餐巾,防止血迹弄脏身上的羽毛。那只雪豹并未走远,见秃鹫吃得那般欢实,便复又跑了过来。秃鹫觉察后将脖子一弯,把头藏到了腹下。稍待冷静观察,头一仰迅速飞走。那雪豹看了看牦牛的尸体,发现只有一个小洞,复又失落地离去。

那几天,因为我们来得正是时候,不但看到了秃鹫啄食动物腐尸,而且在后来又发现秃鹫是侦察高手,常常飞到高空观察小型哺乳动物的活动情况。说到哺乳动物,不妨多写几句,动物中的哺乳喂养方式,让有些哺乳动物长得身单力薄,在大自然中成为弱者。但哺乳动物喜欢抱团,在觅食、走动或栖息时,常常聚集成一群防止天敌偷袭。秃鹫掌握了它们的这一规律后,便盯上那些走散或落后的弱小者,常常在它们孤零零地躺在地上,或独自在草丛中走动时,凌空突然而下。但秃鹫不会直接扑上去,而是飞到低处,察看其腹部是否起伏,眼睛是否在转动。倘若那动物有动静,便断定它是活物而不是死尸。判断完毕,秃鹫会迅速扑抓下去,先是啄瞎对方的眼睛,然后又用爪子将其脖子扭断,才开始慢慢吞食。秃鹫如此快速的捕杀方式,只能在较小的动物身上完成,譬如兔子、松鼠、旱獭等等,而它们的大小也刚好够秃鹫吃一顿。吃完后,秃鹫会发挥"草原上的清洁工"的美德,把散乱的羽毛和地上的血处理干净,才会飞离而去。

倘若秃鹫在高空中侦察到的动物没有动静,便断定其为一具死尸。但它们仍犹豫不决,既想马上吞食,又怕受骗遭到暗算。经过又一番观察后,它们向死尸伸出嘴巴,但却将双翅展开,随时准备飞走。如果对方毫无反应,它们会迅速啄一下尸体,马上又跳开。之后,它们再次察看尸体,断定其仍然没有动静,便扑到尸体上吞吃起来。

与那仁牧场的牧民聊起秃鹫,他们说秃鹫有时候飞得很高,未必能发现地面上的动物尸体。但其他食尸动物,如乌鸦、豺和鬣狗,则成为秃鹫可利用的目标。有一位牧民的一只羊死了,他忌讳吃死了的羊,便将其扔到山谷中。结果那件事遭到众牧民的指责,因为牧区多雨,羊腐烂后被雨水一冲,就冲入河中,极有可能会污染河流,人和牲畜饮过河水后会被感染。

这样的例子在历史上曾出现过,汉朝的中行说,曾为匈奴的单于出过一个主意:当时匈奴所居之地是河源,他们将得瘟疫而死的马和羊投入水中,让河水受到了污染,紧追身后的汉朝大军喝了那河水,轻者拉肚子,重者中毒而亡,就连神勇的霍去病也因饮了那水,最终毒发身亡。这就是中国历史上最早的细菌战,其手段就是利用得瘟疫而死的马和羊污染河水,对汉朝军队构成致命打击。

那牧民被众牧民教训得抬不起头,遂赶往那个山谷去寻找那具羊尸,准备将它埋掉。他进入山谷后发现有几只乌鸦、豺和鬣狗在撕扯那具羊尸,弄得地上一片血迹。他还未走近,就见自山谷顶部降下一片黑影,是一只秃鹫,它发现乌鸦、豺和鬣狗正在撕食尸体,便迅速降落下来将它们驱赶离开,然后开始啄食。

我们快要离开那仁牧场时,从牧民的议论中又听到秃鹫身上的另一奇特之处。他们说秃鹫不是单一的猛禽,它们在争食时,面部和脖子会出现鲜艳的红色,这是在警告其他秃鹫,此地已属它们专有,不容许干扰。有一位牧民曾看见,一只秃鹫与另一只秃鹫争食,它们的面部和脖子都双双变得鲜红。其中一只招架不住,无可奈何地败下阵,不得不离开已到嘴边的动物尸肉。

因食变色,此为秃鹫身上的一奇。

那位牧民在后来又看到了惊险的一幕,那只失败的秃鹫引来好几只秃鹫,将正在埋头吞食的那只秃鹫围了起来。一只蓄意报复的秃鹫,和另一只得意忘形的秃鹫,注定要挑出事端。那几只秃鹫飞扑过去,就见那只秃鹫双翅乱动,身上的羽毛像飘零的树叶,很快便落了一地。那只秃鹫心烈,等众秃鹫散开,便挣扎爬起欲扑向众秃鹫。众秃鹫亦怒叫,它遂被吓住,才不得不转身离去。

那位牧民看见,离去的那只秃鹫脖子上的红色,迅速暗了下去。

荒漠生命的内敛之美

◎ 半 夏

走甘肃河西走廊酒泉到敦煌这一段，是冲着珍藏着古文明的敦煌去的,要去感受东方佛教艺术的辉煌,没承想,在茫茫戈壁和荒漠上行走的旅途中,满目的荒漠生态。待近观荒漠植物后,它们表现的内敛之美及适应恶劣环境的生存演化法则震撼和吸引着我。

心底有两问:人类的许多古老文明发祥于现今的荒漠地区,为什么?世界各地的荒漠大都是石油、天然气以及其他矿物的丰富产地,为什么?

答案似乎很简单:从前这些地方有原始森林,它们倒下后演变为石油、天然气。从前这些地方不是荒漠,都是绿洲,因而最早的人们也在这里生息,在此处留下古老文明的痕迹。

这样的答案等于没说。两个叩问或许要延伸到土地荒漠化研究上来方有意义。其实,世界荒漠化研究正受到重视。原因多种,人口的增加促使人们思索开发荒漠的可能性,但现实是过分放牧及滥采滥伐已使许多半干旱地区呈现荒漠景观,这更加引起生态学家的关注。

荒漠是植被稀少或缺水的干旱地区,数字指标是年平均降水量在250毫米以下。荒漠生态环境水分的缺乏限制了绿色植物的生长,而绿色植物的生态直接或间接地影响着依赖绿色植物为生的动物和微生物的繁衍。荒漠生命的种类由荒漠生态的主要指标大气(也包含风力、风向)、土壤成分、降水量、温度等决定。

参观敦煌莫高窟后,回到大巴摆渡站,等朋友的车从市里来接我和同伴的时候,百无聊赖间我蹲下身子观察起干旱盐碱化的地表植物来。云南人口头不时说到的一个词"干皮料草"这时用于形容我疲累的情绪和地上那些草都非常恰当。

我蹲下身去是妄想在这些地方拍到很多异于云南的虫虫。虫虫没见,镜头聚焦放大了那些我从来没见过也从来不认识的低矮植物。

它们细碎的花朵花瓣多半膜质化了,茎叶几乎都是灰淡色,叶子常异化为肉质小棒状或刺状,以减少叶表的水分蒸发,有些种类竟然没有叶子,灰淡的茎就是光秆秆。但那些正开着或已枯萎的小花在小微视界里的姿态有异乎寻常的美——膜质花瓣干燥而透明,有如矿物结晶体般不会再腐朽下去的纯粹气质,惹我怜爱。先前来时路边拍到有长长银亮螺旋状纤毛、远看像蒙蒙雾状絮的美丽植物又是什么呢?

太多的疑问催促我快做功课,搞个明白。晚上回到宾馆,有网络时我调出那些图片来一一辨识,因为无法从外表对它们进行直观粗浅的分类,所以只能很笨拙地找准它的外部特征进行细致描述,最后通通冠以"荒漠"这样一个前缀。大海捞针,老天不负有心人,查出它们大多属于藜科的白茎盐生草、猪毛草。它们与我日常认知的藜科植物菠菜、灰条菜也太不像了。

在河西走廊敦煌、阳关、榆林窟、嘉峪关、金塔、酒泉一带穿行,从高处往低处看,我见到的最大的树是小白杨、胡杨、榆,然后便是最多三米高在我看来不能算乔木的红柳了。

拍摄的荒漠植物越来越多,问当地的朋友,除了大的几种树他们叫得上名,其他戈壁上那一蓬蓬的矮灌丛统统叫蓬蓬。

网上相关荒漠植物的资料太少了,分类更是因为各地的民间叫法不同而乱麻麻一片,很多灌丛不分种类,笼统叫"风滚草"。荒漠上起大风,灌丛们的地上部分被风卷起,都会在地上滚跑。

西北人命名他物爱用叠字,比如把一种小吃叫"呱呱",听起来有一种亲切深爱娇宠的情感在里面，一些西北民歌的歌词也给我这样的印象。于是模糊的印象里，草们除了叫"蓬蓬"外，还听过"芨芨""梭梭"等。这一来倒又给我做粗浅的分类研究找到一个反方向，既然当地人叫这名，百度里输入或可找到蛛丝马迹，因之回溯它们的正宗正脉，果然。

梭梭草是一种耐风沙、抗干旱的草，它不仅能防风固沙，更重要的是庞大的根系能庇护一种珍贵的药材植物——肉苁蓉，此神物寄生在它的根部。梭梭又叫香附子、回头青，莎（音 suō，同梭）草科，它名叫梭梭源于此吧？梭梭大面积种植不仅能起到治理生态的功效，而且经济效益极为可观。

白茎盐生草，藜科，是盐生草属的一年生草本植物，生于干旱山坡、沙地和河滩。它的植株用火烧成灰后，叫蓬灰。当地人在困难时期拿它代替肥皂、洗衣粉洗衣服和被褥。蓬灰，可添加到面粉里制作各种西北风味面食，兰州拉面里是一定要添加此物的，这又让我联想起我妈妈在端午时节包粽子，一定是要用一些草梗子烧的灰化在水里泡糯米，这样用草木灰水泡的糯米包出的粽子吃起来才更加软糯香甜易消化，想来也是同一个原理，皆用其灰中"碱"——钾离子、钠离子形成的氢氧化钾、氢氧化钠来中和发面和糯米中的酸。白茎盐生草自然也是荒漠动物的饲用植物。

那天去访榆林窟的路上，见路旁红柳林里有人牧骆驼，停车走近那些骆驼，它们正在吃一种叫骆驼刺的豆科植物，地上几乎全都是骆驼刺，它们长得一簇一簇的。骆驼刺在六七月间开花时是蜜源植物，有资料显示骆驼刺在刮大风时，自个儿的针刺会扎破自身的叶片，叶片伤口处分泌出甜汁，经风吹日晒，甜汁浓缩成小块，取之可食，民间叫它刺糖，煮水可治痢疾或上吐下泻病。刺糖在唐代时为贡品，称刺蜜，色如琥珀，诱人，珍贵。当时它随了丝绸之路远销中原各地，唐代边塞诗人岑参有诗云："桂林葡萄新吐蔓，武城刺蜜未可餐。"诗中指明葡萄吐蔓时，骆驼刺的刺蜜尚未结成颗粒。骆驼刺地面部分长得矮小，但它却有庞大的根系深深扎入地下。如此庞大的根系能在很大的范围内寻找水源,吸收水分,矮小的地面部分有效地减少了水分蒸腾,因而骆驼刺是荒漠中一种著名的主流植物。

红柳是荒漠生态环境里一道艳丽风景,十月下旬的深秋时节,它把荒漠孤寂的枯索染得热烈起来。红柳又名柽柳,属柽柳科。其实我不是第一次见它,1984年在云南大学生物系读书时校园里会泽院西侧便有一株在云南显得非常珍贵的柽柳树,它叶细如柏,教我们分类学的老师特别地提到它。很多年里我打它身边过,都要看一看它,从没见它开过花。这次我见到了红柳的花,虽不是种群的盛花期,但它的穗状花序也很美。红柳遍地生根、开花、结果。沙地下的红柳根同所有荒漠植物一样有很深的根系,根系触须最深长的可达三十多米。

红柳具有很高的经济价值,农家爱用纤长的红柳枝编制箩筐、盖房子用的房席、炕席等生活物件。

在嘉峪关长城脚下拍到一种也跟白茎盐生草、猪毛草长得很相似的植物,但它结了两个黑果,令我对它有疑问,天助我也,现知道它大名叫唐古特白刺,属蒺藜科。

除此,荒漠植物里借风传播种子的菊科植物、萝藦科植物、毛茛科的灰叶铁线莲也算常见,我最初看见的螺旋雾絮状姿态的植物果种正是灰叶铁线莲,我是十月底见到它的,错过了它七八月的花期,它的瘦果成熟后炸裂,微细的种子带着长长银灰色的纤毛在风中飘飞,遇灌丛、树木、屋舍障碍,聚集成虚幻雾絮状的一团团银亮,给大地染了一抹梦的气息,灰叶铁线莲是骆驼、山羊的美食,山羊喜食其花和嫩枝叶。而长有肉质厚叶保水能力强的景天科植物也较常见。

从甘肃回云南十天了,我在空闲的时间里一直乐此不疲地做着最粗浅的所见所拍荒漠植物的分类功课,一直在感叹自然的造化之美。

我要为那些生得低矮细碎、姿态模糊淡化、萎缩不显却与恶劣的荒漠生态抗争着的荒漠生命,要为它们在我内心的旷野里唱一曲自己的歌。

而我此刻更愿意借个壳，用智利作家波拉尼奥《荒野侦探》的书名定义我的行为，做自然荒野的侦探。

　　于我这是有意思的抉择。

锦绣草

◎ 黄　风

　　那天，我带着我的"童年"，千里迢迢地见到了它。

　　见到它之前，我的想象在故乡徘徊，像只啁啾的燕雀，看到的仅是红了的枸杞，炽了的沙棘。当然是遍野或满山的，那是它们最陶醉的时刻。

　　盛夏的枸杞，一串串一串串，深秋的沙棘，一嘟噜一嘟噜，把故乡的田野点燃，把山烧得湛蓝。"童年"的光景如火如荼，两种果实吃多了，就拿一枝枸杞或沙棘干仗，将枸杞汁嗞地挤到对方脸上，或者摘一把沙棘捺碎了，摔到对方身上。

　　它就是碱蓬草，见到它时远超乎我的想象。

　　从汾河之滨到辽河口，半个世纪前的我，也就是我的"童年"，一手拽着我的衣襟，面对红海滩眼瞪得老大。仿佛成年后的他，在"长亭外，古道边"，直愣愣地看着。脑后的一撮"后拽拽"，发尖上带着枸杞的甜味，带着沙棘的酸味，被围上来的风戏弄着。

　　8 月的红海滩，"热烈"还在酝酿中，不及熟透的枸杞或沙棘火红，但已经十分壮美。风拂过的时候，像没有烈焰的柔火燃烧，折一棵碱蓬草举在面前，竟让我想到佛灯。风扬长而去后，像众口描述的"红地毯"，从脚下铺向大海，远方的蔚蓝色不见了，变成与天相衔的一线明亮。

　　一株株碱蓬草，远比不得枸杞和沙棘又强壮又恣意，"锋芒毕露"。

　　在泥泞的滩涂上，盯着一株碱蓬草看，阳光牵着一丝身影，微微摇曳着，像袖珍盆景里的树。将目光皮尺一样缓缓拉长，一身红的碱蓬草随之变淡,直到被滩涂隐没。隐没的时候很害羞,低眉顺眼的,像小花旦退到了幕后。

那弱小之躯,却如《大麦歌》中的大麦一样坚韧,禁得起汹涌的海潮。潮来消失得无踪无影,仿佛不是被淹没,而是像鲸掠食一样,做了海水巨口中的美餐。潮去又出现在滩涂上,像漫游归来或在海中睡了一觉,抖一抖身上的泥水,眨一眨发涩的眼睛。

它一生聆听着蔚蓝色的涛声,在潮涨潮落中"生息",往来于两个世界。

被淹没的时候,遥望着远方的潮头,一浪一浪地推波助澜。赶来的海水却平静,从它脚下不动声色地淹起,一寸一寸淹至腰间,最后咕噜噜地盖过头顶。

海水越来越深,一束束阳光深入水中,像雨后天边的"耶稣光",乘潮而至的小鱼小虾,还有其他的海生物,在"耶稣光"中穿行游玩。水底的泥沙里,交配时会"婚舞"的沙蚕、能弹善跳的弹涂鱼,早蠢蠢欲动,从穴窝里滚出浑浊的水泡。

碱蓬草一如既往地沉浸在水世界,细微的水流缠来绕去,小鱼小虾不时凑上来问候。水中通向远方的路,像陆上的"殊途",一程比一程深邃。

重回人间的时候,与它被淹没时一样从容,先一点一点探出头来,看着海水退至腰间,再退到它脚下,然后顺着来路远去,给滩涂留下一身海腥气。那消失之处,海阔凭鱼跃,天高任鸟飞,万顷碧波之上的身影中,就有传说是精卫鸟化身的黑嘴鸥。

翱翔的黑嘴鸥看到,与大海紧密相连的滩涂上,被潮水抹去的红,像它消失时一样又回来了。一株株碱蓬草出浴似的,很快就恢复生机,重新"织就"红海滩。

蓝天白云下,一条条蜿蜒交错的水道,使红海滩像贴地而生的大树,又如大海的根系,那浩渺之水是大地供养出来的。捞一叶扁舟进去,撵着水中的"白云苍狗",跟随季节款款而行,红海滩会向你展现一身"锦绣"。

色彩迷人地变幻着,从初生的绿到淡红、浅红,再到粉红、大红,最后变成截然不同的紫色。

与红海滩相伴的,是广袤的芦苇荡,如果把红海滩比作妹妹,芦苇荡就是她痴情的哥哥。相传老早以前,在辽东湾的龙宫里,住着老龙王和他的女儿红袖。就一个女儿,老龙王百般宠爱,不让离开龙宫半步。

红袖十六岁的时候,老龙王赴天庭议事,丢下女儿一人在宫中。红袖正待得寂寞,盼望父王早日归来时,从辽河口传来一阵阵笛声,她便悄悄离开宫中,到水上看个究竟,看见一个帅哥正坐在滩头吹笛。帅哥名叫芦生,从小失去爹娘,独自一人度日,清晨出海打鱼,傍晚归来吹笛。折一管芦苇,对着夕阳倾诉。

红袖被吸引了,于是每晚溜出宫,躲到芦苇荡中,偷听芦生吹笛。那如泣如诉的笛声,让她有天终于无法自已,便化作红衣少女来到芦生身边。两人一见钟情以身相许,为装点芦生吹笛的滩头,红袖就把龙宫的珊瑚草拿来种上。

老龙王从天上回来,发现女儿竟跟一个穷小子跑了,顿时龙颜大怒,趁芦生出海打鱼之际,掀起滔天巨浪,让芦生葬身大海,然后把女儿带回龙宫。红袖得知是父王害死了芦生,就夜夜到种满珊瑚草的滩头哭泣,最后哭得双眸生血,把原本翠绿的珊瑚草染红。

据说直到今天,半月在云中徘徊的晚上,仍能听到红袖的哭声。听到她缥缈的哭声时,芦苇荡就会风起云涌,像大海波涛起伏,从天边涌来,又向天边涌去。

看着那绿浪,听着那掀起的喧哗,大块大块的,从地上抛向天空,又从天空落到地下。在传说的无边凄美中,你会像风卷走的一枚苇叶,不着边际地想起洛尔迦的诗:

　　绿啊,我多么爱你这绿色。

绿的风,绿的树枝。

船在海上,

马在山中。

　　盘锦的"红滩绿苇",已成为众鸟的乐园,每年呼朋引伴,于此欢聚的鸟类多达 260 种,数十万只。有不少是珍禽,对环境非常挑剔,非锦绣之地不睬,比如"湿地仙子"丹顶鹤,比如"红海滩绅士"黑嘴鸥。每年光顾这里的丹顶鹤近 600 只,黑嘴鸥有 11000 只,占世界黑嘴鸥总数(20000 只)的一半多。

　　丹顶鹤在叫:ko—ko—ko……

　　黑嘴鸥在叫:eek—eek……

　　那天,在它们的呼唤声里,在我匆匆道别的回首中,盘锦"花团锦簇"的盛秋,正挥手致意:"火红的碱蓬草,金黄的水稻,绿色的芦苇,蓝色的大海,黑色的滩涂,构成一幅五彩斑斓的油画。"

你自在我咫尺外

◎ 林那北

对面就是庐山，山被一面浩荡宽阔的湖水隔开，湖的名气不比山小，它是鄱阳湖。

现在我站在江西省南昌市新建区象山森林公园，它在湖的这一端，湿润的风正绸缎般轻柔地迎面拂来，细闻，似夹着几许鱼虾微腥的呼吸和体味。抬起头其实看不见远处的庐山，视线被密密麻麻的树遮住了，眼眶中顿时塞满了绿。此时已近中午，阳光倾盆而至，虽是盛夏，气温却比南昌市区明显低好几摄氏度。好客的主人饶有兴致地引领我们上楼，他说去吧，去看看鸟儿。

这是林场的办公楼，五层高，建得粗糙简单，连水泥墙面都只是用淡黄色涂料草草刷上一层。踏上幽暗狭窄的楼梯时我暗藏客随主便的无奈，有点累了，有点饿了，步子难免拖沓，眉宇间也泛起一层倦。哪里没有鸟呢？在南方长大的人，谁不是早已习惯在飞鸟穿梭的天空下生活？它们比我们精致娇小，又多出一双翅膀，顿时就可以任意腾空，把自己的生命向云端拓展，恣意地南来北往，因为自由而无限惬意。人在羡慕中唯有模仿它们的样子造出飞机，才能把自己的沉重肉身托到高处。

房子顶层有一个宽敞的露台，搭着米色凉棚。从楼梯口转出时，我整个人一怔，眼霎时瞪大了。

一片浓密茂盛的杉树地毯般从远处一直铺到露台前，枝干遒劲且健硕，上下横溢着一股被漫长岁月经年锤打过的坚硬，而树上，关键是树上，此时参差着一团团精亮的白,仿佛有一盆盆清凉的水在夏日这个正午,迎面泼来了。

鹭!白鹭!这么多这么大离这么近的白鹭!

在见到它们的第一瞬,所有的同伴几乎都脱口喊出:"哇——!"声音因为意外和巨大的惊喜而放大数倍,并且持续甚久。

我们知道鹭这个生物,杜甫的诗里也早就吟诵过:"两个黄鹂鸣翠柳,一行白鹭上青天。"在我的家乡它们也不时纵横飞着,但都在远处,远使它们变得瘦小和遥不可及。在这之前我从未有仔细端详它们的念头,它们在我生活之外,不问东西。突然间它们来了,一只两只无数只摊在树顶,仿佛一件件正在晾晒的白衬衫,或者像放牧在辽阔草原上的羊群——是的,如果第一眼撞击我们视线的是鹭的数量,第二眼则是它们硕大的体格。

我们挤到露台的栏杆上,身子前探,眼似乎不够用了,嘴也咧到最大,笑或者说话,叽叽喳喳,再把手机端起来拍着照录着像。某一瞬我心里局促地揪一下,怕这样突如其来的造访和嘈杂,会吓走它们。作为身披羽毛的脊椎动物,它们比人类更早地出现在地球。但在弓箭和猎枪之下,它们气馁退却,一步步把森林和土地让位给钢筋水泥。不一定记仇,但所有惊弓过的鸟至少有了记忆,疼痛催生保护自己的本能:人来了,危险也就来了,它们必须逃。

可是很奇怪,这会儿杉树上的白鹭却是从容镇定的,它们伫立如常,对蓦然出现在露台上的一群陌生人视而不见,连鸣叫声都平息着,静默得如同一群道具。仿佛为了打消我们的狐疑,也为了自证,它们中的某几只忽地接连腾空,扑扇着翅膀绕几圈,然后次第降落到另一处,嘴尖、颈直、腿长、羽毛饱满。这是在宣示主权,还是对来客的行礼?

主人一直兴奋地说着话,他的声音很大,像一位久别后重返讲台的老教师,而那些白鹭则是认真听课的好学生。原来象山森林公园是在一家乡办林场基础上发展起来的,如今是省级森林公园,总面积近十七平方公里;原来世上共有十五种鹭鸟,而这里就多达十二种;原来中午并非观鸟的最佳时机,晨曦中的起飞和暮色里的晚归才是最绚丽的;原来除了鹭,还有众多的大雁、小天鹅、鹤等栖息在这里。

我问:"最多的时候这里有多少鹭?"

"四五十万只吧?"主人脱口答,又把手臂往前划了一圈,"它们都飞回来时,真是遮天蔽日啊,整片树林都白茫茫的,连绿树枝都看不到了。"

我们不约而同"噢"了一声,显然都抱憾错过这样的场面。日出而作,日落而息,它们居然有着勤劳老农类似的坚韧,每天早早就奔赴水边觅食,找鱼、虾、蟹、蝌蚪之类的东西填肚子,积蓄力量,强壮自己,以便更好地繁衍后代。

我转动脑袋四处看看,这片杉树林几十米外就是一个村子,一座座新建的楼房绵延而去,都不高,但毕竟都俯视着树林,那便也能够很便捷俯瞰这些鹭了吧。一丝不安掠过:哪一天,哪个窗口哪扇门内,会不会突然伸出一个乌黑的枪口?当然很快我就嘲笑了自己。天下之大,何处无芳草?作为候鸟,鹭们一年又一年千里迢迢执着飞赴而来,必定是因为在水、土壤、气候、物资之外,这里还有着足以让它们没有一丝忧虑恐惧的可靠安全感。活下去,比多吃一口更重要。鹭来了,装点了这里的风景,而人则以善意静静守护着鹭,一起在落霞和秋水中共度岁月,相安无事。

几千年来,这个星球上烽火不断,硝烟频繁,生命间的倾轧杀戮总是在不经意间就凭空降临,伤害与被伤害都猝不及防。谁喜欢鲜血横流的日子呢?却每每只能无奈叹息。突然之间这群白花花地停在咫尺外的鹭让人心一热:他和它、你和我,其实终究可以如此和谐相处,彼此友爱,相互温暖,这才是人间最美的样子啊。

茶树王

◎ 草 白

    我来布朗山已经两天了，拍摄工作陷入僵局，索性把年假请了，在此安心住下。这是五月，布朗山为期数月的雨季开始了。绵密的雨，催眠般落在草木植被、花卉丛林之上，随即被悄无声息地吸走。

    我的拍摄对象是一位老人，七十一岁，牙齿掉了大半，说话时嘴巴严重漏风，鼻孔里也尽是嗡嗡之声，听不太清。今年是本县普洱茶协会成立十周年，而他是保护茶山的大功臣，自五十年前上山，一直没有离开。从前，山上还挺热闹，有男人、女人，有运送茶叶的驴子和马。后来，汽车取代浩浩荡荡的马帮。再后来，茶厂干脆搬到另一个交通便捷的地方，人和汽车都不来了，他也退休了，但仍然留在上头。唯一一次的下山还在几年前，工资不再以现金的形式发放，他们要他去城里的银行开户头、办卡。外面世界变化太快，认识的人都不见了，熟悉的房子、店铺都拆了，耳边尽是汽车喇叭声。老人在旅店躺了一夜，天一亮便退了房，重新回到山上。此后，再也没有下来过。比他晚来的人都走了，他还没有走；茶厂都搬走了，他还留在那里。我想知道他为何留下。因为工作原因，我近距离接触过很多人，总以为自己比别人知道得多一些，也有这个知情权。

    我来的那天，雨下得很大。汽车将我送至山脚下，便一轰油门，掉头回去了。山上世界，草木苍翠，水汽氤氲，宛如置身虚无之城。那天，泥泞中徒步近一小时，远远看见一排深灰色砖瓦房，屋顶平直，几何式的方正感，不是本地村寨特有的建筑风格。老人坐在门前木椅上，嚼着槟榔，眯缝着眼，手中握着一只辨不出颜色的搪瓷茶杯。一把紫砂茶壶搁置在面前的矮凳上，壶口磕破了，壶身积存着喝茶人留下的包浆，近乎黑褐色。老人颤颤巍巍地起身，用苍老的嗓音招呼我喝茶。可能，他将我当成闯入茶山的流浪汉或背包客，浑身泥浆，狼狈不堪。

当晚，我宿在老人隔壁屋里，还借了他的衣服更换。床铺主人是他已退休的同事，十几年前就飞奔下山，投靠女儿一家去了。大雨从白天毫无过渡地来到夜里，雨点繁密、急促，好像要把世上的小溪、湖泊、大海全部填满。雨声中，我的拍摄对象蜷缩在一间十几平方米的小屋里，面前是一台 17 英寸彩色电视机，屏幕上经常刮雪花，人像的脸也是花的，用力摇晃头顶上的天线，才会略略清楚些，过一会儿还是照旧。

作为一名人像摄影师，我给无数名人拍过照，从科学界翘楚到抗美援朝老兵，从县委书记到环卫工人，但没有见过这样"不合作"的"名人"。老人害怕照相，一旦我举起相机，他便以手遮脸，说什么也不让拍。他惯于低头，用槟榔叶贴在脑门上，好像那里面有什么东西让他疼痛不已。除此之外，他还习惯性地皱眉。问他为什么要留在这里，平时都做些什么打发时间，多久有人来看他一次——他除了皱眉，就是摆手，好像这一切不值一提。只有当坐下喝茶时，他才放下所有拘谨，皱缩的表情完全舒展开，尽管仍旧一言不发。老人不怎么吃东西，除了米粥和茶汤，尤其是茶，那几乎是他的续命汤。

他在一个简陋的泥炉子上煮茶喝，燃料是干松针，水是林间的清泉，以一根剖开的竹子，引到家中水缸里，整日叮咚作响。这是一个近乎废弃的茶厂。厂房周遭荒草连天，外墙爬满藤类植物，无目的地疯长。简陋的制茶车间里，还摆放着锈迹斑斑的揉茶机、烘茶机、切茶机等机器，有些已被拆成零部件，露出里面黄灿灿的铜丝，像灰烬里抽出的一点火星。在一个没有窗户的小间里，我发现一台发报机，磨损的电键上似乎还可聆听到嘀嘀嘀的发报声。那一刻，我忽然感到这里不是茶厂，而是某个秘密机构的大本营。这差点激起我体内残存的探险欲望。但我知道,它不过是当年茶山上的人与外界的联络工具。或许,在某些时刻,它曾帮助过隔绝中的人发出求救信号。

打开手机实景地图,屏幕上一片云山雾罩,缥缈的云雾演绎成烟的轻柔舞蹈,白中透出丝丝缕缕的凉意。我发现群山之中有一个不断上涨的大湖,雨季时由天上之水将它填满,到了旱季,它蒸发的水汽足以润泽周遭的山林与茶园。

那个雨夜,除了松脂的清香,我还闻到屋角落、墙壁缝隙里散逸出的茶香,好像屋内有一口灼烫的大铁锅不停地翻炒那些碧绿的大叶茶,那些气味让我的记忆变得恍惚。我来自龙井之乡,家乡后山的坡地上种着一垄垄山茶树,每年清明前后,村里的祖母和母亲们裹着湛蓝或深红的头巾,拎着竹篮子,聚集在茶园里头说说笑笑。采茶是女人们的活,男人们负责采摘后的杀青、揉捻、干燥。当冬雪覆盖山林,那里便成了我和同龄男孩的乐园。我们在那里玩打雪仗的游戏,将雪团击得漫天飞舞,将山地上捡来的茶籽,偷偷丢进家中瓷盆里,幻想长出一株碧绿浑圆的山茶树来。除了山茶籽,我还收集过西瓜子、鸡冠花籽、松子、柏树籽……我总是对种子着迷,妄想那些籽粒能落地生根、茁壮成长,长出一片茂密的森林。

第二天早上起床时,老人已烧好早饭。南瓜小米粥,一小碟腌菜,还有花生米。桌上茶壶里灌着浓郁的茶汤。泥炉子上还在煮着什么。雨已经停了,天空亮堂许多。老人坐在门口,凝望对面坡地上的茶树林,荧绿的叶片上顶着小水珠,一闪一闪的。上山时,我特意数了数,共有十六株,它们高矮不一,大的已经两米多高,小的还只齐膝。显然,它们是在不同年份里栽下的。看到我,老人嘿嘿一笑,说布朗山上的人只吃早饭和中饭,已经习惯了。原来,他在为昨晚让我饿了一夜而道歉。临睡前,我一直以为他会招呼我吃饭,看到厨房里一直没有动静,直到他睡下,我才死了心。半夜饿极时,偷偷摸摸爬起来,到处找吃的,除了半块发霉的玉米饼,什么也没找到。

我很快将桌上的粥菜一扫而光，它们太美味了，尤其是南瓜小米粥，就像一些食品广告里说的，"入口即化"。吃完早饭，我背着手，在附近山林里转悠。我知道不能走太远，雨说来就来，一片积雨云飘过，便是一阵瓢泼大雨，哗啦啦，子弹一样砸将下来，能把人瞬间淋透。雨季的山林给人青翠欲滴之感，大自然将绿色的浓度调整至最饱满、最丰厚的状态。灌木丛里悬垂着红色浆果，就是我童年时吃过的蔷薇科悬钩子属果实，它有一个复杂的学名，我总是记不住。没想到这里到处是这种野果。更让我惊奇的是，由临时雨水所积蓄的水潭里还有鱼虾游弋，它们的身子极为细小，会使障眼法。小时候，夏天的黄昏，去溪流里嬉戏，细碎的沙砾上就游荡着类似的生灵。我和男孩们用毛巾去捞它们，双手合并去接近它们，但无济于事。它们总是游着游着就不见了，似乎永远也不会长大，总是那副细瘦伶仃模样。已经多年未见它们了，没想到居然躲在这临时水塘里。我蹲下身，默然凝视着它们。某一刻，它们似乎定住了，一动不动，幻变成水草的颜色、沙砾的颜色、山林的倒影色，把自己藏起来了。待凝神再看，试图伸手掬水，只见水面微微一晃，涟漪荡开，所有一切乍然消失了。林子一片幽暗，我走走停停，常常忘了时间，忘了自己是在布朗山上。

　　中午回来，还是南瓜小米粥、腌菜和花生米，我照例把属于自己的那份一扫而光。老人兴奋地告诉我，有人要来这里了。他算了下时间，应该快到了。谁会在这时候上山呢，难道是专门为了送粮食而来？如果实在没吃的，我倒可以去附近村里买一点。只是路程有点远，山路也不好走。老人反复强调，那人一定会来的，早就说好的。那么，来人该是他女儿喽？上山之前，我多少了解一些，知道老人有一个女儿，但不知她做什么工作，住在何地。要是在山下，我肯定会打破砂锅问到底，哪怕那些问题会让拍摄对象感到难堪，也在所不惜。我始终记得战地摄影师罗伯特·卡帕说过的话，如果你的照片拍得不够好，那说明你与拍摄对象离得不够近。

　　我要了解他。这种念头在上山后的第二天，变得格外强烈，似乎它与拍摄工作无关，仅仅来自内心的冲动。我想要知道在这个人身上到底发生过什么。在布朗山，我本能地想要靠近一些说不清、道不明的东西。我喜欢看那些像布帐子一样、移来移去的云，也喜欢躺在床上听一整天的雨，在雨声中不知不觉睡去，又被噼里啪啦的声音吵醒，不知窗外暮色降临，白日已尽。多年的城市生活让我形成严谨、刻板的时间观念，所有工作是事先安排好的，不允许发生任何偏差。而在这个云雾弥漫，对着一杯茶或一棵树就能坐上大半天的地方，原有的规矩统统失效了。时间这根橡皮筋变得松弛，不再具有约束力。

随后几天，我开始在布朗山上漫步，想象自己是个隐居山林的人，除了食物眠床，并无可挂虑之事。山上最多的是落叶，千百年来的腐叶化作尘泥，安静地堆积在脚下。人的脚踩在上面，发出安静的窸窣声。即使再大的动静，在这深山老林里又算得了什么？多少年了，我从没有如此随心所欲地行走过。山里的睡眠熨平了积累多年的倦怠。林子散发的鲜辣气息涌入体内，在各脏腑之间欢快地游走。我懒洋洋地穿行于山石荒草之间，或坐或躺，随走随歇。真是舒服极了。兴致起时，爬至山顶之上，对着远处群山环抱中的蓝绿色湖水引吭高歌。大山那边露出大湖暗沉的一角，像一块经年的翡翠，静定在那里。好几次，我以为自己已经靠近湖水，它就在山顶那边，但此地山脉好似会使折叠术或迷幻术，根本无法触及。

我没能近距离地观看到大湖，却看到采茶的人上山来了。布朗山上都是古茶树，高而茂密，女人们要站在高耸的枝丫上才能摘到绿叶。而树梢顶端的叶片根本采摘不到，那是上天的馈赠，凡人无法轻易获得。那天早上，天刚刚亮透，我从房间窗口望出去，一个布朗族妇女头戴鲜花做成的花环，穿着节日的衣服，赤脚踩在枝丫上。很快，我发现树丛中还有别的采摘者，也是同样的盛装出行。快中午时，电视台的人来了。那些已经结束采摘工作的妇女重新背上竹篓，赤脚爬到茶树上，接受摄像机的扫视。待摄像组的人走后，她们才盘腿坐到大树底下，就着茶水，嚼食带来的干粮，说说笑笑。黝黑的肤色，红润的嘴唇，牙齿很白。她们头上佩戴的鲜花让我吃惊。一度，我以为它们是塑料做的假花。可这山野里的人，怎么会佩戴假东西呢。金和银都是真的，一朵花怎么会有假。更让我诧异的是，她们头上的鲜花到了午后居然毫无枯萎的迹象，甚至更为美艳和滋润。这附近全是茶园，没见野花遍地开放，她们是怎么做到的？

要是在从前，我早就掏出相机对着她们一阵猛拍，不断响起的快门声会带给我难以言喻的兴奋感。我还记得那种感觉，手指微微发怔，眼睛发酸，根本停不下来。过去很多年里，我都是依赖这份激情来完成工作，几乎没遇到过什么障碍。

作为人像摄影师，我的电脑里储存着无数张陌生的脸孔，它们出现在镜头中相同的位置——相似的构图、切入角度，甚至曝光方式，我对它们一视同仁。我总是在对拍摄对象一无所知或知之甚少的情况下，便完成了所有工作。

曾经，我遇见过一个女孩，她给我一种很难了解的感觉，好似拍摄过程中无论怎么努力都无法调准焦距。她叫李琴美，是南方嘉木茶馆里的品茶师——说是茶馆，其实品茗为辅，售卖茶叶才是主业。那里如同茶叶博物馆，珍贵茶品装在一个个枫香木抽斗里，应有尽有，让人想起同是植物界瑰宝的中草药。那个叫琴美的女孩，像熟悉自己的指甲般对每片茶叶的沉浮和品性如数家珍，什么武阳春雨、雁荡毛峰、庐山云雾、恩施玉露、前岗辉白、雪水云绿、蒙顶甘露、象园雾芽、舒城兰花等等，光听这些名字就能让人产生无限遐想。但我对茶叶素无研究，平日为了提神，只喝浓茶和咖啡。我是被茶馆老板谌先生邀来，为一袭白衣、坐于茶席之前的李琴美拍照，用于商业宣传。茶艺展示结束后，我留下喝茶。素净的茶室，幽兰馨香，竹制百叶窗若隐若现。人物品茶宛如操琴，姿态极美，先嗅其香，再试其味，徐徐咀嚼，闭目回味。我的眼前恍如升起一阵烟雾，空气中有茶香浮动，藏匿在宽袍大袖、一举手一投足之间。这一幕有点像电视里的场景，美则美矣,总让我觉得隔着点什么。

这之后,我们算是认识了。渐渐熟悉后,她告诉我,这套品茶的仪式是在来茶馆之后,才学会的。在她老家,喝茶就是喝茶,就像吃饭睡觉一样平常,哪有那么多烦琐的东西。她的舌头天生为喝茶而生,自小会吃饭时,便在喝茶了。进茶馆工作后,她更是将天南地北每一种茶叶都尝了个遍,并记得其中细微处的差别,从不会搞错。每一款新茶制作出来,他们都要请她喝过,才敢上市。他们信赖她的舌头,还有她常人不及的闻嗅能力,这属于典型的老天爷赏饭。她自己也极为爱惜,从不敢乱吃东西,坏了口味。既然在吃上不能放纵自己,她几乎把所有业余时间都花在观看上。她看过很多电影,把豆瓣排行榜上的高分电影都看了个遍。我们认识后,她也会发一些"种子"给我。

那段时间,我陆续看了《海边的曼彻斯特》《寻访千利休》《海上钢琴师》《时间旅行者的妻子》等影片,都是她推荐的。我们之间,或许有过一些朦朦胧胧、影影绰绰的东西,如雨后蘑菇,如天上云彩,被微信聊天,甚至被电影画面所催发,它们存在过,又不可避免地暗淡下去。有一次,她在凌晨一点多打我电话,我听到了,但没有接。我让手机响了一会儿,等她自行挂断。后来,谁也没有提及此事。那时候,我还和妻子住在同一屋檐下。十年婚姻生活,让我精疲力尽,再没有余力去揣摩另一名女性的心思。

那天傍晚,我离开昏暗的林子,与陪伴了一天的草木植物作别,内心充盈着久违的安宁与满足。回去睡一觉,明天一到,又能见到它们了。只要我愿意,可以天天如此,不必返回山下世界。人生的很多抉择原本只在闪念之间,落子无悔后,便是另一个红尘了。黄昏暮色中,我想东想西,竟然有种强烈的出离感。

屋内,昏暗的灯下,老人已经摆开茶阵。看到我进门,他嘿嘿一笑,黝暗的脸上泛起一道涟漪。我疑心,这一整个下午,他都在喝茶——这山上的每一天他都是如此度过的吧?门前坡地上那片茶树林,每年每季所萌发的新芽，大概都被他喝进肚子里去了。这样的日子，可真惬意啊。我犹豫着从老人手中接过茶盏。这熟悉的动作让我想起那个人，模糊的身影再次浮现眼前。这一回，我似乎看得清楚些了。一处凝碧的深潭边，一袭白衣缓缓现身，映入眼帘；当定睛细看，眼前除了空无的暮色与沉默的对饮者，什么也没有。

老人不再将槟榔叶贴附在额上，脸上表情在暮色中也逐渐舒展开，就像茶叶在水中次第打开。淡绿的茶汤，鲜爽、醇厚宛如深山古树，缥缈散淡处又有云雾缭绕之姿。那一晚，我们饮至深夜。茶叶渣子堆成了小山。我们喝到头晕目眩，手脚颤抖不已，连茶杯都快握不住了。我意识到自己遭遇了他们所说的"茶醉"，真没想到，茶如酒，也能将人灌醉。人生有此一醉，也算是值了。

来这里后，我总会想起那段往事，特别是深夜无眠时。上山之前，我又托人去找她，依旧杳无音信。最后一次，我给她发信息时，发现自己已被删除。无法忘记那一刻的震惊。那次，我想约她出来，而不是像以往那样只在网上闲聊，交流观影心得。那种情况下，我觉得自己应该找人聊聊。除了她，还能找谁呢。我的朋友不算少，但真的要聊点什么，也是找不到人的。她的朋友圈一片空白，什么也看不到了。我不死心，去QQ里给她留言。她的QQ空间也被删得一干二净，唯独剩下一张相片，拍的是一棵古树，不断伸开的枝丫占据了整个画面，疏漏的枝条中露出被分割的湛蓝的天空，显得极为遥远，很不真实。站在树底下的那人无疑就是她，深褐色上衣，也有可能是裙子——相片里只出现阴影浓重的上半身，辨不出表情。那棵树实在太大，枝叶繁茂，将整个儿伞状树影一股脑儿投射在她脸上。她仰着脸，往树冠或天空里张望着什么。后来，我才知道，她已经离开南方嘉木，把所有认识的人删光了，社交软件里有过的痕迹也被抹得一干二净，而那张古树下的照片，成了她遗留人间的唯一线索。

我承认在那段时间里，自己急需找人倾诉苦闷的心情，如果换作别的时候,倒未必会如此迫切。冲动之下,我把照片拿去给一个在园林局工作的朋友辨认,由于像素太低,离得又远,也看不出什么名堂来。有人说是香樟,有人说是乌桕,谁也不能确定。我甚至还问了南方嘉木的老板谌先生,对方气得想骂人,白白走丢这么一位优秀的品茶师。后来,我无意中听一位熟知内情的人讲,茶馆里的人根本是拿她当摇钱树,遇到同行有新开发的产品,总是让她去品评。她一天到晚除了喝茶还是喝茶,导致味觉失灵,什么也品不出来。一气之下,她不告而别。这些话,也不知是真是假,听起来倒也算是一个出走理由。

如此过了一段时间,我没有找到任何线索,不得不放下。某天深夜,整理资料时,我翻到那些照片——那次茶艺展示留下的照片,第一次发现照片里的人有些拘谨,举手投足间带着一股隐秘的情绪,好似在抗拒什么,完全没有记忆中"行云流水"的感觉。回忆与照片事实带来的偏差,让我不知该相信哪一个。

这些年,我的生活开始出现一些变故,伴侣之间隐秘的缝隙逐渐增大,到了无法忽视的地步,而原本交往密切的朋友越来越疏于联系。一贯强壮的身体也慢慢走下坡路,一旦超负荷运作,便倦怠不堪。我远离了一些可有可无的圈子,成功戒了烟酒,手机上的社交软件好几个月也不去瞅上一眼。一切有明确目的的交往都让我感到厌恶。这大概就是他们所说的中年危机吧。但我实在有些享受这种状态。安静下来,回顾过往岁月,人生已然过去大半。半途解体的婚姻,乏善可陈的人际交往,脆弱的亲情……我发现自己的生命中并没有太多值得留恋的东西。就在那种情况下,一个荒唐的念头硬生生地长出来,怎么也拔除不掉。我千百次地告诫自己,那是可笑的,没有任何可取之处,搞不好会把人生的下半段毁掉。那个念头唯一的内容就是:拍照,拍出满意的、牛×的、金光灿灿的照片。成色十足,创意十足。从那以后,我像着了魔,发狂地看各种摄影大师的作品、纪录片,什么布列松、森山大道、寇德卡、荒木经惟、何藩,我把这些人的东西打印出来,贴得满墙满壁都是。

平生第一次感到拍照的艰难,手中快门宛如生了锈,很难轻易按下。我想要摄下的不仅是一些美妙的、难以言说的瞬间,应该还有别的东西,照片之外的东西,隐含着生命本身的孤独感和偶然性。这世上应该有一个这样的东西,能把所有照片连在一起,连成一个整体,而不是孤零零的一张两张照片。我想要拍出那个能把一切都连在一起的东西。无论白天黑夜,我都沉浸在这样的念想里。

这些念头的产生或许与那些电影有关。那时候,我经常想,如果她还在给我推荐电影,我就不会那么寂寞,就可以与她聊聊脑子里发生的事情。我相信,她是这世上我唯一可以交谈的人。这个念头在她不告而别后变得尤为强烈。当一个人把自己的人生全盘否定掉,试图重新来过,这分明是一场十二级以上的地震。她本人会不会也在这震荡之中,以至于要悄无声息地溜掉?有时候,从梦里醒来,我分明感觉到她的存在。她知道我在做什么。我甚至想,就是她把我引到现在这条路上,包括我这次来布朗山。

为了迎接新中国成立六十周年,他们决定筹备一个摄影展,主题是"六十年六十人",展示六十年来各行各业涌现的奇人异事。对这些事情,我一向不太积极,能不参与尽量不参与。但他们建议我去拍一拍布朗山上的老茶人,名叫宋易安,至今仍生活在茶山上。老人很少接受采访,外界知道他的人不多。几乎将他遗忘。关于他,有件事流传颇广。三十二年前,这个默默无闻的老茶人就有过近乎勇猛的行为,以猎枪打死过一只进犯的猛虎,还从老虎嘴里救下缅寺里的僧人。此前,老虎已经吃掉一个大人、一名孩童,吃红了眼。来布朗山后,我问起此事,老人草草描述了一番事情经过,不愿多说什么。我也无法将眼前这个颤颤巍巍的老人,与新闻报道里的打虎英雄联系在一起,遂按下不提。

在山上,我逐渐习惯日出而起、日落而息的生活,多年来的熬夜恶习不治而愈。天晴时,在房子周边的山林转悠。下雨了,便坐在门厅前听雨、喝茶。有时,也陪老人看看电视,图像质量实在太差,也就听个声音而已。日子过得简单而自在,除了饥饿感经常在深夜来袭,将我从睡梦中摇醒,并无其他烦心事。老人照例很少说话,总是眯着眼,身子微颤,间或望一眼上山的路。再也没有采茶的布朗族妇女和扛着摄像机的人从那里走来,期盼中的来人也迟迟未能现身。无聊时,我在手机上翻查资料,意外获知布朗山上有一棵茶树王,树龄在一千七百年以上,不知是否安在。我很想去看上一眼,但山林那么大,古树参天、藤蔓交错、昆虫乱飞,极有可能迷路。我在手机上下载了茶树王的照片,反复查看,也研究不出什么名堂来。

这天晚上,临睡前,我在房间里捡到一本满纸泛黄的小册子,随意翻看着。躺下后,我迷迷糊糊地做梦了,不仅梦见茶树王,还发现那个失踪已久的女孩正站在树底下,仰望着高处的天空,与照片里的场景几乎一模一样。我近身上前大胆问她:这些天,你都去哪里了?为何要将我删除?任我一再发问,她就是不说话。

梦醒后,我翻出手机里那张被我看过无数次的照片,一个深褐色的背影站在古树下。局部放大后,所见更为模糊。但大致形态还是可辨认的,没有一以贯之的主干,多的是弯曲生长的侧枝,无数的侧枝成为主干后,再选择新的主干,如此反复,与布朗山上的茶树很像。

我的自然生活

◎ 北　村

体

　　我对自然的记忆基本上固定在童年,而且似乎以后就不再生长了。在我们那个年代,自然意味着农村,这两个词是画等号的,它的基本含义是贫穷,而贫穷是需要逃离的。在仓廪未实之前,成年世界自然是邪恶的,因为人要残酷地以体力和心力与其搏食,所谓"面朝黄土背朝天",就是在蓝色天空下蝼蚁般匍匐在贫瘠的黄土上刨食。它与城市相对立,城市高踞在自然上面,不受风吹雨打和四季轮换的不测的威胁,旱涝保收地过着稳定的生活。我为什么会对自然有这样的印象?原因在于我从满月就被我当乡村医生的母亲抱到一个自然村,一直长到十岁,我与农村孩子无异。我的玩具只有水和泥巴。当然欲望未被释放前,我是很满足的,年幼的我无须像大人一样担心柴米油盐,所以我是能体会到自然的原始之美的:比如我喜欢紧贴大地,或者流水,就是百无聊赖地躺在汀江边的沙滩上,光着身体紧贴沙子,我能闻到沙子与泥土一样,会散发隐隐约约的腥味,你说它是香味也行,一个热爱自然的人首先不是用视觉描述与记忆自然,是用嗅觉,直到起身的时候,我的小鸡鸡上沾满了沙子,一阵刺痛。

　　还有一个我最喜欢的动作,就是选择一片浅至脚踝的溪水,在黄昏时躺下来,"大"字展开,这时你的周身都是溪水在哗哗哗流淌,天空在你上方极遥远处,像哲学一样移动……为什么这么说呢?因为你躺久了,会产生幻觉,尤其是我将耳朵浸入水中时,声音立即被屏蔽,渐渐遥远甚至消失,天空就变得奇怪、可疑。直到太阳西斜,慢慢地收尽它的余晖,我从溪水中起身时,浑身冷得颤抖。我回到了现实,想着怎么对付即将责问的父母,自然和父母,就在我的两端,我一端连通着自然,一端连通着父母,前者是我的脐带,后者是我的义务,成长是与自然的远离相对应的,这很像有转世重生记忆的儿童,知识越多,前世记忆就越衰减。直到我成长为一个作家,入驻城市,自然就基本只留在笔端了。我不说城市看不到星星月亮等等套话,真相是:就算能看到你也不会去看了,你心里的尺度变了,你经常出差,又到了乡村,再见草木,你也并未看见自然,这些草木在风景名胜中强烈地呈现美貌,但与我小时候感受的自然相去甚远,完全不是同一个东西了。

魂

城市是一个欲望容器。这是设定的属性。所以在城市中人就像奔跑的狗,连解手的工夫都没有。这也是每一个自然人变为社会人时自愿自觉承认的身份识别。所以,在城市不要说自然的事,城市人眼中永远看不到自然,只有标的、人群和速率。我的身体慢慢地从清凉的溪水中置换到单元房的套内面积之后,"体"在渐渐隐退,"魂"在隆隆升起,就是我的心思、情感和意志显形了,成为我的显在人格,与城市众多人格较量。这里没有一样是自然之物,所以也没有一个行为是自在之为,全是精算后的秩序的产物。尤其我从福州进入中国的首都北京之后,中国正经历巨变的十六年,我在这十六年之中,眼睁睁地看着从我刚到北京时的四环路尚未围合,到五环修建、六环完成,无数高楼大厦像毛竹一样迅速生长,但我们竟然没注意到它们是怎么生长起来的,这一切并非逸出了你我的视线,而是应了那句"没有人看见草生长",但我要纠正的是,在自然中,你会注意到小草每天的变化,而在高速发展的城市中,你却会忽略这一切,因为时间变异了,我们自己忙得像个陀螺。根据爱因斯坦的相对论,你觉得一切都在变慢,这真是让人忧愁:人生被拉长了,你却并不"在生活中",而永远在"过生活"中,形如福克纳说的"他们在苦熬"。

很显然,自然与城市之间,有一个吊诡的问题出现:前者作为神创物,后者作为人创物,它们与人的关系还是很不同的,人要是在人自己制造的容器里待久了,是要生病的。于是在 2012 年,我查出肾癌。在北京的十六年,我的身体并不忙碌,因为我不必朝九晚五地上班,但我里面那个人是忙碌的、焦虑的,甚至是疯狂的。但我根本不怀念自然,因为我早已把它忘却,人是不可能想念他已忘却的东西的。人们只想一个问题:如何能赚足今生所需,然后尽快离开城市,回到乡村。这个乡村就是自然吗?并不是。只是病体寄存处而已。不是家,只是客旅中转站。因为自然执行的不是那个"交易法则",所谓赚够了钱的法则,自然的执行的是"承受土地"的法则,是"白白享用"的恩典法则。或者说,前者是雇工的原则,后者是子嗣的原则,前者是痛苦劳力,后者是欢喜继承。

我觉得到了改变生活方式的时候了,不是让自然生活成为我的观念或缅怀的内容,而是直接进入它,活成一个"自然的人"。我决定放弃在北京多金的编剧工作,回到"贫穷"的自然生活中去。于是我放掉北京别墅暖气管中的水,拉下电闸,行李装箱,准备撤离。就在走的前一天,某全国十佳电视剧制片人来访,带来一个收入在六七百万的编剧项目,并极力劝说我留在城市。诚实地说,我又挣扎了一番,幸运的是我终于清醒了,次日不告而别,直接回到的地方并不是我当年离开的福州市,而是一头扎入我的故乡长汀,开始了我五六年的"自然生活田野实践活动",我称之为"翻山越岭,追鸡赶猪"。我几乎隔几天就下乡,不到两年就跑遍了故乡的每一个乡镇的田野和山峦,包括深入偏僻的自然村,有时超出县境,行迹遍布闽西各地,甚至涉猎闽东山区,寻找各种生态自然的食材,并亲自领略阔别已久的自然山水,以及人文景观,昔日只与知识分子辩论的口舌,现在能自然对接到任何地方和不同文化层次的农民,多数是山民。他们完全无法识别我那个作家"北村"的城市标记，只知道我姓"康"，是一个老乡，我与他们的无缝转换，让我从逼仄的文化困境中解脱出来，文化的隔膜是一种像白内障一样的遮盖，影响我们看见真相。

自然的含义中首先包括的是植物和动物，而人是文化的、疏离的甚至是遮蔽的。麻烦的是只有人有信仰的困扰，我们没看过狗盖过庙、猴子建过教堂，它们的边界是本能，它们照着本能生活并不受责怪，而人是它们的引领者，就不能放肆。在我深入的原始森林边上的自然村，正在实施保护性迁村，尤其是当地的水源地，山民依次撤退到山下至少是山腰，把水源地还给自然。当然同时也遗留出大片原先开发过的土地，比如梯田，在水源地保护红线之外的地方，改作了使用"自然农法"的新的（其实是恢复到传统）耕作方式。我创办了一个名为"北村自然生活馆"的自然生活田野实践项目，以推进这些自然农法实验，比如在分田到户后的南方土地，被产权分得支离破碎以及上下阶梯式延展的农田，各户不愿意租户把田埂铲掉，也刚好适应自然农法中的人工除草方式，无法适用哪怕最小的除草机，更不得施放除草剂，每天从山下的迁村用面包车运送农民上山务农，跟朝九晚五的城市上班族一样准时出工，这是一种新颖的新旧结合的农耕生活，我的"农业工人"们坐着小板凳在田里人工除草，在合适的季节比如稻谷生长季，我们则释放鸭子进入稻田进行"鸭子除虫除草法"，这种生态循环法可以实现生物多样性共存，但要掌握好时间点，不能等到稻谷抽穗的时候。

我在田野实践中发现，中国幅员辽阔，农村有着两种不同的地貌和生态原型：在北方广大平原，适合于大机器的农场耕作方式，就是美国加拿大的农业模式，而在南方体量同样庞大的多山的崎岖地区，则适合"精致农业"，类似日本的模式。这种模式最好的耕作方式就是"自然农法"。在我的一个小黄姜试验区内，整个山坳形成了一个"自然生态环"，就是自然生态循环区：山上放养的家禽，啄食自然植被中退耕还林后果树掉落的自然野果,它们释放的粪便,经过自然发酵,形成多酶的堆沤自然肥料,以此施放给姜田和生态稻田,避免了使用化肥,产生的虫子又被除草鸭啄食,这种稻米我们叫它"稻鸭米"。我在田间合并使用光媒除虫,使这块地区实现了有毒灭虫剂和除草剂的零释放,不使用化肥又让土地净化率增高,在我的认知里耕地红线还不够红,真正的警戒是连县城郊边的土地都被化学污染的残酷事实,自然农法真正把这个红线范围缩小,让真正的自然得到扩张。最后我经过一系列专业人员的帮助检测后发现:由于我们在土地上的净化的作为,影响到了空气的性质,散发到空中的微生物种群也发生了连锁变化,整个生态链在一个独特的区域发生了质的变化,因为南方山区的特征,这个生态循环区域,就产生了自己的一个干净的生态自循环系统,它们由于地形阻隔与另一地的生态程度可能完全不同。这个自循环的生态圈,从土地到空气到水,都得到了自然净化。这是我在自然生活实践中最震撼的看见!

灵

很自然地,北村自然生活馆的实践成果显赫,我们连一片小小的果干,都要实现一个目标:还原到其本味。何谓"本味",就是造物主创造的大自然本身的味道,就是我在文首描述的我闻嗅到了土地的腥味,以及果实的清香!而这种色香味是非人工的、本真的、自然的。它是缓慢生长后才能蓄积和释放的,最重要的是:这种自然的本味,才是最多样化和丰富的。我对那些孩子说:当你画一棵树上的一万片树叶时,重复率绝对大于自然生长的一万片树叶,因为真正的树由一个神秘的生命导出的多样性,是最丰富广阔和延展的,这就是自然生命中最奥秘的基因密码,是创造之秘中最令人感动的部分!正如一个大字不识的孕妇,照样能孕育出最精密复杂和充满感情及智慧的生命体。所以,食物的本味才是最丰富的,这就是我们要食用自然食材的原因,不光是为着身体,更是为着真理。而被食品添加剂侵蚀到麻木的人类口舌已经丧失了分辨和体味的能力,人类欲望的疯狂增长,破坏了自然生长律令,无法达到自然丰富的独特性标准,人类就以各种化学方法来进行模拟。经过缓慢长期的味觉侵略,人们渐渐游离了自然本味的领地,感官麻木,而相应地在心中,感动也开始撤退,感觉渐渐放大。在生命法则中,自然和原创是诉诸感动的,人意和传奇是诉诸感觉的。而感觉是以强度来记忆的,需要不断刺激才能被记住,于是,食品添加剂只能越加越多,不断出新出奇。很吊诡的是:它的路径并不是越来越丰富,反而是越来越单调、越来越重复、越来越贫乏。

我流连于自然之中,并非是流于表面的浅尝辄止的情感体验,那远远达不到震撼的程度,我是深入它的生命内部,窥见自然的至深奥秘。在自然生活的第一年,我会为我的河田鸡们,每天日暮都振翅飞到树上栖息而兴奋不已!河田鸡是一种保有较多野性的自然鸡种,无论公鸡母鸡,一律上树睡觉,我戏称之为"满树开满了河田鸡",然而这只是表象,随着逐年深入,我发现这个"自循环生态圈"才是最宝贵的真相!在这里,天、地、人,以及一切活物,按照命定的法则在生活着、循环着、延续着。天是为着地,地是为着人,人反过来要遵循天地,而且终归于天地。

这里出现了一个奇异的转折:我在世间行走诸年,得到一个启示,我们一切的生活以及生活方式,都是天造地设的结果。我们只是这一目的的影儿,不是实际,只是这种客旅的一次象征,因为所有活着的人的身体终将过去。而天又为着人,表明上苍以地上一切的果蔬来养活人,按着正确的命定。我对中国文化中"人融于自然"的观点表示怀疑,"一叶扁舟去,江海寄余生"的人与自然完全平等之说,忽略了人的责任,也不能发展出运用造物主创造的积极文明,人既不能矮化自己与自然物不分,也不能凌驾于自然之上,好比现时代人类无限度扩张对自然的越位与破坏,拿捏的度在于:认识上苍的创造并合理运用,不混乱它的法则。人类得到授权的同时,被赋予了责任,而这个责任的力量,来源于对造物主生命认识的深度。这也许就是敬畏的方向和意义吧。

山居：一万年太久

◎ 丁　威

　　从嵩山的喧嚣人群走到静寂的终南山，像"水消失在水中"——一个人终于可以把自己——换一壶新茶泼洒出去。由你手中泼洒出去的，含着信阳毛尖的茶，分散成百余颗粒，落雨一样润湿地面。泼在树影的阴凉里，有风来把你吹干；泼到干燥的砖石上，就有穿透干净空气的明亮阳光，把你拽起身来。在腾空而起的那一刻，甚至还能瞧见你是如何幻化成了水蒸气，迅速气化成风，成山间潮湿的空气，与万物因此有了通联。可以说，借由一杯泼洒出去的毛尖的茶，我这副木头一样的躯体，终于是，流水一样漫摊在一座山上、一间房舍里了。

　　就坐下来，坐在院子里喝茶的石碾盘边，石碾盘的粗糙颗粒和耐性，适合倾倒茶水的随意，适合看它洇染开散漫的样子，也适合任何一只昆虫毫不突兀地翻爬。

　　清晨的阳光还没攀过山脊，还没越过屋脊，山与房子投下清凉的阴影。我就坐在那儿，坐在它们为清晨片刻的闲静设好的品尝里。这样独个儿坐在那里，什么也不说，看茶水静静，尝尝院子内外各色草木、各色音响、各色光与影……

　　二冬今年的院子，对得起"草盛豆苗稀"，也对得起一片闲云一只野鹤的随意停歇。他每日地浇水，却并不偏重于任何一株植物。杏树生得很旺，芭蕉生得很旺，蜀葵生得很旺，连同稗草、苊草、小飞蓬、荆三棱，和其他各类杂草，也生得很旺。太慵懒了，以至于它们都生长得过分自由，那些世俗观念里,应该往上蹿爬的辣椒、番茄、黄瓜,一样样都要自力更生,都要艰苦奋斗,与那些生命力异常旺盛的野草分一线雨水、一块粪肥、一片阳光。因此,今年的园子,二冬用漫不经心的懒,来让它们物竞天择。

一个野气横生的院子,像是混沌之初,万物都还没有名字,需要用手指指点点,一一为其命名。

漫山遍野的杏子,从初春发芽到满树硕果,虫子吃去小半,人吃去小半,剩下的大半就用来掉落、用来腐烂、用来散播甜腻,谁也不去管它,谁也管不着它。你能想到一枚成熟坠落的杏子,跌下山涧,一路滚爬,从崖畔到崖底,生儿育女,用百年春秋,让一座山家族兴旺。有一棵杏树挪步到了二冬院北角,此刻,正在面前的石碾盘边垂首,一亿颗细胞的加工厂储酸酿甜,我只需伸手无须起身,更无须清洗,杏肉就在我唇齿间汁液迸溅。会不会因为这样几个清晨,我因此改观了对杏子的看法,以后再想起青杏,再不是意念中酸涩地流口水,而是饱蘸了阳光酝酿的甜蜜?

杏树下的两株盆景间,布着一张蛛网,阳光从杏树间筛下条条缕缕的明暗,原本就清凉如水的清晨,这一只聪明的蜘蛛,又把家安在杏树下,简直是有了天然的空调,比之院子里的我,比之其他植物,它有了更长久的凉爽清晨。此刻,它——一只长腿瘦蜘蛛含着长腿一动不动,惬意享受着清晨的蜜意,更或者,它此刻还在睡梦中,风轻轻摇动着它,像是悠长的梦境中,轻轻的摇篮曲。伞面一样撑开的蛛网上,空无一物,只有它坐拥辽阔疆域,而又稳如泰山,这样不疾不徐,这样无为而治,庄子一样悬空,庄子一样扶摇直上九万里,这样高阔的梦境,身体呢,却只安闲地像一条船那样停泊在橙蜜的晨光里,蚊虫、飞蛾还没到来,昨夜剔透的露水,已让它果了腹,正好,它端坐在世界的中央,享受悠长的晨光。阳光落在一线细丝上,落在它的周围,光在游移,拨动丝弦,寂静里,只觉万物风吹草动,都是光在静静弹拨。

番茄、黄瓜还没有起身,那些为它们而设的升天的杆子,还没紧紧地抓住,辣椒、茄子瘦得仿如杂草,只比挤挤攘攘、蔫头耷脑的青草们——因为是自家园子——多了一丝趾高气扬,硬撑着一般,把脑袋举到众草头上去;唯有那几株专为听雨而种的芭蕉亭亭如盖,每日簇新,高高探身,群山在望。

只是等待一场雨的时间太久了,问起二冬,记忆里上一场雨的时日,已经像是多年的风雨侵蚀的门锁,攀上斑驳的铜绿,模糊不清了。因为没有一场雨落下来,所以想象中就该有一场倾盆大雨。雨疯了,园子里的植物也就跟着疯了,这样寂静的山,遇上这样一场喧腾的雨,像是北美洲的原始丛林里,一群印第安人,手脚并用地拍击着大地与自身,那声音在密林中旋绕、回荡、激越,声音与声音交合,汇流成天空中抖落的闪电那般,响彻着整个广袤的平原,树木都被撼动了,连风也一起来助兴,把这些声响一亩一亩地送到千里之外。想象中的雨水,是雨中的风暴,是园子的狂欢,是每一条根须都从土壤中攀爬出来,伸出焦渴的舌头裹卷雨水的甘霖,通上电流一般,枝干也开足了马力,把每一口裹卷的雨水都通达到每一片叶子上,每一个花朵的芽苞上,叶子舒展,芽苞弹开,每一株植物都在雨水的浇灌下,挺直了腰杆,觉出了活着的畅快。杏子更加与众不同,它们的青色是鲜亮的,黄色是绯红的,像是激情退去后的潮汐,挂满了脸的雨水,将落未落,那是喜极而泣的哀怜、越发动人的哀怜。雨过天晴的时候,你去摘一枚这样的杏子,一拽,树又落了一阵雨,杏子芯是凉的,雨水也一并吸到嘴巴里,你还能说什么?你只好不言语,把一枚杏子吃到只剩一个核,天上有虹彩,地上立着个你,雨水中的植物发着光。院子很小,只需站立不动,把眼珠轻轻转动,就把所有雨水过后的清亮都看到了,那清亮似乎蒸腾着飞升起来,作一朵小小的雨雾的云,飘过你的眼睛,停驻,你的眼睛也因此清亮了,像那首歌唱"风中有朵雨做的云",此刻,它在你的眼睛里。

当然,这一切都只存在于想象里。此刻的清晨,万物清凉,却有一点焦渴的心。我像那只安卧在蛛网上的长腿蜘蛛,坐在石碾盘的茶几边,茶水已经喝完三杯，毛尖的青绿渐次褪去，我一样焦渴的心，连通着终南山与小城固始，焦盼着一场雨。云飘过来荡过去，一点下雨的意思也没有，雨痕也是两三个月前的雨痕，一道道的干焦和卷曲。我呢，三杯茶水喝完，把剩余的一点儿茶底泼洒在石碾盘上，而后，躲进屋子里（阳光那时已经越过屋脊，在院子里照得一片明亮的燥热了），那一点儿雨的想象的尾巴还留在我的脑子里，所以，那泼洒的一点儿茶底，也借着我想象的余味，在阳光里升腾起来，做一点雨意，一杯水的雨落纷纷，代替我的想象，敲打青色的屋瓦和院墙，敲打木桩和它托起的盆景，敲打空空的院外石碾茶几，和几块随意错落的石头，也一并敲打清越雨声中的芭蕉，让它——这株芭蕉——从这茶水做的雨中万物声响里，侧身而出。

一只豹纹蝶落在地上，并不飞起。这大地多么坚实啊，对于一只压不弯一根草茎、撼不动一朵蜀葵花的豹纹蝶，一只像眨动眼睫毛那样轻的豹纹蝶，落到地上，有无限的踏实。慢镜头一样起落它的翅膀，惊不起一点风吹草动，只像是你喜欢的人，你瞧着她，瞧着她一下又一下眨动着眼睛，像那睫毛上的一粒水珠，轻轻落下睫毛的暗影，像那暗影一样细微，像那水珠一样曳动。这只豹纹蝶就这样轻轻地越过了一块土坯，越过了匍匐在地的草，也越过一只被豹纹蝶的影子吓慌乱了脚步的蚂蚁……我看着它，不到半米的距离，它的翅膀只划动了三四个半圆，那些它原本振翅就能越过的草茎、土块，它统统翻爬过去，对于往日里，一振翅就能飞越千山万水的豹纹蝶，这段距离太短促又太漫长了。它为什么选择这样攀爬呢，是不是像李元胜那样"虚度时光"？

连落日一起浪费，比如散步
一直消磨到星光满天
还要浪费风起的时候
坐在走廊发呆，直到你眼中乌云

全部被吹到窗外

…………

满目的花草,生活应该像它们一样美好
一样无意义,像被虚度的电影

…………

一起虚度短的沉默,长的无意义
一起消磨精致而苍老的宇宙

…………

直到所有被虚度的事物
在我们身后,长出薄薄的翅膀

  时间过去了多久,它这样爬过了一生中的多少时间?比之我此刻坐在茶几边喝茶、无所事事所"虚度"的一生中的时间,它又"虚度"了多少?我的眼睛越过墙外,那一痕痕的山脉起伏,只一瞬间,我的眼神就能越过所有起伏的连山,比之我,它只爬了一步之遥的距离。但是,倏地,它抖动巨大的风暴,一转眼越过土墙,飞向山脉间,消失无踪。

  叫郑佳的狗卧在屋檐下,一动不动,这是它日常的状态,八九岁,对于一条狗来说,已经有了垂暮的疲态,在早些年的一场打斗中,伤了的左眼眯缝着,只拿另一只眼远近看着,因为身形高大,性格里也有了不苟言笑、不怒自威的严肃,平日里,多有一种疏离感,屋檐下长长的假寐里,能忆起多少过往岁月呢?是否会想起山下的生活呢?当然,对于一条狗而言,自由也一样重要,甚至更重要,困守在一条锁链里的日子,已经一去不返,它可以时时充分享受着自由的乐趣,跟随我们的脚步翻山越岭,在月光水亮的晚上,远远地跑在我们前面,为我们打草惊蛇,窜前窜后的,为我们探查未知的凶险,更多的时候,用浑厚、底气十足的吼叫,为我们拒绝不速之客的叨扰;此刻,它左右张望,像一头沉默的狮子那样,缓缓起身,踱到石槽边,

238

清晰地卷起一口又一口水。

叫土豆的狗,性格与郑佳截然不同,虽然也已经七岁高龄了,可因为身形和一脸傻乎乎的样子,就给人一种仍身在童年的感觉,喜欢与人亲近,又乖巧,做错了事,批评两句,下次几乎不再犯,你去唤它,它经常是一愣神,在那一愣神时,脸上的呆相凝固住,让你忍俊不禁,而后那四条短腿朝你飞奔而来,肚皮几乎擦着地面,连朝着你飞奔时,也像是在傻乎乎地笑着。这样仔细看过,你就能感受到山上的狗和山下的狗的区别,土豆的脸上几乎没有愁容,没有锁链的束缚,满山遍野任其飞奔、驰骋,也不必担心人来人往,谁人呵斥,它的眼睛里看到的经常是"山气日夕佳,飞鸟相与还",是"明月松间照,清泉石上流",也是"白云回望合,青霭入看无"。此刻,它卧在院子的砖地上,一整个清晨,它或者卧在那里,或者沿着砖地来回踱步,你在院子里外进进出出,都要绕过它,时间久了,竟在砖地外踩出了一条拱桥似的小路来。午后,它经常是把脑袋搭在门槛上,朝着屋里张望,你躺在竹椅上望它,都能看到它在专注地看你,或者是把目光在屋子里来回逡巡,午后外面阳光热辣,屋里仍凉如清晨,它在屋外吐着舌头,一口口地换着热气,只要你冲它招招手,它马上就一个箭步跳到了屋里,你不赶它,它就不肯再出门去了;在你身边蹲守一会儿,你不再理它,它就自在地把身体摊开,准备在这凉爽的地面上,美美睡上一觉,但在睡梦中,它也时常翻动眼皮,瞥你一眼,仿佛确认什么。

没有名字的猫,是这山上唯一没有名字的动物。比如,叫凤霞、建国的鸡,叫幼婷的鹅。没有名字,就没有人唤它,猫这一种动物,与人虽然亲近,但没有多少忠诚可言,几乎是谁给它好吃好喝,它就跟着谁,可谁又规定好,一只猫,乃至其他动物,就一定要因为豢养,就必须要属于谁呢?和狗获得的"丧家之犬"这样凄凉的词比起来,一只猫归属于大自然,成为一只野猫,比之一条狗成为野狗,可要来得潇洒、自在得多。一只野猫可以在黑夜里潜行,像闪电那样转眼消遁于无形,也可摆出一副凶相,在人面前张一下声势，使得你也不敢近前，并因为野气，而更显生机勃发、身手矫捷。而一条狗成为野狗，就晚景凄凉得多了，时常与垃圾堆为伍，身形消瘦，面色枯槁，整天把一颗心提到嗓子眼，处处小心翼翼，提防着随时飞来的一块砖石，一根敲到脑袋上的棍子，或者一块蘸上迷药的馒头——那笑里藏刀的善是裹满了糖衣的毒药，也有龇牙咧嘴的吼吓，但明眼人一看就底气不足，叫时，先把尾巴夹紧了，随时准备仓皇而逃。远远的，经常是听到一阵"呜呜呜"的哀鸣，那便是"丧家之犬"，是活着的提心吊胆，是四海为家却处处无家的凄惶，是过得了今天见不到明天的绝望……如今，有多少人，在他一生中的某些时刻，也在影子里，显出这样一个"丧家之犬"的形象呢？

当然，这一切不美好都与这只没有名字的猫无关，它还不到一岁，天真似顽童，在一座以悠闲、无为而闻名的山上，它大可以一生如在童年，优哉游哉，过着"山中才一日，世上已千年"的生活，让这一颗干净的脑袋、纯粹的脑袋，不去沾染一丝俗世的杂尘，不去吞咽一点愁苦的晚景，许多年后，在垂暮的床榻上，无愧地说出：我来过，真正地活过。

都还遥远，未来的日子漫漫长长，对于它，时光的流水才刚刚似山巅的皑皑白雪融化，也方才从山涧中流出，"如鸣佩环"的声响，正是它此刻生活的伴音。因此，它踩着时间的鼓点，在一根根木桩上的盆景里跳动，流水跌入深潭，由跃动进入平静，它的平静一如深潭的平静。此刻，那杏树下的一盘盆景，盆景坐着的一截枯木，枯木上的一只猫，像洗净的衣服抖在风中那样，把自己摊在了枯木上。杏树筛下阴凉，明明灭灭的晨光随风晃动着，像一双手同时筛下清凉和温暖，一遍又一遍抚摩着它。隔段时间，它就变动一下睡姿，把自己朝更舒适的姿势上引。睡梦中，那流水的声响隐约，做它梦中的伴奏，给它以舌苔倒刺的无限的甘美。

我的视线越过院墙上青色的瓦楞，与远处的一脉脉连山交融，与近处的一声声鸣唱应和，我只身坐在一方椅子里，却也似"扶摇直上九万里"。

在这万亩青山的寂静里，人的听觉筛除了俗世的车马喧嚣，耳郭的绒毛根根站立，听觉的神经根根绷紧，你只消静下心来，就能与一座山同频共振，耳朵的触手就足以抓住任何一丝颤音，那时，你是纯粹的，声音也是纯粹的，没有世声的闷热、潮湿，一滴水的落音，也似滴在了盘古耳边，一切都干干净净、清清爽爽。

初夏的第一只蝉，在地下孕育了七年的蝉，刚蜕去满身的尘土，历经艰辛爬上枝头，空空的壳留在身后，是一座住了七年之久的房子，如今，为了在高远的空中的鸣唱，舍弃了它。基因里的故事告知它，忍得了七年漫长泥土的黑暗，唯有朝着天空攀爬，在最高处让歌声响遍远近山谷，那蛰居的卧薪尝胆的苦涩，才能得以回报。它一路攀爬，带着基因里的向导，七年漫长的黑暗，只为一个炎夏的纵情高歌，黑暗与光明像是一双手的正反面，想要翻手为云，何其艰难！其中的苦熬，只有跳过龙门的鲤鱼懂得。所以，从泥土中脱身而出，向上的基因是义无反顾的，蜕壳的坚决和不再回望也是义无反顾的，而同样，攒尽七年黑暗的劲气在炎夏里纵情地欢唱也是义无反顾的。

这也让我想起小时候，我们遍寻村子里有蝉鸣唱的柳树，如果没有前人的惊扰，那一只蝉没有逃跑到另一棵树上，也没有被别人捷足先登，我们总能在柳树的半截腰上，寻到一只空空的蝉蜕。拿树棍轻轻一拨，它就从树上跌落下来了。一只蝉蜕，如此轻盈，几乎像一片叶子那样飘落下来，同时，它也像一片干燥枯萎的叶子那样生脆，一点点的气力就足以捏碎了它。我们小心翼翼地捡起它，让它像一片云那样降落在手掌心，手掌蜷曲，仿佛它还如同活物，随时要从手掌里攀爬出去，也随时像一只蝉那样振翅而去。

仔细看它，一层灰褐色的薄膜，因为干燥而显出油亮来，浑身有麦芒一样的绒毛，绒毛上还残留有晒干泥土的粉末，一对前足像钳子那样举在前头，就是这两只前足紧紧抠住了树缝，像攀岩者那样朝着一百八十度的天空攀爬。背后的裂缝如同裙裾的拉链,让你想象着,如何褪去蝉衣,换一身青绿色的衣衫,简直要比碧玉的颜色更青亮,是那种让眼睛如沐清泉一般的青亮,蜷曲的翅膀经络分明,一片嫩白里引着几道青绿。这样美好的瞬间,有一刻让人觉得造物者的公平,那七年泥土里的黑暗,换来了这一身世间最青翠碧嫩的衣裳。在它一生的舞台上,台下的十年工夫,换来这一朝的绝代芳华,如何不值得呢!

这一只初夏的蝉,在我的想象里,它还是宛如新生的青绿,太过柔嫩,因此我听到它,便记住了它。

昨天它在午后试了试丝弦,只短促的几声,连最近旁的树叶也惊扰不到那样,就止了声息。像是一个人奔到高处,望着远行人的背影,想要喊一声,话才刚出口,就先自因为内心的曲折,把一半声响吞回了肚子里,也只好把无力的手在空中招一招,任远行人无论如何也看不到的招一招,就颓然落下来。几次三番的短促,那短促中间,是较之那短促而言,漫长的空白,这样短促而空落的蝉鸣,或者因为太过轻微,不足以称之为蝉鸣,像空空山谷里一枚杏子的跌落,泉涧中的一个水泡破裂。一张初夏午后的宣纸上,是大片大片的空白,那蝉声做了这初夏午后的水墨画的点缀。

今天早上,我坐在院子里,像一缸睡莲那样平静和无所事事,它又轻轻拉动,一样胆怯又短促。我因此确信了,仍旧是它,仍旧是一身青绿衣衫的它。漫长的夜色还没有染黑它的周身,那一对嫩白的蝉翼还是青玉经脉,腹腔的鸣声也还是透明的,永远也不会发出那种炎夏尖厉、悠长、泛着沉郁绿色的声音来。就是这只蝉,它的羽翼太过柔嫩了,承受不住哪怕最轻微的蝉音,一天时间里,只叫了那短促的三两声,像是生来就只为初夏试一试丝弦,其他,再别无所求。

又有多少人像它,像爱那样,想触碰,又收回手,像一滴眼泪的悬而未落,那期间故事的辗转与深情,又能向谁去说,也只好,如这一只蝉,化为初夏无声的韵脚,来过,也如同"无"。

噤若寒蝉,这是一只噤若初夏的蝉,是一只因为羞怯而静卧在那里的蝉,恐怕,夏天来临,夏天过去,它藏在深闺,只化成一包深秋的露水,也没有敢好好唱出它的歌。

当然,也有打从天明唱到天暗的,是一只鸟,又一只鸟,又一只鸟。六点晨起,它们早已先我在枝头唱了许久,满山都是树,仿佛是每一棵树都像挂满树叶那样,挂满了鸟鸣。此刻,我坐在石碾盘边等着茶水烧开,清晨的阳光还远远地在山那边,连屋脊也还未照到,它充满了蜜意,甚至你觉得那阳光也变成清凉的一种了。喝足了一夜水的植物们,此刻也都在凉爽的清晨里,抖擞着精神,每一片叶子都像眉头那样舒展开来,清风吹着,响出一片好听的声音。

正是在这样万物交响的背景里,一只鸟辟出一方舞台,另一只鸟辟出另一方舞台,舞台与舞台之间,是山峰与山谷连绵,是杏树与核桃树遥望。在这样杂声寥寥的山脉间,它们的声音如此突出,每一声都是朝着天空扶摇上去,又朝着四方荡漾开来,你只需把耳朵提一提,轻轻地,如握一只夜色的麻雀那样,就能准确地把鸟鸣捕捉到耳蜗里,让脑子去聆听、分辨,造一层脑神经的麻酥。

布谷,总是布谷,处处都是布谷,从平原到丘陵,从泉涧到茂林,你的耳朵总能与一只布谷相遇。

打一开春,阳光也才露出一点儿毛茸茸的暖意来,河水也才在阳光的照耀下,喧哗出清凉的流淌来,枝丫上的叶子多数还沉睡在枝干里,只有为数不多的探出攥紧拳头样的小手来,只要你留心听,布谷总能远远地把声音播送给你。赶上这样的好春光,并上这样和煦的暖风,柔软湿润的泥土气息,仿佛是,布谷一叫,藏了一冬的心事就被打开了,万物团动的气力也从根须上发轫开来,布谷鸟一叫,春天的嗓门也就亮了。

还有喜鹊,那一身黑白相间的羽毛,黑与白,皆油亮生动,发散着健康的生气。鹊巢在一棵高大的刺槐顶上,那么大,足足占满了整片树顶,声音从鹊巢里飘落过来,一只喜鹊的尾羽露出,又一上一下一开一合地颤动。不止一只喜鹊在叫,我这片山头的喜鹊叫一阵,另一片山头的喜鹊也跟着应一阵,一声高,一声低,一声近,一声远,哪怕只有一种喜鹊的鸣唱,因为高低远近,这声音也便有了层次感。一振翅,喜鹊从刺槐顶跳到了院门前的空场地上,吃那为鸡撒下的苞谷粒,那警觉而慢悠的踱步、张望,真配得上那一身燕尾服的优雅。

当然,连绵的山脉,不止于布谷、喜鹊,还有斑鸠、白头翁、伯劳鸟……

我坐在院子里,闭目聆听,为了寻找一丝隐约的鸟鸣,需要把风吹草动筛去,需要把鸡鸣狗叫筛去,也需要把那些我方才听过的鸟鸣筛去,像从满头黑发中寻找一根白发那样,把那丝隐约的鸟鸣抽离出来,让它在我干净的耳蜗里回荡那么一会儿,这样,我就再去寻找另一种鸟鸣。这样的聆听,抽丝剥茧一样,分辨出最纯粹的那一丝声响,为此,我的耳朵常常需要翻山越岭,穿过重重树木,走上十几里地。

万亩青山在望,我独坐杏树下,一亩鸟鸣赶着一亩虫唱,我的耳朵能剥离出最纯粹的一丝声响,也能让万千声乐汹涌灌满。我的神经如此丰盛,比得上一座山上的草木,一座山上草木的纷繁枝叶,如何聆听,如何辨认,如何让一座又一座山的音响为我演奏,是独唱,还是交响,皆由我一人定夺。

天地如此阔荡,我只拥有一把座椅,或者说,我在世界的中央,拥有一把座椅,天地因而如此阔荡。

我在杏树下坐了两个清晨和两个黄昏,像一个人的左右手,我仔细端详了一双手的正反面,又仔细端详了另一双手的正反面,光照温煦的那一面是清晨的掌心,光照温情的那一面是黄昏的手背。

一个人,只要把他的心平静下来,花上所有值得不值得浪费的时间,像在端详一双手那样端详一座山的晨昏,他必然有所思,也必然能从中有所得。

那一条条经脉何尝不是院外的一脉脉青山隐隐?那一根根茸毛何尝

不是青山上的草木葱茏？那褶皱的高低错落何尝不是青山谷峰的跌宕绵延？那一道道纹路何尝不是瘦白小径和山涧清泉的蔓爬？那一块块光洁的指甲正是山的光脊背，没有草木覆盖，可由李白写最雄浑的诗，再由张旭写最狂放的字，庄子呢，只好在这脊背上舒展筋骨，梦一回蝴蝶……

布谷、喜鹊、白头翁，一声声地叫，一针缝着一针，像是在为一座山织着声音的锦缎。越叫，山就越发显得清幽了。我也就把一颗心从万亩青山上收回，只停落在一座小院里，这里的草木菜蔬、房舍屋瓦，它们的呼吸吐纳，都在我的鼻息间。

终南山，长安南面的一座山，短暂居留，我成了它蛰居七年的蝉，成了它餐风饮露的草，成了它如鸣佩环的鸟，在一把椅子里独坐，看见了它的前生今世。

回到山下，容纳了车马喧嚣、庞杂无尽的人间碎片，才晓得，这三日，是人生的熔炼，在山穷水尽时，抵达的，是生活的晶体。

把生命的突泉捧在我手里，
我只觉得它来得新鲜，
是浓烈的酒，清新的泡沫，
注入我的奔波、劳作、冒险。
仿佛前人从未经临的园地
就要展现在我的面前。
但如今，突然面对着坟墓，
我冷眼向过去稍稍回顾，
只见它曲折灌溉的悲喜
都消失在一片亘古的荒漠，
我才知道我的全部努力
不过完成了普通的生活。

泜河黑鹳

◎ 米丽宏

我的居所,离河北省邢台市临城县的泜河不远。不过,很长一段时间,我不愿走近这条"河"。不只是我,很多临城人都不愿意。

怎么说呢,一条只剩下名字的"母亲河",总叫人无奈又伤感。她像一条躺着的、锈迹斑斑的铁鞭,被摁在垃圾与杂草间,没有流水,没有树木,没有鸟,没有鱼,没有生机。

从太行主峰发源的这条河,曾是多美的记忆。它一路走,一路接纳沿途的小泉细流,碰到有炊烟的地方,打一个结才走;碰到有花有果、有荞麦庄稼的地方,也打一个结再走。走走停停,弯弯绕绕,沿途滋润出一串带"水"的村庄:水峪,彭家泉,挟泉,老泉沟,冷水,澄底,泥河,水南寺,东羊泉,西羊泉,中羊泉……

我的同事荣梅说,二十多年前,她在临城中学读高中,学校南门外的泜河,河水清亮,杨柳成荫。夏天的中午,她们偷偷溜出校门,到河边戏水。水里的鱼虾一群群的,她们把脚丫浸在水里,小鱼就游过来偷偷啄她们的脚背。

那时,我尚在泜河上游一个名叫"郝庄"的山村,无忧无虑地挥霍我的童年。我们在河湾玩耍,一低头,便看得到水里的青山、树木,伸手能摸得到小鱼光溜溜的鳞片,看到飞鸟空灵的倒影。

泜河湾的鸟飞鱼跃让我痴迷。我看见成群结队的鱼群,游着游着,"哗"地一下,秒变队形,像一梭子扫来扫去的子弹,左右突击。而野鸭在水

246

草里滑游,一见人,就慌忙游走,遁入更深的草丛,闷声不吭躲在草间等待。

有一种被我们称作"水老呱"的鸟,头顶上长着一簇羽毛,好像戴着"凤冠"。后来知道,它的大名"凤头䴙䴘",还真跟"凤冠"有点关联。水老呱幼鸟的头上,有条像斑马纹一样的保护色,身上羽毛稀稀拉拉,连肉都遮不住,也防不了水。游水时,鸟爸、鸟妈便把孩子驮在背上,一个驮俩,一个驮仨,悠悠来去。

"姑恶"鸟,像老戏里戴着白色面具的小丑,走路蹑手蹑脚,一顿一顿,带着几分鬼祟。与之偶遇,几秒内,它们就瞬间快闪,急忙踩着纤细的小脚遁入水草。远远地,传来诡谲叫声——"苦呀、苦呀、苦呀",像是永不止息的循环鸣叫。

最是黄昏时候,太阳结束一天的巡行,缓缓向山背滑坠。晚霞染红半边天,也镀红了浉河湾。一串白鹭,抻长脖子,穿过滑落的红日,"啊啊"叫着,散入夜幕般的芦苇……

水鸡儿、翠鸟、麻鸭、斑鸠、白尾鹞、泥鳅、嘎牙、鲫鱼、草鱼、小虾米……多热闹哇!我们就是喜欢热热闹闹的。然而,那鸟飞鱼跃、蒹葭苍苍的生态图景,忽然间就消失了。

二十世纪九十年代中期,山里被勘探出铁矿,且储藏量巨大。村里人高兴坏了,头脑灵便的人开始采挖矿石,外地人也蜂拥而入购买采矿权。座座选矿厂,在河边争先恐后地建起来。曲折山路上,运送矿石的车接成了长龙。

浉河水被选矿厂一段段截流,抽上山,筛选矿石。清凌凌的水,进入庞大的球磨机,与矿石掺和、搅拌;轰隆声中,矿石磨碎,水被撕成一丝一缕。其中的铁粉被吸附筛选,淘汰的石粉随水流出,形成灰黑的粉浆,一股股泻向沉淀池。浉河快速变成了千疮百孔的"破落户",周边堆积了无数垃圾,小山似的,散发着臭味。

那些年,对于一条大河的轻侮怠慢,真的是一段令人痛惜遗憾的过往。对于浉河，人们是掠夺者、加害者。最终，只能以加倍的付出，去治理、去挽回。

这种觉醒，有点晚，但迟到的纠错，也是弥足珍贵的。

2016年，浉河县城段的治理工作启动，先是平整疏浚河道，然后是河床整修防渗，在河底铺碎石以宾格石笼网固定河床，建橡胶坝存水，湿地修复，两岸造景，公园搭建，上游的岐山湖有节制地放水补水……

浉河一点点变化着，浉河周边的环境也在变化着。浉河清洁了，有水了。水薄处，透明如蝉衣丝绸，在细沙上柔柔滑过；水厚处，绿莹莹、碧蓝蓝，像光洁的翡翠和碧玉。

浉河周边建了湿地公园，它容纳了河流，也容纳了湿地、藕塘、芦苇荡、船屋餐厅、滨河公园、花海、百年梨园……每到清晨黄昏，浉河边分散着健身娱乐的人们。灯影里，流水缓缓，丝竹悠悠，一种盛世良辰的味道。

一个清晨，我在河边慢跑。清美的河风，吹拂周身，送我一个酷暑里的仙境。在"小岛风车"附近，我的视线，被一只黑色大鸟吸引去。

——那，可是黑鹳？

那鸟一身黑衣，头颈长，腿也长，嘴更长，正踏浪而行，一步一顿，优雅如芭蕾舞者。我静静地看着，一动不敢动，连视线也不敢挪开。然而，它终于拍拍翅膀，凌空飞起。翅膀展开，足有一米宽，拍击的动作，缓慢有力。

像极了黑鹳。

小时候，我在浉河里见过这种大鸟，村里人叫它"老黑罐"。它吃鱼也吃鸟。别看它平时慢慢悠悠，出爪却快如雷，狠如刀。嘴犹如一只尖嘴钳，临水一掠，便将鱼叼到口中，弯曲的喙连甩带撕，口里的鱼眨眼不见了。

我见过一只大黑鹳扑击两只小野鸭的情景：鸭吓得抖成一团，发出"咕啾咕啾"的哀叫。黑鹳不念可怜，一爪子拍住，揪起来就飞走了。

这些"鸟"事，好多年都没重演了。

那天，发现黑鹳的不止我一个。在县摄影家协会一个朋友的微信朋友圈,我赫然看到了那只大鸟。

我问:这是不是传说中的黑鹳?

他也不清楚。我又把图片转给四川的一位鸟类专家,终于得到了肯定的答复!

我无比振奋。我懂得黑鹳的到来对于派河的意义。这种世界濒危珍禽,与大熊猫、东北虎一样,是国家一级保护野生动物。全世界仅存三千只左右,中国约有一千只,它们被称为"鸟中大熊猫"。

黑鹳飞临派河,相当于对如今派河的生态质量做出了肯定。它对生态环境的要求较为严格,是反映生态环境的重要物种之一。

这个暑期,我常常来到派河边。看不够风景,吹不够河风。河风吹拂我多少次,我内心的河流便涌动多少次,而每一次内心的涌动,都连着派河浪涌的频率。

车巴河笔记

◎ 王小忠

斧子

种西红柿和辣椒都需要搭架子,搭架子就需要树干,这时候我最先想起的是斧子。

斧在林中永远是王者,砍树的时候,斧子要成对角线砍,这样才能砍进岁月最深的年轮。每一斧下去,都能听到树木疼痛的叫喊,抡斧者也因害怕、担心、焦虑而乏困。

当然,我也会想起锯子。锯子对年轮的切入少了斧子的粗暴,而多了柔情和细腻,它会从每一年的岁月里拉出细小的碎末,堆积起来,被人们称为锯末。

无论斧子还是锯子,都会使整个山林为之一颤。因为它们是凶器,是树木的克星。然而人类却离不开斧子和锯子,因为它是工具,是改造人居环境缺一不可的工具。

我居住在风很大的车巴河边已经一年了,抬眼一望,四处全是大山和森林。夏日鸟语花香,冬日奇寒无比。到了春日,一切便又从头开始。时节进入深秋,这里的一切可谓绚丽缤纷。之后,便是无尽的寒风,是大雪封山。

我住在村委会小二楼上,看着车巴河缓缓北去,思考着如何度过即将来临的冬天时,炉火就着起来了。坚硬的上等柏木在火炉中由红转暗,渐而成了白灰,年轮的印痕在一丝火红中闪了一下,就不见了。任何事物的最终走向都是灰烬,不过我会拿柏木的灰烬到那块地里,等秋风萧瑟之时,希望能收到圆实的果子。或许我所有的做法会激发肥胖而敏捷的野猪的进取精神,但为了自己的伙食变得丰富多彩,我不得不冒险耕种,认真施肥。

打开窗户,起先看见的当然是大山和森林、河流与灌木,然后才是那片青稞地。青稞地有三亩多,也是分成了好几块耕种——油菜、洋芋、青稞、燕麦、芫根,其中靠近芫根的一小片划给了我。

这片地是旺秀道智家的,他将地划成这么多片,实际上心思并不在耕种。他的牧场在扎尕那附近,忙得很。种农作物,好像交给老天一样,种进去就没有管过。还好,那片地墒情不错,庄稼长势好,也没有杂草。尤其是芫根,个个如碗口一样大,红的、紫的、白的大脸蛋显露在外,惹人得很。旺秀道智给我划了不到五平方米的地,我将五平方米的地合理分配,分成纵横交错的很多小块,一块种白菜,一块种香菜,一块种菠菜,剩余的一块种了西红柿和辣椒。

西红柿和辣椒与其他蔬菜似乎不是亲戚,秧子出来就要搭架子。这块不足五平方米的地里,它们有了架子,架子就开始大起来了,我总是要围着它们转。

水源不是问题,这片地靠车巴河,两天抬一盆水,也足够管饱它们。想法绝对没有问题,可在实际操作时才发现错了。整片青稞地干旱,只给那五平方米灌水,结果导致蔬菜像猴毛一样,稀稀拉拉不说,还瘦得如同牙签。浇进去的水似乎没有起到灌溉的作用,反而使这块不足五平方米的地变得干涸而龟裂。是我违背了天道,还是不懂农作规律?

跟旺秀道智的做法一样,后来我渐渐不去打理它们,一直到西红柿和辣椒铺满一地。必须要收拾一下了,眼下最缺的就是搭架子的树干。

这天,我和旺秀道智进柏木林了。森林附近,夏日雨水特别多,唯一通往柏木林的那座小木桥也被河水淹没了。旺秀道智脱了鞋,两只鞋的鞋带拴在一起,然后将鞋像褡裢一样搭在肩上,几下就凫了过去。我站在对岸,看着河水就有点发晕。搭成小桥的木头椽子在水里似乎变得更加粗大了,水深无法判断,看来只能以脚试水了。

对岸的旺秀道智朝我竖了好几次大拇指,我还是不敢下水。木头椽子上都生了水草,会很滑的,一旦滑进去,一定会没命的。人间这么美好,谁愿提前去那个黑暗的世界呢?

旺秀道智不耐烦了,他将竖起的大拇指倒立过来。必须要凫过去,让人看不起的确不是好事情。其实水一点都不深,但却凉得透骨。我摇摇晃晃凫水过桥,两只鞋子里全是不住外溢的水。

旺秀道智哈哈大笑,说我太娇气,可他哪里知道光脚过河的危险。

好久没有来柏木林了,我们找不见以前的那条小路,叫不上名字的草淹没过膝盖,走起来有点困难。

旺秀道智光着脚,根本不害怕扎刺,一会儿他便将我甩得很远。他走到前面,还要停下来等我,也不嫌麻烦,还不如和我边走边聊。我走到他跟前,他总会唠叨几句,然后又将我甩开。他性子很急,似乎不允许别人拖拖拉拉。然而人各有性,怎能做到完全一致呢?

我说,你小心蛇。

旺秀道智说,放心,这里没有蛇,毒蛇大多在没草的地方或石崖上。

整个夏天,柏木林变得十分富裕,蕨菜的季节过去之后,酸瓜子就挂满了枝头。羊肚菌枯败了,而野草莓却红遍坡道,各种各样的树叶遮挡着天空,偶尔有能看见天空的地方,天空深得如同一口天井,大地之上的我们立刻成了井底之蛙。

要上山了,旺秀道智将搭在肩上的球鞋取下来,他的行走更加自如了。相反,我的鞋子里越来越滑,已经摔了好几次跟头。在山上转了一圈,我们又下来了。不是没有笔直的树干可以砍,而是我们不敢砍。旺秀道智套着宽大的衣衫,他将斧子别在腰间,以为我不知道,其实在他凫水过桥的时候我就看见了斧头把子。

252

旺秀道智说，每棵树里都住着一个菩萨，一斧子下去，我们会倒霉的。

我故意说，我们只是折点枯枝，又没带斧子。

旺秀道智扯了扯衣襟，说，是的，我们不是来砍树的。

我说，不砍树干，怎么给西红柿和辣椒搭架子？

旺秀道智说，那是你的事情，过桥再说吧。

过了桥，我的鞋子里又灌满了水。

靠青稞地的这边有一大片灌木林，灌木林中间却是一片十分开阔的草地。草地上长满了各种野花，蝴蝶、蜜蜂成群，秦艽和红参扎堆比赛，柴胡与黄芪成片连线，任性生长，四周酸刺缝里的淫羊藿也是蓬勃无比。

真是富裕呀，这么多药材。我无不感慨地说。

旺秀道智说，别打主意了，村里有规定，只要挖一棵，就要赔一头牛、五只羊。

我说，太狠了吧。

旺秀道智说，牛羊可以再生，草皮挖掉了能再生吗？又说，现在好了，早些年草皮破坏严重，只要河水一泛滥，满地都是石头。这片草地是全村人保护起来的，不允许任何人破坏。

我说，惩罚那么严重，谁敢破坏。

旺秀道智说，二三月下一场雪，牛羊的日子很艰难，村里就规定将体弱的羊羔和牛犊放到这里来吃草。又说，这片草地实际就是保蓄牧场，平常是不准进来的。

我说，那我们怎么进来了？

旺秀道智说，为了救你才破例进来了。

救我？我说，我不是好好的吗？

旺秀道智说，带你到这里来捡羊粪蛋。

我说，捡羊粪蛋干吗？

旺秀道智说，羊粪蛋埋到你种菜的地里，菜就会长大的。菜长不大，你吃啥？会饿死的。

我说，你真是"野驴操着战马的心"。

旺秀道智哈哈大笑，说，不操心成吗？我都把地划给你了，这说明我们成一家人了。又说，村里还规定，一人有难，全村都要伸出温暖的双手。

这家伙太油嘴滑舌了，不过我已习惯，和他在一起，如果不让他在口头上占便宜的话，他就会生气的。他一生气，就会半夜过来跟你拉闲话。

捡了许多羊粪蛋，并且埋到地里去，算是给蔬菜施肥完成。西红柿和辣椒都结果了，可没有架子，它们就似乎无法长大，一个个爬在地皮上，没有丝毫精神可言。

我忍不住问旺秀道智，你腰里别的是啥东西？

旺秀道智说，斧子。

我说，别斧子干啥？

旺秀道智说，不是砍树干的，但你一定要记住，进林必须带斧子。

我说，为什么？

旺秀道智说，林里住满了菩萨，也住满了豺狼。

我说，豺狼是啥样子？

旺秀道智说，实话。又说，环境好起来了，野生动物也多起来了，山里的庄稼快被它们吃光了。谁都不敢打，但为了安全起见，还是预防着好些。

也是。我说，反正我一个人是不敢进柏木林的。

旺秀道智说，最好别去。又说，最好准备一把斧子，放在手边。

过了几日，旺秀道智不但给我找来了树干，还带来了一把斧子。

旺秀道智说，树干是家里的，很多年前割的柳条，是编织背篼用的，斧子是从扎古录专门买来的。又说，马上秋天了，还是小心点好，野生动物经常出没，去地里或河边散步，就把斧子别在腰里。

斧子放在床底，我一次都没有别过。因为将斧子别在腰间，我的腰就直不起来。腰都直不起来，倘若真遇到野生动物，别说和它们搏斗，我首先就输给自己了。

　　斧子既是凶器又是工具，我从来没有怀疑过它在生活中的作用。每天起床后的第一件事就是劈柴生炉子，首先碰到的便是斧子。劈柴的时候，斧子要成对角线砍，这样木头中岁月最深的年轮就会显现出来。每一斧下去，我都听不到柴火疼痛的叫喊，我是抡斧者，我的内心没有害怕、担心、焦虑和乏困，因为我看到的只有光亮和温暖。因为我住在车巴河的小二楼上，我首先要生火做饭，这样才能维持生命。活着，是伟大的。只有活着，才有更多的思考，才有焦虑和恐惧。

当归鸡

　　应该是第三次了，原本我没打算去他那儿买鸡，可不由自主就走到那儿了。当初来他鸡场的时候，鸡场就在大路边，十分风光。那时候，他的鸡也是鸡仗人势，一只只抬头挺胸，在车巴河边像老爷一样仰首阔步。也是车巴河边过于富庶，它们不为吃而发愁。不过愈是吃得饱、吃得好，就距离下锅的日子愈加近了。可是它们哪里知道这些，只是一味地觅食，没心没肺，根本不想死亡就在隔壁。

　　鸡场生意好得不得了，作为老板的他也和那些鸡一样，整天挺着肚子在河边徜徉。在车巴河边养鸡感觉好像没有风险，在这里从来就没有听说过有鸡瘟。鸡场卖得最好的自然是草芽鸡了，草芽鸡顾名思义就是草尖刚冒出来时将鸡赶到草地四周，任其啄食而长大的鸡。圈养的鸡由于长期缺乏锻炼，肉质也是酥软而松弛的。草芽鸡就不一样，它们自由自在地在河边啄食，加之小草经过整个冬天的储备，元气满满，吃草芽长大的小鸡，肉质劲道弹牙。

　　可是现在，我找不到鸡场了。在那条路上来回找了好几圈，问过几个路人，都说不知道。难道他不养鸡、不开鸡场了？

　　鸡场的确还在，地点也没有变，只是被新建起来的驾校挡住了。一个养鸡的小老板自然买不来那么大的一块地皮,鸡场被迫退隐路口,也是情理之中的。和养鸡的老板算不上是老朋友,但确实是老相识了,我没有少吃他的草芽鸡,他也没有少赚我的钱,大家各取所需,见面自然十分客气。

鸡场老板相比当年是有点老了,眼角的皱纹很深,胡楂看上去也有点泛白,但他的语气却没有变,依然很硬朗,他带我去鸡场的路上一直咒骂着驾校。挡了他的财路,内心自然不顺,抱怨也是在所难免。鸡场就在驾校背后,与驾校相隔一百多米,中间是一条深沟,沟两边全是一人多高的蒿草。再往前走,便是灌木林,穿过灌木林,就是车巴河了。他的鸡场就在灌木林与车巴河的中间,地方没有以前那么大不说,最主要的是陌生人根本找不到。

所谓鸡场,其实没有多大规模,他只是将一小片灌木林用铁丝围栏围了起来。灌木林原本就是一个很小的天然养鸡场,何况他选择的那片地点中间是空场地,没有灌木。我不知道中间的灌木去了哪儿。草地上除了几只鸡外,还有两间不大的铁皮房子,这就是鸡的牢狱。他打开铁皮房子,一股臭气扑面而来,险些将我熏晕。大部分鸡窝在铁皮房子的角落里,鸡似乎是在午睡,对我们的到来视而不见。或许它们习惯了这样的惊扰,或许它们早已视死如归,对任何事物都失去了讨好的心思。

鸡蛋一个两块,母鸡一只八十块,公鸡一只一百块。他一边关铁皮小房子的门,一边说,今年生意不好,鸡蛋大多都让自己吃了。

我说,你卖得贵了点儿,你看,鸡像拳头大,不值这个价呀。

你拿出拳头比一比?我的这些全是当归鸡。他笑着说,不说鸡,就说当归,也是很值钱的吧?

别说当归鸡,人参鸡也不行呀。我说,你的这些都是孬鸡娃。

别说笑了,我真是用当归喂养的。他说,就要从孬鸡娃开始喂,长大了再喂个屁的当归,它们还吃不习惯呢。

当归比鸡值钱,你舍得吗?我说。

他说，你看，这些都是。

铁皮房子后面果然码着两个小小的垛子，是当归没错，当归的香气是无可替代的。

当归既能补血益气，还可以治疗虚劳，常与熟地、黄芪、川芎等补血益气之物配伍。然而我并不知道当归还可以喂鸡，或者说鸡也喜欢吃当归。铁皮房子后面码着两个小小的当归垛子，看不出有被鸡啄食过的凌乱。

我问他，鸡吃当归吗？

他回答说，吃得可凶了，一年能吃完几百斤当归呢。

我说，那你的鸡卖得可真便宜了。

他笑着说，只要大家认可，少赚点儿也没有啥。

我说，我怎么没看见鸡吃当归呢？

他说，要将当归剁碎，散到草地上。这个你不用担心，它们看见剁碎的当归，就像疯了一样，简直不要命。

我说，你把鸡说得和人一样了。

他说，那可不是！抢食好东西，不要命不也正常吗？有些弱小的鸡抢不到，就需要单独喂。

我说，鸡抢食当归的时候你看着？

他说，是呀。对一些弱小的鸡单独喂几日后，它们就不去抢，就等喂，这个现象值得警惕，会诱发很多鸡的惰性。长期下去，怕所有鸡都会这样，因而也就不单独喂了，要激发它们对当归的争夺，要让它们内部形成有目的的争夺战。

我听着听着就笑出声来，说，你喂出经验了，可我怎么感觉这些话不像是你说的。这样下去，你一定会成为思想家的。

他丝毫没有客气的意思，更没有羞赧的表情，反而问我，你可知道为什么圈养的鸡行情不好？

我说，肉不好吃。

他说，就是因为它们失去了自由，缺乏运动。圈养的鸡和散养的鸡最大的区别就在鸡腿上，教你一招，无论在哪儿买鸡，只要捏一捏鸡腿，便可分晓。

我听着突然就来了兴趣，问他，如何区分？

他说，一捏鸡腿，松软的肯定是圈养的，瓷实的那就是散养的了。

我说，这样呀，那这些鸡的大腿一定是很瓷实的。

他很自豪地说，那还用说吗？

从鸡场出来，自然是买了一只鸡，其间我捏了捏鸡腿，并没有感觉到鸡腿有多硬。当然，素日买鸡也没有捏过鸡腿，因而无法对比。不过这些鸡的确是散养的，这个不用质疑。不好的一点就是他不宰鸡，买来之后的后续工作全由自己处理，这个很麻烦。当然了，要想吃好东西，麻烦不可避免，世间的哪样东西不麻烦呢！

当归鸡在扎古录并不出名，甚至寂寂无名。回到村里后，我跟旺秀道智说起了当归鸡，旺秀道智摇头说，没听过鸡还吃当归的，前几年真有个合作社专门养鸡，后来散了。我知道，旺秀道智所说的就是他的鸡场，我当年在他那儿买鸡的时候，就是一个养鸡专业合作社，谁承想短短几年，合作社就换成了驾校呢。吃不上当归鸡，实属遗憾，就算我请人白吃，也找不到下刀之人，买来的那只当归鸡只好寄养在旺秀道智家。

当归鸡真是用当归喂养的吗？我突然有点质疑，在场的时候并没有看到那些鸡抢食当归的情景，于是我查找关于当归鸡的资料。当归鸡的确是一道色香味俱全的传统名肴，是以肥嫩母鸡为主料，中药材当归为辅料，再加调味品烹制而成的风味食品。菜谱所言当归鸡真不是用当归喂养的鸡，用当归喂养，那需要多大的成本？这个幌子十分高明，然而他的当归鸡始终没有火起来。

几个月过去了，那只当归鸡已经成了旺秀道智家鸡圈里的一员，难以分辨了。出了小二楼，拐入小巷子，前行几百米便是车巴河，河边有野鸡、灰喜鹊、百灵鸟、蚂蚁、蜘蛛、七星瓢虫、车前草、铁线莲，也有艾草。这里真适合养鸡，也适合养性，只是可惜，我吃不到当归鸡，既不能修身养性，也无法按期归家，就这样，在长长的车巴河边，听风声呼啸，看河水奔腾、寒暑易节，只盼"衣锦还乡"，至于其他事宜则渐渐在内心淡了下来。

他的鸡并不是用当归喂养的鸡，但他种了十几亩当归，这个没错。有人跟我这么说，我听到之后还刻意说了那人几句。那人又说，他的鸡以前卖得很好，后来用饭馆里的剩菜喂养，买的人就少了。那人还说，你要鸡的话跟我走，我家有纯粮食喂养的鸡。我婉言谢绝了，并对那人说，我现在不喜欢吃鸡肉了，听说我们这里的鸡肉根本没有外地运来的鸡肉好吃。那人瞪大眼睛，一直到我离开，还呆呆站在路边。

这样的买卖谁不喜欢呢？我发现我也快成"老司机"了，我为自己变成了"老司机"高兴了一晚上，梦里都嘻嘻笑出声来了。

不再迁徙的孤雁

◎ 王士跃

    秋天的时候,普拉多湖上飞来许多过冬的候鸟。它们以各种独特的飞姿翩翩而落,使沉寂了整个炎夏的湖面一下子变得热闹起来。白鹈鹕扇动着白里透黑的翅膀,像一架架平稳而模样滑稽的玩具飞机扑向湖面,在静湖的脸庞上砸出点点俏皮的酒窝。鸬鹚在低空飞行,几乎是贴着水面,一边警觉着水下的动静,一边扑棱着双翅,姿态略显笨拙地落到船坞上。湖鸥飞来时则掀起一阵空气旋涡,嗖嗖地搅动湖面。它们是鸟中勇敢的高台跳水者,往往一个猛子像钻头觅缝直戳湖心。它们闻到了空气中的秋雨味儿,也听到了各种鱼虾蛙虫搅弄的水声,鸭儿藻泛绿了,芥末花在浓雾中冒出了嫩芽,湿润中大地苏醒,万物葱茏。

    加拿大黑雁的到来则标志着候鸟们集结的高潮,其声势远非其他鸟禽所能比,"嘎嘎——嘎嘎——",未见其影,先闻其声,自邈远的天际传来,混乱中带着协调,豁亮中透着生猛,甚至粗野,像一群追猎中的犬,前呼后应,飞奔而来。漂亮的队形在空中不时变化着,由一撇一捺的大大的"人"字,迅速地折成一条横线,向下俯冲,十分默契地一个接着一个从湛蓝的天湖"嘭、嘭、嘭"地跳入了碧绿的地湖。

    雨在飘洒,轻柔如丝。黑雁大大咧咧地走回再熟悉不过的湖边草地,快活地吃着鲜草青叶。来普拉多湖过冬的黑雁估计至少在五百只,由几十个群落和上百个家庭组成,每年秋天都会分批地从美国北方和加拿大飞来南加州和墨西哥湖泽湿地,春天时又飞回北方栖息地孵化和避暑,遵循古老的生物时钟,秋来春去,雷打不动。

　　说也奇怪,有这么一只特殊的黑雁,不仅待在这里不走,还与一群家鹅生活在一起,其乐融融地一过就是好几年。它把温暖的普拉多湿地(Prado Wetlands)当作了永久的家,变成了名副其实的留雁。

　　管理员莫妮卡在这里负责野生动物保护已有多年,她时常观察这只留雁的行踪,还拍下了不少珍贵的照片和视频。她告诉我这只留雁已经完全适应了普拉多湿地的生态环境,尽管南加州夏季气温高达 100 华氏度,它却能坚守不弃。最初它独往独来,孤身只影,不知从什么时候起,公园里来了一群被人放生的家鹅,你来我往地,它们就结成了伙伴,鹅无论走到哪里,那只黑雁就跟到哪里,形影不离。

　　近年来大气暖化,北方冬天温暖,留鸟现象越来越频见。某年圣诞节前后,我曾在加拿大西南地区和美国华盛顿州见过很多滞留的黑雁,虽已入冬,可当地和煦如春,水草茂盛,候鸟们优哉游哉,懒得飞到南方度冬了。眼前情形恰恰相反,即使南加州的天气越来越热,黑雁也选择滞留于此,也许是看上了湿地丰沛的水源和食物吧。

　　黑雁体形比家鹅瘦小,可是双翅却颀长刚健,适于翱翔蓝天。它的颌下有一道粉白的斑带,如系着一条银色丝巾,和家鹅们混在一起十分显眼。鹅聒噪,整日扯着嗓门儿"咯咯咯"地争吵不休;黑雁则悄没声,只"唰唰唰"地闷头吃草,脖子一歪一歪,那些鲜草就像被收割机扫过,统统送进了雁的大扁嘴里。一开始,鹅们并不待见它,这算什么!它们是早已老死不相往来的八支远亲,懒得搭理它。然而古语云:"相随百步也有个徘徊意。"经过一段时间的磨合,鹅雁就渐渐适应彼此,形同亲人了。

　　去年的一场新冠疫情无疑让这种奇异的关系更上层楼。在那段时间里,公园彻底关闭了,于是乎土狼、山猫从藏身之处窜出,三天两头溜到湖岸来,吃掉了好几只鹅的同伴。剩下的几只鹅立刻显得身单力薄,岌岌可危。自然而然鹅雁之间的关系就变得更密切了,大家抱团取暖,惺惺相惜吧。白天雁鹅们在草地上一起晒太阳打瞌睡，晚上则悄悄下水，躲避岸上的危险。见到情况不妙时，鹅还会"咯咯咯"呼喊着雁归队，雁一抖翅膀就乖乖地飞回群里。而黑雁善飞，常常凌空鸟瞰，敏锐地扫描下面情况，及时发出警报，同进同撤。

每当秋雷隆隆、酥雨淅淅，这只黑雁就变了一个样，整日神不守舍，不时"砰砰砰"地踹踏脚下，似乎要发脾气。原来那是在敲打着求偶的爱情鼓点。加拿大黑雁就像天鹅、鸿雁一样，一夫一妻，绝不朝秦暮楚。这时也总会有一只雌雁千里寻夫，飞回到这只雄雁的身边来。

每逢此时，雄雁就暂别了它的鹅友们——尽管鹅们对此也是酸溜溜的，事后黑雁返群，它们还会小小地群起攻击它一番。两雁重逢，如胶似漆，卿卿我我。看到它们草上湖里出双入对，半步不离，好不黏糊儿，我不免好奇：既然两情相悦，又何必飞来飞去，忍受孤独和分居之苦呢？这个问题困惑了我一阵子。然而，自然界有太多神秘现象无法破解，生态学家利奥波德（Aldo Leopold）的见解颇有道理，他说："如果我们已经彻底了解了黑雁的话，这个世界会变得多么索然无味。"也许我们应该保持一种任其所为的态度，遵循自然法则，让神秘的事物维持其神秘性吧，这样世界才更有趣。

这对重逢的黑雁在苇丛里安了家，并在它们的南国新家生下了一窝幼雁。雁爸雁妈一同哺育照料，呵护有加。等小雁们稍长大了一些，还带出门溜达，熟悉大自然。有一次我发现湖上出现了奇特的漂浮物，因为距离远而看不清楚，好似一片水草在漂移，拉出长长的涟漪，难道是一座移动的水藻岛吗？我拿出望远镜来，这才看清是这对黑雁正带着出生不久的雁宝宝们戏水游湖呢。小雁们浑身上下毛茸茸、软柔柔，和水草一样鲜亮，它们漂流着，身后是荡开的"人"字形涟漪。

在湖畔，它们"吧唧吧唧"地迈着方步闲逛，阳光洒满了普拉多草甸，芥末花开得漫山遍野，草地鹨啼声婉转如笛，彩虹鳟不时跃出湖面，呼吸一口春天鲜甜的湿气。它们高兴极了，"嘎嘎嘎"，雁爸雁妈一前一后带头嚷了几嗓子，小雁们也跟着学模学样，"嘎嘎、嘎嘎"地呼应着。

不知什么时候鹅叔鹅婶们也加入了它们的队伍，跟在小雁们的周围左摇右晃地散步，视同己出。鹅的嗓门儿大，如果发现有人走近了，就会"咯咯咯"地发出警告，或者钓鱼者占据了它们的领地，就会不客气地群起围攻，冲向这些入侵者，吓得钓鱼人不得不收了渔竿，夺路而逃。

莫妮卡传给我不少雁鹅生活的图片，其中几幅雁鹅们护卫小雁春游的画面，温馨难忘，令人动容。拒绝孤独、抱团取暖的行为不仅体现在同种类的生物群中，也会超越属性和物界。大爱无疆，生命相依，友情永恒。

雁妈终于要带着幼雁们飞回北方了，那是一幕气势壮观的奇景。它们和其他的黑雁部落组成了远征队列，"人"字形当先，其他编队替换，壮雁在前，弱幼随后，根据雁阵减压的原理，用群体的翅漩彼此托浮，一路前行。初次带飞的雁妈会飞在幼雁的前方，顶住高气流，节省儿女们的力气，并不时地彼此高低呼唤，加油打气。

由此我似又加深了一分对黑雁的认识。也许因为雌雁必须带领新雁们踏上那条迁徙之路，才要每年飞回北方的吧？它是为了让孩子们熟悉南北飞翔的路线啊。只要有新生儿女加入这个家庭，雁妈就要不断地两地飞来飞去，从不停歇。

暂别了普拉多湿地，暂别了雁鹅亲人们，它们飞过了大湖，飞过了山冈，飞过了蓝天和太阳，飞过了夜空和星星，满是诗意。

向荒野

◎ 苏沧桑

要彻底觉察活着的每一天,深刻感受自己所在的这个世界以及身处其中的自己。

——巡山员蓝迪日志

流沙

那粒沙的位置是:宇宙—拉尼亚凯亚超星系团—室女座超星系团—本星系群—银河系—猎户座旋臂—古尔德带—本地泡—本星际云—奥尔特云—太阳系—地球—北半球—亚欧大陆—亚洲—中国—内蒙古阿拉善—巴丹吉林沙漠— 一座无名沙丘。

我的位置是:宇宙—拉尼亚凯亚超星系团—室女座超星系团—本星系群—银河系—猎户座旋臂—古尔德带—本地泡—本星际云—奥尔特云—太阳系—地球—北半球—亚欧大陆—亚洲—中国—内蒙古阿拉善—巴丹吉林沙漠—一座无名沙丘。

穹庐般的苍天,罩着无垠的沙漠,它和我被包裹其中,它是一粒沙,我是俯瞰着它的另一粒"沙"。

风将它带到我眼前,一粒沙一定不知道自己是"浩瀚"这个词的组成部分,这一秒,它落在我眼前,下一秒,它会被风扬起,也许会落在另一座沙丘的最顶端,最接近苍穹的位置,再下一秒,它又会落到何处? 这些问题对于它没有意义,就像它的存在对于宇宙没有任何意义。除非它有灵魂,它有灵魂吗？如果一粒沙有灵魂，它无比漫长的一生不会只取决于风的方向。

这是我和它的区别。此时，我不听从风，我在与风对抗。

他们在沙丘顶端喊我爬上去，只有我一个人落在最后。沙丘很高很陡，他们说沙丘后面是更浩大的荒野，有更壮丽的景色。巴丹吉林沙漠和中国其他沙漠地貌不同，沙丘格外陡峭险峻，连骆驼都会畏惧，它们汗津津地、气喘吁吁地在"之"字形的"路"上攀爬，没有路标，只有风干了的发白的驼粪，还有卧倒后再也站不起来的一堆堆白骨。我猫着腰努力攀爬，但爬一步退一步，一站起来就被劲风刮倒，跌坐在沙丘的腰部。我盯着那粒随波逐流的沙，纠结了大概十秒钟，听见风刮过来我苏氏老本家的那句话"此间有什么歇不得处"，于是我干脆将身子歪倒，甩脱鞋子，将脚埋进沙里。吸饱了正午阳光的沙们以干燥的温暖迅速裹住我酸疼的脚踝，我感受到一股来自宇宙深处的能量直抵心窝。

风在我耳边发出雷鸣般连绵不断的巨响，广袤的天地只有蓝和黄两种颜色，极其单调、极其干净、极其宁静，可我知道，这看似静默的世界并非我想象的那样毫无生机。

沙丘下有一汪和蓝天一样蓝的湖水，风推动着一轮一轮波浪，循环往复，时针一样轮回。

一群骆驼如一群蚂蚁在地平线上蜿蜒，几个牧民像更小的蚂蚁跟随其后。

诗人恩克哈达曾看见，沙窝里有兔子或是什么动物的粪蛋，一只小黑虫正匍匐着爬向驼队灰色的帐篷，身后留下一道细纹。小海子里有鱼儿在游戏，雾霭中的芦苇头在水声中凝固，几颗野果在孤独生长，沉默无语。

阳光为每一粒沙裹上金色，风为每一粒沙制造辉煌的眩晕。沙漠，每时每刻向苍天供奉着巨幅流沙画，千千万万条世间最流畅最美的"S"形金色线条，比流水更美，比流云更美。亿万粒渺小的、没有生命的个体组成的博大和灵动,却向天地展现了一种生命哲学:摊开手脚,目空一切,无忧无惧,任意东西。假如有永恒的物质,沙尘算一种吧?它已粉身碎骨,死无可死,它们不与风对抗,不与世间一切抵抗,不与命运对抗,它们在天地间呈现出来的姿态,像一种死心塌地的、极致的爱情。

在遥远的地方,一些沙会成为摩天大楼的一部分,直抵天空,受着人们的仰望;一些沙会成为沙尘暴,受着人们的嫌恶,怨恨它占据了土地导致了饥饿和贫穷;有一些雪白的沙或黑色的沙,会成为沙滩的一部分,接受着人们脚底的亲吻;而我眼前的沙,守着永恒的博大和安宁。人类的爱与恨,与它何干?一粒沙,不会告诉你它去过多少地方,藏着多少秘密。一粒沙,不会告诉你它有一千岁还是一万岁。一粒沙看着我时,像一位亘古老人看着一个婴幼儿,一个会转瞬即逝的生命,因此,它的眼神里充满悲悯和慈爱。

我躺下来,看见了天上有一只巨大的"眼睛"——一朵巨大的白云中间,露出了一只蓝色的温柔的眼睛,俯瞰着远处身披阳光的骆驼群正在晚归,照拂着茫茫荒漠上所有的呼吸和心跳。

他在万里之外的荒野深处说:"我怎么能自认为比高山野花还重要,比这里所生长的一切,甚至比终将成为沃土孕育万物的岩石还重要?是因为人有灵魂吗?然而谁能告诉我,灵魂不会寄居在植物和动物体内,甚至溪水和山峰里?"

胡杨

低调的橄榄色,是内蒙古高原最西端、额济纳胡杨林九月底的底色,极致的翠绿和金黄之间的过渡色,令人想起休憩、停顿,戏曲唱段之间的过门。

一大片倒伏在沙地上的枯胡杨,在青灰色的天色里,像古希腊残缺的人体雕塑群。一棵巨大的枯胡杨横陈在我脚边,让我想起一尊深藏在欧洲某个教堂幽暗地下室的垂死者雕塑,他被从头到脚覆盖着薄纱,薄纱亦是雕塑家用玉石雕琢而成,与胴体的质感一样,无与伦比的真实,那层薄纱仿佛随着垂死者的呼吸一起一伏。

手不由自主向它摸上去。被千年风沙捶打过的树皮,和它身下的沙尘一样洁白,和戈壁滩一样粗粝。这个千年不死、千年不倒、千年不朽的神奇树种,关于它的传说总是与凤凰与鲜血紧密相连,它将树身掏空,将根极力扎进沙漠深处,在最干旱的季节用身体里储存的水活命。生物的多样性和神奇总是令人匪夷所思,对于胡杨树而言,这只是一种本能,它拼尽全力活着、站着,在大地上留下自己和后代,不管有没有所谓的意义,也并不知道,弱水河畔的几十万亩胡杨林,阻止着巴丹吉林沙漠向北扩散。

我在死去的胡杨林间穿行,像在一座城郭之中穿行,生者和死者的幻影在我身旁呼啸而过,还有薄纱下倔强生命最后的喘息声。

一位内蒙古小说家在小说里写道:"是啊,老奶奶把那棵树奉成了神树了嘛,怎么能随便砍倒呢……我的儿子,你将来应该把所有的树木全部奉成神树呀!"

在我视线不远的地方,一片橄榄色的、风华正茂的胡杨树静静立在一湖碧水前,它们身后是正在逼近像要吞没它们的沙丘。树们看起来像是一群母亲,张开双臂护着一湖碧水不被沙丘吞没,像奋力护着身后的孩子一样。

另一个九月,在南太平洋的马尔代夫,当地人驾船带我们去一个很远很远的孤岛浮潜。孤岛像一个遗世独立的存在,只有网球场那么大,圆形的白色沙滩像一个小碗悬浮在万顷碧海之中,"碗"外是深蓝色的海水,"碗"里却是淡绿色的海水,游弋着一些鱼虾。沙滩上空无一物——不,突然,我看见一根一尺来长的白色枯树枝静静搁在沙滩上,与阳光将它在沙滩上投下的阴影相伴。是胡杨的枯枝吗?它在大海上漂了多少年来到这里?在此搁了多少年?还会继续搁多少年?

地球之上,苍穹之下,"高级"的我们总有一天会离开,"低级"的它们永远在。

他在万里之外的荒野深处说:"就算我人在山里,只要心情不好或心有旁骛,就听不见山的声音,感觉不到山的存在和力量。"

魔域

是什么魔力让两个女人突然放声歌唱?

我抬头寻找鹰的身影时,一座欲倾之城,像崩塌的山体,像海啸的浪墙,向我俯身压来。

断壁、残垣、佛塔、蓝天、阳光,它们从黑水古城废墟的四面八方灌满我们的视线,沙灌满鞋子,风灌满我的红裙和披肩,关于黑城的千年传奇灌满耳朵。

鹰从黑城上空掠过,看见千百年前无数人从阿拉善的历史画轴里穿过,从阿拉善高原曼德拉山岩画的画廊里穿过,他们分属羌、月氏、匈奴、鲜卑、回纥、党项、蒙古等各民族,他们在此狩猎、放牧、战斗、舞蹈、竞技、游乐。如果鹰真能活千年,它会想念一千年前和它一样年轻的西夏城郭黑水城,这条丝绸之路干线上南北交通的交接点,熙熙攘攘穿行着驻军、商人、百姓,它目睹人们用马鞭、弓箭、猎枪、马头琴和长调将繁华喧嚣和波澜壮阔反复书写,也目睹黑水城在权力更替烽火狼烟中灰飞烟灭,成为一座孤城,一片废墟,灌满隔世的荒凉。

鹰见过这片古战场上无数场战争、无数次死亡。沙丘下突然冒出的枯骨,是谁的枕边人?是谁的儿子?鹰用利爪掠杀猎物,却不懂人类的自相残杀生灵涂炭到底为了什么。

歌声突然响起。

穿着绿袍的斯日古冷摇晃着头,放声歌唱,她将合十的双手一下一下用力地挤向心窝,像在用力地倾诉、祈祷。风撕扯着她的绿裙和长发,撕扯着她有点沙哑低沉的歌声,歌声犹如脱缰的马,在我们头顶上空驰骋。

我问穿着蓝袍的苏布道歌词大意是什么,她回过头脸红红地笑着说,意思是想念他。

斯日古冷呵呵笑说:"对,梦里老是醒来。"

穿红长裙的我唱起"十五的月亮升上了天空,为什么旁边没有云彩……"时,耳边响起了另一句歌词:"苦海泛起波浪,在世间难逃避命运……"

我回头见穿粉色衣服的居延女子海霞在我们身后正随着歌声自顾手舞足蹈。刚才她跟我说,她有一个喜欢写作的好朋友,现在一个人在胡杨林里牧羊,她很想去看看她。我看着她真挚的眼神说,我也很想去看看她,我还想和她一起放羊。

沙漠上,烈日下,四个女人踩着沙子,走在黑水古城峡谷般的古土墩之间,旁若无人地唱着歌跳着舞,是因为黑城太过死寂,鲜活的人们忍不住想打破它吗?江南女子和蒙古女子原生态的音色反差很大,也许并不美妙,也许各有所妙。鹰从天上看,看到茫茫荒漠中四个艳丽的点,它觉得自己更喜欢大地上动人的生命乐章。

他在万里之外的荒野深处说:"山上没有风,阳光映着白雪射在我们身上,很热很暖。茱蒂脱下毛衣和衬衫,裸体滑雪。好美的裸体。我本来也应该卸下衣物沉浸在晨光里却选择爬上湖穴丘,让茱蒂一个人在滑雪道上晒太阳。"

卡哇掌的冬牧场

◎ 刘梅花

　　大雪路过人间。雪落在马牙雪山,落在卡哇掌,落在乌鞘岭。

　　羊群怕冷,不会在风雪里乱跑,只愿意待在圈窝里,咀嚼黄草。青稞草,麦草,披碱草,青燕麦,各种杂七杂八的干草。而老牦牛性子野,才不想回到圈窝。白牦牛、黑牦牛、花牦牛,一个比一个凶悍,顶着风雪找草吃。

　　极冷的三九寒天,大风卷雪,毛藏乡深山的老牦牛从卡哇掌山顶往下撤,一路狂奔到山脚,找个避风的地方蹲着。老牦牛不回圈窝,天大地大,浪逛着,逍遥着。饿了,几蹄子刨开被雪埋住的马莲草。枯黄的马莲草柔韧,草窠蓬松,大雪里也能找到。如果把老牦牛圈养起来,没准会把它给愁死——它不想让人类喂草,只想在大自然里撒开蹄子狂奔。

　　老牦牛身体里涌动着野性基因,没有完全驯服。而且有的牦牛,本身就是野牦牛的后代。每年春天,总有野公牛,悄无声息混入牦牛群里,繁衍自己的后代。而后不辞而别,影踪不见。野牦牛的后代很难看,仿佛粗糙的模型里做出来的,除了脾气暴躁很野气之外,体形小,长得慢,对牧人收入那是相当打折扣。当然就牦牛群来说,才不管牧人有钱没钱,一起撒野就好。

　　要不是一群老牦牛在山野里瞎逛,深山就不知道如何打发雪天。山野过于空寂,那种天地白茫茫的模糊感,卡哇掌也觉得自己活在世界尽头。作为牧场的主角,老牦牛是山野的守护者。长得虽然凶猛,角叉也够尖利,动不动发怒咆哮,但是老牦牛是素食主义者,小动物们不害怕。蓝马鸡一蹦一跳跟着老牦牛,狐狸踩着牛蹄印去串门,喜鹊蹲在牦牛背上,睡眼蒙眈打盹儿。牧场是老牦牛的小世界，比别的动物更受山神的喜爱，给它厚厚的绒毛、强壮的体魄——虽然笨重，但跑起来也蛮快的。

天大地大，老牦牛活得透彻。它们在山谷里生长，像风一样自由奔跑，喜欢冒险，喜欢体验，充满了生命的活力。它们谢绝任何束缚，就算温暖的圈窝，也别想召唤它们，这些唐突的家伙就喜欢顶着一头大雪闲逛。

牧人只操心懦弱的羊群，不用管老牦牛。老牦牛是一种昵称，不是岁数大的牦牛，是说牦牛皮实、老练、所向披靡。说起来羊的毛也不是薄薄一层，但是羊怕冷，动不动会冻死。它们害怕荒凉寂寞，害怕狼，不肯去很远的地方觅食。牧民们早在秋天就开始晒干草，给羊群储藏深冬的口粮。木头架子上搭着半干的青草，一捆一捆，斜斜披垂着，渐渐变枯。如果把干草一根一根接起来，估计能爬到月亮上去。

草籽多极了，秋天的牧草比人还要忙。所有的野草都晃动草梢子，等待风，等待路过的小兽。漫山遍野，一场巨大的草籽迁徙正在拔剑出鞘。菟丝子伸出带刺的触手，把草籽粘在胡跑的野兔子身上。羊群路过一大片披碱草，草籽抓紧羊毛，离开草甸。老牦牛撒开蹄子狂奔，蓼莪草籽们齐齐呼喊，快一点，缠住牛蹄腕里的毛，看看外面的世界。

赶在一场大雪到来之前，草籽最原始的迁徙已经完成。

山谷里白茫茫的，雪一层又一层，大野里空旷又寂静。你以为所有的小动物都蛰伏起来了，才不是呢。雪地上留下奇奇怪怪的踪迹。鸟儿的爪印像树杈子，干瘦，就那么几枝。小兽和大兽的蹄印像花瓣，扑朔迷离拓在闪着微光的雪地里。也不知道是谁留下的。狐狸？狼？雪豹？反正就是它们不停地兜圈子。

海拔三千多米的毛藏乡深山，曾经是西夏人养马的地方，朋友是牧人，正在冬窝子照看他的牛羊。旷野里没有人，他是个独孤的思考者。天地很静，雪白草枯，他坐在石头屋子里抽烟读书。这个老牧人，不会比一场雪更孤独。如果大雪封山，我猜他有一个地窖，储存着苹果、白菜和土豆。在毛藏山深处度过一辈子，陪伴草木牛羊、清风明月，他比谁都单纯自然。深山给人包容，给人豁达，让人忘却贪婪。

雪地里的踪迹很有意思，有的小兽很老实，直直来，直直去。有的小兽就喜欢绕弯子，东绕西绕，大概把它自己都绕晕了。有的小兽很诡异，走一截路，消失不见，不知哪里，又会左跳右跳出现踪迹。大兽们没有必要这么躲闪，大摇大摆留下爪印，还要打上记号，以示领地。

寒风呼号，老牧人戴着棉帽，屋子里生了火，煮一壶砖茶。羊在窗外叫，老牦牛在卡哇掌山脚下奔跑，牧羊犬披着一身雪打外边回来，世界多么澄澈干净。牧场的日子淳朴真诚，带有古典哲学的意味。

如果你觉得山野空旷寂静，啥也没有，那简直就是错觉。各种动物都在挖空心思捕食。草窠后面可能躲着狐狸，岩石后面可能躲着野狼，石洞里免不了藏着黑鹰。老树上一群乌鸦窃贼，像拿自己的东西一样，大咧咧把啄木鸟深藏的坚果偷光。一群灰雀子揪头拔毛打架，用爪子按住彼此的脑袋，狠啄。而深深的土层里，藏着冬眠的蛇、旱獭、瞎老鼠。数不清的嗜睡者打鼾，沉沉入梦，多大风雪都惊不醒。

大雪稍微一停，尤其是深夜，整个山谷全是声音。冰冻的岩石发出断裂声，大河里冰块膨胀破碎，树木冻折，露出白生生的茬口。老鸹鬼叫，野狐狸奔窜，狼嚎叫，牧羊犬几声尖厉的吠声。山猫一忽儿吱吱叫，一忽儿不见踪影。深山藏着各种未知，也藏着各种怜悯。

这样的深夜，大群的马鹿从森林里钻出来，悄悄跑到牧人的冬窝子，找草吃。马鹿和牧人是老熟人，根本不怕他，大模大样吃他牧场里的草，用无辜的眼神瞅他。如果牧人耍滑，做个麦草人吓唬马鹿，也不行。马鹿认得牧人的衣裳，嘴巴伸进衣裳底下，把干草吃掉。

天一亮，马鹿撤回森林。一群狼埋伏在半途，偷袭马鹿。然而马鹿相当厉害，战斗力比老牦牛都强大。狼只有扑到马鹿身边，才能下口撕咬。马鹿深谙此理，弹跳极高，蹄子像匕首，哪一匹倒霉的狼躲闪不及，被马鹿挖一蹄子,非死即伤。狼和马鹿都不恋战,速战速决,大多数时候,狼溃败,马鹿胜。

雪豹也会拦截马鹿,然而你想不到的是,马鹿跑得和雪豹一样快,但它跳得比雪豹高,飞似的逃走。沮丧的狼和雪豹只好合伙打劫狍鹿。狍鹿个小体弱,打不过大兽,只好被吃掉。

牧人洞悉山谷里的一切,太阳升起又落下,万物周而复始。古代的西夏人曾经在这样的天空下牧马,在某个山洞里,翻开碎石,还有西夏的灰烬,石头上还有他们留下的字符——那些曾经的勇猛或者怯懦。一群牦牛走进山洞避风雪,哞哞叫着。千年时空,在深山野林里,也不过是几声牛叫——老牦牛的吼叫是和天地说话,山谷听得懂。

若是没有老牦牛,牧场算不得真正的牧场。若是没有飞禽和野兽,山谷就没有灵魂。所有的草木和动物,土生土长,繁衍生息,山谷才成为山谷,才成为有尊严的地方。

南矶巡湖点鸟记

◎ 王　芸

　　南矶山的风，穿过草叶、芦苇、七十多万只来自北方的冬候鸟和声声鸣叫，让一切带上了湖水的波纹，如涟漪般扩散。那是源自夏天的记忆，依然在冬天的鄱阳湖南矶山国家级湿地保护区延续。

　　夏天与鄱阳湖连成一片的浩渺水泽，大约在九月开始收缩自己的领地，渐渐地，略高的植物显露出来，土堤坝显露出来，水泥路面显露出来，湖底的水草显露出来，浩荡大泽蜕变成由湿地、滩涂、湖泊、河汊、草甸连成的阔野。至十月，整个夏天都半浸在湖水中的南矶保护站，小院子和办公室的地面也显露出来，工作人员重新回到熟悉的工作环境，准备迎接冬候鸟的到来。

　　南矶山的草，仿佛有两套呼吸系统，可以自在地长于湖水中，也能在冬天冷硬的空气和野风中草茎蔓生、色泽油绿。草，一团一团抱紧自己，又簇拥在一起，形成厚实的草甸。芦苇随处可见，在半空中摇动修长的手臂和微张的手指。远处，清亮的天色与水色衔接一体，隐约可见一线白练横卧水中。

　　凑近 40 倍望远镜，才能看清白练的细部——竟是一只只姿态优美的鸟儿，有的修身直立，有的浮水而游，有的埋头水中，有的相对嬉戏，有的凝神不动，有的扑扇翅膀，有的低飞，有的滑翔……将眼睛凑近镜头的我，忍不住发出惊叹。

　　"尾巴黑色的是？"

"东方白鹳。"回答我的是南矶保护站工作人员曹志明。小伙子刚从江西农业大学毕业,学的生物科学专业。在学校时,因为爱鸟加入"野鸟学会"社团,曾来南矶山观鸟儿,毕业后就选择留在了这里。

不能长时间霸占望远镜,我不舍地将镜头还给他。戴着黑色防风帽、只露出眼睛的曹志明,将一只眼睛抵近镜头,嘴里断续报出:"东方白鹳30×4,白琵鹭30,鸿雁9、8、3,东方白鹳30×3,再加30、12,豆雁114、144,白额雁10,豆雁30×3、21,凤头麦鸡4,豆雁27、3……"

我用手拢紧围巾和帽子,还是感到风在使劲往缝隙处钻。才来保护站两个月的熊波,没戴帽子,也没戴手套,风将他的头发吹得飘举起来。他缩紧身体,在表格上记录这些数据。

忽然,从不远处的天空中传来"呕——呕——呕——"的鸣叫声,曹志明抬起头:"小天鹅,2。"

"这么远,就能看出是什么鸟儿?"我惊讶。

"听叫声。"曹志明专注于镜头,继续报出数字。

两只小天鹅由远而近,羽毛洁白,伸直脖颈和脚,扇动翅膀飞过我们的头顶。

远处湖面上的那条白练,聚集的多是东方白鹳,其数量随着曹志明报出的数据不断叠加。

"这么多东方白鹳? 不是说全球只有4000多只,是世界濒危物种、国家一级保护动物?"来前,我做了点儿功课。

熊波笑了,说:"是的,眼前就有1100多只。"

这是2022年1月13日上午九点多钟,我们仁站在南矶山的白沙湖观鸟点。今天巡湖点鸟共有五站,这是第二站。

巡湖的一路上,偶有一辆小车奔驰而过,迅速消失在小路的尽头。也有端着长炮筒相机的摄影爱好者,二三人而已。冬天的南矶山,属于风,属于鸟儿,人只是点缀。

生物界中,堪与风相匹配的,恐怕只有鸟。在漫长的进化史中,鸟的身体逐渐趋向于能够挣脱地心引力最合理的生理构造,坚硬而中空的骨骼,丰富的毛细血管,层次丰富、功用各具的羽毛,让它们可以腾飞至半空,既与风抗衡,又与风合谋,达成默契的共处。与地球上的物候相呼应,许多鸟类依靠生存本能,在一年中两度迁徙,行程数千公里,代代传续的"记忆"帮助它们穿越苍茫大地,斑头雁、蓑羽鹤、大天鹅甚至能飞越喜马拉雅山。

位于中国腹部的鄱阳湖大泽,是候鸟们的理想栖息地。前年冬天在鄱阳县、去年冬天在南昌近郊的鲤鱼洲,我都看到了南来麇集的冬候鸟,白鹤、东方白鹳、鸿雁、灰雁、小天鹅、绿头鸭、斑嘴鸭……南矶山处在鄱阳湖的主湖区西南部,夏天浩荡的湖水中,只浮现二岛——南山和矶山。天然的季节性水涨水落造就鸟类宜居的环境,冬季的滩涂、浅水、苇丛、草泽中蕴藏着丰富的食物,仿佛一块磁石吸引着向南迁徙的候鸟们。这里常年有冬候鸟,也有夏候鸟,还有留鸟,比如栖满矶山崖壁树丛的夜鹭,仿佛开满树枝的白色花朵,繁密得很。一年四季,南矶山都有鸟儿飞翔的身影。

这些年,来南矶山越冬的候鸟一年年增多,究其原因,不只在于年年湖水的如约退却,还在于南矶山人的步步退让。乡民们将自己世代谋生的湖泊、滩涂和这片土地上的一切资源让给了鸟儿。

曾经,冬天的南矶山布满一个个"堑秋湖",这是靠水吃水的南矶山人祖祖辈辈智慧的产物。他们根据鄱阳湖夏涨秋落的规律,修砌土堤形成一个个有边界的子湖泊,每年秋冬季节鄱阳湖水下落时,关闭闸门将水留在这些子湖泊中,水中蓄满鱼虾河鲜。到了深冬,打开闸门泄水,水落鱼虾现,渔民轻易将之纳入囊中。这,成为南矶山渔民一年中相当重要的一笔收入。

一个个"堑秋湖"留住了水,却留不住鸟儿。啄食鱼儿的候鸟,一度被渔民视为"口中夺食"者。还有一些猎鸟牟利者,在湖区布下天网,趁机捕猎……可候鸟还是年年如约而至,遵循着与南矶山的不弃之约。2008 年,南矶山湿地被批准为国家级自然保护区,南矶山人下决心变"渔乡"为"鸟乡"……

2013 年 8 月,一张在南矶山四处张贴的海报,在渔民中掀起波澜,"点鸟奖湖"成了滚动在人们唇齿间的热词。海报出自保护区管理局,宣告首场"点鸟奖湖"将在四个月后开展,届时外请专家在一个一个"堑秋湖"清点鸟的数量,一只鸟奖 1 元。一个月后,再次点鸟,一只鸟奖 2 元……原本担心鸟儿啄鱼争食的渔民,为了留住鸟儿,纷纷降低水位,让更多涉禽类鸟儿留在自己的湖域。与湖、鱼、鸟打过多年交道的他们,懂得鸟儿的习性,知道什么水位适合什么鸟类,他们想尽办法为鸟儿规避一切干扰,眨眼间转变成了候鸟保护人。

当年的 12 月 15 日,现场点鸟,50 万元奖给了渔民。这意味着,那一年有几十万只候鸟在南矶山拥有了一段宁静丰足的冬季时光。"点鸟奖湖"持续 7 年,渔民成了候鸟保护的参与者,也是受益者。年年冬季来南矶山看鸟的游客,催生、催熟了当地的旅游、餐饮业。

2020 年 1 月 1 日起,长江十年禁渔计划正式启动,长江水域开始新一轮生物保护修复期。两个月后, 南矶山湿地晋级为我国又一国际重要湿地。南矶山人彻底将这里的湖、岛、河、滩,还有天空,都让给鸟儿,让它们在南矶山安然越冬,自在觅食,自由地飞翔。

为适应新的政策和湖区现状,"协议管湖"取代"点鸟奖湖",南矶山开始实行"保护区-社区共管",利用民间力量,将乡民发展成子湖泊的管理者、候鸟的保护者,天网绝迹,渔船绝迹……据 2022 年 1 月的统计数据,飞来南矶山的候鸟已达 76 万余只。

薄金的冬日阳光下,一道四方闸门还耸立在"堑秋湖"的土堤上,它的功用依然是调节水位,却不再是为了捕捞渔获物,而是为了适宜不同的鸟类栖息。

从去年 10 月份开始,南矶保护站站长李建新和经验丰富的站员段漠山，每隔几天就会去一个个子湖泊查看水位。皮肤黝黑的段漠山曾是南矶山的一位渔民，如今却爱上了护鸟的工作，成了保护站的资深站员。什么样的水位适合哪种鸟类，这默存于心的标尺，是他在一年复一年的巡湖、护鸟工作中慢慢明晰的。

"巡湖点鸟"是保护站的"日课"。有雾的天气，就晚一点出发。去年8月，曹志明来保护站报到时，坐船抵达南矶山，那时湖面辽阔，水波涌动，保护站还半淹在水中。五个月过去，他已能熟练地报出许多常见的鸟名，轻松完成巡湖点鸟的工作，偶遇把握不准的鸟儿，他就点开手机上的"图鉴"查看比对。他告诉我白鹤与东方白鹳的区别，夜鹭、灰鹭、白鹭的特征，白腹鹞和白头鹞的不同，还有东方白鹳没有声带，只能叩击上下喙发出"嗒嗒嗒"的声音……

那天巡湖的第一站，在战备湖。其名据说源于朱元璋和陈友谅的鄱阳湖大战，这一带曾是主战场。熊波指着不远处的土堤告诉我："神眼林"就葬在那里。

这位我未曾谋面、在观鸟界和南矶山赫赫有名的"神眼林"，大名林建生，是一位超级爱鸟人。是他在南矶山湿地发现了罕见的"斑背大尾莺"，是他在新世纪初综合科考中，在南矶山保护区目击205种鸟类并记录在册……传说他能仅凭鸟飞翔的姿态和叫声，远远地裸眼识鸟儿，令许多专家和观鸟爱好者惊叹。他一生跨越山河，追踪着众鸟的身影，最后回到南矶山。他说："让我留在南矶山，与鸟儿们朝夕做伴！"

像他一样的爱鸟人，构成一个庞大的群体。南矶山，不只是鸟儿的天堂，也是他们的乐园。

天地阔美，不时有鸟群腾飞而起，如迅疾飘忽的云团，在远天忽聚忽散、忽高忽低，时而是密集的墨点，时而是白色的亮斑，声声鸣叫随风穿越旷野而来——那是对南矶山人和爱鸟者最好的奖赏。

撒欢牧场的白头翁

◎ 艾 平

我来到撒欢牧场的时候,正值兴安白头翁花盛开。

说起野生的白头翁,知道的人一定很多。整个北中国的草原林地,到处都可以见到她的踪影。在极寒的呼伦贝尔草原,就有掌叶白头翁、细叶白头翁、细裂白头翁、蒙古白头翁、黄花白头翁、兴安白头翁六种之多。呼伦贝尔的白头翁花总是比春天早到一步,白头翁的种子随着茸毛四处飘扬的时候,草原之夏的帷幕才徐徐拉开。四月末五月初,残雪依然覆盖着山野,丰厚的百草还在沉睡,人们苦巴巴地盼望着春天,却没有谁关注过白头翁,不知道她是在什么时候,从厚厚的腐殖层中拱出头角,又怎样在残雪里伸展着毛茸茸的茎叶,直到她像个勇敢的小少女那样,嫩嫩地笑出一片黄蕊紫瓣的花朵,人们匆匆地看上她一眼,便转回去继续等待那些迟来的姹紫嫣红了。

白头翁属于毛茛科多年生草本植物。在草原的大观园里,她是一个不起眼的小角色,全身长满了灰色的细茸毛,花朵呈钟形朝上展开,喜欢阳光普照的山坡和林地,从花朵开放到蒴果成熟需要一个半月的时间,最高长不过三十厘米。呼伦贝尔地处北纬47度到北纬53度之间,只有五月中旬到九月中旬为无霜期,诸种植物必须在这不足一百天的时间里完成春夏秋三季的使命,所以她们一生都在争分夺秒地生长,拼命地去开花结果,就好像一个自幼举重的少年,来不及长得高挑,就开始了负重前行,结果长得低矮硕壮,练就了一身不可抗拒的坚韧。从这个意义上看,白头翁实在是呼伦贝尔大自然母体最合格的子嗣。

撒欢牧场地处林草结合带,位于大兴安岭的入口。这里河流丘陵连绵交错,大地舒缓如长绢铺向远天。展眼望去,碧空之下,阳光温存,百草编织的地衣熠熠生辉,呈现真丝般的质地。近处白桦玉立,连林叠嶂,小河倒映纯蓝,不冻泉在残雪中间凸涌,山谷里斑斓着羊和云的影子,骏马在青灰色的巨石下兀立,苔藓、多肉和千姿百态的草芽,洇出微微的浅浅的绿……可谓呼伦贝尔风光的精华荟萃之地。

撒欢牧场的主人叫赵红松,是一个自愿放弃都市生活,回到家乡成功创业的大学生。十二年里,他一边从事牲畜养殖业,一边开展旅游业,竟在遥远寂静的风景深处,吸引来三十八万粉丝,也留下了讲不完的故事。他说一切得益于大自然的恩赐,这十二年虽然历经坎坷,但是自己最大的收获,就是俯身在大地怀抱,用心读了一卷厚厚的生态之书。

跟随着赵红松穿过白桦林,看过野猪和牛马羊徜徉的山间草场,来到朝阳的芍药坡上,这里是国内存有的最大的集中连片的野生赤芍生长区,原来有 5000 亩,由于被盗挖,现在仅存下 3000 亩。一到六月中旬,赤芍便开得夭夭灼灼,如彩霞满山。为了保护芍药坡,赵红松曾经付出过流血的代价。听着他一往情深地讲述山野生活,我这个多年在草原森林中行走的写作者,不由有些虚空感,真是书越读越缺,路越走越没有止境,以往自己所知的呼伦贝尔人文地理,在这个文质彬彬,双脚浸着泥水,衣上不时爬着草原蜱虫的年轻人的面前,显得形而上有余,接地气不足,而赵红松信手拈来的每一段故事,每一个细节,都散发着大地的原汁原味,活生生地可信可靠。

季节没到,野生的赤芍药刚刚发芽,那暗红色的幼苗,被繁多的枯草遮盖着,尚不显存在感。倒是满山的白头翁先声夺人,朝气蓬勃地开放了。由于茎秆上的茸毛与草地一色,那些紫蓝色、深蓝色、玉白的花朵,看上去水莲似的,悬浮在旧年的衰草上明眸熠熠。细细观看,大约是由于芍药坡光照和水分适宜,每一朵白头翁花都生就得特别饱满充盈,挺括支棱,色泽浓郁,不像我以往常见的那般吊钟似的垂软,煞是生动喜人。

记得我年轻时,曾经在海拉尔西山樟子松林附近居住。每年正月十五一过,哪管温度还在零下二十七八摄氏度徘徊,我就迫不及待地启动了春跑,每天在樟子松的翠绿和冰雪的洁白中穿行。也不知道过了多少天,风稍显柔和,不经意间在干草中看到了几朵毛茸茸的小蓝花,正面对落雪,不管不顾地开着,我久久地凝视着她,惊喜到不敢相信自己的眼睛,感动到眼睛潮湿。这是何等非凡的生命啊,竟以独舞般的弱弱矮矮和淡淡,早早地立于世界的前头,这份美分明是春天的低吟,更像高贵的宣言!那一刻,只觉得世上所有的敏悟和凛然,都在这名不见经传的绽放中脱颖而出。从此我变得十分关切,每天都去看看这白头翁花,一直看到她鲜叶枯萎,为大地留下最后的一粒花籽。后来,我成了那个每年专程去等待白头翁开花的恒守者,成了那个最先看到春天的呼伦贝尔人,成了独一无二的把白头翁花奉于书柜案前的小迷妹,后来又成了特地领着自己的女儿去观察白头翁的好母亲。用现在的话来讲,我曾经是白头翁铁杆粉丝。那时候,我的世界里买不到一本植物辞典,我只能使用呼伦贝尔的民间土语,叫白头翁花为耗子尾巴花,或者毛骨朵花。想来那葱郁的年华真好,能够纯粹地为一朵小花而流泪,也是弥足珍贵的人生过往。多少年过去,守着心中这一点小小的情感秘不示人,由一个女人成长为母亲,熬成了祖母,总感觉内心早已百情如磬,如今在撒欢牧场重见白头翁花,竟有一些与时光重逢之感。

我放慢脚步,任性地沉浸在白头翁花任性的盛开里,内心自由奔放。

流连之间,突然看到有一大片白头翁花花朵残落,茎秆夭折,显然遭了某种刻意的掠食。

赵红松伸手指向不远处的白桦林,说艾平老师你看,那是什么。

白桦树的间隙中有几只褐黄色的动物在轻盈地奔跑,背影上的白色臀部十分耀眼，我认出来了，这是呼伦贝尔草原和大兴安岭森林常见的食草动物狍子。撒欢农场山水洁净如初，食物链完整，所以成了动物的乐园。迎头遇上狼，肩头飞过雪鸮，与狍子、狐狸擦肩而过的情形，赵红松屡见不鲜，恰好他又是个惯于穷究的人，通过网络求教，查阅工具书，询问老牧民、老猎人、老林业人，是他年复一年的功课。那么，我脚边的白头翁残骸和背影渐远的狍子有什么关系呢？

赵红松告诉我，正是狍子刚刚吃掉了那一片白头翁。

然后他接着问我：你知道狍子为什么被猎人称为傻狍子吗？

我认为狍子不仅不傻，还非常机警聪明。记得 2014 年，我在阿巴嘎的狼岛观察过一只被阿巴嘎收养的小狍子，那份冰雪聪明让人记忆深刻。阿巴嘎领我们在密林中找它，叫几声它的名字"叮当——"，它即刻空降一般出现在我们面前，那站姿挺拔又俊美，像一个芭蕾少女。叮当直奔阿巴嘎，刚一嗅阿巴嘎手里的山丁子，瞥到陌生的我们，立马嗖一下逃走了，那样子简直不是奔跑，是箭镞在草上飞。不一会儿，远山上就出现了它漂亮的剪影。它每天早上自己进林子觅食，晚上自己回到圈内过夜，完全不用人格外看护。后来它在院子里看到我们和阿巴嘎很友好，走过来，像是在跟阿巴嘎撒娇，果然得到了一把又一把的山丁子吃。在大兴安岭原始林区，我也多次跟护林员们聊过狍子的习性，他们告诉我，狍子嗅觉和听觉都很好，作为温良的食草动物，它们终生的大事就是防范。遇到天敌，它们边逃跑边岔开臀部的白毛，在林间左右腾挪地跳跃，一个个白屁股晃动在洒满阳光的雪原上，足以迷惑猎枪的准星和天敌的眼睛。到了冬天，它们常常把雪刨开，把身子扎进土里，只露出一个白白的屁股。既保留住了身体的热量，又让各种天敌不好辨识。

赵红松告诉我，人们叫它傻狍子，大约是指每年狍子都有七天左右时间明显的迟钝呆滞，原因是狍子那时候刚刚吃过白头翁。

好一个耐人寻味的细节！狍子为什么要每年吃白头翁，又为什么会在吃过白头翁七天左右的时间里比较发傻呢？

文人对世界的理解往往着眼于某些诗情画意的唯美，这么多年我还真是没有注意到白头翁竟然是一种性味苦寒的良药。

赵红松告诉我，白头翁清热、凉血、解毒、逐血止痛、治齿痛、治痢疾、去瘤疬、去骨节痛、明目、消斄、去肠垢、消积滞、疗咽肿、治秃疮……狍子经历了一个冬天的消耗，诸病上身在所难免，身上的各种寄生虫也开始作祟，它们消瘦、仓皇、瑟瑟发抖，熬着盼着，终于看到了白头翁头上的那一抹蓝，便疯了似的扑上去，不遗余力地吃起来。它们不知药为何物，也不懂什么是剂量，一切靠本能驱动，所以非吃到撑肠挂腹才罢休，而它们药物中毒的第一反应，就是失明或者视力模糊。一只看不见世界的狍子，出现在猎人的跟前，就被称作了"傻狍子"。事实是，狍子的生命经验绝对不可低估，吃过一大顿白头翁，它会找一个隐秘的地方藏起来，一直等到代谢结束，视力恢复，才出来嬉戏觅食，这个阶段大约七天。你看吧，再过个十天半个月，狍子的形象就会焕然一新。由此，我想到了草原上的牧羊人老阿爸曾经和我说的话——春天牧羊，你只管跟着羊走，因为羊比你更知道在哪里停下来吃草，它们乏了一个冬天，自己会给自己找药吃。

没有想到，撒欢牧场的故事还在延续，白头翁的盛开引来了寻药的狍子，狍子的出现，又诱惑到了森林狼。我来的前一天，赵红松在短视频平台发了一段视频，就在那片被摧残的白头翁附近，他看到一只狍子的残尸，已经被啃食得只剩下骨骸和犄角，是狼吃剩的宴席，又被松鸦和鹰隼细细地剔过，每一根细小的骨头都显得洁白如玉。赵红松告诉网友，撒欢牧场日夜上演着物竞天择的悲喜剧，食物链冷酷到不可抗拒，每一个物种都是在劫难逃的一环，又被大自然赐在劫后重生的循环往复之中。你看这遍地的狼粪、狍子粪、鹰屎、松鸡粪，通通会在雪水中慢慢溶解入土，发酵后成为有机肥，满山的植物便有了生长的营养。

年复一年，撒欢牧场的白头翁，就这样永续不绝。

深山云起

◎ 周华诚

水库不只是蓄养水,水库更蓄养云朵,总在合适时机将云朵放牧到天空。有的时候云朵迫不及待,奔涌而出,就奔涌出一座云海了。

山里的人,其人生自在,掩藏不住。几座山头,一片茶园,甚至拥有此刻的云朵与花香,当然自在。

一

转了四百六十七个弯,抵达一个地方,百分之九十八点二的当地人都没有到过的地方。

朋友说,真的有那么多弯?

两小时车程的山路,全是盘山而上,那得有多少个弯。山上从前有一座古老的大寺,后来毁了,只留下遗迹,因此叫作"大寺基"。大寺基是在云海之中。后来遗迹上又建了一座新寺,叫"万福寺",也是远近闻名。那里的大寺基林场,建于 1958 年,在括苍山余脉上,也位于黄岩、永嘉、仙居三县交界处。林场区域内,平均海拔 900 米,最高的山峰"大寺尖",海拔 1252 米。那个主峰,正是永宁江和楠溪江的发源地。

要是能在山峰上找到这两江源头,也是很有意义的事吧。

5 月末,微雨天气,车入山中,云雾就绵密起来,竟至于山道上可见度只有数米。我们一路驱车盘旋上山。峰回路转,浓墨重翠,山谷间瀑布直挂,水声哗然。待云雾稍散,视野开阔处,但见白色云龙栖停在绿色山腰上，连绵数里，煞是好看。

路上，见有山农在路边种树，穿着雨衣，后腰上别着柴刀。柴刀是用木制的刀套悬挂，这种工具，长时未见了。所植之树，乃是北美冬青。

近午时分，方到大寺基林场。此时雨大起来。林场的老周和老章来迎。此地遥远，上山下山不容易，老周时常一入山中就住上一个月或半个月。这里也是森林公园，黄土地和红土地上面生长着郁郁葱葱的树木。以前多是松木，属于经济林。这些年也仍然在持续造林，多植阔叶林和彩色树种，枫香、檫树、樱花、银杏、红枫、金钱松等等，一年四季，很好看。既要造，也要造得美，这是一种造林思路的变化。这几年，常有驴友于寒冬来此看雪。黄岩这个地方下雪的时候不多，而要看雪，唯有去大寺基。大寺基不仅下第一场雪，且常有雾凇。最冷之时，达零下十六七摄氏度，人称"黄岩小东北"。雾凇是在寒冷之时，雾碰到冰冻的树枝，于是凝成白色的冰晶。雾又碰到冰晶，冰晶于是延长。就这样，冰晶越积越多，从枝头延伸垂挂下来，仿佛是树的白色花边。当整座森林的每一棵树、每一个枝头，都拥有自己的重重披挂之时，森林就变成了一座童话的森林，雪白晶莹，如梦似幻。

这样的场景，老周每年都要见上好几回。他在这里生活了一辈子。他是"林二代"。他的父亲在六十多年前带着柴刀上山，没有路，是凭一把刀开出路来。和他一起来的是一百多个知青。他们在山上垦荒，一点一点垦出来种上松树。林场职工，几个月大半年不下一回山，虽是公职人员，却也是地地道道的山农。

山上的生活并非如雾凇那样看起来诗意，而是艰辛无比。山上无房住，是用木头搭建的屋。上山植树，无人看管小孩，就把小孩也背上，大人干活儿时，娃就放在挖好的树坑里任他玩耍和睡觉。老周是这么长大的。上小学时，林场在几个护林点中间的位置，建了一个教学点，由一个林场职工担任老师，三四个年级的大大小小的娃坐在一间教室，凑成一个班。现在，老周年纪大了，明年也要退休了。

老章比老周年轻一些,他是从区农业农村局下派的。20 世纪 60 年代,大寺基开始种茶,这黄岩当地的名茶"龙乾春"就是大寺基林场自产的一种绿茶。父辈们在山上,生活是那样的单调乏味,于是就种茶、炒茶,品质好的卖了贴补工资,次的留下,一年到头喝浓酽的茶。老周念小学时,放了暑假,也常去茶山采摘夏茶。采茶的工费是两三分钱一斤。这也是一份收入。

喝茶的时候,我老想着老周和老章讲到的,说在某个遥远的护林点上,还有护林员守护着森林。他们常常是背着半个月的粮食蔬菜上山,一晃就是数十年。因为长年地居于山中,与人交流少了,语言似乎也变得不那么流利。这一点让我深为震动,想去看看那个护林点,但实在是太遥远,难以成行。我看窗外深山密林,云雾笼罩,层峦叠嶂,隐于山中的人,怕是早已与树与花与鸟兽一起成为山的本身。

二

大雨之中的半山古村,宁静得出人意料,溪涧奔腾,雨水淅沥,道上卵石铺地,石桥寂寂,古树横斜,屋舍俨然,村庄的事物都沐浴在大雨之下,一切也都泛着古老的湿漉漉的诗意之光。就这样地来回走了一遭,甚觉美好,又不忍于仓促中惊扰古村的美,便决定离开。有的事物,因为太美好,而觉得自己准备不足。半山之美,应该留待下回再来。

雨水是精灵,是赋予一切干枯的事物以滋润的甘露,是令一切平淡浅薄的事物变得丰富深邃的法宝,是古老的魔术,它让喧嚣归于宁静,让奔忙停下脚步,让委顿的日子起死回生。

半山出来,冒雨去了黄毛山。

初夏的黄毛山,已然被雨雾所遮蔽,如同一个非现实主义的梦境。半山腰上,方圆数里都是茶园,下得车来,呼吸吐纳尽是山野的清甜空气,而周遭朦朦胧胧,伸手相触,不知是雨雾还是梦境。黄毛山底下有一座长潭水库。这座长潭水库,被誉为台州人的"大水缸",其集雨面积 440 多平方公里,有八条溪流源源不断流淌入库,水库周边有高山森林、湖滨湿地、自然草甸,森林与湖泊湿地一起构成野生动物栖息的家园,各种飞鸟走兽、珍稀动物也渐渐出现。我们置身在茶山上,却只见到一座云海,见不到水库,眼前的这座云海,也许是从水库中生长出来。水库不只是蓄养水,水库更蓄养云朵,总在合适时机将云朵放牧到天空。有的时候云朵迫不及待,奔涌而出,就奔涌出一座云海了。

云海之上的这片茶园,叫作"天空之城"。倘在双休日,这里游人是很多的。这天倒没有几个人,也是因为下雨的缘故,而如此一来,更像是天空之城了。茶园里有一些帐篷设施,隐于云海之中,像是宫崎骏电影中场景。

给我们泡茶的姑娘善谈天,一问是"90 后",海边人。海边人却躲到这山里来了。她说自己是喜欢山的。这个茶园,天气好时空气清朗,能见到环抱茶园的库区,湖面水平如镜,天空与山野皆宁静,许多时候碧空如洗,群峰连绵,大地安宁,三两人打坐饮茶,内心澄澈一片,有什么比这样更好的?

茶姑娘又说,这山里远离城市,下山一趟,来回要三个小时。有的年轻人待不住,新员工来了第一天就走,天还没有亮,就坚决地离开——竟是自己沿着山路,倔强地走出去,也不知道什么时候才能搭上顺路的车。

算是逃离吗?不知道呢。

有人逃离城市来山里,也有人逃离山里进城。

她却喜欢这山里,喜欢这茶园。有时晚上送走客人,下了班,能看见满天的星星,明亮极了。在这样的高山上,星空可以美成什么样子,城里人靠想象是想象不出来的,只有置身在这里,才能见到。

清晨,则是在鸟叫声中醒来。每天起得早,五点多就起床,她先在茶园里走一圈。绣球花这几天开得好,紫的蓝的,这儿一团,那儿一团;锦带花也很漂亮,这花盛开的时候,就像是仙女身上披挂的华衣,繁花渐欲迷人眼;金叶女贞的花细细密密,虽小,却香味浓郁,吸引极多的蜂蝶环绕飞舞;山上还有兰花,兰花开时,能闻到香,却不容易找到。

就喝一杯这山里的茶,山野天露,正是这茶园里的云雾茶。制茶的师傅是请的杭州老师傅,用的是龙井工艺。她泡茶取的是中投法,先在杯中注入滚水半杯,再投茶叶,待茶叶醒一醒,再注入半杯水。低头闻香,豆香很明显。偶尔也会有兰花香。兴许是山中兰香入得杯中来,也未可知。

在这里喝茶,外面的雨渐渐收了,云蒸雾蔚,风吹来居然还有一些凉意。只好起身将玻璃门关上。城市中的潮热,在这里一点儿也不会有。如果是酷夏之时,来这山上喝茶,那更是清凉无比。天气好的时候,看日出、日落,都有人间少有的风景。

我们是与茶姑娘互加微信的时候,才知道她叫"螃蟹妹"的。这个名字源于她是海边人。她的父亲卖海鲜,她以前也经常帮父亲在朋友圈里吆喝一声,时间久了大家就叫她"螃蟹妹"了。于是我们也叫她螃蟹妹。山上的日子,对于螃蟹妹来说,虽然是寂寞的,却也是丰富的。时常有一些网络达人,来这山上做直播,人往茶园里一站,或往茶树间一藏,把手机摄像头打开,就把这里的云呀雾呀天空大地呀传播出去了。其实这里,还是一座深山。山川未变,云雾未见,只是看待它的人变了。

在山上的日子,螃蟹妹有时也会想起自己在海边的生活。靠海吃海,有船进港的时候,半夜她也提前守着,等待船一到,能抢到最新鲜的货源。做海鲜的生意,每天每个小时都要抢时间,一天的货如果出不完,相差几小时就是不同价格了。她和父亲一起卖海鲜,更加懂得时间的珍贵。

现在,螃蟹妹要让时间变慢下来。她是山上的"总管",每天守着茶园,守着云海与茶山,觉得满足极了。日子过得,有人开玩笑,跟"提前退休"一样——譬如说,来了山上,她开始过低物欲生活,几乎不再网购,连新衣服都不买。原因是没有快递小哥送货上山。对于她来说,这无所谓,只是一种生活状态的变化,并不觉得有什么不方便。

夏天的夜晚,能听见蛤蟆叫。呱呱,呱呱呱呱,呱呱呱,呱,呱,听着听着,就睡着了。

雨还是在下,云海包围着茶山,也包围着这间小小的茶室。茶泡了三回。雨水仿佛泡进了茶碗。雨水是精灵、是甘露,赋予一切干枯的事物以滋润,令一切平淡浅薄的事物变得丰富深邃,一碗入喉,这个初夏的午后也变得悠长。

三

疑似在村庄里走错路了,却误打误撞,开到了一片山野之中。竹林连绵繁密,山道弯弯且向上。这样的山野之间,人烟稀少,连个可以问路的人也不见。就这样一条道继续前行,愈往上,风景却愈佳。

山转路回,居然又到了一片茶园。

这是一个叫岗塘坪的地方,属于黄岩宁溪镇的五部村。这个地方叫什么是后来知道的,直到很久以后上来了一位村干部,然后来了一位茶园主人。在他们出现以前,只有云朵停留在上面。

这是 5 月末的一个傍晚,雨过初歇,天地之间清澈如洗。当我们到了山顶之后,发现四面群山都有云朵停留环绕,云朵的边缘很清晰,悬停在山的中部。事实上云朵也在悄悄移动,同时变幻形态,就像是一群移动的羊。

站在山顶大呼小叫的人,显然平时难得见到这样的风景。什么叫年轻? 年轻就是还可以接受人生中的不确定性。

比如今天能把车开到一座山顶的茶园里来,就是这样一件不确定的事情。尤其不确定的是,你并不是为了一片绝美的风景而来。而当这样的美景出其不意地涌现在面前的时候,一种巨大的惊喜,会让人沉醉其中。

我们的问题常常在于,想得太多,而做得太少。

茶园主人王叔上来的时候,指着山顶的平台说,本来是想在这里搭一间喝茶的小屋子,这样,人在这里喝茶,可以看见山脚小镇的全景,也能看到脚下的风起云涌。

这两三个小山头,有一百多亩茶园,到了明年,能出几千斤干茶。以前这个茶园,据老一辈的村民讲,是有老虎出没的。《浙江动物志》记载,华南虎在浙江省分布不多。宁波(1875)和杭州(1880)两市郊区均曾有猎捕。1952年,丽水郊区曾打死1只成年虎,体重150公斤。1954年,龙泉曾捉到幼虎2只。此后,衢州(1974)、开化(1983)各捕到1只成年虎。在那之后,本省可能已经绝迹,因为再未有新的虎迹发现。不过,2011年、2013年、2015年,温州市的瓯海、苍南,杭州市的临安等地,都相继报道有猛兽出没,许多山羊等家畜被咬死,有几次基本能判断肇事者为金钱豹。尤其是最近一次,2015年,临安的湍口有81只山羊离奇失踪,在山上发现清晰的兽类足印,约拳头大小、四趾,趾前部有明显锋利尖端……

老虎在黄岩,被人叫作"大虫",大虫的故事总是具有某种神秘性。总之,这里是一个深山秘境了。深山秘境,加之云影天光,使得这个傍晚非常特别。鸟鸣也在这个开阔的山巅此起彼伏,相互呼应,鸟鸣具有某种穿透力,在雨后的清澈空气中,鸟鸣能传得更远。

花香也是如此。随着山风的涌动,一种花香像潮水一样涌到鼻腔来。这是樟树的花香。有时又没有了。清新的空气不会凝滞,花香与鸟鸣都更有流动性。山上的夜晚,星辉与月光也具有某种流动性,这与时间的特质是相对应的——在一个特定的瞬间,鸟的翅膀停留在空中,月光也定格在空中,其实是时间的定格。此刻我们在山顶,也是对于时间中某一个片段的截取,"此刻"——假设截取的是当下的十分钟,那么,"此刻"就包含了山腰上的云朵从一团流淌成一片的过程,也包含了樟树花香从一座山头飘向另几座山头的过程。

种茶的王叔,其人生自在,掩藏不住。几座山头,一片茶园,甚至拥有此刻的云朵与花香,当然自在。

王叔的自在还在于,他爱喝酒,且爱以酒会友,朋友遍天下。这样的酒

290

一喝,气氛就更好了,王叔的女儿女婿都优秀,在大学教书,贤妻则是小学教师,话不多,忙前忙后。这样的人生,岂非大自在——前一脚是云端的茶园,仙气飘飘,宛如世外,后一脚是人间的烟火,俗世温暖,落在实处。这份自在与自得,也是掩藏不住的开心。从疑似走错路发端,我们的这份开心一路延续,连绵而不绝,宛如千年宋街旁的渠水,具有了一种古典意味,"此刻"因其自在而足以穿越时间留存下来。

去天津看湿地

◎ 武 歆

一

中学语文课本里的"脚著谢公屐,身登青云梯",我至今印象深刻,曾幻想能够走遍祖国山山水水。少年心躁,总想往远处走,走得越远越好,走得远才是顶天立地,走得远才能发现美景,就连做梦都是跋山涉水。不觉间已是耳顺之年,却发现近在咫尺也能"素手把芙蓉,虚步蹑太清"。在家乡眺望吟诵,也能找到李白吟诵自然风光的畅远心境。

我出生在天津,居住在天津,教科书上"沿海城市天津"的说法,却没有给我留下"水的丰沛"的相关记忆。在二十世纪六七十年代,一条胡同只有一个水龙头,无论春夏秋冬,男女老幼排队打水的画面,犹如黑白木刻画深刻在我少年记忆中。之后的"引滦入津"和"引黄水源"以及"南水北调",依旧没有让我感到水的富足,"九河下梢"以及"河海要冲"的说法,犹如挂在耄耋老人唇边上的久远传说。

近些年天津大为改观,大力实施的"871 工程"——保护修复 875 平方公里湿地、全力建成 736 平方公里绿色生态屏障、综合治理 153 公里渤海海岸线——让天津的生态面貌,特别是湿地建设和保护发生改变,让天津人开始恢复关于水的想象,百姓的精神深处慢慢有了水的滋润。

二

坐落在武清区的大黄堡湿地,前身有很多自然形成的水系,但无人管理。有人在这里自行下网捕鱼,环境脏乱差,到了夏季,这片地方异味冲天……但是经过政府多年精心治理,如今这里已经成为华北地区闻名的湿地自然保护区,同时也成为我国北方地区原始地貌保存最好的芦苇湿地。如今在这里能看到几千只、上万只鸟儿在天空集聚飞翔;还能看到大群的鸬鹚在水边栖息嬉戏;早晨或是黄昏,还会有野兔、刺猬、獾出没。这样的自然景观,武清区过去想都不敢想。

在大城市中进行湿地建设,特别是在极为缺水的、寸土寸金的天津,有着无法想象的艰难险阻,心中要是没有"绿水青山就是金山银山"的坚定信念,根本完成不了这样的规划。没有把土地拿去做房地产,而是开发建设湿地,大黄堡湿地所在地武清区这些年做了许多艰苦工作。比如在保护区内开展芦苇沼泽湿地修复、搬迁区复绿、道路复绿和河流生态整治工程;比如利用北运河、龙凤河、青龙湾减河及雨洪资源,为保护区实施生态补水工程;比如累计拆除建筑超过 30 万平方米,大力实施水系连通、鸟类栖息地营建、芦苇浅滩建设及植被恢复工程;比如翠金湖项目整改土地实现全部复绿,恢复了燕王湖水天苍茫、鱼翔浅底的湿地景观。

如何在湿地建设中彻底恢复区域生态环境,武清区有着独特经验,他们借助湿地改造建设,根治了农药厂等企业环境污染问题,还有 66 家生产型企业,也全部予以"两断三清"。在短短的几年时间里,相继完成了湿地核心区、缓冲区共计 70.47 平方公里的土地流转,拆除鱼池看护房 1946 间,让 4 万平方米的土地豁然开朗,回归自然面貌;还拆除增氧机、投料台等附属设施 1 万多个,推动了土地"退渔还湿"和核心区封闭管理的一系列工作。现在除了夏季自然水源补充之外,每年还向湿地补水 8000 万立方米,使得位于北京、天津之间的大黄堡湿地,始终保持着水天一色的浩渺状态,从湿地散发出来的湿润的空气,润泽了京津上空。

三

　　七里海湿地比大黄堡湿地名气更大，京津冀一带知道的人也更多一些。七里海湿地十多年前我就去过，那时还不是保护区。当时我和几个写作的朋友在七里海游玩了一天。我们乘坐一艘小木船，向着纵深地带驶去，像是回到了少年时代看雁翎队打日本鬼子的连环画中。小木船在芦苇荡中慢慢穿行，芦苇深处特别闷热，到了黄昏时分，蚊子开始聚集，我们在笑声中手舞足蹈地扑打蚊子，把水里的鱼儿惊扰得蹦出水面。

　　七里海为什么能在缺水的北方成为一片湿地，而且终年不会干涸，只因它有着天然的优势，因为这里海拔很低，1.7—2.4米，属于常年性蓄水洼淀。还有一点也很重要，三条河流——潮白河、蓟运河、永定河——分别从七里海的中间部位和东西两侧逶迤而过，同时三条二级河道在这片将近6万亩的湿地上纵横交错，因此七里海拥有独特的自然水源优势。

　　七里海地貌形成有着悠久的历史，它是万年以前海退过程中残留在平原上的众多潟湖之一，又经过万年地壳演变，才逐渐形成淡水沼泽。七里海最初地貌形态还是属于沼泽湿地。根据清代光绪年间宁河县志记载，得知"七里海夏秋雨多水汇，沧波浩渺，七里海极目无涯，汪洋如海，故以海名"。

　　历史上的七里海分成三段，七里海、前七里海、曲里海。其中前七里海才是现在七里海的前身。可惜的是，在二十世纪五六十年代，因为填水造田，七里海和曲里海已经不复存在。即使这样，现在七里海湖泊、沼泽的湿地景观也有三千多年历史，至今还有着近岸地带形成的牡蛎滩，作为研究渤海湾西岸古海岸带变迁的遗迹而闻名于世。

　　因为保护区的缘故，现在已经无法深入七里海纵深地带，只能在潮白河大堤上，围着七里海慢慢行走、慢慢观望。远看，是无边无际的青翠欲滴的芦苇，与蓝天白云彼此呼应；低头，在低洼区生长的香蒲、水葱、荆三棱和水蓼，形成一团团的面积很大的近景。

漫步在潮白河大堤上，还能看见叫不上名字的鸟儿在头上飞。当地人告诉我，七里海有国家一级保护鸟类白鹳、金雕、白肩雕、玉带海雕，还有二级保护鸟类天鹅、小鸥、灰鹤等。这些珍贵的鸟类，除了我们熟悉的天鹅和金雕，其他种类即使从我们眼前飞过去也很难辨认出来。可是它们与我们近在咫尺，成为友好相处的亲戚，我们会慢慢熟悉起来的。

七里海还有极为丰富的鱼类品种，中华绒螯蟹以及虾、蟹、贝类，这片地区早就有"三宗宝"——银鱼、紫蟹、芦苇草——的美誉。明清时的"银鱼紫蟹"还成为宫廷贡品。我小时候经常听到胡同里的大人们说到鱼产品时，总会在后面加上一句，"这是七里海的"。

七里海还有三大景观，除了牡蛎滩外，还有贝壳堤和古泄河湿地。它们的历史距今已经有几千年，规模之壮观、密集程度之高、序列之清晰、保存之完整，在世界上也是罕见。其中贝壳堤是世界三大著名贝壳堤之一。

七里海自然风貌正在逐渐恢复，宁河区政府为此下了大力气，他们近些年在七里海湿地上，拆除了大量违建设施，实施土地流转；另外还实施了引水调蓄、苇海修复、生物链恢复等十大系统性工程。据说今年飞临七里海湿地的候鸟，比去年同期多了六千多只，其中白尾海雕、白鹤、针尾鸭、白秋沙鸭都是首次"到访"七里海。

四

湿地不仅能改善空气质量，还能调节区域小气候，如今天津"871"重大生态工程建设正在全面推进。七里海、大黄堡、团泊和北大港四大湿地构筑的"京津绿肺"已经全面升级保护，如今总面积已经达到875平方公里。

我从新闻中得知，今年天津还将启动"十环十一园"建设，形成环绕中心城区的绿色屏障。城区公园、城市水系、外环生态绿带和环外六座郊野公园相连相接，天津的城市生态空间将会进一步扩大。

水与人类生活紧密相连：因为水不仅可以养育人类，还能为人类解除困境，为人类带来丰富的美妙想象。辛弃疾在建康（今南京市）写下"楚天千里清秋，水随天去秋无际"的句子。无论是神话传说，还是诗人笔下的自然天地，都是代表着人们对田园生活、生态环境的永远向往与持久追求，因为这完全符合人类对美好自然的描绘——"各种各样的花朵、色彩、声音、沁人心脾的和风、海洋的宽阔、树林的喧闹"。

苍茫氤氲

◎ 刘东黎

　　人类一直靠轴心时期所产生的思考和创造的一切而生存,每一
次新的飞跃都回顾这一时期,并被它重燃火焰……轴心期潜力的苏
醒和对轴心期潜力的回归,或者说复兴,总是提供了精神的动力。

——雅斯贝斯《历史的起源与目标》

一　寻找冰川

　　从西宁出发,驶向黄土高原的最西缘,是感受和观察高原的最佳线路。

　　山北侧能看到成片的小麦和青稞,大地平展,还有用黄土垒成的院
墙。山峦错落一路向前铺展,海拔逐渐升高,农作物越来越少,换成绵延起
伏的大片草地,小块裸露的土壤嵌在草地上,只有草,鲜见树木。地质和地
貌的改变,似乎在提醒人们开始注意大自然与大地走势之间的呼应关系。

　　草地再往前就是黑色的山,石头裸露在外面,若明若暗。随着车子在
山路上蜿蜒行进,不知不觉间进入了一个没有台阶可下的旋转舞台。平坦
的戈壁滩上像是升起一面面巨墙,山以一种奇崛的垂直角度矗立起来,穿
过云层,连飞鸟都难以越过。

　　再往前去,就能看见草原上遍布着蜿蜒的河流和大大小小的水洼,湿
润的风带着冰山的寒意从古老的水面上掠过。阳光照射下来,感觉那光芒
来自地平线,把一切都照得通体透亮。

　　作为一片较早脱海成陆的高原,三江源已被时间的风雨塑造成湿润

苍茫的形态。只有这样的地方才能形成冰川,才能留存住足够的水分。"孟冬之月,水始冰,地始冻。仲冬之月,冰益坚,地始坼。"(《礼记·月令》)唐玄奘取经路遇雪山冰川,在《大慈恩寺三藏法师传》中,描述极为生动:"其山险峭,峻极于天,自开辟以来,冰雪所覆,积而为凌,春夏不解。"高古混沌之地才能涵养住冰霜雪水,并使得冰川大规模发育。

三江源有许多独特的自然现象,比如说"泉冰川",这是一种唯三江源独有的季节性小冰川,是地下泉水在冬季的特殊形态。汩汩流出的泉水未及远行就被冰结,后续的水流不断奔涌,一个冬春就可凝成一座形态可观的冰川,如同精美浮雕。再经过一个夏天的阳光照耀,它们才缓慢消融,去润泽绿色的原野。

二 河流的文学想象

一条河,就是大地的一条脉络。有它汩汩的脉动,高原才能保有深沉的生机与活力。因为有了这些河流,才会有鸢飞鱼跃稼穑葳蕤的世界。"对于一个简单而健全的心灵,一条河,尤其陌生的河,就是一种神力……滔滔无尽而有规律的流水,使人体会到一种平静、雄伟、丰富、超然的生命。"(丹纳《艺术哲学》)

在中国大地上恣意流淌的河流,激发着一代代人的社会想象、民族国家想象以及文化理想。沈从文之于沅水、辰河,萧红之于呼兰河,沙汀之于汶江,汪曾祺之于苏北里下河,孙犁之于滹沱河以及鲁迅、周作人之于浙江水乡,诸多人生经验与生命体验,在滔滔的水流中包含着创造,包含着意义的附加和激发,蕴藏着人、自然、命运、想象与梦幻之间的关系。在《太阳下的风景》中,黄永玉回忆表叔沈从文和自己都是在少年时走出凤凰小城,"顺着小河,穿过洞庭去'翻阅另一本大书'";再如废名、汪曾祺等人的文学创作中,江河也是他们一生最为魂牵梦萦之地,仿佛一位老去的游子对故乡的追忆。

昌耀的《青藏高原的形体》（1984），通过对黄河源头的考察，去追溯河流的神话、历史、文化与地理，"白头的巴颜喀拉""白头的雪豹卧在鹰的城堡""唐古特人的马车""黄昏中跋向天边的三条腿的母狼"——携带着万古高原博大粗莽历史与神话的声响——"我是时间，是古迹。是宇宙洪荒的一片化石"。大河在源头位置原生力饱和性地汇聚，吸纳了向下一泻万里的势能，伴随着拯救与重生的期许，从祖国的陆地流入海洋："我答应过你们，我说潮汛即刻到来，而潮汛已经到来……"

云无心以出岫，江有志而远奔。汹涌澎湃的江河，从雪光晶莹的嵯峨峰际蜿蜒而出，奔行数千里，历经阻隔崎岖，不绝如缕，泽布天下。"江河"在动态中象征着生命的充盈和富饶，昭示着宇宙自然运行的不停顿性，如同血液在人的皮肤下、肌肉里奔腾，也强化了华夏民族柔韧、沉稳、百折不回的文化精神。

三　寻源

江河之水沿着山麓流淌，形成一定的走向，在平坦之地就会流淌成各种支流。

有些人以自己知道哪些河流最长、哪些山脉最高、哪些荒漠最大而自鸣得意。这些关于世界的实际知识当然是有价值的，它们可以让我们把当前的事件放在应有的空间位置。

然而，这样的人，在三江源容易陷入迷惑。江河的源头，到底在哪里？

在现实中，"江河源"是怎样的一种存在？不论对考古、地理还是人类学而言，这都是一个难以回答，甚至难以想象的问题。它终究是一个模模糊糊的地理和方位概念。切实无疑的地理方位坐标，千年以来，更多地存在于人们的臆想之中，苍茫氤氲，神秘难测。

既然这个世上难以找到或根本就没有"第一滴水"这个东西，于是有人设想，河流的源头如果不是找"点"，而是划"区"，是否更为合理？就是把江河源头的一大片区域划出来,在源区内寻找有标志性的、有美感的、有历史传统和宗教以及人文意义的地方,将其定为源头。

这样从地理学的角度说,长江源头就是一个比较宽阔的自然区域,它包括楚玛尔河、沱沱河、当曲的流域范围,面积在十万平方公里左右。黄河源也是如此,黄河河源区四面环山,源区内古宗列曲、卡日曲、扎曲等溪流汇聚,东流经星宿海,过扎陵湖、鄂陵湖方出河源区,呈现一种漫漶、逐渐、连续的态势。

也许,这正是河的本质。大江大河就是这样,以各种形式在灰白或棕褐色的山间肆意流淌,在层层叠叠的冰山和草滩里寻找出路,形成渔网状飘逸、蜿蜒的水系。就像是一棵根深叶茂的大树,干枝交错、叶脉纵横,穿梭、汇集、闭合、交错,永不停歇,勾勒出了华夏文明最初的模样,与此同时启示我们,要站到一个更高的位置上去俯瞰事物的全貌,犹如航拍器要不断向上盘旋,才能看到更大视野范围里的图景。

四 "第一滴水"

对江河源头的思考与追寻,让我想起了明代王廷相的一句话:"天地未判,元气混涵,清虚无间,造化元机也。"

"第一滴水"这种东西,不具有真实存在的实体特点。它是人类的一种幻觉,是在感知江河川流的过程中所产生的一种主观印象。虽然河流有各种各样的起源方式,但是很少有从一个确定无疑的点起源的河流。沼泽地中水草遍布,很难分辨明显的河道,无法说清哪里才是河的源头。

冰川虽然相对固定,但由于气候变化与降水量的不同,每年冰川的厚度、积雪化水的位置等,也都处在不断的变化中。

而三江源不知际涯,难以分辨混沌氤氲的现实,则需要我们摆脱客观对象这层境界的束缚,实现对物质存在和物质境界的超越。

人类的认知系统既带我们认识了这个世界,又限制了我们对这个世界的认识。科学进步的历史和现实也告诉我们,它并不体现为一个公理体系内真理的不断汇聚和积累,更不体现为对自然全部奥秘或"终极理论"的无限逼近。

大地上草木繁茂,山河渺邈,百兽率舞;天空中日月轮转,星汉如雨。任何一种具体的物质形态,都不可能是它们的共同本原,如果一定说有,那就唯有"混沌"。如意大利哲学家维柯曾经指出的那样,"一个民族世界确实是由人类创造出来的,所以它的面貌必然要在人类心智本身的种种变化中找出"。三江源像一座巨大的迷宫,向人们昭示着"混沌"和"氤氲"的含义。

五 "我其创造世界夫"

太初,此世界唯独"自我"(精神)也。无有任何其他生物。彼自思维:"我其创造世界夫!"

彼遂创造出此诸世界:洪洋也,光明也,死亡也,诸水也……

彼自思维:"吁!此诸世界也,我其创造护持世界者乎!"彼遂亘由诸水取出一真元体(原人)而形成之。

这是"印度的《创世记》"——《爱多列雅奥义书》中的描述。真元内充,清气弥漫,大气磅礴,素朴有力。人是在太初由"诸水"中"取出而形成之"的,在"创世记"中,万物取之于水,混沌之水中,有着世界源头的孕育创生功能,最后又通过"诸水"提取出来。

《旧约》开卷第一句话也是大体类似:"起初神创造天地。地是虚空混沌,渊面黑暗,神的灵行在水面上。"在古希腊神话中,宇宙也是开始于卡俄斯(Chaos),是为混沌之神。但是这样的神在古希腊神话中并不重要,后来被变异的族群所遗忘,而光明与黑暗的分离最终代替了原初的混沌。

在中国文明的语境中,《易乾凿度》上讲:"气似质具而未相离,谓之混沌。"《庄子》内篇七末尾上讲:"中央之帝为混沌。""混沌"涉及了一切人类活动和智识创造的基本问题和概念,比如意识的本质、现实的结构、生命的意义和价值,如是等等。

汉字"混沌""氤氲"就是依据水(或水汽)的形态而赋予其音形义的。在早期人类的生存地域选择上,世界上多条河流均成为首选,仿佛是水汽淋漓的大地之母,哺育、演绎了结局不尽相同的人类文明,然后目送他们各自渐行渐远。

六　意识之光不会照耀静止之处

"混沌"不仅在认识论上是可观测的存在,而且在本体论上、在纯数学领域里也是真实的存在。比如抛物线满映射情况下,在一定区间内一条非周期的混沌轨道中,有无穷多的无理点,同时存在着无穷多条不同的混沌轨道。经典科学所描述的纯粹有序的事物却可能包含无序的因素,真实的世界是有序与无序统一的世界。

弗里德曼的试验证明,在没有外界气味和刺激输入的情况下,神经元处在非结构的混沌状态。但正是这种"混沌"状态,使几百万种细胞处于"活性"的"警惕"状态之下,这种良好的工作状态,便于它们应对各种突发问题,能对各种刺激做出多种活性反应。反过来说,一旦反应模式或结构形成,则会显得有些僵化与板结,会妨碍和排斥对其他气味结构模式的及时形成。

混沌运动为我们描绘了世界演化的一般模式:混沌态—有序态—混沌态—有序态……这是物质世界永恒的循环与演化。在混沌运动中,其实包含了产生新的有序结构的必要条件,而在光整秩序的背后,则暗藏着一种潜在的、不知何时爆发的超级混乱。这样的认识,也与导致有机主义、整体主义哲学(如柏格森、怀特海)兴起的后现代思潮遥相呼应。

混沌是闪烁的、动态的、跳跃的。"意识之光不会照耀静止之处,因为它们已经固化,不再被人所感知,除非间接地与进化节点产生联系。"(薛

定谔《生命是什么》)

七 "逍遥游"与"林中路"

青藏公路像一条丝绸飘带,逶迤行进在缓缓起伏的黄绿色草原上,过往车队络绎不绝。云絮云朵汇聚不定,晴空如水,远方的冰雪线上,升起乡愁状的烟云。有着一种发低烧似的东西在心里交织着、恍惚着,似真似幻。我又想到了"混沌""氤氲"这两个词,在三江源,我似乎更接近领悟了它们的本真语义。

在华夏民族代代相传的想象里,有两个神仙居所,一个是以昆仑为代表的神山,在神山中有黄河的源头。一个是由仙人、方士御风而游的五大神山,那是黄河以及百川最终流归的地方。这两个仙乡,都处于云雾缭绕、"混沌""氤氲"的群山之上。

"有物浑成""惚兮恍兮",混沌是华夏祖先对天地开辟前世界样子的天才想象。"道"正是以其混沌性而超越了天地,它可望而不可即,因为它正是天地的本根。"俗人昭昭,我独昏昏。俗人察察,我独闷闷。"也是道的混沌性,使得圣人昏昏、闷闷的愚钝与柔弱,具有了超越常人的形上根基。渊兮似万物之宗,取之不竭,用之不尽,"混沌"无语,但又敞开自己,感通人世,化育万物。

庄子的"混沌"意象源于原始神话。混沌即是和谐与完整,是先于一切事物而存在的广袤虚无的元神。混沌自我呈现,明亮自在。混沌之死的悲剧,表达了庄子对人类破坏天人合一的谴责和人性失落的关切。

"混沌"看不见,听不着,幽邃氤氲,不可通过逻辑理性去质诘,但也因此包蕴了无限的可能性。据相关研究显示,儿童的精神世界是一张白纸,很容易画上各种各样的图案,能够欣然接受各种各样的丰富色彩和意义符号。可一旦被某种结构性的色彩和图案所序号化,便会对其他色彩和图案形成斥异性。所以初学儿童在受到"老师"序号化影响之后,有时就会听不进老师与家长的不同观点,很多小小天才就是这样被扼杀的。

"混沌"指涉了宇宙天地生成前的原始"状态",也触及了"道"的发展演进规律。它既是一种理想生活方式或行为指南,也是一种理想人格的正面范型。整体、混沌思维所蕴含的深层意义,正是人的"整体性、混沌性",与单薄、偏仄相对,而人本就应该是自足、完整的,而不是被控制、被肢解的破碎的形象。

而对"混沌"的复归与追求,否定了"有为"无效而"内卷"的妄动,又指示出一条"自然""无言"的幽密路径——如海德格尔所揭示的那样,林中空地是敞开区域,而密林则是迷途的隐喻,由密林进入敞开空地,即是进入澄明的自由之境。"林中路"既有"探索""通达""澄明"的指向,又有"澄明"所需要的"空隙",较完满地注释了"道"之作为"路径"的深层含义。

"我重蹈覆辙/我生来逝去/我只是故事中的一部分/我只是千千万万。"(佚名诗)也许,混沌并不标志着我们这个宇宙的起点,但它却沉默地标志了我们对于物理理论、人生来路、终极知识的最后认知与遥远结局。

八　雾中风景

鸠摩罗什在译佛经的时候,为了更准确地还原印度佛经的意思,"依顺作小儿语",于是煞费苦心,创造出了很多充满禅意、含义丰富的词汇:苦海、烦恼、未来、心田、爱河。

这些词都变成了后世的常用语言。

而对我而言,则偏爱这个词:"氤氲"。

或许我们该接受这样简单的事实:世界是由转瞬即逝的一切构成的,就像大海里的波浪。

诗人缪丽尔·鲁凯泽曾经这样写道:"构成宇宙的是故事,而非原子。"

我们DNA里的氮元素,我们牙齿里的钙元素,我们血液里的铁元素,还有我们吃掉的东西里的碳元素,都是曾经大爆炸时千万星辰经历辉煌寂灭、散落太空后,随机组成的。

我们身体里的每一个原子,都来自一颗剧烈爆炸后的恒星,亿万星尘飘过不可思议的万千旅程,再次幻变为不同的形体。我们左手的原子与右手的原子也许来自不同的恒星——这是完全有可能的。宇宙创生的故事就是一团氤氲的烟火花树,何等繁华、何等壮丽。

"每个人来到这个世界上之前,都作为云、飞鸟、河水,千百次生活过,都作为阳光生活过。当你有了眼睛,看世界,闻到春天的气息,听,声音一闪,你就想起了以前的生命。"(顾城)

我们每一个人,就是从一种神秘、"氤氲"的原始迷雾中浮现,正如阿佛洛狄忒从大海中,从珍珠一样的白泡沫里诞生。

九 "氤氲"的美学意味

"氤氲"的源头与水、气相关,在语义上也明显有一种交融、聚合、挥发、弥散与朦胧之感。

"氤氲"是对混沌实体的描述和阐发。王尔德曾言:"也许伦敦有了好几世纪的雾,我敢说是有的,但是没有人看见雾,因此我们不知道关于雾的事情,雾没有存在,直到艺术发明了雾。"另一位不知其名的诗人则说:"雾,其实就是天上的云掉了下来,雨,其实就是四分五裂的雾,所以在雾中行走,就是在云中穿梭。"人处其中,如鱼忘水,就是这样一种感觉。

作为创世记幽暗实体的象征,它是原初的美妙,是对上古混沌的诗意侧写——混沌初开,清气上升为天,浊气下坠为地,而盘古尸身变化为天地间日月、星辰、江河、湖海、山岳、田野与森林等,象征着人类渴望复归的精神与生命乐园。

"氤氲"强调的是气之融合交汇,与此相反的一个概念是"化"。

"化"指气之弥散,而"氤氲"指气之聚合,所谓"氤氲不散"。这种聚合,形成了一种奇特的艺术张力。

"乃知点墨落纸大非细事,必须胸中廓然无一物,然后烟云秀色,与天地生生之气,自然凑泊,笔下幻出奇诡。若是蒙蒙世念,澡雪未尽,即日对丘壑,日摹妙迹,到头只与髹采垸墁之工争巧拙于毫厘也。"(明·李日华《紫桃轩杂缀》)

这正是"氤氲"的美学意味。"氤氲"之气,天然有一种审美意义的朦胧性,使得山水变得更加灵气昭彰,文化变得更加深沉含蓄。中国文学于是有了"言外之意""象外之象""韵外之致"的飘逸美感。"氤氲"是中国文化独有的风神情趣。

与此同时,它又要求作为审美"主体"的人,对至高的"道"刻意地保持一种可知与不可知、能知与不能知、愿知与不愿知的朦胧态度(参见中国古典文论"忘言""默默""独坐""韬光"之类的叙述)。

中国画中即使有太阳,似乎也并不想让我们感觉到阳光的灿烂,而是仍然让我们感觉到天宇之中的一团"氤氲"之气。"氤氲"的艺术境界里抛开了自然的光线。即使有光线,也要将光线混沌化。在元代黄公望的《快雪时晴图》或明代徐贲的《快雪时晴图》中,这两幅画中都有一轮红日,然而整体意境显然不给人万里晴空之感,而是要我们感受天地的"氤氲"之气。它想表达的,是自然的真正灵性(自然是混沌且氤氲的),同时,以"氤氲"来促进艺术意境的深化、哲理化。

十　进化树的秘密

从希腊哲学到现代物理学的整个科学发展史中,不断有人怀着极大的野心,力图把表面上极为复杂的自然现象,归结为几个简单的基本观念和关系,而这正是科学哲学的基本原理。

然而到目前为止,牛顿力学、量子力学等,都只告诉我们事件怎样发生,而非事物本身是什么样子的。

我们无法将物理世界看作由物体或实体组成,这里没有万世不变、禁得起一切测定的基石。一切有如梦幻泡影，进一步说，就像佛教里说的"空"，无一无异，万法皆虚。

而在文学的世界中，比如博尔赫斯在自己的小说里，则构造了一个叫"特隆"的世界：世界并不是物体在空间的汇集，而是一系列杂七杂八的、互不相关的行为。它是断续的、暂时的、不占空间的。

近代自然科学家特别是物理学家在探索自然规律的科学实践过程中，一直在与实体纠缠。然而太空、大气、海洋湍流、野生动物种的迁徙及群数的涨落，再如心脏与大脑的振动中出现的不规则、不连续、不稳定，一次次让科学家陷入茫然。

直到二十世纪七十年代，美欧少数科学家终于有所领悟，开始率先修正现代科学所描述的自然图景，人们原来限于简单系统的观念发生了革命性的转变，甚至普通大众也开始认识简单与复杂、确定与随机的内在联系。

大自然从亿万年前发展而来，有其自身演化之轨迹，尤其存在着大量的非线性系统，每一个生物都是一个非线性系统，生态系统、人类社会，这些都是非线性系统，甚至连简单的摆动都具有非线性特征。而这正是自然选择的基础，也是繁盛多样性的土壤。

生态系统就是诸多非线性系统中最有说服力的一类。量子力学和包含生态学的非线性科学，就是支持生态文明建设的新科学。新科学把自然视为关系之网，以参与、补给、整合为特征，承诺让自然可持续自主进化，包括人类到目前为止尚无力知晓的各种因素，以期与自然建立伙伴关系，希望人类融入自然之中。

在地球生物藤蔓复杂的进化树中，我遥想着，亿万年前驱使鱼类艰难爬上岸的那股动力，亿万年后推动人类奋斗一生。这些都是由那些看不见的未知力量塑造完成的。如约翰·巴勒斯在《标志与季节》中所说的那样："什么是自然的尽头，哪里是苍穹的尽头，地球在任何一个点和所有的点上获得平衡，所以，实际上每个事物都在顶点上，而又没有一个事物位于顶点。"

自然选择何其残酷，那些和我们一样靠神奇的基因突变熬过一次次物竞天择的动物和植物同样是天选之子。

物种混居必然引发事物、空间的争夺。然而，有生命和无生命的万物可以自行其道，蓬勃发展。大自然的丰富性、完美性与精妙性，促使人们在造物者的一切细微痕迹中探寻真理，领悟万物生灵的感性或形式之美，在自然中看到人类自身的"灵魂"，发现理性的荣光。

我们是奇迹，每棵树、每朵茶花、每头在非洲草原奔跑的大象，都是奇迹。敬畏自然和这世间的每一个生灵，就是敬畏我们自己："我要唱一支，人类的歌曲/千百年后，在宇宙中共鸣。"（顾城《生命幻想曲》）

鸟庄子

◎ 季栋梁

老猴子发了两组照片,是他最近拍到的鸟庄子新来的鸟儿。老猴子在城里晃荡多年,过了知天命之年,叶落归根,回老家守着鸟庄子拍鸟去了。

鸟庄子在达达谷里。

我们这一带属于黄土高原丘陵区,硬要用一个词来形容,那就是"千山万壑"。山多为黄土山,坡度平缓,既不是悬崖,也不是峭壁,一味的慈眉善目,多以梁、峁、丘、岗名之,更形象的称谓是"圪垯""鼓堆"(平地上鼓起了一个堆,正月雷,墓鼓堆;二月雷,麦鼓堆),但体量庞大,连绵起伏,各有形象,龟背梁、虎头峁、瞭马山、蚰蜒岭、卧牛岗……尤其夕阳西下,光影迷离,格外形象生动。与山孪生的是沟,山下蛰伏着枝枝杈杈的沟,如叶子的脉络,山相扶而沟相通,多以沟、壑、谷、壕称之,或为平缓的"U"字形,或为陡峭的"V"字形。

达达谷为"U"字形山谷,谷底平坦,是曾经的古丝绸之路。达达谷我在作品中多次写到,读者不止一次质疑是不是"鞑靼"的错写。我如实回答没做过考证,但在所见到过的文件中、地图上都写作"达达谷"。不过,在我们宁夏西海固这片土地上,蒙古语地名不少,如"阿布条",蒙古语意为"冬营盘";"周家圐圙",蒙古语意为围起来的草场,今多译作"库伦";"脱烈",是成吉思汗的第四子托雷的译音,等等。附近还有乱堆子、蒙古堡、蒙古堡庙等遗址,而曾经显赫一时的安西王府就在西海固之固即固原市城外的长城梁上。西海固之海即海原县,元代称"海喇都城",更具代表性。《海原县志》解释："海喇"为蒙古语，意为"美丽的高原"。而多位蒙古语专家研究结果指出，"海喇都"为"哈老徒"的音讹，《元史》载，成吉思汗"乙丑，崩于萨里川哈老徒行宫"。《蒙古秘史》载："戌年秋，成吉思罕出征唐兀惕百姓。妃子中携也遂妃以去矣。"

上小学时每到暑假，砍草就成了我每日的功课。暑假，正值百草抽穗灌浆，花期早的草籽实饱满，顶得上饲料。我家养着十只羊，七只母羊三只羯羊。我们这里干旱主宰，靠种地日子艰难，养羊是我们过生活的依托，也是我们生活的历史传承。史载西海固"牛羊塞道，马尾衔接"，曾是义渠、乌氏、猃狁、匈奴、鲜卑、羌人、党项、蒙古等"逐水草而迁徙"的游牧民族的福地，曾出过一个富甲天下的人。《史记·秦始皇本纪》载："乌氏倮畜牧，及众，斥卖，求奇缯物，间献遗戎王。戎王什倍其偿，与之畜，畜至用谷量马牛。秦始皇帝令倮比封君，以时与列臣朝请。而巴（蜀）寡妇清，其先得丹穴，而擅其利数世，家亦不訾。"以前家家至少有一群羊，大群二三百只，小群也有四五十只。可那几年割资本主义尾巴，羊不让多养，一口人只准养一只，超过指标就会成为资本主义尾巴，是要割掉的。养七只母羊是为了卖羊羔。羊羔满月就能卖钱，羊羔肉、二毛皮都是全国有名的特产，只要在四十天内卖掉，就不会当尾巴割掉。七只母羊朋了群，专门有人放牧。三只羯羊是不能随群放牧的，那上山下沟的，一天来回走三四十里，吃不肥反给跑瘦了，只能在家里育肥。经过几个月育肥拉到集上一卖，钱全给奶奶买了药，因此家里一来人奶奶指着羯羊给人说这是她的药。

喂着三头猪，一头年猪两头母猪。过了腊八出年猪（出就是杀，年节忌讳说杀），留小猪。年猪一喂一年，能腌一大缸肉方子，一家人细水长流地解一年馋。"牛羊猪，三年五"，就是说三年能下五个（窝）。母猪一窝能下十一二个猪娃子。

还喂着生产队一头驴。那时候我们生产队的牲口不像许多生产队集体饲养，而是分户饲养，一家喂一头，两户配对轮流犁地。分户饲养的好处在于牲口犁一上午地,下午就闲了,能帮家里干驮水、推磨、拉碾这些活儿,还可以骑着串亲戚、赶集,驴粪还可烧锅煨炕。当然,鸡也吃草。

羊、猪、驴是放不到一起的,只能砍草回来喂了。驴吃大草,叫砍草;羊吃软草,叫寻(xìn)草;猪吃细草,叫挑草;鸡吃嫩草,叫剜草。叫法不一样,草就不一样。庄子附近的田地沟谷也有草,可是套驴车去,驴总是一门心思要往庄稼地里扑,十分讨厌。一旦跑进庄稼地,一两个人很难赶出的,不套驴车就得一趟一趟往回背,就太麻烦了。再说近处的草都让人和羊牲口踩踏得不新鲜,有腥臊味。驴犁了一上午地,下午歇缓,吃过午饭,正好套车进达达谷。

达达谷虽然距离村庄远点,可草天草地,那时候的达达谷就像铺着草地毯,冰草、枝儿条、香茅、狗尾巴草、苦籽蔓、梭梭草……畜草茂盛鲜嫩,镰刀挥过,草唰唰唰倒了下来,割一车草就像耍一样。半车草就够喂一天,剩下半车阴起来,到了以枯萎的庄稼秆为草的冬天就是好草了。达达谷的花儿繁茂,你方开罢我绽放,珠光宝气的,即使到了冬天,还有一种挨地红的草,草茎紫红,就像开着红花。野果是丰盛的,野葡萄、稠李子、杞子、草莓、核桃、沙棘、刺玫果、马茹子、奶尕子、羊解蔓、酸妞妞……编了一个草提兜,边吃边摘,一阵儿就能摘一提兜。扎烂手是常事,但凡果子都有刺保卫着。

暑假正值酷暑,吃过午饭,日头曝晒,达达谷却是凉爽的,因为达达谷两边是起起伏伏的山峁,太阳稍稍斜过中天,阴影苫盖过来,而沟谷也是风道,盛夏虽然少风,但沟谷里空气流动,酷暑被消解,一点不闷热,连花姐姐、蚂蚱、蝈蝈、丝虫、金牛、咕咕……这些伏在草丛中的小虫子都不避暑歇晌,鸣叫声嘹亮清爽,不知哪种虫子,叫声像一粒极小的石子落在音质很好的铜锣上。

进入达达谷驴也高兴,到了草地上,卸了车,驴会得到相对的自由——绝对的自由是不行的,它几个欢子就撒到沟那边或山背后去,而别的牲口一挑逗召唤,更是大屁轰天,跑得有远没近,架子车就得自己拉回去。给驴相对自由有三种方式:一种是绊前腿,拉下缰绳绑在驴前腿膝盖以下,这样它就跑不起来;一种是戴项链,用两尺长胳膊粗的四棱吊棒子,用绳子从两头一拴,挂在驴脖子上,等于给驴戴个项链,驴一跑吊棒子就在驴膝盖上像敲鼓;一种是画圆,用两丈左右的长绳把驴縻在一片草地上,让驴以縻橛为中心转磨吃草。第一种绊前腿,驴就一副低头认罪的样子,跟别的驴见了面就没法互啃脖子互碰嘴唇,要知道这可是驴之间最重要的交际方式。第三种画圆呢,就两丈方圆的地盘,驴就无法融入驴群中,别的驴叫着跳着,它心慌意乱,哪会安心吃草?第二种戴项链呢,驴可就自由多了,除了它撒不了欢,啃啃脖子碰碰嘴唇的,甚至颠着蹄子小跑也不影响,能和别的驴在一起,吃草吃得很好,到天黑就吃得饱饱的,都不用添夜草。黄昏时分,躺在装满草的驴车上,驴会晃晃悠悠地把你拉回家。即使是睡着了,驴也会一点弯路都不走,惬意得很。我家喂的这头驴很漂亮,通体黑色,年岁正值驴的青年,毛色缎子一样油光闪亮,白嘴头子、白肚子,四个蹄腕白色。

进达达谷还能搞副业。达达谷里有甘草、秦艽、地咕皮、刺五加等十几种药草,还能够捡到各种骨头和山刺草蒿挂下来的羊毛,这些代销店都收购。

当然,最吸引我们去达达谷的是鸟庄子。

鸟庄子,顾名思义,鸟的庄子,是达达谷的一条岔谷。种谷、巧儿、燕子、鸽子、喜鹊、骚姑姑、呱呱鸡、沙鸡、嘎咕、野鸡、谷巧儿、花豹、白脖、绿头、豆鸭、麦鹅、狗头、冲天子、大尾巴、气死、赖皮、呆脑、红鼻子、水老娃、白头翁、老镰刀、红缨枪、小寡妇、小麻子、骚包包、瓷怪子、秦太子、鹞子、隼儿、老鹰、老雕、老鸹……仿佛这世上的鸟都集合到这里了。除了极少数的比如燕子、鸽子、喜鹊我们能叫上学名,大多数鸟到现在我都不知道学名,都是我们叫出的土名,等我有条件弄明白鸟的学名时,这些鸟,飞走了。

岔谷谷口天然竖着一块巨大的岩石,就像是大户人家院落里的照壁。整块岩石像奔驰的马,突出的岩嘴犬牙差互,被风镂出一道道风的痕迹,仿佛飞扬起来的马尾,就叫了马尾岩。多年后,马尾岩让人撬走了,拉到城里卖了钱。

站在马尾岩上看去,谷里草坡上,落满鸟儿,悠闲自在,各有风度,野鸡拖着长长的尾羽像个绅士,步履优雅,它会把水潭当成镜子,在水潭边翩翩起舞;白脖一袭黑衣,嘴、爪却艳红,脖颈有一圈雪白的毛,就像个修道士;谷巧儿羽毛红、绿、白相间,别看小,叫声却尖厉,像是要钻穿你的耳膜;红缨枪总是背风,羽毛给风掀起,就像红缨枪的缨穗;地巧儿极小,成群出没,一群上百只,落在地上蹦蹦跳跳,就像雨落在水潭冒出的泡泡;呆脑在草地上偏着脑袋盯看许久才啄一下,看上去呆头呆脑,其实非常敏捷,有个风吹草动,总是第一个冲天而起;嘎咕则一直垂头寻觅,很有节奏地发出"嘎咕——嘎咕——"的叫声,就像一个肠胃不好的人一直打嗝;鸽子在草地上安静地啄草根草果,狐狸会潜入鸽群捕捉鸽子,然而鸽子是蔑视狐狸的,允许狐狸走得极近,然后一展翅膀在几米之外了;老鹰恨天不知有多高,永远在天空冲击更高的高度,累了,平展着翅膀飘在空中,就像水性很好的人躺在水面……小的鸟永远是一个团结的集体,在天空一个弯一个弯绕着飞,羽毛折射出五彩的光线。嘤,醉,刮,嘎,啾啾,吱吱,哇哇,喈喈,咕咕,哑哑,嗝啾,喞啾,种谷,苦哇,呱呱呱,呀呀呀,叽叽喳喳,害啦害啦,咕噜咕噜……鸟的鸣叫声在谷中交响。鹞子、隼儿、老鹰、老雕、老鸹这些猛禽,会突然像歼击机冲入鸟群中,把鸟群炸得四分五裂,扑棱棱,呼啦啦,突噜噜,嗖嗖嗖,整个山谷惊慌失措,一片混乱,一群群翔起,云团一样遮天蔽日,这些家伙却都有收获,有捉了鸟的,有捉了兔子的,最让人佩服的是老鹰,一个跟头从高空直直扎下,瞬间腾空而起,爪下明灿灿的蛇在扭动。从那么高的天空,老鹰怎么就发现了草丛里游走的蛇呢?

进鸟庄子前,我们是要争"皇上"的,就是每人编一个提兜(捡鸟蛋总得有个东西装呀),谁编的提兜漂亮谁就争得"皇上"。漂亮当然是有标准的,看谁的提兜用料珍贵。提兜多以芨芨草为骨架,芨芨草坚韧,这不珍贵,因为芨芨草遍地皆是。珍贵主要体现在编经纬的草茎上,越奇特越难得越珍贵,因为奇特的草像串崖红、崖紫、白线、粉芦、鬼头发等色彩奇艳,都长在悬崖绝壁上和狭缝阴窟里,擅长攀爬的山羊都吃不上的,要采到可是极不容易的,那就要看谁有能耐了。而串崖红、鬼头发更是结实,丝线似的须子能吊一二斤重的土块。我们能编织出图案精美的网兜,有飞禽走兽,有花草树木,也有"红太阳亮闪金光""忠""万岁""语录"等语录字图。争坐到"皇上",大家每人都要进贡,就是五颗鸟蛋。鸟蛋大小不一,像大雁蛋一颗就有五颗谷雀蛋大,因此蛋得由"皇上"挑。我们那一带有讲究,鸟蛋是不能往家拿的,所以我们会当场全部烧烤,争来"皇上"也只是争了个荣誉。

登上马尾岩,我们会大吼大叫,惊起鸟群,石头、土墼、棍棒齐出,弹弓连发,希望能打下鸟来。运气好点有可能打下笨笨、花鞋底、巧儿,这些鸟小,起落永远是一个团结的整体,群大而密集,云团般飞翔。大的鸟也成群,可它们飞翔起来群疏朗又大,即使打上了也打不下来。因此,多数情况下一无所获。

被我们搞乱了的鸟群又惊动了沟里潜伏着的黄羊、野兔、黄鼠狼、狐狸、野猪,从草地窜出,生动了一片草地,就像个意外。狼和豹子都是有的,豹子很少见到,狼是常见的。狼多独行,像一个孑孓行客,在高处发出一声孤独的长啸,消失在谷壑中,留下一个瞬时的幻影。其实动物都是怕人的,十几个孩子那是一股势力,一旦疯狂追撵起来,就是一股龙卷风,所有动物都会给吓得奔逃,遁入七沟八岔中去了。

鸟庄子是不好进的。发现有人进了庄子,鸟儿们会扑来,盘旋叫骂,围追堵截,扑着啄你。保卫家园,鸟儿非常尽责,连老鹳、白头、老鹰、大尾巴这样的大鸟都加入保卫战中。鸟儿驱赶攻击主要手段是啄,头、脸、胳膊啄烂没啥,几天就长好了,眼睛啄瞎可就是一辈子的事了。因此进鸟庄子要准备一截树枝或刺杆提着,时时挥舞。进鸟庄子人少了不行,两三个人会被鸟们赶出来。有一年乍耳朵家在鸟庄子拾掇了庄院,一家人住进去没仨月,让鸟儿给赶了出来。乍耳朵说鸟儿欺负人可是有手段,在你的头顶下蛋哩,蛋破了,蛋青蛋黄流得你满头满脸。他家一出马尾岩,鸟儿开了欢送大会哩。当然想进鸟庄子人多的是,手卷成喇叭筒"嗷号"几声,然后一声"进鸟庄子喽"的长啸,就是吹响集结号,空落落的街巷立刻会冒出来七八个、十来个脑袋,像一朵朵蘑菇从地里冒出来。

进了鸟庄子,每个人头顶都有鸟儿旋着叫着,鸟儿如影随形,各施展特长。冲天子脾气暴躁,像一架战斗机自杀式俯冲下来,仿佛要和你同归于尽,啄你一下腾空飞起;狗头嘴笨,却有计谋,抱一块石头飞到你头顶扔下来,那石头有的比洋芋大,落到头上就起个包;长嘴悬停在你头顶屙屎,翅膀扇得像跺脚,屁眼里挣出"不不不"的声音;叫骂最凶的是骚姑姑和小寡妇,时而俯冲下来,时而冲天而起,那翅膀扇得就像女人骂仗拍屁股;气死在天空转圈圈骂你,很有耐性,能和你对骂一天,说是骂一天也就气死了;赖皮特别难缠,最是记仇,也最会盯人,就像打篮球只要盯上你非常专一,会纠缠着你直到离开鸟庄子,别人招惹都不分心。让赖皮盯上也好哩,进了鸟庄子只要有鸟儿盯上你,其他鸟儿就不再盯你了,赖皮虽然难缠,攻击性不强,否则让真正的恶鸟盯上,得时时刻刻小心……

鸟儿们对付我们认真的程度,让我们认识到鸟儿也是爱跟人骂仗的,就像人时间长了不骂仗不打架会觉得啥意思都没了一样。我们当然是喜欢和鸟儿骂仗的,挥臂舞棒,又蹦又跳,叽里咕噜和鸟儿对骂,甚至狂拍屁股,鸟儿就很激动,表现优异。我们最喜欢跟红鼻子对骂,这家伙脾气贼大,就像骂街的泼妇,越骂鼻子越红越大,像熟透了的草莓又在水中泡过,最后都发紫了,像霜杀过的野葡萄,说是鼻子会像吹气球吹炸了,我们当然希望能看到那鼻子像炮仗一样轰然炸裂……

隔几天进一趟鸟庄子，鸟庄子绝对不会亏待我们。我说的当然是鸟蛋，吃鸟蛋才是我们的最终目标。矮树上、石板下、岩缝里、崖洞中，一窝一窝的，路边的草窠里都不少，风掠过，草儿倒伏，一窝一窝的鸟蛋就会浮现出来。这是小暑之后的景象。

小暑之前我们是不捡掏鸟蛋的，因为你不知道哪只蛋被孵过，里面的蛋清蛋黄已经混沌，有的都有了小鸟的雏形，这种蛋是吃不成的，而你糟蹋了生命罪孽特重，等于害了命。当然鸟儿要孵小鸟，也不会将蛋随意下在低矮的墙洞、草窠里，而是下在隐蔽险要的高处。小暑之后，马上入秋了，孵出的小鸟要活下来长大冬日随群迁徙都很不容易，鸟儿不再孵小鸟，下蛋就随便了，而这时节鸟儿还在产蛋旺季，低矮的壁洞、草窠，路边的草丛，一蹲一个蛋，一蹲一个蛋，下蛋后就飞走了，都不回头看一眼，就像蛋是给我们下的，因此，不一会儿草网兜就拾满了鸟蛋。

当然是烧烤着吃。找一片沙土地，连踹带跋，把黄土揉搓成细面儿，先把大点的蛋埋进去，去沟壑抱些冬天被风卷入的枯蒿，堆在上面点着，等大火过后，把火焰拍灭，只剩火籽，跟细土、鸟蛋搅拌。鸽子、鹌鹑这一类鸟的蛋小，就采荷叶包起来，放在蒿上烤，等荷叶干了，蛋也烤好了，特耐嚼，越嚼越有味道。我们会带一包盐面子，拿蛋蘸着吃，真香啊。一人大大小小吃二三十个鸟蛋，大家互相对着吹气，谁嘴里有鸟粪味儿，谁就吃得最多。

当然，我们是要捉鸟的，尽管捉鸟会遭鸟的嘲笑。

最有可能捉住的是呱呱鸡。呱呱鸡不像野鸡那样修长苗条，像家鸡臃肿笨拙，尽管每一支翎羽都充满了飞翔的欲望，可起飞时不像别的鸟儿一展翅便高飞云天，而是要顺着山坡往下疯跑，就像滑翔机要借助惯性起飞，要是遇到悬崖高坎就好了，一跟头栽下去，从崖坎下起飞。因此，捉呱呱鸡得从三面箍住逼它一直向上坡跑，它就很难飞起来。呱呱鸡的羽毛和黄土地一色，夹杂的斑纹是麻灰的，追至无路可逃时，它会找个坑窝一卧，抱一个土疙瘩，你要稍不细心专注它就躲过去了。不过，这种情形下要捉住了,谁会弄死吃了呢?都会笑笑,一扬手放它飞了。我们这里有句话"扑到怀里的鸽子都往死捏",骂一个人要是用了这句话,那这人就没救了。鸽子的天敌是鸽鹞,孵化期母鸽正常情况下产一对蛋,孵出一对鸽子。倘若产三颗蛋,就会有一颗蛋孵出鸽鹞,与鹰鹞一样凶残,吃了一母同胞,出窝捕食同类。鹞子、隼儿、老鹰、老雕、老鸹也都捕食鸽子。鸽子被追急了,会扑进人的怀里,这鸽子你能把它弄死吃了?

也逮野兔。狡兔三窟,兔子警惕性贼高,总是潜在远离窟穴的地方吃草、戏耍,一有风吹草动逼近,兔子就会奔逃向窟穴。兔子不吃窝边草,为啥?兔子打洞做窝都选草最茂盛的地方,窝边草吃了,窝就露出来了。逮兔子人少了是不行的,一两个人逮兔子,会被兔子耍笑的。兔子悠然奔跃,那红灯笼一样的眼睛蔑视着你,站起来冲你手舞足蹈,吱哇吱哇,你觉得眼看就能踩住它了,它一个潇洒的急转弯就把你扔在十几米开外。你继续追,它就一个弯一个弯地遛你,逗你玩。想逮兔子少说也得四个人,手提棍棒、麻绳,形成一个扇形,打着草、吆喝着往前走,先把兔子踩出来。捉兔子与捉呱呱鸡恰恰相反——箍住兔子往下坡追。兔子前腿短,后腿长,上坡快,狗都追不上,下坡坡陡,兔子蹦得快了就栽跟头,这就是为啥俗话说上坡兔子是狗的舅舅,下坡狗是兔子的舅舅。兔子脑盖骨薄,磕碰在树干岩石上就闷死过去了,"守株待兔"的寓言故事,就是这样的。

捉到呱呱鸡或野兔,当然要烧烤。老猴子边拿镰宰杀边念叨着他爹杀猪宰羊时念叨的"怪刀子不怪我,怪你命里头遇见我",我们则蹿树上崖,掰干枯的荆枝、柴蒿,用荆条将鸟、呱呱鸡、野兔穿上,柴堆点着后先不让起火焰,让烟熏上一阵,然后再扇出火焰来烤。大自然为我们准备了调料,野胡椒、孜然、梢梢香、猪板筋、猫爪爪,这些荆棘蒿草就像人各有脾气,各有味道,就是各种调料,有一种蒿草我们就叫调和,我们进鸟庄子只需要带包盐面子。这些荆棘蒿草不时往火里加一把,就像烧烤时往肉上撒调和面,熏烤入味,那可不是一般的味道。那可是真正的烧烤啊,色香味俱佳。

吃了兔脑子,香破人脑子,撒上盐面捣搅一顿,真是香得没法说。谁吃兔脑子,那得争。摔跤、划拳、跳远、掰手腕,赢了才能吃到。

我们还要洗"花瓣浴"的。那时候我们哪里知道"花瓣浴",是那位城里女娃告诉我们的。那年,来了一位城里女娃,因为她的父母都下放改造了,一个去青海,一个去云南,他们不愿让女儿跟去受罪,在城里又无亲戚可投,就让我们大队的赤脚医生领到家里来了。她的母亲是个大医生,一直培训赤脚医生。我们在鸟庄子吃过鸟蛋,就都跳进潭里耍水。暑假正值雨季,隔三岔五的会来一场雨。雨后,窠潭坑塘积满了水,像一只只碧蓝碧蓝的眼睛,映着高天流云山形树影。雨落旧花催新花,潭里漂浮着一层花瓣,石潭就仿佛是被锦缎苫盖着的酒坛。城里女娃第一次进达达谷,在草丛中浪来浪去"啊噢""啊噢"吆喝着,说像天堂一样美丽。我们说你见过天堂?她说没人见过天堂。我们说那你说像天堂一样美丽?她说想象呀,天堂就是用来想象的,人人心里有天堂,你们想象的天堂是什么样子呢?我们说没想象过。她说现在想象一下,都把眼睛闭上。我们说不用想,我们和你想象的天堂肯定不一样。她说想象出来的天堂应该都是一样的,就是达达谷这样的。

更让我们吃惊的是她说照相机要没让抄走带来,咱们照相多好。我们个个大张着嘴说你你你你家有照相机?她说有,高级哩,我爹从苏联带回来的。我们的嘴张得更大了,说你爹从苏联带回来的?她说我爸是苏联留学生。我们痴愣了,她说我妈也是,他们在苏联结婚的。我们痴痴地看着她,像听人说梦。老猴子就是从那时起对照相机、摄影产生了兴趣。

进了鸟庄子,我们捡够了鸟蛋,开始打鸟捉兔。尽管我们都很努力,从内心里大家都想好好招待招待她,也想让她看看我们有打下鸟捉到兔的实力,遗憾的是我们没打上鸟儿,也没捉上兔子。吃过鸟蛋,我们就扑向水潭,她说好多好多花瓣,你们洗的是花瓣浴,好痛快。我们第一次听到"花瓣浴",也知道了这世上还有花瓣浴。她说我在家就洗花瓣浴,没想到在这里能洗这么好的花瓣浴,我们也找个地方洗花瓣浴去。呃,值得一说的是这个城里女娃初来时,身上生了虱子、树上垂下毛毛虫都吓得号哭,几个月后,简直就是个女土匪了,上树如猴,翻墙赛猫,趴在坟地里装鬼吓人。

鸟庄子里有一种草,叫白草,与芦苇有些像,不过很低矮。这白草生命力极旺盛,说有一天白草和绵蓬(非常茂盛的草,是羊牲口的好草,草籽如芝麻)打赌,白草说你把我拔下来团成团塞炕洞门,三年后把我扔到地里,我照样能活。绵蓬说你把我的籽放到开水锅里煮了,我照样发芽。结果它们正如它们所打的赌一样厉害。

白草叶子上有三个牙印,牵扯着一个传说。

说是很久很久以前,米山面岭、油坛醋井,人们不需劳作就每天有吃有喝。天长日久,不劳而获使得人们对拥有的东西不珍惜了。一天,一妇人正在和面,娃娃拉屎了,妇人顺手揪了一疙瘩面给娃擦了屁股,一扬手扔了。偏偏就让玉帝看到了,玉帝大怒,派王母娘娘带天兵天将下凡收回米山面岭、油坛醋井。王母娘娘来到凡间,忽然内急,去草丛中方便。这白草生长是往上蹿,一蹿一截,一蹿一截。白草叶子很硬,叶尖如锥,往上一蹿,扎了王母娘娘的屁股,王母娘娘揪了白草叶咬了一口,叶上就落下三个牙印。这个传说蕴含着一个妇孺皆知的道理:人糟蹋什么,老天就收回什么!

包产到户后,劳动力解放出来,而随着改革开放的推进,一切都搞活了,养羊全面恢复。二十年间的发展,几乎家家一群羊,羊群布满所有山谷,远远超过这片土地承载量,脆弱的生态雪上加霜,脱贫与生态相互掣肘。二十世纪八十年代初,我考上大学,之后的岁月奔波他乡,每次回家都会进入鸟庄子,鸟庄子山干草衰,山肌裸露,沙尘泛起,鸟儿走了,鸟庄子只剩下一个名。

政府实施生态移民、封山禁牧、退耕还林还草、小流域治理等举措,又二十年间,鸟庄子经过小流域综合治理,建起了水库,每年雨季水库会蓄满生命之水,生态正在恢复中,而政府推进圈养,养殖业不但没有萎缩,反而饲养量翻了几倍,成为脱贫致富的几大支柱产业之一。生态环境的改善促使气候发生改变,二十世纪六七十年代年降水量为两百毫米,如今已超过六百毫米……

老猴子发来微信:大地上的景物就是上帝的语言,最生动的语言是鸟,鸟庄子已拍到八十八种鸟,有几种鸟老辈人说以前都没见过,你不是要搞清楚鸟儿们的学名吗?鸟儿正在归来,你何时归来!

栖息的树

◎ 朱以撒

院子后面是一座小山，林木葱郁，竞相轩邈。总是到了余晖斜照时，林子里闹腾起来。有时兴起，用望远镜看去，这些品类不同的树木各呈其形、各尽其神，归巢的鸟雀相继到来。又是一年仲春，一座山的生机被不同层次的色泽、不同高低的摇曳烘托而起。有的树上都是鸟雀，使枝条动弹不已，有的树上鸟显得稀少，有的树则在缄默中兀立，等待飞来者栖息。

孔子说，飞鸟是可以选择栖息之树的，可是树却无法选择飞鸟。

移动的鸟雀和固定的树，选择和被选择的关系，这样的问题真要去想，没有边际。

我把南方城市的共性归为树木繁多。有宅院的人家，会腾出一些空间来种几棵树。在南方，种树算得上事半功倍的行为，种下，雨水就来了，土地潮湿，养分充足，不需太多时日就绿荫伸张了。每次从外地回来，才三五天，感觉多变的总是草木，不是绿的层次变了，就是绿的密度大了，生长的力量总是突突地向上。

如果在有百年历史的大学工作，除了感受文气氤氲之外，林木的古老，也洋溢出拙朴厚重的韵致，煌煌上庠理应如此。一个人在此读几年书，或者进修、培训一段时间，不论时日短长，都会把它和校外的空间区别出来，觉出差异。很多年后，重回老校园，有一些树已经不见了，新的建设导致了它们的消失，某种气氛也就随之不在。新校区要比老校区广大，但不深邃有味，时间才刚刚开始，尤其是对很多树来说——从别处来，进入这个陌生空间的土地，尚不知适宜与否，只能等待。它们在不动声色中适应，然后生长或死亡，生命荣枯可以在枝条上显示端倪。然而，要长到老校园那般气象，很多人是等不到的。

　　每次外出，当地人常会带我看几处典型的景致。如果有古树，便肯定有这个节目。古树是村落的旗帜——一棵树长到这么大，如同祖先那般苍老，不吭声也能受到景仰。围绕一棵树的故事历来就多，从中也逐代添加了一些后人的理解，有道理的没道理的，讲出来都没人反驳。但凡古树，树洞都特别大，储存了一村人的秘密。每个人也觉得将秘密储存在树洞里，比烂在自己肚子里要清洁得多。而今，古树的寂寞如同村子的寂寞，没有什么秘密可以储存了，人们到远方去，把秘密也带走了，反倒是一些外乡人，因一棵古树，慕名从远方来，指望能读懂它的沧桑。往往在近观之后，我会走得远一些，从远处看它的全貌——南方的妩媚往往源于有如同古树这般的骨感突兀，使妩媚不至于坠入俗格。一棵古树，无论如何也是无法被谄媚为"好看"的，但人们还是欣赏它此时已遭受摧残的容颜——一个人的精神如果若此，就不必担心为万物所挠败了。古树大抵内含奇倔兀傲的硬气，它往往与冠盖的柔和青绿表里不一，就像一位江南文士眉清目秀衣袂飘飘，实则有绵里藏针之美。

　　人们看重一棵有年份的树，如同尊敬人瑞一般。在我印象里，有一位百岁老人不痴不呆，还能挥毫纵横于纸上，这是何等让人惊奇。拍卖行甚至特别地进行了注释，能拍到百岁老人的墨迹，悬挂于厅堂，不是福气又是什么。这自然被认同，与他同时代的人都先他而去了，甚至后他时代的人也有早他去了的。他说的话都被认可，没有谁与之商榷，他的落款常见"百岁老人"。他后来和人说得最多的是养生，他对此实则没太大兴致，因为一生坎坷，可是兴趣于此话题的人太多了，禁不住问询，只好重复说去。

　　这也是一棵老树和一位老人差异最大的地方，老树永远是静默的，尽管它比任何一个人的存在不知长久多少。

以树来衬托人的力量和智慧,《水浒传》表达了这么一层意思。英雄走进聚义厅之前,在江湖上都是有一些义举或壮举的,以此传于市井。鲁智深是很突出的一个,除了打镇关西、闹五台山、野猪林,还拿一棵垂杨柳使性:"走到树前,把直裰脱了,用右手向下,把身倒缴着,却把左手拔住上截,把腰只一趁,将那株绿杨树带根拔起。"鲁智深此举当然是做给那帮泼皮看的,为这,把好端端的一棵树给毁了。后来护送林冲到沧州,告别时为了镇住董超、薛霸,依旧使性于一棵树:"抡起禅杖,把松树只一下,打的树有二寸深痕,齐齐折了。"树何辜?只能说,这样的举止是有深意的,破坏一种生命,从而警示另一种生命。面对强大的力量,一棵树是不足道的。毁一棵垂杨柳,鲁智深莽汉的形象就树立起来了。接下来是攻打祝家庄,白杨树成为智慧的载体:"但有白杨树的转弯,便是活路,没那树时,都是死路,如有别的树木转弯,也不是活路。"如果不能破解智慧的玄妙,就只好困在那里。一棵树有烟火气寻常相,却让人想不到被寄寓形而上的冥想和切合实际的奇思——如果不是那老人道破玄机,谁也不知晓一棵白杨的分量。

人向来擅用物喻,推出一种物,表达一种想法,或者象征一种格调、境界。在我们记忆的储存间里,都会储存不少树名,连同它们的姿容,明人江盈科说:"桃、梅、李、杏,望其华便知其树。"《世说新语》里庾子嵩赞和峤:"森森如千丈松,虽磊砢有节目,施之大厦,有栋梁之用。"如此以树喻人,真把一个人说尽。

我在后院算起来也种了不少树。有些树是有用的,龙眼、柚子、柠檬都已得到真切的品尝。有的树是无用的,至少对我来说是这样。我说的是海南黄花梨——这是民间俗称,植物学家则称"降香黄檀"。真要用它做一个像样的器物,没有一个百年免谈。像丝绸那般光滑的日子让人觉得太快了,滑过去无声无息,但要等待一百年,又无从去等。我种这棵海黄纯乎是用来看的。古文士看蛟干虬枝的古柏,常看常思,遂将奇诡苍凉、峥嵘突兀注入腕下笔底。而这棵海黄太年轻了,枝叶上下都是清雅俊逸之韵。毕竟是名贵树种,枝条挺拔光洁,清畅不梗。叶片沿枝条左右对称张开,像极了大型的含羞草。风来了,若行于水上,涟漪漾起。有的树就是要让人无从去等,死了用它的心。所谓无用就是这样。玩物可以适情,一个人偶然和一棵无用的树相遇,把它从山区刨出来,用汽车载回家,种下。这源于感性,每个人都会有自己的情调和审美的故乡,很实在的很虚灵的,很有用的很无用的。

我想,对于一个单纯想做文士的人来说,无用就是大用了。

一个城市的变化,人通常是以高楼拔地、道途通畅来言说,忽略了置身于这些坚硬与坚硬之间的树木,它们新旧相杂,高低错落,积极地填充着视觉中的荒漠。人们对一棵树通常不会有太多的依恋和期待,以为它就是一个理所当然的存在。一棵树在笃定沉静中分明具有不动之动的力量,只是不易察觉。在悄然而过的时光里,由贴近地面转而升至空中,使人由俯视而仰望。飞鸟的到来,就是一种修饰了,尤其是它们回旋落下的轻盈之姿,使整个不动的山林雅韵浮动,逸兴遄飞,不禁使人暗暗称道,这是一种绝配。

叶子的世界

◎ 傅安平

　　人们喜欢花,但忽视了一个朴素的现实,那就是这个自然世界视觉上的美丽,主要是由叶子贡献的,而不是花。所谓"红花还需绿叶扶",不仅是指色彩搭配艺术,"红花配绿叶",也是指它们之间的营供关系。叶子的繁盛是自然界活力存在的直接象征。植物的开花期相对短暂,人们只有逢上特殊的时段或到特殊的地方,才能寻得与花为伴。这就像在人的漫长一生中,从恋爱到结婚、怀孕之间,是人生的花期,也是相对短暂一样。人生绝大部分时间是在默默地生长和生活,如同繁茂的叶子一样平凡,分不清这一天和那一天这两片叶子有什么不同。叶子之所以平凡,还是因为它的司空见惯。但若在沙漠或高原上栽下一棵树苗,当我们看到它上面长出了第一片新绿的嫩叶时,那这片叶子的非凡意义就显而易见了;或是在北方萧瑟峥嵘的冬天里,突然见到路边有一棵绿植,那团如春天般的叶子也能带给我们内心的温柔。但我们平常很少意识到,举目所及整个自然界广阔绿色的意义,其实和沙漠中那片绿叶的意义完全一样。相比花朵,叶子代表着自然世界的生命存在,没有叶子的存在,意味着绝大部分的植物和动物也失去了生存下去的可能性。

　　那年上农大,第一节课就是一位教授领着我们逛校园,认识园里的各种植物。走到实验大楼下边,他指着那排龙柏的树枝说:"你们仔细观察一下,这龙柏上有几种叶子?"我们围了上去,观察,比较,还真发现这排苍虬的龙柏上有两种不同的叶子。多么奇怪啊——自己长这么大,从没像今天这样仔细观察过身边的自然世界,这才是那天最惊奇的自我发现。我原来对身边的世界的了解是那样贫乏,这种自己觉悟到的无知,反而成了后来我持续热爱大自然的动因。然后教授给我们讲解它为什么会有两种不一样的叶子,非常有趣。那堂课,仿佛帮我推开了那扇认知精彩自然世界的大门。有人说这世上没有无缘无故的爱,同样,自然世界中也没有无缘无故的观察结果,每一种观察结果都是大自然的爱的杰作。至于你能不能找出其中深藏的科学的缘故,那是另外一回事,但这很有可能成为启发你通往科学真理之路的点火钥匙,就像牛顿发现了苹果为什么会从树上掉落一样。

后来我知道,许多树能长出不同的叶子。有次我在路边给大自然拍照,在一张构树图片中,竟数出了五种形状的叶子——就那么随意一拍。这件事启发了我许多联想。我相信,一棵树上如果有多种形状的叶子,那这些叶子的形状肯定不是一天或一年内就能产生的——我的意思是说,它们是经过亿万年的选择性的变异发展,才能产生出这样一个复杂的结果,或者说是自然界无数种结果中的一种。现在,在叶子这一植物器官上,我们能发现的多样性,比如缘裂、长毛、覆腊、有刺、有毒、异色、气味……它们的变异可谓是洋洋大观,每一种变异结果都有各自进化中的原因。这世上没有一片叶子无缘无故就该是那样出现、存在于现在的自然界中的。看看当初恐龙时代的叶子,蕨草的、桫椤的、苏铁的、银杏的,甚至是被称为"叶状体"的藻类,它们的造型都是那样整齐、优雅而美观,每一片叶子犹如优美的旋律,撩动人心。可是后来呢,它们变得越来越复杂了,越来越具有心眼和手段,在视觉上越来越丑陋,比如两面针、刺天茄和大叶悬钩子的叶子。臭椿的叶子让人难以接近,海芋的叶子让小孩的手发痒起泡,等等。它们的变化,是为了自己的生存,同时也是用以排斥、对付或利用其他的生物。生物因为受到生存与竞争的压力而变得复杂。最开始,地球上生物种类少,生存资源阔绰,所以植物的生长少有竞争压力,生长得繁茂高大，叶子的几何形状视觉优美，眉清目秀，尤似"相由心生"。但是随着生物的大爆发，竞争加剧，竞争越来越不择手段——植物的基因表达越来越会耍心眼，产生的叶子形状或其他器官也就越来越复杂，越来越丑陋、多样化。当然，这些丑陋与多样化，在现代植物迷的眼里，也有可能成了特酷和迷人，成为他们私藏栽植的宠儿。很多肉嘟嘟、肥溜溜的多肉植物，都是叶子退化的异形产物。

人们爱夸阿狗阿猫的聪明，但植物的聪明，是常人想象不到的，在叶子上就可以看出来。两面针让叶子两面都长了尖锐的针刺，用来保护自己；构树的叶子都是毛毛，拒绝了很多虫类；那长得像含羞草，但却比含羞草还害羞的叶下珠，悄悄地躲在叶子底下开花结果，避免阳光的伤害，又宛如少年的爱情。莱布尼茨说"没有两片完全相同的树叶"，我倒可以说，每一种树叶有自己的独家秘籍。比如从出生时讲起。地生的种子，像花生、大豆等，它们都是先伸出根来，长到土里，确保能吸收到水分后，再长出幼嫩的子叶和真叶，叶子就不会在阳光下干死。水里的种子就不一样了，它不缺水，缺少阳光。于是它发芽时，就先长出叶子，再长根。泸沽湖的海菜花俗称"水性杨花"，它的叶子就沉浸在水下，沿着细茎在向远处蔓延生长，遍及整个水域。比如胡杨的叶子，地处干旱的沙漠。如果是胡杨树苗，或者幼嫩的胡杨枝上，它的叶子就是线状披针形，这和沙漠中其他耐旱植物梭梭树、沙拐枣的叶子相近。这类和"穷光棍"一样的叶子，身上没啥水分可蒸发。等到胡杨长高，根扎深能吸收到深处的地下水了，它下面的树叶长成了细长柳叶状。树越往上，叶子变得越来越宽，到了树上部，就成了近乎圆形的叶子，这种叶子夜晚能接收空气中的露湿，白天维护树体小环境的阴凉。胡杨叶子的聪明，是给沙漠逼出来的，有点"穷人的孩子早当家"的意思。"蚂蚁森林"中的梭梭树，为了在沙漠中活下来，硬是把树叶变异成了丝条状的树枝，且只能利用嫩枝进行光合作用，所以它长得多慢啊，好多年也长不了一米高，就像穷人家的孩子苦巴巴地老不长个一样。

梭梭树、沙拐枣就像是生长在贫民区的孩子，那生长在富人区的孩子又是什么样子呢？比如南方常见的高大的旅人蕉，就像富人家养大的孩子，营养过剩生长旺盛。它的叶子肯定是世界上最大的叶子之一。虽是富人家的孩子，但它的叶子也是非常聪明的。旅人蕉虽然长得高大，但它的树干其实是它的叶子的一部分，也就是层层紧密包裹的叶鞘，和香蕉一样。旅人蕉宽大伸出的叶片，就像是一件雨水收集器，雨水顺着光滑的叶面汇集到叶柄处，流进叶柄里面的凹槽贮存起来。渴了，砍一片旅人蕉的大叶子，或者往树干上插一根管子，就能饮用解渴。旅人蕉就是一棵由叶子组成的大号的草，叫"草包"也很形象。世上只有愚蠢的人，好像没有愚蠢的叶子吧。

没有一片叶子是没有用的，哪怕是看起来不像叶子的变态叶，哪怕是完成了生长使命的落叶枯叶，它们还是有用的。比如仙人掌的刺，它的叶缩成了刺，就能在干旱的热带活下来，而本来应该由叶子来完成的光合作用，让它扁平的茎枝代替了。如果你惊奇于仙人掌刺、豌豆卷须、洋槐刺、洋葱皮等这些变态的叶子，那么比它们变异得更彻底的，恐怕是连个刺、卷须、鳞片、苞片等这些特征都没有了，没叶子还能开花，比如无叶美冠兰、黄花覆轮蜘蛛兰、叠鞘兰、血红肉果兰等这些异型兰，都没有叶片，靠根系吞噬真菌吸收营养，或靠根系进行光合作用。叶子花，看着是花，其实是它的叶子，它以变态叶充当花，吸引小蜜蜂为里面小花授粉。鸽子树也是叶子花，那两片如白鸽一样的变态叶片或者叫苞片，起初和其他叶子完全一样，但它长着长着，由嫩青变淡绿，变洁白了，如白鸽子一样在枝头飞扬，创造出大自然中的美景，只是它的寿命也变得只有原叶的十分之一。天山雪莲花那透明的"大花瓣"，其实也是变态叶片。一串紫或一串红，大部分时间都是靠着同色的苞片维持花朵在枝头经久不谢的假状。相比于叶子花、鸽子树、雪莲拿变态叶充当吸引眼球的花瓣，山栀子花却是从内往外反着改造自己，拿里面的花蕊来充当花瓣，变成了重瓣栀子花，这样一来，重瓣栀子就失去了授粉的能力，不能结果。天山雪莲、塔黄等那些高山植物，如果将枯干的莲座叶丛清除掉，在失去这层苞片的保护后，它们就会裸露在严寒中冻死，在平原很正常扒烂菜叶边的行为在那儿就不行。看来落叶枯叶的作用，不只是"化作春泥更护花"。有一年冬天我在自家园子里玩，扒开地下的落叶层，欣喜地发现下面的花苗如春天般娇嫩，早已死去的落叶仍如妈妈般精心庇护着幼崽。我为此还写了一首诗。

常见的叶子有针叶和扁平阔叶的不同，针叶往往耐寒，阔叶到了秋冬凋落。所以人生，也应该如针叶般自带一点光芒吧，不要显摆阔绰。叶子还有草质、革质、蜡质、肉质等不同，玫瑰和月季的叶质就不一样。革、蜡质叶比较耐寒，肉质的耐旱。人们常说"晒不死的马齿苋"，其实马齿苋还没细叶的萹蓄耐旱暑，这是我在今年这次最酷热的夏天里观察到的结果。但抛开这些自然常识，我其实想了解的是，它们和人种之间有什么相似之处呢？比如大家都知道西方人是大鼻子，以为那样的大鼻子比较耐寒，但其实更能抗寒的是东北亚地区的人和因纽特人，而他们都是小鼻子，如同生活在极寒地带的北极狐、北极兔也是小鼻子一样。东北亚人比西方人有较多面部脂肪，这是不是和常青树叶大都是革质或蜡质的一样？比如常见的杉树叶、女贞树叶。人的这些现象和植物确有相通之处吗？植物的宏观生长规则是，保证能让每一片叶子都能公平地分享到阳光，这个规则也适用于人类社会。

又到了"无边落木萧萧下"的季节。叶子的离去符合这宇宙间的一个基本规则，那就是生生死死，循环有序，没有例外。随着秋天开始降温，对叶子生理过程的抑制，让叶绿素越来越少，类胡萝卜素的颜色就体现了出来，黄色成为秋天的主要颜色；有的树上的叶子，在天气降温后会攒集起一种"专用变身糖"，这种糖与花青素作用，生成花青素苷，就产生了秋天里的 VIP 颜色——红色。红色并不是花朵的专利。落叶树到了秋天叶子一起落光，但这并不表示常青树就不会落叶，而是它均匀、悄微地把落叶分散在每一个时日里,以至于人们总看到树上常青,却忽视了树下稀疏的落叶也是常有。若是你进入人迹罕至的青松林或翠竹林里,就能看到地上厚厚的枯叶层。常青树并不代表它的叶子常青不掉,但是大自然中有的叶子,的确似乎可以常青不死。非洲沙漠中的百岁兰,一生中仅有的两片像海带一样拖于地上的叶子,据说能活到五百年,能熬过人世二十五代人,能从明朝嘉庆登基活到现在二十一世纪。百岁兰应该是这地球上最孤独的植物吧。一生中仅有一片叶子的植物,也有很多。搞宏观经济工作,是不是应该学常青林,把经济风险不动声色地分散到每天里,悄悄化解,从而保持经济的长盛不衰? 若是学落叶林,每年经济都来一次大起大落,让百姓怎能承受,绿巨人也会被颠成一摊肉酱。

　　植物的叶子,不只是人类和动物赖以食用的对象,还和植物主体一样,深深影响着人类社会的文化。夏娃的人性觉醒,就是从一片叶子开始的。叶子是人类身上最早的衣饰。上古时代的嫘祖养蚕、神农尝百草,都与叶子有关。没有叶子,就没有《诗经》第一篇"参差荇菜,左右流之";没有叶子,就没有《唐诗三百首》第一首"兰叶春葳蕤,桂华秋皎洁";没有叶子,就没有传文载道的丝绸文卷,纸张书籍;没有叶子,也就没有文卷中的红叶传情、摘叶飞花……就我来说,我小时候利用叶子干过很多事情:用梧桐叶做兔耳帽,用蓖麻叶转风车,用红薯叶造项链,用樟树叶吹口哨,用狗尾草叶拉锯子,用玉米叶编蟋蟀笼子,拿毛豆叶贴别人的后背……我还曾因为口含一片草叶子吹响着口哨进入高中毕业会考考场,被监考老师无情地驱逐。这些都是我的叶子文化。挖冬笋的人,要看竹子最下面那根枝叶的方向;挖藕带的人,要看"小荷才露尖尖角"的方向;买银杏树苗的人,会摘下一片叶子看看,就知道这棵树苗会不会结果;编手工艺品的人,会照着酢浆草的叶子编出最古老的中国结……叶子的世界繁杂又充满奥秘,我所知道的大概只是大河上荡起的一朵水花。

绿绒蒿的前世今生

◎ 龙仁青

　　第一次见到绿绒蒿是什么时候？我已经记不太清楚了。只记得是在十几年前，我还是一名媒体记者的时候。那一年，到了冬虫夏草的采挖季节，我去果洛草原采访，在海拔四千多米的阿尼玛卿山下，第一次见到了绿绒蒿。我是从车窗里看到绿绒蒿的，一抹金黄就像一颗流星，忽然划过车窗，我的目光急忙追随着流星划出的弧线向后看去。我的头随着目光转了四十五度，上身也随之倾斜过去，我看到那一抹金黄的弧线化作一朵小小的花朵，与我们的汽车反向而去，迅速消失了。而就在它消失了的荒野上，出现了更多金黄的花朵，它们紧紧跟随在我看到的第一朵金黄花朵的后面，同样迅速地向后划去，就像是奔赴同一个目标——也许是去奔赴春天的盛宴吧。车窗外再次出现金黄花朵，我急忙喊司机师傅停车。就在我们的车就要停下时，在路的左边，一朵迎面而来的金黄花朵也减慢了速度，缓缓停了下来。我拉开车门，径直奔向了那朵花儿。

　　此刻，这朵花儿就在我的面前，她低垂着金黄色的头颅，显得安静而又羞涩，面对我满眼的惊奇，她却若无其事，一副见惯不怪的样子。我蹲下身来，开始仔细地打量起这朵花儿。此时正值高原 5 月初，草原还一片荒芜，"草色遥看近却无"。这朵金黄色的花儿就站在这片荒芜之中，被细小柔嫩的茎叶托举着，茎叶上满是纤细的茸毛，整个花儿显得孤傲又安静。刚刚下过一场阵雨，一粒晶莹的雨珠挂在花瓣上，这让她看上去像是刚刚哭过一样，显出几分楚楚动人的柔弱来。我从她的身上抬起目光，举目看去,便看到草原上四处散落着这样的花儿,那灼灼的金黄色,就像一盏盏酥油灯,点亮了整个荒野,耀眼而夺目。让这刚刚走出漫漫寒冬,满眼枯黄、色彩单一的高寒草原,有了几分金灿灿的生气。

那时候,我并不知道这金黄色的花儿叫全缘叶绿绒蒿,但与她初次相见,她带给我的惊喜却永远留在了我的心底。她就那样轻而易举地打破了我心中一个固有的认知。我的家乡在青海湖畔的铁卜加草原,那里海拔3500米左右,比果洛草原低了四五百米,但同样已经过了"树线",除了在河岸、低洼处以及背风的山麓偶尔有一些灌木丛外,四野看不到一棵树,大片的牧草逶迤着伸向远方,在目光所及的远处,便是连绵的山脉,山脉间最高的山峰高昂着孤傲的头颅,终年不化的积雪是他洁白的银冠。那时候我固执地认为,海拔越高的地方,生物的物种就会越稀少,这几乎是一种自然规律,所以,我之前一直认为,果洛草原上的花草树木,一定会在我的认知范围之内,果洛草原上有的,我的家乡一定也有,而我的家乡有的,果洛草原上就不一定有。可是,我错了,这朵金黄色的花儿就盛开在这里,我在我的家乡从来没有见过她。也就是说,这种花儿完全颠覆了我的认知,不动声色地让我把藏着掖着的无知祖露了出来。她居然生长在比之我的家乡海拔更高、气候更严酷的地方!她们为什么要盛开在这么高的地方呢? 似乎就是从那时候起,这样一个海明威似的质问就盘踞在了我的脑际。

虽然此后我曾查阅一些资料,也向相关专家请教过,但这个问题的答案依然扑朔迷离。有资料说,因为喜马拉雅山的隆起、冰川的出现和气候的骤冷,让她们不得不学会在高海拔地区生长。但这样的解释并没有解除我心中的疑惑,因为造山运动牵动着整个地球,她们在不断衍化,选择生境的过程中,为什么偏偏遗漏了我的家乡? 依我的想象,她们因为太过美丽,鲜亮的颜色总是吸引人类和动物不断采摘、啃食,使得她们不得不放弃条件更好的生境,退居到一个人烟更加稀少的所在,使她们能够在相对安宁的地方开花结果,繁衍后代。就像原本遍及西藏、青海、内蒙古等地的藏羚羊难以忍受人类和一些猛兽的杀戮,毅然决然地退居到高寒缺氧、植物稀少的可可西里荒野一样。

那次果洛之行,让我见识了采挖冬虫夏草的艰辛。那些远道而来的农民和当地的牧民,匍匐在海拔近五千米的高地上,肌肤紧贴着尚未解冻的泥土,在呼啸的寒风和不期而至的冷雪中,手持一把小锄头,目不转睛地盯视前方,希望从刚刚萌芽的青嫩牧草中辨识出一只冬虫夏草来。而在此时,一只冬虫夏草从众多牧草中闪现,让这些在苦寒中等待希望的人们眼前忽然一亮。这也呼应着绿绒蒿的用心:她们攀缘到更高的高处,把她们的美丽,留给了空寂的天空与大地,谢绝了人们的欣赏和赞美;而愿意追逐她们的人们,则要历经路途艰辛、高寒缺氧,以及刺骨的风雪,才能够碰触她们的美丽。

那次果洛之行的另一个收获,是知道了那种金黄色花儿的名字——全缘叶绿绒蒿,以及她的藏语名字——欧贝勒。已经不记得她的汉语名字是谁告诉我的,只记得那人还告诉了我全缘叶绿绒蒿的一个秘密:她们之所以选择在草原一片荒芜的季节开放,让花瓣闪耀着酥油灯一样醒目的金黄色,就是想着让那些经过一场冬眠,与她们一起苏醒过来的昆虫,那些熊蜂、蝇虫和蓟马能够在第一时间发现她们,给这些昆虫提供花蜜花粉的同时,让这些昆虫帮助她们传粉。为了达到这个目的,绿绒蒿也是煞费苦心,她们让太阳帮忙,在强烈的紫外线照射下,她们个个容颜鲜艳。

绿绒蒿的藏语名字,则是一位正在采挖虫草的牧民告诉我的。当时他刚刚采挖到一只虫草,满面欢喜,一边轻轻搓揉着沾在虫草上的泥土,一边指着不远处的一朵全缘叶绿绒蒿,用带有四川色达口音的藏语对我说:"这是欧贝勒,是欧贝勒赛布,等到了夏天的时候,还有欧贝勒玛布、欧贝勒昂布盛开起来,太好看了!"我知道,置于欧贝勒后面的赛布、玛布、昂布是藏语黄色、红色、蓝色的意思。正是他的话,促成了我次年6月中旬的又一次果洛草原之行。这一次,我专门带上了相机,也带上了我通过查找资料获得的知识，我的记事本里还夹着刚刚发行不久的一套特种邮票《绿绒蒿》。正如那位采挖虫草的牧民所说，我见到了开着红色花儿的红花绿绒蒿、略微泛紫的久治绿绒蒿。那是一种单纯的红，没有一丝杂质，恰如牧人身上佩戴着的珊瑚玛瑙，有一种坚定和果断的美，但她却又薄如蝉翼，阳光照射在花瓣上，瞬间变得通透，难以想象这样单薄的花瓣是如何抵御高原上的风雪的。我还见到了开着蓝色花儿的多刺绿绒蒿、总状绿绒蒿，那是高原紫外线把蓝天融化之后，注入了她的花瓣，我打开我想象力的阀门，想象她们是喜马拉雅古海洋遗落在草原上的宝蓝色浪花。而此时，金黄的全缘叶绿绒蒿正在退场，花瓣已经掉落，结出了果实。显然，作为一朵花儿，她已经完成了她的使命。她们的颜色，也变成了刚刚开放时，围拢着她们的牧草枯黄的颜色，有一种功成名就之后，完全放弃了对盛名的执着的随意和轻松。我拿着相机对准一束束花儿，不停地把那一抹抹红和一抹抹蓝都留在我的相机里，也把干枯了的全缘叶绿绒蒿定格在相纸上。

这一次，我还把"欧贝勒"这个名字写在了我的记事本上，也记下了她们各自不同的颜色。回到省城西宁，我查找资料后发现，"欧贝勒"这个词来自梵语，也就是汉译佛经典籍中时常提及的"优钵罗"（亦写作沤钵罗、乌钵罗等)，也就是说，"优钵罗"是"欧贝勒"的汉语谐音写法！然而，在梵语里，"优钵罗"指的是睡莲，是一种水生草本植物，一般适于生长在热带或亚热带地区，在青藏高原高寒地带难见其踪。在汉译佛教典籍中，"优钵罗"也被译作青莲华、红莲华等；佛书认为"花华不二"，所以一般称"花"为"华"。那么在牧民的口中，怎么变成绿绒蒿了呢？绿绒蒿是罂粟科绿绒蒿属植物，与水生植物睡莲相去甚远。此前，绿绒蒿缘何选择了海拔更高的地方生长这个问题还没有明朗，另一个问题又接踵而来。

一次，也是在果洛，与藏族诗人居·格桑闲聊，我便向他请教这个问题，他的一席话让我豁然开朗。他提及了佛教从印度传入青藏高原的那个久远年代。

佛教传入西藏,大概是公元五世纪的事。先是有一批佛典从天而降的传说,接着是在松赞干布时期,唐朝文成公主和尼泊尔赤尊公主分从两地远嫁吐蕃,两尊释迦牟尼佛像伴随她们的嫁妆进入西藏,西藏为此修建大昭寺和小昭寺,供奉两尊远道而来的佛像。同一时期,松赞干布选派大臣吞米·桑布扎前往印度学习梵文,这位聪慧的大臣,在印度经过七年的寒窗苦读,返回西藏后,仿照梵文创造发明了藏文。这也是藏语中大量存在梵语词汇的一个原因。他还把那批"从天而降"的佛典翻译成了藏文。接着又从中原和印度迎请诸多传教士,开始佛经的翻译和传法,如此,佛教开始在青藏高原传播。

任何一种文化,当它从彼地进入此地,大都会有一个本土化的过程,佛教也不例外。伴随着佛教传入西藏,那些"从天而降"的佛典落地的地方有了一座名叫桑耶寺的寺庙,几个刚刚改信佛教的藏族人便剃度出家,穿上了绛红色的袈裟,一些佛教仪轨仪式也被移植过来,诸如供花、供水、供灯等供奉仪轨也一并传入。其中,供水、供灯经过一番本土化的改造,留在了青藏高原,而供花的仪轨却没有得到顺利传承。原因也显而易见:佛教的原产地印度气候温暖湿润,梵语为"优钵罗"的睡莲在这里四季开花,且色彩鲜艳,有红黄青紫等诸种颜色,佛前供花,对佛教诞生之地的印度来说轻而易举。然而,佛教到了西藏,气候高寒,在海拔 4000 米的地方,别说睡莲,本地花卉开花的时间也只有短短两个月,剩下的十个月都不见花卉。在这样的情形下,供花仪轨如何延续?

显然,为了传承供花仪轨,刚刚改信佛教的藏族信徒也是煞费苦心,做了一番努力。他们试图从青藏高原的野生花卉中找出一种可以与睡莲媲美的花儿,作为睡莲的替代品,如此,与睡莲一样有着艳丽色彩的绿绒蒿便脱颖而出,他们赋予了她睡莲的名字——"欧贝勒",也就是"优钵罗"。

也就是说,伴随着佛教供花仪轨的传入,供花仪轨的对象由睡莲演变成了绿绒蒿,原本出现在佛经里的睡莲的名字"优钵罗",也从经卷里走出来，走进了牧民们的口语里，高原野生花卉绿绒蒿自此更名换姓。如此，对青藏高原来说，睡莲，便成了绿绒蒿的前世，或者说，初传佛教的青藏高原借此完成了一次"借花献佛"。

那么，作为一种高原民族耳熟能详的花卉，如今被藏民广泛叫作"欧贝勒"的绿绒蒿此前叫什么名字呢？出于好奇，我曾向被人们称为"鸟喇嘛"的扎西桑俄堪布请教。扎西桑俄先生稔熟高原生物，曾经参与编写《三江源生物多样性手册》汉藏文对照本。没想到，我的疑惑，也曾经是他的疑惑。几年前，他就曾通过实地和网络在西藏、青海、四川等有藏族人聚居的地区进行探询和调查，得到了答案，他把他的调研结果发给了我。绿绒蒿"欧贝勒"果然曾有过美丽的名字：全缘叶绿绒蒿叫嘎玉金秀，红花绿绒蒿叫阿达喜达，蓝花绿绒蒿叫喜达昂波……

然而，高寒的青藏高原不可能在一年四季里持续满足供花的需求，在漫长的冬季，包括绿绒蒿在内的众花衰败，这一仪轨依然难以为继。

如何让供花的仪轨保留下来，让那些信奉佛教的信徒在佛前表达虔诚之心呢？

多年以后，我去塔尔寺采访。春节刚过，元宵节就要来临，塔尔寺的两个花院——上花院和下花院正在马不停蹄地加紧制作酥油花，以便在正月十五月圆之夜，向游客和信徒展示他们的酥油花工艺，得到他们的观赏和瞻仰。我被特许进入了制作现场。

酥油花，最早起源于西藏苯教。有一种叫"多玛"的祭祀品系用青稞糌粑捏制而成，其上粘贴着工艺简单的酥油贴花。因为只是用于祭祀，这种叫"多玛"的制品也是在很小的范围和场域存在，所以并不为人所知。然而，它是如何成为塔尔寺等各大寺院一种专门由艺僧制造、广为展陈的佛教艺术品的呢？

我曾想象，那应该是一个曾经制作过"多玛"的艺僧，改信佛教后，经常奉行供灯、供水的仪轨，但也对高原隆冬季节不能在佛前供花耿耿于怀。一日,应该是清晨,这位艺僧起床诵经,接着便开始用早餐,那天他吃的是用酥油和炒青稞粉拌制的糌粑,当他从糌粑木箱里拿出一块酥油,就要放入碗中时,早年制作"多玛"的技艺在他的指尖复活,他随手就捏制出了一朵酥油的花朵。看着在指尖上忽然盛开的金黄的花朵,这位艺僧忽然想到了什么。"梅朵乔巴!"艺僧忽然叫了一声,放下了还没有吃完的早餐,便出了僧舍,径直朝着大经堂走去,出门前,他带上了仅有的一坨酥油。

"梅朵乔巴"便是供花的意思,这位艺僧到了经堂,便用酥油捏制了几朵花儿,供奉在佛前。如此,酥油花应运而生。藏民至今把酥油花叫作"梅朵乔巴"。

酥油是从牦牛奶中提炼出来的,是高原上营养价值极高的一种食材。牦牛产奶量本来就不高,从牦牛奶中提炼出的酥油也就显得极为珍贵。然而,酥油制成酥油花,再把它供奉在佛前的习俗一经开始,便得到了青藏高原广大寺院和民众的效仿、响应,很快,每一座寺院都有了供奉酥油花的仪轨。这是因为,酥油花的出现,解决了深冬季节不能用自然生长的花卉供奉的遗憾。即便这种食材是那么金贵,但比起他们内心对佛法的虔诚,这又算得了什么呢?如此,酥油花便成了"欧贝勒",也就是"优钵罗"的象生花。

然而,酥油花的制作,也不是那么简单的事。

那天,在塔尔寺,我在一位小僧的陪同下,走进下花院的酥油花制作作坊,一眼就看到靠墙立着的酥油花。酥油花占据了整个墙面,色彩艳丽,耀眼夺目,整个作坊就像是一个花团锦簇的夏日花房。几位艺僧还在做着局部修改。作坊里极为寒冷,这是因为艺僧们怕酥油花融化,有意没在作坊里生火。在他们身旁,还放着两个盆子,一个盆子装着冰凉的水,一个装着掺和着豌豆面粉的热水。在给酥油花上色时,艺僧手上的温度会使酥油花表层的酥油微微融化,他们便把手放入冷水中降温,而当手上沾染上太多的糅合了矿物质颜料的酥油时,他们又会将手放入热水中清洗。隆冬的高原寒气袭人,艺人们便是在这样的环境下,满怀虔诚,心无旁骛地工作着。

酥油有着极强的可塑性,于是艺僧们如今开始用酥油捏制更多的工艺形象。其中,有人物,有山水自然,有亭台楼阁,就像连环画一样,讲述着佛经中那些耳熟能详的故事。而在各种内容之间,依然布满了花卉。每一朵花儿都富丽、繁盛,就像是自然界的花儿恰好盛开到了极致,把自己最美的瞬间展示了出来。

那一天,我看着那些花儿,问我身边的小僧:"这些都是什么花儿?"小僧不假思索地回答道:"欧贝勒!"

听着小僧的回答,我感到我的脑际忽然嗡嗡作响。欧贝勒——优钵罗,这是绿绒蒿从印度睡莲那里"盗取"的名字,但她又不能像睡莲那样四季开花,时时被供奉在佛前案上。于是,酥油花替她完成了广大佛教信徒的心愿。或许,我看到了绿绒蒿的今生,或许,这又是另外一种意义上的"借花献佛"。

藏民族生活在世界上海拔最高的地方,长期与高寒缺氧共存,形成了独成体系的生存智慧。他们深知高原生物在这样的环境中生存的不易,并且也敏锐地察觉到大自然诸种物种之间共生又相互制衡的道理,所以轻易不会破坏自然生态,形成了自己朴素的生态理念。小时候,父母从来不让我们摘采野花,说那是大自然的头发。"如果我薅了你的头发,你不疼吗?"有一次我摘了一捧野花带到家里,被我母亲看见后,她便说了这句话,我至今还记着。记得在我的家乡,每到盛夏季节,野花盛开,那些牧民和僧侣面对着漫山遍野的鲜花,便开始虔诚地诵经祈请,口中低呼"供奉三宝",但却不去摘采花儿,用意念把这些花儿供奉给自己信奉的神灵。这,也是一种"借花献佛"啊!

绿绒蒿到底有多美?从那些西方人第一次见到绿绒蒿后的惊讶和赞叹可以看出。一百多年前,许多的西方人——探险家、传教士以及植物学家——拥入喜马拉雅山地区，发现并采集了各种颜色的绿绒蒿，其中有后来在世界上享有盛誉的植物学家洛克、金敦·沃德、威尔逊等，他们赞誉绿绒蒿是"喜马拉雅蓝罂粟""我的红色情侣"。苏格兰植物学家乔治·泰勒甚至说："没有一种植物能够像它这样享有最高、最奢华的名号。凡是能一睹其自然风采的人，都会歌颂它们一番，所有初次邂逅这种花的人都会为它疯狂。"自此，西方人大量采集绿绒蒿的种子带回西方，并在西方园林培育出了绿绒蒿，绿绒蒿很快成了西方园林里的宠儿。

　　如今我国许多地方也开始培育绿绒蒿，希望这种美丽的花儿也能成为我们城市园林的绿化和观赏植物，不要让她总是开在深山无人问津。率先传来好消息的是西藏和云南，但这并不奇怪，西藏和云南原本就是高原，让一种高山野花在高原园林开放，可能相对容易一些。而当我听到北京植物园成功地栽培出绿绒蒿的消息，内心还是掀起了欣喜的微澜。我一直有一个想法，比如我所居住的城市西宁，是青藏高原最大的城市，是否有朝一日能够以高山花卉作为城市绿化植物，吸引四方来客？而不是像现在一样，引进一些毫无地域特色的外来花卉来美化这座高原城市。如此，也可以算是这座城市的一种生态标签吧。绿绒蒿在北京初次绽放，这是她首次在平原陆地栽培成功，相对于北京，西宁的自然环境应该更能够让绿绒蒿盛开起来。或许，这才是绿绒蒿的今生，抑或，是她的未来。

光雾为魂

◎ 卢一萍

仙山邈远

我曾置身于无数的风景,但最让我沉迷的,还是光雾山。这并不因为它是故乡的一处大风景,会有一种偏爱在里面,而是我真实的感受。它不像我去的乔戈里峰、慕士塔格峰、博格达峰、梅里雪山那样气势逼人,高不可攀;也不像衡山、九华山、青城山、峨眉山那样精美,负载太多人文。光雾山还带着一股原始的野性,带着一种开天辟地时才有的旷野气息——但它的无数细节又是禁得起细细打量、慢慢琢磨,是值得观赏,让人流连的。

光雾山给人印象最深的,还是雾。其晨雾似乎一直都有,或浓或淡,或如玉带缠绕山腰,或一丝一缕聚合于苍苍林莽,或给巅峰装饰上白色薄纱,其缥缈于河谷深涧之间、高崖峭壁之侧、山峦峰岭之巅,这是妙曼之雾。随着朝阳的升起,日光照耀到的地方,雾会很快消散,露出风景的本来面目。

雾有时会把整个世界淹没,三五日不散,它把整个光雾山藏了起来,或者说,光雾山躲进了雾里,跟这个世界捉起了迷藏。待太阳出来,从最先接受光照的峰巅开始,雾一点儿一点儿地被光融化,先是露出一棵孤松,再是半座峰峦,一面山崖,一片森林……然后,这些又组合在一起,成为一幅不断变幻的立体山水画。

有一段时间,我有些失眠,承同乡战友、作家惠芝涌邀请,到光雾山一游。刚到光雾山的那晚却睡得格外踏实,身体轻快,头脑清醒,一声鸟鸣就把我唤醒了。自然醒来,翻身爬起,看着窗外初露的天光,内心十分愉悦,似乎获得了新生,并诞生在了极乐世界里——你会觉得这一天是多么美好,自己有这么美好的一天又是多么幸运。

所住宾馆位于焦家河边,可以看到一河偶尔会泛起白色浪花的清流,翠鸟原本栖息在河边的麻柳枝上,突然如箭一般射入碧潭,又箭一般从水中射到对岸的一根树枝上。流水的声音是舒缓的,能安慰心灵。仔细聆听,清风吹动林莽的声音隐隐可闻,再有各种鸟鸣声的伴奏,确如天籁。

我轻快地走出宾馆,似乎是一个从来没有被失眠折磨过的,每晚都能酣然入睡并伴有美梦的人。

镇上空无一人,一只白狗带着另一只花狗不紧不慢地在街上踱步,比我还早地享受这个新的清晨。鸡鸣声从河对岸的一户人家传出来,回音缭绕。刚醒不久的各种鸟儿一边用最美妙的歌喉歌唱新的一天,一边从这棵树的枝头愉快地飞到另一棵树的枝头。

即使夏日,光雾山镇的清晨也有微微寒意。

天空开始是清明的。虽然是太阳即将升起的时间,但月亮还拄在天际。群山的剪影被光明一点儿一点儿地勾勒出来。

我一边信步而行,一边等待朝晖映上群山之巅。

我以虔诚之心恭候着光明的驾临。但在镇子西头的山崖上,却生起了一缕烟岚,像是凭空而生的。光明因此迟迟不到。那缕烟岚如水墨在宣纸上洇染开来一般,成为一团,待我四处去看其他地方是否有雾生成的时候,那面山崖已面目朦胧,被遮去了一半。

雾弥漫开来,那面山崖所在的山峰、其下的山谷、相邻的峰峦和沟谷很快就被白雾罩住了。雾把万物笼罩其中,雾气飘落在我的脸上,无声地滋润着我。

我惊奇地发现,鸟鸣已止,刚起来的蝉鸣也低了下去,鸡不叫了,两声犬吠带着梦呓的味道,使整个世界更为静谧。

我来到焦家河边,看到一块灰白色的石头上,有一层薄薄的、毛茸茸的雾水。我坐在上面,只能看到方圆十来米的地方。河水从我脚下流过。世界变得如此之小,好像只容得下我一个人。这条宽不过五米的河流现在显得如此宽阔——是的,它占了我眼目所能见的小世界差不多一半的版图。

我无法去探索它源自哪里,终于何处——因为在当时的情景里,被雾笼罩的世界虽然更为无垠,但它已属于另一个宇宙,另一个时空。

我望着雾蒙蒙的世界的边际,觉得自己的这个小世界就是法国作家安托万·德·圣埃克絮佩里1942年创作的《小王子》里小王子居住的外星球,觉得这个世界如果真的只余下我一个人,那块地方也已经足够大,甚至有些辽阔。是啊,有河水可供我饮、供我渔,可以洗涤我的身体和心灵,有这些溜光的卵石可供我坐卧。我看了一眼河岸,还可以开垦出几小块土地,供我食。一共有九棵高矮不一的树,高的三棵有一半在雾里,只看得见树干,还有几丛芭茅在雾气里招摇。我说,我一定要把它们和这些树一起保护好,那是我这个小世界的风景。岸上还有几丛荆棘、好多种杂草,河边长着菖蒲,泥土里自然还有昆虫。还有那只翠鸟,它即使偶尔飞离,也会回来,因为我发现它的家就安在河岸边的石缝里。说不定它还会从另一个时空里带回另一只翠鸟,来做它的伴侣呢,到时可能就会有一群翠鸟往复于我这个世界和另外的时空了。

我这里可比小王子的外星球要丰富得多。我心满意足地想着,感受着雾无声却充满激情地运行。我清楚这个小世界存在不了多久,它会淡化、消失,成为庞大世界一个微不足道的部分。所以,我是很不情愿地在等待那个时刻——阳光铺在雾的表面,然后将其剥蚀、融化,让世界的面目再次显露出来的时刻。

有一次,巴中到汉中的高速公路还没通,到汉中须翻越南江到南郑的"二南路",其中最险要难行的路段是陈家山,车爬到海拔1200多米的地方后,不少人都会在那里停车休息。我们也在那里停下来。一开始仅仅是天有些阴而已,但几乎是不经意间,一团雾从南面的一条山谷里生起,然后很快就把所有的沟谷填平了,整个世界成了白色海洋。雾的表面就像我们乘机时在天空看到的云海,并不是平整的。雾在升腾、涌动,像大海,只是无声无息。但雾的厚度似乎是不变化的,雾面就在距陈家山顶一两百米的地方,周围平凡的山岭都沉在雾海里,只有十来座奇峰飘浮在雾面上。这样的仙境无疑是大自然额外的馈赠,人们都很激动,个个喜形于色。而太阳还悬挂在天上,阳光照耀着雾海,使浮动的云雾表面铺上了一层薄薄的、金色的光辉。

春秋时节,光雾山的雾更多,而香炉山是观雾的绝佳去处。很多人为了不错过上香炉山看雾海日出的最佳时间,会住在大坝。他们凌晨出发,爬到山顶去守着黎明的到来。最初的一缕晨光初露东方,拉启了天地的大幕。而雾海的边际就在那里——天空和雾海交汇的天际露出了一线玫瑰色,然后濡染开来,如一朵含苞之花的第一枚花瓣缓慢地舒展开来,然后是第二瓣、第三瓣……最后整朵花盛开——日头如金黄色的花蕊,光芒越来越夺目,霞光遍洒,使整个茫茫雾海被染成了玫瑰色。

香炉山像一座美丽的孤岛,在朝晖中变得格外柔和,晨光把原本乳白色的天空洗涤出来,一片蔚蓝,几朵云彩被镶上了金边,点缀得雾海更为深广。雾在晨光中幻化,流光溢彩,然后像某个地方决了堤,慢慢流泻,几座峰巅,数条山脊,无不以最完美的形式渐次呈现出来。

我发现,登顶来看雾海的人都异常安静,少有说话的,更没有欢呼雀跃者。显然,是美让他们缄默了。

著名诗人舒婷曾来光雾山一游,这里的雾让她最为刻骨铭心:"这就是光雾山最迷人的气象景色。即使在雾气最浓稠的时刻(像山歌里唱的,抓一把山歌都能甩出水来),光雾山,仍然不光是雾。云雾是她的宠儿、她的舞台、她的华章与小品,又是她的情绪、她的感觉、她的诱惑与拒绝。她让我们渴望进入,又害怕因她的深邃而迷途忘返,她让我们心存感动而又迷惘于她的若即若离。"按照诗人的感觉,光雾山的风景是"寄有形于无形之中,寓真实于虚幻之境"。雾给诗人留下了深刻的印象。光是光雾山的魂,雾则是她身着的轻纱、她最迷人的装饰:雾浓得化不开,好像轻轻抹一把,就会有白花花的雪末儿沾手,闻一闻,还散发着桂花的香气。树影摇动雨雾,泼洒一片片阴凉,碎石阶上落叶铺毡,青苔染屐。

是的,在雾这件飘然的衣衫里,光雾山更像是一座邈远仙山,蓬莱之境,那里的万物似乎更具灵性,仙气十足。

天然画廊

在光雾山的大、小兰沟和黑熊沟,巴山水青冈已在那里生长了千万年,寂寂无闻,真正是"长在深山无人识"。它其实就是有名的山毛榉,由其制作的商品即为风靡世界的榉木及榉木制品。因其弹性小,硬度大,耐磨性强,有韧性,承载力强,能很好地浸渍,容易进行表面处理,从而可以得到各种希望的色调,常用来做乐器、仪器箱盒、高级家具等。它还是做高级枪械枪托的用材,据说世界最著名的德国军工制造商为了得到南江的巴山水青冈,曾在1988年想用德国奔驰车来调换。

山毛榉还和白桦一样,常被文学作品所书写。其中就有德国著名女作家安内特·冯·德罗斯特–许尔斯霍夫的代表作《犹太人的山毛榉》——一部命运悲剧之书,也是一部"在法律秩序混乱和充满偏见的社会中对人类道德迷茫的一种演示"。我国著名诗人艾青1940年春也写过一首叫《山毛榉》的诗:

> 春日的雷雨,
> 粗暴地摇撼着山毛桦;
> 春日的雷雨,
> 摇撼着我的心啊!

山毛榉,昂然举起了头,

在山野上飘起褐色的发,

感染了大地的爱与忧郁,

把根须攀缠住岩石与泥土;

欢喜沉默的

阳光与雾的朋友,

偶尔借风的语言

向山野披示痛苦;

历尽了冰霜与淫雨,

山毛榉慨然等待着霹雳的打击,

和那残酷的斧斤所带来的

伐木丁丁的声音⋯⋯

水青冈属植物起源古老,是独有的冰川时期的"活化石",在全世界约有十一种,中国有台湾水青冈、长柄水青冈、亮叶水青冈、米心水青冈、巴山水青冈、平武水青冈六种,零星间断分布于四川盆周山地、陕南、鄂西、黔东北、滇东北及湖南石门等地,一个林区只分布一到两种。在南江焦家河林区,却集中成片分布着中国大陆水青冈属的四种,即台湾水青冈、亮叶水青冈、巴山水青冈、米心水青冈。其中尤为珍贵的是台湾水青冈,主要分布在该自然保护区鼓城山山坡上。台湾水青冈主要分布于台湾地区,在大陆发现大面积分布的台湾水青冈还是首次。其属水青冈属植物原始林,种类分布集中,世界罕见,为研究该植物的起源、我国大陆植物区系与台湾地区植物区系的关系提供了实物资料。

巴山水青冈最初是由四川省林业勘察设计研究院研究员杨钦周1978年在南江沙河河坝发现并命名的一个新种。其在植物界,同大熊猫一样稀有。

光雾山目前是国内最大的红叶分布群,水青冈是这种色彩的主要描绘者。很多游客都知道,大坝景区贾郭山的天然画廊的秋色最令人震撼。彩林如画,满眼青黄、金黄、金红、暗红、赤红,色彩像"上天打翻了调色盘",其搭配妙趣天然。巴山水青冈长满整条山脊,每一棵树都散发出原始古朴的气质,负责装点高处,呼应天空和云彩。即使在深秋,树林岩石之间、坡岭崖畔之上也遍是山花野卉,它们和各色灌丛一起,负责装点地表和枝叶之间的空间,呼应其上由彩叶组成的云彩。地表上的苔藓草蕨也焕发出新的光彩,负责装点地表,呼应整个色彩斑斓的世界。

天然画廊彩林的色彩即使在一日之内,也是变化万端的。其在清晨、上午、正午、午后、傍晚、黄昏都会随着光的明暗而变化,秋雨里、薄雾中,雨雾缥缈,彩林如罩在梦幻之中。贾郭山下这片水青冈美得太动人,以至于林场的一代代伐木工人下不了手,为大地保留下了绝美的天然画廊。

在我看来,人类任何色彩大师、油画大家,都画不出天然画廊。即使能够绘出,也只是一瞬所见,它是静态的,画面永远定格在某个瞬间。而天然画廊的彩林是生长的、丰富多彩的。这其实就是光雾山的一个局部由彩叶泼洒出的浓墨重彩的秋意——一处世所罕见的伟大风景,美得令人惊心,让人动魄,一见就永远无法忘怀。

一个人只要向往大自然之心未泯,就总会期望行走在大地之上,投身到山野中。如果说人世有污浊和罪恶,但大自然永远是干净的、天真的。在一片新春的萌芽里,我们可以找到天堂。面对一朵新开的花,我们可以得到慰藉自己伤痕累累的灵魂的力量——何况是天然画廊这如此盛大、瑰丽、动人的风景呢?我想,如果允许,我愿意在这里结庐而居,与这里的风景朝夕相处;最后埋葬于某棵树下,化为一抔泥土,永生相守。

彩林薄雾,最宜徜徉其间。没有秋之悲意,只感觉到了生命的宏大,感觉到了心灵与森林合奏的天籁在同一旋律里律动,俗嚣物欲顿被洗涤干净,有了潇洒出尘之感。沿铺满彩叶的木头栈道而行,秋叶熟透的香味和在秋风里,迎面拂来。我注意到,除了一些年轻的男女因为欣喜而大声尖叫着、蹦跳着,摆出各种姿势拍照,绝大多数游人都沉浸其间,除了啧啧赞叹,少有大声言语者,像是怕惊了这至美秋色。

水青冈被誉为"植物活化石",本就稀有,但光雾山的巴山水青冈却有三万余亩,成了一片林海,从而造就了旖旎的风景。它呈现出如此华美的景象,无疑是奢华的。站在彩林飘香的中央,如同身处至美的中心,给人以轻微的眩晕感,这应该就是陶醉吧。

无数棵树的枝叶交织、联结在一起,然后组成了森林,如同无数的人生活在一起,构成了人世一样。树在哪里生长,和人一样,也就决定了树的命运。生长在光雾山的树,应该说是生得其所。每一棵树都有其姿态,有其个性,有其风度,都是一树风景,一年四季,值得细观。春天,满山新绿,各种山花竞相开放,到处都是勃发的生命力,这里无疑是观花天堂;夏天,漫山苍翠,绿色深沉、亮丽,酝酿出一个清凉世界。成都、重庆、西安三大都市构成了一个三角地带,光雾山位于其中心点,一到夏季,这三座大城的人们争相拥来避暑,使这里迅速成为国内新的避暑休闲胜地。春夏之绿沉淀的秋天,显现出最美的形态,这个季节也是收获美的季节,漫山遍野七彩纷呈,由大自然这位调色大师,调配出了无比丰富的色彩,斑斓、绚丽。人行其间,头上是枝干撑起的、由彩叶演化而来的七彩祥云,脚下是由落下的彩叶织就的七彩锦绣。无风的时候,彩叶无声地脱离枝头,以优美之姿缓缓飘下,如落花流水;有风的时候,落叶如瀑,姹紫嫣红,在天地之间幻化如虹。

光雾山的彩叶地域广,故显辽阔,是为大美;变化得恣肆,故显张扬,显得狂放野性。但光雾山秋天河溪里的流水特别清澈,可以看清河底一粒沙子的形状,甚至游动的洋鱼都呈半透明状,可见其骨骼。这时的溪河在颇长的时间里,都会漂浮着七彩落叶,净水、彩叶、游鱼,构成的画面令人迷醉。加之每一片叶子飘落、漂流之姿的美,彼此彰显,故成天地间最为华美的风景。

其实,对我来说,如此浩瀚之美显得过于奢侈了,我想,我如能拥有一树之美足矣,如果能与一棵树相处一生,甚至只与一片叶子相守一季,此生也值。因为《佛典》有云:"一沙一世界,一花一天堂。"《华严经》更有"一花一世界,一叶一如来"之说。聂鲁达也在一首叫《统一》的诗里写过:

一粒沙里藏着一个世界,
一滴水里拥有一片海洋,
所有的树叶并没有不同,
整个大地是一朵花。

从洞庭湖到长江

◎ 蔡测海

　　洞庭湖，一樽日月，南北二省共一盏。这处长江中下游的千古客栈，多少人在这里拴过马，泊过船。秋月的今夜，我泊定古城岳阳，伴一湖秋水，枕月色，听秋声，或处江湖之远，或居庙堂之高，万类霜天竞自由。默读前贤，史书万丈，时光折叠，不过洞庭八百里。

　　洞庭湖，平处洼地，出处堪高。三湘四水，发自九嶷山、武陵山、雪峰山，穿山遁地，千回百折，湖湘之水，北归洞庭湖，水来水去，奔流到此，停一停，四水一家，千万年来聚，水的语言，话一湖春秋。

　　洞庭湖，得天独厚，享有丰富的水资源。湘楚十万山、千条河，把意愿托咐洞庭，有了碧波万顷，有了洞庭湖平原的万顷良田，有了洞庭鱼米乡，有了岳阳古城、荆州古城、湘潭古城、常德古城、益阳古城。五城共拥一湖，水上舟楫，岸上车马。一曲《洞庭秋》，千古风流事。江湖情怀，走蕴墨水上游，屈子长歌催龙舟，铜官捏泥炼古瓷。天工点睛君山，植湘妃竹，写万般柔情，洒泪舜帝江山。尧舜之风，洞庭之风。天道王道，人心大道。渔火，炊烟，街市灯亮，人是典籍，人间烟火是史诗。最是岳阳楼，临水而远眺。入眼便是：衔远山，吞长江。是你，写《岳阳楼记》的先生，把万水千山，一笔大写。先天下之忧而忧，后天下之乐而乐。是你，先生，一纸情怀，一生顾念。三皇五帝一脉，吾国吾民，吾师吾长，生不满百岁，心怀千年忧。忧而奋发，万物生发。

　　又见岳阳古城有慈氏九级古塔，塔可镇洪泛之水，水泽一方，润万物，溢泛为患。建塔于唐,宋重修,以佑平安。遇一赤膊说塔人,百家姓里没姓慈的,千家姓万家姓也没姓慈的。慈氏塔,慈悲心。人同此心,心同此理。天下慈氏一家,心慈万家灯火。洞庭湖,就是慈湖。湖和塔和人,慈航共济,地久天长。水深流缓,语迟人贵。这水,应洞庭水,这人,应湖岸人。人贵,贵在恒久,一代又一代人,守望八百里洞庭,生命源于水,生灵与水共生。人水之缘,鱼水之欢。当年大禹治水,一定到过八百里洞庭,抚摸过江湖的石矶。听水利专家说,湖区不怕旱,只怕涝。湖边垸里人家,人住在屋里,家当放在船上,洪水一来,人随船走。八百里洞庭,千里湖堤,每一块石头,都是护堤的故事。湖堤连江堤,是一条生命线。那一年,洪水滔滔,老百姓和人民子弟兵,用血肉之躯堵决堤,战洪水。地方要员同党和国家领导人来到抗洪现场,上下一心,众志成城。那一年,一九九八年。夏天,抗洪主题歌《为了谁》亿万人传唱。大禹精神,人心就是大禹,世世代代,洪水来一次,湖堤就加固一次。历经患难,才有鱼米之乡,才有万家灯火、街市繁华。

人与大湖的共生,船上的人、岸上的人都知道。在低效的农村经济、渔作方式年代,也怡然,也自得。当人与湖的共生关系失衡的时候,人们有了一次划时代的觉醒,除了衣食,还有生态。日常生活与生态环境息息相关。山水自在,人便安宁。鸟兽虫鱼,与人共居一方山水。洞庭湖的每一根芦苇,都与大众同呼吸,共命运。南湖畔有个作家艺术家部落,戏称家家出主席,户户遣黄狗的地方,他们见证了湖水由清变浊、由浊变清的水历史。清垃圾,植草木,去污净水,南湖如镜。不止南湖,环洞庭湖地区,斥资千亿,修了十几座大型污水处理厂,污水变清水,养鱼养虾养蟹。蟹对水质要求高,它们是义务的水质检测工。洞庭湖水好,长江的水就好。武汉、南京、上海,共拥一江好水。

岳阳古城的小巷深处,我有位朋友叫徐亚平,某大报记者。三十多年来,他以记者身份的方便,带着新闻工作者使命感,做生态环境保护、修复的义工。岳阳市委市政府支援,报社领导关心,他奔走呼吁,助力江豚、麋鹿的保护和养殖,让这两类稀有物种在洞庭湖安家,得以繁衍。他还募了三条快船,参与巡湖,在与不法分子的搏斗中负伤,腹部留下几寸长的刀疤。他走南极北极、西伯利亚,打通候鸟的迁徙路线,掌握候鸟的迁徙规律。守护洞庭,书生有责。中央电视台拍了徐亚平的人物专题,获国家和省市环保部门的表彰。洞庭湖的生态保护和修复,见一介书生之奋力,更是洞庭人的觉醒和转型期的阵痛。

习近平同志来湖南视察,看完山区、老区,看湖区,岳阳是他视察湖南最后一站。习近平同志指出,不搞大开发,要搞大保护。岳阳市委市政府全面落实习近平同志指示。整治重污染企业,禁渔禁捕,退耕还湖。湖水情,湿地丰。稼穑重重,草木青青,山色稽,炊烟浓。我要看的,是人民对美好生活的向往。

在几处鱼市,退捕的渔民,在加工鱼货,大鱼干、小鱼干、小虾米。收自全国各地,又销往全国各地。渔民,习惯渔作。这是他们的生计。禁捕,是为了将来捕大鱼,捕好鱼。

亲爱的渔家,亲爱的洞庭湖,亲爱的鱼米之乡呵。

十年吧,或许不要更久。把鱼养肥,把一方水土养肥,山水之间是人家。洞庭湖,是你的故乡,也是我的故乡。人间乡土,四季相连,世世代代,生生不息。

洞庭湖连着长江。行过大湖泽国,走长江南岸三百里,登临高处,前面是苏轼的《赤壁赋》,后面是范仲淹的《岳阳楼记》,大江东流去,前有古人,后有来者。唯洞庭湖,仍然是,衔远山,吞长江,浪来一口饮一口,雄风豪饮,取三湘四水,写万年诗章。

从洞庭湖到长江,山重水复,行者扪心自问,我的灵魂,也又一次觉醒。我所以来,一半是所为,一半是天意。一趟江湖,量其腹背,一面是历史,一面是自然,一面是人文,一面是江湖之水。又仿佛大众之间,天地之隙,有了一个我,种植洞庭秋色,种植岳阳楼和赤壁的文字。

那么,一千年之后我会再来,寻找我的一根肋骨,它长成一岸垂柳,一湖荷花。

或者是,慈氏塔的一块石头。

到了二十世纪九十年代中期,当地政府又招商引资,利用温泉修建起了一个大型的旅游休闲中心。于是,这个"养在深闺人未识",不为外人所知的温泉成了远近闻名的休闲和疗养的好地方,近则邵阳、长沙,远则武汉、上海都有不少人慕名而去,一睹她的神迷风采,领略她的神奇魅力。

遗憾的是,随着休闲中心热闹起来,那口老井却真的老了,日渐干涸,成了遗迹,成了美好的回忆。

云溪的河水和温泉的泉水不分时令、不分昼夜地流淌着,滋养着一方土、一方人,不仅美丽了家乡,也给家乡带来无限的财富。

星光下,望着若隐若现的云溪河,远眺河畔的高洲温泉,我在心底默默地感恩富饶的大地,感恩美好的时代,是大地的赐予才有了家乡这溪、这泉,是美好时代的变迁,才让家乡如此美丽。

青青广寒寨

◎ 陈夏雨

上广寒寨没有大路，有时甚至无路可走。我就让脚下任一岔口，带我走向前面不熟悉的小径。河岸、水滩上的野花和我小时候见过的一模一样。幸福其实很简单，每年开，反复开，无须改变。鹏江河道改造还没完工。河岸有些地方挖出了红壤肉身，雨水一淋，好像在流血。山水比我更悲伤，我去分担一点儿。

水顺光滑的多页岩缓缓流过。岩层清晰，如一本刚打开的新书，发出哗啦哗啦的翻书声。刚出山的裂隙山泉水，带着野花清香扑鼻而来，神清气爽，分外舒畅。最早喝鹏江河水的，不是人类，是蜻蜓、野猪、水鹿，还有野生猕猴桃树。

想起河流改造之前，水上漂流的各种垃圾，在这些单纯得只有绿色的植物面前，到哪儿，我都是站在被告席上。

饼干吃完了，我不能吃草，山上没小卖部，我找到了一个有人的人家。我想在他家吃点儿东西，我付钱。老人家问我干嘛的？我说勉强算个写字的。他说你的字写得很好吗？

我说，不好。

不好怎么敢说自己是写字的？他指了指屋檐下挂的一块牌匾："书香世家"。字体雄浑大气，让我汗颜。原来这是一户祖上曾出过进士的人家。我尴尬了。

他问了我姓名，有没有绿码、行程码。我说都有。结果却找不到手机。

完了,丢了。他说,别装了,你不是通缉犯吧?一个人大白天往山里拱,干啥?

我说,想去看看树啊,花、草,找找鹏江河的源头什么的。他说,它们挺好,你去看了就不好了。你下山吧。现在也不容许捕猎野生动物了,挖枯树根都不行。山里有野猪、麂子⋯⋯会咬人。回吧。不过,我这里难得来客人,就算你是通缉犯,我也给你做碗饭吃。你去看树,树又不会跑。这山里有珙桐、银杉、水杉,还有冷杉、喙核桃、伯乐树、长瓣短柱茶、篦子三尖杉、连香树、独花兰、光叶珙桐、马蹄参、长柄双花木、香果树、伞花木、杜仲、福建柏、银杏、水松、鹅掌楸、巴东木莲、金钱松、白豆杉、水青树、观光木、香木莲、木瓜红等。他如数家珍,但显得有些卖弄。

你怎么认识这么多树?

老人家说,二十世纪八九十年代我是偷树的贼,哪里有好卖钱的树都逃不了我的法眼。现在是护林队员,森林高级巡视员。所以你不要耍心眼,要小心点。请你把打火机、猎枪之类,马上上交给我。

我把背包掏空,让他检查了个遍。他边搜边说,二十世纪五十年代前,这山里有过很多野生动物,虎、豹、狼、狐、野猪、鹿、汤狗、果子狸、穿山甲、野牛等。《攸县物产志》记载:"仅在1959年一年中所捕杀的野兽有老虎9只,豹15只,野牛7只,野猪200只,麂400只,豪猪10余只,穿山甲40余只。"后来,由于山地过度开发利用,森林、草丛面积减少,野生动物藏身栖息之地变窄,加上继续猎捕,农药毒杀,致使野生动物数量大减,有些种类已经绝迹或濒临绝灭。所以现在,严防偷猎。云豹,也叫龟纹豹,国家一级保护动物,以前在山区时常出没。你单人进山可要特别小心。

我觉得他是虚张声势吓唬我。天气太热,全身直冒汗,好希望洗个冷水澡。吃完他做的饭菜,对他说了声谢谢就急着赶路了。老人家在后面追着喊,你要小心野猪,小心蛇!有蛇药的地方就有蛇。蛇药像塔,三片叶子叠起像一个宝塔⋯⋯

我不知道蛇药是什么样子。只有蛇才知道蛇药在哪里。我知道路的样

354

子,但在一片森林中,我不知道路在哪里。缓慢的风化加上雨水冲刷,岩石上层的泥土已经流失。有些路没有土层覆盖,只有碎裂的岩片。路也老了,面目模糊,甚至全非。只有路明白路在哪里。杂树、乱草挡不住路的视线和脚步。我跟随着路,上了路。所有小径像蜘蛛网一样,时隐时现,最终都可以通向广寒寨主峰。而我有可能就是落入蜘蛛网里的猎物。

不远处有一个小瀑布。

瀑布下有一个深潭。水,绿莹莹的。它想静止不动,但跌落的瀑布搅乱了潭水的宁静。四声杜鹃站在岸边的一根绿枝上偶尔鸣叫几声,和这片水一起过着岁月静好、有声有色的日子。水潭仿佛不知山外还有大海,听着小溪向山外奔跑的脚步声,它也无动于衷。就平躺在这里,坚守传统,不远离家门,把自己绿得像翡翠,做山里最漂亮的水姑娘。

她也知道,出去了就可以更好地玩耍,但出去就可能被玷污,就宁肯在大山里守着。等熟悉的鸟儿、幼兽、蝴蝶、蜻蜓玩耍累了,到潭边来休息。它们都知道怎样让她开心。她必须让自己保持洁净,并且屯起来,屯得石头窝里放不下,才放一点点儿水流出去,引知音过来。

我取一片枯黄的桐树叶,跪在潭边包了一叶水,像小鹿一样细细地啜饮了两口。嘴巴甜了,舌头甜了,喉咙也甜了。但全身的汗毛孔像无数张嘴,也一下全打开了。不行,不能答应它们。我在石头上坐一会儿,凉一凉热腾腾的汗毛。

四周无人,天气太热情,非要拉我下水。我脱了衣服,像丢一颗石子一样,把自己丢进了水潭。此刻我的身体是干净的,连思想和潜意识都是透明的。我要让全身每一寸肌肤都贴近这翠绿的水啊。在这样纯净的水里单纯地仰望天空,我像婴儿一样,沉浸在柔情的怀抱里。但和赤条条的小鱼比起来,我觉得自己有些不配。鱼儿在我身边游来游去,我羡慕它们看到了一个简单的灵魂。夏天里的潭水,仍旧冰冷刺骨。我就喜欢刺骨的感觉,这样能让我感觉自己还有骨头。我的内心已提前入冬,身外酷热难当,而我感受到自己的骨头像冰一样冷硬。

水边长出一朵我没见过的小花，阳光下发紫，像一个意外出现的灵魂。新叶锥形，老叶卵形。她身下的潭水几乎静止，光阴在它发紫的身上缓缓流淌。即使只是微微颤抖，它也好像换了很多美好的姿势。我向她致敬。

我潜入水底，睁开眼睛。眼膜舒服，眼瞳舒服。水像透明的液体空气在它们身上滑过。我触摸水底的石头，它们体温冰凉，躺在荡漾的光斑里万年不醒。山外的世界如火如荼，它们在这里安享寂静。我不能久躺水底，我一定会在水面抛头露面，我不如一颗沉浸在自己世界里的石头。

一群龙旋鱼摇摆着小尾巴游过来了，像步行街上游走的少男少女。金色的阳光从它们银色的侧面反射出光芒。薄如蝉翼的背鳍突然一闪，它们无缘无故地、倏地转身而去，都不理我。没发现危险，就又游过来了。上百条细细长长的鱼儿很慢很稳地向我漂来，像一群战斗机，又像一个银色的梦幻。我想抓一条放掌心看看，但我不敢动手动脚。它们仿佛感知到了我的邪念，突然一闪，又不见了。水面一清二白，啥也没有，刚才的一切像从我脑海闪过的一个念头。

我知道小鱼儿是爱泉水的。它们浮出水面，小嘴张张合合，对泉水说话。泉水不信呢，小鱼儿就把泉水请进肚子，让它们看看自己水做的心。

离我三米左右远的水边，有一只鲇鱼正想捕食一只青蛙。我要不要提醒一下青蛙？一只蝴蝶飞了过去。青蛙一惊，跳上了岸。蝴蝶比我机灵。蝴蝶停在我手可以触及它的地方，丝毫不怕我。我的存在没影响它对一朵花的兴致。

蝴蝶在尝花的味道，豪华的翅膀一张一合。扇起的风，像叹息，空气里弥漫着难以察觉的香气。这是一只雄蝶，特别的香味腺体发出特有的味道。有几棵菖蒲，像是被蝴蝶下了迷药，蔫在这充满水汽的潭边不住地颤抖。我有些累了，又不想惊动小鱼。我放弃各种泳姿，只想悄悄地、慢慢地游上岸去。脚底触到了一颗石块，石块上有很多青苔和腐叶。脚下一滑，水淹到了我的脖子。好在水里的陈叶也姓陈,它们很快托起了我的双脚,没有让我在水潭失去脸面。

上岸穿好衣服,鸟在石头上换毛,地上散落了很多漂亮的羽毛。那些长长的、五彩的羽毛和没有羽轴的白羽绒,被鸟儿丢弃了,好浪费的,那么漂亮的衣服就不穿了。我捡了几根特别的,插在头上,装鸟。

山风吹动我的眉毛,我为这一切眨了一下眼。我舍不得眨眼。

我继续看树,看树比看人舒坦。

同一棵树上,先发出来的枝条都很小心,不会超越后面生出来的长在上一层的枝条。最后发出来的新枝,最嫩的那片芽叶,一定是站在树顶最高的位置。所有前辈都在烘托晚辈,为它提供养分,让它站在最高处。而不去论资排辈,和后来者抢阳光、抢风头。无论什么树种都遵循着这个规律。它们因此日益葳蕤,生生不息,让自己的种族永远立足于广袤的森林之中。

每棵树都戴着深绿树冠,不慌不忙,行走在浓密茂盛、藤蔓攀附的森林。所有树木被交错的枝条覆盖。密林深处传来各种鸟叫。有几种我是能辨别出来的。树林透不进阳光,脚下只有深褐色的腐殖土。我在幽暗的林间行走,只能看见树干和光秃的藤茎。所有野花、青冠绿叶都生在阳光能照射到的地方。它们的蓬勃盎然、绿意盈盈,好像是幽暗树林托起的一个梦。

大地隆起,成为山峰。叶芽长高,成为树林。我融入山水,成为大自然的一部分。眼睛生来就是为了看美好事物的,但是很多人和树,还未来得及认识,就已干枯死去。一地的枯枝落叶,我以前从未注意到它们,而现在也分不清它们的种类。好树坏树都不重要,树基本上没有好坏。绿过、呼吸过,让鸟儿栖息过,让虫子咬伤过,开过花结过果,就是树的完美一生。

在森林里,蜘蛛是最有记性的,它是天然的史官。它在树枝间织一张大网。大网就是它对这里曾经出现过的一棵大树的记忆。每一圈蜘蛛丝,都是树的年轮。有想篡改历史记忆的苍蝇、蚂蚱、螳螂,它就把它们拖走吃掉。它怕人忘记,就一遍遍织网提醒大家,并且子子孙孙织下去。

我知道,蚊子多的地方,蜘蛛过得好。树过得好的地方,人才会过得好。

我想在广寒寨租块地,不用太大,几亩就够。盖一个简单的木屋,栽一些果树,种一些蔬菜、花卉。架个大露台,看风,听雨,赏雪,观鸟,山泉煮茶,采常见草药,不用电,不用手机,烧柴火,倒退到我母亲健在的年代,过简单的生活。

林中发出神秘的潮湿的响声,像是五步蛇在吐芯子。不会发生什么意外吧?我突然看见了三片叶子叠起来,像宝塔的树叶。我赶紧扎紧裤腿,唱起"毛主席最亲"这首歌,给自己壮壮胆儿。

树下幽暗,汗味弥漫,成群的蚊子向我飞来,企图对我剿杀。这些蚊子好像一直就在我身边,只要光线一暗,它们就显现出来,就像人性的弱点。

有些鸟在我头顶高声鸣叫,好像在提醒我什么。地上的爬藤,看上去是在爬树,实际上暗度陈仓,正在向我靠拢。它们认定我跑不了了吗?感觉自己也成了这个山上的濒危物种。

我赶紧钻出幽暗的绿林,来到一块只有灌木丛的高地。哦,绿色也有重量,我可以喘喘气了。喘出的气仿佛都是绿色的。我估计自己的脸都变绿了。

山岩一层层,波浪似的滚动。扭动的姿势,像一根巨大的绳索,像要去扭转乾坤。碎裂的页岩像一个老人的皱纹。我只能看到他的皱纹,看不到完整的脸和五官,应该是埋在黄土之下了。几亿年了吧,还不能抬头露脸。

水没有忘记它们。

水喜欢在石缝里溜达,在万年不变的岩石中清洗出一些缝隙作为自己的水窝。水住在石头房子里格外安全。有时水也会和石头生气,溜出去,算是离家出走。水和不合适的石头在一起也痛苦。有些石头的心的确是石头做的,心如硬石就是比喻这种石头的。有些石头的心是水做的,比姑娘的心还软。这样的石头有裂隙,养着世上最清澈透亮的心水。石头也会碰到比石头还硬的磨难,只能让自己养的心水来化解。

鸟儿啼啭在泉水的声音里,一遍遍重复,好像佛在人声鼎沸的尘世念经。它的尖喙不仅可以念经、唱歌,也可以是一把匕首。很多虫子难以抗拒鸟儿的虐爱。我给你唱歌,你到我的嘴里来。美丽的经文有美丽的陷阱。很多杀戮发生在美好的歌声里。

而勤劳的蜜蜂从没时间唱歌。我看见一只蜜蜂披甲上阵,穿着从来不见换洗的黄黑相间的工作服,在摇晃一根细嫩的草茎,它把一朵野花摇开了。蜜蜂捞完蕊柱上的花蜜,腿上沾满了花粉。它还没飞走,又来了一只甲壳虫。甲壳虫畅饮了花瓣上的甘露。两种生物振动翅膀发出友好的声音,它们一起摇晃着花瓣,为花儿舞蹈。蜜蜂带回蜜,甲壳虫带回露水。它们都高高兴兴地回家了。

我这才想起,我也该找找往回走的路了。

大自然总是那么吸引我。一只乌鸦在另一只乌鸦面前不断点头哈腰,一雄一雌。乌鸦嘴里不停地唱着不成调的曲儿,身子不断转圈,估计腰都快断了吧。乌黑的毛发沾染上了黄泥。那只雌乌鸦还是不肯答应。乌鸦一辈子给别人报不好的消息,这次轮到自己头上了。雄乌鸦求偶不得,雌乌鸦遇上自己不喜欢的雄乌鸦,都是坏消息。

雄乌鸦还伤及了无辜,踩倒了一根纤细修长的草茎,碰落了一颗指甲大小的浆果。突然,雌乌鸦的双翅裹紧,蹲下了一个体位。雄乌鸦激动兴奋的声音突然呜咽了。精诚所至金石为开,自然界也如此啊。

树叶撑起了阳光,像闪耀着光芒的眼睛。

站在高处,望广寒寨诸峰,宽阔浩瀚,华美绚烂,如绿色的星海。从月亮上看,这里会散发绿宝石一般的炫光吗?我把自己的眼睛送上山,送上树,送上花,送进水里,送上云层。我把自己的手递过去,把自己的心递上去。我让肺部呼吸,吸进尽可能多的新鲜空气,把肺底的陈旧气体交换出来。嘴巴贪婪地张开,像老牛见到嫩草一样。

我知道,在这里,呼吸是可以的,但不能口出诳语,亵渎了山神。脚上的鞋要彻底洗干净,不要带进一颗城市的俗土。口音要纯粹,不要夹杂长沙话、普通话甚至英语。对这片山林来说,攸县北乡土话是最融洽的语言。树木像绿色的潮水,随着山岭的起伏,向我汹涌而来。我能感受到刚才那片树林的树根也正向我追踪而来。它们是藐视我的。它们知道,它们可以抓住我,总有一天我要躺在它们之下。它们需要生长的肥料。

我看到了一条蜥蜴、两条小蛇、三只欲飞却留的甲壳虫聚在一起。它们想组团成为这座山寨的大王吗?很多蕨举起了拳头,一股风来袭,它们举起的拳头,明显向一边侧倾了过去,简直要倒在地上了。倒下了的东西,举起拳头也没用。蜥蜴爬走了,小蛇溜开了,甲壳虫飞了。刚才是什么缘分让它们短暂聚在一起的呢?

我走到一块岩石下。树根从石缝伸下来,根须像毛发。毛发浓黑而茂密。这棵树有数百万枚叶片,像藏区的金幡,带着神谕的叶芽也钻了出来。它的根部很粗糙,往上则光滑,青苔爬上去像一幅地图。独立悬崖上的孤树,难以汲取水分和营养,远方的树不会置之不理。它们会伸展自己的根须,把水和养分送上悬崖,供养贫瘠土地上的树木。我看到了,我看到了,我很欣慰。

有棵古树的树皮像一件破烂的衣服。树干是空的,肚子里是空的。好像肚子里没货的人,一直靠着一张老脸活着。树很高,靠树皮撑着没倒下。我觉得它有信仰,脸皮足够厚才能活下来。但当我看到很多幼小的生物,在树底下的洞穴里、空壳中孕育它们弱小的生命时,我对这棵树肃然起敬。它活着,不是为了自己。它还要养活路过这里的各种鸟兽。

树叶沙沙飘下,穿过我来时的树林。

每一棵树都是天上的一颗星星。

星星落在小溪。小溪装不下了,才落到山上去。星星到了山上就会生根发芽,就会长成大树。一旦需要,它们随时会变回星星。过去伐木工人就知道这个道理。每棵树迎接了火之后就火星四射,飞回天空。

这片树林特别茂盛,快入秋了还在生长期,好像它们把春天藏在了这里。林中的空气特别新鲜,是飞鸟从远方叼过来的。它们的翅膀上闪耀着太阳的光芒。树木把自己交给了这座山。山给每棵树都散发新叶,给每棵树都换了夏装。每座山都在夕阳下笑红了脸。想起鲁智深倒拔垂杨柳,实在是有些粗鲁。一个人离乡,就像树被拔出根,离开了泥土。生命永远是一种分离的苦痛。

尘世充满缺陷、罪孽、灾难和意外,山林也是尘世的一部分。它们也是一样的不圆满。这些苦痛和不如意是悲的,但是事过之后,它们又是美的。

所有树木、山溪和野鸟都是会音乐的。没风的时候,你随时都可以听到它们哼哼唧唧,它们在排练大合唱。它们唯一真实的观众是风。一旦风来,一旦风起,调调就定下来了。来多大的风,就定多高的调。曲子从山脚的鸭舌草、鸢尾,相当于前排开始;在山腰是站立得很整齐的杉树,它们的嗓音很低沉,算是低音部;在山顶是散漫高大的松树,它们的声音很高亢,算是高音部。其他树都加入进来,唱副歌,唱和声,在高潮处每棵树都唱得呕心沥血、激情澎湃。不会唱歌的,不能加入这片森林,不能落户广寒寨。

穿过那块悬崖,另一边凸现一块平地。

在膝盖深的杂草间我发现了两三根腐朽的木料,还有一个石盆。显然这里有人住过,但人迹已被杂草和蔓藤吃完。土墙倒了三面,还剩一米多高的石头砖脚。一个大陶缸侧倾,陶缸里有浅浅的绿水,绿水藻类的间隙可以看到游动的红线虫。一只小鸟站在陶缸不远处随意叫着,也不怕人。

门前一条小道长满了青草,应该是这户人家出门的路。一口老井,绳索不见了,勒痕还在。泉水就在屋后,至今还在滴滴答答,像走动的秒针。看到一块门槛,被踩得凹下去了,曾经一定人丁兴旺,是山里的大户人家。我呼吸他们曾呼吸过的空气,恍若隔世,的确隔世。

屋左前方有个老坟,碑文模糊,清朝康熙多少年看不清了。我还在一堆瓦砾中意外地翻出了一个石刻的陈氏牌位。和我家敬的竟是同一个陈氏始祖陈轸,来自河南颍川,都是舜的后裔,源自齐国田(陈)氏。怪不得走进这个破败的院子,我就有回家的感觉。这是我看到的我们陈氏年代最久远的一座坟。发现它,我好像是找到了一个源头,也看到了自己的归宿。

他们走得干干净净,仿佛没有来过,都变成了这里的肥料。周边的树木郁郁葱葱,像是施过重肥的样子。掉在一边的檀木早已腐烂,但模样还在。屋坪前,有树生长过来,曾经被人为拓展过的地方又被大自然接管过去了。一棵古老的高大银杏树下,堆满了上百年的陈叶。统治这块山坡的不是人,而是汹涌澎湃的绿植。老坟的主人显然没有想到,这个世界没有了他们之后会更加葳蕤和蓬勃。鸟儿甚至蚂蚁对他们的死都无动于衷。

人类哪天如果毁灭,一定是毁于欲望和野心。即使核战,人类不存,但动植物将很快恢复到现在的这个样子。它们没有忧伤,没有仇恨,它们可以很快走出苦难。这块地可以是未来的一个缩影。人进了坟墓,大自然却有了乐园。

这座坟因此有了死亡寂静之美。

死亡让我心悸,但这次却打开了我对死亡恐惧的心结。

我要是快死了,就找一个安静的地方躺下,脱光衣服,以免碍事,让蚂蚁、昆虫、飞鸟来分解自己,太好了。人混迹人间,免不了做点儿坏事,这是人最后能做的唯一一件好事。

今天出发之前,收到一个短信。我鲁院的一个同学走了,第二天就烧成了灰。灰是这个世界的底色,是尘世的所有。我望着灰色的天空,逐渐找回她的五官、面容、秀发、衣服。云很矮,被太阳照到了。她的形象完整的时候,彩云满天。一路上我想忘记这个事,但是却促成我更坚定地进入了这座山。

如果我走了,千万不要用火。虽然不可能,也不能提倡,但人间纵火焚烧的事太多,我不愿意再添一件。植入泥土吧,就像小时候跳入江河,潜入水底一样。不管泥土如何看待我,如何坚硬地挤压我,江湖上水的冷暖,我也经历过了。我愿进入泥土,和这块土地一起经历严寒和酷热。

我们不会永生,永生只属于大山。

我爬过凌乱的树藤、树根,折断一些枯枝,有时在黑色腐烂的树桩上坐一会儿。脚下黑色的成年落叶很厚,走起来很滑,很多蜈蚣、千足虫爬来爬去。我不能坐久了,否则就会生根。植物茂密,我几乎无路可行。但我还是找到了传说中的那棵最大的红豆杉。

在广寒寨,当家的树就是这棵红豆杉。树高大约十六米,胸径约一百二十厘米,树龄在一千年以上。它的根部抱着一块巨石,根系吃到了巨石下的缝隙。水的婴儿床是岩缝。它在岩缝里睡够了,才从岩石缝隙流出来。不知是树根挖出来的泉,还是泉水在浇灌这棵树的根。我知道,它就是鹏江河的源头。

这一刻,水和树都有了无限的道德。

仿佛是为了保护或掩藏这个水源,鸟来了,振动着翅膀,在空中盘旋,俯视我,随时准备向我俯冲下来。我心虚,我离开,这里确实不容玷污。

一轮圆月挂在广寒寨上空,像粉笔画出来的一幅画。浅灰色的云和天空下山坳的阴暗度十分贴合,荡漾着无边的静穆和温柔。这是我见过的最美的月色。月亮像淡黄色的飞鸟拖着羽翎划过东方的天空,细长的薄云如羽翼般轻摇,华晕浸染了周边深蓝色的天幕,盈盈玄光,妙不可言。

云朵从广寒寨最高峰移动,多少会有些磨损,一些云挂在树枝上就不走了。小鸟和小虫儿安静点儿吧,不要扰乱我回家的路。所有的过往,所有的人都是我,所有的路都是我必须要走的。广寒寨藏着更为坚韧的东西。

我向广寒寨低头,走在折返尘世的路上。每走一步,我都会听到广寒寨的回音,好像远方有人在呼喊我的名字。

新寨坪的森林

◎ 熊　幽

一

《湘西苗族巴代古歌》唱到湘西苗族十二宗十二父第七次大迁徙湘西，是从泸溪峒向武陵山腹地进发的，渐进武陵山，四面高山，原始丛林野兽出没，无路可走。他们从沅水与武溪(今峒河)交汇处动身，逆武溪跋涉而上，在潭溪、河溪等河畔溪岸留下一些人住，其余继续逆河而上，一路在吉首仙镇营、竿子坪、大兴寨、德夯等留人居住，古歌如此还原当时的情形：

> 人多地窄坐不住，人多地窄装不了。
> 大哥喊弟要赶路，我们再把地盘找。
> 潭溪河溪留人住，两边山上都留人。
> 高山大岭好耕地，下河捉鱼好稳当……

留在潭溪、河溪及两边山的人，无疑有新寨坪村人的祖先。年复一年，他们在峒河两岸有限的逼仄空间繁衍生息，他们一边建设家园一边反复吟诵："养鸡养狗都长大，养牛养猪满地坪。女人捕鱼不知累，男人开荒上坡岭。发人发家发得快，发人发众多得很……"这个被誉为"迁徙民族"的子孙，面对人多地窄坐不住了、人多地窄住不下了、鱼虾越来越不够捕食的现实，便留下弱小，强者只好选择上山跟毒蛇猛兽斗争，跟任何一次重新起身一样："水牛黄牛一起赶，大狗群猪赶出来。百样菜种带在身，谷种稻种带得齐。"

他们在峒河东岸找到一处罅隙,站在罅隙口仰头便见泉溪蜿蜒盘曲,云雾漫锁峰峦。他们被这情景吸引,便攀上泉溪,爬上斗篷岩,在斗篷岩东面小山冲留下一些人,栽下枫香树,作为寨子的标志。他们一路艰难跋涉,一路唱歌壮胆,其中符姓一支到顶了,站在峨梨包面向西北向的来路唱起了歌:"坡升千寻界上绿,泉延十里山涧青。商量安家在此地,商议创业在这里……"

就这样,他们的祖先将"老屋冲""老屋场""后门冲""栗木寨""新寨坪"棚家坡"等九个自然小寨,像撒苞谷种子一样一丛一丛撒在自东南向西北倾斜的大坡森林里。他们世世代代跟森林里的珍禽异兽和豺狼虎豹共舞,因此男丁个个练就了过硬的拳脚功夫和坚强无比的毅力。抑或他们喜欢上了铺天盖地的森林以及那些珍贵的榉木、楠木、黄连树、栲树,他们的祖先一路从大江大湖边来的,他们的血液里只留有芦苇水草的味道,没见过这满山遍野的大树,于是他们将森林当成了庇护所,将古树当卫士,将珍禽异兽当盟友邻居。

在新寨坪村人的祖先上山至少几百年后的 1956 年冬季的一天,从湘西顺着峒河、沅水走出大山,走到京城成了著名作家的沈从文先生同几位研究少数民族文艺的文化人回湘西调研,那时经过湘西的只有一条 319 国道,他们坐的车在吉首市东郊河溪镇张八寨(今张排寨)码头过渡,在这里停了二十分钟,短短的时间里,激动的沈先生眼睛像摄像机一样先近后远地"摇",看到了"那个隐在丛树后的小小村庄,充满诗情画意。小渡口东边,是一道长长的青仓崖壁……崖顶上有一列过百年的大树,大致还是照本地旧风俗当成'风水树'保留下来的"。关于这二十分钟所见,沈先生回北京后写了一篇题为《新湘行记——张八寨二十分钟》的文章,发表于1957年第六期《旅行家》杂志。

那时候,沈先生只看到这座大坡下缘一列过百年的大树,若再深入大坡,就进入一大片古树满满的原始次森林了:潺潺泉水穿过森林,流淌在高大的榉树、楠木树、栲树、青冈树、黄连树、松树等古树下,流成一条条泉溪,然后顺势而下汇聚峒河,入沅水,过洞庭,奔大海。

离河溪张八寨不远,即沈先生目之所及的那一列过百年古树间,一条叫"黄连溪"的泉溪,或许是新寨坪村人的祖先取的名字,他们当年从罅缝口逆泉溪而上,一定经历了千辛万苦,尝到了跟黄连一样的苦,这泉溪便有了"黄连溪"的名字。

二

我是第二次上新寨坪。

第一次在几年前,作为湘西州数位作家中的一员受时任泸溪县潭溪镇党委书记彭晓云之邀,去为新寨坪村森林康养之旅出点儿主意。众人乘坐一辆中巴,自黄连溪进入,只感觉中巴像一张犁,缓缓犁开村道两边绿茸茸的山竹、蕨类和巴茅,跟泉溪分分合合,稀里糊涂就到了目的地。

这次上新寨坪,是辛丑年大暑这天。大暑是我国南方气候最热的时候,山城吉首如同小火炉,我想去新寨坪森林里体验一番清凉。驾车自乾州古城走张社大道十分钟就到了当年的张八寨,几十年前沈从文先生花二十分钟过渡的河,早已建了石桥,过石桥顺峒河东岸 319 国道往东,在行道树编织的绿廊里出没几分钟,就到了黄连溪罅缝口,这罅缝是亿万年前某次地质事件大坡被撕裂的一道小口子,湿润的环境,四季里植被浓厚蓬松,山竹、蕨类、巴茅打底覆盖缝隙纵深,松树、杉树、青冈树、板栗树高高挺立两边山坡,远看绿茸茸的,那一丛丛高举的树如同绿绸上的提花。符自元和扶贫志愿者龙文辉走在前边,符自元是新寨坪村人,五十岁出头的他在外从事木雕工艺二十多年,成了非遗木雕传承人。我驾着"小白"跟着他们的越野车犁开浓郁的山竹巴茅野葛藤,在黄连溪进深里徐徐向上,然后左拐。但觉得车道似一张弓,新寨坪人祖祖辈辈逆溪跋涉的路便是一支箭,虽一箭之遥,但靠脚力也要花小半天的。

正疑惑山重水复无路可走,却有一座飞檐翘角的寨门突显面前。寨楼两方木刻昭示新寨坪不凡的身份:"中国少数民族特色村寨""国家森林乡村"。

寨门筑在斗篷岩高高的山梁上,车道穿寨门而过即朝东边跌落。

沈从文先生几十年前看到的那列山崖上过百年的大树呢?

不在了。

如今矗在那列山崖上的是一丛丛新生代松树、杉树、栲树和葱葱绿绿的灌木丛。

读过沈从文先生的《新湘行记——张八寨二十分钟》的读者,就明白那些过百年的大树不在了的原因。沈先生那次回乡,正是新中国成立不久,百废待兴。其在张八寨除欣赏到的美景,还看到了"大渡口空处和园坎上,都堆得许多竹木,等待外运"。沈先生发出感慨:"……我才明白在北行火车上,经常看到满载的竹材,原来是从这山窝窝里运出去,往东北西北支援祖国工矿建设的。木材纵横架成一座座方塔,百十根作一堆,显然是为了修建湘川铁路准备的。"为沈先生他们摆渡的新时代的"翠翠"告诉沈先生说:"……毛主席说,要走社会主义路子,大家出把力……我们湘西公路筑好了,木头、竹子、桐油、朱砂,一年不断往外运,送到好多地方去办工厂、开矿……"

再到新寨坪的原始次森林看古树。

村道从斗篷岩往东掉下约三十米,然后进入小山谷,这里的光景明显不同了,车道在浓密的栲树和青冈树混交的林中前行,上空覆盖着密集的树冠,大暑中午火辣辣的太阳光被隔离在高处,直把天空炙烤得白炸炸的。车窗外吹着凉飕飕的风,含着草木的香味。就这样在浓绿中行驶,不一会儿即进入新寨坪村第一个自然小寨老屋冲,房子在丛丛树林露出点点屋脊,悠长悦耳的蝉鸣盖过公鸡的报午声。寨头一棵直冲云天的枫香树高大得让人猝不及防,目测树干高三十米左右,胸径至少要四个成人牵手才能合围,纷繁碧绿的枝叶在高高的上空渲染出一团巨大的浓荫。树干低处,张贴着只只红色的小纸鞋,系挂了条条红绸,无疑这是当地村民照旧风俗将自家孩子祭拜给树神而做的仪式,以求孩子顺利成长。

事先约好,我们直奔符氏先人登上的最高处老屋场的峨梨包,因此没在路过的老屋冲、新寨坪小寨停留。我们的车在绿浪上起伏前行,植被浓厚又蓬松,两边山坡的树们闪过高大雄伟的身影。我们登上符自元的先人们第一次到达的老屋场峨梨包,即他们决定"商量安家在此地,商议创业在这里……"的地方。

峨梨包是耸立在峒河东岸这座大坡的制高点,海拔高 450 米。最高处矗着一座瞭望塔,符自元弟弟符自祥新修的小楼依瞭望塔小坡脚而建,宽敞的客厅洁净明亮,厨房飘出喷香的土鸡汤味。

说起"国家森林乡村"这个荣誉,在座的村支部书记杨忠良、扶贫志愿者龙文辉、村人符自元等有说不完的话,他们每个人的介绍和描述如同一场航拍,在这些生动的航拍镜像中,新寨坪村原始次森林分布的轮廓逐渐明朗——在龙文辉提供的一份新寨坪村庄规划图里,新寨坪村地形图如同一张巨大的碧绿枫叶覆盖于自东南向西北倾斜的大坡上,九个自然小寨如同北斗七星散落其间。全村上万亩的古树群落集中连片,二百至八百年树龄的古树有上万株,苦槠树、楠木树、榉树、青冈树、黄檀树、马尾松等珍贵古树群,将老屋冲、老屋场、新寨坪、栗木寨、后门冲、棚家坡等村寨紧紧相拥,全村森林覆盖率达 85%,其古树占森林覆盖面积的 80%。

这算奇迹。

三

谁人最接近古树的年龄呢?

村支书杨忠良告诉说,全村一千二百多人,满九十岁的老人有七个,八十岁以上的有五十多个。

我们去访问年纪最大的杨通湖老人。再有两年,他就一百岁了。

杨老家住新寨坪自然寨,就在村部坎下,离前边看到的老屋冲那棵高大的枫香树不远。从笔架山延下来的一座山岭在他家屋后打住,自杨家的厨房后门边,往山岭密密麻麻长着栲树和青冈树,从屋脊望过去,露出的树梢在太阳下泛着绿油油的光。屋的右边当头,一管山泉汩汩冒着凉气,捧喝一口,清凉、甘甜,让人顿时神清气爽。

杨忠良介绍,这是新寨坪村最老的井,冬暖夏凉,从没干枯。

杨家客厅干净整洁,一把落地电扇缓缓转着头,杨老两个年幼的曾孙子在爷爷奶奶和老太之间穿梭,不时打断谈话。清瘦的杨老有点儿驼背,穿着干净清爽,一派斯文相。老人眼睛好耳朵好,跟他说话轻松,问起新寨坪村森林古树留存至今,得力于什么样的钢铁纪律,坐于我对面的杨通湖老人的儿子杨广怀接过话:"乡规民约自古以来口口相传,没有文字,简单,远没有我老父亲的经历复杂。"

杨老笑笑,承认儿子说得在理,就将话题转移到他的经历:老人年少时在村里和古镇浦市读过私塾,学成后在邻近的兴隆场镇等地当过乡村老师。1952年响应国家号召参加抗美援朝战争,第二年从朝鲜战场回乡继续乡村教师职业。照这样,老人如今应该享受着退休金颐养天年。

"没哦,没哦。"杨广怀多少带点情绪,说是因为他父亲读过私塾有文化,又正直聪明,湘西还没解放时,盘踞在泸溪县境内的一杨姓土匪头几次上门动员父亲去做他的军师,都被父亲拒绝。可是到了那场运动里,土匪来过他家的事,成了天大的事,父亲因此被开除回村务农了。

也许是过去太久的缘故,杨老很平静。话题转开,他说祖先定下来的规矩保护森林和古树,森林古树保护着村庄和村人,因为森林和古树制造的好环境,他才会活得这么长,村里长寿老人多。

"开门见山,开门见树,开门见花,开门见鸟。"说到鸟,杨广怀从房里拿出几幅父亲自创的"鸟字"书法,展开作品,老人明显研习过王羲之,有《兰亭序》姿媚瘦硬的笔风,但每一笔开始都以鸟的形象出现,叫人称奇。老人说,一辈子住在这森林里,见的人少,见的鸟多,自然而然自创了"鸟字"。

那神秘的钢铁乡规民约呢?

杨老不急,他又回到读书上,他说新寨坪村有耕读遗风,村里自古办有私塾。他是祖父带大的,因为父亲去世早。他祖父读过私塾,有文化。有文化就晓得天人合一的道理,环境好,人的心情就好,身体就好,心情好,家庭就和睦,邻里关系也会好,连锁反应。读书多,明事理,人不会变坏,自古新寨坪村就没出过坏人,比如那个杨姓土匪头三顾茅庐请他去做军师,他拒绝去做坏人。

杨忠良做补充说,自国家实行高考制度来,从本村考上大中专院校如今在国家体制内工作的有四五十人之多。

嗯,杨老轻轻咳一下,那钢铁纪律快要出台了吧。"乡规民约,新寨坪人老少都晓得。"

"是的,是的。"在座的,除了我,大家附和着。

杨老摩挲着双手,似乎在岁月深处寻找什么,然后说他的祖父的爷爷的爷爷传下话:"最老的祖先们定的,要保护好村庄,保护村人,就要保护好村庄四周的风水树和风水林,"杨老顿了一下,"祖先们杀猪吃肉盟誓:谁破坏村庄附近的风水林、风水树,砍一根小树者,就罚交出一头猪供全村人吃;砍一根大树者,就罚交出一头耕牛供全村人吃。"杨老咳了一下,接着说:"那时候,一头猪一头牛,是全家人的命根子。"

我问杨老在他的记忆里,有没有过受惩罚的人。

"没有,没有,我祖父说,他也没经历过。"杨老说。

"我快六十的人了,也没见到过。"杨广怀补充道。

四十多岁的杨忠良接过话:"我更没见过,祖先定的规矩虽然没有文字,但世世代代口口相传,心心相印。"

"规矩早就融入世世代代新寨坪人的血液了,就是那些缺衣少吃的年代,村人也只是到森林里找野果子、鸟蛋和菌子填肚子,不偷砍一棵树。"杨老特别提到了他家去栗木寨路上的那棵苦槠树,这棵树是新寨坪村最老的树。他听祖父说过,祖父打从记事起这苦槠树就这么高这么大了。那些缺衣少饭的日子,苦槠树结的果子做的豆腐救了村人。杨老昏黄的眼光朝大门外望出去,我随着老人的眼光,数步之遥的门对面将军山的此段,以栲树青冈树为主聚成树林,从坡脚到坡顶,厚厚实实,安静拥挤,人迹罕至的样子,在屋里看不见树林上边的天空,一片深绿笼罩了视野。杨老说,将军山一直下延到两公里外的栗木寨,这座山以栲树、苦槠树和青冈树混杂林为主,过百年的古树很多。

"当时交通不便,也是古树留存的原因之一。"杨忠良也随了杨老的眼光看着对面的山林说,"还有一个重要因素,二十世纪八十年代初田土承包到户,村里为了更好地保护森林和古树,将村寨周围上千亩的风水林和风水树划为村集体林,受到了重点保护。"

啊!我禁不住感叹。

四

告别最老的人,去拜望最老的树。

顺杨老家门前的一条小溪沟去栗木寨,约 200 米远近的路边,古树王就驻守于此。它没有老屋冲村头那棵枫香树高大英武,暗灰色的树干约十五米,粗壮结实,胸径大约三人即可牵手围拢。树干的树皮浅纵裂,片状剥落。其枝枝杈杈无秩无序在上空恣意伸张,树叶没有周围比它年轻的树们茂盛,给人一种年华将逝苦槠老矣的淡淡忧伤感。但这不影响人们尊其为古树王,树干低处,粘贴着一只只红色的纸鞋,系着一条条红绸,这是村人按旧俗逢年过节对树神感恩的酬谢。

此段的将军山,从坡脚到坡顶青冈树和栲树中间杂着苦槠树,浓郁的树冠遮蔽着天日。杨忠良说,那是苦槠树王靠风和鸟兽传播的种子而繁衍的子子孙孙。

苦槠树是国家二级保护植物,寿命非常长,为常绿乔木,是很好的防火防风树种。其结出的果子,类似板栗,富含淀粉,可加工成苦槠豆腐。明朝李时珍的《本草纲目》记载:"槠子处处山谷有之,生食苦涩,煮炒乃甘,亦可磨粉。"

正如杨老所讲,这棵树王曾帮助新寨坪人挨过了一个个饥饿的苦日子。

看过将军山,来到后门冲。

后门冲,望名生义,在新寨坪自然寨的后山,地势抬高到海拔 400 多米,三十几块横截坡面的长条梯级上叠住着三十几户人家。

这是一个充满十足山野气的小寨,这样偏居深山老林的小寨,车也能开到寨头。二三十户杨姓人家聚族而居,清一色木质吊脚楼像一只栖息在森林里的老鹰,被深深掩映在枫香树、黄连树、楠木树等珍贵的古树丛中。

寨头三棵需两三人牵手合围的古黄连树显示小寨悠久的历史,路坎上的两棵根连根,暴露的树根苍老道劲,可系牛马。古树并排矗立,昂首云天,树冠在空中相叠,枝柯勾连交错。在树下歇凉的三五老人,慈眉善眼,老眼清澈。问及年龄,回答很是幽默:"跟这古树比,我们还太年轻。"正在打扫村道的保洁员杨叔的家就在古树边,今年七十多岁的他记得祖父跟他说过"我小小的时候,这树就这么大了。"其他老人也承认,他们的祖辈传说两棵黄连古树是后门冲最老的树。路坎下这棵,显得沧桑,却是因为遭遇过火雷灼伤,枝干枯死,曾经有两三年没发新叶,寨人为此神伤。杨叔说,前年发了新枝叶,活过来了。只见树下垒了座小小土地庙,挂了些红布条,是寨人感恩山神救活这棵树而做的酬谢吧。

除了古黄连树,寨人屋前屋后的枫香树和楠木树很是吸人眼球。树干标直粗壮,两三人牵手才能围抱。团团浓郁的树冠,粗狂地点染着白炸炸的天空,寨子一片阴凉。

动风了,隐隐的仿佛地在动山在摇。那头一个汉子在自家屋当头遮天蔽日的楠木树下招呼我们,走近,只觉得那隐隐的神秘音响从眼前这棵巨大的楠木树上空传来。这棵树巍峨挺拔,树高在三十米以上,枝叶异常繁茂,山风似乎穿不透蓊蓊郁郁的枝叶,整个树冠鼓着风在高高的上空摇来晃去,发出一种诡秘的嗡嗡声响,给山寨平添了一层神秘深幽,在这温和的夏日,第一次见识树大招风的景象。想测试树的胸径,才发现树的一侧悬在高坎之下无法站人,我与陪同来的泸溪县工商联驻新寨坪村第一支部书记覃春雨牵手测试,只围抱到树干的三分之二。刚才招呼我们过来的杨通武一个劲地说着他的担忧,说是在暴风雨天里,因为树冠太过厚重,常常被山风刮得地动山摇。无意间,发现树兜处赫然出现一个洞,如寨人的柴火灶一般,门小洞深,里面有一层鸡粪,原来是杨通武家将树洞当成了天然鸡舍。支书杨忠良再三提醒杨通武:"树洞再不能关鸡,鸡粪会腐蚀树洞的。"

问平时关多少只鸡,杨通武老伴在一旁答:"二三十只。"

这确实是个问题。

杨忠良说,原先村道没拉通时,后门冲人从楠木树下这条小路直下半个钟头可到新寨坪自然寨。小路穿行的悬崖陡壁间长满了树,对面一座郁郁葱葱起伏如笔架的山岭一直延续到新寨坪杨通湖老人家屋后,后门冲人认定笔架山是他们的上好风水山,三十几户人家竟然走出十多个"吃皇粮"的人民教师。

后门冲家家户户干净整洁,每家的坪坝,砌着一两个小水池,一个用来洗衣洗菜的自来水,一个是做饭泡茶的山泉水。一位大姐说,这是政府精准扶贫帮解决的用水吃水的大难题,车也通了,水也解决了,过的日子跟神仙日子差不多。寨子里不时出现一两个光鲜面孔的年轻女子,讲着普通话，一问，一个是从银川嫁来的，一个是她的老乡，从凤凰阿拉嫁来。又问喜欢后门冲什么呢，笑答："喜欢这里的人，这里的树，这里的空气。"

我也欢喜上了这充满山野之气的小寨，那些在树林里觅食的活泼的鸡，还有鸡叫、蝉鸣以及各种鸟叫声交织成的最美音乐。

然后，我独自去了棚家坡。

之前符自元介绍过，棚家坡住着聚族而居的李姓人家。他们的祖先从老远地方游猎到此，然后搭起草棚繁衍生息。

在围着这座大山转，老屋冲、新寨坪、栗木寨、后门冲、老屋场等处在自东向西北倾斜的西北坡，而棚家坡处在峨梨包朝东坡跌下的小山谷。

后门冲至棚家坡的直线距离很近，但村道尚未拉通，只好绕一圈至峨梨包，再往东折向南。人烟渐渐减少，林木更显幽深。村道或溪沟旁偶有木楼掩映其间，又有稻田几丘禾苗正绿得旺，房子周围篱笆围着一畦畦菜蔬，红辣椒、西红柿点缀，红绿分明，再加上蝴蝶蜜蜂嘤嗡飞舞其间，异常美丽。

越往深处走，两边的树林越稠密，然后出现一丛屋脊。踩了油门直往前奔，不料，前边堵了两台车，已到寨头，车道打止。三个男子正忙着从其中的小货车上卸家具，上前打听是不是棚家坡，年纪大的一边点头，一边忙乎，说："一个人来玩，胆子好大呀。"

三个男子忙着往路坎下的一栋木楼搬家具，没人理会我这不速之客。

事先村支书杨忠良告诉说，棚家坡的森林主要由青冈树和榉木树组成混交林，现寨头路坎下迎面一棵枫香树震撼着没有心理准备的我。这棵树，比今天看到的任何一棵树还要粗壮，很是沧桑。各种野藤攀爬于枝杈间，数棵不知名的杂树向其围拢，似乎没有喘息的空间，稀疏的树叶难掩垂垂老态。问搬家具的人，枫香树是寨里最老的树吗，答案是是的。

随他们下到木楼前，屋前一棵榉木树的枝叶遮住了大半边屋顶，屋前窄窄走廊阴沉沉的，木屋一栋四间排过去，明显朝东倾斜。难怪，他们直接将家具搬上屋当头新配建的两层混凝土楼里。榉木树,大概两个成人即可牵手合抱,一枝粗壮的枝干像伸出老长的巨手紧紧箍住一棵小桶粗的无名树,直至其树枯死,也没松开。从坎下长上来的杂树山竹朝榉木树和木屋逼过来,逼得有点喘的感觉。

隐隐的,有一种熟悉的神秘声响自南传过来,随后,榉木树树冠鼓着风在摇晃,木屋也在微微晃动,有瓦片和木梁轻轻碰撞的声响,脊背顿时有了凉意。忙回到屋坎上,从南而来的林涛隐隐还在响着,榉木树和那棵枫香树以及茂密的杂树竹林回荡着诡秘的声响,脊背一片冰凉。

在神秘的大自然面前,第一次深感自己是多么渺小和无助。

我逃也似的离开棚家坡,回到峨梨包符自祥家洁净明亮的客厅时,长长舒了口气,仿佛刚完成了一回惊险的穿越。打开手机,下意识检索“温胆汤”的作用与功效。

五

从新寨坪村走出山从事木雕工艺二十多年的符自示,成了非遗木雕传承人。按他的话说“什么木材都见过”。在他的木雕经验中,苦槠木结构致密、纹理直,富有弹性,耐腐蚀,属上等建筑、桥梁、家具、运动器材、农具、机械的优良用材林。而青冈木干了硬如铁,如果用来做地板绝对耐磨,不仅坚硬,而且耐腐蚀,属于非常好的木材,一般用于地板、乐器、铁路枕木。榉木的珍贵,更不用说了,在日本岛国是论斤买卖的,属国家二级重点保护植物。榉木紧固,抗冲击,纹理清晰,色调柔和、流畅,是家具的重要材料,尤其在明清传统家具中,使用最普遍。栲树呢,木材坚重、抗压力强、耐腐蚀,是建筑、桥梁、家具优良木材。稍有常识的人会知道,楠木为我国特有,是国家二级保护植物,是驰名中外的珍贵用材树种,楠木不腐不蛀散发幽香。明代宫廷曾大量伐用,如今北京故宫以及上乘古建筑多为楠木构建。史志记载,湘西酉水和沅水流域的土家苗寨,曾向朝廷进贡楠木。

而新寨坪村人祖祖辈辈守护着这满坡满岭的宝贝，直至 2013 年习近平总书记赴湘西考察在十八洞村向全国发出"精准扶贫"号召前，新寨坪村还属一个深度贫困村，村人年均收入只有 1000 多元。

精准扶贫的号角吹响，扶贫工作队进驻新寨坪村，首先硬化了坑坑洼洼的进村公路，符自元比谁都兴奋。一个计划压抑在他心里太久，进新寨坪村的路畅通了，这个计划才会得以实施。

这个计划便是回村筹划森林康养休闲游。

2015 年，在镇、村和驻村扶贫工作队的支持下，符自元回村成立了"丰裕农业旅游开发公司"。将在外打拼赚取的 400 多万资金投在了新寨坪村寨门、自己的出生地老屋场森林步道、寨巷步道、峨梨坡瞭望塔、游客中心、木雕传习所等公益项目建设。

符自元说，自己外出学艺创业算是成功的，但每当回到村里，见家乡因交通不便，半数村民外出务工，三分之一民居空置，古老的木楼摇摇欲坠，心被揪得痛。符自元因木雕手艺精湛，为人诚信，所制作的手工古典家具得到客户的喜欢，也因此与很多客户成了朋友。符自元便一趟一趟将这些老朋友往新寨坪村引，引他们来森林里洗肺，呼吸新鲜的空气，听鸟叫蝉鸣，品尝在森林吃虫子长大的土鸡和山野菜。

口口相传，越来越多的人知晓了离州府吉首半小时车程的新寨坪村有着这么老的森林和这么老的树。其中一位叫龙文辉的朋友，被新寨坪的森林震撼了，也被符自元创业精神感动了，他跟符自元一样，看着村人守着满山的宝贝而生活还如此艰苦，心痛着。

自 2015 年 8 月起，龙文辉便成了新寨坪村一位扶贫志愿者。

龙文辉原任湘西州交通局局长，于 2015 年 6 月享受副厅级待遇而提前两年离岗，当过县长、局长的他，务实能干，一些朋友向他发出邀请做高薪顾问，他一一谢绝，他把心交给了新寨坪村。

在村支两委的强烈请求下，龙文辉决定尽自己一份力帮助新寨坪村摆脱贫困。于是,他与时任村支书符贵奇以及村支两委班子成员还有村里能人符自元,共同研究商讨,形成了"村支两委为主,村能人带头,志愿者帮扶,带领村民盘活资源,脱贫致富奔小康"的工作战略。

龙文辉在深入调研新寨坪村森林资源后,做了十余万字的调研笔记,胸有成竹引领符自元上百次奔走于各级政府及相关部门汇报、呼吁、求助,得到湘西旅游研究院的帮助,完成了《新寨坪村旅游总体规划》《新寨坪村森林休闲康养项目建议书》《新寨坪村休闲旅游森林康养文化体验中心项目可行性研究报告》。

几年来,龙文辉自费四处奔走,利用几十年积累的工作经验和人脉,为新寨坪村既定的规划和项目争取政策和资金支持。争取到了水电路等基础设施改造和扶贫项目 30 多个,规模投资突破 4000 万元。配合引入了湖南长丰集团入村扶贫,使得新寨坪村成为全省 61 个省直单位扶贫的重点村之一。还协助引入中石化和中国扶贫基金会联手扶贫投资 1000 多万元,帮助老屋场改造 9 栋高档民宿,2021 年春节正式启动运营,成为网红打卡地。

经过几年的努力,2020 年,新寨坪村人年均收入达到 7800 元,老百姓走出了贫困的历史,一张张曾经苦巴巴的脸从此洋溢着幸福的笑容。

同时, 各种荣誉纷至沓来——中国少数民族特色村寨, 中国传统村落,中国森林乡村,中国 3A 级乡村旅游景区,国家十二部委乡村旅游示范村,湖南省美丽乡村示范村……

符自元作为村里能人,2016 年当选泸溪县和湘西自治州两级政协委员,入选湘西州非遗木雕传承人名录。几年里,符自元深入调查研究,做了四个关于新寨坪村的提案,因此,新寨坪村三组饮水困难和山塘水库维修得到了解决落实,如今是家家安龙头,户户流山泉。特别是森林康养先行示范村的提案,引起县政府高度重视,将新寨坪村作为全县乡村振兴、全域旅游、森林康养、林业扶贫、农资融资五个实验示范村。

中南林业科技大学与新寨坪签约,将新寨坪村作为"古树名木村保护与发展产学研示范基地",湖南省文联即将在新寨坪村挂上"书画艺术创作基地"牌,湘西籍著名导演彭景泉也正在筹备"中国民族影视文化创作及拍摄基地"。

改扩建进村公路已纳入湖南省旅游公路建设规划中。

可是在我们面前的符自元却笑不起来。

几年来,为栽下梧桐树,引得凤凰来,他把家底掏空了,400多万用于老屋场森林步道、村道、瞭望塔等公益旅游基础设施建设,引得凤凰来到新寨坪村,他却因为资金短缺,他的木雕工艺生产和家庭生活的维持陷入困境,甚至支付小车加油费、孩子上学费用都困难。

但符自元坚信,光明即将到来。

六

辛丑年大暑这天,我在新寨坪村的森林古树间转了一整天。当皓月升空,路灯与星星辉映,我来到老屋场苗寨第六号民宿,就像打开自家房门一样,自在又惬意。这是在一栋三间民居基础上修旧如旧改造的民宿,原来的木柱、木梁、木枋、檩条等,一根都没少,只是没有了天花板,举头便见青瓦,空间豁然敞亮。堂屋照样是堂屋,房间照样是房间,只是高档的地板,皮艺或布艺沙发等家具,空间的布置,古朴与时尚的巧妙结合超出我的想象。左手房间一架平稳精致的木梯升向空中古朴的阁楼,阁楼上一张大床,隔间是现代设施齐全的洗漱间。恍惚间,拉开窗帘望天上的明月和星星,再看对面静止在月光下马尾松浓重的树冠,确认是在符自元的祖先们繁衍生息数百年的峨梨包下的老屋场苗寨。

落地窗外屋坎下的稻田禾苗正在灌浆,空气甜甜的。月光碎银般漫洒树梢,山风轻拂,天地一遍清凉。

第二天凌晨是被鸟叫声唤醒的,房顶一片明瓦泄下天光。

各种鸟叫声组成多重唱,领头的是火斑鸠。我对火斑鸠的叫声情有独钟,仿佛来自辽远,空灵、洪亮、高亢而又深情。

我住的民宿离峨梨包旁的停车场最近,地势高是辨听鸟叫最佳场所。上去不到百米的距离,竟然碰上几个鸡群,三两只成年公鸡母鸡领着成群的小鸡在稻田、菜园边觅食,红红的冠子为清晨增添了明媚。

我站在了停车场边缘,遥望自峒河东岸黄连溪一路走来的路径。远在西北向几十公里外的吉首矮寨天桥峡谷两岸雄伟的索塔塔柱隐约显现,一线雾灯似天河流泻。

眼下的老屋场苗寨,二三十栋青瓦木楼聚作一簇面西北向而居,木楼间隙或稻田或菜畦在它自古就在的位置,禾苗拔着节、豆荚瓜茄开着花,不知名的小鸟在篱笆上啁啁啾啾跳来跳去,欢庆清晨的到来。

我任由眼睛于近处自左往右"摇",左边起首是符自元在老屋地基上改建的二层吊脚楼,因为资金缺乏尚未完工,飞檐翘角的楼宇明显远借青龙山,邻借几棵百年马尾松为背景。其中两棵松树由三四枝疏淡有致美丽如画的枝丫组成的塔状树冠,仿佛画家在屋脊上空点染的几笔浓墨,黛色参天,造型优美,堪比黄山迎客松。青龙山是一座小山岭,一直往下延伸,满是过百年的马尾松,不时有枫香树巨大的树冠掩映在马尾松塔状或伞状的树冠之下。自青龙山往右朝寨前过来松涛低伏,这是一条千百年来天雨和山泉归集流泻而形成的窄窄山湾,同样是马尾松的世界,树冠似乎更浓郁,从远处看那里像一片黑暗阴影。往右便是峨梨包延伸下来的一座小山岭,郁郁苍苍,堆积着塔状或伞状的树冠。

从左至右或从右至左,老屋场苗寨由古老的马尾松构成的树墙勾勒出古朴而优美的轮廓,树上各种鸟叫蝉鸣不绝于耳,寨人耳朵日日享受着甜美歌谣。

踩着洁净的石板路回到寨子,只见一位大姐在我入住的六号民宿坎下稻田边拔草,动作十分利索,禾苗很是粗壮,比蹲着的大姐要高。她告诉说这稻田禾苗快抽穗了得拔拔草,刚好今天休假有空。大姐朝稻田坎下一栋木楼努努嘴,说自己平时在那餐厅上班,为客人服务。问她能拿多少工资,她高兴地说:"一个月两千多,在家门口上班,可以照顾家里,很满足了。"又说,在民宿上班有 8 个人,其中 7 个是本村人。

餐厅设在一栋由民居改造的木屋里,同样是修旧如旧的风格,巧妙地配置现代设施,极其明亮洁净。四周有民居和改造的民宿夹杂排列,都很整洁的样子,民居院子主人出出进进忙着洗衣洗菜或做早饭,从邻居之间的交谈得知今天河溪逢集,吃过早餐他们要去赶集,不为别的,就是看看,然后顺便买点儿肉回来。寨人一副闲适自在的样子。

一个曾经的深度贫困村,如今老百姓的脸上洋溢着幸福的笑容,无疑是遇到了伟大的时代,遇到了很多助力乡村振兴的好人、扶贫志愿者。当然更离不开满坡满岭的宝贝给新寨坪村人的底气,还有自力更生栽下梧桐树等得凤凰来的符自元们的努力。

越来越动听的虫鸟合唱诱惑我走进森林,走进餐厅前边那片过百年的马尾松古树林,我踩着符自元自费铺设在森林里的红石板步道,开始巡山……

也等着大王您来巡山。

树上的鸟儿

◎ 王常婷

鸟巢

那棵小叶桉树可真高啊。

农场的树以桉树居多,因为长得快。大叶桉叶片厚实粗大,一片就有巴掌大,主干也粗壮,树皮粗糙,可能因为横向发展了,一般树干不会很高,我们三两下便可爬到树顶。小叶桉则不同,状如小刀的叶片细长,不似柳叶的细长柔韧,却更有刀的劲道。握着一把小叶桉叶子,我总以为,如果功夫深的话,施以内力,应该可以把它们一片片如飞刀般刺向敌人。柳叶刀是用在手术台上救死扶伤的,我想象中的小叶桉刀是用来驰骋沙场、视死如归的刀。小叶桉的树干修长秀气,树皮自下而上有细顺的条纹,农场长得最高的树就是它们了。每每台风过后,被刮倒折断最多的也是它们。没办法,树大招风。此刻,我像一条小狗似的绕着这棵高大的小叶桉树打转。我盯上它已经有好几天了。

高高的枝头,细细密密的枝叶间,悄悄筑着一个暗褐色的鸟巢。上次邻家兄弟从鸟巢找来的几个鸟蛋,煮熟后,分我一个吃,那个香啊,至今,唇齿间的留香还在。此后,我走路都是看天的,总希望在枝丫间也能有好运气。功夫不负有心人,寻寻觅觅间,在操场角落这棵高大的小叶桉树上发现了目标。然而,小叶桉树真的不好爬,笔直的树干,只在树梢才有枝丫,很少旁逸斜出,你得像猴子一样一蹿到顶,因为没横逸的枝条和粗糙树皮可借力,中间稍一气馁,便会滑落下来,一落到底。那一刻,我无比希望自己能够身轻如燕。

在一个大人们都睡着的中午，烈日下，我一鼓作气，一蹿而上树梢，如有神助。攀着枝条，往下一看，那些原来如虬龙般匍匐在地面上的粗大的树根，而今状如细绳。我倒吸了口冷气，不敢多看多想。轻手轻脚攀上更高处，鸟巢便在我的眼皮下。踩着细细的枝丫，有点抖，可我还是壮着胆子靠近了。拨开细密的枝叶，鸟巢一览无余。大鸟可能出去觅食了，巢内并没有我期待中温热的鸟蛋，巢底蠕动的是一只只刚破壳、丑陋无比的鸟崽，细如鱼钩的爪子，苍白脆弱；裸露的小身子，粘连着几根肉眼难辨的细长的毫毛；乌黑的眼睛大而无神，几近透明的喙尖锐却无力地耷拉着，更显得头颅小得可怜。可能是刚来到这世上，还挣扎在生死线上，印象中小鸟嗷嗷待哺时"啾啾"的细碎喧嚣并没有，只有那吹弹可破、粉肉色的腹部细微的起伏，显示着这些生命的存在。

我曾守在鸡窝边上，在老母鸡虎视眈眈下看着一只只毛茸茸的小鸡崽探头探脑来到世间；也曾很卑鄙地用几根肉骨头把邻居家的老母狗引诱开，趁机抱走刚出生的狗崽——邻家哥哥说过只要我抱得走，就送我；还有刚出生还没睁眼的兔崽子、小竹鼠……没有哪种像这窝小鸟这么丑陋、脆弱。只要我轻轻一动手指头，覆巢之下，岂有完卵？这些小生灵应该很快就灰飞烟灭，生命的到来竟是如此的不堪。之前一飞冲天的昂扬斗志一下子馁了，我垂头丧气地滑下树。记忆中的鸟蛋还是香的，可对鸟巢我再也没有入侵的动力了。从此我也不需要昂着头看天了。后来，大哥们再说我是我爸从番薯沟捡来的孩子时，我也不再伶牙俐嘴反驳他们了。也许，我就是那窝可怜的小鸟中的一个，只是侥幸被我爸妈捡到养大了。

透早起来伊都拐一下拐，
一只鸟崽伊都哮啁啁。
站在水沟伊都疲一个疲，

丢丢铜仔伊都找无巢噢……

以前"啁啁""丢丢"唱着好玩的台湾歌谣《一只鸟崽》，这回我竟然听懂里边无依无靠的伤感了。

那天一群朋友在野外，看到一棵大树枝头结满了不知名的果子，大家很好奇，我自告奋勇要爬上去采摘。这树比我童年时爬过的任何一棵树都好爬得多。脱下鞋子，往树上一攀，才撑两下不到一米，我就滑落下来，已经没有当年的灵巧劲儿了。那一刻，我不得不直面岁月无情，我们都已经老了，已经没资格、没本事翻墙爬树、上房揭瓦了。

寒号鸟

小学时读过课文《寒号鸟》，至今印象深刻：在严冬到来前，喜鹊辛勤建造温暖的巢穴应对寒冬，寒号鸟则好吃懒做无所事事。寒冷的冬夜，寒号鸟被冻得瑟瑟发抖，哀号不已："多咯咯，多咯咯，寒风冻死我，明天就垒窝。"第二天，阳光和煦，寒号鸟将一夜的寒冷以及筑巢的事忘得干干净净，继续嬉戏玩耍，最后被冻死在寒风中。这个故事告诉我们，面对生活要未雨绸缪，不能得过且过。故事如此生动，以至于当时的我们一到冬天，总会"多咯咯多咯咯"地笑话那些怕冷的同学是"寒号鸟"。

印象中的寒号鸟就是一般鸟类该有的样子，有羽毛、翅膀，没有什么特别的。直到有一天看到元末明初陶宗仪《南村辍耕录》的文字："五台山有鸟，名寒号虫，四足，有肉翅，不能飞。其粪即五灵脂。""四足，有肉翅"，这显然不同于鸟类带有羽毛的翅膀，而应该接近于哺乳动物蝙蝠的"翼手"，只是蝙蝠会飞，那么与蝙蝠类似而不能飞的应该就是鼯鼠，鼯鼠的两翼，人称"飞膜"，不能飞但善滑翔。再结合"粪便即五灵脂"，五灵脂是中药材的名字，而它正是鼯鼠科动物的干燥粪便。据此推断，民间所传的寒号鸟应该就是鼯鼠。

鼯鼠有多个种类,在我国分布最广的是复齿鼯鼠,生活在五台山的也多为此种类,最关键的是复齿鼯鼠的粪便正是中药材——五灵脂。

复齿鼯鼠俗称飞鼠、飞猫,但是它并不是真的会飞,它的飞实际上是类似于"滑行",它的前肢和后肢中间演化出了一层飞膜,这层飞膜与蝙蝠的翼膜有些相似,但是其飞膜上有毛发,当撑起来时,就像是打开了降落伞一样,能够让复齿鼯鼠实现滑翔,从高处飞低处,反之则无效。复齿鼯鼠喜欢以陡峭的石洞或者是石缝为家,善攀缘,和松鼠一样喜食坚果。鼯鼠白天躲在窝内睡觉,清晨或夜间出来活动。古书《纲目》记载,鼯鼠之所以叫作"寒号鸟",乃其夏日羽毛丰盛,到了冬天羽毛掉光,彻夜鸣叫,故称为寒号鸟。传说中它夏天羽毛绚烂时就得意地唱"凤凰不如我",到了冬天就叫"得过且过"。这当然是古人虚构的了。据观察,鼯鼠冬夏的外形并无明显差别。又有古书记载,不少采药人在采五灵脂或其他药材时,绳索常被鼯鼠咬断而丧命,所以,采药人多把绳索染成红色来吓它们。看来,古人对鼯鼠是又爱又恨又无可奈何。是不是因这个缘故,才编排了那些童话来丑化它呢?据采药人说,复齿鼯鼠有一个特殊的习性,它筑巢时会在住地附近找一个"厕所",这个"厕所"与巢一样都比较隐蔽,区别是里面没有舒适的干草,复齿鼯鼠会始终在这个"厕所"里方便,即便它外出觅食跑出去了很远,也会憋着跑回自己的"厕所",真正的是肥水不流外人田。采药人也因此找到鼯鼠的巢穴,顺藤摸瓜找到五灵脂,并且轻而易举地"一锅端"。以此观之,复齿鼯鼠一点也不懒惰,反倒是勤快爱干净的好孩子了。复齿鼯鼠有毛发,还有隐蔽的洞穴,到了冬天它们一般也不会冻死。寒号鸟的虚名真是冤枉了它。

明白了寒号鸟的出处,再来看它的排泄物——五灵脂。五灵脂是雅称,俗一点的就直接称之为鸟粪或者老鼠屎了,从品类上看,当然是后者更准确。然而这味"老鼠屎"在中医里却颇受赏识。"灵脂"与"凝脂"二字谐音,李时珍释其名曰:"其粪名五灵脂者,谓状如凝脂而受五行之气也。"五灵脂性温而味浊，无毒，入肝经。而且可生熟两用，生用有行血止痛之功，可治心腹血气诸痛、妇女经闭、产后瘀血作痛，是妇科良药；外用可治蛇、蝎、蜈蚣咬伤；炒治后的五灵脂，药性大变，由活血功能化为止血之效，可治妇女血崩、经水过多、赤带不绝之症。专治产后心腹痛欲死的药方——失笑散，就是由蒲黄、五灵脂配伍而成的。该药一般用黄酒或醋冲服，加强活血止痛作用，并调制五灵脂的腥气。相传李时珍对此药屡用屡验，称其为"神方"。本方药性平和而效佳，用本方后，患者每于不觉之中，病痛若失，面露笑容，故名为"失笑散"。

看来，中药的命名也真是随性而生动。用名生动，用药也实在是匪夷所思。我们眼中"一粒老鼠屎害了一锅粥"的恶心东西，竟然也能入药，还有奇效。除了胆大、奇思妙想以外，还有古代中医为救济天下苍生而屡败屡试的坚毅与担当精神。

人生到处似飞鸿。"泥上偶然留指爪，鸿飞那复计东西。"人来人往，生生死死，人也好，鸟兽也好，天地不过一瞬。可就是在这瞬息间，一些人把一些神奇的药方还有故事留下了，是非留待后人评说，而崖壁上的寒号鸟兀自繁衍生息……

野鸭湖

◎ 李青松

野鸭湖在哪里?

远方是八达岭苍翠蜿蜒的山影——主脉生出数条长长的支脉,几乎与它们的轴线平行,包围着平坦的山谷,也包围着山谷尽头的野鸭湖。阳光未经过滤,就慷慨地倾洒在野鸭湖的水面上,泛着亮亮的光。

芦苇是野鸭湖的主角,它占据着视野中最显著的位置。芦苇生命力极其旺盛,几乎不给弱势生物留下生存的空间。近观之,高可达七米,秆壮叶阔,蛮霸强悍。无边的芦苇荡没过头顶,芦花开成了天上的云。而天上的云却似乎暗恋着野鸭湖,悄悄落入苇丛中,一部分沉入湖底,就成了湖底的泥,一部分落下去又弹起来,就成了一朵一朵的芦花。

如果说主角也可以有多个的话,那么,野鸭湖的另一个主角,当然就是野鸭了。野鸭投进水中,一团斑斓的东西冒着气泡,咕嘟嘟!咕嘟嘟!湖里的鱼躲闪不及,就被吞进冒出气泡的嘴巴里。于是,那团斑斓的东西牵着更多的气泡,忽地就浮到了水面,那团斑斓的东西甩了甩脑袋,环顾一下四周,就悠然地向苇丛游去。野鸭喜欢在苇丛中出没,行踪诡秘。有时,野鸭单独觅食,有时成双活动。筑巢呢,它们也往往选择芦苇丛深处荫蔽的角落,那里食物丰富,又能躲避天敌。平时,野鸭不需要巢,只有哺育后代时才需要。但它的巢位具体在哪里,人很难发现,事实上也没有几个人看见过它的巢。然而,野鸭湖繁茂的芦苇荡里至少藏匿着应该比多还多的野鸭巢吧。比多还多是什么概念呢?——形象地说吧——那些鸭巢累积到一起,可能比八达岭长城上的烽火台还要高大。繁殖期一过,野鸭忽然就出现在开阔的水面了,身后却跟着一群探头探脑的小鸭鸭。

野鸭湖充满生命的律动。

旧与新、老与小,常常并存于野鸭湖中。但是新总是胜过旧,小总是胜过老,然后,渐渐就成了气象。

在芦苇丛中觅食时,野鸭总是静悄悄的,从不发声,只有吃饱展翅升空时才彼此呼应,汹汹噪鸣,从无数张喉咙里发出淹没一切的巨大声浪,就像大地发出的吼声,令人惊骇。在天空中,它们时而伸展,时而收缩,时而聚成一个球,时而垂成一个幕布,甚是壮观。

野鸭湖最常见的野鸭叫绿头鸭。

绿头鸭的头部有一圈奇异的绿色羽毛,状如乾隆皇帝出猎时手上戴的翡翠扳指,闪耀着温润而迷人的光泽。绿头鸭的嗓门说不上敞亮,略有些沙哑,像是有根鱼刺卡在腔管里面,永远也吐不出来。

迁徙和越冬之前,绿头鸭便开始集群了,几十只,上百上千只,甚至上万只集结在一起,嘎嘎——!呀呀——!争吵不休,疑似开会讨论什么事情。等到水面全部冰封,它们就一批一批地起飞,振动着翅膀唰唰飞往南方了。然而,不知什么原因,总有一千余只绿头鸭选择留下来,宁愿冻死,也不去南方了。这可怎么办呢?——还能怎么办呢?巡护员们就挥动着冰钎,凿开一块冰层,然后一圈一圈扩展,露出一定面积的水面,供绿头鸭们觅食、栖息等活动。

绿头鸭们其乐陶陶。然而,巡护员们却叫苦不迭——因为每天都要凿冰,才能确保那片水域不被完全冻住。

问题来了。

灰鹤见绿头鸭留下来,把消息在同类中散布出去,于是,有近七千只灰鹤也来凑热闹了。

本来就不大的水面拥拥挤挤,碰撞和冲突就不断发生了。好在灰鹤夜晚不在水面上留宿,而是集体到相对空旷的冰面上过夜,它们各自把头插在羽毛里,紧紧地挤在一起相互取暖。鹤群的四周皆有警戒放哨的灰鹤,一旦有情况,放哨的灰鹤就会报警。

更大的问题来了——这么多嘴巴,极端天气里食物问题怎么解决呢?

野鸭湖自然保护地管理处请来有关专家,经过数次讨论和多方面论证,决定耕种几块鸟粮田,以解决留滞野鸭湖的野鸭、灰鹤及其他鸟类在极端天气里,特别是雪灾情况下,可能出现的无法觅食问题。

"走,去看看那几块鸟粮田。"我们乘坐一辆电瓶车,冒着寒风前往鸟粮田,一看究竟。正是初冬时节,只见野鸭湖湖畔和临近道路两旁,有人在收割干枯芦苇,一捆一捆整齐地堆在路边。几个头戴狗皮帽子的人,正弯腰挥舞着镰刀忙碌着。有两辆绿色卡车装着满满的芦苇,晃晃悠悠地从我们身边驶过。

我们所乘的电瓶车为了给运芦苇的卡车让路,结果倒车时溜到坡下,险些溜到湖里。也许是因为天冷,蓄电不足吧,司机王跃无论怎么努力,电瓶车也上不来了。无奈,所有人只好用力推车,最后,终于把电瓶车推到了大堤的路面上。

"这些芦苇运往哪里?"我知道,芦苇曾经是造纸和编席子的好材料。野鸭湖自然保护地管理处副主任刘雪梅告诉我:"运往加工点,粉碎后压缩打包。"她说,"民间基本没有编席子的手艺人了,即便席子编出来也没人用了。现在的造纸厂也不收购芦苇了。"

我不禁有些怅然。

野鸭湖有自己的管理规则。尽管芦苇的经济前景不被看好,但每年还是要收割一些芦苇。刘雪梅说,主要出于三个方面的考虑:一则,消除火灾隐患,芦苇毕竟属于易燃的东西;二则,年老体衰的干枯芦苇长期在水中浸泡,会腐烂污染水体,通过一定程度的人工干预,促进芦苇更新;三则,芦苇可以制作成碳棒和菌棒,补贴一些管护费用。今年冬天总共收割了二千亩芦苇,收割量在一千吨左右。但算下来,人工费用成本很高。

刘雪梅笑着说,通过收割,减少芦苇生物量腾出空间,给其他植物生长创造机会是不太可能的,反而起相反作用,芦苇越割长得越旺。听说麋鹿的食物主要是芦苇,去年,就引入了四头麋鹿,试图用麋鹿的嘴巴来抑制芦苇生长。由于仅仅是四头,数量太少,目前还看不到明显的效果。

"总之,自然的事情还是要交给自然自己去处理。人工干预,只能适度,不能太过。否则越干预越乱,甚至适得其反。"刘雪梅意味深长地说。

然而,干预到什么程度是适度呢?这个度确实很难掌握。

"到了,到了。鸟粮田到了。"刘雪梅指着堤岸下的农田说。"呃——!"我望着那片近似于荒野的鸟粮田,禁不住笑了。说话间,天空中飘下几双翅膀,落到田里悠然地觅食。

"那是什么鸟呀?"

"灰鹤!"

"我们止步吧,免得惊动它们。"

"无碍,我们野鸭湖的灰鹤见过世面。哈哈哈!"

2020年,巡护员们在湖区一侧荒地上开辟出三块农田,最大的一块二百一十亩,次之的,七十亩,最小的一块三十亩。三块农田里撒下种子,不久,便长出谷子、玉米、高粱、大豆、黍子、荞麦,这些农作物随性生长,甚至有些放荡不羁。谷穗、高粱穗、玉米棒子肆意横生,有的饱满,有的干瘪,有的虫屎多多。大豆、黍子、荞麦呢,未及秋天,十之四五就成了空壳,哈哈哈——瞧瞧,不是野鸭湖的农作物本身有问题,而是那些贪嘴的鸟心急,把本该应急的食物,竟然提前偷食了。唉呀呀——!人以食为天,鸟亦然。

然而,鸟粮田剩下的东西,总比鸟们偷食的要多得多。虽然说这里"只问耕耘,不问收获",但秋天的时候,五谷丰登总归不是坏事,那就收获一半,丢下一半。收获时,玉米、高粱、谷子、黍子、大豆带壳入仓,从不脱粒。

丢下的呢，就留给鸟了——田里的秸秆也不割掉，就那么横七竖八的长着，或者倒着，干干枯枯的，保持着自然状态。虽然，视觉上有点不怎么美观，但是鸟儿们却欢喜无比。

事实上，也不全是自然状态——中间地带的秸秆也要割掉一些，给大鸨呀，苍鹭呀，天鹅呀这些体形较大鸟类，留出起飞的助跑跑道，不然那些秸秆会成为助跑起飞的障碍。

温情和善意体现在细节里。

——奔跑，奔跑，奔跑。

——飞翔，飞翔，飞翔。

早年间，地球上原本没有野鸭湖。

话说 1955 年，官厅水库建成蓄水后，抬升了水库上游的水位，渐渐的一片湿地沼泽就形成了。因之这片湿地沼泽里野鸭巨多，当地人即曰之野鸭湖。它的名字就是这么来的。野鸭湖水深三米左右，雨水丰沛的年景，能达到五米深。

渔民在湿地里打桩构木搭起了渔棚，下湖打鱼，也有农民在湿地上垦荒种水稻种麦子，还有的圈地养牛、养羊、养鸡、养鸭。

二十世纪八九十年代，野鸭湖岸边有个度假村，生意相当红火。经营的项目多多，有水上滑梯、水上赛艇、画舫游、马车游等等，应有尽有。延庆有个著名的草原，叫康西草原。事实上，康西草原本身就是野鸭湖湿地的一部分。骑马旅游、吃烤全羊和喝"老猎头"白酒，是当时来康西草原旅游的人的首选。名流大款，常常把去过康西草原作为酒桌上炫耀的话题。

然而，生态是脆弱的，承载能力也是有限的。过度的开发和经营活动造成湿地生物多样性急剧下降，甚至污染水体，给生态带来灾难。一时间，开垦、耕作，以及无序的放牧，导致这片湿地伤痕累累，面目皆非。

野鸭湖湿地保护区(若干年前，改为野鸭湖自然保护地)建立后，对这一切无序的开发和经营活动说不。刘玉金是保护区的首任主任。聊到保护区建立初期的一些情况时，刘玉金拿出一些老照片，回忆起当年的情景，他说："当时，最大的难题是乡亲们的不理解。靠山吃山，靠水吃水。乡亲们祖祖辈辈在这里打鱼、放牧，而建立了保护区，等于断了他们的活路。他们一千个不理解，一万个不愿意。"略一停顿，他语气沉重地说，"而我是当地人，跟乡亲们是抬头不见，低头见，有的还是亲戚套着亲戚，工作难做啊！我想了三天三夜，一头是生态，一头是乡亲，哪个轻哪个重，横竖做了比较，最后横下一条心——做个狠人！"

于是，野鸭湖的养殖种植和其他商业经营活动一律停止，实行封闭式管理。湿地里私搭乱建的棚屋全部拆除，对常年在湖里打鱼的二十余户渔民实行生态移民，拆掉鸡舍畜栏一百多间，迁出牛羊牲畜一万五千多头。退耕还湿，退牧还湖，把湿地还给湿地，把野性和自然还给野鸭湖。

据说，禁渔禁猎禁耕禁牧的"四禁令"刚刚公布，刘玉金的麻烦就跟着来了。——有本家的兄弟把几十只羊赶到他家里，弄得屋里屋外全是羊粪蛋蛋。还有人把网具扣到他家门上，死鱼烂虾抛到院子里，羞辱他。也有人扬言，不让种水稻，就老老少少全来他家吃饭。

然而，刘玉金毫不动摇。他带领保护区的人，打桩立界碑，修围栏，竖宣传牌。到 2000 年，保护区修建围栏一万三千余米，挖防护沟三千多米。森林公安加大执法力度，对侵害保护区的行为，依法论处，该罚款的罚款，该拘留的拘留。一系列刚性动作出手后，引起了不小的震动。

谩骂不歇的人噤声了。找麻烦的人面有惧色了。观望的人，眼神软了。

原来的农民、渔民、牧民，由对抗和抵触，到渐渐理解，并接受了转移就业，成了巡护员。

野鸭湖改变着自己，也在改变着人。

他们穿着迷彩服，带着望远镜，每天围着湖区徒步巡查，要走十五公里。巡护员王玉国说："听惯了鸟的叫声，某一天去执行别的任务没能听到鸟的叫声,心里就空落落的。"

2012年11月初,一场大雪突降野鸭湖,平时鸟类活动的区域都被大雪覆盖,鸟类饥肠辘辘找不到食物。巡护员们便用铁锹挖开积雪,露出几块地面,然后果断抛撒谷物,帮助鸟类熬过了艰难的日子。野鸭湖自然保护地管理处主任胡巧立说:"从生态学的角度来说,不太主张投食,野生动物必须靠自己的智慧和能力生存。野生动物是有记忆的,一旦它对投食产生依赖心理,那是非常糟糕的。投食是没有办法的办法。"

胡巧立毕业于北京林业大学林学系,说话幽默风趣。他将林垦部部长梁希的那段名言——"无山不绿,有水皆青,四时花香,万壑鸟鸣"用作自己微信的标识语。他在松山自然保护区工作多年,也参加过援藏工作,曾任拉萨市林业局副局长。在胡巧立看来,搞自然保护工作需要一种信仰和精神。什么是信仰呢?胡巧立说:"信仰就是你愿意崇敬那些看不见但你却相信的无形的存在,你愿意去承担那些似乎带不来什么直接利益的使命。"

我听后若有所思,隐隐约约地明白了野鸭湖为什么要创办"湿地学校"和"湿地博物馆"。湿地就是课堂呀——每逢假期,延庆区小丰营小学的小学生们,就带上望远镜和鸟音收录器,走进野鸭湖湿地,观察苍鹭站在水中久久不动的孤独的身影,观察野鸭飞翔时的姿态,倾听白骨顶水鸡取食时发出的声响。在观察和倾听中,某种观念和某种意识,也就在孩子们的头脑和心灵里慢慢生成了。——也许,这就是胡巧立所言的"无形的存在"和"带不来直接利益的使命"。

那天,我在自己随身携带的笔记本上写下了这样一句话——"相信什么,就拥有什么。"

野鸭湖是一首野性的诗歌,关于它的故事,每年都被那些野鸭、大雁带到世界各地,然后嘎嘎嘎地讲述。当然,它们也把世界各地的故事,带到野鸭湖。但野鸭湖似乎对那些来路不明的事情不感兴趣。

在这里,最细微的碰撞,也能在水面激起涟漪,让野鸭湖的神经高度紧张。

　　对于野鸭湖来说,当时令覆盖时令的时候,等待和期盼也就悄悄蔓延着,蔓延成了芦苇、香蒲和狸藻。香蒲举着蜡烛,直挺挺地站立着,却不见点燃,是备着给夜晚的月亮照明用吗?

　　月亮吃草吗?如果月亮吃草的话,可要睁大眼睛!千万不要中了狸藻的诡计——掉进狸藻布设的捕虫口袋里。

　　狸藻是一种有趣的水草。它诡计多端。

　　狸藻是植物里的动物,它吃蚊蝇,吃蚊子,吃浮游的小虫子。它几乎没有根,茎也很细弱。没根的东西最不可靠,也无原则,更无底线。它时刻都在算计着、等待着,以不变应万变。

　　夏天的时候,细细的茎上抽出一根花梗,露出水面。花梗的头上会开出几朵蝴蝶般的黄花。狸藻身上的叶片,撕裂成一条条细丝,细丝卷曲着,像是风情万种的女子刻意染过的绿头发。香水味浓郁,令人神情迷乱,想入非非。然而,绿头发是假象,是狸藻有意制造的某种阴谋,而它的机关却在另一处——容易被疏忽的部位——叶片的基部——那里藏着捕虫口袋,随时张开设伏。待小虫子靠近,张开的捕虫口袋就啪地一下关闭了,虫在口袋中就会窒息而亡,成为狸藻的食物。一株狸藻可以长有几百个,甚至上千个捕虫口袋。

　　天罗地网,立体布防。莽撞的苍蝇、嗡嗡乱叫的蚊子和各种无名小虫只要闯入其中,必擒之。

　　当太阳落入八达岭,天便疲惫得睁不开眼睛了。我面前的野鸭湖升腾起一层薄雾,渐渐地,薄雾就与苍茫的暮色混合在一起,接着,黑暗统治了一切。黑暗紧绷着的部位,就咔咔裂开无数的缝隙,青蛙叫了,继而,别的潜鸟也叫了。沼泽地的草丛里发出窸窸窣窣的声响,夜间的各种声音响起来了,但没有什么声音能够盖住蛙鸣。

在我看来,野鸭湖最有激情的动物不是野鸭,而是青蛙。夏日夜里,蛙鸣忽强忽弱,忽高忽低。野鸭在蛙鸣中才能入眠。如果青蛙突然不叫了,一定发生了什么事情。青蛙噤声其实是某种预警。野鸭需要蛙鸣的鼓噪相伴。有蛙鸣的夜晚,才是安全的夜晚。青蛙让自己单调的生活尽量富有情调,也让空虚的星星和空虚的梦境充盈。豪情万丈的青蛙,唱功坚韧,竟然能把满腹牢骚转化成动听的歌声。利奥波德说:"青蛙可能是地球上仅有的一种能够把黑夜唱破的动物。"是的,利奥波德说得没错,我也这么认为。

黎明时分,鲤鱼跃出水面,啪地划出一道弧线,亮出鱼肚白,又投入水中。是欢乐使然,还是厌烦使然,不得而知。鲤鱼身上似乎有一种虚渺的灵性,我们不知晓,但黎明一定知道。鲤鱼亮出鱼肚白,分明是跟黎明有约,有某种暗示的意思吧。

暗示什么呢?

野鸭湖的本质在于野性——事实上,那些摇曳的芦苇、爱意绵绵的鸟巢,以及咕咕的雁语中就隐藏着野性的内涵,并且被远处的八达岭和上空的云朵所理解,而我却偏偏忽略了它。

对此,我深感内疚。

野鸭湖是北京西北部最大的一片湿地。既有涵养水源和净化水质的功能,又有蓄洪防洪及提供灌溉所需用水的功能。作为地球鸟类迁徙路线上的"中转站""加油站"和"服务区",每年春秋两季,一批一批飞行过往的候鸟在此停歇,补充食物,补充能量,增强体能,或者栖息繁殖,哺育后代。这里能观测到的鸟类有一百万只以上。包括候鸟,包括留鸟,包括本来是候鸟,可一到野鸭湖就一见倾心成了留鸟的鸟。

野鸭湖本身就是一个巨大的生态系统,它创造着生物多样性,哺育着万千物种,生生不息。它的吐纳与吸收能力是不可思议的。永定河、洋河、妫河等大大小小的河流在这里汇聚,经过一番整合和重组,水的烈性和戾气大大减弱,然后遵循新的法则,流向华北大地,流向大海。

就地理位置而言,它处在华北平原与蒙古高原的过渡带上,生态地位相当重要——它拦沙降尘,消解西北风暴躁的脾气,使其优雅温和地出现在北京城的上空,让每个北京人都能感受到深呼吸并非是一种奢侈。

　　该怎样描述野鸭湖的生态意义呢?说它是北京西北部的生态调节器,说它是重要的生态屏障——这样的词汇不算夸张,不算离谱吧?——它关乎北京水的问题,关乎北京的空气质量问题,关乎北京的生态安全问题。而水、空气、食物以及生态,是人的生存之根本呀。

　　野鸭湖是一个传奇。

　　在现代化和资本的强悍冲击下,野鸭湖没有退却和收缩,没有被开发和破坏,反而为如何保护自然,如何构建人与自然之间一种新的关系,创造了成功的范例。我们尊重自然,不仅仅因为自然是我们赖以生存的资源,它更是具有生命的东西,生态和审美的价值更是不可估量。

　　生态系统时刻处在动态变化状态,生长与衰败、坚韧与脆弱、扭曲与失衡、智慧与抗争,总是不可思议地演绎着生命故事。生态系统是如此复杂,以至于我们永远也不能充分了解它的内在情况。自然的特性,深刻影响着生活在这片土地上的人的特性。

　　站在地球的角度看,湿地状态如何,是衡量地球是否健康的重要指标。湿地可以储存、过滤和净化我们的水。对于碳储存来说,湿地至关重要,它可以减缓人为碳排放导致的气候变化。湿地是生态系统的肾,摧毁湿地的国家注定要摧毁自己。

　　也许,野鸭湖是我们认识人与自然关系的一把尺子,用它可以衡量生态文明。尽管用这把尺度来衡量今天的人的认识和道德水准有些过高,但是,毋庸置疑,这是一种新的世界观。——在极端物质化的今天,可能没有什么比节制人的欲望,减少过度的物质拥有和享受更有实际意义了。我们给自然留出多少空间,自然就给我们留出多少时间。自然,并非人的对立面。自然,是生命的共同体。人,也在其中。其实,每个人的内心都潜藏着某种野性,或大或小,只要有了合适的空间和时间,就有可能被唤醒。

是的,野性从来就没有消失,它只是以另一种方式存在着。

在野鸭湖岸边,我把目光投向空中飞翔着的五只野鸭。唰唰唰! 我能听到它们的翅膀扇动空气发出的声音。唰唰唰! 一会儿,两只在上,三只在下。唰唰唰! 一会儿,三只在上,两只在下,并且由远及近,又由近及远了。我凝望良久,忽然就想到了缪尔说过的那句话——"自由的野性,是地球上最美的东西。"

后 山

◎ 张 恒

就叫后山。不远,村子坐落的地方,就是山麓。

夜静的时候,能听见山上的动物叫。后山有许多动物,兔子、狐狸、野猪、狗獾、黄鼠狼以及鸟类、蛇类。就数狐狸的叫声最大,听得最清楚。狐狸的叫声很难听,带着瘆人的长调"呜——呜——",想来是仰着头叫的,声嘶力竭。狐狸喜欢夜间觅食、交配,怕人上山惊扰,鸣叫可能表示某种警示意思。白天基本上听不到山上的声音,噪音盖了。但放爆竹的声音能听到。山上有墓地,一年四季时有爆竹声,清明、冬至,以及一些人家的悲伤日子。而比放爆竹还响的声音,自然更能听到,比如开山放炮。

田地实行联产承包责任制后,男人们有了大把的闲余时间。那时还没有人想到出去打工,也没有这个概念,但搞钱的心思有了。村子里几个闲不住的人在一起嘀咕,凑点子,看怎么能搞到钱,让日子红火起来。劳动人凭力气挣钱,扯着扯着,就想到了开山炸石头。

后山除了长草、长树,还长石头。石灰岩硬得很。石头没草多,却比树多,几乎漫山都是。有些地方石头密密麻麻缠在一块,叠在一起,都看不到泥土。有些地方即使看不到石头,但扒开泥土下面就是。石头的形状各种各样,有些因为像人,像动物,像生活中的物件,才有了名字,比如母子石、老虎石、老鹰石、磨子石……很多,数不过来。这些名字什么时候起的,什么人起的,不晓得。我们从小就喊,父亲说,他从小就喊,爷爷说,他小的时候也喊,说明喊了好多代。村里许多上辈人的名字渐渐都被忘记了,而这些石头的名字却一代一代传下来，忘不了。石头比人长寿，一直活在世上，成了村子永恒的邻居。

可村里人却在打着"邻居"的主意。他们考虑来考虑去，觉得开山炸石头能搞钱。田地承包后，粮食不愁吃，余下钱盖房子的人家多了起来，石头是最好的砌墙材料，肯定能卖掉。大家越想越觉得这事做起来有赚头，而且钱来得快，就推举我三叔领头干。三叔当过工程兵，以前在部队上开过山，和炸药打过交道，熟悉这个事。于是，置办了钢钎、铁锤，申请了雷管、炸药，一伙人就上了山，也不问山上的石头乐意不乐意。他们忘了远亲不如近邻这句古话，就想着钱。

我大爹倒是提醒过三叔他们，说炸不得的，石头长在山上，就是山的骨肉，炸了石头，就伤了山，对村子不利。当初老祖宗选这个地方住家，就是依靠山的护佑呢！可三叔他们不听，还说靠山吃山这也是古话。钱的诱惑自然比大爹的话起作用，哪顾得了许多。我估计，这个时候大爹就是说山上有神仙，不能得罪，他们也怕是听不进去。

开山炸石头不是什么难事，主要是在石头上打眼，有力气就行。三叔做示范，怎么掌钎，怎么扶钎，怎么砸锤，怎么装炸药、安雷管，没费多少时间大家都学会了。从此，后山多了叮叮当当打炮眼的声音，多了开山放炮轰隆隆的声音。炮炸起来比放爆竹声音响多了，震得窗户纸都颤抖，耳朵门都一抽一抽的，小鸡、小猪吓得到处乱窜，连空中飞的麻雀吓得也是一哆嗦。村人唯恐石头落到村子里，没事很少在外面转悠。

能搞到钱，三叔他们炸石头是一身劲儿。采石的塘口越开越大，越开越深，几年下来挖成了一个大窟窿。站在山顶往下看，像个峡谷，看久了头发晕；站在山脚向上望，壁陡成崖，生怕挂在上面的危石倒下来。老鹰在空中盘旋都不敢靠近塘口的方向，想必它一定看到了下面可怕的情景。老鹰可能不理解，好端端的一座山，怎么就凹下去一个深深的豁口？树没了，石头没了，不像是山了。

是的，不像山了。人脸上有块疤都难看，山豁了一处大口子自然也难看。原先后山很漂亮的，无论哪个方向都是圆鼓鼓的，丰满得像个发福的小媳妇。春夏的时候几乎一山的青翠碧绿，深秋的时候浅绿中跳着一簇、一片的红颜，大雪的时候树白、石头更白，四季都耐看。可是采石塘口这一开，山破了相，不受看了。有次我回家，远看，村子还是那个村子，山却不像原来的山，感觉很不舒服。

特别是大马石和小马石被炸了，我心疼不已，像失去什么心爱的东西永远寻不回来的感受。那可是带给我多少快乐的一群石头，如同很要好的玩伴。小时候，我们上山就喜欢到那群石头里玩儿，其中两块石头特像马，一大一小，大的在前，小的在后，中间是许多说不出像什么却又觉得像什么的石头。我们常常骑在大马石和小马石以及这些被各人喊着像什么的石头上，高声叫着"嘚儿——驾！"做着和马一起驰骋奔跑的姿势，很是兴奋。大马石和小马石没了，就等于我们的美好记忆没了具象，没了落处。大爹他们老辈人的记忆，也没了具象，没了落处。而下一辈的人，以后连这种记忆的机会都没有了。

还有那片桃树林和那棵银杏树也没了。就在大马石和小马石的上边，为了开塘口，炸土层下面的石头，三叔他们把桃树林和银杏树都砍了。

桃树结的是扁桃，我总觉得开的花也是扁的。其实，是花比一般的桃树花要大些，重瓣，显的。桃花开的时候，那片山坡像是落了云彩，从老远看，村子叠在桃林前面，像画一般。走近桃林，一簇一簇的粉红把视线都染成彩色的。桃林里有许多冒出土层一点点的石头，正好做了垫脚的东西，站在上面就能够得着树枝上的花，闻着喷香。喜欢，却舍不得摘。不是怕山场的人骂，是等着花结桃子偷着吃。桃子熟的时候，我们就去骑大马石、小马石。玩石头是假，偷桃子是真。瞟山场的人不注意，就钻进桃林摘桃子，然后躲在石头缝里啃，开心得很。桃林没了，想想就觉得可惜。

更可惜的是那棵银杏树被砍了。当时的人没那个意识，要是现在肯定砍不掉，有人管的。很粗的一棵银杏树，长在桃林中像一杆大旗，山风一吹发出"猎猎"的声响。大爹说，他小的时候这银杏好像就是这么粗，这么高。也就是说，这棵银杏树比大爹的年龄大得多。究竟有多大，没人说得清楚。前几年村子张姓族人修家谱的时候，在老谱上无意中翻到有记载这棵银杏树的文字，说是清朝建立的时候栽的。几百年前那地方有座寺庙，属于庙树。

这样一棵树，在后山长了那么多年都没倒下，却被三叔他们以炸石头掏塘口为由给砍了，这比开山放炮好不到哪里去。这棵银杏树和山上的石头一样，也是看着村里好多代人长大的，是村子的邻居，也可以说是村子人的祖先。生命就是从森林里起源的，人类从树上走下来才创造了文明，才建立了繁荣的物质社会。面对这样的古树，人应该会涌动一股炽热的情感，有回到久远的故乡、回到母亲怀抱的感觉。三叔他们就没有吗？

砍这棵树的时候，我不在现场，不晓得银杏树淌血了没有，流泪了没有。树也是有血有泪的，轻易不流，伤感至极才流。倘若我在现场，也许会流血流泪的。眼睛不流，心里都会流。银杏树没了，以后村子宗族修谱都没得记了。

放炮声每天依旧，成了后山持续的疼痛。夜晚，村子几乎听不到山上其他动物叫了。许多动物可能被放炮声吓得跑到其他山上去了，或是钻进洞里躲着不敢出来。只有狐狸还在隔三岔五地叫，狐狸胆大，"呜——呜——"的叫声里多了几分抗拒和愤懑、幽怨和凄惨。人没惊扰它们的好事，放炮声惊扰了。听到这样的嚎叫，是没人愿意上山的，连吵夜的小孩都不敢哭了。白天时常还能听到爆竹声，尽管没有炸石头的声音响，但总让人联想到开山放炮炸石头，每个人心里都隐隐有些说不出的担心。

塘口底下那条路越伸越远，一辆辆板车从这条路把石头运下山，再运向各个建筑工地。那些年，不仅周边新盖的房子全是后山石头垒的脚、砌的墙，就连几十里外的地方盖房子都来后山拉石头。还有许多围墙、坝埂、路基，也选用这儿的石头做材料。石头很吃香，几年下来，三叔他们一批开山人赚了不少钱。

但也付出了惨痛的代价。开山是赌命的活，塘口上的人时刻都有掉下山崖的危险。尽管都系了安全绳，可总有不小心的时候，就有想不到的事情发生。祥海叔掉下去了，牛秃哥也掉下去了，两个人都死了，死得好惨。喊声、哭声，村里都听得到。听得人心里一揪一揪的，跟着风流泪。

后山的茶树不多，做出来的茶叶却好喝。当时在山场的杨教授是茶叶专家，他说后山的茶叶一点不比西湖龙井差。西湖龙井当时我们没喝过，不晓得什么味道，但后山的茶叶村子人都喝过的，确实好。泡出来的茶水碧清，还带着淡淡的绿色，好看。喝起来有小兰花的清香，吃过鱼后喝口茶，嘴里的腥气都没了。可惜后来杨教授落实政策回省城了，差不多是开始田地承包的时间走的，要不然他可能会把后山的茶叶精制成名茶，像西湖龙井一样好卖。当时他这样说过。

二十世纪九十年代后期，杨教授回来过，不过不是为茶，是为其他事情。我们当地人还记得杨教授说过的话，就请他回到山场看看他当年生活了两年的地方，也借着机会让他为后山的茶叶指点一二。当年那片茶园已经扩大了很多，半边山都是。杨教授看了看，又喝了山场泡的茶，皱起了眉头，说后山的茶叶品质变了，没有了以前那种嫩香、鲜醇的独特味道。杨教授还记得当年他喝过后山茶叶的口感。于是就观察，几圈转下来最后说，是开山采石的塘口破坏了山的环境。茶树是很娇贵的一种植物，对环境要求特别讲究。山口敞开了，风进来了，雾气没了，茶叶变质了。杨教授是茶叶专家，他的话大家自然信。于是就怪当年开山采石的，说把好端端的山炸坏了，糟蹋了环境，茶叶都变味了，害了后辈人。

这是后话。其实，当时村子已经感受到了塘口留下的"副作用"。

打工的人走了，村里清静了许多。没人开山放炮，后山也清静了许多。于是，动物又多了起来，夜间又能听到它们各种声音的吼叫。到了寒风凛冽的时候,叫声里似乎还多了一丝冷冷的感觉。因为那座塘口,山变得寒冷了。没有了草皮遮盖,没有了树木遮挡,等于敞开着山门,风直灌到山上。动物对气候的变化很敏感,山对环境的变化也很敏感。

寒风呼啸的日子多起来。村里忽然听到了一种比动物寒叫更可怕的声音,带着呜咽,带着尖啸,有人啼哭的声音夹杂其中。这种声音比狐狸的嚎叫更瘆人,听着头皮发麻,心跳加快,恐惧得很。

特别是阴天起北风,风越大叫声越大,一阵阵的。白天还好,夜里小孩的头都不敢伸出被窝,大人也睡不着,都在议论,这是什么声音,从未听过。大爹活了八十多岁,也说没听过。莫不是山上来了什么动物?或者是什么鬼怪?却都不敢上山看,风一阵紧似一阵,即使不怕动物和鬼怪,也怕风把人刮倒。

有人听出来,那瘆人的叫声是从采石塘口发出的。就有人想到了祥海叔,想到了牛秃哥,说定是那两个死鬼在叫冤。这一说,许多人就信了,心里更怕,不敢去看,上山都绕着塘口走。祥海叔和牛秃哥的家人就去塘口烧纸,放爆竹。

大爹又说话了,山不能开的,石头不能炸的,非不听。这下好了,村子不得安宁。说着就叹气,原先不开山炸石头的时候,村子安安静静的,哪有这许多的麻烦事!

那时我在镇上的中学教书,听到这个消息也很好奇。念书人自然不相信鬼怪之类的东西,于是就去采石塘口看。我学理的,一看就晓得,是风在作祟。由于塘口很深,像一个大山洞,风吹进去,与塘口的崖壁产生了物理作用,声音是来自物体振动产生的声波,再经过塘口特殊环境的摩擦和旋流,所以显得尖啸,而且不断变着声调。当时炸石头考虑村子的安全,塘口是斜着向北的。所以刮北风的时候,塘口正好对着风的方向,于是,特定的气流遇到特定的环境产生了特定的声波现象。

村里人带着一脸似懂非懂的表情听了我的解释,他们心里也知道这世上哪里来的鬼,可他们宁愿去以为是鬼也不愿承认是风,莫须有的事物让他们有了冠冕堂皇的理由去责备那些破坏了生态的人,他们没想过的是,这些人也不过是在讨生活罢了。

愤怒的野猪

◎ 绿 窗

然而野猪犯大事了。

当然在那之前，人先犯了罪。

一

父亲年轻时是猎手，打过大灰狼，尝到过狼肉冲鼻的香味；夹过火狐狸，狐狸从门头窗户上红彤彤垂到地下，他领略了一只狐狸无敌的臊气；狍子跑跑停停挑逗单薄饥冷的汉子，被父亲抓回来，让村里傻老二迷迷糊糊翻了一次身，对着一堵墙笑得肠子差点抽筋了；存一罐獾子油留着炒鸡蛋吃，常被冻伤烫伤的人来挖。野猪却没听念叨过，在一次全村大会上，"野猪"这个词才冒光了。

冬日傍晚，村主任从这沟到那岔地喊："开会了啊，大人孩子都去！"村主任家炕上地下人挤人，中心几个虎实的"小蛋子"，细麻绳捆着，低着头脸通红。原来是批判大会，屋子里一下子多了兴奋的空气。村主任家平时人也多，搂着火盆三吹六哨，或听村主任绘声绘色评说"三国""水浒""西游""封神"那些古书，"西游"定性，"水浒"陈情，长冬不寂寥。

那日，村主任一脸怒气严肃地训话："天干物燥，小心火烛，非跑山上笼火，偷人家大棒子烧着吃，跑火了吓麻爪了，幸亏羊倌儿发现，大羊哐哐哐铲土压灭了。满山半大小树都是九死一生活下来的，一场火燎没了，十年辛苦白费。靠山吃山，山烧秃了吃胳膊烧大腿呀。一天天跟'野猪'似的可着劲山岭跑……"

听到"野猪",我们努着嘴巴都笑了。原本持九齿钉耙准备耍威风,现在成了耷拉着头的猪八戒。

"小孩玩火还得说道说道爱尿炕呢,半大小子玩火反了天了,现在敢在村里放火,将来就敢到大森林放火,现在象征性地捆你,将来要犯大错误就是戴手铐进局子了。"

家长愧疚地表态:"管得好!批得好!"这不是危言耸听,家家靠山而居,柴火垛、棒秸垛,火烧过来还不房倒屋塌。塞下风大沙多栽树确实难,我们小学生也得上山。小雨若有若无,头发软软像才出的青草,男生包括被批的几个也使劲抢镐头,依山势刨出深洞,女生把树苗妥妥地裹进洞里,丝丝络络的羊角藓、垂枝藓环抱住,固土固水,唱着歌逗着笑,一陡坡树苗稳稳地戳住了。杨树、柳树、槐树直接用短枝扦插,不久青枝绿叶挺起来,真神。南山、尖山、大东坡松树林子,后梁槐树林子,村头村尾的杨柳榆树园子都成形了,是村庄的绿眸子。

"野猪的性子,敢上敢揞不寻思后果,搂不住就是大事。"第二天,四个自然村的小学也开大会警示,语文老师围绕该事件布置批评稿,生物老师界定事件为"破坏祖国森林平衡"。大操场前,玩火的男生喏喏地念检查,学生轮番发言,批到灵魂里蹦三圈,一辈子长记性。过后没有打击报复之说,也没有歧视,就"野猪"的绰号私下里叫一两声。

村子和学校的两次会,确实有引导震慑作用,割柴火顺手割树权的缩了手,烟叶火柴坚决不装上山。山渐渐可以靠了,刺槐两年一砍当烧柴,丛林保住了;山杏采杏核,杏树叶喂猪;荆条编盾筐、粪箕子;椤椤树叶子蒸大饽饽做屉叶;粪肥不足,割一捆捆山槐子沤粪;老人老下了,伐杨树、柳树、榆树做寿材,随即栽上新树。

村主任未必懂"生态"的含义,理念是朴素的,山上不秃,泉水长流,牛羊有草,心方能落肚子里。树像村庄的好品质扎下深根绵绵不息了,有树就有骨气、有底气，白云蓝天皆可赠客，明月清风俱能照拂，榆钱不买酒而入粥饼，书带草成行成信使，安抚八十老妪的寂寞。

村主任老了，坐街头聊以往，说那时候人心齐，舍得，放今天，他早被家长吊打残了。那些挨批的"野猪"，后来是村里首批京郊打工者，个个七侠五义，能屈能伸，又和睦孝顺，没一个屎箕篓子，和当初的家教、村教不无关系，搁现在，叫良性的文化生态，其实就是村里荡着一股正气。

村主任说："咱坐的地方过去哪有道？都是树，一搂粗一人粗的，老祖宗砍树盖房，狼狐天天来敲门。一镐一镐刨出小道、庄稼地，慢慢山秃了动物跑了，才开始栽树。那些年孩子真没少生，树也真没少栽。"

八月的呼吸饱满多汁，绿意跌宕，气色蓊郁。四邻八村来山上采蘑菇，不拦，谁有能耐谁捡，小妇人一秋能捡两万来块钱，还不算一年四季刨药的收入。

丛林是一座宝库，显出村主任当年严管责罚的气魄和成果了。走失的动物先后返回，野猪一两家子出没松林视察领地，时常冲上村庄的热搜。

二

立秋添秋膘，野猪也要添。灌浆后待成熟的香气窜得满山满谷，野猪哪里忍得住。野猪、家猪口多，一拱一块地，人恨得咬牙切齿骂。你就是蹦着高骂出二里地去，它们还是躲在林间窃笑。扎几个草人长胳膊拉腿，黑里糊巴，鬼似的摇摆，把人吓一跳，对猪是儿科笑话。搭个窝棚看青，一个人对一群猪干瞪眼，东方不亮西方亮，炸一串鞭炮管几天事，但是你听听，此处不养爷，自有高老庄，野猪可是打游击战术的鼻祖。野猪脾气暴，獠牙凶狠，有组织有纪律，行动敏捷，吃饱拱足退回深山老林，贼精。

大家庭烧柴做饭的年代，耙搂子篦子一样梳遍山野，还搂二遍、三遍，山上的羊尾巴盖不住羊腚，动物只有惊慌地一退再退，哪有穷困者到不了的深山，最后野兽无踪了。禁牧还林这些年，一方面大家庭锐减并向城市分流,另一方面烧柴少了,被煤气罐、煤、秸秆棒瓢替代,八抬大轿抬也不上大梁受罪了。耕牛没了,羊财也不是什么人都能发的,丛林自由生长,早年纵有生态意识效果也微。

野猪也才逍遥几年,人就郁闷了。五月,我和大姐帮二姐家耪地,早晨五点到梁头,连年打药地硬邦邦的,地里不生一棵杂草。今年没打,刺菜、灰灰菜则汩汩滔滔,铺张的魔性黑绿让人恐惧,秧苗跋涉不出来。耪了一条垄,听见山根处有哼哼的窸窣声,挨着松林的马铃薯地影影绰绰,两头大猪委委佗佗领着十来头小猪拱地,外甥喊了一声"哒",它们顷刻间便隐没松林了。这就是探探道,给小猪崽上课磨牙,入秋那块豆子地怕剩不下了,野猪记性贼牢。

三

家猪喝醉了也暴露野性,龇出獠牙。前村一老头儿好酒,夜半歪斜着归家,进大门一拐闯猪圈里了,把俩老母猪挤开了。猪可能正做着打圈子的美梦,一撅屁股拱出去,老头儿骂骂咧咧搂了大猪接茬睡,猪更用力拱,酒鬼哗啦吐一摊,猪卷起来大嚼,也醉了,闻闻味道出处,当即下了一大口,嚼碎了半张脸。家猪虽然不如野猪吻部狭长、颚肌强力,但发起飙来肯定不讲斯文的。

猪野了和野猪还不一样,家猪野乎撩撩跑山上去,一找就回来,你不找它,逛几天刺刺挠挠自己往回蹭,它有家的概念。几个月的小猪就像半大小子,愣头巴脑猪壳郎,一副愤青的样子,注定不让人省心,放一阵子野惯了,一天不出去就"噜噜"叫,出去了人与猪跟打仗一样互相盯,保不准猪出溜一下钻进庄稼地去。

我家新买的猪壳郎也天天练习立定跳高,摔得鼻青脸肿技艺大长,竟然跳墙跑了。庄稼已高,一家人找了一天一夜没影,父亲又往远处找去,还好,猪跑到三里外我家七湾地,大嚼倒下的玉米,拉了一堆屈屈,斜愣着眼睛正快活呢。见主人来了，又开始窜，父亲追狼的腿脚，它还哪里跑。这要不被发现，找不着家，它就变成野猪逃脱既定命运了。晌午，父亲把猪赶回来，像英雄赶着俘虏。但猪壳郎决不蔫头耷脑，没有做错事忏悔的样子，它更像叛逆期的儿子，梗着脖子不服输，瞅着机会再打主意逃。这回墙高了，干打磨磨跳不上去，上去还有院门插着，于是，猪慢慢忘了墙外的诱惑，吃饱喝足晒太阳，上膘的猪都懒。

被劁的猪情动激素少了，剥夺了它的生育机会，也就剥夺了野性，没有江山谁要做荡子？

而野猪以山为家，深居简出，自由繁衍，打食也避着人，步步为营，有危险就退。

四

蜿蜒再上三里许，野猪退至水井村了。四围山林磅礴，十来户人家窝在幽深的井底，大河潺潺奔出去。一发大水多处路断了。小学支农去掰玉米棒子，我打头，草窠深，忽而一群呱呱鸡叫着飞了，留下一窝蛋，拐弯一条长蛇盘成金字塔昂扬吐着芯子，动物明显多了。但十年前这里还拉不起电，修不起路，与世隔绝着。

隔有隔的好。暑期回乡，母亲在灶上熥饭，叹息道："这早起听不到公鸡打鸣儿，还真不习惯。村里的鸡都瘟死了，一只都没了。就水井村消停停的，瘟鬼都进不去，都去那儿买鸡蛋了。"我在灶下烧火，赶忙说："我也给你买鸡蛋去。"母亲乐了。

午后，我戴着母亲的草帽，拎着手编篮子，拉小侄子做伴，走在哈代笔下起伏温润的乡野小道。南碥底下成了废墟，二奶奶故去后他们搬走了，榆樱杨花长进屋里的炕上。若见一群野猪打圈子，破木窗探出一串妖粉的打碗碗花，莫惊诧。

水漫过细沙，我与小侄子忍不住赤脚踩踏，在青石板上跳跃。两岸山

408

树泼绿,玉米正出花线,金凤蝶与马蜂自在飞,香薷花下山驴驹子安静乘凉,两只屎壳郎滚着粪球,马莲虫妖娆穿行"马路",墩墩马莲花"臭老婆摆当心"。摘马莲花吹,啾啾如鸟,吹够了吃掉,咀嚼大把的好光阴。

跨过一溜搭石入村,巨大的蛤蟆石下,一众人在石磴上乘凉,大嫂撩着背心给孩子吃奶,逗趣道:"蛋都被你们村抢光了。"大娘说:"大老远的,几家凑些吧。"村庄拐在一百五十度的大斜坡上,粗壮的山丁子树,虎皮墙木窗,石磨石碾,毛驴蒙着眼一圈圈转,白亮亮的液体流下来,大锅热气腾腾杀浆过包,豆腐脑加葱花酱油,蹲树底下细细地吃……老念兴还活着。母鸡大大方方跟进屋来,咯咯咯寻找食物,跳上锅台。红躺柜、煤油灯、发黄的四联戏剧年画,风吹进山丁子的果香,也掺和着一丝牛粪味道。

"没柴火垛。"大娘说,"来了不要'作瘪子'。"抽袋烟的工夫,捡了一大捆干柴,薅几把野菜,捡一浅子地皮菜,好歹三四盘不误下酒。灶前,小媳妇已点火,看去眉目庄重,莞尔一笑却勾魂。井口大的天,几道炊烟支满了。

我说:"山上有野猪不?"

大娘笑着说:"深山老林啥没有?下夹了一天能溜二十多只野兔,狼、狐狸常见,倒是不祸害,就野猪不好整,时不时到地里拱几圈,赶急了睚眦必报,弄不过就不惹。吃点就吃点呗,这大山多种几垄就有了。"

说有一年大旱,野猪拱了一片山药地,那家人仗着民兵有猎枪,打死了一只猪壳郎,炖肉吃了。第二天,酒气未散就傻眼了,整块的地被拱得乱七八糟。第二年秋收时候,又被蹚碎了一块地,从此不敢再打了,怕祸害村子。

那片林子就叫"野猪林"。野猪常露头,碰上了会意一下拱拱嘴躲开,山大体丰,榛子、橡果、松子多了,野猪吃得油光锃亮,尽量不惹人,也有小摩擦,总体相安无事。

归去已黄昏,夜很快会光临深谷,孩子们早早钻进被窝,听老人讲遥远而又神秘的故事。彼时,溪水瑟瑟,母猪方领着一群家小来喝水,打闹一会儿,背脊流动着星光消失在丛林里。

水井村与野生动物相处的方式,有信任,有余地,彼此默契留有后路,他们比山外人更懂得,哪怕有一丝赶尽杀绝的意思,也会遭到野兽的反扑。

我一直惦记着再去水井村看看,听说要整体搬迁,可折腾一阵子又没动静了,桃源依旧。端午成行,开车去,新路改道梁上田野,一路左弯右转。

入村更安静了,菜畦碧绿着,独行菜拥着碾台,碾盘上坐着两位老人,一位哧哧做着针线,一位正是当年卖鸡蛋的大娘,都八十多了,还记得我是谁家人。"野猪咬过人,还敢住啊?"我说。"冤有头债有主,该咋住咋住。"老大娘的豁达是生存的理由。

一百二十米深井水窖系着红布条,一哥骄傲地拧开开关,水极力蹿出来,我正渴,接一瓶灌下去,清凉甘冽。他说山里菜随便一种,吃不完的,养一头牛两万来块,啥都不缺,谁出去?大羊圈比院落干净,放着绿枝叶,羊们正安心啃食。一个男子正抱着小儿蹲在墙角玩耍,一名少妇开着"三马子"(一种三个轮子的机动车)风一样冲进冲出,一个男孩带着大狗才跑进石头小道……一家子从远城往回赶,车停在家门口,大公鸡耀武扬威地在前面开路,一群母鸡咯咯咯跟进院子。

大自然容易让人忘情,水井村也让人忘情。野猪林早将污垢洗清了,人与动物江湖两忘,恢复信任,还是一卷好山河。

想起春节上山拜庙,到山下,弟弟们放了"二踢脚",说告知神灵一声,也给动物提个醒,该躲躲该藏藏,互相尊重。果然,我们到山腰歇息,一群野猪不慌不忙拐进另一片松林了,相互不扰,心生喜悦。

寸草晖

◎ 李光彪

乡村的草

在乡村人的眼里，草是泥土的后裔。宿命之草处处皆是，只要有方寸泥土立足，草就能站稳脚跟，繁衍生息。

在乡村，草是很多家禽和六畜的口粮。牛草、羊草、驴草、骡草、猪草……每一棵能果腹的草，都关乎农家畜牧业收入的厚薄。

身为一名农家子弟的我，童年时光几乎都是与草一起度过。放学回家，常常被父母安排去找猪草、割牛草。有时，镰刀遭到草的反抗，一不小心就右手割左手，鲜血直流。大凡农村长大的孩子，左手或多或少都留有镰刀割过的印记。我有一个小伙伴，是左撇子，一起去割猪草，镰刀也不依他使唤，和我一样，我左手流血，他右手流血。

在乡村，草是农家广泛运用的普通的材料，草帽、草鞋、草席、草帘、草墩……草编织的农具随处可见，家家户户都少不了。尤其是种烤烟，需要很多草席打烟包，心灵手巧的人家就地取材，用稻草编织草席卖给烟叶收购站，借草生财。每年冬天，老家的购销店也会收购山草，销售给造纸厂，山里人又多了一条卖草路。

在我们老家，起房盖屋都用土墼砌墙，脱土墼时，少不了要在泥巴里掺一些细碎的稻草做草筋，这样，土墼就不会断裂，砌墙才稳固。涂抹墙时，也同样要在泥巴里放少量细细的草筋，涂抹的墙才不会开裂，一直光滑平整。

乡村不少人家建盖畜厩,也模仿鸟做窝,先从山上把最好最坚硬的茅草一捆一捆割回来,晒干储备好,等到房屋封顶需要盖瓦时,屋顶全部用山茅草和篾一层叠一层铺扎,既遮风挡雨,又通风透气,这样的茅草房适合给猪鸡牛羊驴马做住房。

草搓成绳子,很团结,团结就是力量。可以用草绳子捆绑柴火,捆绑家具,捆绑猪鸡牛羊,甚至人。我七八岁的时候,见过这样一幕。有一个人肚子饿,偷吃了生产队的几个青苞谷棒,被人发现,当天晚上,全村人开会批斗他,一根草绳紧紧把他的双手捆绑在身后,他跪在地上,头顶一碗水,不仅挨骂,还挨了不少拳头。第二天,村庄爆炸出一个消息,偷苞谷的人用草绳把自己吊死了。都说那根草绳是杀他的刀。其实,草绳并无错,错的是草绳被愚昧的人利用。草被冤枉,背了黑锅。

在乡村,如果草长错地方,与庄稼争水肥,就会被视为庄稼的敌人,锄头不放过它,镰刀不放过它,农药不放过它,火不放过它。可是,草总是前仆后继,孙而又子,子而又孙,一遍遍卷土重来,应运而生。所以,那些长在田间地头的草,不是被割掉,就是被连根铲除,或是被火烧得粉身碎骨。

在乡村,草与人相依为命,它们就像人类的孩子,都有自己的名字:菟丝子草、羊耳朵草、牛筋草、马蹄疾草、狗尾巴草、猫猫草……每一种草都有自己的姓氏名字,都储存在每一个乡村人记忆的档案里。

在乡村,烧火做饭,少不了用草引燃柴火。草也是家禽六畜最好的垫褥,也是必不可少的农家肥原料。我们小时候玩"躲猫猫",经常跑到草堆里,让人半天都找不到。有时运气好,还能捡到几个鸡蛋。特别是秋天,常有人搞恶作剧,把田埂路上的牛筋草"拉郎配"结在一起"下扣子",走路的人一不小心就中招被绊倒。稻谷即将成熟的时候,稻田里就插满了很多红红绿绿的稻草人,用来吓唬麻雀。一个少年和一群稻草人,就能守候一大片黄灿灿的稻田。

尤其是春天,万物复苏,火烧过的田埂上就会长出一根根"草灰苞"嫩芽,饥饿的我们像一群蹦蹦跳跳的兔子,穿梭在田间地头掐"草灰苞"吃。那"草灰苞"嫩生生的,放进嘴里,一嚼一包灰,满嘴钻,既有炒面的香味,也有草芽的甜味。一不小心,灰黑的草灰把我们化妆成了"小老倌""画眉脸"。

每年寒冬腊月杀年猪时,我的任务就是烧猪头。于是,我选择一块空旷的地方,拖几把稻草,把毛茸茸的猪头放在稻草上,用稻草把猪头全部捂圆,"噗"一声点燃稻草,反复烧,反复刮洗,就可以扛着焦黄的猪头回家邀功请赏了。母亲每年做豆腐腌腐乳,常常选择一些上等的稻草,抖掉灰尘,洗干净晾干后,给豆腐铺床睡觉,五六天后,豆腐就长出了一层灰兔毛,再把一块块霉豆腐在阳光下晾晒到半干,加上早已准备好的花椒、辣椒、姜等作料,一并装进罐里,沉睡几个月后,腐乳腌制完成,就成了全家人一年到头的下饭菜。直到今天,我们县里名满天下的"羊泉腐乳"仍然保持着用稻草霉制豆腐、晾晒豆腐的传统工艺。而且,五块钱一公斤稻草的收购价,与一公斤大米的价格相当。

在乡村,草是人的影子,也是口头的民间文化。如果男女不守本分,破了道德底线,就会被骂成"烂草鞋";如果两个人同流合污干坏事,就会被说成"一马驮到云南城,烂草把都不消垫一个";如果谁说下流话,就会被人指责"草里草气";如果有人做事不踏实,就会有人说他浮皮潦草;如果家里不讲卫生,就会被人笑话"草里草遢";如果做事半途而废,就会被人说是"草草收场";如果有的人立场不坚定,顺嘴打哈哈,就会被指责为"墙头草"……生活中,以草拟人,用草喻事,有褒有贬,幽默诙谐,说说笑笑,日子过得有滋有味。

进城的草

在我看来,草和人一样,都是大地的孩子,草跟着人进入城市,就是城市的一员,就是城里人的兄弟姊妹。

如今的城市,人密密麻麻,草也随处可见,几乎只要有绿化带的地方,就有草的身影,就有草的家族。树带领着草,草簇拥着树,高高矮矮,扶老携幼,装点着城市,形成一道道亮丽的风景。

茶余饭后,我左脚跨出门槛,右脚就踏进了太阳历公园,经常去拜会那片粉黛乱子草。

开始的时候,我并不在意那片草地,只知道那片草与其他那些绿化植物——山茶、玫瑰、杜鹃、海棠、菊花等等,叫得出名字的,叫不出名字的,均是经过园艺部门规划设计,分门别类、按部就班移栽进公园的。于是,整个春天和夏天,太阳历公园全是花的世界,不仅是全体楚雄人的大花园,也成了我家的后花园。一朵朵、一片片,红的、黄的、白的……姹紫嫣红,争奇斗艳。

季节在更替,花在痴痴开。唯有那片草始终静静地躺在寡瘦贫瘠的山坡上,无惊无喜无芬无芳,匍匐着、生长着。我好几次散步路过,都觉得那片草地跟乡村的草一样,不仅普通,而且长得慢。有时,我停下脚步,看着那片乱蓬蓬的草地,觉得管理员早该给这片草"理发"啦。

此刻,我又想起了春天这片草安家落户时的情景。那段时间,广播里、电视里、手机里说,楚雄正在创建文明城市、卫生城市、园林城市、平安城市、森林城市、智慧城市,龙川江、青龙河、西山公园、福塔公园、太阳历公园都要提升改造。我也亲眼看到了太阳历公园改造的一些片段。譬如那片草地,步道建好了,树栽好了,花栽好了,步道两边是杂草丛生的山坡。几台挖掘机又刨又吼,几天工夫,那片山坡就变成了散发着泥土芳香等待播种的缓坡地。随后,土地就覆盖上了一层淡绿色的地膜。十天半月后,薄膜揭开,一棵棵针尖大的草苗破土而出。紧接着,一片叶子,两片叶子,三片叶子……一苗多蘖,草苗逐步变成了<u>一丛丛</u>家族兴旺的草,盘踞在公园的山坡上,摇头晃脑,迎风飞舞。

时间牵着季节的手走过春夏,太阳历公园的花还在稀稀疏疏绽放。转眼间，秋天姗姗而来，那片草已经情窦初开，成熟丰盈，摇曳的草尖上抹着淡淡的唇膏，渐渐吐出了一点点高粱红的穗头，蚂蚁蛋大，一个蕊、两个蕊、三个蕊……连成一串，灿然一片，宛如一块紫红色的地毯，铺在山坡上。风吹过，草，上身红绸，下身绿裙，摇曳着，婆娑着，婀娜多姿，仿佛在彩排，正准备迎接贵宾的到来。来来往往的人走过路过，开始用好奇的目光打量这片草。你问我，我问你，互相打听，这是什么草？然后，不由自主掏出手机，咔嚓拍照，发抖音、发微信、发快闪，为这棵草痴狂，为这片草炫耀。我也不例外，在手机里开始为这片草打广告。于是，一传十，十传百，你约我、我约你，家人朋友开着车，跑到太阳历公园来看草。有很多摄影爱好者更是"长枪短炮"全副武装，还带着小花伞等道具和"风雅一身"的汉服，专门组织模特与小草合影。没几天，来太阳历公园看草拍照的人如草一样密密麻麻。草，羞羞答答，迎来送往，陪伴着一茬茬游人。

真是令我没有想到，就是这样一棵粉黛乱子草，却让客居城市的人们奔走相告，蜂拥而来，与草为友、与草同乐、与草存照，慰藉乡愁。

据说，这种粉黛乱子草以招商引资的名义，名正言顺地从北美大草原来到中国，来到云南，来到我的身边，我五味杂陈。当然，我只不过是来自乡村的城市草民，杞人忧天而已。

人类认识兰草，从春秋时代至今，已经有二千五百多年的历史。《孔子家语·在厄》："芝兰生幽谷，不以无人而不芳，君子修道立德，不为穷困而改节。"汉蔡邕《琴操·猗兰操》曰："兰为王者香，芬馥清风里。"唐李白《孤兰》说："孤兰生幽园，众草共芜没。"清张纶英《兰草》又说："幽兰有高致，质弱苦易零。"……关于兰花的诗句比比皆是。兰草本无罪，错的是兰草被人绑架，出卖了兰草的高雅。

其实，草的性格最温和、最乖巧，谁对谁错，它心知肚明。无论身处何时何地，草和我一样，都是卑微一族。

草，是城里人稀罕的食物。楚雄的餐馆中有好多家"酸汤猪脚""酸汤鸡"火锅店,锅底作料就少不了一种用来自山野的"酸酸草"做主要调料的,偶尔登门去吃一次,让人胃口大开。还有一些像模像样的餐馆酒店,经营一道叫"香草排骨"的荤菜,就是用一根香草捆住一小块排骨,加其他作料简单腌制,下油锅煎炸,是我最喜欢的下酒菜。除了下酒菜,还有一种名叫鱼腥草的凉菜,用辣椒、酱油、花椒、醋合拌,满口麻辣脆香。我的舌头喜欢,咽喉也喜欢,肠胃更喜欢。

草,也是城里人稀罕的植物。有一天,我在桃园湖附近的餐馆吃完饭,到湖边闲逛。牙齿缝隙里塞了东西,感觉不舒服,想找一根草当牙签。找来找去,到处都是树,到处都是密密麻麻的人,哪里有草的影子。我这才发现,要在城市里找一根自己心满意足的草,比找工作、找对象、找老乡还难。

草,遍布于自然界,据说很多草都含有草酸钙,随着现代工业化的发展,草化身为草酸漂白剂,走进市场,走进千家万户,不惜牺牲自己,清洗污垢、除去锈迹,把清洁还给人间,成了当今我们日常生活必不可少的好帮手。

治病的草

在那个缺医少药的年代,乡下人得了小病小痛,跨出门槛就能采挖到龙胆草、风藤草、透骨草、车前草、酸浆草、夏枯草、蛇舌花草……拿回家自己配制一剂"草草药",熬煨煮汤,喝几碗下肚,也颇有疗效。还经常看见"草太医"行走在乡间,用"草草药"偏方给人和家禽六畜治病,救死扶伤。那时的我们,放暑假回家,一边放牛羊,一边挖中草药,卖给草太医,多多少少也能弥补一点书纸笔墨钱,或是买几本自己读来如饥似渴的小人书。

每年夏天,学校里都要临时砌一眼大锅灶,发动我们以劳动课的名义上山挑柴,用来烧火煎熬"大锅药",一碗一碗分给老师学生喝。据说,那种"大锅药"可以预防脑膜炎。我们从不惧怕那药苦,"稀里哗啦"就把一碗药喝得底朝天,不少同学还像围着主人要食的小鸡,缠着老师讨药喝。老师总是说："是药三分毒,不行,不行,又不是喝糖水。"一边摇头,一边挥手,催我们赶快回教室准备上课。其实,童年的我们并不想喝药,看中的是那一丁点儿难能可贵的白糖。

在乡村,家家都储存着很多中草药,人人都上山挖过药,个个都或多或少认识一些中草药,也略知一些治病的"土药方"。药方几乎是通用的,一传十,十传百,家禽六畜病了,自己配制几种熟悉的中草药煎熬成汤,强行灌喂。猪憨厚老实,只需把药捣碎成粉末掺在猪食里,加点儿面,猪误认为是美食,就扇着大耳朵,"吭哧吭哧"吃了。可给牛喂药并不是一件容易的事,不论是谁家的牛生病了,都不会随便配药喂牛。因为,牛是农家最值钱的家当,都要翻山越岭去狗街、猫街镇上请"牛太医"来诊断开药。给牛喂药时,都少不了请五六个壮汉来帮忙。对于脾性温和的牛,用绳子或皮条拴住牛角,把牛牵到专门喂药的场子上,然后把牛头吊在一棵一人多高的大麻栗树桩上,有人挠着牛屁股,有人抬着牛头,有人掰开牛嘴,有人灌药,一灌角、一灌角轮流喂,转眼间,一大盆汤药就喂完了。对于那些脾性犟的牛,必须先用青草或菜叶引诱,趁牛低头吃草时,几个壮汉冲进牛厩,七手八脚用绳子或皮条把牛的腿套住,默契配合一起用力,牛神不知鬼不觉被拉倒,四条腿被捆绑,中间还加了一根"穿心杆",被掀翻的牛就皈依佛法接受喂药了。

大嫂和二嫂生孩子时,母亲就找来一些风藤草、山野姜、破土果叶、透骨草、柏枝叶之类,熬煮一大锅。然后,用草帘卷围成屏障,让大嫂和二嫂躲在里边,一边洗一边熏蒸,生怕她们"坐月子"落下瘆病,终身难治。

童年的我体弱多病,火塘里的药罐几乎不断。有时,不知饱足的我,东西吃杂了、吃多了,肚子胀、肚子疼、拉肚子,母亲就会用大麦芽、地棠香、芦苇根、蛤蟆叶、隔山消等几种中草药配成药方,让我守在火塘边煨煮吃。有时,我感冒发烧头疼,母亲就会用龙胆草、黄芩、黄连、臭灵丹等让我一道水、一道汤煨了喝。

为了让我吃药,母亲拿来一块红糖,让我喝一口药,舔一下红糖,诱导我喝药汤。最后,药喝了好几罐,小碗大的一块红糖被我吃光,病也慢慢治好了。

　　转眼间,长大成人初为人父的我,对刚出生的女儿生病却束手无策。女儿感冒鼻塞,经验丰富的母亲找来一根葱管,在火上面慢慢烘,然后掐断葱梢,让葱管里的水流入女儿的鼻孔。果真,女儿手舞足蹈,连打几个喷嚏,鼻子就不塞了。有时,女儿咳嗽,母亲便叫我到城郊的村庄砍一棵嫩竹回来,一棵棵断开,在火上烧烤,然后再把竹筒里的水汽倒出来,当药喂女儿,疗效也很独特。有时,女儿发低烧,就叫我去找臭灵丹草;拉肚子,就叫我去找小鹅菜(蒲公英)。母亲总是说,中草药不伤身,治病能断根。

　　不过,草药确实能缓解乡村的一些病痛。二十多年前,我有个发小儿屁股上长出了鸡蛋大的一个肿瘤包,这家医院进、那家医院出,楚雄看过、昆明医过。那时医保不健全,为了治病,他家已经债台高筑,家里人很绝望,把病恹恹的发小儿拉回家,听天由命。而且,家里人还请来木匠,为发小儿做了一口棺材,做好了送葬的准备。

　　半条命的发小儿躺在床上,昼夜"哎哟哎哟"叫个不停,疼痛难忍。死也难,活也难。于是,就叫家里人买回一本中草药书,自己一边学,一边配药方,买些中草药自己煨汤喝。天天煮,天天喝,死马当活马医,慢慢地,疼痛有所减轻;两三个月后,可以翻身下床,扶着床沿、墙壁挪移。一年后,他可以帮家里做些喂猪煮饭之类的家务事了。

　　我每次回家,发小儿就拄着拐杖摇摇晃晃来找我,请求帮他找找民政部门,争取一点儿救济。

　　每次他来找我,我就好奇地向他打听那药的秘方,他总是说:"药不真治病,迟早都要死,赶牛赶马都是一条路,心放宽些。"就这样,发小儿一年到头药罐子不断,生命延续了十多年。死时,他屁股上的肿瘤包已经有饭碗大,而且流出来很多脓血水。在村里人看来,他能从阎王爷那里逃出来,又多活了十几年,奇迹就是那些草药的功效。

直到今天,认识很多西药的我,面对那些能治小病小痛的土药偏方,仍然找不到打开的密码。

身上的皮草

徜徉在绿树成荫的城市,我曾反复问自己:自己不就是被风从乡村吹进城里,落入城市的缝隙,立命安身的一介草民吗?

客居城市,怀想乡村,自己曾经使用过不少皮具。家乡的人把宰杀后的牛羊皮晾干,然后拿去请皮匠缝制成羊皮褂、牛皮褂,用来干背、挑、扛、抬的农活儿时穿。这一方面可以减少物件对衣服的磨损,另一方面可以防止对衣服的污染,一举两得。也可以把牛(羊)皮割制成皮条、背索,用来捆柴、捆草和背柴、背草。

那时,肥猪实行派购政策,家家户户都有交售肥猪给国家的任务。我们老家山高坡陡,不通公路,肥猪无法用人抬,更无法用车拉,交售猪只能靠人背。背光溜溜的猪,并不是容易的事,但山里人自有办法,用坚硬的栗树制作一个背架,宛若一个"井"字形小楼梯。然后,把肥猪掀翻,用皮条捆绑在背架上,猪头朝上,相当于直立起来,由两三个身穿羊皮褂的壮汉轮换着背猪。猪受罪,人受累,翻山越岭把哼哼唧唧的猪背到狗街小镇食品站,交售给国家。

在那个"农民爱件大羊皮,工人爱件大棉衣"的年代,羊皮褂、牛皮褂就是山里人防寒保暖的外衣,一年到头都不离身,大大小小,家家都有好几件,人人都爱穿。那时,村里人干农活儿聚集在一起,就会用羊皮褂、牛皮褂互相攀比,炫耀自家的羊皮褂是用大羯羊皮做的,牛皮褂是大牯子牛皮做的。羊皮褂、牛皮褂也成了山里人展示生活水平的奢侈品。

那时,买不起毯子、床单,一张牛皮就是我们兄弟姊妹六个的席梦思,一个个睡在牛皮上,仿佛一窝猫崽,在母亲的怀里依次吃奶长大。有时我尿床,母亲惩罚我的方法就是背儿歌:"我家有个小皮匠,屙屎在床上,洗呀洗,晒不干,你妈给你两扁担……"儿歌不知背了多少次,床也不知尿了多少回,只有那张忍辱负重经久耐用的牛皮才知道。

我们小孩子喜欢打陀螺,麻线禁不起打,布条禁不起抽,就去讨好皮匠,甜嘴甜舌喊他爷,捡那些鞋底线粗的边角废料皮条来做打陀螺的鞭条。再大的陀螺,在我们手里皮鞭的操控下,都会嗡嗡嗡鸣叫着不停地旋转,让我们玩转童年时光。可是,当我做错事时,我就成了母亲抽打的陀螺,皮鞭条就是母亲惩罚我最好的工具。

我脱下羊皮褂进城以后,很少见到牛羊,每天睁开眼睛,跨出家门,眼前是像牛群羊群一样奔跑的车辆。细细打量自己,脚上穿的皮鞋,身上穿的皮衣,腰间系的皮带,肩上挎的皮包,兜里装的钱包……都是草的化身,都来源于牛皮、羊皮。家里的皮沙发,车上的皮座椅,朝夕相处的"皮家伙"随处可见。

在我的心目中,皮和草是两个不同的概念。第一次出远门去广州,看到很多商家门口挂着这样皮草、那样皮草的招牌。我有点儿不解,皮和草有什么联系呢?慢慢地才弄明白,皮草就是皮货,只要看到"皮草"二字,就知道是卖皮货的商店,进去看看,还真的大开眼界,比一头牛还贵的皮革制品比比皆是。

有一年去杭州,和几个同伴相约跑到海宁皮革城。那里有天大地大的市场、赶集一样的人、琳琅满目的皮货。我尾随同伴身后,东逛逛,西看看,大饱眼福。最后,还是抵挡不住那些"皮家伙"的诱惑,按捺不住自己的钱包,捡小菜一样买了不少皮革制品。有一个小皮包陪我走南闯北直到今天,成了我二十多年来难以割舍的老朋友。

综观中国历史,南北朝、元朝、西夏都是少数民族的政权,毛皮服饰就是显示宗教权威与身份地位高贵的象征。尤其是清朝鼎盛时期,贵族阶层穿戴裘服成为一种时尚,《红楼梦》里这样描述王熙凤:"家常穿着紫貂昭君裙""石青刻丝灰鼠披风,大红洋绉面银鼠皮裙"。由此可见,皮草与人类文明相伴相随,时至今日,不少皮革制品仍然是雍容华贵的时尚符号。

我所在的云南楚雄千里彝山,草木丰茂,草喂养着牛羊,牛羊奉献着肉食和皮毛。千百年来,皮草一直与人们的生活息息相关。但随着时代的变迁,曾经温暖山里人的羊皮褂、牛皮褂已经进了村史馆,屈指可数的皮匠,已经变成了非遗传承人。

有时,我去古镇闲逛,走进那些花枝招展的民族工艺小店,偶尔也能见到很多自产自销的绣花皮革制品,依照"裘皮""皮毛""皮草"依葫芦画瓢,这些名正言顺的"楚雄特产"是不是可以叫作"花皮"或是"皮花"呢?

如今,不少和我一样的农村人,早已被城市翻版复制,就像那些用现代化工艺做成的皮革制品,已经看不出灰头土脸的模样。唯有那些和我一样被当作城市补丁的小草,不论落脚在哪个旮旯儿,始终在"一岁一枯荣""春风吹又生"中保持年年发芽、岁岁开花的心态,默默无闻地做大地的汗毛、城市的面膜。

田野中有一口鱼塘

◎ 薛臣艺

　　成为鱼塘前,那里本是一块属于我家的稻田。可是很奇怪,我家几乎没有在那块稻田种过稻谷。所以,那块稻田在我家并不多的稻田里显得另类,承载了我生命中过多的回忆。

　　是那块稻田不够肥沃不宜种稻谷吗?我想不是,因为隔壁那块稻田曾经种过稻谷。隔壁那块稻田的主人叫补巴九。为什么叫补巴九呢?因为他脸上长着一块朱红色的疤痕,就像破衣服上补了一块不同颜色的破布,整张脸显得极不协调,又因为他在兄弟当中排行第九,村里人便给他起了这么个不雅的外号。补巴九年过三十才娶了个被拐卖过来的女人,夫妻俩连续生了三个女儿,日子过得挺憋屈,有时候没米下锅还得向邻居借。在我们村,补巴九那一辈人生三个小孩很正常,倒霉的是他们家比较穷而已。我们家也有三个小孩,却没有沦落到没米下锅的地步,这得归功于我爸妈除会种田外,还会做点其他挣钱的营生。因为粮食不够吃,补巴九一家常年在那块不到半分的田里种稻谷,企图多种些粮食,不至于挨饿丢面子。这本是很正常的现象,可说起来,又不太正常,因为在那一片稻田里,村里人一般是不种稻谷的。

　　我们村属于水库区,水涨得厉害的时候会淹到村口的大路边。水退的时候,每家的稻田大多不到一亩。在我的印象中,大路里边的那片稻田从来没被淹过,这得益于地势较高的缘故。也就这片稻田,成了村里人种植柑橘、香蕉的好地方。

为什么村里人大多选择在这片稻田种植柑橘、香蕉,而不种南方人习惯种的稻谷?这片稻田两边都是大山,种植柑橘、香蕉不容易被风吹倒。二十世纪八九十年代,村里人仿佛商量好似的,纷纷在自家稻田种上柑橘和香蕉,以此增加家庭收入。这种连片种植模式,其实更容易受到商家青睐,柑橘和香蕉成熟,自然有老板上门统一收购,根本不用担心卖不出去。

　　最初大家统一种的是柑橘,后来才统一种香蕉。为什么会有这种转变呢?我没问过村里的老人,估计是受了柑橘黄龙病的影响种不成柑橘了,才改种香蕉的吧。或许种香蕉更赚钱才改种香蕉的也说不定。村里人的这种集体意识,现在想来,也是很明智而令人敬佩的,村委在其中发挥了一定的作用。村庄是敞开的,干活儿之余,村民们常聚在一起,商量种什么最赚钱。

　　我家那块稻田成为鱼塘前,也曾先后种满了柑橘和香蕉,为我家带来了可观的收入。后来不知为什么,村里那片稻田没有继续种香蕉。那时年纪小,村庄里的很多事情,我是无法知晓答案的。如今我在一家省级农业科研机构从事宣传工作,对于农业上的事情多少都了解一点。我猜测可能是农产品价格波动大,一年得价一年不得价沉重打击了村民的信心。也可能那里的香蕉得了枯萎病,相当于得了"癌症",种不下去了,只好改种其他作物。

　　不统一种香蕉后,村里人在自家稻田各种各的,有的种菜,有的种稻谷,有的种甘蔗,有的种阳桃,反正各干各的,大多数只满足于种给自家人吃,田里的收入似乎不比从前了。

　　不种香蕉后,我家那块不到一分的稻田先是种上了黑皮甘蔗。

　　二十世纪九十年代的事情了,我之所以记得那么牢,是因为我爸我妈种出的黑皮甘蔗又甜又脆,好吃得不得了。而且,黑皮甘蔗成熟后,我们三兄弟想吃的话就自己拿刀去砍一两根回来全家人一起吃。那个年代,吃的零食本来就有限,平时能吃到的水果也不多,自家种的黑皮甘蔗让嘴馋的我们得到了很好的补偿。施的是农家肥,可谓全程绿色种植,我家的黑皮甘蔗自然水分多,甜度高,一口啃下去比吃糖还要舒服。我记得一排排甘蔗长得整整齐齐,大小均匀,我和两位弟弟常穿梭在甘蔗地里追逐打闹,偶尔会被甘蔗叶割伤,但也无甚大碍。那些一一散开错落有致的甘蔗叶,像一把把长长细细的小伞日夜撑开着,为我们遮光挡雨,为我们营造了一个无忧无虑的快乐园地。

黑皮甘蔗成熟后,我爸我妈也不急着全部卖掉,有人来买就卖,没人来买就留着自家吃,或者亲戚来了,就砍几根回来让亲戚们尝尝鲜,不嫌麻烦的话还可以扛几根回去继续品尝。外婆家离我们家不远,黑皮甘蔗成熟后,我爸我妈去看望外婆时,经常在自行车尾架扎上一捆黑皮甘蔗运到外婆家分给大家吃。不管卖给谁,砍给谁吃,尾梢照例是要截留下来的,一头泡到水里养着,等到下一轮种植了,再一根一根埋到垄里,耐心地等待它们生根发芽。顺便说一句,种甘蔗并不轻松,尤其最初那段种植时间。这有点像养小孩,刚生下来总要细心呵护,养大后才放心让他四处飞翔。长出叶子后,甘蔗们也就可以肆意生长了。

种了两三年黑皮甘蔗后,我爸我妈又萌生了新的想法,决定把稻田改造为鱼塘。这可是项大工程,要一铲一铲地把泥土从稻田里铲起来,然后把四周垒高。真不知道我爸我妈哪来那么大的勇气和力气,生生把一块稻田挖成了一口不大不小的鱼塘。有时候真佩服他们与生俱来的意志和毅力,总能不折不扣地把一件艰难的事情办好。

鱼塘挖好后,还得想办法从小溪引水过来。小溪在我家鱼塘另一边,这也难不倒我爸我妈,他们用浸泡后的大竹筒连起来埋在挖好的沟渠里,毫不费力地把清澈的溪水源源不断引进新挖好的鱼塘里。在另一头,则用一根大竹筒从泥土中间穿过去,好让鱼塘里的旧水汨汨地流出去,以保证鱼塘里的水保持流动性。这样的话,鱼儿们在固定的空间便能更好地呼吸。当然,鱼儿们从那里是溜不出去的,因为大竹筒留在鱼塘的那一头被一张绿色的细网包了起来。水从小网孔流出,鱼儿们除了待在鱼塘里,无计可施。

我爸买了些鱼花倒进鱼塘后,日复一日,认认真真地养起鱼来。那些鱼养大后,一般卖给附近的村民或前来收购的鱼贩子。至于那口鱼塘为我家带来了多少利润,我就不清楚了,小时候对钱真的没有多大概念。但我爸我妈拼命赚钱那股劲头,我是可以感受得到的。那个年代的农民想挣点钱,不付出艰辛的劳动,是难以实现的。

有时候,我和两位弟弟到小溪里捉到一些小鱼,也会屁颠屁颠地拎到鱼塘边上倒进鱼塘里,盼着那些小鱼儿早点长成大鱼。也不知道那些小鱼会不会被大鱼吃掉。那时候没想那么多,总觉得小鱼定会长成大鱼的。

相对鱼塘里的鱼,鱼塘边上的作物更容易博得我们的欢心。我妈在鱼塘边上种了两棵三华李树和一排南豆。南豆和猪肉一起炒特别香,我尤其爱吃爆炒得裂开的南豆,里面的南豆籽一颗颗露出来,香甜可口,十分诱人。南豆苗用开水烫熟,清新美味,吃进肚子后顿感清爽许多。三华李成熟后,最好的吃法就是用木夹子夹扁,然后放到糖跟少许辣椒混合的大碗里泡一会儿再拿起来吃。父亲在世时,三华李结出的果实我们家是不卖出去的,主要留着自家吃。不幸的是,在我十一岁那年,父亲意外去世了,生活的艰辛全压在母亲一个人身上。为了多挣点钱,从来没有卖过水果的母亲竟然拎着装在竹筐里的三华李到隔壁村吆喝着卖掉。隔壁村离我们村几十米远而已,在我家水泥房的屋顶上,我甚至能听到母亲在隔壁村的吆喝声以及一波又一波讨价还价说说笑笑的大嗓音。

父亲去世后的第二年,母亲改嫁了,我和两个年幼的弟弟不得不跟着爷爷一大家子一起生活。为了把鱼塘里的鱼喂大点,让爷爷多挣点钱,我和两个弟弟常去割鱼草,一大捆一大捆地挑到鱼塘边,然后扔到鱼塘里,让鱼吃个饱。鱼草一扔下去,那些鱼立即围过来,奋力撕咬着,好像饿了一万年似的。

母亲改嫁后，我们三兄弟的衣服后奶是不会帮洗的，都是我们自己洗。在我们村，妇女们常拎着一家人的衣服到小溪边清洗，边洗边聊，好不热闹。作为男孩，趁着没人时偶尔我和两位弟弟也会拎着衣服到小溪边清洗，但总害怕遭到别人的嘲笑。爷爷仿佛看出我们的心思，提醒我们可以把衣服拿到鱼塘边水流出去的那个地方清洗。这真是个好主意。我和两个弟弟拎着衣服到鱼塘边欢快地洗起来。流出来的水虽然有点鱼腥味，但还算清澈，把衣服洗干净一点问题都没有。最关键的是，那里很清静，我们三兄弟一点都不用担心外人投来嘲笑的目光了。

　　进入二十一世纪以后，打工浪潮席卷了祖国大地，我们村的年轻人大多都到外地打工挣钱去了，村里主要剩些留守老人和小孩。村里的稻田几乎无人耕种，长满了荒草。我一直外出求学，大学毕业后在城市里谋了份安稳的工作，两个弟弟常年在珠三角那边打工挣钱，我们家的鱼塘也荒废了，不养鱼，但溪水依然流进又流出。

　　早些年回老家，来到池塘边，听着潺潺的流水声，我知道很多事情已过去。就像一段历史，过去就过去了，谁也奈何不了。

　　最近几年回老家，我也爱到池塘边，想继续听听那里的流水声，却发现池塘已经干涸了，不再有水流进去，也不再有水流出来。

　　两个弟弟三十好几了，仍未娶妻，在家里混日子，嫌辛苦也不想再到外面打工挣那血汗钱了。我劝他们修修水管，把溪水引进池塘里，像爸妈当年那样养一池塘的鱼，好挣点钱来花。我还建议他们把池塘边上的杂草清理掉，然后种几棵三华李树，也像爸妈当年那样做。可他们哪里还有这个闲心，任由干涸的鱼塘一天天荒废下去。

　　如果我爸还在的话，我妈也不会改嫁，我相信他们是舍不得鱼塘荒废这么久的。鱼塘里会养有鱼，鱼塘边上会种些果树和菜。当然，我希望他们继续种三华李树和南豆，将我的记忆一直延续下去。

　　前些日子，因为后奶去世，我赶回老家奔丧。葬礼结束后的第二天，我还是抽空沿着屋后的那条小路,想到鱼塘边上走走。走到岔路口时,一年多没回老家的我却发现通往鱼塘的下坡路已经被疯长的野草严严实实地覆盖住了。我不得不收住脚步,掏出手机,拍了几张满是野草的照片。

庆幸的是,那一大片荒废已久的稻田,大多数已经被隔壁村的一位承包商租了下来,种上了清一色的果树。据说种的是陈皮柑,租期为二十年,每亩租金二百元。有些村民嫌租金少,没有租出去。大多数村民觉得丢在那里不种东西,留着也是浪费,不如租出去,换点租金来买猪肉吃。

离开村里的时候,我坐在弟弟驾驶的摩托车上。往下看,我看见田野里的陈皮柑苗已经长得挺壮实了,绿油油一片,比长满野草的样子好看多了。

经过爷爷家的那块稻田,我想起已经搬迁到镇上的叔叔一家。作为村里为数不多的贫困户,叔叔一家几年前就搬迁到镇上居住了,住在安置当地贫困户的一个小区里。在这之前,叔叔肯定没想到,会有这么美好的一天,可以免费获得一套镇上的房子,还能享受很多的优惠政策。

而偏远的老家,也在时代的洪流中发生着可喜的变化。以前坑坑洼洼的泥土路变成了硬化的水泥路。夜晚一到,高高悬挂的太阳能路灯便会自动亮起来。村民们不再乱扔垃圾了。

依然有各种各样的鱼在河里自由地穿梭着。天气好的时候,弟弟常到河里网鱼拉到附近的村庄卖。他跟我说,他抓的鱼很好卖,有些人抢着要,生怕买不到。

也许哪一天,两位弟弟的脑袋开窍了,重新利用起我们家那口鱼塘也说不定。而我多么希望,我家的那口鱼塘还有溪水流进去,然后再汩汩地流出来。我更希望鱼塘里有鱼儿在那里慢慢长大,池塘边上种满果树和蔬菜。不是三华李树,不是南豆也没关系。我只是不想让爸妈当年辛苦挖出来的鱼塘就这么荒废着。人有使命,土地、鱼塘也有它们的使命。